도도니의 참나무

# 도도니의 참나무

1쇄 발행일 | 2016년 12월 05일

지은이 | 우한용
펴낸이 | 정화숙
펴낸곳 | 개미

출판등록 | 제313 - 2001 - 61호 1992. 2. 18
주소 | (04175) 서울시 마포구 마포대로 12, B - 127호(마포동 한신빌딩)
전화 | (02)704 - 2546
팩스 | (02)714 - 2365
E-mail | lily12140@hanmail.net

ISBN 978 - 89 - 94459 - 71 - 4 03810

값 14,500원

# 도도니의 참나무

우한용 중편소설

개미

# 페넬로페의 밤

소설을 쓰는 일은 즐겁다. 그러나 쓴 소설을 고쳐 쓰기는 지독히 괴롭다. 소설집을 내기 위해 교정을 보는 과정은 고쳐 쓰나 다름이 없다. 지었던 집을 헐어서 다시 짓는 고역이라니!

시는 도자기와 같다. 도자기가 깨지면 사금파리가 된다. 사금파리로는 다시 도자기를 빚을 수 없다. 소설은 털실로 뜬 조끼 같다. 조끼가 낡으면 풀어서 다시 짤 수 있다. 조끼를 풀어 목도리를 짜거나 장갑을 뜰 수도 있다. 다시 짤 수 있다는 가능성은 축복이면서 형벌이다. 끝없는 노동을 요하기 때문이다. 여기서 페넬로페가 떠오른다.

페넬로페의 남편 오디세우스는 전쟁에 나가 열 해가 넘도록 돌아오지 않는다. 이 생짜 과수댁에게 구혼자들이 몰려든다. 페넬로페는 시아버지 라에르테스의 수의가 완성될 때까지 결혼할 수 없다고 버틴다. 낮에는 수의를 짜고 밤에는 수의를 풀어 다시 실꾸리로 만든다. 이 괴로운 작업을 계속하는 중에 남편 오디세우스가 돌아와 구혼자들을 물리치고 다시 내외로 살게 된다. 그러나 오디세우스는 '더 새로운 세계'를 찾아 돌연

방랑길을 나선다.

　내가 쓴 소설을 해체해서 다시 쓰는 과정에서, 나는 내가 살았던 삶을 다시 사는 체험을 한다. 다시 사는 삶은 새로운 삶이다. 이전과 다른 삶이기 때문에 현재 삶의 '저 너머'에 해당한다. 저 너머에는 또 다른 저 너머가 유혹의 손짓을 한다. 그러한 유혹은 나에게 또 다른 소설을 쓰도록 몰아친다.

　소설 독자는 작가와 더불어 삶을 해체하고 재구성하는 창조 주체다. 소설 읽기는 독자 자신이 구가하는 삶의 한 자락을 내놓아보는 일이다. 독자는 소설과 더불어 자신의 삶을 돌아보고 다시 구축하는 작업을 해나간다. 자신을 흔들어보고 중심을 새로 설정하는 일이 소설 읽기다. 이 흔들림 때문에 또 다른 소설을 읽고 싶어진다.

　낮에 짰던 천을 풀면서 페넬로페는 내일 낮에 벌어질 투쟁의 의지를 다진다. 나는 소설을 고쳐 쓰면서 다른 소설 쓸 궁리를 한다. 아내를 만나 행복을 되찾은 사내 오디세우스는 왜 또 다른 세계를 꿈꾸는 것일까. 꿈은 이루어지지 않는 데 본질이 있기 때문일 터. 나의 소설 쓰기는 완성을 모른다.

　소설은 꿈꾸는 자의 문학이다. 꿈꾸는 자에게 밤은 길수록 좋고, 노동이 강파를수록 근육은 더욱 단단해진다. 나와 함께 꿈꿀 독자를 기다리는 마음 간절하다.

2016년 가을 푸른비 내리는 날, 앙성 상림원에서
우한용

# 차례

# 칼과 구름
— 그대, '낭야대'를 아시는가

## 1. 고향은 타향이다

팔월 말일, 서울로 돌아가는 날. 어제 회식자리에서 마신 독한 고량주의 여독이 코끝에서 빙초산 냄새를 피웠다. 알코올 도수 60도가 되는 빼주는, 청도에서 그 유명한 독주 '낭야타이'였다.

아침부터 장대비가 패연하게 쏟아져 내렸다. 중국인 전(錢) 교수가 운전하는 아우디 승용차 유리창을 때리면서 쏟아지는 빗물이 정신을 차릴 수 없을 지경으로 세차게 몰아쳤다. 청도에 와서, 겨우 일 년 반 교수 노릇을 하던 장이호가 청도를 떠나 서울로 돌아가는 날은 날씨가 미친 듯이 뒤누웠다. 마치 그렇게 예정이라도 한 것처럼 비바람이 시가지를 휘젓고 지나가고, 아스팔트 위에 뿌연 물안개를 일으키며 좌좍 두드려 갔다. 앞에서 조심스럽게 달리는 차들의 미등이 핏발선 눈들처럼 비안개와 뒤얽혀 음흉하게 명멸했다.

청도는 말이 중국이지 한국의 어느 지방도시 같았다. 청도에서 인천공항까지 한 시간 남짓이면 너끈한 거리다. 거기 사람들 말로 조선반도에서 닭 우는 소리가 들리면 청도에도 아침 햇살이 번다고 한다. 위해(威海)

에서든가는 한국으로 돈벌러간 여편네 속옷 빨래 걸린 것만 보아도 바람 난 걸 안다고 할 정도로 가까운 거리다. 그러나 이 발해만이라는 데가 그렇게 호락호락한 것이 아니라서, 아직은 이웃집 마실가는 것처럼 편하게 드나들 수 있는 형편이 못되었다.

평생 바람 가운데 허덕거려야 하는 사람들에게, 바람 잘 날이 없는 데가 발해만이다. 중국이 개방을 하기 시작한 1990년대 초부터, 사업이라는 이름을 단 각종 거래가 빈번하게 전개되는 가운데 발해만에서 황금을 덩어리째로 건진 이도 있겠지만, 집안이 망가지고, 자식이 외지고, 알콩달콩 살던 내외가 갈라서고 해서 생애를 망친 족속이 한결 많은 게 사실이다. 중국 대륙을 휘젓는 것 같던 한류도 시들해졌다. 이제 겨우 출구전략이니 뭐니 해서 한국 경제가 되살아나는 기운을 차리는 데 비하면 중국은 황금의 날개를 달고 급성장을 지속하고 있다는 사실은 사람들의 입을 떡 벌어지게 하는 판이 되었다.

한국에서 인문학의 총아라는 역사를 공부해 가지고, 아그작거리면서 밥벌이를 하겠다고 버둥치다가 피곤에 지쳐빠진 장이호는 중국 동해안에 자리잡은 꿈의 도시 청도(青島)라는 데로 발길을 이끌었다. 지나고 나면 대개 추억이라는 것이 아름답게 증폭되기 마련이지만, 장이호가 청도에서 지내던 시절은 아름다운 추억과는 거리가 멀었다. 대망의 야무진 꿈을 가지고 동양사를 공부하던 시절의 그 아련한 소망은 물젖은 휴지가 되어 흙바닥에 떨어지고 말았다.

전 교수는 운전대를 틀어잡고 상체를 앞으로 숙여 잔뜩 긴장한 채 빗속을 뚫고 차를 몰았다.

"장 박사는 비를 몰고 다니는 사람입니다."

"비가 와야 숲이 무성해지지요."

"솔이 무성해야 잣나무가 기뻐한다, 또 그 말씀인가요?"

청도에 와서 학과 교수들이 베풀어준 자리에서 처들었던 고사였다. 우리가 남남이 아니라 소나무와 잣나무처럼 서로 비슷한 이력을 지닌 사람들이니 우애롭게 지내자는 뜻이었다. 송무백열(松茂栢悅)은 노상 쓰던 말이라서 그 전거가 어딘지 알려고 할 염도 없이 무심히 내놓곤 했던 사자성어였다. 전 교수가 비웃음 섞인 투로 물었다.

"송무백열이라, 그 말 어디에 나오는지 아시오?"

이 인간이 중국에 와서까지 걸고넘어지는 꼴이 끝끝내 사람 골탕먹일 작정을 하고 나서는 게 아닌가, 역겨운 기운이 아랫배를 휘저으며 스르르 돌아가기 시작했다.

장이호가 대답을 않고 멈칫거리고 있자, 곤란한 눈치를 알아채고는 전 교수가 설명을 달았다. 그 구절은 서진의 육기(陸機, 260~303)라는 사람의 탄서부(歎逝賦)에 나오는 어구인데, 신송무이백열, 차지분이혜탄(信松茂而柏悅, 嗟芝焚而蕙歎)이라는 대구에서 따온 것이라 한다. 솔이 잘 자라 무성하면 잣나무도 흐뭇해하고, 지초가 불타면 난초 또한 탄식한다는 뜻이다. 문학을 전공한 사람도 아닌데 그런 이야기를 술술 풀어놓는 데는 다소 놀랍기도 했다. 만만히 볼 사람이 아니라는 생각이 들었다. 그러나 풀과 나무와 사람의 관계는 등가관계가 아니라서 늘 문제가 있었다.

"때로는 지식의 양보다 정밀함이 더욱 소중한 가치로 부각되지요."

전 교수가 말했다.

학과장 신분이기도 하고, 틀린 말이 아닌지라, 전 교수의 말에 대해 아무도 이렇다 저렇다 평을 하는 이가 없었다. 이전 일들을 생각하면 진저리를 칠 만큼 징그러운 인간인데, 사고의 규모며 행동의 원칙이 반듯한 데가 있어 호락호락하지 않다는 것은 분명했다.

청도에서 부대끼면서 지내는 동안 전 교수의 도움이 있어 그나마 위로를 삼아 견딜 만했다. 원수는 외나무다리에서 만난다는 속언이 진실이거니 했다. 그러나 서울서 만난 전 교수와 청도에서 마주친 전 교수는 저게 어떻게 같은 인간인가 싶을 정도로 사람이 달라 보였다. 전 교수가 이리저리 배려를 해준 덕에 비비대며 지낼 수 있었기에 양립하는 감정은 더욱 두드러졌다.

전 교수의 우정은 한국으로 돌아가는, 사실은 쫓겨가는 길에 차를 내어 배웅을 해주는 데까지 이어졌다.

"서울에 돌아가면 무슨 일을 할 생각입니까?"

"글쎄요. 다시 취직을 하기도 그렇고……."

　무엇을 하겠다는 뚜렷한 작정이 없었다. 청도로 올 때 그랬던 것처럼, 서울에 돌아가면서도 가서 할 일이 정해지지 않은 앞날은, 폭우가 쏟아지는 날 비행기가 뜰지 안 뜰지도 모르고 공항을 향해 가는 것만큼이나 전망이 불투명했다. 전망은 고사하고 네 식구 입에 풀칠할 일, 그 호구가 막연한 지경이었다. 목표가 무엇이고, 어떤 길을 어떻게 굽이를 잡아 가야 하는지 도무지 오리무중인 그런 행로를 골라서만 다니는, 지지리도 못난 인생이지 싶기도 했다. 가난한 날의 행복을 예찬하던 어떤 시인의 글은 치욕스런 자기속임에 불과했다는 생각을 몰고왔다.

　양동이로 들이붓는 것처럼 쏟아지는 빗물을 와이퍼로 밀어내기는 턱없는 도로였다. 전 교수는 비상등을 켜고 조금 달리다가 길옆에 차를 세웠다. 철제 가드레일 옆으로 등이 퍼런 개구리 한 마리가 빗물을 헤치고 타이어 밑으로 기어들었다. 전 교수는 클랙슨을 두어 번 울렸다. 저 놈도 살아야 한다는 듯이, 실긋하니 웃음을 베어물면서 혼잣말처럼 한마디 했다.

"나의 지도교수는 내가 어려워하면 늘 그런 얘길 했어요. 개구리 주저앉는 것은 멀리 뛰자는 뜻이다, 그렇게 말입니다."

"나더러 개구리라는 말인가요?"

"사실, 비유하자면 그렇지 뭡니까."

　그렇기도 했다. 폭우가 쏟아지는 날 고속도로 아스팔트 위로 기어나온 개구리. 사실이 그렇다고 해도 말맛은 쾌적하지 않았다.

　아스팔트 위로 물이 벙벙하도록 비가 쏟아지는 길가에 어린애 하나가 발가벗고 허둥대며 뛰어가는 모습이 눈앞을 스쳤다. 열 살 무렵, 1980년쯤엔 그런 풍경을 자주 목격했다. 서울에 두고온 애들의 파리한 얼굴이 문득 눈앞을 스쳐 지나갔다. 외주를 받아다가 원고를 교정하느라고 책상에 엎어져 있을 아내의 빛바랜 얼굴과 함께였다.

## 2. 이 사람을 보라

전 교수는 운전석에서 뒤로 머리를 제쳐 기대고 잠시 졸더니, 드디어 코까지 가볍게 골면서 잠에 빠져들었다. 그렇게 시간을 편하게 지낼 줄 아는 사람이었다. 정말 아무 작정 없이 돌아가도 되는 것인가. 아내가 전화로 연락하기로는 교정 일거리도 안 들어온다고 한숨을 쉬었다. 방학 내내 집에 틀어박혀 텔레비전이나 보는 애들이 대인기피증에 걸리지나 않을까 겁난다고도 했다. 의식이 시간의 물살을 거슬러 올라가기 시작했다.

취직자리 구하러 다니는 과정에 가장 속을 부글거리게 하는 게 면접이라는 관문이었다. 중학교, 고등학교, 대학교 나아가 최종학력에는 대학원까지 써 넣어야 서식이 겨우 격이 맞았다. 학력을 따지지 않는 사회란 그저 그랬으면 하는 평등주의자들의 헛소리에 지나지 않았다. 면접 데스크에서는 학력을 집요하게 캐묻곤 했다. 재수 없는 놈은 뒤로 자빠져도 코가 깨진다는 격으로 높은 학력이 생애에 흠집을 내곤 했다.

털어놓기 부끄러운 날들의 기억을 다 들추어 놓았는데, 두 눈으로 그걸 뻔히 읽고 앉아서 답을 재촉하기도 했다. 판사가 '피고는 이름이 장이호 맞습니까?' 그렇게 묻는 것과 다를 바가 없었다. 서울서 대학을 나왔습니까, 아 그렇군……. 못난 놈이라는 눈길로 흘금 쳐다보고는 다시 서류에 눈길을 들어붓고 있었다. 면접관은 판사 이상의 위압적 분위기로 압도해왔다.

인사부장이라는 사람이 안경 너머로 이쪽을 바라봤다. 그의 얼굴은 사람 무던한 품위와 예리한 날카로움을 동시에 지니고 있었다. 서류는 이미 검토를 마쳤다는 듯이, 편하게 대답하라면서 그야말로 사촌동생에게 하듯 느긋한 톤으로 물었다. 물론 금방 변하는 톤이었지만.

"문학박사시네요, 크흠, 헌데 그 어려운 역사학을 공부했단 말이지요? 그것도 그 잘 나가는 대학에서."

대답을 하라는 것인지 혼자 해보는 말인지 감이 잡히지를 않았다. 채 감이 잡히지 않는 질문에 섣불리 대답을 했다가 분위기 파악에 실패하는 것보다는 신중을 기하는 편이 낫다 싶어 멈칫대고 있었다. 역사를 공부했다고 하기는 폭이 좁고, 더구나 역사학을 연구했다고 하기는 깊이가 없었다. 박사학위를 했으니 역사학을 안 했다고 하면 거짓이라 파탈이 날 판이었다. 학위 가졌으면 대학으로 진출을 해야지, 이런 장사꾼들 모인 데 취직을 하자고 나서는 것은 사실 체면 구기는 일이었다. 같은 질문을 거듭해 또 던졌다.

"역사학 전공이 맞습니까?"

면접관은 이력서 뭉치 위에 손바닥을 턱 치면서, 고압적으로 다그쳐 물었다. 어깨가 들썩 올라가고 자기도 모르는 사이에 목을 움츠려 넣었다. 이미 서류를 검토했을 터이고 그러면 손바닥 보듯 빤히 아는 사항을 구태여 되물을 일이 뭐란 말인가. 속된 말로 가방끈이 너무 길어서 이 회사에 어울리지 않는다는 뜻인 모양이었다. 그렇다면 어떻게 나와도 마찬가지 아닐 것인가, 에라 모르겠다, 약간 기를 세워서 대답을 한다는 게 이런 말이 되어 나왔다.

"보시는 그대로, 그렇습니다."

인사부장이 코에 걸치고 있던 안경을 들어서 숱 많은 머리 위로 올려 걸쳐놓고는, 요거 봐라 하는 어투로 힐문하듯 혹은 따지듯이 다시 물었다.

"보시는 대로라면?"

"거기 써 있는 대로, 동양사학 가운데 중국 고대사를 전공했습니다."

그렇게 대답하는 데도 가슴 한 구석 찔리는 바가 없지 않았다. 사마천의 「사기(史記)」 한 권만 꿰차고 있어도 밥은 굶지 않는다던 지도교수의 말을 곧이곧대로 믿었던 터였다. 그리고는 대학에 입학한 이후 20년 가까운 세월을 거기에만 매달렸다. 논문을 쓰거나 학회에 참여할 때마다 중국 고대사가 거기 다 들어 있다는 지도교수의 말이 맞는다고 무릎을 칠 지경이었다. 그런데 점점 상황이 달라졌다. 지도교수의 말이 틀린 것이라고 증명이 되지는 않았지만, 솔직히 말해서 사마천은 사람을 주눅들게 하는 진시황보다 한 질 위에 앉은 거인 혹은 거대한 산맥이라서, 지도교수 말처럼 무슨 전대(纏帶)인 양 꿰찰 수 있는 대상이 아니었다. 학문의 대상으로 하고 있는 사마천이란 존재가 너무 버거웠다. 그런 중압감은 사마천이 일생을 견지했던 역사에 대한 외경심 같은 데서 번져나오는 일종의 신성한 영기(靈氣) 같은 것이었다. 역사를 굽어볼 줄 아는 안목을 가진 사람, 돌아다니면서 역사의 현장을 당대인보다 자세히 살필 줄 아는 형안이 있는 사람, 때로 비리와 타협을 하면서도 결코 비리를 저지르지 않는 사람이라야 역사를 공부할 자격이 있다던 지도교수의 이야기는 사마천의 삶을 요약한 것이나 다름이 없었다. 말씀은 저저이 옳고 현실은 다른 길로 외돌아갔다.

"중국 고대사를 전공한 박사님이, 장사해서 이문을 남겨야 하는 우리 한중교역상사에서 할 일이 무얼까요? 다시 말하자면, 우리 회사를 위한 장 박사의 생산성, 프로닥티비티는 무어라고 생각하시나?"

좀 난감한 질문이었다. 난감하기도 하고 비아냥거리는 듯한 말투가 속을 긁어 놓았다. 그러나 어떤 선배의 말대로 밑져야 본전이니까 소신대로 이야기하는 게 상책이라는 생각이 문득 머리를 치고 올라왔다. 단순화하라, 사실을 말하라, 정직하라, 그게 선배의 조언이었다.

"저는 역사에 기록된 모든 사실은 동시대적이라고 생각하는 편입니다. 인류사에서 2천 년이나 3천 년 정도는 그리 긴 시간이 아닙니다. 핵무기니 유전자니 나노과학이니 하는 것들은 당시로서는 응당 몰랐겠지만, 인간이 겪어야 하는 일들은 이미 2천 년 전 혹은 그 이전에 다 겪은 셈이지요. 제가 보건대는 역사 기록 이후의 시간이 그렇게 짧은 만큼 현대의 국제관계니, 경영이니, 학문이니 하는 것들이 고대사 그 안에 모두 들어 있습니다. 따라서……."

인사부장이 잠시 이것 봐라 하는 표정으로 바라보더니, 말을 막고 나섰다.

"이천 년이 긴 시간이 아니라면, 경영 측면에서는 단 한 주일, 혹은 며칠이 판세를 달라지게 하는데, 그런 모순을 어떻게 극복할 수 있겠습니까?"

약간은 시비조라는 느낌이 들었다. 그러나 대답은 해야 했다. 잠시 망설이고 있는데 인사부장이 탁자 옆에 놓아 둔 수첩의 표지에 붉은색 십자가가 그려져 있는 게 눈에 들어왔다.

"인류가 가장 많이 읽는다는 성경의 경우, 태초 이야기부터 나오지만, 그게 이천 년 이전에 기록된 데다가 몇몇 선지자들이 새로운 내용을 조금씩 덧붙인 것이지요? 그 성경을 다시 썼다는 얘기 들은 적이 있습니까. 제 안목으로 볼 때는, 예수가 재림을 하지 않는 까닭은 우리가 아직 예수와 동시대를 살고 있기 때문이라고 볼 수 있습니다. 마찬가지로 중국 고대 사람들의 지혜는 아직도 충분히 써먹을 구석이 있습니다. 말하자면 그 기록은 동시대인들의 삶이기 때문입니다."

"종교적 논의는 의견이 다를 수 있지만, 대체로 이해가 됩니다. 그런데 문제는 중국 고대사를 공부한 분이 우리 회사에 와서 어떤 이문을 남길 수 있는지, 할 수 있는 일이 구체적으로 무어라 생각합니까?"

선배는 면접의 전략을 이야기하곤 했다. 전공 지식을 확실히 살려서 면접관이 신뢰하도록 하라는 이야기를 했다. 대학에서 배운 것을 들이대 보았다.

"중국의 대역사가 사마천, 그가 쓴 사기라는 책에 나오는 열전 가운데 화식열전을 읽으신 적 있으신지요?"

"솔직히 말해서 잘은 모릅니다만, 그게 당신이 우리 회사에 필요한 요건이 될 수도 있을지 모르니 이야기나 들어 봅시다."

그렇지, 이제 조금 이끌려 오는구나 하는 일종의 확신 같은 게 솟아올랐다. 화식열전(貨殖列傳)은 재화를 통해 나라의 융성을 가능하게 한 당대의 장사꾼들 이야기가 아니던가. 왠지 인사부장의 얼굴로 흐릿한 그늘이 지나가는 게 보였다.

그 대목에서 문득 떠오르는 게 있었다. 전에 상해에서 나온 「태사공의 경영전략(太史公的 經營戰略)」이라는 책을 번역한 적이 있었다. 사마천의 「사기(史記)」에서 아이디어를 얻어 경영론을 펼친 책이었다. 물론 그때도 알량한 원고료 때문에 거의 억지로 한 일이나 다름이 없었다. 아내가 아이를 낳아야 하는데 병원비가 한 푼도 준비된 게 없었다.

"자네 그러다가 사람 죽이게 생겼네." 하는 장모의 한마디는 머리털이 오소소 곤두서게 했다. 직업에 귀천이 없다면서 내외가 노동판으로 발을 구르며 돌아다니던 부모들, 그러다가 사고로 한날 한시에 생을 마감한 그 짧은 생애가 장모의 얼굴에 겹쳐 떠올랐다. 친구가 다리를 놓아 주어 매절로 번역 원고를 넘겼다. 두어 달여 동안 단잠을 잔 적이 없었다. 역사가 밥을 벌어먹이기도 한다 싶은 첫 경험이었다. 잘은 모른다는 말은 술꾼들이 술 잘 못한다고 하는 것처럼 수사였던 모양으로, 인사부장이 장이호에게 공감을 보였다.

"화식열전이라면, 사마천의 사기에서 기업인들이 흥미를 끌 만한 부분이지요. 재화를 어떻게 증식해 나가는가 하는 점에서 현대 기업인들의 관심과 일치하기도 하니까."

"그렇습니다. 의당 그런 말씀을 하실 줄 알았습니다. 막스베버가 이야기하는 자본주의 정신과 프로테스탄트 윤리라는 게 이미 사마천 시대에 설파된 셈이지요. 좀 더 설명을 할까요?"

인사부장은 아니라고 손을 내저었다. 그러다가 말을 바꾸었다.

"사마천과 막스베버라? 흥미로운 발상이군요. 기왕 자세히 들읍시다."

그렇게 시작된 면접이 족히 한 시간이 되게 시간을 끌었다. 한편으로는 적이 위안이 되었다. 들을 만한 이야기를 하니까 이렇게 관심을 보이지, 별로 영양가 없는 작자라면 두어 가지 물어보고 나서, 잘 되기를 빕니다 하는 어정쩡한 인사를 챙기고 돌려보내는 법이었다. 그러나 긴장되는 시간이 연속되었다. 온몸의 기운이 몽땅 빠져 나간 것처럼 몸이 금방 주저앉을 것만 같았다. 그리고 계속 날파리처럼 머릿속을 어지럽히는 생각은, 박사를 받은 양반이 우리 회사에 와서 무슨 생산성을 올릴 수 있겠느냐? 하는 것이었다. 그래 그렇지. 그렇고 말고. 또 그 소리. 머리가 횅하니 휘둘렸다. 논리적으로 설득했다는 자신감보다는 열패감이 앞섰다. 눈앞에 뿌연 물안개가 끼면서 앞을 가렸다. 논쟁하러 들지 말라, 논쟁해서 이겼다고 생각할 때가 바로 지는 순간이다, 논리로 승복은 했지만 공감하고 굽어들어주는 행동이 따르지 않기 때문이다.

끈이 낡은 가방은 소매치기도 돌아보지 않는 법이다. 그 안에 든 학문이, 교양이, 인품이 가방의 가치를 증명하는 것은 맹세코 아니었다. 서울에서 대학 나왔다는 그 학력이 면허증은 되어도 세단차를 갖다 주지는 않았다. 학문의 엄정성과 논리의 준열함은 생산성과는 무관한 구두선에 불과했다. 그간의 경험이 가져다준 결론이었다. 그런데 인사부장이 자기 이야기에 귀를 기울이는 것은 작으나마 위안이 되었다.

전 교수는 조수석으로 몸을 돌리면서 크음 기침을 하고는, 다시 코를 가볍게 골면서 잠에 빠졌다. 참 신경줄 굵은 양반이네, 자기도 모르게 웃음이 나왔다.

## 3. 무식한 스승이 있어

코를 골면서 잠에 빠졌던 전 교수가 놀라 깼었다. 내가 늘 이렇다니까요, 시간은 충분해요 하면서 여전히 비가 쏟아져 내리는 길로 조심조심 차를 몰았다. 비 때문에 공항의 주차공간이 거의 가득 차 있었다. 저만큼 멀찍이 차를 댈 수밖에 없었다. 낡은 우산으로 겨우 겨우 비를 가리면서 공항 대합실로 들어갔다. 전 교수는 충직하게도 트렁크에 실었던 짐가방을 챙겨 들고 따라왔다.

예상했던 대로 인천-서울로 가는 비행기가 폭우로 뜨지 못한다는 방송이 나왔다. 안내 창구에 가서 언제 비행기가 뜰 수 있겠는가 물어 보았다. 작정이 없다는 대답이었다. 아무런 할 일이 없었다. 아침을 챙겨먹은 배는 아직 꺼지지 않았고, 그 좋아하던 청도맥주를 마시기는 아직 시간이 일렀다. 전 교수의 제안이라는 게 이랬다.

"책방에나 들러 볼까요?"

장이호는 별스런 대답을 할 상황도 아니고 해서 전 교수가 돌돌돌 굴려가는 짐가방을 따라갔다. 규모가 제법 큰 공항서점에는 중국 책과 한국책이 섞여 있었다. 그야말로 심심풀이로 볼 수 있는 책들과 잡지며, 골프와 스킨스쿠버, 여행 그리고 산동지방과 청도의 풍광을 담은 그림책이 주종을 이루었다. 중국 책 가운데「패설중국사(稗說中國歷史)」라는 게 눈에 확 들어왔다. 그럴 만한 까닭이 있었다. 한국에서 직장생활을 시작하던 무렵으로, 한순간 기억이 역류했기 때문이었다.

면접이 끝나고 이마의 땀을 훔치면서 복도를 돌아 나서다가였다. 갑자기 머리가 휘잉 도는 바람에 복도 코너의 기둥을 짚고 잠시 서 있었다. 목이며 등이며 땀이 배었다. 벗어서 걸친 웃옷 때문에 팔이 자유롭지 못했다. 그때 가방에 넣어 두었던 핸드폰이 울렸다. 잠시 멈췄다가는 신경질을 내듯이 다시 울렸다. 가방을 복도 바닥에 놓고 지퍼를 열어야 했다. 면접 끝나는 대로 꼭 전화를 달라던 아내의 얼굴이 떠올랐다. 아내는 작은애를 데리고 병원에 가야 한다면서 지갑을 열어보다가는 한숨을 쉬었다. 장이호는 까뭇하는 사이 앞으로 닥쳐드는 시꺼먼 물체와 부딪혔다.

"빠흐동, 어머나, 어머머!"

복도 코너를 돌아오는 아가씨가 허리를 구부정하니 숙이고 있는 장이호의 옆구리에 걸려 균형을 잃고 복도 저편으로 나뒹굴 찰나였다. 장이호가 잽싸게 받쳐주는 바람에 아가씨는 균형을 잡고 겨우 일어섰다. 그런데 들고 오던 책더미를 복도 바닥에 떨어트렸다. 회장 비서실의 아가씨였다.

「패설, 중국고대사」라는 책. 그것은 장이호 자신의 이름이 박힌 책이었다. 패관들이 모은 이야기를 정리하는 가운데 태어난 패관들의 이야기를 패설(稗說)이라고 한다. 익재 이제현의 「역옹패설(櫟翁稗說)」이 그런 책이다. 장이호의 책은 패관의 이야기를 모은 패설이 아니라, 음담패설(淫談悖說)을 유념하면서 붙인 이름이었다. 기왕 돈 아쉬워서 하는 작업인데, 잘 팔리기라도 해야지, 그래야 누가 시비를 걸어오면, 입에 풀칠하려고 그랬다는 방패막이 될 터였다. 그래서 한자는 제쳐두고 알 만한 사람은 알겠지 하면서 한글로 이름을 박았다. 그런 책을 면접에 자료라고 내놓기는 낯이 간지러운 게 사실이었다. 나아가 오해가 될 소지도 있었다. 음담패설로 엮어가는 중국 고대사라면 삐딱하게 사시로 바라볼 소지는 충분하지 않은가. 그래서 이력서에도 적어 넣지 않고 감추어 둔 것인데 들통이 났다는 참담한 생각이 머리를 쳤다.

"아가씨, 그 책 어디 가져가는 겁니까?"

이쪽을 빤히 바라보고 있던 저편에서 불쾌한 듯이 말을 받았다.

"책……? 그보다는 다친 데가 없느냐고 물어야 정상 아닌가요?"

정상이 아니라는 핀잔이었다. '아임 쏘리'나 '파든'도 아니고, 불어로 '빠흐동' 하면서 내탓이오 하고 나올 때와는 달리 야무진 태도였다. 아가씨의 한마디가 속을 긁어댔다. 그렇지, 정상이 아니지, 박사학위 받아서 이런 회사 취직하자고 원서를 내고 돌아다니는 것이 정상이 아님은 물론이다. 그런데 정상 여부를 따지기 이전에 그 책이 취직을 가로막는 걸림돌이 되는 것은 아닌가 하는 생각이, 검은 새의 날개처럼 퍼뜩 스쳤다.

"미안합니다, 그게 내가 쓴 책이라서……, 챙피하기도 하고."

장이호는 뒤통수를 긁었다. 그리고는 벌을 서는 애들마냥 고개를 숙이고 여비서 앞에 잠시 서 있었다. 샤넬 회사의 상표로 디자인된 아가씨의 하이힐이 눈에 들어왔다. 스커트 아래 다리도 각선미가 빼어났다. 장이호는 비로소 아가씨의 얼굴을 올려다보았다.

"이 책을 쓴 저자, 정말요? 어머 그런 줄도 모르고……. 나도 한번 읽어봐야 하겠네요."

"읽지 마세요."

이 상황에서 뭐라고 하는 게 적절한지 떠오르는 게 없었다. 자신도 모르게 불쑥 튀어나온 소리가 읽지 말라는 투박한 한마디였다. 비서실 아가씨는 잠시 고개를 갸웃하고 섰다가, 얼굴 표정을 바꾸면서 생글거리고 웃었다.

"저자가 책을 낼 때는 세상 사람들더러 읽어 달라고 호소하는 거라던데……?"

장이호에게는 귀에 걸려 들어올 소리가 아니었다. 그 책이 누구에게 어떻게 전달되는가 하는 데 따라 운명이 결정될 수도 있다는 생각이 들었다.

"그런데 누가, 이 회사에서 누가 그 책을 찾던가요? 공개하고 싶지 않은 책이라서 그렇습니다."

진심을 털어놓는 셈이기는 하지만 스스로 생각해도 모순된 짓이었다. 책을 출간할 때는 언제고 읽지 말라는 것은 뭐란 말인가. 회장실의 비서가 가지고 가는 걸로 봐서는 회장이 읽을 모양인데, 그렇게 되면 면접을 하고 어쩌고 하는 것이 헛짓이 될 게 약여했다. 책을 낸다는 것이 음담패설이나 늘어놓는 별볼일 없는 작자로 낙인이 찍히는 셈이었다.

"자기가 쓴 책 읽지 말라는 저자가, 독자가 누군지 묻는 건 월권예요."

열패감과 월권이 그렇게 마주칠 줄은 생각지도 못한 일이었다. 장이호 자신은 열패감으로 시달리는데, 독자를 묻는 게 월권이라는 아이러니 속에 얼마간 머주하니 서 있었다. 황당한 경우를 이렇게 당할 줄을 어찌 짐작이나 했던가.

"같이 갈래요? 내가 사죄하는 뜻으로 커피 살게요."

"사죄? 사죄는 내 편에서 해야 하는 거 같은데요."

"암튼, 때를 보아 기회를 잡아라, 그러지 않던가요. 72:1의 법칙이라고 있대요. 어떤 결심을 하면 72시간 안에, 사흘 내에 실행을 해야지 그렇지 않으면 성공률이 1%도 안 된대요. 우리 회장님이 늘 하시는 말씀예요."

회장실에 근무하는 사람다운 이야기였다. 아가씨를 따라 휴게실로 가면서 '명품인간'이란 말이 자꾸만 떠올랐다. 언어가 명쾌하고 태도는 산산한 바람을 일으켰다. 목소리는 낭랑해서 듣기에 쾌적했다. 상대방이 명품인간 이미지가 생생하게 부각할수록 자신은 짝퉁인간으로 주저앉아 내려갔다.

휴게실 벽에는 시원한 필치로 휘둘러 쓴 족자가 하나 걸려 있었다. 장이호는 멈춰서서 족자를 쳐다보았다.

君 以民爲天, 民 以食爲天(군이민위천, 민이식위천)

군은 이민위천하고, 민은 이식위천하느니라. 장이호에게는 아주 익숙한 구절이었다. 필세가 대단히 웅건한 글씨였다. 전에 어디선가 현판에 걸린 글씨와 닮아 있었다. 낙관(落款)에 조박초(趙朴初)라는 이름이 선명했다. 중국의 큰 절이나 명승지의 현판에서 자주 본 이름이었다.

"서예에 취미가 있어요?"

"글씨가 좋군요. 필체도 담대하고."

"그래요, 뭐가 좋은데요?"

장이호는 글씨에 대한 감상을 이야기하는 대신 그 뜻을 대충 설명했다. 임금은 백성을 하늘처럼 받들어야 하고, 백성은 먹는 일을 최고의 가치로 여긴다는 것. 문장의 구조는 같은데 앞 구절은 규범적, 규제적이고 뒤 구절은 사실 기술적이라는 이야기를 간단히 덧붙였다. 비서실 아가씨는, 쎄 브레, 대단하세요, 맘에 들어요, 그렇게 거침없이 다가들었다.

임금이야 백성을 하늘같이 여겨야 하지만, 백성들이야 먹는 게 존재근거 아닌가. 그게 사마천의 사기 한 구절이라는 것은 누구나 아는 일, 섬

겨줄 백성이 없는 자리에서 있는 자는 먹는 일을 스스로 해결하는 게 도리의 당연함 아니던가 싶었다. 눈을 반짝이며 설명을 듣고 있던 아가씨가 불쑥 물었다.

"자기가 쓴 책을 읽지 말라니, 그런 모순이 어딨어요?"

장이호는 대답할 말이 안 떠올라 멍하니 앉아서 명품인간을 곁눈으로 훔쳐보았다. 「패설 중국 고대사」를 쓰던 무렵을 생각하면서였다. 아무튼 호구를 위해서 날림으로 책을 내는 것은 생애에 도움이 되는 작업이 아니었다. 그렇다고 그걸 모르고 한 짓은 물론 천만 아니었다. 학문과 밥벌이 사이를 오가면서 늘 생각하는 것은 공부도 돈이 있어야 그렇지 않으면, 그 흔한 거대담론 한번 펼쳐보지 못하고 오종종한 소논문 몇 편 쓰고 깝작거리다가 생애를 정리하고 만다는 사실이었다. 그러나 달리 생각해보면 공부할 돈을 만드는 것도 자신의 능력으로 귀결되는 것이 아니던가. 가문이 능력과 같은 유전인자를 가지고 있는 셈이었다. 그 책에 대해 변명에 지나지 않는 말을 거듭 늘어놓기는 마음이 내키지 않았다.

"모순의 매력도 있지요."

"예를 들면?"

"오늘 이런 장면."

"의도적이었나봐, 암튼 좋은 인연 만들어요. 오 르봐!"

비서실 아가씨는 혼자 선언을 하듯, 또 보자고 그렇게 말하고는 발딱 일어나 하이힐 소리를 따각따각 내면서 휴게실을 벗어났다. 좋은 인연 만들자는 이야기가 산뜻하게 귀에 새겨졌다.

'좋은 인연?'

그 책이 나왔을 때, 동창 친구는 우정을 걸고 하는 이야기라면서 쓴소리를 했다. 너는 그 책 때문에 학계에서 진창 깨지고 뭉개질 것이라면서, 왜 그런 짓을 골라서 하느냐, 너는 학계에서 파문을 당할 거라고 을러댔다. 너는 엑스야, 엑스 그렇게 말하면서 손가락을 들어 칼로 목을 긋는 시늉을 했다. 그의 엑스란 엑스커뮤니케이션을 생각하는 모양이었다. 공부하는 사람의 갓길로 빠지는 집필은 파문과 척출(斥黜)의 대상으로 지목된다는 우정어린 염려였다.

그 알량한 배려가 오히려 속에서 화가 끓어오르게 했다. 지도교수는 학문의 엄격함을 힘주어 강조하곤 했다. 한번 발을 삐끗하면 되돌릴 수 없는 세속의 진흙탕으로 빠진다는 것. 학자가 배고파도 그것을 운명으로 수용해야 학자라는 것. 그러나 현실은 또한 현실이었다. 1년을 단위로 세 차례 재계약을 할 수 있는 조건으로 계약직 강의교수로 취직이 되었던 것마저, 그것도 복이라고 떨려나고 말았다. 수강인원이 차지를 않는 것이었다. 혹 당시 중국을 휩쓸던 한류에 대한 강의라면 몰라도 케케 묵은 중국 고대사 같은 데 관심을 가질 숙맥들이 어디 있던가. 시대의 표징이 그랬다.

"이렇게는 못 살겠다. 취직이나 할란다."

"취직이나? 이나? 그게 무슨 이나인데?"

친구는 '이나'라는 말 끄트머리에 힘을 주면서 배시시 웃는 얼굴로, 해볼 도리 없는 인간, 미련하고 아둔한 인간, 참을성 없는 인간, 시대에 뒤진 루저라는 듯한 표정을 짓고 앉아서 참으로 한심한 인간이라는 듯, 쩍쩍 입맛을 다셨다.

"공부도 먹고 살아야 하지. 밥벌이가 안 되는 학문이 도무지 뭐라는 게야."

"한두어 해 참아봐, 견딤성이 역사하는 사람의 성공적 학문 자질이라고 했잖아. 내가 강의자리 찾아볼 테니까."

"강의? 중국의 방중술 같은 얘기나 기대하면서 턱 쳐들고 앉아 있는 애들 앞에서 강의는 뭔 강의? 인제 진력이 났어."

"그래서 어떻게 하겠다는 거야. 네 재주에 중국 관광 가이드도 못할 거고. 번역? 너 아녀도 전문 번역가가 수두룩해. 소설이나 쓸래? 그거 잘 안 될걸…… 내공이 없잖아……."

그렇게 주정 섞인 푸념과 말다툼 끝에, 잘 해봐 하면서 손을 흔들고 돌아서서 가던 친구의 뒤꼭지에서는 벌써 중견 교수티가 뚜렷이 잡혀가고 있었다. 삼십대 중반을 넘어서는 무렵이었다. 그는 어느 대학 식품영양학과 여교수와 결혼을 해서 애들 남매를 두고 있었다.

애들을 두었다는 점에서는 마찬가지였는데, 친구네 애들이 축복 속에 태어났다면 장이호는 잘라 버리고 싶은 혹같은 자식을 둔 셈이었다. 어떤 친구는, 딸 잘 길러서 가수나 탤런트 내보내라, 그럼 돈걱정 없는 노후가 보장된다, 그런데 너는 그 흔해빠진 딸도 못 낳았냐, 그렇게 염장을 지르기도 했다.

아무튼, 밥벌이 삼아 책 하나 쓴 것이 생애를 구기게 하는 쐐기를 구석구석 돌부리처럼 박아넣는 꼴이 되었다. 그렇다고 그게 학문의 엄격성을 방증하는 것은 아니었다. 세속에 발을 담그고 학문을 하겠다는 짓거리는 꿈도 꾸지 말라는 분위기가 안개처럼 퍼져 있었다.

"신통하지요. 당신 책이 중국 청도까지 와 있는 게."

장이호는 그렇다고 고개를 주억거리며, 한중교역상사 면접을 하던 날의 기억을 더듬고 있었다. 책을 쓴 처음 계기가 거기 있었다.

### 4. 뜨물 먹고 용트림하기

서가에 꽂힌 금박 호화판 경영 관련 책들 가운데 「진짜 황제처럼 경영하라」는 책이 터억 버티고 있었다. 주눅이 들어 빌빌거리는 저자와는 사뭇 다른 위세였다. 책 표지에는 윤랑시의 아이디어로, 포토샵을 이용해 변형을 한 저자의 사진이 전면에 깔려 이를 다 드러내고 천박하게 웃고 있었다.

회장 면접이 있는 날이었다. 회장은 모든 사원면접은 직접 한다는 원칙을 고수하는 사람으로 이름이 알려져 있었다. 회장이란 사람이 신입사원을 일일이 면접하고 나중에 그 이름을 기억해주는 것은 쉬운 일이 아닐 터인데, 철저하다는 생각이 들었다. 달리 보자면 자기 일의 선을 넘는 행동이기도 했다. 회장의 일이 따로 있지 신입사원 하나 쓰는 것까지 시시콜콜 참견을 하다니. 자상하다는 평을 듣는 엄혹한 가장의 특징이 그런 것처럼, 부드러운 독재를 하는 회장인지도 모를 일이었다.

회장실은 비서실을 통해 출입을 하게 되어 있었다. 검정 싱글로 잘 빼입은 젊은이가 회장비서실 문을 나왔다. 장이호는 자신의 옷을 한번 내려다보았다. 그 뒤로 도어체크 움직이는 소리가 가볍게 스르륵 문을 밀어내는 사이, 회장실 비서는 닫히는 문을 잡고는,

"다음 분 들어오세요." 하면서 장이호 쪽을 향해 윙크를 하듯 눈웃음을 보였다. 전날 복도에서 자기 책을 들고 가다가 부딪친 그 여자. 커피를 사면서 자기 책을 읽지 말라는 모순을 책망하던 아가씨. 좋은 인연. 명품인간. 그런 짤막한 어휘들이 눈앞을 휘익 지나갔다. 이미 비서실을 통해 자기가 부끄러워하는 책이 검토의 대상이 된지도 모를 일이었다. 이미 다 들킨 외도를 변명해야 하는 자리가 될 듯해서 조바심이 앞섰다. 어쩌면 내키지 않는 책을 써서 당하는 수모의 첫 관문이 될 것 같기도 했다.

"우리 회장님 되게 유식해요, 겉넘지 말고 잘 하세요."

"뭐라고 했습니까?"

비서실 아가씨는 보조개를 지으며 웃을 뿐 대답을 하지 않았다. 아직 이름도 모르지만, 사실 그렇게 만나는 것은 기연이었다. 어떤 소설에서 읽은 만남의 계기도 그런 것이었다. 내키지 않는 책, 밥벌이, 그 사이에 여자가 끼어 있고, 그런 맥락 속에 자신이 들어 있다는 깨달음은 묘한 방향으로 상상이 돌아가게 하는 것이었다. 불과 몇 초 정도 시간에 그렇게 많은 사건이 전개될 수 있을까 싶게, 온갖 생각이 왕왕왕 소리를 내며 돌아갔다.

장이호의 내면에 돌아가는 생각을 알아채기라도 한 것처럼, 여비서는

장이호를 회장실로 안내하면서 계속 샐샐 웃었다. 혹시 자신이 쓴 책을 다 읽은 것은 아닐까. 읽었다면 그 책이 미리 자신에 대한 왜곡된 인상을 제조해 낸 것은 아닌가, 찜찜하니 입안에 마른침이 괴었다.

회장은 윤이 반들반들한 명패 앞에 앉아서 장이호가 인사를 하는 모양을 쳐다보다가, 의자를 손짓해 가리키며 앉으라고 권했다. 회장은 상체가 앙바틈하니 단단하게 단련된 몸집이었다. 얼굴이 대체로 검은 편이었는데 골프를 한다든지 해서 밖에서 그을은 얼굴 같지는 않았다. 이른바 봉미라고 하는 아래로 약간 처진 눈꼬리 안에 눈자위가 물기어린 광채를 발하고 있었다. 얼굴에 위엄과 아집이 함께 배어 나왔다. 사람을 압도하는 기운이 있기는 한데 귀골이라고 하기는 어딘지 좀 빠지는 데가 있어 보였다.

잠시 서류를 서서히 넘겨보던 회장이 꺼내는 첫마디는 역시 장이호가 쓴 책에 대한 것이었다.

"장이호 씨……?"

그렇게 불러 놓고는 한참 뜸을 들이듯이 뭉개다가는 말을 이었다.

"장이호 씨가 쓴 「패설 중국 고대사」, 그 책 대단합디다. 재미있게 읽었습니다."

회장은 그렇게 말머리를 꺼냈다. 대단하다는 것이 무슨 뜻인가. 정확한 감이 잡히는 것은 아니었지만, 칭찬이라는 느낌은 그런대로 살아 있었다. 상사가 칭찬할 때는 늘 저의를 챙겨 보아야 한다는 게, 면접을 앞두고 만난 선배의 조언이었다. 대단하다는 게 무엇인가? 그리고 재미있게 읽었다는 것은 어떤 뜻인가? 인사부장을 만나 면접을 할 때는 「화식열전」으로 그럭저럭 넘어간 셈인데, 회장 편에서는 어떤 이야기를 물고 늘어질지 짐작이 가지 않았다.

"뭐랄까 진시황의 출생은, 말하자면 적자 왕통이 아닌데, 그가 왕이 된 것이 진나라를 위해 불행의 씨를 뿌렸다는 생각이 안 들던가요?"

황제의 왕통과 제국의 불행. 잘 엮어지지 않는 질문이었다. 전에 읽은 것들을 떠올려 보며 생각을 정리하는데, 회장 자신이 먼저 내용을 구체적으로 이야기하며 설명을 달았다.

진시황의 아버지는 뒤에 장양왕이 된 자초(子楚)가 아니라 여불위(呂不韋)라는 장사꾼 책사였다. 사실 왕통을 잇기 불리한 조건이었다. 겨우 6대를 내려가는 나라라서 왕통이랄 것도 없지만. 그런데 여불위가 그를 왕으로 옹립한 것인지가 선명치 않아요. 여불위라는 인간이 워낙 술수가 능란해서 누릴 것은 다 누렸지요. 그리고 자기 아들을 황제를 만들었지요, 그의 지모와 경영방법이 그런 결과를 가져왔다고 보아야 하겠지요. 그렇게 나간 것이 진나라가 멸망의 길로 들어서는 서막이었다고 설명을 했다. 자기 나름의 책읽는 방식을 터득하고 있었다. 역시 회장답다는 생각이 들었다.

"그런데, 황제를 아들로 둔 자로서는 지나치게 천속한 인간이란 생각이 안 듭니까?"

신분이 인간을 말한다는 게 고정관념일지도 모른다는 방향으로 이야기를 정리하고 싶었다. 그런데 전에 쓴 책이 자꾸 마음에 걸렸다. 여불위를 이야기하는 게 아니라, 자기 책에 대한 이야기를 하는 맥락이지 싶어서였다.

"진시황의 출생을 너무 적나라하게 서술했다는 말씀인가요?"

회장은 아니오, 하면서 고개를 슬슬 가로저었다. 회장은 고개를 가로저을 뿐 달리 이렇다 저렇다 더는 의견을 달지 않았다. 이쪽에서 먼저 말을 하라는 은근한 압력이었다. 하기는 흥미를 생각하지 않은 것은 아니었다. 사마천의 『사기』에 기록된 내용을 약간 윤색하여 야담식 구성을 한 것일 뿐이라서, 성인들이 흥밋거리로 읽는 데는 별로 걸거치는 바가 없을 것이라는 계산이었다. 잠시 침묵하고 있는 사이 회장은 다른 질문을 던졌다.

"모든 기록이 그럴 수는 없겠지만, 역사서의 기록이라고 하더라도 그걸 모두 사실이라고 믿어야 하는지 의문인데, 어떻게 보시오? 달리 말하자면 상상력을 발휘해서 자료를 재구성하는 것은 역사 서술에서도 필연적인 게 아닌가 싶은데 말이요."

언뜻 판단이 서지 않는 이야기였다. 그런데 비서가 한 말 한마디가 번뜩 지나갔다. 회장이 유식하다던. 원론적으로 치고 나가야 하겠다 싶었다.

"글을 쓴다는 것은 유기적 복합성을 지니기 때문에, 그 작업이 그리 쉬운 일이 아니라서, 주체와 언어와 사물의 관계가 선험적으로 결정되는 것이 아니라 상황과 의식의 긴장 가운데……. 부단한 결단과 판단을 지속해야 하고……. 독자의 취향이나 요구에 대한 분석도 있어야 하겠지요. 그러나 원칙적으로 글쓰기는……. 목숨을 건 고독하고 치열한 작업……."

회장은 아니, 아니 손을 내어 저었다. 그런 이야기를 길게 듣고 싶지 않다는 뜻인 듯했다.

"내 이야기는, 학문적 논리를 풀어가는 담론과 대중을 위한 언어가 층을 달리한다는 주장들이 있는데, 학문의 대중화에 기여하는 글을 학계에서 성과로 인정해 주어야 한다는 생각을 가지고 있습니다. 장이호 씨처럼 그렇게 여실하게 인간의 기본적 욕망을 그려낸 글을, 지식의 대중화에 지대한 공헌을 할 책을, 학계에서 안 받아주는 데는 인간적 문제가 개재되어 있는 게 아닌가 하는데……. 그 문제가 무엇인지 생각해 보셨는지요?" 회장은 장이호의 인간적 문제를 묻고 있었다. 비켜나가야 하는 화살이었다.

"학계대로 관행이, 일종의 아카데믹 그래머가 있기 때문에 그렇지요."

"그게 아니라, 원칙과 현실 사이에서……."

"학문 수행의 원칙과 현실……?"

장이호가 얼버무리자 회장은 다시 손을 흔들었다. 그게 아니라고.

"단도직입적으로 이야기하자면, 당신이 우리 회사에 입사해서 사장이나 회장, 또는 다른 이사진의 비리를 우연히 알게 되었다면 어떻게 하시겠나? 당신의 입장을 들어 봅시다."

사람을 넘겨짚는 말이라 기분이 상하기는 했지만, 직답으로 들이댈 수 있는 자리는 또 아니었다. 요구하는 답이 분명한데 내세울 것이 달리 없었다.

"만에 하나라도, 그런 일이 없을 줄로 압니다만, 긴 안목으로 보자면 원칙에 따라서 처리해야 하는 게 아닌가 싶은데요."

"원칙에 따른다? 그럼 이른바 내부고발을 정당화하는 논리로 가야 되겠군요."

회장은, 으으음, 침음하다가 장이호 편을 그윽이 바라보았다. 측은하게 여기는 눈빛으로 점점 눈꼬리가 꼬부장하니 내려앉았다. 진시황 이야기를 좀 보탤 필요가 있다는 생각이 스쳤다.

"저는 인간적으로 진시황을 동정하는 입장이라는 점만 말씀드리고자 합니다."

"장이호 씨도 기업의 사주를 그 잔혹한 진시황에 비유하시오? 그 까닭을 들어 봅시다."

시황제의 행적 가운데, 여불위와 태후를 끝까지 옹호하면서 천하를 경영하는 것은 스스로 짐을 지고 수레를 끄는 것과 다를 바 없는 부담이었다. 그런데 시황제는 그렇게 했다. 왕통을 따지기보다는 자신의 친부모를 인간적으로 이해하는 속깊음일 터였다. 그리고 그 그늘을 잘 어루만지면서 국가경륜을 해 나갔다. 최소한 천하통일 이전까지는 그랬다. 비리니 잘못이니 하는 것은 내적으로 용납될 부분이 있다는 말로 알아들어주기를 바랐다. 포악하고 무자비한 것은 사실이지만, 그것이 나라를 부강하게 하는 데 첫째 조건이기 때문에 그러한 것이라는 점을 이야기하고 싶었다. 그리고 그러한 논리를 자신의 원칙론과 연계하려는 계산이었다.

"무리가 있을지 모르지만, 비유해 말하자면 그렇지 않겠습니까?"

위험한 것을 미리 알면 그런 이야기를 아예 꺼내지 말 일이었다. 그렇지 않아도 언론에서 황제경영이니, 군왕의 기업이니 해서 경영의 가족주의를 질타하는 바람에 기업주들이 심기가 잔뜩 불편한 판에, 당신도 어쩔 수 없는 황제 아니냐고 들이대는 데다가 잘 했다고 칭송할 턱이 없었다. 회장은 빙긋이 웃으며 장이호를 쳐다보고 앉아 있다가,

"오해가 있는 것 같소."

그렇게 말하고는 장이호의 답변을 기다리기라도 하듯이 손가락으로 책상머리를 툭툭 치면서 생각을 가다듬고 있었다.

"삼황과 오제를 능가하는 존재, 그래서 시황제 아니던가요. 그 황제를 닮은 경영이 과연 잘못일까 하는 생각이 들어서 잠시…… 물어본 것이지요. 황제가 되어도 처음부터 황제로 태어나지 않는 한 황제 이전의 생애가, 내력이 황제의 제황윤리에 영향을 미치게 마련이지요. 나도 그렇기는 합니다만, 장이호 씨도 학자로서 청운의 꿈을 접고 우리 회사에 입사하겠다는 결심을 하기까지 얼마나 고뇌했을까 생각하면서 마음이 아팠습니다."

회장은 웃다가 찌푸리다가 하면서 종잡을 수 없게 표정이 계속 바뀌었다. 장이호더러 학자니 꿈이니 하는 것 접고 세속의 논리 속으로 발을 들이기로 했으니 세속을 인정하라는 것인지, 자기가 데리고 일하기는 불편한 인물이라는 것인지 감이 잡히지 않았다.

"황제가 황제답다는 규정은 후세 사람들의 의식이 결정하는 것인지도 모르겠소. 수고했소이다. 이제 가 보시오."

이렇게 허무하게 끝나는 것인가, 생각해보니 어이없는 수작을 벌였던 것 같기도 했다. 외돌아가고 꼬이기로 작정이 되어 있는 생애 아니던가. 취직 '이나' 했던 것도 물거품이 되어 바람에 날아갈 판이었다. 남의 집 채마밭에다 한번 똥을 갈기면 언제든지 저놈의 개 소리를 듣는 법이다. 학문을 한다는 사람이 속물 대중을 위해 책을 쓴 것을 옹호해줄 사람은 아무도 없었다. 회장도 이해하는 방향으로 말을 하기는 하지만, 다만 면접의 자리에서 장이호의 속을 떠보자는 것일 뿐이라는 생각을 버릴 수 없었다. 결국 자기가 쓴 책을 두고 학문적 변절로 보는 것이 아니던가.

속이 부글거리고 트림이 올라오기까지 했다.

회장실 밖까지 여비서가 따라 나왔다. 보조개가 가볍게 파이는 볼에 웃음을 지으며 장이호에게 다가와 명함을 내밀었다. 전날은 미처 챙기지 못했다면서. 이게 무슨 꿍꿍이가 있어서 이렇게 다가서는가 싶었는데, 한마디 던지는 말이 허브향처럼 다가왔다.

"좋은 소식 있을 거예요, 오 르봐."

길고 부드러운 손가락을 살랑살랑 흔들어 인사하는 모습은 장이호의 감각을 휘저어 놓는 것이었다. 일시적으로나마 마음이 놓이는 것 같았다. 마치 좋은 소식은 자기가 만든다는 식으로 좀 건방기가 배어 있는 말이었지만. 회장과 면접에서 주고받은 이야기는 여전히 혼란이었다. 회장이라는 사람의 기대가 무엇인가, 내내 궁금하지 않을 수가 없었다.

골프 잡지를 뒤적이고 있던 전 교수는, 장 박사가 골프를 할 줄 알았더라면 청도 생활이 한결 윤택해질 수 있었다는 아쉬움을 이야기했다. 하기는 청도로 몰려오는 골프매니아들이 항공사를 먹여살린다 할 만큼, 해외원정 골프에 광적인 열풍이 불었다. 그러나 장이호에게는 남의 이야기일 뿐이었다.

공항 마당이 빗물로 벙벙하게 차올라와 어디가 어딘지 분간을 할 수 없을 지경이 되었다. 전 교수는 자기 평생에 처음 보는 폭우라고 했다.

"청도로 다시 들어가지요. 오늘 비행기 뜨기 틀렸습니다."

잠시 기다려 보자는 장이호의 이야기를 듣고 나서, 전 교수가 공항 안내에 전화를 해 보았다. 청도는 밤 늦게 비가 갤 것 같다고 하는데, 이제는 그 비가 동쪽으로 몰려가 서울 공항은 모든 비행기가 결항이라고 했다. 청도가 날이 개더라도 서울 날씨 때문에 이륙허가가 안 떨어진다고 한다. 같은 내용의 안내방송이 있었다. 청도와 한국은 동일기후대에 속하는 것이 틀림없었다.

모든 비행기편이 취소되는 상황에서, 청도 시내로 다시 돌아올 수밖에 없었다. 그러나 청도로 다시 돌아가기는 마음이 터억 놓이지 않았다. 길을 바꾸기가 마음이 불편했다.

## 5. 복숭아꽃은 어떻게 피나

군대 입대를 한다고 환송회를 몇 차례 치르고, 훈련소까지 갔다가 돌아온 친구의 꼴 그대로였다. 한국으로 귀국한다고 송별주를 거듭 얻어먹었다. 거기다가 그것도 직장이라고 직장에서 쫓겨난 주제에 무얼 아쉬워해서, 청도를 못 떠나고 다시 돌아 들어가기는 쑥스럽기가 이만저만이 아니었다. 짐을 배편으로 다 부친 뒤이고 숙소 열쇠를 반납한 끝이라서 학교로 다시 들어가기도 궁색했다. 철이 그러니만치 배에다가 수건 하나 걸치고 자도 되는 날씨지만 전 교수 집으로 가자는 것도 말이 안 되는 일, 그리고 싶지 않았다. 우선 공항까지 배웅을 나왔던 전 교수를 청도로 돌려보내야 했다.

"우리집으로 가십시다."

"청도를 떠나기로 한 초심이 있는데, 안 갈랍니다."

장이호를 묵연히 건너다보던 전 교수는 이렇게 말했다.

"뽑았던 칼을 칼집에 다시 집어넣는 것도 크나큰 용기지요. 괜히 고생하지 말고 청도로 돌아갑시다."

"그런 비유는 이제 그만. 여기까지 바래다 준 것만도 큰 은혜니 걱정 말고 들어가시오."

전 교수는 어디서 묵을 생각이냐고 묻다가, 공항 근처에 있는 청양(城陽)의 호텔까지 바래다 주겠다고 제안했다. 그것까지 마다한다면 야박하다 싶었다.

"사기꾼들 조심하시오."

호텔 앞에서 그렇게 한마디를 던지고 나서 마지못해 하는 식으로 악수를 했다. 회전도어를 밀고 나가는 전 교수의 등에다 대고 인사로 손을 저어 주었다. 밖에는 여전히 비가 줄줄 내리고 있었다. 전 교수에게서 풀려났다는 안도감 같은 게 안으로 슬슬 밀려들었다.

장이호는 옷을 입은 채로 침대에 벌렁 드러누웠다. 쏴아 하는 빗소리 말고는 사방이 적요할 만큼 조용했다. 그래 이게 오롯한 내 시간이다. 혼자 생각을 정리할 시간을 가지고 싶기도 했다. 매일 일정 시간을 자신을 위해 투자하라던 친구의 말이 떠올랐다. 하루는 1440분이다, 그 가운데 1%면 14분, 그 시간은 자신을 위해 투자하라는 것이 경영학의 룰이라고 했다. 하기는 그동안 자신을 위한 시간이라는 것을 가져본 적이 별로 없었다.

목이 칼칼했다. 청도에서 마실 수 있는 최후의 맥주가 될지도 모른다는 생각으로, 냉장고를 열어 맥주 캔을 꺼내 놓았다. 중국산 어포도 마음 먹고 집어 들었다. 그동안 청도에 와서 했던 일들이 하나 하나 섬세한 음영을 띠고 살아났다.

바지 뒷주머니에 넣었던 수첩이 엉치를 찔러 이물감을 일으켰다. 수첩을 꺼내 탁자 위에 놓았다. 청도에 와 있는 동안 한국에서 쓰던 수첩을 바꾸지 않고 그대로 썼다. 수첩 책가위 안에 작은 메모지가 하나 나왔다. 여려려(呂麗麗)라는 이름이 적혀 있었다. 청도로 가는 비행기에서 만난 스튜어디스. 그 해맑고 매락매락한 얼굴과 시원한 눈매가 떠올랐다. 간자로 표기된 이름표를 보고 번자체로 써 달래서 받아 두었던 메모지였다. 아가씨는 고울려자는 고려, 고구려를 표시하기 때문에 한국과는 인연이 깊다면서 귀엽게 웃었다.

청도로 가는 비행기는 노선이 짧아서 그런지 기내식으로 음료와 햄버거만 주었다. 햄버거는 맥주와 함께 먹지 않으면 목에 안 넘어갈 만큼 입안에서 꺼끌대며 겉돌았다. 그래서 맥주가 더욱 땡겼다. 그렇게도 벼르던 청도맥주를 세 캔째 비우는 중이었다.

"손님은 맥주가 너무 많으세요."

덧니를 드러내고 생긋 웃는 스튜어디스의 풍만한 가슴께 달려 있는 이름표가 눈에 들어왔다. 여리리(呂麗麗)라는 이름이었다. 문득 여씨 성, 여불위의 후손일지도 모른다는 생각이 스쳐갔다. 사마천이 열전(列傳)에 기록을 해둘 만한 인물이라면, 여불위는 중국사에서 한몫을 단단히 한 인물이 틀림없다. 사마천은 여불위와 같은 인간을 왜 그렇게도 자세하게 기록했을까. 사마천은 인(仁)이니 도(道)니 하는 이야기를 하는 이념론자들과는 시각이 확실히 달랐다. 세상 돌아가는 근원적인 에너지는 이념이나 사상이 아니라는 점을 간파하고 있었다. 유물론자를 연상하게 할 만큼 동물로서의 인간, 먹고 마시고 번식하는 존재로서 인간, 권모술수로 생애를 이끌어가는 인간, 욕망을 추구하는 인간의 어두운 심연 그 밑바닥을 보아낸 것이다. 공연히 역사를 공부하면서 역사이성이니 시대정신이니 하는 이야기로 자신을 단련해 나간 것, 용꿈을 꾸자고 스스로를 달랬던 것은 어쩌면 안에서 분출하는 인간의 본능적 에너지를 통제하기 위한 무마책이었는지도 모른다. 이전이라고 그런 생각을 안 한 것은 아니지만, 근년 한국에서 취직이라는 것을 하고, 쫓겨나고, 중국에 와서 일자리를 구하고, 그리고는 다시 짤리고 하는 과정에서 인간으로서 근본이 뒤틀어진 게 아닌가 하는 생각을 거듭 하게 되었다.

수첩 뒤에서는 색다른 명함이 나왔다. 왜, 무슨 미련이 있어서 그걸 아직 가지고 있는지. 장이호가 여비서를 만나서 받아 지갑에 넣어 두었던 명함이었다. 그 사이 그걸 꺼내 볼 여가가 없었다. 윤랑시(尹瑯柴), 성이야 그렇다 치고 랑시는 이제까지 다른 이름에서 본 적이 없는 글자들이었다. 장이호가 확인한 바로는 랑(瑯)은 옥을 뜻하기도 하는 지명의 하나였다. 시(柴)는 섶이라는 의미, 야생의 숲을 뜻한다. 구태여 그 이름의 뜻을 찾아 달리 말하자면 다듬지 않은 박옥(璞玉) 정도가 되는 것이었다. 아무튼 요란하게 분식을 한 이름이다 싶었다. 알파벳으로는 Yun-lancière라고 되어 있었다. 자크 랑시에르라는 이름이 비슷한 유명 작가도 있기는 하지만, 그게 물방앗간 배수구를 뜻하는 단어가 아닌가. 배수구라니.

하기는 윤랑시는 장이호에게 감정의 배수구 역할을 해 주기도 했다. 물방아를 돌린 물이 배수구로 빠져 나가는 물길을 따라 장이호 자신이 휘둘리기도 했지만. 생각해 보면 윤랑시만큼 장이호를 이해하며 감싸안고 그의 일을 착실히 거들어 준 사람이 달리 없었다. 어찌 보면 사랑이라는 것을 해본 첫 경험이기도 했다.

　장이호와 윤랑시는 일과 사랑의 무넘이 같은 사이로 관계가 진척되었다. 이떤 책에선가 읽은 기억이 떠올랐다. 일을 통해서라야 완벽한 소통을 도모할 수 있다는 내용이었다. 소리를 같이 하는 선생과 제자, 화가와 모델, 의사와 간호사 그런 사이에 인간적 이해가 깊어지고 결국은 사랑으로 진입하는 것처럼 같은 일을 하는 가운데 세속적 조건을 벗어난 사랑이 이루어진다는 내용이었다. 한솥밥을 먹는 일이 그래서 위험한 달콤함이 있다는 것이었다. 장이호가 회장의 부탁을 들어 가면서 책을 쓰는 동안 윤랑시는 빈틈없는 간호사가 의사에게 하는 것처럼 일을 거들어 주었다. 어떤 때는 윤랑시가 오히려 앞서서 일을 해 놓기도 했다. 장이호는 혼란스럽기까지 했다. 처음 만났을 때 명품인간을 떠올리게 할 만큼 지적으로 세련되고 감각이 풀풀 살아 있던 데 비하면 인간적 충실함은 상식을 넘어서는 것이었다.

　때론 윤랑시의 친절과 충성스러움이 부담이 되어 돌아오기도 했다. 일과 애정의 경계를 넘나드는 통속적 수위를 조정하지 못하고 혼란에 빠지는 게 아닌가 싶을 지경이었다. 사무실에서 책을 만들기 위해 원고를 작성하기가 어렵다고 했더니 회장 편에서 호텔을 잡아 주었다. 그리고 윤랑시가 가끔 일거리를 가지고 오기도 하고 책을 들고 와서 참고하라고 전해주기도 했다. 그러던 어느 날, 이런 이야기를 한 적이 있었다.

　"우리 일과 애정의 갈림길에서 위험한 놀이를 하고 있는 거 아닌가……."

　"상 프롱티에르, 그런 경계는 없어요."

　윤랑시는 프랑스에서 공부했다는 것을 각인시키기라도 하듯, 불어 단어를 이야기 앞머리에 갖다 놓는 말버릇이 있었다.

"경계가 없다면?"

"사랑에 목숨을 건다는 얘기, 장이호 씨는 그걸 그대로 믿어요?"

"꼭 사랑이 아니라도 어떤 인간이든지 인간에 대해서는 목숨을 걸 수 있겠지."

"어떤 인간에다가 말인가요?"

"윤랑시에게 내가 그렇게 하는 것처럼."

"그건 스스로 불행의 악마를 불러들이는 꼴이라니까요."

사실이 그랬다. 애써서 세속의 윤리를 내세우려 하지 않았지만, 주유소에서 불장난을 하고 있는 셈이었다. 더구나 회장의 비서가 아니던가.

"……"

장이호의 침묵과 달리 윤랑시는 얼굴에 흐뭇한 웃음을 물고 부끄러운 듯이 겨우 입을 열어 말했다.

"뭐랄까, 시블리마시옹, 승화. 사랑을 하면 존재가 한 차원 상승한다는 걸 처음 알았어요. 이호 씨 만나고 나서 말예요."

장이호는 쿡쿡 웃었다. 그런 되지 않는 말 씨부리지 마시오, 하는 맥락에서 친구가 가끔 하던 언어유희 같은 농담이 떠올라서였다. 그리고 윤랑시의 말 치고는 어색하기 짝이 없는 고백이었다.

"지금 우리 사랑하고 있는 건가?"

윤랑시는 장이호의 눈동자를 빠져들 듯 빤히 쳐다보고 앉아 있었다. 장이호 또한 안에서 꿈틀거리며 살아나는 욕망의 실체를 감지하기 시작했다. 욕망이니 욕동이니 하는 용어의 무채색에 비하면 장이호의 육체 내부에서 돌아가는 에너지는 이성적 통제의 영역을 넘어서는 것이었다. 무색계를 살아가야 하는 인간으로 자신을 닦달하던 학문적 추구와는 다른 세계, 색계의 한가운데에서 파충류처럼 몸을 뒤트는 자신의 모습은 처연하기까지 했다. 윤랑시의 몸뚱이가 장이호 쪽으로 기울어왔다. 장이호는 윤랑시를 슬그머니 밀어 놓으면서 돌려 앉았다.

"저거 할래요?" 하며 윤랑시가 샤워부스를 가리켰다.

윤랑시는 말이 궁한 장면, 말로 형용하기 어려운 몸의 욕구가 꿈틀거릴 만한 장면에서 샤워를 하자고 나왔다. 그게 윤랑시가 속을 푸는 솔직한 방법인지도 모른다는 생각이 들었다. 그러나 자꾸 비집고 들어오는 의식의 바늘 끝을 감당해야 하는 것은 자학적이라고 할 만큼 온몸을 얼어붙게 했다.

회사에서 쫓겨나기는 했지만 그 회사에서 윤랑시를 만난 것은, 윤랑시의 말대로 내면에 숨어 있던 인간의 다른 지층을 파내는 경이로움을 안겨주었다. 그것은 삶의 원질적 가치에 해당하는 것이었다. 윤랑시와 그렇게 지내는 일을 아내는 까맣게 모르고 있었다. 웬만하면 동물적 감각으로 알아챌 만도 한데 아내는 그저 무덤덤했다. 그 무덤덤한 아내는 처연한 슬픔의 덩어리였다.

장이호는 집에서 아이들을 데리고 교정지를 처리하느라고 부수수한 머리로 책상에 엎어져 있을 아내를 생각했다. 아내를 생각하기는 참으로 오랜만이었다. 아내는 다른 남자를 만나고 있을지도 모른다. 이런 장면에서 다른 남자를 만나고 있는 아내를 생각하다니, 참으로 단작스러운 배알이었다. 그러나 교정지를 처리하느라고 흘러내리는 안경을 밀어올리며 사전을 뒤지고 앉아 있는 아내보다는 낯선 베드 위에 나신을 드러낸 아내의 몸뚱이를 떠올리는 것이 한결 강렬하고 진실에 가까운 것인지도 모른다. 아내는 자유주의 이념을 지닌 자칭 혁명가였다. 그런 혁명가가 장이호를 만난 것은 처음부터 틀린 구도였는지도 모른다. 혁명의 역사를 통해 역사를 뒤바꿀 투지를 기르고 싶었던 걸까. 그러나 아이가 생기고 장이호가 공부에 골몰하는 동안, 생활에 지질린 아내의 혁명의지는 침묵의 그늘에서 철지난 버섯처럼 주저앉았다.

잠자리와 꿈은 각놀아도 아무 상관이 없는 일. 동상이몽, 같은 잠자리에서 다른 꿈을 꾸어야지 꿈까지 같다면 정상이라고 하기 어렵다. 황제의 어머니가 된 여자라도 육욕을 어떻게 통제할 길이 없는 것이 현실이라면 현실을 존중해야 할 게 아닌가. 결국 몸이 문제일 터. 몸에서 정신이 날아가는 순간 몸은 몸이 아니듯이, 그 역 또한 진리치를 담고 있을 것이란 생각이 들었다. 몸 없는 정신은 유령에 지나지 않는 것. 윤랑시가 유령에서 벗어난 것은 몸을 안 뒤라고 털어놓지 않던가. 몸이라는 것, 핏줄을 이어간다는 것. 목숨을 이어간다는 것. 핏줄이 배제된 거세된 섹스라는 것. 그게 무엇이란 말인가. 최소한 진시황의 핏줄은 몸에 연결되어 있었다. 그리고 그는 피라는 것에 충실했다.

회장과 책을 쓰면서 정리했던 진시황의 계보가 생생하게 기억의 모니터에 재생되었다. 아마 이야기의 힘이 그런 것인지도 모를 일이다. 사금파리 조각을 모아 집을 짓는 일과 같은 것.

진시황의 어머니는 여불위의 애첩이었다. 진시황의 아버지 뻘 되는 자초는, 뒤에 진나라의 장양왕이 되는 그 사람인데, 젊은 시절 조나라에 볼모로 가 있었다. 여불위가 자초를 꼬드겨 아들이 없는 태후 화양부인을 매수하고, 나중에 태자로 자리를 굳히기까지 아버지 장양왕과 여불위의 음약(陰約)이 없었다면 조나라 볼모로 있다가, 진에서 조나라를 치러 든다면 목이 잘려 거리에 효수되었을 게 뻔한 처지였다.

자초가 여불위의 애첩을 탐내어 빼앗을 때, 그 첩은 이미 임신한 상태였다. 자초는 그 사실을 본능적으로 눈치채어 알고 있었다. 자기를 태자의 자리로 밀어올리는 데 동원되는 지모(智謀)와 재력으로 보아, 그의 자식이라면 모르는 척하고 길러서 후계를 삼아도 아무 지장이 없을 터라고 믿었다.

여불위의 씨를 밴 여인을 데려다가 아내를 삼았으니, 진시황은 나중에 장양왕이 된 자초의 아들이 아니라 정히 여불위의 친아들이었다. 여불위가 친부인 셈이다. 여불위에게서 빼앗아온 여자는 한단에서 가장 아름답고 춤을 뇌쇄적으로 잘 추는 미녀로 소문이 나 있던 것처럼, 절세의 미인이었다. 거기다가 재력도 쩡쩡한 집안의 딸이었다. 하나 흠이라면 남자를 못살게 구는 유다른 도색증이었다. 하루에도 몇 번씩이나, 아침 저녁

가리지 않고 침을 흘리며 덤벼드는 데는 당할 장사가 없었다. 도화색 가득한 얼굴로 다가와 농밀한 운우지정을 나누어온 미인을 조나라에 인질로 잡혀와 있는 자초에게 바친다는 것은, 여불위로서는 용납하기는 고사하고 거세를 당하는 모욕이요 얼굴에 먹을 넣는 수치였다. 그러나 자초에게 투자한 것이 아까워서라도 그의 청을 들어줄 수밖에 없었다. 돈으로 따지자면, 첩실 하나쯤이야 넘겨주어도 아깝지 않다 하는 셈이었다.

쓸만한 구석이 있는 인간이었다. 일이 잘 되려면 뜻을 잘 세워야 하기도 하지만, 하늘과 귀신의 도움이 있어야 한다. 왈 천우신조(天佑神助)가 아니면 인력으로 어찌 세상사를 다 주관할 수 있다던가. 자초의 아버지 안국군이 즉위하고 자초는 태자가 되었다. 안국군은 왕이 된 지 겨우 한 해를 넘기고 세상을 떴다. 시호가 효문왕이었다. 여불위는 눈이 번쩍 띄었다. 자기 첩을 빼앗아간 자초가 왕이 된 게 아닌가. 그가 장양왕이다. 인간에 대한 투자가 대개 그러하듯이, 돈을 들여 기른 인간은 변절이라는 것을 모른다. 장양왕은 사람됨이 의리가 있어 여불위를 승상 문신후로 임명했다. 여불위는 무릎을 쳤다. 일종의 투자효과를 눈앞에서 보는 순간이었다.

도모하는 일이란 일마다 각본대로 척척 쾌가 맞아 돌아갔다. 자기의 경쟁자 혹은 연적이었던 장양왕은 왕이 된 지 3년이 되자 세상을 떴다. 세간에서는 여불위가 교사(教唆) 해서 독살했다는 설도 있지만 믿기 어렵다. 아직은 아들 정(政)이 나이가 겨우 열두 살을 넘어서는 시점이고 돈을 들인 약효가 팔팔하니 돌아가는 중인데, 그렇게 서둘 일이 아니었다. 더구나 왕이 되어 바쁜 날들을 보내는 중에 태후는 틈을 타서 찾아와 곰실곰실 품으로 파고들기도 했다. 옛정이 되살아나 이불 속이 봄밤의 향기처럼 흐드러지는 날이 이어졌다.

드디어 여불위 자기의 친아들 정(政)이 왕위에 올랐다. 여불위는 국상이 되고, 애첩은 태후로 정위되었다. 아들은 명실공히 장양왕의 적자로 왕이 된 것이다. 출생과는 아무 상관이 없었다. 출생이 어떠니 따지는 족속들은 머리에 관념만 가득하고 몸이 늙어 전쟁에 나가지 못하는 늙은이들뿐이었다. 만일 왕통이 어떠니 하는 이야기를 떠벌리고 다니는 자가 있으면 잡아다가 목을 베어 길거리에 꿰어 달아 왕의 위엄이 어떠함을 보임으로써 다른 잡스런 이야기를 막아버리면 그만이었다.

이름이야 왕이지만 아직 13살 애숭이 아들이다. 아직 성에 눈을 뜨기에는 일렀다. 태후는 기회를 적절히 보아 여불위와 질척거릴 정도로 즐기기도 했다. 여불위 편에서 이러다가는 사단이 벌어질 것이 걱정될 정도로 태후와 접촉이 잦았고, 정은 깊고 농염했다. 꼬리를 흔드는 여자 좋은 것은 남자의 허리가 참나무처럼 딴딴할 때에 한한 이야기일 뿐이었다. 기실 나이가 나이인지라 여불위로서는 당해내기 어려운 여자였다.

아무튼 이 여자가 음란을 일삼았는데 그 기록이 「사기」에 리얼하게 그려져 있다. 장이호는 이를 풀어서 서술해 보았을 뿐이었다. 「사기」에 기록된 내용은 원문을 욀 수 있을 정도로 기억이 선명했다. 이규성이라는 학자가 사기를 재편집해 놓은 책에는 그렇게 되어 있었다.


왕위에 오른 정이 나이를 먹어 불두던에 치모가 돋아나기 시작할 무렵이었다. 태후의 방에서는 밤낮을 가리지 않고 감탕질의 교성이 흘러나왔다. 환관들은 미명환 제조를 잘 한다는 약사들을 불러들였다. 여불위는 어린 왕이 궁녀들을 데려다가 발가벗겨 놓고 노는 광경을 목도하고는 목에 칼날이 와 닿는 것 같은 서늘함으로 몸을 떨었다.

여불위는 이런 일들이 발각되면 화가 자기에게 곧장 미칠까 겁에 질려 지냈다. 내시들을 시켜 물건이 좋은 남자를 물색해 오라고 은밀하게 명령을 내렸다. 물건이 크다는 사람들을 모아놓고 여불위는 직접 그들을 점고했다. 성기가 참나무 방맹이처럼 단단하고 큰 인물로 로애(嫪毐)를 앞설 자가 없었다. 이만하면 도화의 화신인 태후도 헉헉 기절을 할 만하다 싶었다. 그를 사인을 삼은 후, 배우들과 악사를 불러들여 판을 벌리게 했다. 그리고는 태후를 불러 앉히고 애(毐)의 성기에 오동나무로 만든 수

레바퀴를 꽂고 걸어다니면서 음악에 맞추어 춤을 추게 했다. 태후는 몸을 비비 꼬면서 사타구니에 손을 넣고 교성을 질러댔다.

태후가 만족하는 눈치를 알아채고 여불위는 노애를 아예 태후의 전속으로 임명해주마 했다. 태후는 부끄러움 같은 것은 이미 작파한 뒤였다. 그렇게만 해 주신다면 좋지요, 단 당신이 시기하거나 하지 말아야 하는 조건으로. 여불위는 불감청고소원, 노애를 태후에게 바친 후, 사람을 시켜 궁형에 해당하는 죄로 노애를 고발하도록 일을 꾸미는 한편 태후에게 은밀히 말하였다.

"그를 궁형에 처하는 척하고 급사중으로 쓰십시오."

태후는 궁형을 담당하는 관리에게 은밀히 많은 뇌물을 주어 삶아 놓고는 노애를 궁형하는 척하기만 하라고 부탁했다. 뇌물을 먹은 관리는 그의 수염을 뽑은 후 환관으로 삼았다. 노애는 마침내 태후를 측근에서 모시게 되었다. 태후는 그와 밤낮을 가리지 않고 육욕을 풀며 성을 즐기는 데 아무 걸거침이 없었다. 물론 태후는 그를 몹시 사랑하였다.


역사가 기억을 바탕으로 한다지만, 그런 음사(淫事)까지 기억나는 것은 참담한 심정으로 빠져들게 했다. 아마 회장과 책을 쓰는 동안 그런 기억이 강화된 결과는 아닐까 싶었다. 혹은 자신이 고매한 정신보다는 그런 인간 잡사에 본래 관심이 많았던 것을 억누르고 살았는지도 모를 일이었다.

생각해 보면, 홍보부 시절이라는 말을 거침없이 되뇔 만큼, 홍보부에서 호시절을 누린 셈이었다. 홍보부 일이라는 게 사보를 편집하고, 광고사에 광고를 맡기고 하는 것 말고는 분초를 다투는 일들은 없는 편이었다. 과대광고라는 비판이 일면 나서서 무마하는 정도의 일이었다. 홍보부 사무실은 회장실과 같은 층의 동북쪽 구석에 있고, 그 옆에 흡연실이 있어서 자연 사원들이 자주 드나드는 공간과 동선이 닿게 되어 있었다. 거기다가 회장실의 윤랑시는 장이호에게 전화로 연락할 일까지 직접 찾아와서 이야기를 하다 돌아가곤 했다. 사무실 동료들은 장이호에게 회장이 당신을 너무 아끼는 것 같다, 비서와는 거리를 두어야 한다, 그런 이야기를 던지기도 했다.

윤랑시가 홍보부 사무실로 찾아왔다. 회장이 장이호에게 부탁하는 일들이라면서 전하는 내용은 감내하기가 꽤 어려운 과업이었다. 「서경」, 「사기」, 「여씨춘추」, 「삼국지」 그런 책들에서 경영과 관련된 내용을 찾아서 항목별로 A4 용지 한 장 정도로 요약해 달라는 것이었다. 아무리 한가한 부서라고 해도 회장의 그런 치다꺼리를 해 주려고 입사한 것이 아닌 한, 자존심을 찍어누르는 일이었다.

"회장님이 중국 고대사에 관심을 가지는 까닭이 뭔거 같아요?"

"잘 알잖아요, 리마지나시옹 이스토리끄, 역사적 상상력을 경영에 도입하고 싶은 모양이더라구요."

"역사와 경영? 그 거리가 얼만데, 잘 될까?"

"이호 씨 믿고 하는 일인 모양이던데, 아직 직접 이야기 않던가요?"

입사 당시부터 회장이 그런 의욕을 가지고 있다는 것은 어렴풋이 짐작을 하기는 했지만, 구체적인 단계로 들어가면서 장이호로서는 좀 난감한 쪽으로 일이 돌아간다는 기미를 나타내기 시작했다.

"눈 딱 감고 도와드려요, 회장님은 당신이 아끼는 사람 홀대하지 않아요."

중국 고전에서 경영의 원리를 배우려고 한다는 것을 윤랑시는 비교적 소상히 설명했다. 장이호는 다른 책은 몰라도 「사기」를 중심으로 몇 가지 아이디어를 제시할 수 있겠다 싶어서, 잘 알았노라고 대답을 했다. 마침 「경영귀재 사마천」이란 책이 발간되어 인기리에 팔리고 있었다. 그 책을 참고해서 몇 가지 아이디어를 정리해서 전했다. "곳간이 차야 예절을 알고 의식이 풍족해야 영화와 수치를 안다."는 관자의 개념을 바탕으로, 그런 기본이 해결된 고객을 중심으로 소비욕구를 촉구하는 방법을 몇 가지 적어서 윤랑시를 통해 전했다. 한 그릇에 10만 원하는 홍삼탕이라든지, 한 판에 50만 원하는 송아지 불고기, 디너쇼를 위한 식단 개발 등 그런 아이디어들이었다. 어차피 가난한 사람들이야 쓸 돈이 없고, 우아한 소비문화를 형성하지 못하기 때문에 구제의 대상이라면 몰라도 비즈니스의 대상이 될 수 없다는 것이 전제였다. 그 이야기는 자신을 두고 하는 것이기도 했다. 돈을 벌 줄 모르면 쓸 줄도 모른다. 이 엄연한 사실을 들러엎으려는 모든 시도는 처참한 패배를 불러온다.

윤랑시가 장이호에게 만나자는 전화를 했다. 점심시간에 회사 맞은편 시엘 블루 빌딩 라운지에서 만나기로 했다. 윤랑시는 자리에 앉자마자, 얼굴에 웃음을 잔뜩 물고 장이호에게 다가앉으며 첫마디를 꺼냈다.

"회장님이 중국사를 전공한 장 박사가 입사해서 당신의 삶을 행복하게 만들어 준대요."

"그렇게까지야……."

"회장 칭찬 받고 잘 나가는 분이 점심 사세요."

"점심은 나 불러낸 사람이 사야지, 겨우 백수신세 면한 졸갱이한테 뭐 하는 거야."

"정말이라구요, 내가 헛소리 할 사람 아니잖아요. 그리고 자신을 너무 낮게 평가하지 말아요. 스스로 몸값을 올릴 줄도 알고 그래야지, 자존감 그게 얼마나 큰 재산인데, 이호 씨는 말끝마다 소인을, 내가 혐오해마지 않는 쁘띠 에스프리를 달고 살아요. 왜 그래요?"

"지금 나한테 훈계하나?"

"그런 소리 아무한테나 하지 않는다구요. 우리 회사 괜찮은 회사걸랑요, 자부심 가져도 된다구요. 공연히 주눅들어 주저앉지 말고."

그런 이야기 끝에, 로댕을 찾아와 비서가 되어 일하겠다던 릴케가 얼마나 대단한지 아느냐고 들이댔다. 비서로 일하는 것은 결국 인간 이해를 도모하는 일종의 예술이라는 주장이었다. 회장이 장이호를 칭찬한다는 이야기를 좀 더 구체화해서 전했다. 전에 건넨 보고서 가운데, 투자 대상이 자부심을 느끼게 하라, 아낌없이 준다는 신뢰감을 확보하라 하는 대목이 있었다. 그러면서 여불위가 자초(장양왕)에게 투자하던 상황을 간단히 예로 들었는데, 그게 회장 눈에 들었던 모양이다.

"회장님께서 하는 부탁인데, 진시황제가 왕이 된 이후 여불위를 어떻게 대우했는지 요약해 달래요."

여불위, 마누라를 바치고 그 밑에서 세력을 구축해 보자고 했던 사내. 그에게 관심을 갖는 이유는 짐작이 가는 구석이 있기는 했다. 그러나 그런 구도를 상상하는 것은 사실 상식에서 벗어나는 것이었다. 자신을 투자자 여불위로, 장이호는 회장 자신의 투자 대상인 자초로, 그리고 윤랑시를 여불위의 애첩으로 겹쳐놓는 그러한 구도였다. 회장이라고 장이호가 윤랑시와 가깝게 지낸다는 것을 눈치채지 못할 까닭이 없고, 그렇다면 윤랑시를 이용해서 장이호의 역량을 이끌어내고 싶기도 할 터였다. 형편없는 삼류 치정극에 끌려 들어가선 안 된다는 다짐을 하고 또 했다. 그나마 공부하면서 키운 자존심을 지키지 못한다면 생애의 모든 것이 순간에 무너지는 꼴이 되지 싶어 두려움이 일기도 했다.

장이호가 점심값을 계산하려고 일어나는데 윤랑시가 먼저 계산대로 빠르르 달려갔다. 이번만은 자신이 계산을 하고 싶었다. 윤랑시에게 들은 말도 있고, 아무에게나 하는 말이 아닌 충고를 자기한테 해 준 것이 고맙기도 했다. 장이호는 윤랑시가 카드를 내미는 손을 잡았다. 윤랑시는 그러기를 기다렸다는 듯이, 장이호에게 잡힌 손을 뿌리치지 않았다. 상아로 깎은 것처럼 뽀얀 손가락이 길쭉길쭉하니 실크처럼 부드러웠다. 장이호 편에서 어깨로 윤랑시를 슬그머니 밀면서 자기 카드를 꺼냈다.

"약속해요, 다음엔 내가 사도 된다고요."

장이호는 윤랑시의 볼이 꼬집어 주고 싶도록 귀엽고 예쁘다는 생각을 했다. 광대뼈가 두드러진 볼 위에 기미가 잔뜩 앉은 아내의 얼굴이 예외 없이 겹쳐졌다.

의식의 틈바구니를 비집고 들어오는 아내의 얼굴을 밀어내려는 셈으로 텔레비전을 키고 볼륨을 잔뜩 올렸다.

## 6. 꿈을 건드리면 불이 난다

중국 CCTV 채널에서는 〈제국의 황제〉가 방영되고 있었다. 천하를 통일한 진시황의 일대기를 그린 작품이었다. 동구대학 숙소에서는 텔레비전이 없어서 이야기만 이따금 듣던 그 거작 사극을 호텔 방에서 보는 것이다. 일부러 그렇게 갖다 맞추기라도 한 것처럼 진시황의 분서갱유 사건 가운데, 학자들을 흙구덩에 묻어 죽이는 이른바 갱유 장면이었다. 흙구덩이에 묻히기 전에 유생들을 국문(鞫問)하는 중이었다. 유생들 가운데는 자기가 살기 위해 남들을 이끌고 들어오는 자들이 있었다. 처음 몇 사람이던 죄인이 서로 간에 비방을 하면서 끌고 들어와 숫자가 엄청 불어났다. 감옥이 넘쳐날 지경이었다.

분서갱유라면 한중교역상사에서 회장이 유별난 관심을 가지던 일이기도 했다. 윤랑시가 홍보부 사무실로 찾아왔다. 다급한 투로 물었다.
"회장님 부탁 아직 해결 못한 거 있어요?"
"왜, 무슨 이야기가 있어?"
"회장님이 말예요, 그럴 사람이 아닌데, 아닌데, 하면서 요새 홍보부에 무슨 일이 있는지 알아보라 하길래 말예요."
전에 회장의 이런 주문이 있었다. 분서갱유와 언론통제의 관계에 대해, 국내외적으로 어떤 자료가 있고, 전문가로서 장이호 개인의 의견은 어떠한지 정리해 달라는 요구였다. 비서에게는 이야기하지 않은 사항이니 준비가 되면 직접 가지고 오라는 것이었다.
장이호는 혼자 중얼거렸다. 분서갱유 사건, 이건 경영이 아니라 회장이 내비치는 대로, 언론 문제라면서 회장의 관심이 왜 그런 데까지 이르는 것인가. 이야기 못할 것도 아니지만, 계속 밀려오는 주문이 짜증스럽기도 했다. 그러는 중에 아내가 도움을 청해 왔다. 어느 출판사에서 「역사경영」이라는 책을 내는데, 독자들이 핵심을 파악하기 좋게, 책의 옆날개에 용어를 해설하는 란을 만들어 넣어 달라는 주문이 왔다는 것이었다. 그런 일을 하기는 당신이 적격이라면서 회사일이 그렇게 바쁜 것 같지 않으니, 꼭 좀 도와달라고 매달렸다. 못 한다고 뿌리칠 수 없이 된 것은, 그 작업비를 받아야 전세값 인상분을 감당할 수 있다는 아주 확실한 이유 때문이었다. 장이호는 아직 돈을 돌릴 수 있는 재간이 없었다.

장이호는 회장이 해달라는 일을 윤랑시에게 부탁을 해 보려는 속셈을 가지고 있었다. 비서실로 전화를 해서 윤랑시에게 잠시 만나자고 했다. 윤랑시는 기다렸다는 듯이, 정확히 시간을 맞춰 레스토랑 시엘 블루 라운지에 나타났다. 장이호가 다가가 손을 잡았다. 윤랑시는 장이호에게 기대오듯이 다가서서 얼굴을 올려다봤다. 옅은 백합꽃 향이 풍겨왔다.

"내 일 하나 해결해 줘요."

"뭔데요? 일이라는 게."

장이호는 회장이 분서갱유와 언론통제에 대해 정리해 달라고 했는데, 시간이 없어서 일을 하지 못했다는 이야기를 털어놓았다. 그런 일은 윤랑시 같은 독서력이면 충분히 해낼 수 있다면서 수고를 부탁했다. 윤랑시는 알았다고, 위 다꼬르 그렇게 말하면서, 회장이 눈치채지 못하게 하라는 조건을 달았다. 장이호가 해야 할 이야기를 윤랑시 편에서 하는 셈이었다.

"그런데 우리 회장님 호기심이 끝을 알 수 없는데, 왜 그렇게 지식을 탐하나 도통 이해가 안 됩니다." 장이호가 말했다.

"유식한 씨이오 되려고 그러시겠지요. 인문학적 상상력이 필요한 시대라잖아요. 더구나 인문경영이니 감성경영, 어떤 이는 서사경영을 내놓기도 하잖아요. 「역사경영」이라는 책이 곧 나온다던데. 돈에 색칠하기라고나 할까. 이제는 그런 책들이 다 그렇고 그래서 특색이 없어요. 아무튼 우리 회장님이 전국기업인연합회 총재를 꿈꾸시거든요. 그러자면 나름의 내공이 있어야 할 거잖아요."

역사경영, 그게 누구의 책인데 회장이, 그리고 윤랑시까지 그런 책이 나올 것을 알고 있는가. 회장들 사이에 경쟁을 하듯이 그런 사업을 하는 것은 아닌가 싶었다. 아무튼 집에서 아내가 하는 일의 끈이 여기까지 연결되리라고는 생각을 못했는데, 뜻밖이었다. 그나마 일을 대신 부탁할 사람이 있어서 다행이었다.

며칠 후, 윤랑시가 문건을 만들어 가지고 왔다.

"우아, 대단하네, 내가 없어도, 마담 윤 혼자 회장님 모셔도 되겠는걸."

"혹시 딴 생각하는 것 아니지?"

"복을 타고난 인간은 달라."

윤랑시는 장이호의 어깨를 비틀어 꼬집고는 눈을 흘기며 돌아서서 빠른 걸음으로 사무실을 벗어났다.

문건을 들고 회장실을 찾아갔다. 윤랑시는 자리를 비우고 문이 닫힌 회장실에서 여자의 웃음소리가 흘러나왔다. 장이호는 급히 발을 돌려 사무실로 돌아왔다. 회장이, 윤랑시가, 둘이, 너무 좀스런 생각이 가증스럽기까지 했다. 샤워실에 가서 세수를 하고 얼굴을 문지르면서 거울을 들여다보았다. 흰자위에 굵은 핏발이 선 눈이 퀭하니 주저앉은 채 이쪽을 내다보았다. 오줌을 누고 돌아와 책상에 앉았다.

회장을 만나기 전에 원고를 대강 읽어 보았다. 윤랑시는 그렇게 시작을 하고 있었다. '분서갱유 사건을 언론의 통제라는 의미로 해석하는 것은 다시 들어도 신선한 관점이다.' 그럴까? 진부한 거 아닌가. 상대방의 말을 일단 인정하고 들어라, 다 들은 다음에 칭찬할 구석이 있으면 칭찬을 한 다음 다소 시간차를 두고 자기 의견을 내놓아라. 「CEO를 위한 화법」이란 책에서 읽은 구절이 떠올랐다. 윤랑시는 글을 쓰는 데서도 그런 방법을 구사하고 있었다. 장이호가 아직 제대로 익히지 못한 어법이었다.

장이호가 내미는 문건을 받아든 회장은 안경을 챙겨 쓰면서, 수고가 많았다는 치사를 거듭했다. 그렇지, 이 대목은 적실하구만, 여기서는 내

의중을 그대로 간파했어요, 읽어 나가면서 그렇게 감탄 섞인 너름새를 먹여 넣었다.

"이 대목은 내 생각과 조금 달리 나갔는데, 여기 말이요."

회장이 빨간 볼펜으로 밑줄을 그어 돌려주면서 읽어 보라 한 부분은 이런 내용이었다.

짧은 기간에 밀어붙여 성취한 천하통일, 일사분란한 황제의 권위를 위해서는 잡음을 최소한으로 줄여야 할 필요가 있었다. 그렇다고 책을 불사르고, 말을 안 듣고 입을 벌려 요순시절을 운운하며 과거를 내세우는 학자들을 가차없이 처단하는 정책에는 칼잡이들의 무지함을 넘어서는, 아스라한 이념의 너울에 들러쓰인 고귀한 영혼의 아우라가 묻어나오는 처절한 비극성이 자리잡고 있다.

그것은 진시황의 무모하리만큼 단순한 정신, 사유의 결핍 때문이었다. 용꿈을 꾸는 자 누가 과거의 올가미에서 벗어나고 싶어 하지 않겠는가. 꿈꾸는 모든 자들은 얼마간 반역의 본능에 충실하려는 의도를 감추고 살아간다.

장이호는 마치 자신이 쓴 것 같은 착각에 빠져, 자기도 모르게 의자에서 일어서 회장을 건너다보았다. 회장의 등뒤로 〈회장 권세영〉이라는 명패가 보였다. 번쩍번쩍 광휘를 내뿜는 칠기 명패 양끝에서 용 두 마리가 회장의 이름자를 옹위하고 있었다.

회장은 장이호에게 앉으란 말도 없이 본론을 꺼내 놓았다.

"진시황이 천하를 통일하고도 불행하게 된 것은 그의 무식함 때문인데, 뭐랄까 인문적 상상력의 결핍이 불행의 시초였던 것 같지 않던가요. 자기 행동에 대한 성찰을 할 줄 몰랐던 것으로 나는 이해를 합니다. 전쟁을 치르느라고 철학을 할 여유가 없었지요. 철학 없는 꿈은 위험천만이지. 그런데 인간이란 게 묘해서 철학에 빠지면 꿈을 잃고, 꿈만 꾸다가는 자성을 할 줄 모르고, 그런 게 인간인 것 같지 않소?"

대답을 요구하는 이야기라기보다는 누군가 자기를 이해해줄 사람을 찾고 있다는 느낌이었다.

"맞습니다, 자기 꿈을 조정하지 못하는 통제력의 결핍이 시황제의 기행을 낳도록 했다고 보는 관점은 탁월합니다. 분서갱유도 그러한 맥락에서 이해할 필요가 있겠지요."

장이호는 잠시 입을 다물었다. 지금 하고 있는 이야기가 누가 주체가 되어 어떤 관점에서 진행되는 것인지 혼란이 왔다. 회장의 이야기, 윤랑시의 글, 장이호 자신의 의견 그런 것이 마구 얽혀 들어가 갈피를 잡기 어려웠다. 회장이 말을 이었다.

"분서갱유는 일종의 과거청산이라고 보는데, 방법이, 그 방법이 틀렸던 것이지요. 지향은 좋았는데 그 방법이 잘못되었다면 결코 용납될 수 없다고 나는 봅니다. 장이호 씨는 어떤 의견을 가지고 있는지, 그게 궁금해서 한번 보고자 했소."

기실, 분서갱유(焚書坑儒)라는 사건은 공부를 하는 사람들, 자유를 이념으로 하는 이들로서는 치를 떨 일이 틀림없다. 그런데 꿈과 철학을 조정하지 못한 데 그 비극성이 있다는 견해는 자신의 생각과 너무나 닮아 놀라웠고 회장에게 풍겨나오는 위압감으로 모습을 바꾸었다. 그런데 생각해 보면 그것은 윤랑시의 입장이기도 했다.

"회장님도 아시겠지만 사마천의 「사기」에 그런 구절이 있습니다. 제 기억으로는 '옛 것을 들먹이며 현실을 비방하는 자는 족형에 처한다.'는 것입니다. 시황제의 입장에서 보았을 때, 자기는 진정 새로운 세계지 한갓 왕에 지나지 않는 시시한 존재일 수 없다는 단호한 선언이지요. 옛 것, 자신의 생애와 연관된 내력인지도 모르지만, 청산할 과거가 버거운 짐이었을 겁니다."

회장은 말이 이어지기를 기다리는 듯 장이호 쪽을 바라보고 미동도 않고 앉아 있었다. 회장이 앉는 뒷벽에 족자가 하나 걸려 있었다.

燕雀安之鴻鵠之志(연작안지홍곡지지)

동네 어느 불고기집에 걸려 있던 족자와 필체가 같았다. 제비새끼에 지나지 않는 쬐그만 녀석이 어찌 기러기처럼 거대한 인간의 큰뜻을 알 수 있겠는가 하는 의미였다. 그 구절 또한 「사기」 어디던가에서 본 듯한 느낌이 들었다. 시시껄렁한 것들이 대단한 회장의 뜻을 어찌 알 것인가, 도도한 패기가 담긴 구절이었다. 그러나 모를 일이었다. 자기 신분이 연작과 같아도 홍곡을 지향한다는 다짐을 그렇게 써서 걸어둔 것일지도.

황제가 되어 천하를 통일하고, 법령을 정비해서 가히 황제의 나라가 되었는데, 공자를 따르는 유가라는 자들이 「시」, 「서」와 제자백가를 논하면서 과거의 잣대를 가지고 황제를 비방하는 불측한 행동을 일삼는 것을 방치했다가는 황제의 기축이 흔들리게 된다는 것이 승상(丞相) 이사(李斯)의 고충어린 충언이었다. 황제로서는 자신이 이룩한 업적과 후사를 걱정하지 않을 수 없었다. 결국 이사의 진언을 수용하는 방향으로 나아갈 도리밖에 없었다. 진시황은 귀가 여린 편이었다. 그만큼 남의 이야기를 가감없이 잘 따랐다. 폭군의 이야기 듣는 방법이 그랬다. 골라 들으니까 의심의 여지가 점점 줄어들고 세상은 햇빛 아래 명확한 이치로 돌아가게 된다. 신하의 말을 잘 듣는 것이 성군의 자질이라면, 귀가 여린 것은 폭군이 경험을 통해 획득한 자질이었다. 극과 극이 통한다는 것은 이를 두고 하는 말이었다.

"분서갱유라는 사건을, 패설을 쓴 경험에서 어떻게 보시는지?"

아직도 회장이 「패설 중국 고대사」를 기억하고 있다는 것은 다소 놀라웠다. 기억을 해 준다는 것, 글을 읽어 준다는 것은 인간적 소통을 지속하겠다는 뜻이기도 했다.

"한마디로, 과거는 흘러갔다, 그런 선언인 셈이지요. 흘러간 과거에 집착하는 인간은 황제의 경륜에 아무런 도움이 안 되고 오히려 분열을 초래할 따름이지요. 새로운 세계를 구축한 황제에게 과거가 질곡이 되어서는 안 되는 법이니까요. 신에게 계보를 부여한 것은 인간이지요. 신은 과거가, 더구나 책망받아야 할 전비와 같은 과거는 없지요. 뭐랄까 새 술은 새 부대에 담아라 하는 그런 이치가 아닌가 싶습니다. 그래서 낡은 책들을 태워버리고 낡은 사고에 젖은 학자들을 파묻어 죽인 것이지요."

황제의 꿈을 건드리는 자들에 대한 응징이라는 의미는 이야기하지 않았다. 회장의 트라우마를 건드리고 싶지 않았다. 전에 회장이 어떤 잡지에다가 자수성가한 이야기를 연재한 적이 있었다. 조실부모, 일가친척에게 얹혀 살았고, 학교 급사 노릇을 하며 공부를 했고, 대학에서는 아르바이트로 학업을 마치느라고 연애 한번 제대로 할 기회가 없었고, 꿈을 한 단계 낮추어 중약(中藥)을 파는 약국에 취직해서 한중교역상사를 이루기까지. 그렇게 절절한 타령조로 전개되는 생애였다. 그것은 자수성가의 공식이었다. 그 공식 가운데 남다른 것이 있다면, 고구려를 꿈꾸는 것이었다. 가장 존경하는 인물이 광개토대왕이었다. 그것은 장이호 자신의 생애에 포개 놓으면 빈틈없이 들어맞았다. 회장은 장이호에게, 어떤 인류학자의 개념이라고 윤랑시가 일러준 르 두블르, 일종의 짝패였다.

"그래요, 일은 젊은 사람들이 하지요. 특히 생각이 젊은 사람들이. 공감이 돼요. 맞아요, 우리 회사에는 낡은 책들이, 낡은 사고에 젖은 인사들이 너무 많은 게 아닌가 생각이 들 때가 있기도 하지."

상사가 자기 이야기, 혹은 너의 상대를 나무라는 이야기를 할 때, 긴장을 해야 하는 것은 너 자신이라는 걸 알아야 해. 선배의 말이었다. 사고가 낡은 사원들을, 시황제가 책을 불질러 버렸던 것처럼 구조조정을 하겠다는 이야기는 직접 내놓지 않았지만, 이양반이 도무지 무슨 생각을 하나 싶었다. 회장은 알았다고 고개를 끄덕였다. 회사의 낡은 책으로 분류되는 사람들이 누군지는 짐작이 안 갔다. 분서갱유사건에 대한 다른 견해, 예컨대 유학자들의 견해라든지 그런 자료를 찾아 달라고 했다. 회장은 대리독서, 대필의 재미, 일종의 지적 관음증에 걸려 있는 것인지도 모른다는 생각이 들었다.

자리에 앉은 채로 눈만 끔적 해서 배웅을 하는 회장을 뒤로하고 회장실을 나오는 장이호에게, 윤랑시 비서가 시비를 걸 듯 이야기했다.

"회장님한테, 등을 보이면 어떻게 되는지 알아요? 짤려요."

등을 보인다, 등을 돌린다, 배신한다, 맥이 닿지 않는 말이었다. 무엇을 두고 하는 소린지 짐작이 안 갔다. 이제 서로 가릴 것 없는 사이가 될 정도로 임의로워졌기 때문에 이렇게 나오는가 싶기도 했다.

"마담 윤, 그대가 내 목을 치겠다는 건가?"

"비서에 대한 친절이 회장에 대한 충성이란 거, 알지요?"

잠시 숨기고 있던 흥중을 들킨 느낌이었다. 뒤에 들은 설명으로는 회장실을 나올 때는, 회장을 바라보며 뒷걸음으로 나오는 게 예의라 했다. 처음 그 이야기를 들었을 때는 사실 설설 기라는, 혹은 기는 시늉을 하라는 이야기로 알아들을 귀가 없었다.

몇 가지 책을 들춰보면서 분서갱유가 있은 후에도 유가의 책들이, 그리고 그들의 정신과 철학이 뒤에 전해진 까닭을 따져보고 있었다. 진시황의 천하통일이라는 것이 무력으로, 가혹하기 짝이없는 잔혹함으로 적을 처단함으로써 통일의 위업을 과시하던 때라서, 학문이라는 것을 할 겨를이 없었을 것이다. 물산이 풍부한 산동반도의 노나라나 제나라 같은 데서 내륙으로, 말하자면 중국 전토로 불어가는 공자의 바람은 멈출 수가 없었을 것이다. 더구나 시황제의 뒤를 이은 2세에서부터는 천하가 한꺼번에 일어나 황제의 위업을 전비(前非)로 뒤바꾸어 놓는 중이었다. 칼이 칼을 부르는 법이라, 파괴와 보복이 연속되는 가운데 나라의 운명은 되돌릴 수 없이 기울어갔다. 그런 칼바람 속에서 공자를 받들고 나서는 것은 죽기를 각오해야 하는 결단을 요했다. 그래서 그들의 책은 불타고 몸은 흙구덩이에 묻혔을 것이고.

며칠을 분서갱유와 연관된 자료를 찾아 읽었다. 결과야 어떨지 몰라도, 분서갱유는 언론통제라기보다는 신선과 단약(丹藥)을 찾는 황제의 '진인의 꿈'이 좌절되자 보복을 위한 방책이라는 느낌이 더 짙었다. 이미 윤랑시가 그렇게 파악하고 있는 것이기도 했다.

장이호는 「사기」를 다시 들추어 보았다. 사마천은 시황제의 꿈을 여러 측면에서 치밀하게 적어 놓고 있었다. 그런 기록을 읽으면서, 회장의 꿈이 무엇인가, 회장은 무슨 꿈을 꾸는가 하는 점이 궁금해지기 시작했다. 고구려를 꿈꾸는 것으로는 논리가 서질 않았다. 단순히 경영방법의 새로운 개발이나, 박식한 CEO가 되기 위한 취향은 아닌 듯했다. 회장의 꿈이 무엇인지를 비서 윤랑시는 잘 알고 있겠거니 하고 확인해 보기로 했다.

마침 회장이 찾는다는 연락이 왔다. 윤랑시는 "잘 해 보세요, 독퇴르 장." 하면서 콧소리 섞인 한마디를 했다. 회장이 일반 사원을 직접 불러서 이야기를 하는 예가 없다는 윤랑시의 언질이 아니라도, 장이호는 회장과 특별한 관계를 형성하고 지내는 셈이었다. 회장의 스크립트 비서쯤 되는 자리는 기실 불편하지 않을 수 없었다. 거기다가 학회나 모교와는 담을 쌓고 지내야 하는 현실이, 호구지책으로 하는 일에 몰두할 수 없게 사람을 뒤흔들었다.

회장은 책을 불사르고 학자들을 몽땅 땅에 묻어 버렸는데도, 그 많은 서적이 전해오고 학자들이 줄줄이 이어지는 까닭이 무엇인지 물었다. 그리고 당시 얼마나 엄혹하게 언론을 통제했던가를 물었다. 물론 「패설 중국 고대사」에는 그런 이야기를 쓸 계제가 아니었다. 제왕이나 황제의 엄혹함은 당시 전국시대 중국 어디를 가도 마찬가지였다. 아차하면 목이 뎅겅뎅겅 잘려 나가는 것이 일상사가 되었다. 자고나면 거리에 목을 꿰어 걸어둔 장대가 즐비하게 서곤 했다.

"신이나 되어야 꿀 만한 그런 꿈을 꾸는 인간은, 인류에게 재앙을 가져옵니다."

"신의 꿈이라면?"

"자기가 세계 모든 나라의 왕이 되기를 꿈꾼다든지, 모든 인류가 평등해지는 꿈, 처녀성을 유지한 채 애를 낳고 싶어 하는 꿈, 죽지 않고 영원히 살고자 하는 꿈, 그런 것들이 신의 꿈이지요."

"그런 꿈을 인류 발전의 원동력으로 볼 수는 없을까요? 내가 들은 바로는, 불가능을 알면서도 도전하는 것, 불가능을 꿈꾸는 것에서 예술이 탄생한다고 하던데, 그런 이야기가 성립할 수 없다는 말인가요?"

분서갱유를 언론통제의 한 형식이라고 보는 시각을 돌려놓고 싶었다. 돌려놓기보다는 책을 다시 읽은 결과를 이야기해야 할 의무가 있었다. 이 부분은 윤랑시나 회장과는 관점이 달랐다.

"진의 시황제가 분서갱유를 한 것은 자신의 꿈을 개꿈이라고 비난하는 자들에 대한 분노가 폭발한 결과입니다. 그런 분노의 폭발로 인류가 입은 재앙은 일일이 예거할 수 없을 지경입니다. 마르크스나 레닌은 물론 히틀러, 무솔리니, 일본 천황 등이 그런 예가 아닌가 그렇게 볼 수 있습니다. 신화시대에는 그런 꿈을 신들이 꾸다가 역사시대로 오면서 인간이 그런 꿈을 꾸게 되었지요. 역사란 어찌보면 인류가 꾸어온 불가능한 꿈의 기록, 혹은 그 패배의 집적입니다."

회장은 장이호의 이야기를 조용히 음미하듯 듣고 있었다. 자신의 생각을 바꾸어야 하는 자리에서, 속이 부글거리지 않을 턱이 없는데도 봉미 눈꼬리를 낮추어 가지고 얼굴에 흐뭇한 웃음까지 떠올리고 있었다.

"아하, 그렇겠소, 장 박사……."

이야기가 먹힌다 싶자 가슴으로 찌릿하는 전류가 흘러 지나갔다.

"꿈을 못 꾸게 하는 데 대한 보복은 늘 처절하지요."

이어서 당시 죄인들에 대한 처벌이 얼마나 엄혹했는지 이야기했다. 한참을, 장이호는 이야기하고 회장은 들었다. 책에서 본 바에 따르면, 황제의 엄명을 어기는 자는 저잣거리에서 처형을 했습니다. 당시 처형이라는 것이 목을 베거나, 끓는 물에 삶아 죽이거나, 차열이라고 해서 사지를 전차에 묶어매고 말을 치달려 팔다리를 찢어 죽이는 잔혹한 것들이었습니다. 이들을 부추기거나 은폐해 준 자들은 얼굴에 문신을 새겨 노예로 삼는 형벌을 가하게 했습니다. 이른바 경위성단(黥爲城旦)의 조처였습니다. 얼굴에 문신을 새기고 노예를 만드는 것. 얼마나 참혹한 일인가를 물을 필요가 없는 조처였습니다. 누가 입을 벌려 말을 제대로 할 염을 내겠습니까. 그렇다고 백성들이 아무 꿈도 안 꾸고 버러지처럼 살았을까요. 전혀 그렇지 않습니다. 노예가 도망치는 것, 병역을 돈으로 대신하는 것, 돈을 모아 땅을 장만하는 것, 소금을 도거리로 사 두었다가 한꺼번에 팔아 이문을 두둑히 남기는 것, 그게 다 꿈이지요. 거기 좀 더 오래 살고 싶은 꿈이 포함됩니다. 그런데 이런 작은 꿈들은 큰 꿈을 꾸는 자들에게 봉사해서만 이룩할 수 있다는 전제가 족쇄처럼 매달려 있게 마련이지요. 언제든지 큰 꿈이 작은 꿈들을 잡아먹는 셈이라서, 꿈의 먹이사슬이랄까 그런 엄연한 구조 즉 하이어라키가 항존합니다.

"들어보니 알 만합니다만, 진시황의 진정한 꿈이 무엇이라고 보시나?"

장이호는 간단히 요약해서 대답을 할까 하다가 멈칫했다. 회장의 오해가 있을까 저어되는 바가 있었다.

진시황은 자신이 신선이나 진인이 되고 싶었다. 자신이 칼로 이룩한 제국에서 언제 어떤 놈의 비수가 자신을 들이칠지 알 수 없는 정황이었다. 개인적으로 그리고 국가적으로 적의 노림에서 벗어나 조금이라도 자유롭게 꿈을 꾸자면 자신이 진인이 되는 수밖에 없었다. 그러나 장이호는 시황제가 진인이 되고 싶어 했다는 이야기는 하지 않았다. 회장의 꿈이 무엇인지 아직은 분명한 상이 잡히지 않았기 때문이었다. 회장은 고개를 끄덕이며 긍정하는 눈치를 했다.

"진시황의 행적에 대한 일반적인 평가와는 달리 보아야 하는 긍정적인 부분이 있습니다. 신분상의 정체성 혼란, 일종의 아이덴티티 크라이시스랄까 그런 걸 딛고 이룩한 과업이 있지요. 과업과 인격을 혼동하는 현상은 우리 현실에서도 쉽게 볼 수 있습니다. 예컨대……."

"예는 안 들어도 돼요."

회장은 그렇게 단호하게 말을 잘랐다. 이제까지 듣고 있던 진지한 태도와는 영판 다른 반응이었다. 선배의 말이 머리를 쳤다.

그렇지, 씨이오들은 간명한 언어를 요약적으로 듣고 싶어 한다고 했지. 결론이 필요한 것이고 행동지침이 요구될 뿐이지 용장(冗長)한 사례를 다시 분석하고 종합하는 것은 그들의 일이 아니라고 선배는 누차 주의를 촉구했다. 그렇다 하더라도 회장의 반응은 신경질적으로 보일 만큼 강렬했다. 진시황의 꿈이야기를 실감있게 하기 위해서는 예증이 필요했다. 그런데 회장은 그 예증을 미리 막고 나서는 것이다. 자신의 참새새끼 시절로 이야기가 튈까 해서 그런지도 모를 일. 진실을 말할 것인가 질문자의 의도를 앞세울 것인가, 문제는 거기 있었다. 장이호는 질문자의 의도를 먼저 읽어야 한다고 배운 적이 없다는 생각을 하면서 속을 끓이다가, 이마를 짚었다. 열이 있고 골이 욱씬욱씬 아팠.

"내가 생각하기로는, 황제가 황제다운 황제가 되기 위해서는 과거와 단절을 도모해야 했을 겁니다. 그 단절이 확실할수록 신념을 공고하게 할 수 있었을 게 아닌가 보는데, 그러기 위해서는 어떻게 해야 한다고 생각하시오, 장 박사는 말입니다."

"물론입니다. 헌데 미래에 대한 확실한 전망이 서야 과거와 단절도 가능합니다."

이 대목에서 진시황의 용꿈과 신선이 되고 싶은 욕망을 이야기하고 싶었다. 회장은 그런 이야기를 할 만한 짬을 허락하지 않았다. 아직 미래전망이 안 섰다는 뜻일까.

"미래에 대한 전망이라?"

고개를 잠시 갸웃하더니 회장은 미래라는 말에 의문부를 달았다. 장이호는 입을 다물고 앉아 있었다. 다른 질문으로 화제를 돌려 주기를 기다리면서였다.

"진시황이 출생도 그렇고, 분서갱유의 악업을 저지른 바도 있고, 말년에는, 말년이래야 겨우 40이 넘은 나이일 뿐인데, 도교에 심취하여 현실감각을 상실한 인간으로 전락하지 않던가요. 그러한 생애도 그의 꿈과 연관이 있는지, 장 박사는 그 점을 어떻게 평가해야 한다고 봅니까?"

장이호는 잠시 주춤했다. 장이호의 의중을 꿰고 있는 게 아닌가. 장이호가 대답을 않자 회장이 말했다. 그건, 말하자면 과거의 뿌리에 싹이 나고 잎이 무성하게 자라나서 마침내는 꽃이 피는 것 아닙니까? 뿌리 없는 꽃은 없지요. 「용비어천가」에도 그렇게 나와 있지 않던가요. 심근지목은 풍역 불올할새 유작기화하며 유분기실이라(根深之木 風亦不扤 有灼其華 有賁其實). 내 기억에는 그렇습니다만, 맞는지는 모르겠으나, 뿌리의 중요성이 너무 하찮게 취급당하는 게 안타깝단 얘기요. 근심지목, 과거를 잘 아는 일, 전통을 형성하는 작업 그런 게 소중한 거요. 나무나 사람이나 뿌리가 튼실해야 줄기도 잎도 풍성하고 열매도 기대를 할 수 있는 법입니다. 그런 점에서 진시황은 실패를 예비한 생애랄까. 그렇지요. 그런데 그 뿌리라는 것을 스스로 만들 수도 있는 것 아니던가요. 우리로 말하자면 조선을 세운 이태조가 그렇게 했듯이 말입니다.

뿌리가 부실한 인간일수록 공상이 크게 마련입니다. 특히 그런 인간이 현실적으로 약간의 성취를 이루었을 때, 그게 자신의 모든 것인 줄 알고 천리를 어그러뜨리기도 하는 방자한 인간으로 변하지요. 요새 우리 현실에서도 보듯이 말입니다. 신집힌 사람들, 그걸 갓 콤플렉스라고 하던가, 잘난 사람들이 횡행하지요.

그렇게 이어지는 이야기 맥락에, 누구를 지칭하는 것인지는 확실하지 않았다. 그러나 회장이 그렇게 이야기를 구체적으로 할 때는 이유가 있을 터인데, 그게 짐작이 가지를 않아 답답했다. 회장의 이야기가 앞뒤가 안 맞고 일관성이 없다는 느낌이 드는 것은 사실이었다. 그러나 왜 자기에게 그런 이야기를 하는지는 짐작하기 어려웠다. 그리고 뭔가 들키고 있다는, 추적을 당하고 있다는 기분이 들기도 했다. 그 대목에서 윤랑시의 이야기가 떠오른 것은 희한한 일이었다. 르 두블르, 윤랑시는 메모지에다가 le double, 그렇게 끄적거렸다.

"이제 그럼, 가 보시오."

아무 말을 않고 회장을 바라보고 앉아 있는 장이호에게 회장은 손짓을 하면서, 그렇게 덤덤히 한마디를 던졌다. 장이호는 회장이 그저 대충 이야기를 하는 사람이 아니라는 느낌을 가지고 회장실을 나왔다. 그러나 진시황의 분서갱유 사건을 그의 꿈과 연관지어 이야기했을 때 반색을 하던 것은 선명한 기억으로 남았다.

당시 진나라 지역에서는 소진, 장의처럼 능란한 세객(說客)들이 들끓고 노자의 계통을 이은 도교가 성행했다. 이들의 혁신사상은 과거와의 단절을 도모하는 일련의 조치이기도 했다. 자기가 아는 것 외에, 회장은 어떤 과거를 가진 인물인가가 자못 궁금했다. 과거가 궁금하기는 여비서 윤랑시도 마찬가지였다. 어떤 내력을 가진 인간인가. 환영인 듯 현실인 듯 편두통이 의식의 실가닥을 전류처럼 지지고 지나갔다. 뿌리가 부실한 인간이 공상이 크다는 것은 자기를 두고 하는 이야기 같기도 해서 걸리적거렸다.

뿌리, 과거, 역사, 단절과 계승, 판무식꾼 부모와 이리저리 물결 따라 밀려다니는 박사 백수, 어지러운 생각들이 오가는 가운데 소파에 앉은 채 얼만가를 졸았다.

### 7. 어떤 册이 册다운 册인가

졸다가 깨어 시계를 보았다. 7시였다. 창밖에서는 여전히 추적거리는 빗소리가 들렸다. 유리창에 사선으로 줄지어 흘러내리는 빗물로 보아 바람도 부는 듯했다.

호텔에서 아무 할 짓도 없이 하루를 묵어야 하는 것은 따분하기 짝이 없었다. 중국에서 쓰던 전화는 해지를 해서 통화가 안 되었다. 날씨 때문에 하루 늦어진다는 내용은 전 교수 핸드폰으로 서울에 연락을 해 두었다. 전 교수 차편으로 다시 청도 시내로 들어가는 것인데 하는 후회가 들기도 했다. 자기 시간을 가진다는 게 이렇게 허적거리는 공백을 견뎌야 하는 것인가, 문득 그런 의문이 들었다. 판단을 잘한 것인지도 모를 일. 모처럼 머릿속을 비워볼 기회였다. 공백의 의미를 생각할 좋은 기회로 여기자고 마음먹었다.

침대에 벌렁 드러누워 천장을 쳐다보았다. 천장으로 아득한 벌판이 펼쳐지고, 구부정하니 허리를 숙이고 그 가운데를 가로질러 걸어가는 늙은 이는 장이호 자신의 모습이었다. 돌아보면 모든 일이 가능성은 늘 반반이었다. 가능성이 반반이라는 것은 자신의 의지를 다부지게 투여할 여지가 없다는 뜻이기도 했다. 남의 의지 혹은 환경의 영향으로 몸이 밀리고 끌리고 하는 꼴이었다. 그렇게 무력하게 밀려다니는 자신이 혐오스러워지기 시작한 것은 그리 오래된 일이 아니었다. 한중교역상사 홍보실에서 쫓겨날 때까지는 삶의 굽이들은 빛을 지니고 있었다.

그런데 일자리를 잃고는 도망치듯, 물결에 밀리듯 청도에 쫓겨오면서는 상황이 달라졌다. 동구대학에서 밥벌이한다고 하는 동안, 박사학위를 가진 역사학자가 한국어 원어민 강사처럼 일을 해야 했다. 아무리 목구멍이 포도청이라는 속담을 액면 그대로 받아들인다 하더라도, 이건 해도 너무 한다는 야속함이 밀려왔다. 저열하게 살지 않기로 작정한 바로 그 골목 깊은 안쪽으로만 밀려들어갔다. 야속했다. 그러나 그 야속함의 대상이 무엇인지는 막연했다. 자기가 선택한 길이었기 때문이다. 자의로 사직을 했다고 하지만, 한중교역상사를 그만둔 것은 강요된 퇴출이나 다를 바 없었다. 퇴출을 당하기보다는 자진사퇴 형식을 취하는 것은 이다음에 어떤 계기가 있더라도 짐이 덜어질 터이니 그렇게 하라는 인사부장의 권고를 따른 결과였다. 회장을 위한 충성이 스스로 무덤을 파는 꼴이 되리라고는 짐작이나 했던가.

"우리 회장님이 드디어 사기에 나오는 화식열전의 전문가가 되어가는 모양예요."

윤랑시는 좀 호들갑스럽게 이야기를 늘어놓았다. 윤랑시에게 듣던 대로, 회장은 진나라 시황제의 개인사에서 「사기」의 '화식열전'에 나오는 이야기 쪽으로 흥미가 옮겨갔다. 경영에 관한 한 사마천이 「사기」에서 할 이야기를 이미 다 해 놓았다는 것이 회장이 이해하는 사마천이었다. 전에 장이호가 「패설 중국 고대사」에서 대충 얼개를 보여주었던 내용이기는 하지만, 회장의 아이디어에 대해 지적소유권을 주장할 만큼 자세한 것은 아니었다. 아무튼 진시황의 개인사나 분서갱유 같은 사건보다는 화식열전에 나오는 사마천의 견해가 경영을 하는 이들에는 크게 참고가 된다는 이야기를 거듭한 소득이기도 했다. 회장을 변화시키는 데에 역량을 행사할 수 있다는 것은 일하는 보람이기도 했다.

　장이호는 짬이 나는 대로 「병법 경영」이라는 책의 원고를 준비해 나갔다. 그런데, 이따금 윤랑시를 만나 이야기한 내용이 회장의 아이디어로 뒤바뀌어 나타나곤 했다. 윤랑시가 회장에게 아이디어 차원에서 이야기를 하기도 했으려니 하고 범상히 넘어갔다. 어떤 때는 회장의 이야기가 장이호 자신이 책에다 쓴 것을 그대로 옮기는 경우도 있었다. 회장의 입에서 나오는 말이 누구의 이야기인지 종잡을 수 없는 지경까지 이야기 내용이 자가증식을 해가는 중이었다. 장이호는 자주 회장실로 불려갔다. 그리고는 회장의 화식열전 강의를 들어야 했다. 내가 구술할 테니 당신이 타당성을 검토해 달라하는 식이었다. 그렇게 이야기를 주고받는 다음 날이면 대개는 비서실의 윤랑시가 깨끗하게 타자해서 정리한 원고를 들고 홍보부 사무실로 들러 전달해 주고 갔다.

　"회장님이 어떤 요청을 하더라도 거절하지 말아요. 그분 속이 워낙 깊은 분이라 직원들에게 손해입힐 짓은 안 하는 분이걸랑요. 다꼬르? 알았지요?"

　윤랑시는 장이호에게 타이르듯이 그렇게 다져박았다. 윤랑시가 그런 다짐을 준 다음날 회장이 점심을 같이 하자고, 직접 전화를 해왔다. 윤랑시에게 회장이 점심을 같이 하자고 전화를 했더란 이야기를 하자, 윤랑시는 트레 비앙, 잘 됐어요 하며, 이제까지 회사에서 없던 일이라고 전에 한 이야기를 다시 환기했다. 특별 대우를 받는다는 뜻이리라.

　"장이호 박사, 그동안 나는 그야말로 새로운 세계를 발견한 것 같은 감동과 즐거움 속에 지냈습니다. 이게 모두 장 박사 덕이지요."

　이양반이 나를 왜 이렇게 추켜올리나 싶을 정도로 찬사가 놀라웠다.

친구는 그렇게 말했다. 상사가 칭찬을 하고 삼 개월까지 책상이 남아 있어야 그게 진짜 칭찬이라는 것이었다. 복날 개를 보고 요놈 참 잘 컸다, 하면 대개는 된장 발라서 삶아먹을 궁리를 하는 것과 같은 이치라 했다.

"전공자 앞에서 역사에 문외한인 내가 염치없는 얘기지만, 이러면 어떻겠소. 우리 공동 명의로 책 하나 씁시다."

"제가, 감히 어떻게, 회장님과 공저를…… 내다니요."

진심이었다. 졸갱이 신입사원과 회장이 책을 같이 쓴다는 것은 전고가 없는 일이었다. 그리고 무엇보다 남들의 시선이 걱정되었다. 부하 직원 시켜서 글을 쓰게 하고 회장이 이름을 달았다는 소리가 나올 것이고, 드디어는 그렇게 가는구나 하는 비난이 자자할 게 뻔한 기정사실이었다.

"역사와 경영의 만남이랄까, 역사와 경영의 산학 협동이랄까, 그렇게 하자는 뜻인데…… 어떻소? 일을 결정할 때 망설이는 것은 지모가 모자란다는 뜻입니다."

그런 이야기 끝에 회장은 말을 이었다. 이제까지 사람들은 황제를 잘못 보았다는 것이었다. 아니면 황제를 규정하는 규정이 잘못되었다는 것이다. 우리에게 필요한 것은 진짜 황제지 황제 흉내를 내는 제후 나부랭이가 아니라고 힘주어 말했다. 진짜 황제라야 정립할 수 있는 경영전략, 그것이 필요하다는 이야기를 거듭 강조하면서, 그런 책을 같이 쓰자는데 왜 망설일 필요가 있느냐고 재촉이었다.

"우리가 힘을 합치면, 근사한 작품이 나오리라고 나는 믿고 있습니다."

"회장님 말씀대로 하세요."

윤랑시가 거들고 나왔다. 자기도 그동안 회장님 모시느라고 공부한 게 조금 있으니까, 언제든지 도와주겠다면서 확답을 재촉했다.

"그리고 확신하건대, 베스트셀러가 될 겁니다. 그러면 그게 출판시장의 판세를 바꾸어 놓을 테고. 잘 되면 여세를 몰아 아예 우리 회사 안에 출판사업부를 하나 꾸려도 됩니다."

윤랑시가 옆에서 계속 눈짓을 해댔다. 그러나 '우리'라는 말이 좀 석연치를 않았다. "우리는 양주 아니면 안 먹는다"는 사람들이 내세우는 '우리' 속에는 소주나 막걸리를 주로 먹는 인간들은 배제되게 마련이다. 우리라는 일인칭 복수는 때로 폭력으로 다가온다. 어느 회사 회장과 공동 저서를 낸다는 게 어디 쉬운 일이던가. 말꼬투리를 잡는 식으로 남의 이야기를 알아듣다 보면 스스로 피곤해진다. 적극성이 지적 논리에 우선한다고 선배들은 늘 강조하곤 했다.

"회장님이 저를 믿고 하시는 일인데 제가 마땅히 순종하는 게 도리지요."

윤랑시가 두 손을 들어 소리 안 나게 박수 치는 시늉을 했다. 일단 그렇게 하자고 응낙이 되었다. 말이 응낙이지 지엄한 명령을 수행하는 것이나 다름없는, 미션이었다. 그러나 그것은 회장의 말씀이었다. 말씀에는 신뢰가 깔리게 마련이다. 믿고 가는 데까지 가 보자는 셈이었다.

그런데 좀 망설여지는 구석이 있었다. 「패설 중국 고대사」가 학계의 파문 감이라면, 회장과 공저를 한다고 해서 경영자들에게 역사학 팔아먹는다는 비난이 빗발칠 것은 물론, 어디 논문을 게재하고 싶어도 받아줄 것 같지를 않았다. 윤랑시와 상의하기로 했다.

"회장과 이름을 같이 단 책을 내는 거, 괜찮을까?"

"어유, 아직도 쁘띠 에스프리야. 왜 자꾸 속물로 가지? 남들 얘기는 그렇지만, 이호 씨 그 나이면 장관, 국회의원, 재벌 총수 다 하는 나이라구요. 프랑스에서 보니까 제도권 안에서 안주하는 교수들은 머리가 안 돌아가서, 치고나가는 책 못 쓰더라구요. 좀 대범해질 수 없나? 그런 계기에 우리 회사 사장도 해봐요."

필자의 이름이 어떻게 나간다는 결정을 하기도 전에 「진짜 황제처럼 경영하라」하는 책을 내기로 했다. 집안 식구끼리 대물림을 해 나가면서, 회장의 카리스마가 회사를 세워 나간다는 비난이 황제경영에 뿌려졌다. 그러나 황제경영은 세간의 질시와 선망의 대상이었다. 그래서 더욱 질타의 대상으로 부각되었다. 사정이 그렇다보니 황제경영을 곧바로 표 나게 내세우기는 어려웠다. 정확한 근거를 들어야 할 판이었다. 회장의 아이디어를 살려야 하고, 윤랑시의 뜻을 받아들여 조율하면서 일을 한다 는 것은 좀처럼 쉽지도 않고, 내키지도 않아 밸이 틀려 돌아갔다. 그러나 그들이 구축한 힘은 장이호의 길흉화복을 좌우하고 생사여탈을 자재로 할 수 있는 강력한 완력이나 다름이 없었다. 거기다가 회장이 확신하는 돈이 된다는 이야기는 거부하기 어려운 강력한 미끼가 되었다.

아무튼 근대화의 와류(渦流) 가운데 태어난 독특한 경영 풍토를 이해는 하지만 그대로 묵과하기는 어려운 터이고, 사회적 이목이 집중된 사안이 라서, 논점을 달리해서 황제를 옹호해야 했다. 황제가, 제왕이 지닌 덕목 에 바탕을 두고 경영을 하라는 식으로 이야기를 전개할 셈이었다. 아이 디어가 궁하면 윤랑시를 찾게 되었다. 그가 만든 황제의 덕목에 몇 가지 를 추가하여 원고를 작성했다. 행동으로 이어지는 격률, 경영자가 지침 으로 삼을 수 있는 내용을 보여주고자 하는 의도였다. 일테면 이런 것들 이었다.

첫째, 세계를 품에 안아라, 그래야 당신이 세계를 경영하는 황제가 된 다. 내 것이니까 맘대로 할 수 있다기보다는, 내 것이기 때문에 오히려 내 맘대로 할 수 없다는 생각을 하라. 세계는 백성의 것이기 때문이다. 황제의 백성에 대한 사랑은 그런 데서 나온다. 세계를 보듬되 엄격히 하 라.

둘째, 자신이 하는 일에 민주적 절차를 피하라. 민주주의는 시간이 너 무 든다. 좌고우면하면서 남들의 이야기를 두루 들어 결정하는 것은 어 리석은 짓이다. 똑똑한 아이디어를 내는 몇 사람의 이야기만 들어도 사 태를 판단하는 데 충분한 조건이 된다. 대신 명민하게 처신하라.

셋째, 황제는 로맨틱 아이디얼리스트라야 한다. 불가능을 가능하게 하 는 꿈을 꾸어라. 꿈이 없는 황제는 황제가 아니다. 그 꿈이 환상이라도 좋다. 아직도 불로초는 삼신산 늙은 소나무 아래 주인을 기다린다. 삼신산에는 당신을 영접할 신선이 손짓한다. 주의할 것, 신선이 되고 싶은 CEO는 손으로 꼽을 수 없을 지경으로 많다는 점.

넷째, 보편적 이윤을 남겨라. 그러기 위해서는 이해를 초월하라. 세계를 움직이는 재화는 돈만이 아니다. 물질과 인간과 자연이 당신의 보편적 이윤을 보장하는 재원이다. 저탄소 녹색 경영을 늘 유념하라. 해, 달, 별, 물, 바람이 모두 당신의 세계다.

이런 내용이 책의 기본 아이디어라고 회장에게 보고했다. 회장은 대충 훑어보고는 됐습니다, 책상 바닥을 텅 소리가 나게 쳤다.

"비서실 윤 실장을 남이라고 생각하지 말고, 도움도 청하고 아이디어도 같이 내고 하세요. 거기도 학위 가지고 있으니까 둘이 얘기 잘 통할 겁니다."

"잘 알겠습니다. 고맙습니다."

그렇게 인사를 하고 나오는 등뒤에다가 회장이 눈총을 쏘고 있는 것 같아 속이 졸렸다. 말은 그렇게 하지만 이 젊은 두 것들이 어떻게 나오나 보자는 속셈이 느껴지기 때문이었다.

책을 쓰는 동안 비서실의 윤랑시 대리가 여러 가지 일을 귀찮아 하지 않고 척척 알아서 처리해 주었다. 자료를 모아 주기도 하고, 간단한 자료 정리도 했다. 경영과 관련된 아이디어는 거의 윤랑시가 정리를 해 주었다. 자기가 경영학을 전공하는 교수를 알고 지내는 분이 있는데, 그분의 도움을 많이 받고 있다면서 은근히 자랑을 하기도 했다.

때로는 현대 사상을 주도하는 서구 인물들의 아이디어를 얻어다가 논리를 맞추는 데 본격적인 도움을 주었다. 태도가 충직하고 친절했다. 거기다가 살갑게 다가오는 품이 인간관계의 기쁨이란 이런 것이로구나 하는 실감을 가지게도 했다. 그것은 살 맞부비며 지내는 애정관계를 넘어서는 무엇이었다.

회장의 말대로, 윤랑시는 프랑스 유학을 한 재원이었다. 다른 사원들과는 품격과 자질이 사뭇 달랐다. 살갑고 이지적으로 명민하게 일처리를 하는 윤랑시 같은 여성의 도움을 받으면서 글을 써 보기는 처음이었다. 혼자 하는 작업과 달리, 함께 일하는 재미가 이런 것인가, 그야말로 인간관계의 새로운 지평이 열리는 느낌이 들었다.

이따금은 엉뚱한 소리를 하기도 했다. 난감한 상황을 만드는 경우도 없지 않았다. 장이호가 경영의 최고 이념은 자기경영에 있다는 원고를 갖다 주고 검토해 달라고 했다. 사업을 해서 돈을 벌고 번 돈을 사업의 확장과 공익을 위한 투자를 하고, 세계를 내 품에 안고 고심하고 하더라도 나의 삶이 도외시된 경영은 실패라는 주장이었다. 그래서 자신의 삶을 전면적인 생의 욕구를 충족하는 방향으로 자신을 경영해야 한다는 내용이었다. 문학과 예술과 역사와 철학을 아우르는 인문교양은 물론이고 현대과학을 이해할 수 있는 안목을 갖춰야 한다는 이야기도 포함되어 있었다. 그걸 다 읽고 와서는 한다는 소리가 꼭 초등학교 아이들 하는 양이었다.

"저는 글쓰는 분들 존경해요."

"배고픈 사람들이지."

"그래도 하고 싶은 얘기 할 수 있는 게 어딘데, 요?"

"비현실적이야."

"현실만 파고드는 사람은 결국 속물로 전락해요."

"꿈만 꾸는 자는 추물도 못 되고 유령이 되어 허공을 떠돌지."

"그래도 호망띠꼬, 낭만은 꿈 가운데 구름이 되어 흘러가죠."

어느 사이에 윤랑시의 손이 장이호의 두 어깨에 얹혀 있었다.

"왜 이러는 거지?"

"장 선생님이 좋아서요."

둘이 덕수궁 돌담길 옆의 레스토랑, '드 삐에르'에 드나들기 시작했다. 드 삐에르는 겉으로는 차나 팔고 맥주에다 안주 만들어 내놓는 집이었다. 그런데 뒤켠에서는 마리화나를 피우는 골방도 마련되어 있고, 남색가들이며 레즈비언들이 드나들었다. 윤랑시와 그런 데를 드나드는 것은 새로운 경험이었다. 허나 잘못 얻어 입은 옷가지처럼 내 주제에 안 어울린다는 의식이 온몸을 조여왔다. 그러는 사이에도 책을 쓰는 일은 수월하게 진행되었다. 단연 윤랑시의 도움이 컸다. 전에 읽은 소설 가운데, 회사에 취직해서 사장 자서전을 써 주는 문학박사 이야기가 자꾸만 머릿속을 맴돌았다. 뒷모습을 들키고 산다는 찜덕거리는 느낌, 거기에 소금기가 배어 있었다.

책이 나왔고, 출판기념회도 성대하게 했다. 마침 회장이 자기 이름을 거기 넣는 것은 아무래도 격이 어울리지 않을 것 같다며 장이호 혼자 이름으로 책을 내자 해서 그렇게 하기로 했다. 회장과 공동으로 아이디어를 내고 토론했다는 내용의 추천서를 달기로 했다. 결론에 이르기까지 한몸이 되어 일을 했다는 내용도 밝히기로 했다. 윤랑시는 자료 정리에 도움을 주었고 표지 디자인을 맡았다는 정도로 언급하기로 했다.

지난 일이지만 바로 어제 있던 일처럼 생생한 기억으로 재생되어 펼쳐졌다. 어둠이 까맣게 말려와 창에 머물러 있었다. 창유리에는 눈이 휑한 사내가 이쪽을 바라보며 불안하게 눈알을 굴렸다. 객지를 떠돌다가 아무 성과도 없이 또 특별한 소망도 없이 집으로 기어들어가는 사내의 얼굴은 공중에 부옇게 떠 보였다.

## 8. 꽃바구니 옆에 끼고 간다더니

속이 출출했다. 시계는 이미 8시를 가리키고 있었다. 한국 시간으로는 9시, 하루 잡성스럽게 흘러간 시간의 휴지쪽을 날려보내고 있을 터였다. 텔레비전 스위치를 눌렀다. 지자체 선거를 앞두고, 정치인들의 자서전과 문집 출판기념회가 봇물 터지듯이 여기저기 열린다는 뉴스가 방영되고 있었다. 앵커는 그 많은 저작물 가운데 정말 자기가 쓴 것이 얼마나 되는지는 한번 따져보아야 할 문제라는 멘트를 달았다. 장이호 자기 이야기를 하고 있는 것 같아 속이 거북했다.

  처음부터 어설픈 모색이었기 때문인지 책에 말썽이 붙기 시작했다. 낮에 공항까지 차를 태워준 전 교수의 지적 소유권 주장과 그에 대해 대응을 하는 과정에서 노조가 개입하고, 그 통에 윤랑시와 그렇고 그런 사이라는 사실이 드러났다. 결국은 회사를 쫓겨나는 못된 구도를 그대로 반복하게 되었다. 다시는 생각하기도 싫은 일생일대의 혼란과 치욕이 뒤섞인 장면이었다. 한국에서 발을 붙이고 지내기는 고역을 지나 치욕스러웠다.

  도피하듯 중국에 와서 일자리를 잡은 것이 청도에 새로 설립된 동구대학(東丘大學)의 한국어 강사 자리였다. 청도를 일부러 겨냥한 것은 아니지만 나름대로 매력이 있는 고장이었다. 청도에는 진나라 시황제가 세 차례나 방문을 했다는 낭야대가 있고, 거기서 석 달을 머물기도 했다면 찾아볼 이야깃거리가 기대되었다. 낭야대에서 시황제가 어떤 꿈을 꾸었는지 유적을 찾아가 확인해 보고 싶기도 했다. 기회가 되면 「진시황제 평전」 같은 것을 하나 써서 인세를 챙기자는 속셈도 도사리고 있었다. 헛된 포부일 뿐이었지만. 그런 꿈을 가지고 청도를 선택했다.

  청도로 간다고 했을 때, 저녁을 사주면서 친구는 그렇게 이야기했다. 모든 사람은 굶어죽는다, 숨을 못 쉬어 못 먹든, 심장이 멈춰서 못 먹든, 혹은 밥통이 말을 안 들어 못 먹든 아무 가릴 것없이 굶어서 죽게 된다. 말하자면 똥구멍이 탈이 나서 못 먹어 죽은 것도 결국 굶어서 죽는 거 아니겠냐. 너도 결국 굶어죽기는 하겠지만, 살아 있는 동안은 먹을 것을 벌어야 하니까 아무 소리 말고 오라는 데 있으면 감지덕지 일단 가라. 가서 부딪쳐 보고 견뎌내라. 그게 친구가 조언한 말의 핵심이었다. 그는 이미 유명한 성형외과 의사가 되어 강남에 그들먹한 빌딩에 개원을 하고 있었다. 잘 다녀오라면서 여비로 쓰라고 수표를 한 장 건넬 줄 만한 아량이 있는 친구였다.

밥거리가 막연하게 되니까 비로소 다른 사람이라는 존재가 보이기 시작했다. 그리고 자신이 한없이 작고 초라하게 부각되어 올라왔다. 자신을 먹여살린 억척스런 힘의 근원을 잊고 살아온 것은 그 자체가 죄를 짓는 일이나 다름이 없었다. 학문이 돈이 되는 그런 세상은 없는 것인가. 지식의 대중화, 교양을 갖춘 대중, 유물론자의 기도, 막걸리 마시는 황제와 씨름하기, 가난하지만 우아하게 사는 방법…… . 나아가 잘 죽는 방법. 그런 생각들이 어지럽게 떠올랐다가 흩어져갔다.

텔레비전 옆에 놓인 전화가 요란하게 울렸다. 혹시 전 교수인가 하고 전화를 받았다. 앳된 아가씨의 목소리였다.

"방에 과일 좀 넣어 드리려고 하는데 시간 괜찮으세요?"

남는 게 시간인데 그렇긴 하지만, 사기꾼 조심하라던 전 교수의 말이 떠올라 멈칫거리고 있는 사이, 기다리세요 하고 전화가 끊겼다. 과일 필요 없으니 오지 말라고 만류할 사이도 없었다.

과일 바구니를 들고 들어온 아가씨는 조선족 말투로 인사를 했다. 얼굴선이 곱고 피부가 뽀야니 빛났다. 눈에서는 가벼운 빛살이 번져 나왔다. 서랍에서 칼을 찾아 키위를 벗기는 손가락이 가늘고 길어 재주가 있어 보였다. 키위, 날개가 퇴화되어 날지 못하는 새, 어둠 속에서만 활동하는 새, 모양이 키위를 닮았다고 해서 그런 이름이 붙기는 했지만 잔양스런 새를 떠올리게 하는 과일이다. 장이호 자신이나 아가씨나, 날개가 퇴화해서 날지 못하는 키위새들이 만난 폭이었다.

"오늘처럼 비가 오는데, 아저씨는 심심하지도 않으세요?"

"내 무료함을 네가 어떻게 해결할 수 있겠냐?"

"비가 안 오면 노산에도 가고 석로인 해변을 산책해도 좋은데, 비가 아저씨 일정을 쫄딱 망치네요."

청도에 와서 노산(嶗山)은 여러 차례 가 본 터였다. 중국 도교의 본거지라고 소개하는 동료가 있어서, 관심을 가지고 찾아가 보았던 기억이 새로웠다.

"그렇구나."

뭐가 그렇다는 것인지 장이호는 그렇게, 그렇다고 아가씨의 말에 손뼉을 맞춰 주었다.

"저랑 비디오 보실래요?"

애가 무슨 수작을 하려고 이러나 싶어 어리뻥하니 바라보고 있는데, 잠깐 나갔다 온다면서 발딱 일어나 문을 열고 나갔다. 잠시 계단을 밟는 소리가 콩콩콩 들리고는 잠잠하니 한참 소식이 없었다. 탁자 옆에 놓아 둔 핸드백이 반쯤은 열려 있었다. 도무지 이런 애들은 핸드백에 무엇을 가지고 다니는지 호기심이 일었다. 핸드백을 열어 보았다. 콘돔 몇 개와 비아그라 같은 알약이 몇 캡슐 들어 있었다. 이거 완전히 꾼이로구나 싶었는데, 그 옆에 지갑이 손에 잡혔다. 지갑을 펼치자 잘 생긴 남자와 함께 찍은 사진이 나왔다. 어떤 관계일까. 이 사내는 자기 여자 친구가 이런 데 드나드는 사실을 알까? 직업······?

"어머머, 숙녀 핸드백을 뒤지면 어떻게 해요."

"그저 궁금해서······, 그런데 너 꽃뱀이냐? 겉보기랑은 다르네······."

"겉하고 속이 똑같은 인간이 어디 있어요? 오빠는 뭐 그렇지 않나요?"

"이런 식으로 돈 벌어서 뭐에 쓰려고 그러냐?"

"그런 걸 꼭 물어봐야 아는 것처럼, 응큼하게."

아가씨는 장이호의 팔뚝을 꼬집어 비틀다가는, 비디오나 봐요 하면서 비디오 테이프를 키트에 넣었다. 화개적방중술(花開的房中術)이란 제목이었다. 분홍빛 장미가 피어나는 모습을 고속촬영으로 찍은 장면은, 꽃잎이 마치 물오른 음부처럼 벌어지는 모양이 선정적이라기보다는 오히려 처절하게 아름다운 한 폭의 그림이었다. 아내의 그곳도 한때는 그런 핑크빛을 띠고 숨을 쉬듯 오무렸다 벌렸다를 부드럽게 이어가곤 했다.

"이건 예술이다."

"예술은 실천이래요."

"애 말하는 것 좀 봐라. 어디서 들은 얘기냐?"

"저 같은 애가 예술 얘기하니까 역겨운 모양인데, 그거 고정관념예요. 나도 대학 나왔어요."

아가씨가 자기도 대학 나왔다는 소리를 듣고 장이호는 속으로 흠칫했다. 처지가 서로 별로 다를 게 없었다.

"그래 하기사, 천사와 창녀가 한방에 잘 수도 있는 거지."

"뭘 그렇게 복잡하게 생각해요, 현실적으로 나는 아저씨가 필요하고 아저씨는 내가 있어야 외롭지 않다, 그런거 아닌가요."

아가씨가 옷을 벗기 시작했다. 하는 짓이 너무 당당해서 말릴 염이 나지를 않았다. 밖에서 빗소리가 더욱 거세졌다. 아가씨는 거대한 바위덩어리처럼 다가와 기억을 짓눌렀다.

"너더러 다른 일 하란 얘긴 아니지만, 이렇게 벌어서 뭐를 하려고 그러냐, 솔직하게 말해봐라."

"남자 친구랑 서울 가서 살려고요."

담담하기까지 한 당찬 대답이었다. 그렇게 벌어서 남자 친구와 둘이 한국에 가서 살겠다는 얘기를 듣는 순간, 온몸이 기운이 다 빠져 나가고 축 늘어지는 느낌이었다. 이상하게도 손에는 힘이 들어가 주먹이 쥐어졌다. 산다는 게 무언가 하는 같잖은 생각을 더듬고 있는데,

"아저씨 임포인가 봐."

"오래 안 썼더니 그렇다."

"용불용설 알아요, 그게 용불용설이 맞다는 걸 증명하는 거라던데."

"네 남친은 그거 잘 하냐?"

"그런 거 안 묻는 게 예의라구요. 꽃에 대한 예의도 모르시나봐."

네가 꽃이란 말이지, 물으려다 말았다. 꽃은 꽃인 게 틀림없었다. 청순하고 아름다운 아가씨였다. 꽃에 대한 예의를 갖춰 달라 요구하는 아가씨 앞에서 장이호는 삶은 무 줄거리처럼 온몸에 기운이 빠져 늘어져 있었다. 아가씨는 어느 사이 슬립을 걸치고는 화장실에 다녀나오는 눈치더니, 불쑥 들이미는 투로 물었다.

"오빠야, 이 담배 피울래?"

"정말, 얘가 밑바닥까지 내려간 모양이네."

"밑바닥까지 가 보는 거지 뭐, 더 이상 떨어져 내려갈 데가 없는 그 바닥까지 가면, 거기서 위로 솟아오를 수 있는 비상구가 있을지도 모르잖아요?"

"말하고 현실은 다르다는 거, 너 그걸 모르냐?"

"열라 벌어도 내 목구멍으로 다 들어가고 마는데…… 구멍과 구멍이 통하는 거 오빠 알지? 한 구멍으로 벌어서 다른 구멍 채우는 거, 그게 전부야."

"그래, 먹고 싸지 못하는 놈이나, 먹지 못해 쌀 게 없는 놈이나 그게 그거다."

"오빠, 나 서울 데려가 줄래?"

아직도 서울 타령을 하고 있는 애들이 있다니. 도무지 정리가 안 되는 맥락이었다. 비디오 테입이 다 돌아가서, 빗줄기가 흩뿌리는 듯한 화면이 되었다. 스피커에서는 시시시이 하는 잡음이 흘러 나왔다.

"됐다, 이제 가라."

인민폐 100위안짜리 석 장을 집어 주었다. 조선족 아가씨는 좀 모자란다 싶은 표정으로 지폐를 세보곤 하다가는 겉옷을 챙겨 입었다. 장이호는 등으로 한기가 오소소 밀려오고 눈꺼풀이 빡빡하게 매달리는 것을 느꼈다.

저녁을 굶고 그냥 누운 침대 바닥이 눅눅하게 젖어왔다. 몸이 떨렸다. 머리가 지끈거리고 이마에는 열기가 달아 올라오기 시작했다. 굶어 죽는 사람들이 몸에 있는 기름기가 다 타고나서, 이렇게 죽는 것인지도 모른다는 생각이 들었다.

애들의 얼굴이 떠올랐다. 연년생으로 12살과 11살이었다. 그 애들이 10년 후, 어떻게 굴러다닐 것인지, 조선족 아가씨의 얼굴 위로 애들 얼굴이 겹쳐 지나갔다. 빈속에서 울컥하고 신물이 올라왔다. 화장실에 가서 토악질을 했다. 입을 닦은 휴지를 쓰레기통에 던지려고 하는데, 피가 빨갛게 밴 패드가 그 안에 달랑 놓여 있었다. 연변 아가씨가 떨구고 간 꽃잎이었다. 생리 중인데도……, 산다는 게.

　다시 침대에 누웠다. 윤랑시와 어우러졌던 기억들이 단편적으로 떠올라 맴돌았다. 진시황이 왜 여불위와 태후를 끝까지 옹호하고 죄를 숨기려고 애를 태웠는지 하는 대목에서, 윤랑시는 라캉을 들이대며 그게 아들의 심리가 아직 거울단계를 벗어나지 못한 증거라면서, 유려한 설명을 하는 통에 장이호는 어어 하면서 벌린 입을 다물지 못할 지경이었다.

　홍보부에서 일을 하는 동안, 자신이 현실감각을 상실한 채 살아왔다는 의식이 칼끝처럼 기억을 찔러댔다. 이제까지 얼마나 무딘 감각으로 살았던가, 그리고 그것은 얼마나 아둔한 자기모멸이었던가 하는 회의가 몰려들었다. 그것은 윤랑시가 돋구어내는 자성의 감각이었다. 윤랑시는 말미잘처럼 촉수가 유연하게 살아서 움직였다. 거기 비하면 장이호는 늙은 말의 발굽처럼 각질화된 감각의 껍데기에 묻혀 있었다. 알 수 없는 일은, 윤랑시가 일체의 감정적 앙금을 기억에 담아두는 법을 적극적으로 잊고 지낸다는 점이었다. 그래서 오히려 산뜻했다. 알키한 향이 번지는 듯하기도 했다.

　"비서실 아가씨와 연애한다던데?"

　입사 동기가 술자리에서 그렇게 물었다. 약간은 선망이 드러나기도 하고 달리 들으면, 너 그러다가 일낼까 걱정이다 하는 톤이었다. 그래 그것도 연애라면 아니라고 할 것도 없었다.

　"뭐랄까 해초같이 부드럽고, 열대어처럼 빛을 발하지. 백합 향기를 지니고 있기도 해. 순백색의 육욕을 가진 여자라면 묘사가 되는 건가."

　"머리꼭지까지 폭 빠졌구나. 어디 가서, 나랑 그런 얘기 했다는 말 꺼내지도 말아라. 일 난다 일 나."

　윤랑시와 지내면서 얻은 느낌을 자랑삼아 이야기한 것이 탈의 꼬투리였다. 윤랑시와 장이호가 연애를 하고 있다는 소문이 번지기 시작했다.

마침내는 노조 측에서 윤리적인 문제를 제기하는 바람에 쫓겨나는 꼴이 되었다. 명분은 처자식을 둔 작자의 외도였지만, 내용은 회장에 대한 도전이라는 것이었다. 거기다가 책을 낸 것이 표절 시비에 말려들었다. 시작은 단순했는데 일이 꼬이는 맥락은 실타래처럼 얽혀 영 풀릴 조짐을 내보이지 않았다.

자정이 넘어서야 속이 가라앉고 겨우 잠들 수 있었다. 그런데 무엇이 잘못 되었는지 오한이 몰려왔다. 머리는 깨질 듯 아팠다. 진땀이 나고, 몸이 떨렸다. 그리고 추웠다.

## 9. 남자가 흘리지 말아야 할 것

여름에 얼어죽는다는 말을 실감할 정도의 오한이었다. 오한으로 밤을 꼬박 밝힌 장이호는 아침에 일어날 기운조차 없었다. 탁상에 놓인 디지털 시계 액정화면에 빨간 숫자들이 깜박거렸다. 09/01 | 09:00 달이 바뀌어 9월이었다.

현기증을 가누며 겨우 일어나 칫솔을 물고 화장실로 들어가는데 전 교수가 전화를 해왔다. 공항으로 연락을 해 보았는데, 11시에 비행기가 뜬다는 이야기였다. 끝까지 연락을 해주고 챙겨주는 것은 고마웠다. 그런 전 교수가 한국에서 잘 나가던 장이호를 직장에서 쫓겨나게 했다는 사실은 머리가 혼란으로 휘둘리게 했다. 일테면 난장판 같은 혼란을 일으키고는 다시 쓰레기를 정리해 주는 묘한 존재였다.

어찌보면 전 교수는 청도에서 장이호를 이해해 주는 유일한 사람이었다. 이중의 이해였다. 적이면서 동지이고, 동지이면서도 언제든지 등을 돌릴 준비가 되어 있는 인물이었다. 논리는 늘 분명했다. 주고받는 게 정확해야 한다는 주장은 곧바로 행동지침이었다. 그리고 시대의 변화를 정확하게 읽어 자기에게 득이 되는 일은 끝까지 추적했다. FTA라는 게 좋기는 좋더라면서, 이전 같으면 그냥 슬쩍 해서 인세 챙기고 넘어갈 터인데, 한국에서 자기 지적재산권을 되찾은 것은 공정거래의 역사에 기록될 일이라고 자랑을 늘어놓기도 했다.

"한국이 양반은 양반입디다. 예의를 안다 이말입니다."

장이호 이름으로 발표된 책이 사실은 자기가 쓴 책을 그대로 옮겨 놓은 것이라고, 저작권을 주장했을 때, 고분고분 따져서 저작권료를 돌려주는 대응 자세가 놀랄 만큼 신사적이었다는 얘기였다. 그렇게 알진 돈을 돌려줄 줄은 상상도 하지 못했다면서, 장이호를 얼르듯 추켜올렸다.

"당신은 내 은인입니다. 나를 위해 살신성인을 한 셈이라니까요."

돈이 한참 궁할 때 그런 일이 있었고, 자기의 권익을 철저히 따져 주어 고맙다는 얘기를 서슴없이 털어놓았다. 그 은혜를 갚는 셈으로 중국에 있는 동안 잘 도와주마 하고 나왔다.

그런데, 정작 한국에 돌아가는 길에 생각해 보면, 한국에서 더는 기댈 언덕이 없었다. 「패설 중국 고대사」는 장이호가 학계에 발을 붙일 수 없게 얽어매었다. 「진짜 황제처럼 경영하라」는 일자리를 잃게 하는 매개가 되었다. 겨우 일자리 얻어서 해낸 작업이 곧바로 부메랑이 되어 돌아와 그 일자리에서 쫓겨나는 칼날이 될 줄이야. 꿈에도 짐작하지 못한 상황이었다.

중국의 개방 이후 오늘에 이르기까지, 중국과 무역은 거반이 불공정거래나 마찬가지였다. 그런데 중국과 한국 사이에 FTA가 성사되고 나서 상황은 달라졌다. 중국 편에서는 그동안 해먹은 것은 잊어버리자면서, 현안으로 부각되는 것은 따질 만큼은 따져야 한다는 식으로 발톱을 드러내기 시작했다. 장이호의 이름으로 낸 책이 시비에 걸려든 맥락이었다.

책이 곧잘 나갔다. 한 달 사이에 세 판을 찍었다. 책을 내서 돈이 되기도 한다는 것을 실감할 무렵이었다. 「진짜 황제처럼 경영하라」는 필자를 장이호로 하고, 권세영 회장은 추천의 글을 하나 붙이는 걸로, 그리고 윤랑시는 디자인을 맡아 책을 만든 것으로 출간이 되었다. 출판사에서는 처음에 뜰 때 광고를 때리자면서 한 판의 인세를 투자하라 했다. 회장은 자신의 입지와도 관계가 있다고 판단을 했던지, 그렇게 하자고 쾌락을 했다. 텔레비전에 광고를 몇 번 치자마자 금방 책이 날개를 달고 뜨기 시작했다.

거기다가 인문학적 상상력으로 경영하라 하는 캐치프레이즈도 판매고를 올리는 데 한몫을 했다. 〈비브로 인포〉라는 출판정보를 전문으로 하는 잡지에서 특집으로 다루어 주기도 했다. 그러면서 점점 주문량이 늘어난다는 소식이더니 인세가 알돈으로 들어오기 시작했다. 인세는 장이호, 회장, 윤랑시 그렇게 세 몫으로 나누었다.

기업연수를 전문으로 하는 이벤트 회사 〈엔터노베이션〉에서는 권세영 회장을 연사로 모셔갔고, 권세영 회장은 황제처럼 경영하라는 이야기를, 경영을 책임지는 CEO들뿐만 아니라 새로 입사하는 사원과 회사에서 일해오던 사원들 모두가 그러한 책임의식과 자존감을 가지고 일을 해야 기업이 격을 높일 수 있다면서, 자신의 경영철학을 청중들 앞에서 설파했다. 결국 개인들 자신이 자존의식을 가지고 책임을 지는 그러한 경영은 CEO 혼자 하는 것이 아니라, 인화를 중심으로 한 결속력이 상상의 날개를 달아준다는 점을 강조했다. 청중들은 모처럼 자기들을 이해하는 것은 물론 두둔해 준다고 박수를 보냈다.

그 무렵이었다. 중국에서 손님이 왔는데 장이호를 보자 한다면서, 윤랑시가 홍보부 사무실로 들러서, 가라앉은 목소리로 이야기를 건넸다. 무슨 일인지 짐작이 되느냐고 장이호가 물었을 때, 윤랑시는 루즈를 짙게 바른 입술 사이로 새하얀 이를 드러내고 생긋 웃으면서,

"잘 나갈 때 조심해야 하는 건데……."라고 슬그머니 질러보는 눈치였다. 뭔가 사단이 벌어진 모양이었다.

손님은 한국말을 어찌나 유창하게 하는지, 말만 들어서는 중국인인지 한국 사람인지 알기 어려울 지경이었다. 그런데 수인사를 건네고 명함을

주고받는 사이 장이호는 서서히 기가 질리는 느낌에 빠져들었다.

장이호는 명함을 들고 이름을 읽어 보았다. 전당강(錢唐江), 전당강, 익숙한 이름이었다. 전에 항주에 갔을 때 육화탑(六和塔) 밑으로 길게 흘러내리던 강 이름이 전당강이었다. 한자 한 글자가 달랐다. 항주를 가로지르는 강은 전당강(錢塘江)인데 이 사람은 당나라 당자[唐]를 쓰는 것이 다를 뿐이었다. 친밀한 감정으로 다가가라, 경영자의 인간 대면 수칙이었다. 일단 친밀한 관계를 강조하고 들어갈 참이었다.

"아 전당강 선생, 저도 전당강을 본 적이 있습니다."

돌아오는 답은 예상 밖이었다. 상대방의 관심사를 알아 대화를 시작하라는 대화의 수칙은 그저 한가한 수칙일 뿐이었다. 긴요한 것은 대상이 어떤 인간인가 하는 문제였다.

"전당강에서 무얼 보셨는지요?"

약간 아래로 내려다보는 식의 질문이었다. 문득 노조(怒潮)니 용조(涌潮)니 해서 전당강에 차올라 도시를 휩쓸어갈 것처럼 치솟는 파도가 관광객의 볼거리를 제공한다는 이야기를 들은 적이 있기는 했다. 그러나 정작 그 파도를 못 보았다. 파도는 고사하고 유유한 흐름이 마음까지 평온하게 안출러 주었다. 전당강을 보았다는 것이 무엇을 보았다는 것이냐는 질문은 사실 고약했다. 장이호가 멈칫거리고 있는 사이 전당강 교수가 먼저 말을 이었다.

"진의 시황제가 제5차 순행을 하던 중 회계산에 가기 전에 전당에 들렀습니다. 아마 중국을 떠나 신선을 찾아 간다면 해안 어디서 떠나는 게 좋은지, 물색을 하느라고 들렀을 걸로 추정하는데, 그럴듯한 가설입니다."

그 말을 듣고 보니 그런 기억이 떠오르는 듯했다. 진시황의 순행 여정 중에 마지막 여정에 전당이 포함되어 있었다. 수도 함양을 출발해서 전당, 낭야, 지부 그렇게 이어지는 여로였다.

"그렇던가요, 듣고 보니 그런 기억이 납니다."

사실은 기억에 없는 것 같기도 했다. 다시 명함을 뒤집어 보았다. 직함에 '경영저술전업(經營著述專業)'이라는 구절이 진홍색으로 인쇄되어 있었다. 머리를 둔기로 얻어맞은 것처럼 통증이 밀려왔다. 중국 화동인민출판공사에서 발간한 「황제적상전모략:화식론(皇帝的商戰謀略;貨殖論)」의 저자가 전당강 교수라는 것이 기억의 지평을 밀고 솟아올랐다.

"지식의 보편성 문제를 제기하면 이야기가 달라질지 모르지만, 자신이 서명한 글은 설령 자료의 변형이 있어도 저자 그 사람의 지적 재산입니다."

장이호는 거의 버릇대로 고개를 주억거리면서 전당강 교수의 이야기를 들었다. 사실 원고를 마련하는 동안 그 책을 여러 군데 인용하기는 했다. 대개는 일반적으로 아는 내용들이고, 상식으로 통용되는 것들이었다. 물론 경영과 관련된 내용은 가급적 피하는 방향으로 했다. 헌데 이런 일이 어째서 나한테. 안 되는 놈은 뒤로 자빠져도 코가 터진다더니 꼭 그 꼴이었다. 이럴 줄을 미리 알고 회장이 뒤로 물러서서 장이호에게 저작자를 양보했던 것인가 싶기도 했다.

전당강 교수는 단호하게 말했다. 자기가 강자 편이라는 점을 의식적으로 내보이는 화법이었다.

"인간의 일이라는 게 의미공유를 통해 소통을 하는 것이고, 공감을 바탕으로 문화가 교류되는 것인데, 책의 내용이 같을 수도 있지요만, 이 경우는 의도적이라는 확신이 있습니다. 부당한 요구는 하지 않습니다. 다만 한국에서 팔리는 책의 인세 일부를 돌려주면 만사 휴의, 우리 거래는 깨끗이 정리됩니다."

그런데 회장의 태도 또한 단호하기는 마찬가지였다.

"그게 표절인지, 아니면 같은 자료를 이용한 것인지 전문가 수준에서 검증이 필요한 사안입니다. 우리도 자료를 모으고 의견을 통일하고 하면서 다른 저자의 책 건드리지 않느라고 노력을 할 만큼 했습니다. 당신이 쓴 책과 내용이 같은 부분이 있다면 인간 보편의 지적능력 때문일 겁니다. 하니 정식으로 이의제기를 하세요."

정식으로 이의제기를 하면 거기 맞는 대응을 하겠다는 의견이었다. 그 판결이 나기 전에는 어떤 응수도 불가라는 것이 회장의 소신이었다. 장이호로서는 자기를 보호하기 위한 회장의 배려가 고맙기 이를데없었다.

"한국에서 잘 쓰는 말로 모리배간상이니, 정상배니 하는 말들이 있는데, 윤리경영을 강조하는 귀사에서 이런 일을 무심히 넘긴다는 것은 스스로 경영윤리를 부정하는 처사가 아니겠습니까? 회장님의 뜻이 정 그러시다면 법으로 해결하는 방향을 택하겠습니다. 우리도 이제는 국격을 높일 때가 되었고, 그리고 무엇보다 양국의 저술가들이 양심을 지켜야 학문적 교류도, 인간적 소통도 가능하리라는 생각에서 나온 처사라는 점을 양지하시기 바랍니다."

회장은 손을 가볍게 떠는 정도일 뿐, 약한 심기를 드러내는 말은 하지 않았다.

"나 스스로도 그럴 생각은 없습니다. 모리배간상이라거나 정상배라고 폄하를 하더라도 들을 소리는 들어야 하지요만, 이미 말씀드린 대로 전 선생의 요구가 정당한지는 자료를 가지고 확인을 한 연후에 저절로 밝혀질 것입니다. 그게 저의 확고한 소신입니다."

그러면서 한중 FTA에서도 지적소유권은 양측의 양해가 필요한 걸로 되어 있다는 이야길 했다. 한중 문화의 동질성을 고려해야 한다는 배려로 이해가 되는 국면이었다. 회장은 그러한 항목의 실효성을 믿고 있는 모양이었다.

"그렇습니까? 다른 말씀은 없으시다면……."

"정식으로 이의를 제기하면 우리가 검토하기로 하겠습니다."

"후회할 일인 줄 알면서 미리 유념하지 않는 행동은 어리석은 짓입니다. 기회를 놓치는 일이기 때문입니다. 기회를 놓친 경영인은, 기회의 상실 그 자체가 벌을 받아야 하는 죄라는 것 잘 아시지요?"

어디선가 읽은 듯한 구절이었다. 생각해보니 전거 없이 전당강 교수의 책에서 인용한 내용이었다.

"백성의 기본 욕구를 존중해야 한다는 내용은 사기에 있습니다만, 고객과 다투지 말라고 사마천이 얘기한 적은 없습니다. 아무 얘기나 중국고전에 있는 것처럼 써 놓는 것은 무책임한 짓입니다. 중국 고전의 지적소유권은 중국에 귀속되는 것으로 보아야 하지 않습니까? 원칙적으로 말이지요."

그렇게 말을 마치고는, 윤리경영을 주장하는 분이니까 윤리적으로, 합리적인 판단을 하실 줄 믿는다 하고는, 이의를 제기하면 곧 답을 달라면서 일어나 나갔다. 그리고 젊은 장이호 박사의 앞날을 위해서도 이 문제는 잘 처결해 두어야 한다는 이야기를 덧붙였다. 장이호는 얼굴이 홧홧 달아올라 이마에 땀까지 내뱄다.

다음날 회장은 물었다.

"중국에서 온 그 전 교수하는 얘기가 어디까지가 사실이요?"

"회장님도 그 책을 다 읽으셨잖습니까, 헌데 그걸 왜 다시 묻습니까?"

"내가 묻는 것은 사실인가 사실이 아닌가 하는 그 점입니다."

"부분적으로 내용이 동일한 데는 있으나 표절은 아닙니다."

"내용이 동일하면 그게 표절이지요, 표절도 국제적 표절이지요."

"사마천의 사기를 인용한 내용이고, 내용의 동일성 여부와 표절은 개념상 일치하지는 않기 때문에 그렇게 말씀드렸습니다."

"얼마 안 된 역사라면서, 우리가 진시황과 동시대를 살아간다, 그러면서……?"

전에 입사 면접에서 그런 이야기를 한 것이 기억에 떠올랐다. 중국은 고래로 상업을 경시하고, 왕들 가운데는 상행위를 금지하기도 했다. 그래서 '군자는 인의에 밝고 소인배는 재리에 밝다.'는 허언낭설이 만들어졌다. 그러한 이야기를 한 것은 주로 유가들이었다.

그러나 사마천은 달랐다. 인간의 본질을 정확히 간파한 것이다. 인간의 기본적인 욕구를 그대로 인정하고 그들의 심성을 존중해서, 사람들을 자기에게 득이 되는 방향으로 이끌어야 한다는 것이다. 「사기」의 '화식열전'에는 그렇게 기록되어 있었다. 장이호는 홍보부 사무실로 돌아와 컴퓨터에 입력해 두었던 자료를 읽어 보았다.

우순(虞舜), 하우(夏禹)시대 이후로는 사람들의 눈과 귀는 항상 가장 아름다운 색과 소리를 즐기려 하였고, 입은 풀과 곡식을 먹여 기른 가축의 맛있는 고기를 먹고 싶어 하였으며, 육체는 편하고 안락한 생활을 원하며 마음은 권세와 능력으로 얻은 평화를 자랑하였다. 백성들은 이러한 풍속에 오래 젖었다. 그러므로 최선의 방법은 그들의 심성을 그대로 존중하는 것이고, 차선책은 이익으로 그들을 인도하는 것이며, 그 다음이 백성을 가르치고 깨우치는 것이다. 강제로 백성을 규제하는 것은 이보다 못하지만 백성과 다투는 것은 최하책이다.(이성규, p.337)

전거가 표시되어 있는 걸 봐서는, 인용을 틀림없이 했을 터였다. 이 내용을 본문에 인용한 것이기 때문에 착오가 생길 까닭이 없었다. 착오가 없으니 내용이 일치되는 것이다.

전당강 교수라는 사람은, 아이디어를 훔쳤다는 주장과 함께 구체적인 근거를 들어야 한다고 주장하는 메일을 보내왔다. 과도한 주장을 펴는 게 사실이었다. 장이호 편에서는 비의도적인 일치일 뿐이라고 답을 했다. 전당강 교수는 의도적인 표절이라고 맞받았다. 몇 차례 메일을 주고받는 사이 의견 차를 좁힐 수 없었다. 전당강 교수라는 이가 노리는 것은 목표가 다른 데 있다는 의문이 스며들기 시작했다.

중국의 전당강 교수가 저작권 침해로 인한 손해배상 청구소송을 제기했다. 자신의 저서와 장이호의 이름으로 낸 「진짜 황제처럼 경영하라」 하는 책의 내용을 일일이 대조하면서 「사기」의 내용을 그대로 옮긴 것과, 자신의 설명과 장이호의 설명 가운데 내용이 일치하는 것을 하나 하나 비교하여 근거자료를 만들어 제시했다. 순진한 것인지 치밀한 계산에 따른 것인지 소장(訴狀) 내용을 미리 공개했다. 흔치 않은 일이었다. 그만큼 자신이 있다는 뜻일 터였다. 그러면서 장이호에게는 학자로서 당신의 앞날을 위한 일이니 오해하지 말라고 전화까지 해왔다. 사기꾼이 대개 그런 식이 아닌가. 얼르고 등친다는 격으로 일은 일대로 진행하면서 은근히 두둔하는 척하는 그 수법을 누가 모르랴 싶었다. 그러나 전 교수의 자료에는 하자가 없어 보였다.

회장은, 어디서 생각이 달라졌는지, 저편에서 제안하는 안을 다 받아들이되 두고두고 말썽이 일지 않게 하려면 한꺼번에 손해배상을 하고, 눈감아 달라 하자는 쪽으로 물러섰다. 그렇게 해서 뒤탈 없이 깨끗이 처리하고 넘어가자는 방향으로 일을 몰고갔다. 아마 회장 자신의 입지를 생각하는 것 같았다.

그런데 일이 꼬이느라고 윤랑시와 관계가 말썽의 꼬투리가 되었다. 전에 술자리에서 윤랑시와 연애한다는 이야기를 했던 입사동기가 문제를 들고 나왔다. 사내에서 부적절한 관계를 가진 인물들이 회사의 기강을 해이하게 만든다면서 이 문제를 노조에서 정식으로 다루어야 한다고 했다. 입사동기 차충민(車忠敏)이란 자가 노조 조정위원을 만나서 이야기를 이상한 방향으로 뒤틀어 놓았다. 그런 이야기는 장이호가 낸 책에 대한 문제로 비화되었다.

장이호 이름으로 낸 책이 전적으로 혼자서 한 일이 아니라, 윤랑시가 원고의 많은 부분을 썼으며 아이디어도 거의 윤랑시가 제공하고, 인세의 일부를 윤랑시에게 돌렸다는 이야기였다. 말하자면 윤랑시의 오리지널 원고를 장이호가 베껴먹었다는 맥락이었다. 물론 낭설이었다. 낭설이기는 하지만 책은 표절하고 인세를 빌미로 치정관계를 벌이는 사기행각을 했다는 식으로 혼자서는 뛰어내릴 수 없는 도마에 올랐다.

이 문제에 대해서도 이야기가 양방향으로 엇갈렸다. 개인들의 애정문제를 공적인 일과 관련하여 거론하는 것은 잘못이라는 견해와, 처자식이 있는 놈이 직장에서 동료사원과 놀아나는 것은 윤리적인 문제를 넘어 인간적으로 용서할 수 없다고 열을 올리는 축이 있었다. 그따위 사원은 표절 여부를 따지기 이전에 단칼에 잘라내야, 딴놈들이 앞으로 그따위 짓거리를 못한다는 주장이었다. 앞으로 예상되는 회사의 흐물흐물하는 기강을 차제에 엄숙하게 바로잡아야 한다는 주장은 일관성이 있었다.

노조 측에서는 사실을 조사해 보아야 한다는 주장을 들고 나왔다. 조사를 하되, 믿을 수 없는 책을 쓰도록 촉구한 회장, 장이호와 부적절한 관계를 가짐으로써 사원들의 윤리의식에 먹칠을 한 윤랑시를 그대로 둘 수 없다는 내용이 포함되어 있었다. 장이호는 이번 사태의 모든 책임이 자기에게 있다고, 자기가 책임을 지겠다고 진실고백을 하고 나왔다. 미리 꼬리를 내리는 셈이었다. 어쩌면 윤랑시가 얘기하던 소인배 기질이 발동하는 것일지도 몰랐다.

상황이 그렇게 어지럽게 돌아가자 장이호를 향해 눈을 부라리는 이들이 여기저기서 뛰쳐나왔다. 언제 그렇게도 많은 적들에게 둘러싸여 살았던가 싶게 이를 가는 인간들에게 포위되어 지냈다는 것이 소름이 끼치도록 실감이 되어 돌아왔다. 윤랑시와 지밀한 관계를 시샘하는 자들의 이바구가 여론을 몰고 갔다.

장이호는 며칠 집에 들어가지 않고 회사 근처 호텔에 묵으면서 두 책을 세밀하게 대비해 보았다. 그런 과정을 거쳐 전단강 교수가 이의를 제기함직 하다는 생각이 굳어졌고, 스스로 손을 들고 나서는 편이 여러 사람 괴롭지 않는 길이라는 쪽으로 생각이 기울기 시작했다. 모르는 소리를 아는 것처럼 이야기한 것은 벗어날 수 없는 오점이었다. 「사기」를 조금 알 뿐 경영을 알지 못하면서 경영을 이야기하기 위해 참고한 내용은 참고 정도가 아니라 그대로 베껴 쓴 것과 다를 바가 없었다. 전당강 교수가 필자의 장래를 위한다는 이야기를 한 것이 무슨 뜻인지 짐작이 되었다.

이판에 모든 것을 접고 말아야지 싶었다. 그동안 윤랑시와 인간적인 사귐을 일궈온 것만 해도 참으로 귀한 체험이었다. 윤랑시가 원고를 쓰는 과정에서 자기 일처럼 적극적으로 거들지 않았으면 오늘의 이런 일은 아예 만들어질 턱이 없었다. 사실 모든 원고를 혼자서 담당하기는 힘에 벅찬 내용이었다. 윤랑시가 요약해다 주는 내용은 파일 내용 그대로 책에 옮겨졌고, 그 원본이 무엇인지를 확인하지 않고 넘어간 것은 표절과 다를 바가 없었다. 거기다가 권세영 회장이 제시하는 아이디어라든지 작업 속도를 내달라는 친절한 강요는 처음부터 부담이었다. 그런 일을 마치 출판을 배운 사람처럼 처리해주는 윤랑시가 고맙기 짝이 없었다. 그 고마움에 의지하고 기대는 것이 결과적으로 장이호의 독창성을 갉아먹었다. 그렇다면 공저자로 이름을 달았어야 옳았다. 회장의 배려를 순순하게 받아들인다는 것이 오히려 일을 그르쳤다.

밥벌이를 하자고 어설피 도모한 짓이 굶어죽을 장분을 스스로 마련하는 쪽으로 삐뚤어져 돌아간 셈이었다. 그래서 모든 사람은 굶어 죽는다는 이야기가 틀리지 않다는 결론이 일리가 있다는 생각을 했다. 한중교역상사와 맺었던 인연은 그렇게 마무리가 되었다. 물론 회장은 안 써도 되는 돈을 썼고, 그동안 많은 공부를 했다고 치사를 잊지 않았지만, 윤랑시가 회사에서 떨어져 나간 것을 안타까워하지 않는 것은 고개가 갸웃해지는 일이었다.

회장실에 들러 인사를 하고 나오다가, 회장에게 고별인사를 하러 가는 윤랑시를 만났다. 윤랑시 편에서 먼저 인사를 해왔다.

"너무 마음 상하지 마세요."

"마음이야 이미 상할 대로 상했지만……."

"그동안 같이 일한 이력 때문에 또 만날 거 같아요."

윤랑시는 아쉬운 표정으로 장이호의 손을 잡았다. 상아로 깎은 것 같은 윤랑시의 손은 여전히 부드럽고 고왔다. 장이호는 윤랑시와 잡은 손에 힘을 주었다. 윤랑시가 가볍게 웃었다.

세수를 하고 나서 짐을 다시 꾸리는 사이, 벌써 10시로 접어들었다.

서둘러야 비행기 시간을 댈 수 있었다. 지난 일을 되짚어 곱씹으며 기다릴 수 없는 형편이었다. 서울에 돌아가서 아내와 아이들을 볼 일이 까마득했다. 짐가방을 들고 호텔 현관으로 나가자 젊은 남녀가 택시에서 내렸다. 장이호는 그 택시를 잡아타고 공항으로 향했다.

## 10. 나락 멍석은 떠내려가고

공항은 어제 못 떠난 사람들까지 몰려들어 그런지, 작은 도시의 공항치고는 이상하리 만큼 붐볐다. 아무도 배웅을 나온 사람이 없는 것은 물론, 혼자라는 생각을 하자 곁이 헤적거렸다. 잘못한 것도 없는데 공연히 가슴이 쿡쿡거리고 숨이 턱턱 막혔다.

여권 심사대에서 어깨에 견장과 별을 단 중국인 여성이 때꾼한 눈으로 이편을 쳐다보더니, 한국인이냐고 물었다. 그렇다고 했다. 무슨 뜻인지 잠시 일그러진 얼굴로 웃었다. 여권을 돌려주면서 짜이찌엔! 하고 인사를 했다. 장이호는 시에시에, 답례를 하고 검색대까지 걸어가는 동안 뭔가 잘못된 것을 숨겨 가지고 가는 것 같은 부담이 가슴 한켠에 실려왔다.

손가방을 검색대에 올려놓았다. 중국에서 한국으로 마약이 흘러든다는 뉴스를 보았는데, 그래서 그런지 검색이 강화되었다. 짐가방은 물론 소지품까지 죄다 내놓아 털어 보여야 하고, 구두까지 벗어서 엑스레이 검색을 받아야 했다. 공안원 몇이서 마약 탐지견을 데리고 검색대 곁을 왔다갔다 하며 승객의 짐가방을 개들에게 냄새를 맡게 하고, 개가 킁킁거리는 기색이 보이는 가방은 다른 줄로 갈라 놓았다. 다행히 마약 탐지견은 장이호의 가방을 그냥 스쳐 지나갔다.

장이호는 부치는 짐에 들어가면 중량 규정을 초과할 것 같아, 책을 몇 권 가방에 넣어 두었다. 중국으로 도피하듯이 오면서 가지고 왔던 책들이었는데 읽을 기회를 얻지 못했다. 그 책들을 중국에서 다시 읽을 기회를 만들지 못한 것은 아무 소득이 없는 중국 생활이었다는 뜻이리라.

「사기」에 기록된 지명을 빠짐없이 답사하여 실감을 더한 글을 쓰고 싶었는데 그것도 생각뿐이었다. 우선 시간이 없고 돈이 궁했다. 고대사의 자료들은 대개 고고학의 도움을 필요로 하고, 발로 답사를 해야 하는데 그동안, 문헌자료에만 의존하는 방식은 역사해석학이라는 방향으로 나아가기는 했다. 자연 성과가 두드러지는 논문을 쓸 기회가 제한되었다. 그래서 더욱 실감을 가지고 싶었다. 실감을 위해서는 해석이 아니라 답사와 발굴이 필요했다. 중국에 있는 동안 걸어서라도 「사기」에 언급된 지역을 답사하겠다는 작정이었다. 그러나 작정은 작정으로 끝나고 말았다.

검사원은 장이호의 지갑까지 샅샅이 뒤져 보았다. 지갑에서는 언제 넣어 두었던 것이지 명함이 몇 장 흘러 나왔다. 문학박사 장이호(張易糊), 한중교역상사 홍보부 대리, 그리고 전화번호와 이메일 주소. 회사에서 만들어준 명함이 아직 지갑에 들어 있다가 빛바랜 얼굴을 내밀었다. 자신의 현재 신분과는 아무 연관이 없는 낯선 타자의 명함일 뿐이었다. 그 낯선 명함을 찢어서 쓰레기통에 버렸다. 공안요원 복장을 한 젊은이가 쓰레기통에 다가가서 뚜껑을 열고 들여다보다가는 명함을 집어 맞추어 보더니, 장이호를 향해 손짓을 해서 불러세웠다.

한국에서 쫓겨나 중국으로 도망친 사람이 다시 한국으로 쫓기듯 돌아가는 꼴이 우습기도 하고, 생각하면 기가 막혔다. 공항(空港)이란 말을 구태여 빈 항구로 읽고 싶지는 않았다. 그러나 공포로 떨며 항복하는 공항도 있는 법이라서 공항(恐降)을 떠올리게 하는 것이었다. 비어 있는 공항에서 공포에 떨고 있는 사십대를 바라보는 후줄그레한 남자. 그에게 갈 길은 없었다. 갈 길이 없는 사람을 불러세우는 것은 또 무엇인가?

취조실 같은 사무실에는 어깨에 별을 단 공안요원이 앉아서 장이호의 찢어진 명함을 이리저리 맞춰 보더니, 회사를 언제까지 다녔느냐, 아직도 관계를 하느냐, 중국에 와서는 무슨 일을 했느냐 시시콜콜 캐물었다.

그러는 중에 장이호의 짐가방을 들고 다른 공안요원이 들어와서 가방을 열어 보이며 거기 들어 있는 책들을 탁자 위에 내놓았다. 풍양진(馮亮震)이라는 사람이 쓴 「아편전쟁(阿片戰爭)」을 두고 시비를 걸어왔다. 이 책을 가지고 가서 어떻게 하려고 하느냐는 것이었다. 뒤에 알게 된 바이지만 그 책은 중국 근대사의 치욕적인 장면을 가감없이 드러내고, 중국의 부패상을 극도로 과장했다는 이유로 판매금지를 당한 물건이었다. 그런데 이들은 그런 내용을 아는지 모르는지, 아편에 관심이 있느냐는 질문에 대답을 하라면서 부진부진 대답을 강요했다.

비행기가 출발하기 겨우 5분 전이나 되어서야 풀려났다. 「아편전쟁」이라는 책과 「패설 중국 고대사」를 집어서 옆에 제쳐 두고는 그대로 나가라는 것이었다. 책에 아편이 든 것도 아니고, 포르노를 위장한 것도 아닌데 압수를 당하는 것은 이해하기 힘들었다. 그러나 그 불합리를 설명할 길이 없어 답답할 뿐이었다.

마침, 아니 공교롭게도 비행기가 정비를 위해 출발이 지연된다는 것이었다. 도망친 고향으로 돌아가는 길은 여전히 도망치는 길일 수밖에 없는가 싶을 정도로 곳곳에 장애물이 설치되어 있었다.

대합실 의자에 등을 기대고 앉아 기지개를 켰다. 알싸한 소금기 같은 것이 눈으로 번지다가는 눈이 아리고 아파오기 시작했다. 그거 마시면 '공자도 취한다'는 독한 고량주 냄새가 아직 몸에 절어 있는 것 같았다. 중국에서 지내는 동안 고량주가 세포까지, 뼛속까지 속속들이 배어 들어간 모양이었다. 배낭에서 수첩을 꺼냈다. 공항에서 압수당한 책을 적어 두었다. 책을 태우는 일을 아직도 계속하는 나라. 함양 인민광장에서 불태워지는 책더미 위에 신선이 너울너울 춤을 추었다. 환상이리라.

대합실 의자에 등을 기대고 눈을 감았다. 알알한 눈으로 지난 일들이 후익후익 소리를 내며 지나갔다. 중국사 공부하면서 「사기」 한 권 꿰차고 있으면 밥 걱정 않을 거라던, 지도교수의 말은 일부만 진실로 돌아왔을 뿐이다. 취직을 하는 데에, 그리고 남의 호기심을 자극하는 데는 분명 약효를 발휘했는데, 오래도록 밥벌이를 하는 데는 약효가 다한 셈이었다. 「사기」를 가지고 사기 그만 치라는 비웃음 소리가 귀를 울리기도 했다. 정말 그런가? 경영술과 사기의 갈림길이 어딘지를 알 수 없었다. 그게 본래 갈라지는 것이 아님은 물론, 물질과 정신마저 경계를 짓기가 난감하다는 것은 상식이 아니던가. 다시 생각해보면, 너무 호락호락 자학을 하는 길로 접어든 것인지도 모른다. 글이라는 게 본래 전거를 달거나 안 달거나, 내적으로는 다른 사람의 텍스트 베껴쓰는 게 아니던가. 그래서 영향의 불안을 이야기하는 것일 터이고. 왜 역사의 허구성을, 역사학과 해석학의 만남 가능성을 들고 나와 전당강 교수에게 당당하게 맞서지 못했던가, 눈앞으로 안개 같은 것이 아슴푸레하게 번졌다.

한중교역상사를 그만두고, 아니 쫓겨나고 실로 난감한 날들이 지나가는 중이었다. 윤랑시와 그렇고 그런 사이라는 소문이 아내의 귀에까지 들어가고 말았다. 핸드폰을 통해 전해온 윤랑시의 메시지가 아내의 속에 불을 질렀다.

"오늘 만남을 오래 소중한 기억으로 간직하고 싶어요"

"이게 어떤 만남이었는데?"

장이호는 치사한 인간! 하는 소리를 억지로 감추고, 다른 톤으로 내질렀다.

"당신이 그걸 알아서 뭐해?"

"내가 도무지 당신의 뭔데?"

"귀찮아, 하던 일이나 해."

"정말 미쳤군."

"그래 미쳤다."

"그 여자한테 미쳤단 말이지?"

"여자면 어떻고 남자면 어떻다는 거야."

"당신 그런 인간인 줄 몰랐어."

"인간이 어때서?"

"그러니까 쓰레기 같은 책이나 써서 낯에 먹칠하고 그러지."

장이호는 주먹을 들어 아내를 들이치려다가, 그 주먹으로 자신의 가슴을 퍽퍽 두드렸다. 그렇게 티격태격하다가 장이호의 아내는, 이를 뿌드득 소리가 나게 갈면서 한마디를 던지고는 슬리퍼를 끌고 밖으로 튀쳐나갔다.

"사기꾼!"

아내의 입에서 '사기꾼'이라는 소리가 터져나온 것은 결혼 이후 그게 처음이었다. 밖에서야 보는 시각에 따라 그럴 수도 있겠거니 했지만, 아내의 입에서 나오는 사기꾼이라는 소리를 직접 귀로 듣는 것은 충격이었다. 그러한 충격을 눌러두거나 벗어나기 위해서라도 한국을 떠나 있어야 했다. 그렇지 않고는 추스를 수 없을 정도로 얼굴이, 몸이 망가져 버텨낼 수가 없었다.

아내의 입에서 나온 사기꾼이라는 말을 듣는 것과 동시에 눈에서 불이 튀었다. 아내의 뺨을 휘갈기려는 순간 어깨를 전기로 지지는 것 같은 통증이 지나가고, 팔이 빳빳하게 굳었다. 통증으로 굳어붙어 움직이지 않는 팔을 보자기로 멜빵을 해서 어깨에 둘러메고는 바람이 쓰레기를 날리는 길거리를 헤매고 다녔다. 그렇게 며칠을 지내는 것은 한 세기 내내 칠흑같은 동굴을 통과하는 것처럼 아득하기만 했다. 모교 사학과에서 교수 초빙공고가 나왔다는 이야기를 조교가 전해왔을 때, 외국에 간다는 핑계를 둘러댔다. 생애가 우스운 일, 허허로운 일이었다.

어차피 중국을 공부한 터이니 중국에 가서 일자리를 구하는 게 어떠냐는 제안을 한 것은 후배 민세연(閔歲延)이었다. 대학에서 그와 함께 공부한 친구가 청도에 새로 생긴 대학에 자리를 잡고 있다는 것이었다. 민세연을 매개로 해서 연락이 이루어졌다. 청도에 있는 실업과 기술을 중심으로 한 '동구대학'을 방문하기로 했다. 한데, 청도만 해도 외국이라서 직접 방문하려면 몇 십만 원은 부서져야 할 판이었다. 느려터진 인터넷으로 메일을 보내고 인터넷 전화를 하고 해서 직접 방문을 안 하고도 겨우겨우 서류를 접수할 수 있었다.

그것도 직장을 구하는 것이라고 요구하는 서류가 많았다. 상이군인처럼 팔을 둘러메고 이를 악물고 돌아다니면서 서류를 챙겼다. 검정고시, 입학과 퇴학, 입대와 제대, 퇴학과 재입학, 무직과 대학원 그런 경력의 굽이마다 치욕스런 시간의 먼지가 차곡차곡 쌓여 있었다. 맨 마지막 학력이 서울에 있는 대학의 대학원에서 박사학위를 받은 걸로 되어 있다. 누구나 할 수 있는 일이 아니었다. 역경을 극복하고 이루어낸 학문의 자부심은 높았다. 그러나 그게 그 앞의 생애 전체를 아름답게 수식할 수는 없었다. 다만 타이틀이 그렇달 뿐, 너절한 생애는 그대로 널부러져 박사학위기에 비치는 햇살을 가렸다.

사마천이 궁형을 당하면서까지 역사를 기록할 수 있었던 것은 그의 운명이라 하는 이들도 있다. 그러나 장이호가 볼 때는 천만 아니었다. 사마천의 아버지 사마담(司馬談)은 천관을 관장하는 태사령이라는 벼슬을 했고, 그 벼슬은 사마천에게 승계되었다. 아버지가 아들에게 틀어넣은 원한 섞인 오기가 사마천을 버텨내게 한 동력이었다. 윤랑시가 그렇게도 질타를 하던, 소인배 근성이 내면 깊숙이 자리잡고 있는 한, 담대한 대인으로 처신하기는 난망이었다. 뿌리가 없는 셈이었다.

청도에서 연락이 왔다. 한국에서 역사를 공부하고 박사학위를 가지고 있으면 환영한다는 내용이었다. 감사했다. 그러나 다시 생각해보면 밸이 꼴리고 장이 뒤집히는 일이었다. 일자리 구하러 중국 청도(靑島)로 간다는 것은 유배를 가는 것이나 다름이 없었다. 그러나 유배를 가더라도 유배를 보내는 실체마저 불분명한 것이라서 수원수구(誰怨誰咎)를 할 수 없는 형편이었다. 자초한 일이었다. 자초, 그것은 시황제의 아버지 장양왕의 이름이기도 했다.

정상적으로 교수 자리를 받아 가는 길이라면 당당하게 학술적 주장을 펼 수 있었다. 중국사를 공부한 사람으로서 중국에 가서 중국 학자들과 논전을 벌이고 토론을 해도 처질 바 없는 학력이요 실력이었다. 그러나 돌아가는 형편이 그렇게 호락호락하지를 않았다.

민세연이 줄을 대 준 동구대학이라는 데가 중국사를 강의할 여건이 아니었다. 이왕에 체계를 갖춘 대학들은 구성원이 완비되어 있고, 비집고 들어갈 틈이 없었다. 그런 대학들은 학과가 한국어를 중심으로 하는 한국어학과들이었다. 역사를 공부한 사람을 받아들일 여지가 없는 셈이었다. 거기다가 중국 문헌을 해석하는 한국 학자들의 시각이 삐딱하다면서 한국 학자의 중국사 강의를 허용해서는 안 된다는 주임교수가 있어서 그야말로 발부리에 피가 맺히게 하는 걸림돌이었다. 그게 민세연의 친구라던 전당강이라는 것을 알고는, 허공을 향해 소리를 지르고 말았다.

한국에서 기업을 하는 재일교포 오갑철(吳甲鐵)이 설립한 청도의 동구대학(東丘大學), 중국 공자나라 동쪽 해변에 세운 대학을 표나게 부르기 위해 그런 명명을 했다고 한다. 동구대학은 학과 명칭이 달랐다. 한국어학과가 아니라 한국문화학과였다. 명칭이 그렇게 되어 있어서 한국어를 바탕으로 하면서 한국의 정치, 경제, 역사, 문화 그런 것들을 종합적으로 연구하고 교육하는 학과였다. 중국 측에서도 그런 학과 출신자의 수요가 늘어나고 있다고 했다. 중국사를 공부했고, 한국인인데 한국사를 모르겠느냐 해서, 그리고 거기다가 박사학위까지 가진 인사가 한국사 강의 못 할 까닭이 있는가 하는 데다, 구태여 못 한다고 우기지 않고 밸을 다스린 것이 강의를 맡을 수 있는 길을 열어 주었다. 그것도 명분일 뿐, 현실은 말과 달라서 한국사가 아니라 초급 한국어 강의를 해야 했다. 한국어를 전문으로 공부하지 않은 그로서는 한국어 원어민 강사에 불과했다. 역사를 공부해서 얻은 박사학위는 문학박사 학위였다. 그래서 그 치사한 한국어 원어민 강사 자격을 겨우 얻은 것이었다.

기연인지 악연인지 동창 민세연이 잘 안다던 전당강(錢唐江) 교수가 한국문화학과 주임교수 자리를 타고 앉아 있었다. 장이호가 낸 「진짜 황제처럼 경영하라」라는 책에 대해 표절 시비를 벌인 바로 그 인간이 주임교수로 앉아 있다니, 기가 찰 노릇이었다. 전당강 교수는 한국학고등연구원이라는 데서 한중관계사로 박사학위를 받은 사람이었다. 한국어에 능통하고 한국에 튼튼한 인맥을 형성하고 있었다. 한국에서 시간을 탕진할 것이 아니라 진작에 중국으로 와서 일을 같이 했더라면 더욱 큰 업적을 남길 수 있었을 것이라면서 안타까워하는 국면에서는, 그 능청에 입이 떡 벌어질 수밖에 없었다. 저런 배포가 단작스럽게 표절을 시비하고 나오다니. 순전히 돈 때문만은 아닌 듯했다. 그렇다고 장이호의 학문적 전도를 책임지겠다는 알뜰한 배려가 있었던 것도 아닌 듯했다. 어렴풋이 짐작하는 것은 권세영 회장이 자신의 경력관리를 위해 장이호와 윤랑시를 한꺼번에 정리하려는 데 전당강이란 사람이 이용을 당한 것은 아닌가 하는 플롯이었다. 그러나 그 플롯을 해체해서 재구성할 생각이 장이호에게는 애초부터 떠오르지를 않았다. 장이호를 만난 전당강 교수의 첫마디는 이랬다.

"새옹지마란 고사 아시지요?"

"행불행이 교차한다는 말씀인 걸로 짐작은 합니다."

"우리 만남도 그렇게 될지 모릅니다. 아니 이미 그렇게 되었지요."

"한국 속담은 다릅니다. 원수는 외나무다리에서 만난다는 점을 강조하지요."

원수는 외나무다리에서 만나다고 해야 하는지, 인생사 새옹지마인데 가벼이 울고 웃고 할 일이 아니라고 속편하게 지내야 하는 것인지 갈피가 잡히지 않았다. 서울에서 잘 나가던 생활을 작판내게 한 작자 밑에서, 무슨 속이 그리 좋다고 배포에 개기름이 끼어 매끄럽게 일을 도모할 수 있을 것인가 싶었다. 장이호는 어금니를 사려물었다.

"내가 여기 오는 것을 미리 알았으면 노라고 잘라 말해야지, 이게 뭘를 하자는 작정입니까?"

장이호가 긴장해서 약간 떨리는 음성으로 들이대듯 나왔다. 한국에서 낯짝에 가래침을 뱉은 작자 밑에서 일을 하다니. 따지고 보면 그런 일을 자신이 스스로 자초한 것인지도 몰랐다. 아니 분명히 자초한 일이었다. 역사학이라는 용꿈을 꾼 미꾸라지의 비애는 그런 것이었다.

"어디 불편한 얼굴이네요, 지나간 일은 지나간 거고, 앞으로 전개될 일이 중요한 거 아닌가요? 장래에 도움이 안 된다면 과거지사를 되씹는 것은 아둔한 자들의 소행입니다. 장 박사가 여기 청도를 온 바에야 잘 지내다가 돌아가야 하지 않겠어요? 그래야 청도에서 사람 살 만하다는 소문도 날 것이고, 말하자면…… 인간사 포용과 배려가 어떻다는 것을 확인하기도 하고 말이지요."

"나는, 도처유청산이니 그따위 헛소리 안 믿습니다."

"그러지 마세요. 사실을 얘기하자면, 서울서 내 요구를 충실히 들어주는 권 회장님과 장 박사 태도를 보고 참으로 놀랐습니다. 말하자면 장 박사의 금도와 아량이 어떠하다는 것을 알게 되었던 겁니다. 달리 말하자면 장 박사는 달인인 셈이지요. 고통 속에서 환희를 찾아내고 불행 가운데 지혜를 얻는다고 할까……그래서 우리 학교로 모시기로 했습니다. 중국에 있는 동안 최대한 돕겠습니다. 절 믿으세요. 그리고 과거는 잊으세요. 역사는 과거에 집착하지만 외교나 국제관계에서는 오늘과 미래가 더 중요합니다. 우리의 미래를 위해서 과거는 잊는 지혜를 가지세요."

이 작자가 말이 많은 친구로구나 하는 생각이 들었다. 그런데 하는 행동거지가 밉상이 아니었다. 하기는 칙살맞게 따지고 자시고 할 형편이 아니지 않은가. 일주일 강의를 15시간이나 해야 하는데 급료라고 겨우 따져 준다는 게 중국 돈으로 3천 5백 위안, 한국 돈으로 환산하면 고작 70만 원에 못 미치는 액수였다.

소인은 이득에 밝고 군자는 도리에 밝다는 말을 아무리 되뇌어 보아도, 그 돈으로는 도무지 계산이 서지를 않는 것이었다. 한국에서 원고를 쓰기로 작정을 하고 하루 열 장씩을 쓴대도, 한 장 만 원으로 치면 한 달에 300만 원은 건질 수 있는 게 아닌가. 그런데 학계의 탕아쯤으로 추락한 자기를 받아주고 원고를 써 달라고 주문할 얼빠진 작자들이 그 닳고

닳은 서울 바닥에 기어다닐 턱이 없었다. 그런데 여기서는 밥과 잠자리를 해결해 주는 것만도 얼마나 큰 혜택인가. 문제는 현지 사정을 어떻게 수용하는가 하는 데 달려 있었다. 수용하기로, 어금니 지긋이 깨물고 견디기로 했다. 그런 작심을 했음에도 세 학기를 넘기지 못하고 서울로 쫓겨가게 되었다.

대합실에 앉아서, 지난 세 학기를 돌이켜보기 위해선 잠시 조는 시간으로 충분했다. 그런데 비행기가 언제 수리를 마치고 출발한다는 안내는 없는 모양이었다. 비가 온 끝에 안개가 연무처럼 낀 공항 활주로 쪽에는, 비행기들이 이제 막 착륙을 해서 자리를 잡기 위해 수조 속의 물고기처럼 조용조용 움직였다. 비행기 바퀴가 시간의 실타래를 서서히 감아돌리는 것 같았다.

## 11. 네가 나를 어떻게 알겠느냐

대합실 전광판 시계가 12:00을 깜박이면서 보여주었다. 속에서 꼬르르 하는 소리가 울렸다. 곧 탑승을 하면 기내식이 나올 것이다. 기다리자 하는 셈이었다. 그런데 언제까지 작정도 없이 기다린단 말인가. 안내를 찾아가 서울로 가는 비행기편이 어떻게 되는지를 물어보았다. 안내원은 아주 담담하고 약간 짜증스럽게, 엔진을 정비하는 중이라고 할 뿐이었다.

마름질이 안 되는 시간이 거역할 수 없는 하중으로 밀려왔다. 따로 준비한 컴퓨터 가방을 열어 노트북 컴퓨터를 꺼냈다. 노트북에는 진나라 시황제에 대한 기록과 그동안 시간 나는 대로 입력을 했던 자료들을 정리해 두었다.

중국에서 시간을 탕진하지 않기 위해서는, 무엇인가 과제를 가지고 있어야 했다. 근현대사라면 몰라도 고대사는, 동서를 막론하고, 자료가 새로 발굴되지 않는 한 논문을 쓰기는 지난한 과업이었다. 논문을 써도 받아줄 학회가 마땅치를 않았다. 배운 게 도둑질이라고, 「사기」를 들고 와서 읽는 중에 「진시황 평전」 하나는 쓸 수 있겠다는 생각을 했다. 그리고 전당강 교수에게 그 이야기를 몇 차례 진지하게 했다. 몇 가지 자료를 챙겨 주기도 하고, 기회가 되면 답사를 같이 가자고도 했다.

전당강 교수는 기분이 내키면 장이호를 패설 선생이라고 불렀다. 「패설 중국 고대사」는 지식의 대중화를 위해 잘 쓴 책이라는 평이었다. 전당강 교수는 「진짜 황제처럼 경영하라」가 자기 책을 표절했다고 집요하게 달라들던 것과는 달리, 인정할 것은 인정한다는 식으로 접근해 왔다. 보기에 따라 평가척을 달리 설정해야 하는 상황이었다. 아무튼 중국에 있는 동안, 전당강 교수가 학과장으로 있고 의지할 데라곤 그밖에 없는 형편이라 적절한 거리를 유지하면서, 필요한 도움은 받으며 지내자는 원칙으로 대할 작정이었다.

"라오쓰 패설, 패설 선생……."

전당강 교수는 입가장자리를 이기죽거리면서 장이호에게 그렇게 다가섰다. 무슨 흥미로운 건이 터진 모양이었다.

"낭야대라고 아시지요?"

"대개는 압니다만……."

"자세히는 모르고?"

"볼 기회가 없었으니까."

"거기 구경하러 갑시다."

"구경? 거 좋지요."

청도에 와서 지내는 동안 경험에서 밑지지 않으려면 무엇이든지 볼 만한 것은 다 보아 두자는 작정이었다. 그런데 「사기」를 읽으면서 그렇게 궁금하던 낭야대를 찾아간다는 데야 말해 무엇하랴 싶었다. 더구나 시황제를 이야기하기 위해서 낭야대는 반드시 답사를 해 두어야 하는 유적이었다.

낭야대를 구경하기로 하고 길을 나서기 전 며칠 시간이 있었다. 전 교수는 진시황이 낭야산을 순행하고 비석을 세운 기록이 있다면서, 낭야대 비문을 한문으로 복원하고 번역한 복사물을 장이호에게 건네주었다. 전에 번역본으로 읽은 적이 있는 문건이었다. 국내에서 발간된 책에 자세히 기록된 것이라서 다른 기회에 읽어 보리라 생각하고 가방에 집어넣어 두었다가 노트북에 입력을 해 두었다.

낭야대를 구경하러 가자 한 날, 전당강 교수는 아침에 일찍 길을 나서야 하루 안에 돌아보고 곱집어 올 수 있다면서 서둘렀다.

"이렇게 돌아다니다 사모님 바람나면 어쩌려고."

"이 나이 되어서 바람이 나면 어떻고, 바람이 들면 또 어떻겠습니까."

"나이 들수록 내외가 서로에게 필요한 존재가 된다고 하지 않던가요?"

말은 그렇게 하면서도 오히려 찔리는 편은 장이호 자신이었다. 전당강 교수는 오늘 일정을 미리 얘기해 두었다면서, 시계를 확인하고 또 확인하고 하면서, 손가락을 짚어 보았다. 아마 돌아오는 시간을 계산해 보는 모양이었다.

좀 엉뚱하게, 전 교수는 황제의 꿈에 대해 질문을 던졌다. 전에 한중교역상사의 권세영 회장에게 시황제의 분서갱유가 언론통제보다는 황제의 꿈을 방해하는 자들에 대한 응징이라는 이야기를 한 것이 상기되었다.

"꿈꾸는 황제가 요새 장 박사의 관심사라던데……"

"그걸 어떻게 알았습니까?"

"다 아는 방법이 있지요."

문득 머리를 스치는 생각이 있었다. 언제던가 윤랑시와 통화를 하는 것을 옆에서 들은 적이 있다. 전당강 교수는 대개 시황제의 순행에 대한 이야기를 하고 나서 장이호에게 전화를 돌려 주었다. 정작 전화를 받아 들고 나자 아무 할 이야기가 떠오르지 않았다. 이야기는 고사하고 인사조차 말이 되어 나오지를 않았다. 저쪽에서 먼저 인사를 건네 왔다.

"장이호 씨? 어머, 이렇게 연락이 되네요."

"먼저 연락 못해 미안합니다."

"미안하기 전에 전화도 하고 그러지 않고……. 우리가 그런 사이 아니잖아요?"

"그래 무슨 일을 하시나?"

"진시황이 문화콘텐츠 사업이 되네요. 나중에 자세히 이야기할 기회가 있을 거예요."

거기까지 이야기를 주고받고는 전화가 끊겼다. 한국에서 진시황의 문화콘텐츠화를 시도한다면 서불의 제주도 방문과 연관된 사업일 듯했다. 희한하다는 생각과 함께, 무슨 인연의 올가미인가 하는 참담함이 의식을 비집고 들기도 했다. 뒤에 안 일이지만 권세영 회장 또한 장이호가 회사를 그만둔 후에도 전당강 교수와 연락을 하면서 지내고 있었다. 회장의 관심이 진시황의 생애와 말년의 신선 찾기에 집중되어 있다는 것도 알았다. 그리고 전국기업인연합회 총재가 되었다는 소식도 들었다.

낭야대, 진나라 시황제가 세 번이나 찾아와 영생을 꿈꾸던 그 꿈의 부화장 같은 곳이 낭야대다. 역사이성의 발현, 분서갱유의 심리적 원인의 추적. 시대의 단절을 선언하는 일. 나를 나답게 내세우는 과업. 과거와의 단절은 황제의 생애사적 과업이었을 것이다.

"진시황의 분서갱유가 왜 그의 꿈과 관계가 있다는 것인지, 짐작은 되지만 무슨 확실한 근거가 있던가요, 예컨대 당시의 문서랄지 유적 같은 것 말입니다."

좀 귀찮은 질문이었다. 달리 그런 게 아니라 전에 이야기했던 것을 반복해야 답이 되기 때문이었다. 그러나 이야기를 트고 살기 위해서는 어색한 질문이라도 정중한 답이 필요했다. 장이호는 자기가 아는 대로, 자기 생각대로 성의껏 대답을 했다.

"자료야 없지만, 삼황오제를 능가하는 제국을 건설한 황제는 그때부터 꿈을 꾸기 시작한 것이 아닌지 그런 생각이 듭니다. 이러니 저러니 말들이 많은 유세객(遊說客)을 그대로 둔다면 천하통일이 한시에 모래탑이 되어 무너져내릴 수도 있다는 위협을 느꼈을 겁니다. 황제 앞에서 혀를 맘대로 놀리는 자는 그 혀가 붙어 있는 목을 뎅겅 떼 버려야 했겠지요. 의당 황제를 칭송하고 극상의 존재로 밀어올려야 했겠지 않습니까? 그런데 그들은 황제의 꿈에 재를 뿌리는 자들이었지요. 그 죄값을 받아야 하는 것은 물론, 응당 그렇게 나가야지요."

"황제의 꿈이라…… 낭야대도 그런 맥락으로 이해할 수 있나."

"그렇지요. 어쩌면 낭야대에 별궁을 짓고 살고 싶다는 생각을 했을지도 모르지요. 아무튼 황제는 백일몽이라도 꾸지 않고는 잠시도 마음 놓고 살 수가 없었을 겁니다. 황제를 둘러싼 인간이라는 것이 하나같이 흉악하고 간특한 적들이고, 믿을 만한 우군이나 심복은 없지 않았습니까. 황제는 백성, 인민들이 만드는 게 아니라 황제를 둘러싼 적들이 만들어 주는 겁니다. 자기모순을 내포한 테제는 안티테제가 있어야 그 존재의미를 지니는 것이니까 말이지요."

"백일몽이라도 꾸어야 살 수 있다……, 그럴 것 같군요."

"말이 백일몽이지 시황제의 꿈은 미래를 여는 꿈이지 않던가요. 그런데 그런 꿈을 차단하는 자들을 어찌 그대로 방치해요. 불태우고 묻어 버리고 그래야 했겠지요."

전 교수는 잠시 고개를 외로 꼬고 무슨 생각에 잠겨 있다가는, 장이호 편으로 고개를 돌리고 제법 진지하게 물었다. 섭섭하게 생각하지 말라는 것을 전제로 이야기를 했다.

"장 박사도 말하자면 백일몽에 잠겨 사는 게 아닌가, 그런 의문을 스스로 가져본 적 없던가요, 어떻습니까? 말하자면 역사를 공부한다는 것이 과거를 살펴 미래를 설계하는 작업이라면, 당신이 살피고 있는 과거가 당신의 현재 상황과는 아무 연관도 없이 주관적인 전망을 조작하는 데 기여하는 것은 아닌가요. 달리 말하자면 당신이 역사에 참여한 적이 없는 그런 화석화된 역사를, 그것도 남의 나라 역사를 연구한다는 게 생애에 무슨 도움을 줄 수 있겠는가 하는 말입니다. 꿈이 과하면 그 꿈이 햇살을 가려 현실이 시들지요."

미꾸라지 같이 좁디좁은 속에 백일몽이 가득한 게 아닌가 들이대는 투였다. 일테면 미꾸라지의 용꿈을 비웃는 중이었다. 장이호는 정색을 하고 전당강 교수를 치올려 보았다.

"지금 무슨 말씀을 하는 겁니까?"

전당강 교수는 입을 다물고 무표정한 얼굴로 창밖을 내다보고 있었다. 저 인간이 나를 어떻게 보는 것인가. 지금 백일몽을 꾸고 있다는 것. 어쩌면 정확한 진단이었다. 진단이라기보다는 아주 음흉한 흉중을 자연스럽게 연출해 드러내 보이는 것인지도 모를 일이었다. 분서갱유라면, 자기 책을 표절했다는 것을 두고 네 책은 불질러 버려야 할 것인데 내가 인정으로 봐준 거야, 그런 뜻인가. 풀리지 않는 화두를 두고 이야기가 길어지는 것은 내심 불편했다.

전당강 교수가 잠시 침묵하고 있는 사이, 숙소를 나오기 전에 컴퓨터에 입력해 두었던 낭야대와 관련된 글 한 편이 기억났다.

전에 청도국립대학에 교환교수로 와 있는 이정주 박사가 자기 홈페이지에 낭야대를 찾아갔던 기록을 남긴 것이 있어, 노트북에 복사를 해 두었다. 전 교수와 더 이야기를 하고 싶지 않은 감정의 응어리를 안추르면서, 가방에 넣어 가지고 온 노트북을 꺼내 전원을 켰다. 낭야대를 찾아가면서 낭야대를 다녀온 기행문을 읽는 것은 이중의 길을 가는 셈이어서 재미있겠다는 생각이 들었다. 그런데 자신의 기행 행적과 읽고 있는 글이 경계를 허물고 서로 넘나들기 시작했다. 말하자면 전당강, 이정주 그런 필자와 장이호는 낭야대 체험에 대한 경계지우기를 하고 있는 셈이었다.

초행길에 든 이들이 대개 그렇듯이, 찾아가는 길이며, 차 요금이며, 주변 풍경이며 그런 것들을 자세하게 적어 놓은 앞 부분은 대강 스쳐 읽었다. 화제는 청도의 술로 전환되는 중이었다.

청도에 오기로 작정을 한 것은, 좀 과장해서 말하자면, 순전히 청도맥주 때문이었다. 청도에 와서는 청도맥주의 유명세를 음미하느라고 다른 술은 눈길도 주지 않았다. 그런데 한국에서 술꾼으로 이름이 자자한 문선유 교수가 다녀가면서 이곳 명품 고량주 '낭야타이'를 알게 되었다. 문교수는 "이게 사람 환장하게 좋은 술이라니까요." 하면서, 순수의 빛깔이 환상이라는 독주를 홀짝홀짝 입에 털어넣곤 했다. 이곳 사람들은 저녁 회식자리에서는 예외 없이 낭야타이를 식탁에 올렸다. 낭야타이는 청도시 교남현에서 생산되는 술인데 즉묵로주라는 황주와 청도맥주 그렇게 해서 청도의 삼대 명주라 한다는 설명이었다.

그런데 이상한 것은 명승지 '낭야대'의 소재를 아는 사람이 별로 없다는 점이었다. 아마 이곳 사람들에게는 서울 사람들에게 남산이 너무 익숙해서 낯설듯이 그렇게 범연하게 지내는 모양이었다. 인터넷을 찾아보았다. 장이호가 전부터 이름을 아는 최석우 교수의 블로그에 낭야대에 대한 글이 나와 있었다. 최석우 교수의 블로그에 따르면, 낭야대는 교남의 황해 바닷가 절벽에 있는 누대라고 소개되어 있었다. 진시황이 그 꼭대기에 행궁을 짓고 석 달 동안을 머물기도 했고, 다섯 차례의 순행 가운데 세 차례나 들렀다는 유서가 깊은 곳이라 했다. 이런 유서깊은 명승지를 이곳 교수들 중에 아는 사람이 별로 없다는 것은, 이들이 황제의 꿈에 대해서는 아무 관심이 없는 사람들이라는 생각이 들게 했다.

낭야대를 찾아가는 복잡하고 불편한 교통편을 어찌나 자세히 기록을 해 놓았는지, 누가 이 글을 읽는다고 해도 아예 질려서 낭야대를 찾아나설 엄두를 내지 않을 것 같았다. 더구나 지역 방언이 너무 달라 소통이 안 된다는 이야기도 자세하게 기록해 놓았다. 그 뒤에 낭야대에 오른 소회가 제법 삽상한 필치로 적혀 있었다. 더구나 용에 대한 이야기는 장이호의 눈을 번쩍 뜨게 했다.

낭야대의 압권은 진시황이 용을 보겠다고 거기 올라가 바다를 바라보았다는 정자다. 낭야대 입구에서 정상을 향해 올라가는 길목에 관룡각이라는 정자가 있다. 청기와 지붕 아래 난간에 '觀樂閣'이라고 새긴 현판이 걸려 있다. 용(龗)이라는 벽자는 지금 널리 쓰는 용(龍)의 고자로, 용의 형상을 두드러져 보이게 하기 위해 보일시를 받친 글자로 짐작이 되었다.

시황제가 유별나게 용을 보고 싶어 한 것은, 자신이 거대한 용이 되어 영생을 누리고자 꿈을 꾸었기 때문이리라. 시도 때도 없이 칼을 품고 달려드는 자객들, 그리고 끝을 모르게 쳐들어오는 오랑캐들, 모사에 능하되 충성스럽지 못한 신하들, 진시황은 이들 때문에 아마 진저리를 쳤을 것이다. 그래서 용이 되어 승천하고 싶었을 것이고, 진인이 되어 인간세상을 떠나고 싶었을 법하다. 인간세상을 떠나되 죽지 않고 떠나는 방법이 한없이 궁금하고 그리웠을 터이고, 허나 진인이 되는 길은 아득하기만 했을 게 아니던가.

황제는 자기 스스로 할 수 있는 일이 제한되어 있었다. 황제의 위엄을 세우기 위해서는 자디잔 일에 마음을 쓰는 것은 금물이었다. 제국의 일을 그르칠까 저어하여 사소한 일은 과단성있게 줄여야 했다. 황제에게 진인이 되도록, 선약을 구하고 신선을 모셔오는 일 또한 다른 사람을 시켜야 했다. 이른바 방사라는 사람들이 그들이다. 서복이란 인물 또한 방사의 하나였다.

낭야대 정상에는 서복(徐福)이 진시황에게 상서를 올리는 장면을 새긴 상당히 큰 규모의 석조상이 버티고 있다. "황제께서 영생을 원하신다면 신에게 동남동녀를 주어 삼신산에 다녀올 수 있게 하소서", 서복은 그런 청을 올렸다. 진시황은 이를 허락했고, 서복은 당시 한반도에 있던 진한을 거쳐 일본에 가서 정착했다고 한다.

그런데 이 서복이라는 인물이 「사기」에는 서불(徐市)로 기록되어 있다. 한국, 특히 서귀포 같은 데서는 치마불자가 저자시와 닮아서 '서시'라고 하는 이들이 많다. 아무튼 서복은 시황제의 꿈을 실현하는 과업을 떠맡은 인물이었다. 황제의 꿈을 실현할 자가 황제 밑에 있다는 것은 모순인지도 모른다. 이정주 박사는 이어서 낭야대에 세운 석각에 대해 기록을 해 놓았다.

　진시황의 사적을 새긴 낭야대 석각은 역사적 유적으로서 대단히 큰 가치를 지니고 있다. 이 석각은 진시황이 세운 일곱 군데의 석각 가운데 거의 유일하게 제 형태를 유지하고 있다. 진시황이 열국의 문자를 정비하여 전자체(篆字體)로 모든 문서를 작성하게 하였는데, 이 비석의 소전은 그 대표적인 예로 꼽힌다. 많이 마모되어 전체를 읽을 수 없는 상태다. 글씨가 쓰여진 세 면 가운데 한 면에는 진시황이 이곳에 온 일을, 한 면에는 진시황의 업적을 적은 듯하다. 이천이삼백 년 전에 세운 비석을, 비록 복제품이지만, 바로 그 자리에서 보고 만지고 느낄 수 있다는 것만으로도 감격이 다가온다.

　이정주 박사가 감격을 했다면 그게 어떤 감격일지 감이 잡히지 않았다. 혹시 동시대적인 어떤 감각을 거기서 감지한 것일까. 읽던 문건을 띄워 둔 채, 전당강 교수가 복사해 준 비문을 창에 띄웠다. 내용은 사실 이성규의 「사기」라는 책에 나온 것이었다. 그 책은 서울대 출판부에서 발간된 것인데, 216-217 두 면에 걸쳐 게재된 것이었다.
　비문을 읽는 동안 이 비문 곳곳에 과장과 조작된 충성의 언어 투성이라는 것이 새삼 눈에 들어왔다. 황제를 모시고 산다는 것, 버러지처럼 살아야 하는 것이리라. 황제의 위엄을 드러내는 데 천박한 백성의 언어가 어찌 가당키나 한 일이던가. 이러니저러니 비평이 필요치 않은 위엄과 성스러움으로 가득한 문장. 그런데 읽어 내려가면서 구절구절 다른 생각들이 불쑥불쑥 끼어들어 본문과 자신의 해석이 뒤섞이곤 했다. 장이호는 본문을 읽어가면서, 괄호 안에다가 자기의 의견과 해석을 적어 넣었다.

황제 즉위 28년(B.C.219년) 황제는 새로운 시대를 열었다. 법도가 바르게 정비되고, 만물의 질서가 바로잡히니 인간의 관계가 명백해지고 부자(父子)가 조화를 이루었다.

(즉위 28년을 짚어보니, 시황제의 나이 41세가 되는 해였다. 자신과 동년배인 셈이다. 부자가 조화를 이루었다는 것은 어쩌면 자기의 아버지 자초, 장양왕은 이미 죽었고, 자신의 친부 여불위와 여자 문제를 놓고 갈등을 빚다가 여불위가 죽은 지 10년, 이제 갈등이 해소될 만큼 시간이 흘렀다는 뜻이리라. 본래 모호하던 인간관계가 명백해진 것이다. 신하들이 그렇게 해석한 것이지만, 황제의 뜻을 달리 오독할 수 없는 일이 아닌가. 뜻을 묻지 않고 읽어 내려갔다. 대개 어떤 내용인지를 아는 게 우선이었다.)

그 성스러운 지혜와 인의(仁義) 모든 법과 원리를 명백히 밝히셨으며, 동쪽의 땅을 어루만지고 그 사졸을 사열하셨다. 이 위대한 일이 끝난 후 그는 이 바닷가를 찾으신 것이다.

위대한 황제의 공덕, 모두가 부지런히 본업에 종사한다. 농업은 장려되고 말업이 억제되니 백성이 부유하다. 온 천하가 한 마음 한 뜻, 기기(器機)의 규격이 통일되고 문자도 통일되었다. 해와 달이 비추는 모든 곳, 수레와 뱃길이 닿는 모든 곳 사람들은 어디서나 천수를 다하고 만족하게 살아간다. 황제께서 때에 맞추어 적절히 조치를 취하신 때문이다.

(이건 그야말로 용꿈이 아닌가. 도화원에 산대도 천수를 다하고 모든 면에 만족하기는 불가한 일인데, 여기서는 그렇다니 유토피아가 따로 없는 셈이다. 유토피아가 본래 존재하지 않는 땅이란 뜻인 것처럼, 세상 만민이 만족하는 그런 땅은, 그런 시대는 꿈일 뿐이지 실재하지 않는다. 황제는 실재하지 않는 것을 실재하는 것으로 믿었던 것이다.)

그는 지방의 상이한 풍속을 교정하시고 물길을 만들고 땅을 나누어 정리하셨으며 검수(黔首)를 걱정하고 긍휼히 여겨 밤낮 쉬지 않고 일하신다. 법령을 확정하여 의심을 제거하니, 모두가 금하는 바를 알게 되었다. 지방의 수령들이 각기 나누어 일을 맡으니, 정치가 다방면으로 쉽게 이

루어졌다. 모든 조처가 합당하고, 모든 것이 계획대로 수행된다. 황제의
밝은 지혜가 사방에 임하여 살피신 때문이다.

　(아, 이건 황제의 일이 아니다. 백성들을 긍휼히 여긴 황제는 황제가
아니다. 그것은 황제의 일이 아니다. 백성을 긍휼히 여기는 황제는 제국
을 오래오래 유지해 나가지 못한다. 밤낮 쉬지 않고 일을 했다는 것은 사
실이다. 하루 30근의 서류를 처리하지 않으면 잠을 못 잤다고 한다. 그게
어디 황제의 일인가. 머슴의 일을 황제 스스로 자학적으로 해낸 것이지. 신
분이 천해서 그런 것이리라. 믿지 못하는 사람일수록 돈으로 매수해야 금방
수족처럼 움직인다는 것을 천하 운행의 원리로 믿고 있던 친부 여불위의 피
란 그런 것이 아닌가.)

　귀천과 존비(尊卑)가 각기 위치를 벗어나지 않고, 간사(姦邪)가 용납되
지 않으며, 모두 곧고 선량한 일에만 힘쓴다. 크건 작건 모든 일에 진력
하며 감히 게으름을 부리지 않는다. 먼 지방의 궁벽한 곳에서도 (관리들
은) 오로지 엄숙하고 근엄한 태도로 정직과 충성을 다해 상궤(常軌)를 벗
어나지 않는다. 황제의 덕이 사방 구석구석까지 미친 때문이다. (황제께서
는)난폭자를 처벌하고 폐해를 제거하신 후, (천하의) 복리를 가져오셨다.
시절에 맞추어 일을 도모하니 만물이 번성한다. 검수는 안녕하며, 무기
를 사용하는 일이 없다. 친척들은 서로 보살피며, 도적도 없다. 백성들은
모두 그 가르침을 기뻐 받들며, 법령과 제도를 빠짐없이 알고 있다.

　(문면은 점점 용꿈을 향해 치달려 나간다. 황제는 자신이 세계 그 자체라
는 논리. 간사가 용납되지 않는다는 것은 친모가 보여준 음행의 반대편을 경
계조로 분식한 것이다. 하기는 간사가 용납되지 않는데, 그러 간사의 핵심에
있던 친모를 배려할 줄 알았던 것은 비록 황제의 과업이 아니라고 해도 돋보
이는 일이다. 그런데 간사란 어떻게 규정되는 것인가. 연애가 간사인가. 유
부남의 바람기도 간사에 속하는가.)

　육합(六合) 안이 모두 황제의 영토로서, 서로는 유사(流沙)의 사막까지,
남으로는 북호(北戶)까지 이르고, 동에는 동해가 있으며, 북으로는 대하

(大夏)까지 넘어 뻗쳐 있다. 사람의 발길이 닿는 곳에 신복하지 않는 자가 없다. 그 공덕은 오제를 능가하고 그 은혜는 소와 말에 미친다. 만물이 모두 그 은덕을 입고, 각기 제자리에서 평안을 누린다.

(모니터 화면에는 전거가 밝혀져 있었다. 이성규, 사기, 서울대 출판부, pp.216-217. 이 문건을 입력하면서 여러 가지 생각을 했다. 결론적으로 나도 결국 용꿈을 꾸다가 실패한 인간이 아닌가 하는 생각. 용의 꿈을 지니고 산 인간, 진의 시황제의 전기를 쓰려는 의지도 패배한 자의 보상심리 한 면이 아닐까. 전 아무개의 이야기가 맞는지 모른다. 현실에 적응하지 못하고 현실에서 구할 것이 없는 자가 자기 속임을 위해 용꿈을 꾸어 온 것, 그게 진실일지도 모른다.

권세영 회장이 고구려를 꿈꾸는 것과 시황제가 천하, 육합을 자기 영토로 아우르고자 하는 것은 용꿈이라는 공통항을 지니고 있는 점. 그런데 이런 기록을 사마천이 정확하게 책에다 적어 놓을 수 있었던 것은 발품을 판 덕이다. 사마천은 목숨을 걸고 돌아다녔고, 나는 컴퓨터 앞에 앉아 역사를 해석한다. 그래서 어떻다는 것인가. 권세영 회장의 농간에, 학문적 호기심의 안개 속에서 윤랑시와 헤매다가 여기 이른 것이 아닌가.)

장이호는 눈이 알알해져 컴퓨터를 덮었다. 여행을 나선 사람이 석각을 보면서 이렇게 자세한 내용을 읽어낸다는 것은 불가능한 일이다. 컴퓨터 자료로 보면, 황제에 대한 신하들의 충정이 구구절절 넘쳐났다. 이런 글을 남긴 당시 신하들과, 여불위 열전과 진시황 본기며, 몽염 열전, 이사 열전을 기록한 사마천은 같은 자리에서 비교를 할 수 없는 인물이었다. 시황제의 신하들은 미쳐 열광했고 사마천은 냉연했다. 역사를 기록하기 위해서는 냉정을 잃지 말아야 하는 것이 철칙이다. 그러나 그 철칙이라는 게 기껏해야 인간의 언어 범위 안의 철칙일 뿐이 아니던가.

그러나 시황제는 더 나아갈 데가 없었다. 끝 간 데를 알 수 없는 지경까지 이르고 말았다. 이 정도면 신의 경지이지 성인이나 아성 그런 부류들로서는 감히 넘보지 못할 지경이었다. 용꿈은 여기서 시작된다. 진시황의 '용꿈'은 현실과 꿈을 혼동하는 일종의 병적 징후였다. 현실을 현실로 보는 객관적 지적 통제력을 잃은 것이었다. 진시황의 용꿈과 낭야대 답사 내용과 일치하는 부분이 있는 것은 장이호가 세운 가설이 틀리지 않는다는 점을 보여주었다.

그런데 진시황은 정말 용을 보았을까. 중국은 용(龍)의 나라다. 살펴보면 용이라는 글자 자체가 위엄을 갖추고 있다. 부수가 따로 없고 용자 자체가 부수를 이루는 독립된 글자다. 그리고 용과 관련된 단어들이 하도 많아 다 기록하기 어려울 지경이다. 그러나 용은 관념의 동물이다. 관념의 동물이 현실로 현현하는 세계가 중국이다. 진시황이 통일했다는 천하라는 것도, 그에게 용꿈을 꾸게 하기는 했지만, 한나라, 조나라, 연나라, 위나라, 초나라, 연나라 등 6개국을 무력으로 병합한 것일 뿐이다. 그러나 그것은 중국 역사상 최초의 황제를 칭한 대국이었다. 그래서 용의 나라가 시작되었다. 시황제는 어떤 용을 보려 했을까? 혹은 용을 정말 보았기 때문에 점점 용꿈에 빠져들었던 것은 아닌가. 용을 관념의 동물로 보는 시각 자체가 관념이 아니던가. 눈에 보이는 것만을 실재라고 우기는 것은 얼마나 천박한 발상인가. 그런 점에서 용꿈을 꾸고 스스로 용이 되기를 열망한 시황제는 과연 황제답다. 황제다운 황제라면 전기를 써서 그 황제다운 정신을 후세 만대에 전해야 하리라. 그게 또 하나의 용꿈이 될지라도.

공항 대합실이 술렁거리기 시작했다. 비행기가 너무 늦어져 일정이 엉망이 된 사람들이 불평을 털어놓기 시작했다. 항공료를 반환하라, 숙박비를 내라, 점심값을 주어야 할 게 아니냐 그런 요구들이 빗발쳤다. 그런데 기이한 일은 장이호 자신은 이렇게 악다구니를 해대는 이들과는 아무 상관이 없는 것처럼, 노트북을 들여다보며 시간이 흘러가고 있었다는 점이었다.

## 12. 풀밭에서 비빔밥을 먹지 말라

뭐 어떻게 되겠지. 본래 애써서 서울로 돌아가고 싶은 생각이 있었던 것도 아니었다. 청도에서 할 일 없다는 것이 서울로 돌아가는 이유라면 이유였다. 의욕과 욕망과 꿈을 잃은 인간은 시공간의 구속을 벗어나 초월공간에 존재하는 유령으로 변신한다. 장이호 자신은 정체를 알 수 없는 유령으로 변해가고 있었다. 갈 사람은 가는 거고, 가야 하는 이유가 없는 사람은 앉아 기다리는 거고. 그런 심정으로 다시 노트북에 기록된 것들을 들춰 보았다.

진의 시황제가 왜 이곳 낭야대에 애처로울 정도로 매달렸을까? 아마도 천하를 통일하고 자신이 삼황오제를 능가하는 존재가 되었다는 자부심은, 용을 찾을 게 아니라 스스로 용이 되고 싶은 욕망을 부채질했을 것이다. 그리하여 영생을 누리고 싶었을 터. 그런데 주변을 둘러보면 영생을 누리기에는 애초부터 글러먹은 꼴이었다. 악다구니 같은 빈천한 냄새가 풍기는 인간들이 들끓었다. 그들을 피해 자신의 영생을 도와줄 사람들이라면 신선의 세계를 아는 방사(方士)들이 있을 뿐이었다. 그들은 황제를 위한 유일한 구원자들이었다.

신선들이 사는 세상은 동쪽 바다 건너에 있었다. 눈을 들어 바다를 바라보면 거대한 누각과 궁궐이 해면 위로 둥두렷이 떠올라 보이곤 했다. 우화등선했다는 신선들의 거처가 됨직한 위대하고 아무도 범접하지 못할 신성공간이 거기 점지되어 있었다. 모름지기 황제가 거처할 만한 땅이었다. 거기 사는 인간들은 늙지 않고 장생한다고 했다. 거기에 가자면 몸에 날개가 돋아야 하는데 옆구리의 용린(龍鱗)은 냉큼 일어나 주지를 않았다.

생각해보니 황제는, 공자니 맹자니 하는 성인을 사칭하는 인간들과는 스스로 구별되는 존재라야 했다. 공자는 겨우 70을 넘겼고, 맹자도 80을 살았을 뿐이다. 앞으로 30년이나 40년 그 수유와 같은 시간으로는 도저히 만족할 수 없었다. 그런 시황제의 신선 찾기 불길에 기름을 부은 것은 제나라 방사 서불이라는 작자다. 서불(徐市)은 황제에게 상서를 올렸다. 동해에 봉래(蓬萊), 방장(方丈), 영주(瀛洲)라는 삼신산이 있는데 거기에 신선들이 산다는 것이었고, 거기를 찾아가면 신선을 만나 영생을 가능케 하는 단약을 구해올 수 있다는 내용이었다. 시황제는 서불에게 동남동녀 오백 명을 주어 동해에 나가 신선을 찾도록 조처를 했다. 그 후 3년이 지났는데도 신선은 고사하고 서불의 이마빼기조차 볼 수 없었다. 답답한 인간의 처사가 그랬다.

시황제가 순행을 시작한 지 10년이 되었는데도 도무지 용을 볼 수 없었다. 시황은 동북쪽으로 순행의 발길을 옮겼다. 시황제는 자신의 연호로 〈32년(BC.215)이 되던 해, 갈석 바닷가에 가서 연나라 사람 노생(魯生)을 시켜 선문(羨門)과 고서(高誓)라는 신선을 찾아오라고 명령을 내렸다. 그런데 찾아오라는 신선은 안 찾아오고 귀신의 예언이라면서 〈호족이 진나라를 망하게 하리라, 亡秦者胡也〉라는 도참 죽간을 갖다 바쳤다. 시황제는 장군 몽염(蒙恬)을 시켜 황하 이남의 호족을 소탕해 버리도록 한다.〉 괄호가 있는 걸로 봐서 직접 인용한 내용 같았다. 진나라가 어떤 나란데, 호족 따위가 감히 황제의 나라를 망하게 한단 말인가. 그런 이바구에 놀아나지 않으려면 기필코 불사약을 구해와야 했다. 시황제는 좀 다급해졌다. 이어서 한중, 후공, 석생을 시켜 신선들의 불사약을 구해오도록 하였다. 그러나 결과는 역시 기대할 바가 쌀톨만큼도 없었다.

별이 별인 것은 따올 수 없기 때문에 별인 것이 아니던가. 별을 딸 약속과 약속의 불이행 그 사이의 갈등이, 지금 진황도라 불리는 갈석에서 황제에게 치명적인 길로 인도하는 결과를 가져왔다. 시황제를 삶의 길에서 갈라놓게 된 것이다. 시황제가 얼굴을 내밀고 돌아다니지 못하게 하는 것이 상책이라는 꾀바른 생각이 노생의 머리에 떠올랐다. 꼴을 보기 싫은 황제에게 자기 목숨이 달려 있다는 생각을 하면 저절로 진저리가 쳐졌다. 전에 「진시황 평전」을 쓸 일이 있으면 참고하겠다고 적어 두었던 내용이었다. 이런 내용이 곧 이어졌다.

노생이 시황제를 찾아가 국궁하여 절을 두 번 올리고 진언하였다. 시황제는 그런 진언을 하는 신하가 있다는 게 마음 그득히 믿음직했다. 노생이 아뢰었다.

"아뢰옵기 황공하오나, 신은 다른 동료와 동해로 나아가 지초, 선약, 신선 등을 찾았습니다. 그런데 황공하옵게도 항상 성공하지 못했습니다. 짐작컨대 어떤 사악한 기운이 방해하고 있기 때문인 것 같습니다."

노생의 말 끝에 황제가 벌컥 화를 돋구었다.

"방사들은 다 뭐하는 자들이냐. 악귀 따위를 못 쫓으면서 나라의 녹을 죽이느냐?"

잠시 읍을 한 채 눈을 굴리고 서 있던 노생이 다시 입술을 떨면서 말했다.

"노여워하지 마십시오, 황제폐하. 신의 아둔한 생각으로 가장 좋은 방법은 폐하께서 때때로 보배로운 몸을 숨겨 사악한 기운을 피하시는 것입니다. 사악한 악귀를 피하면 진인이 나타날 것입니다. 어찌 지엄한 군주의 거처를 신하들이 낱낱이 알아야 합니까. 분명코 그것은 황제께서 신선이 되거나 입신의 경지에 들어가는 데 방해가 됩니다."

시황제는 고개를 갸웃했다. 자기도 신하면서 황제를 안 보면 어떻게 명을 받고 그 수행을 하겠다는 것인가. 앞뒤가 안 맞는 게 아닌가. 그래도 이야기는 들어 주어야 할 것 같았다. 내가 진인이 된다는데 가릴 것이 뭐가 있던가. 그리고 궁금한 게 있었다.

"그런가? 그런데 방사들이 말하는 그 진인이란 도대체 어떤 존재란 말인가?"

그런 물음이 나오기를 기다렸다는 듯이 노생이 즉각 대답을 했다.

"진인이란 비유로밖에는 말을 하기 어렵습니다. 물에 들어가도 젖지 않고, 불에 넣어도 타지 않으며, 구름을 타고 공중을 날며, 천지와 더불어 장구한 삶을 영원히 누리는 존재입니다. 말하자면 하늘의 운행을 좌우하는 용과 같은 존재입니다."

황제는 자신의 손등을 비벼 보고, 얼굴을 쓰다듬어 보다가 노생을 향해 물었다.

"진인은 나와는 참으로 다르구려. 강물에서는 발이 물에 젖고, 태양 아래 노출되면 얼굴이 벌겋게 데고, 공중으로는 석 자도 뛰어오를 수 없는 나와는 참으로 다르구려. 그런 내가 진정 진인이 될 수 있겠는가?"

허리를 구부려 읍을 하고 섰던 노생이 다급히 대답했다.

"그럴 까닭이 없습니다. 지금 폐하께서는 천하를 다스리고 계시지만 청순하고 담담한 생활을 누리지는 못합니다. 원컨대 폐하께서 거처하시는 궁을 사람들이 알지 못하게 하십시오. 그런 연후에야 신이 나서서 불사약을 얻을 수 있을 것 같습니다. 그래야 진정한 선인 즉 진인이 될 수 있습니다."

시황제 스스로 생각해도, 진인은 아스라이 멀리서 영롱한 빛을 발하는 별이었다. '물에 들어가도 젖지 않고, 불에 넣어도 타지 않으며, 구름을 타고 공중을 날며, 천지와 더불어 장구한 삶을 누리는 존재'인 진인은 별나라의 존재였다. 이미 삼황오제를 멀리 넘어서서 황제를 선언한 터에, 어찌 진인이 되고 싶지 않을까만 시황제는 역시 인간이었다. 인간과 스스로 다름을 선언한 마당에 다시 밥을 먹고 똥오줌 누어야 하는 인간이라니. 그리고 악다구니 같은 속스런 것들과 아귀다툼을 해야 하다니. 인간의 세속적 속성을 모두 초월한 영원한 존재 기필코 그런 존재가 되어야 했다. 시황은 결국 이렇게 선언한다.

"나는 진정 진인이 되고자 한다. 스스로 진인이라 칭하겠으며 앞으로는 시시한 임금들이나 쓰던, 짐이란 말을 입에 올리지 않겠다."

노생은 속으로 쾌재를 불렀다. 시황제는 무릎을 쳤다.

그렇게 해서 진인이 되기를 갈망하는 시황제를 궁궐에 마련한 밀실에 처박아 넣는 데까지는 성공했으나, 그도 살아 있는 인간인데 언제 튀어나와 거짓말한 자의 목을 덜컥 떼어버릴지 알 수 없는 불안함은 가시지 않았다. 노생은 함께 일을 의논할 친구가 필요했다. 그래서 불사약을 구해 오라는 명령을 들은 다른 방사 후생을 찾아갔다.

그도 용을 잡아 오라는 지엄한 명령을 받고는 사시나무 떨듯 떨고 있었다. 시황제가 베푸는 은전이 고마운 것은 물론이었다. 헌데 간계를 꾸미는 데 필요한 요건은 황제의 용이 되고자 하는 꿈이었다. 그러나 황제의 용꿈은 별처럼 점점 아스라이 멀어지고 현실은 시황제의 위엄만 부각되었다. 무엇보다 혼자 힘으로 감당할 수 없는 일이었다. 노생이 보았을 때 후생은 저승까지 같이 가 줄 만한 지기였다. 물론 어떤 말도 다 터놓고 상의할 수 있었다. 만나자는 전갈을 받은 후생은 득달같이 달려왔다.

노생은 후생의 손을 잡고 잠시 얼굴 표정을 살피면서 경계를 하고는 입을 열었다.

"우리 시황제는 천성이 사납고 자기 주장만 내세우는 사람이오. 일개 제후에서 천하를 통일하였고, 이제 그가 원하는 것은 모두 이루어지고 있지 않소. 그는 상고 이래 자기를 따를 만한 사람이 없다고 자부하면서, 오로지 옥리만 깊이 신임하여 그들만 총애를 받고 있소. 태생이 천하면 아무리 황제가 되어도 어찌해보는 도리가 없소. 말이야 황제지만 옥리와 놀아나는 옥사장과 다를 바가 무어겠소."

시황제의 태생이 천하다는 이야기는 무릎을 치게 했다. 후생이 적극 동조를 하고 나왔다.

"그렇고 말고요. 조정에 박사라는 작자들이 칠십 명이나 있소만, 그들은 자리만 차지하고 앉아 있을 뿐인 데다가, 시황은 그들의 의견을 개뿔로 여기니 탈입니다."

박사가 박사 노릇을 못 하는 것은 그들의 능력이 모자라서 그런 게 아니라 시황제가 그들을 개뼈다구 취급을 하기 때문에 그렇다는 것은 탁견이었다. 자신들도 머지않아 그런 취급을 받을 게 뻔했다. 이미 똥친 막대기와 다를 게 없는 신세들이었다.

"또 승상 이하 여러 대신들도 모두 일상적인 업무만 지시받을 뿐, 모든 것은 오직 황제가 결정해 버리니까 대신들이 아예 입을 함봉하고 살지요. 조용한 궁궐에 죽음의 안개가 서리는데 그걸 못 보는 겁니다. 황제가 형벌과 사형으로 위엄을 세우기를 좋아하니 모든 사람들이 죄를 무서워하여 자리만 지킬 뿐 아무도 감히 충성을 다하는 사람이 없습니다. 일을 하다가 저지르는 과오는 처벌 대상이 아닌데 말입니다."

백번 옳은 말이었다. 이덕복인(以德服人)이요 덕불고(德不孤)라는 말이 저저히 옳았다. 덕이 없는 자가 황제 아니라 천제의 천제를 선언해도 그게 무어란 말인가.

"황제는 자신의 과오를 지적하는 사람이 없어 나날이 교만해지고, 신하들은 두려워 황제를 기만하면서까지 아첨을 하느라고 턱을 까불며 총애를 받으려 하니, 어찌 한다오?"

동병상련이라는 말이 참으로 옳거니 했다.

"우리 신세도 말하자면 매한가지, 한 사람이 두 가지 이상의 방술을 겸하지 못하게 법으로 금할 뿐 아니라, 그 방술이 효험이 없으면 곧 목이 날아가는데 어떤 얼간이가 스스로 죽음을 선택하겠소. 그러니까 성기(星氣)를 관찰하는 전문가가 삼백 명이나 있어도 모두가 비위를 거슬릴 것이 두려워 아첨만 하고 있을 뿐, 감히 시황의 과오를 직언하지 못하는 게요."

말이 나온 김이기도 하고, 둘이 입이 맞아 돌아간다 싶어지자 황제에 대한 불만과 비방은 도를 더해갔다.

"그 뿐이오? 천하의 크고 작은 일을 모두 황제가 직접 처결하며, 심지어 공문서를 무게로 저울질해 매일 밤낮으로 자신이 처리할 문서의 양을 정해 두고, 그 양이 차지 않으면 쉬지도 않는답니다. 천박한 황제의 시대는 불행한 시대요."

일병에 걸린 천박한 황제, 집사나 유사가 처리할 일을 혼자 틀어쥐고 자기가 일을 해냈다는 자부심으로 점점 좀스러워지는 황제. 생각해보면 공자 무리들이 이야기하는 임군은 임군 다워야 하고 신하는 신하다워야 하며 자식은 자식다워야 한다는 말이 옳다 싶었다. 군군신신자자(君君臣臣子子)일 뿐 아니라, 각각 가지고 태어난 바 능력과 직분이 있는 게 아니던가. 그래서 각득기소(各得其所)라고 했을 터였다. 진인이 되기는 자질이 못 미치는 인간이었다. 얻은 바가 자리에 비해 턱없이 적었다.

"권세욕으로 가득한 인간이 어찌 선약을 구할 수 있겠나 말요. 어디 그뿐이요, 순 화냥년 같은 어미와 쥐새끼 같은 꾀로 세상을 농락하던 여불위 사이에서 난 그 인간이……."

황제에게서 구할 바가 요만큼도 없었다. 사방이 가시밭이었다. 살 길이라면 도망치는 것이 최상의 방책이었다. 더 이야기를 하고 말고 할 여가가 없었다. 그런 논의 끝에 그들은 밤을 도와 도망치고 말았다.

시황제는 귀가 여렸다. 귀가 여려서 남의 말을 너무 잘 듣는다는 것은 잘못된 해석인지도 모른다. 남의 말을 미리 막아 놓고 자신이 속에다가 꽁꽁 쟁여 둔 자기의 아집에 빠져 탈각을 못하는 것이라고 보아야 온당하다. 자기만 존재하는 세계, 그것이 황제의 외롭고 고독한 세계였다. 고독은 대화를 거부한다. 위대한 인격은 고독 속에서 길러진다고 한 괴테의 한마디는 잘못 인용되곤 한다. 고독 속에서는 아집의 독초만 자라오를 뿐이다.

중국에 와서 그래도 놀지 않고 일거리를 만들어 나간 것은 다행이라면 다행이었다. 「사기」의 자료를 이리저리 맞추어 진시황의 평전을 꾸미기 위해 제법 가공을 해 놓은 것이 노트북 안에 들어 있었다. 그 글은 이렇게 이어졌다.

방사들이 도망쳤다는 이야기를 전해들은 시황제는 스스로 수염을 끌어당겨 뽑을 지경으로 대노하였다. 신하들을 불러 모아놓고는 통분을 토

해냈다.

"그대들은 내가 왜 천하의 서적을 거두어 쓸데없는 것은 모두 불태워 없앴는지 아오? 우리 부모를 두고 말들이 많은 것을 참아내기 어려웠던 때문이오. 타고나길 그렇게 타고나서 남자만 보면 밑구멍이 저절로 벌렁거리는데 그걸 참아서 병이 나 죽는 게 낫소, 아니면 팔자 비슷한 사람을 물색해서 악운을 풀어가며 사는 게 낫소? 대답들 해 보시오."

아무도 대답을 하는 사람이 없었다. 고개를 처박고 앉아 있는 신하들은 시황제의 칼바람이 일지 않나 목에 칼날이 들어오는 살얼음 같은 한기를 느끼며 몸이 졸아들고 있었다.

"닭의 똥 냄새 풍기는 고리타분한 학자라는 것들 가운데, 그래도 먹고 사는 문제 해결할 수 있는 자들과 방사들을 빠짐없이 불러들인 것은 무슨 까닭인지 알기나 하시오? 백성들이 태평을 구현하고 방사들이 선약을 구해올 것을 기대하였기 때문이오. 그러나 이제 보시오. 한중(韓衆)은 선약을 구하러 떠난 후 돌아오지 않았다고 하며, 서불과 그 떼거리들은 수만의 비용만 쓰고 끝내 선약을 얻지 못한 채 단지 부정하게 이득만 취하고 있다는 보고만 매일 들리오. 또 노생 같은 작자는 내가 대단히 후하게 대접하였는데, 나를 비방하고 내가 부덕하다고 떠벌였다지 않소. 가증스런 인간들. 내 비록 그들과 태생이 같을지언정 나는 그들에게 기대를 가지고 있었소. 그런데 그들은 도대체 뭐요. 안 되는 것을 안 된다고 한마디라도 말하는 자가 있던가 말이요. 내가 진인이 되고 싶다고 했지 스스로 진인이라고 한 적이 어디 있었던가 말이요."

시황제는 사찰관을 시켜 나라의 수도 함양에 있는 제생들이 어떤 짓들을 하는지 염탐을 하도록 은밀히 명령을 내렸다. 결과는 눈이 뒤집힐 지경으로 놀라웠다. 장사꾼과 도색녀의 자식이 천하를 통일하고 스스로 황제를 칭하고, 포악하기 비길 데 없이 백성을 괴롭히는 황제는 머지않아 객사하리라는 이야기가 돌아가고 있다는 것이었다. 용을 보고 싶기도 했지만, 짧은 기간에 복속시킨 나라의 옛 제후란 자들이 반란을 일으킬까 미리 단속을 하느라고 그 사지가 뒤틀리는 고통을 참고 순행을 하는 것인데, 그런 발칙한 유언비어를 뿌리고 다니다니. 찢어 죽여도 시원치 않을 사악하기 그지없는 무리들이었다.

시황제는 어사(御史)를 불러 모았다. 황제가 용을 보러 떠돌아다니다가 객사한다는 소문을 퍼뜨린 자들을 찾아내라고 명령했다. 어사들은 제생을 모아 놓고 심문을 했다. 그래도 입들이 무거워 사실을 발설하지 않았다. 그것도 잠시, 칼을 들이대거나 창날을 비껴들고 물어보면 벌벌 떨면서 손을 비비다가는 자기와 파가 다른 제생을, 유언비어를 만들어 퍼뜨린 장본인으로 지목하곤 했다. 그렇게 연루되어 지목되는 제생의 수가 자그마치 460을 헤아렸다. 아, 칼을 모르는 자들의 한심함이여, 어사는 그렇게 속으로 되뇌었다.

"의리도 없는 버러지 같은 것들, 저 도성 너머에 구덩이를 파고 모두 묻어 사람의 눈에 띄지 않도록 하라."

어사들은 감히 한마디 말을 꺼내지도 못하고 벌벌 떨었다. 왜 아무 대답이 없느냐는 호령이 떨어지기 직전, 팽팽하게 긴장된 공기를 가르고 터져나온 한마디 하소가 있었다.

"너무 참혹합니다."

태자 부소의 짧은 한마디였다. 시황제는 칼을 들어 태자의 목을 치려다 말고, 태자의 옷자락을 잡아 끌어 눈망울을 들여다보았다. 눈 속에 불길이 이글거리고 있었다. 네가 내 용꿈을 실현하려면 고생을 해 보아야 한다. 조금은 원망스럽기도 하겠지. 그러나 기억하라, 네가 황제의 자식이라는 것을 분명히 마음에 새겨 두어라. 너의 할아버지 할머니는 왕통의 피가 아니었다. 그래서 용꿈을 꿀 줄 몰랐다. 너는 다르다, 황제의 자식이라 달라야 한다. 나는 용이 되거나 죽거나 그 두 가지 길밖에는 없다. 그게 황제의 길이란 것을 똑똑히 기억하라.

결국은 분서갱유라는 희대의 사건은 시황제의 용꿈에 매달린 한마당의 희극이었는지도 모를 일이다. 시황제가 자신의 신분에 대해 콤플렉스를 가지고 있었는지는 확신이 없었다. 다만 개연성은 뚜렷했고, 해석의 여지는 충분했다. 시황제의 영생의 욕망과 분서갱유를 연결하지는 않는 게 일반적인 설명 방식이었다. 언론통제에 초점이 가 있는 한 시황제의 인간적 내면은 드러나지 않을 것은 당연한 귀결이었다.

자신이 쓴 책, 「진짜 황제처럼 경영하라」 하는 것 또한, 회장이나 하고 많은 사장들, 그런 CEO들의 용꿈을 부추기는 데에 불쏘시개 역할을 했을 뿐이라는 생각이 고개를 들기 시작했다. 용꿈을 꾸는 이들이 그렇게 많을 줄이야. 그리고 점점 장이호 자신과 윤랑시는 회장의 용꿈을 실현하는 데 이용된 것이 아닌가 하는 의혹이 안개처럼 스멀거리면서 의식의 저층부에서 일어나기 시작했다. 장이호는 고개를 흔들어 상념을 떨치고 이정주 박사의 기행문으로 창을 옮겼다. 장이호가 이해하는 시황제의 용꿈을 이정주 박사는 신선사상으로 변형하여 설명하고 있었다.

중국의 신선사상은 유가적인 실용주의와 대척점에 놓인다. 인간이 특별한 노력을 기울이면 불로장생하여 신선이 될 수 있다고 그들은 믿는다. 이 전통신앙은 도교의 뿌리가 되는 사상이다. 도교 사원에는 도사나 방사들이 신선이 되어 우화등선하였다는 기록을 흔히 볼 수 있다. 이는 그들의 불로장생에 대한 믿음에서 비롯된 일종의 용꿈이다. 단약(丹藥)을 만들어 불로장생한다거나 불로초를 먹어 영생하려는 꿈은 중국의 황제들이 끝없이 추구한 유토피아 지향성이었고 나아가 그들의 신앙이었다. 황제를 황제되게 하는 것은 바로 이러한 꿈이다. 진시황은 이곳 낭야대에 와서 석 달을 머물면서, 이 지역의 방사들을 만나고 동편 바다 건너에 나타나는 신기루를 신선국의 궁궐로 보고, 신하를 그곳에 보내 불로장생의 선약을 구해 오도록 하면서 용꿈을 키웠을 것이다. 그리고 스스로 그 꿈에 얽매여 오도가도 못하는 신세가 되었다. 그가 객사한 것은 결국 용의 무덤을 스스로 마련한 것과 다를 바가 없는 일이다.

장이호는 낭야대 답사를 한다고 나섰던 날의 기억을 반추해 보았다.

고개를 들어 차창 밖을 내다보았다. 먼지를 뽀얗게 들러쓴 집들이 늘어서 있는 게 눈에 들어왔다. 황제는 저런 백성들의 집 근처를 지나가면서 무슨 생각을 했을까. 황제가 이런 누추한 길을 걸어갔을 까닭도 없고, 신하들이 황제에게 그런 추한 집들이 당신의 제국에 엄존하고 있다는 것을 보여주고 싶어 하지 않았을 것이다.

황제가 왜 생각을 해야 하는가. 황제에게 사유를 강요하는 것은 참으로 어설픈 구도다. 황제에게 사유 같은 것은 필요치 않다. 황제가 되기 전까지만 사유와 판단이 필요했을 뿐이다. 그러니 비문을 쓴 신하들이라고 누가 목숨 내놓고 황제에게 사유를 강요할 것인가. 500명에 가까운 유생들을 묻어 죽이려는 엄청난 현장을 목격한 시황제의 장자 부소(扶蘇)가 이 일을 재고하라고 사유를 강요했을 때, 그 결과는 몽염이 주둔하고 있는 북변으로 쫓겨가고, 마침내 거기서 죽음을 맞이하는 데로 귀결된다. 황제에 대해 사유를 강요하는 불손한 행위는 곧장 죽음으로 이어졌다. 꿈을 꾸는 자에게 사유는 치명적인 독극물이나 다름이 없다.

시황제가 신선이 되는 꿈을 꾸는 동안, 시황제의 어머니가 음일 속에 놀아나는 사이, 저 백성들은 얼마나 처절한 고통에 시달려야 했을까. 장성을 축조하는 데 불려간 백성들은 손이 터져 피가 흐르고 발이 얼어 동상에 걸려 뼈마디가 빠져나가는 것을 보면서 얼마나 뼈아픈 통한의 눈물을 뿌렸을 것인가. 장성은 돌 하나하나가 주검으로 쌓아올린 셈이다. 진나라에게 패망한 나라 백성들의 인골로 쌓은 장성. 생각해보면 장이호 자신이 그들과 별반 다르지 않은 처지였다.

차 안에서 너무 오래 정신을 조이고 있어서 그런지 속이 울렁거리고 메스꺼운 기운이 목으로 밀려 올라왔다. 장이호를 흘금 건너다보던 전당강 교수가 걱정스러운 표정으로 한마디를 던졌다.

"장 박사 얼굴이 안 좋아 보이네, 어디 불편합니까?"

전당강 교수에게 표정을 들킨 것 같아 속에서 느글거리는 게 더욱 세

차게 치밀고 올라왔다. 역사를 기록한다는 것의 의미 따위는 생각할 겨를이 없었다. 그러나 분명한 것은, 목구멍을 위한 작업은 때로, 사유를 괄호치게 하고 사유를 방기한 결과에 대한 형벌은 가혹하다는 점이었다. 자신을 황제와 마주 놓고 비유를 할 자리는 아니었다. 그러나 역사를 잡놈들의 잡성스런 패설(悖說)로 전락하게 하는 것, 그것은 학자건 작가건 분명 벌을 받아야 마땅한 죄에 해당했다. 전당강 교수가 한 소행이 밉고, 이렇게 만나서 밸도 속도 다 빼놓고 같이 돌아다녀야 하는 맥락은 야속하지 않은 바 아니었다. 허나 일깨우는 점이 있는 것 또한 엄연한 사실이었다. 어쩌면 장이호에 대해 미안한 생각을 하고 있는지도 모를 일이었다. 따라서 고맙다고 해야 하는 맥락이었다.

"조금 지나면 괜찮아질 겁니다."

그때였다. 다리목을 건너던 차가 시동이 꺼지면서, 푸르르 푸르르 팬 돌아가는 소리가 힘없이 들렸다. 거기다가 펑크가 났는지 차체가 한쪽으로 기울었다. 손님들에게 급히 내려 대피하라고 운전수가 소리소리 질렀다. 차에서 내린 손님들이 길가로 몰려 서 있을 때, 버스와 같은 방향에서 오던 트럭이 좁은 길을 비켜나가다가 버스 뒤 범퍼를 들이받았다. 그 통에 버스는 아예 개울가로 기울어 배를 드러내고 말았다.

버스 운전사와 트럭 운전사는 서로 삿대질하며 고함치고 다퉜다. 손님들은 길가에서 다음 차를 기다리겠다는 듯이 느긋했다. 차를 일으켜 세우고, 고장을 손보아 가겠지 하며 느긋해졌다. 중국에 와서 배운 느긋함인지도 몰랐다.

"황제의 발자취를 속인들이 밟는 일이 쉬울 턱이 없지요. 다음 차는 두 시간 뒤에나 옵니다. 차 수리하는 동안 내려가서 청도맥주라도 한잔 합시다."

장이호는 전 교수의 제안을 아무 말 없이 따랐다. 차에서 내려 바깥 바람을 쐬고 나서 울컥거리던 속이 조금 가라앉았다. 길가 식당에 들어가 주문한 맥주가 나오기를 기다리는 동안 장이호는 이정주 박사의 글을 계속 읽어 나갔다.

진시황이 이 지역의 방사 서복을 만나 불로초를 구해 오겠다는 상서를 받은 곳이 바로 이 낭야대라 한다. 낭야대 정상의 석조물은 바로 진시황이 서복의 상서를 받은 것을 기념하기 위하여 세운 것이다. 서복이 진시황의 명을 받아 불로초를 구하기 위하여 동남동녀 삼천을 데리고 동쪽으로 떠난 곳이 어디인지는 확실하지 않다. 낭야대 부근이라는 설과 연태 근처의 봉래(蓬萊)라는 주장이 맞서 있다. 그러나 서복이 불로초를 구하기 위하여 동쪽으로 가다가 제주도 서귀포를 거쳐 일본으로 간 것은 거의 확실한 모양이다. 그들이 일본에 중국의 새로운 문물을 전하고 일본을 새로운 문화로 꽃피웠다는 것은 일본인들도 인정한다. 그래서 그들은 서복 마을을 만들고 기념관도 지어 관광객을 끌어들인다. 역사를 가지고 돈벌이를 할 줄 아는 사람들다운 발상이다.

그렇다면 서복은 진시황이 통일한 진나라를 벗어나기 위하여 진시황에게 불로초를 구해온다고 거짓 맹세를 하고 진시황을 배반한 것일지도 모른다. 그리고 일본으로 건너가 자신이 나라를 세운 것은 아닐까? 황제를 극복하는 길은 자신이 황제가 되는 것 말고는 방법이 없다. 신과 맞서기 위해서는 자신이 신이 되어야 하는 것처럼.

관룡각에서 바다를 바라보며 그런 생각을 해 보았다. 용은 번식력이 강한 동물이라서 자기 혼자서 생을 마감하는 법이 없다. 서양의 드라큘라가 그러하듯이 용은 반드시 새끼를 남기고 죽는다. 서복이 진시황이 남긴 용의 유전자를 받았고, 그 유전자로 인해 용꿈을 꾸다가 스스로 황제가 되고 싶어 일본으로 건너간 것은 아닌지, 여행 중의 생각일 뿐 모를 일이다.

시황제를 죽이려는 음모가 수차례 있었고, 순행을 하는 동안에도 자객과 마주친 것을 보면 시황제를 없애고 스스로 황제가 되고 싶었던 자들이 수없이 많았을지도 모른다. 세상은 온통 용들로 우글거리는 아수라장인 것 같기도 하다.

땅콩 한 접시와 맥주가 나왔다. 냉장고에 넣었던 맥주가 목으로 넘어가는 느낌이 삽상했다.

전당강 교수는 가는 곳마다 사진을 부지런히 찍고 메모를 해 나갔다. 전 교수 자신이 시황제에 대한 관심이 크다는 것을 장이호에게 암시하는 의도 같기도 했다. 그런데 시황제의 불로초 구하기 사업에 동원된 여러 방사들 가운데 중국 대륙을 떠났다는 기록이 있는 경우는 서불과 서복 둘밖에 없는 셈이었다. 더구나 둘이 이름이 다를 뿐 같은 사람이라면 서복(=서불)이 중국에서 도망친 유일한 인물이 된다. 방사들 가운데 꿈을 꿀 줄 아는 인물이었던 것. 서복이나 서불은 제국 탈출의 꿈이 있었다고 하자. 그러면 나머지 방사들은? 그런 의문이 속에서 밀고 올라왔다.

"시황제의 명을 수행하지 못한 방사들은 어떻게 되었지요? 혹시 기록이 있나 해서."

"재미있는 질문이군요. 그렇지 않아도 그들의 행적을 다각적으로 조사하고 있습니다."

"그래요? 그게 누구의 아이디어인가요?"

전 교수는 성큼 대답을 하지 않고 그저 그런 일이 있다고 얼버무렸다. 그런데 재미있는 질문이라는 것은 자기 일과 연관이 된다는 뜻이 아닐까.

"재미있는 질문이라면……, 얘길 좀 해 주면 안 되겠습니까?"

"중국에서는 부자간에도 비밀을 서로 캐지 않는 게 예의입니다."

뭐라고 더 들이밀고 들어갈 틈이 없었다. 짐작할 수 있는 것은 전에 윤랑시와 통화를 하는 중에 시황제가 문화콘텐츠가 된다고 하던 그뿐이었다. 대개는 알고 있는 일인데 왜 명쾌한 답을 아끼는지 모를 일이었다. 전 교수 자신이 그런 꿈을 꾸고 있는 것은 아닌가 하는 의문이 속에서 돋아올랐다.

용꿈을 실현하려고 애를 태우는 시황제나, 시황제의 그러한 꿈을 일단 인정하고 그의 비위를 맞추려던 이들이나 헛것에 들린 점에서는 같은 부류에 속했다. 맞수가 되는 사이인데, 시황제가 부여한 과업을 수행하지 못한 그들이 어떻게 되었는지 귀추가 궁금하지 않을 수 없었다. 전당강 교수의 답을 기다려 보았으나 다른 대꾸를 하지 않았다. 자신이 하고 있는 일을 터놓고 싶지 않은 모양이었다. 또 달리 보면 체면치레로 낭야대에 같이 가자는 것뿐이지, 전에 있었던 표절 문제 때문에 아직도 경계를 풀지 않는 것인지도 알 수 없었다. 전당강 교수는 맥주잔을 다 비우고 나서는, 더 앉아 있기 거북하다는 듯이 말했다.

"여기서 한 삼십 분 가면 서복전이 있는데 둘러보고 올까요?"

자빠진 김에 쉬어 간다고 전 교수의 제안을 마다할 이유가 별로 없었다. 조금 걸어야 한다는 전 교수의 표정은 미안해 하는 게 역력했다. 죽 앉아서 온 길이기 때문에 다소 걷고도 싶었다. 맥주를 몇 잔 마신 뒤라서 땀이 나기는 하지만 그런대로 걸을 만한 길이었다. 서복전은 조금 전에 읽은 이정주 박사의 글 그대로였다.

버스가 멈춘 곳에서 옆으로 난 돌길을 따라 조금 걸어갔다. 서복전은 중국 명승지 건물이 대개 그렇듯이 규모가 거창했다. 그 안에 진시황의 명을 받아 불로초를 구하러 동쪽으로 떠났던 서복의 상을 세워두고 그 둘레에 그의 사적을 글로 써서 돌에 새기고 그림으로 그려 둘러 놓았다. 여기도 서복이 동해를 거쳐 도착한 곳이 일본으로 되어 있다. 그리고 그곳에 중국의 문물을 전했으며 그 결과 일본이 새로운 문화를 갖게 되어 서복을 숭상한다고 한다. 인간의 꿈은 지역과 시대, 종족을 뛰어넘어 널리 전파되는 강한 전염성을 지닌 게 틀림없다. 더구나 황제에게 있어서랴.

일본에서 서복이 숭배를 받는 인물이 되었다면 이미 황제의 자리에 오를 만큼 만만치 않은 인물이 되었다는 뜻 같기도 했다. 그 대목에서 장이호는 제주도를 생각했다. 서귀포라는 말이 정방폭포에 서시과차(徐市過此)

라고 새긴 글귀와 서불의 설화가 연관된다는 것을 들은 적이 있었기 때문이었다. 하기는 제주나 대마도 같은 일본이나, 중국에서 바다를 건너서 오기로 하면 거기가 거기 아닐 것인가. 같은 문화권에 드나드는 사람들의 기록을 어디에 역점을 두는가 하는 데 따라 해석이 달라지는 것은 얼마든지 있는 일이 아니던가. 이정주 박사의 글은 아직 이어지고 있었다.

진시황은 말할 것도 없고, 황제 스스로 작은아들 호해를 데리고 행차를 했던 곳이 낭야대다. 황제의 꿈이 이루어지기 전에 유명을 달리 했지만, 한제국이 들어서서도 한대의 황제들이 낭야대를 자주 찾았다고 한다. 이러한 사실로 보건대 역시 신선사상이 가장 왕성한 세를 떨쳤던 진한시대의 황제들은 낭야대에서 스스로 신선이 되는 꿈을 지속했다는 점을 알 수 있었다. 꿈꾸는 자들이라야 꿈을 꿀 줄 아는 후예를 길러낸다.

청도에 있는 동안 그 매력 때문에 수차례 답방을 한 노산(嶗山)에 도사와 방사들이 모여들어 태청궁을 짓고 도교의 뿌리를 내린 것도 한나라 때이다. 그 무렵 산동반도는 도사와 방사의 땅이었다. 진시황은 자기의 수도 함양에서 찾지 못한 방사를 찾아 낭야대로 길을 떠났고, 낭야대에서 스스로 용이 되는 꿈을 강화하면서 황제로서의 고뇌를 삭여나갔을 것이다.

서복전 뒷건물에는 신선에게 향을 바치는 방까지 마련되어 있다. 진시황이 신선을 지향하고, 스스로 진인이 되고 싶어 낭야대를 자주 찾았던 것은, 당시 산동지역의 종교적 분위기와 연관된다는 생각에 이르자, 머릿속을 가득 채우고 있던 진시황의 모습을 겨우 지우고 현실로 돌아올 수 있었다.

시황제의 모습을 지우다니. 시황제는 중국 역사상 지울 수 없는 존재였다. 그가 쌓은 만리장성처럼. 그런데 시황제 자신이나 그의 아버지 자초가 여불위와 결탁한 것이나 그렇게 반듯한 인간사는 아니었다. 그를 따르던 이사나, 조고, 몽염 같은 인간들이 하나같이 하류 인생이라는 점은, 시황제가 왜 위대한 성황(聖皇)이 될 수 없었는가 하는 의문을 푸는 열쇠가 될지도 모른다.

뿌리, 근원 그것 또한 이데올로기라고 할지 몰라도 워낙 근본적인 것이라서 간단히 정리할 문제가 아니었다. "왕후장상이 씨가 따로 있다더냐" 하는 반역의 도도한 의지는 제대로 된 왕통을 이어받은 자에게서는 나오지 않는 법이다. 황제의 왕통은 근천한 자들과는 스스로 구별되는 법이다.

비천한 인간들이 꿈을 꾸면 역사가 바뀐다. 특히 그들이 용꿈을 꾸면 역사는 천 길 낭떠러지로 곤두박질한다. 그러니 황제의 시기로 들어서기 위한 수단으로 천족과 결탁을 할망정 황제 스스로는 다른 세계라야 한다. 인간과 달라야 한다. 그래서 진인이 되어야 하고, 신선과 노닐어야 하며, 영생을 누리는 것이 하늘의 뜻이다. 시황제는 낭야대를 드나들며 그런 꿈을 꾸었다.

스스로에게 자중자애할 따름, 인간에게 가혹할진저, 진인의 길에 얼쩡대는 인간은 황제의 과업을 해하는 자인지라 가차없이 없애버려야 한다. 그게 황제의 길이라면 부모며 자식이며 붕우라는 것이 무엇이란 말인가. 시황제의 꿈은 그런 방향으로 머리를 들기 시작했다. 그 밑바닥에 열등감이 자리잡고 있는 것은 물론이다. 이 열등감의 압력에 견디는 방법은 스스로 자결을 하거나 황제의 나라를 떠나는 것 말고는 달리 길이 없다.

서복전 휴게소에서 잠시 쉬면서 생각을 가다듬고 싶었다. 마침 전당강 교수는 요란하게 울리는 전화를 들고는 휴게소 밖으로 나간 뒤었다. 평소에는 식탁이건 버스 안에서건 큰 소리로 왁왁대면서 전화를 받곤 하던데 비하면 뭔가 거북한 게 있는 모양이었다. 이마를 짚고 생각에 잠겼던 장이호는 노트북을 덮고, 캔맥주를 벌컥벌컥 목에 부어넣었다.

결국 자신이 이제까지 목숨 살자고 한 짓들이 무엇인가. 놀랍게도 일개 제후에서 일약 황제가 된 시황제의 행적과 같은 궤적을 그리고 있는 게 아닌가 하는 회의가 속에서 맥주 트림처럼 밀고 올라왔다. 혹은 난세를 삼촌설로 휘두르던 세객들의 허망한 삶의 복사판은 아니던가. 다만 대상이 다를 뿐. 인간을 해하지 않았다는 것 말고는 자신에게 단호했고, 육신을 학대했으며, 가족을 물건 다루듯 하기도 했다. 그게 왈 공부라는 것, 학문이라는 길이었다.

남들이 대중을 상대로 쓴 책을 두고 허깨비들의 놀음이라고 질타를 하던 그 악담이 고스란히 빛을 발하는 진리가 되어 동공을 향해 쏟아지는 느낌이었다. 심한 현기증이 몰려왔다.

전당강 교수가 밖에 나가 전화를 받는 동안, 장이호는 머릿속에서 부글거리는 상념을 눌러두기 위해 꽤 많은 페이지를 읽어 나갔다. 휴게실 식당 유리창 밖으로 보이는 전당강 교수는 마치 우리 안을 선회하는 짐승처럼, 한 손은 전화기를 들고 다른 손은 정신없이 방향을 잡지 못하게 휘둘러 대면서, 마당을 빙빙 돌아가며 힘을 주어 뭔가 설명하고 있었다. 전화를 접고 실내로 들어온 전당강 교수는,

"이거 미안해서 어떻게 합네까. 급한 일이 생겨서 먼저 청도로 나가봐야 하겠습니다." 하며, 잔에 남았던 맥주를 찔끔 비우고는, 차를 기다렸다가 잘 타고 오라면서 상점 밖으로 나갔다. 집에다가는 종일 걸리는 여정이라고 일러두었다고 했는데, 더구나 오늘은 완벽한 자유라고 하고서는 그렇게 달아나는 것이 의혹을 일게 했다. 동기가 명쾌하지 않은 행동이었다. 하기야 그리고 급한 용무가 생기지 말라는 법이 없기야 하겠는가 싶기도 했다. 그런데 그 장면에서 윤랑시가 하던 이야기가 떠올랐다. 진국의 시황제가 문화콘텐츠가 된다던 그 이야기였다. 한국에서 진시황제 자체를 그렇게 만들 것은 아니라면, 서복(=불)을 관광상품으로 띄우는 작업을 진행하는 데 전당강 교수가 윤랑시를 매개로 참여하고 있는 것이라는 짐작이 갔다.

낭야대 꼭대기의 동상이나, 관룡각, 서복전 그런 것은 물론, 정작 낭야

대는 발로 밟아 보지 못하고, 낭야대 근처에 와서 따돌림을 당하는 허망한 방문이 되고 말았다. 시황제는 낭야대에 왔다가 어떻게 발길을 돌렸을까. 아마 어떤 음험한 따돌림이었을 것이다.

장이호가 산 비행기 표는 한중항공이라는 새로 설립된 항공사의 티켓이었다. 다른 사람들은 항공료를 돌려받고 청도로 돌아가고, 어떤 이들은 식당으로 몰려가고 그렇게 어수선한 가운데 장이호는 어떻게 해야 할지 방향감각을 상실한 채, 벤치에 널브러져 자고 싶었다. 극도의 피로감으로 온몸이 늘정늘정 녹아나는 것만 같았다. 마취 가스를 마신 것처럼 흐물거리는 몸을 추슬러 의자에 등을 기댄 채 잠에 빠졌다.

## 13. 구름이 동해야 번개에 칼날이 부러진다

주변이 혜적혜적하다 싶어서 눈을 떴다. 공항 대합실은 텅 비어 있었다. 몇 사람 직원들이 돌아다니는 발소리가 높은 천장에 반향하여 장파처럼 귓속을 울렸다. 얼만지 모르는 동안을 의자에 기댄 채 잠에 빠졌던 모양이다.

잠 속에서는, 윤랑시와 드 삐에르 골방에서 밀회를 즐겼다. 윤랑시가 들이마셨다가 내뿜는 담배 연기는 달콤하고 황홀하게 폐로 흡입되었다. 장이호는 윤랑시를 끌어안고 입술을 더듬었다. 입에서는 갯내음이 풍겼다. 마침내 윤랑시의 몸속으로 빨려 들어갔다. 말미잘의 촉수 같은 더듬이가 온몸을 휘감았다. 윤랑시의 몸은 거대한 동굴로 변했다. 동굴 저 끝에 까마득한 언덕이 있고, 그 위에 자신의 목이 효수된 채 거꾸로 걸린 나무 십자가가 우중충하니 서 있었다.

꿈이 너무 선명해서 혹시 윤랑시가 와 있는가 둘레거리고 있는데, 어깨에 별을 새긴 견장을 단 공안요원이 다가와서 사무실로 가자고 했다.

짐가방을 챙겨 들려고 하는데 가방이 안 보였다. 낭패였다. 노트북이며 책이며 원고며 그런 것들이 다 들어 있는 가방인데, 그게 없어지다니, 이렇게 거지 꼴이 되는구나 하는 생각이 퍼뜩 지나갔다.

"이 짐이 당신 거 맞습니까?"

공안요원이 옆 방에서 들고 나오는 여행가방은 청도에 오기 전에 남대문시장에서 산 짝퉁인 샘소나이트였다. 장이호는 그렇다고 고개를 주억거렸다. 안도의 숨을 내쉬면서였다.

"가방 안에 무엇이 들어 있는지 말해 보시오."

"별다른 게 없는데요."

"우릴 어떻게 보는 거야, 이 사람이."

"그럼 이건 뭡니까?"

다른 공안요원이 비닐에 싼 주먹만한 뭉텅이를 내보이면서 윽박질러 물었다. 아무리 생각해도 요만한 단서도 집히는 게 없었다. 공안요원은 정황을 설명했다. 일차 검색은 피해 갈 수 있었지만, 장이호가 의자에 기대어 잠들어 있는 시간이 너무 길고 깨워도 안 일어나서, 의문이 가는 구석이 있길래 짐을 다시 검사했다는 것이었다. 그런데 의심했던 대로 마약으로 추정되는 물건이 가방에서 나왔다는 것이다. 누구의 짓인지 참으로 어처구니없는 일이었다. 아마도 짐에다가 그런 물건을 숨겨 놓고 사기를 치려다가, 마약반에서 먼저 시비를 하는 바람에 장본인 스스로 골탕을 먹고 있는지도 모를 일이었다. 전에 들은 바로는 어디 공항에선가는 최면 가스를 뿌리기도 하고, 반입금지품목으로 되어 있는 물건을 가방에 넣어 놓고는 공안을 가장해서 금전을 갈취하기도 한다는 것이었다.

"당신이 아편전쟁이라는 책을 불법으로 반출하려다가 빼앗겼다면서요?"

참으로 어처구니없는 일이었다. 아귀가 맞아도 귀신이 곡을 할 노릇으로 맞았다. 그러나 어떻게 설명을 할 도리가 없었다.

마약으로 의심이 가기는 하지만 확실한 판단을 자기들은 할 수 없기 때문에, 마약 검색반에 넘겨 마약 여부를 확인해야 한다고 했다. 확인되기 이전까지는 공항에서 대기하고 있어야 한다는 것이었다.

"개인 물건을 당신들 멋대로 갖다가 그렇게 뒤지고 들치고 해도 되는 겁니까. 그렇게 해도 된다는 법이 어디 있습니까?"

"주타오, 주타오……, 당신 마약 밀매하는 한국 사람이지?"

그러면서 오전에 검색대에서 빼앗아 두었던 책 「아편전쟁」을 손에 들고 표지를 펴 보였다. 꼴이 우습게 되었다. 아내에게 사기꾼이라는 말을 들었을 때의 충격만큼, 돼지대가리라든지, 마약 밀매꾼이라든지 하는 말이 가슴을 짜릿한 감각으로 들이쳤다.

장이호는 「사기」에 기록된 에피소드를 떠올렸다. 진나라 시황제 2세 때였다. 이사(李斯)가 죽고 조고(趙高)가 승상이 되어 권력을 휘둘렀다. 조고는 자기 권력이 어떠한지를 과시하기 위해 잔꾀를 냈다. 황제에게 사슴을 갖다 바치고는 그것을 말을 진상했노라 했다. 황제가 의아하게 여겨 다른 신하들에게 물었다. 다른 신하들도 입을 모아 말이라고 했다. 황제는 자기가 정신착란증에 빠진 걸로 알고 당황했다. 하는 일마다 거꾸로 하는 것이 아닌가 스스로 의심하는 중에, 시황제는 웃어야 할 때는 울고 울어야 할 때는 웃어재키는 희한한 인간으로 변해갔다. 이른바 지록위마(指鹿爲馬)란 고사의 연원이 그렇다. 결국 시황제는 조고의 압력을 받아 자살하여 생을 마감하고 만다. 말이 사슴이 되고 사슴이 말이 되는 것이 황제에게 빌붙어 권력을 농단하는 자들의 분류법인 것이다. 물론 그것은 황제 자신의 분류법이기도 하다. 현실을 꿈이라 하고 꿈을 현실로 바꾸어 놓는 그 발상은 지록위마의 단순한 변형에 불과한 것이었다.

물건이 진짜 마약인지 아닌지 검사하는 동안, 공항에서 나가 있다가 돌아올 수 있게 배려를 한다면서, 어디 연락을 할 만한 사람이 있는지 물었다. 정작 연락할 만한 사람이 생각나지를 않았다. 수첩은 짐 속에 들어간 뒤였다. 멈칫거리고 있는 사이, 공안원이 무엇이 생각난 듯이 책상 서랍을 열었다. 낮에 휴지통에 찢어 버렸던 명함을 탁자 위에 내놓고는 그

명함 뒤에 적힌 번호를 대면서 누군지 알겠느냐고 했다. 번호만 들어서는 누군지 짐작이 안 갔다. 답답한 일이었다.

모르는 사람에게 전화를 할 수 없다. 하룻밤 공항에서 자야 한다. 그게 싫으면 공안국으로 가서 기다리다가 조사를 받아라 그런 협박조 이야기가 이어졌다. 그때 옆방에서 다른 공안요원이 핸드폰을 들고 왔다. 잔뜩 우그러져 꾸그려 앉은 장이호에게 전화기를 내밀면서 직접 받으라고 했다.

"장 박사님, 나 전당강입니다. 책임자하고 통화를 했는데, 걱정은 안 해도 될 거 같습니다. 그런데 내가 직접 갈 수가 없어서 미안합니다. 대신 윤랑시 박사가 갈 겁니다."

그리고는 대답을 할 짬도 없이 상대방의 말이 끊겼다. 뭐가 어떻게 돌아가는 것인지 혼란스러워 도무지 맥이 잡히지 않았다. 전당강 교수가 자기 일을 어떻게 알았는가 하는 것도 기이하고, 윤랑시가 전당강 교수 대신 공항에 올 거라는 얘기는 또 뭐란 말인가. 아, 윤랑시…… 돌파구…… 공모자…… 그런 생각이 어지럽게 돌아갔다.

아무튼 전화가 끝나고 나서는 공안원들의 태도가 한결 부드러워지고, 걱정하지 말라는 위안의 말까지 했다. 가끔 남의 짐에 수상한 물건을 넣어 사기를 치는 사람이 있어서 자기들도 헛수고를 하는 경우가 있다면서 헛스레 입맛을 쩝쩝 다셨다. 그게 자기들이 꾸민 일인지 정말 사기꾼의 소행인지는 알 수 없는 일이었다. 발아래 노란 안개가 피어올랐다.

어찌된 일인지 앉기만 하면 졸음이 쏟아졌다. 사무실 문이 열리고, 열기를 머금은 바람이 휙 몰려들어왔다. 그 바람에 눈을 떴다. 누가 최면가스를 뿌린 게 아니라면, 몸이 그렇게 처지고 늘어지고 할 까닭이 없었다. 호텔에서 불편한 하루를 보낸 것은 사실이지만 몸이 그 정도로 휘지는 일은 이제까지 없었다.

누군가 앞에 다가와 서는 느낌이었다. 알싸한 향기를 느끼면서 눈을 떴다. 장이호의 눈앞에 버티고 서 있는 것은 청바지에다가 하얀 블라우스를 받쳐 입은 여행객 차림의 윤랑시였다. 장이호는 이게 환시가 아니라면 도저히 일어날 수 없는 일이란 생각이 문득 들었다. 전당강 교수의 전화가 있었다고는 하지만, 정신이 훌쩍 달아날 판이었다. 장이호가 어성버성 일어나 손을 내밀자 윤랑시는 그를 털썩 끌어안고 입을 맞췄다.

"윤랑시, 청도에는, 공항에는 웬일……로?"

장이호가 윤랑시의 팔을 밀어내며 더듬거렸다.

"장 선생님 구해드리려고 왔다면 거짓말이라고 할래요?"

눈가에 웃음을 잘잘 흘리면서 옆자리에 다가와 앉는 윤랑시에게서 아릿한 백합꽃 향기가 풍겨왔다. 오랫동안 잊고 지낸 살냄새도 섞여 있는 듯했다. 그 냄새는 금방 독한 고량주 냄새로 바뀌었다. 그런데 윤랑시가 이 자리에 나타나다니…… 다시 미궁에 빠져드는 느낌이었다.

문득 서울로 가는 비행기를 타러 왔다는 의식이 깨어났다. 비행기편이 어떻게 되는 셈인지는 아랑곳하지 않고, 일의 자초지종을 묻고 어쩌고 할 여유마저 없었다. 그런 장면에서 여인의 체취와 향수 냄새가 코끝을 간질이는 것은 가증스런 감각이었다.

공안원의 안내를 받아 사무실 밖으로 나왔다. 주변을 휘둘러 보았다. 손님들은 다 빠져 나가고 공항 직원들만 어슬렁거리는 게 보였다.

"지금 이 빈 공항에 우리 둘이만 팽개쳐져 있는 건가?"

"팽개쳐진 게 아니라 보호를 받는 거지요. 손님들한테 마취가스를 뿌리고, 의심되는 물건을 짐가방에 넣고 해서 사기치는 꾼들이 극성을 부린대요. 그나마 공안원들이 장이호 씨를 보호해 준 셈이지요. 오히려 감사히 생각해야 돼요."

윤랑시의 말로는 자기가 장이호를 구했다고 했다. 청도 국내기 회사에 근무하는 친구가 있는데 급한 연락이라면서 장이호 이야기를 해서, 전당강 교수에게 먼저 상의하고 공항으로 달려왔다고 한다. 만일 그러지 않았다면 장이호는 공항에서 풀려나 어딘가 호텔로 끌려갔을 것이고, 뒤를 추적한 패거리들한테 갈취를 당하거나 녹진녹진하게 두드려 맞았을 거라고 추리를 했다. 명함 뒤에 적어 두었던 전화번호가 전당강 교수의 것이었는지 윤랑시의 것이었는지는 선명한 기억이 없었다.

"짐가방에 들었던 덩어리는 뭔가?"

"뭐긴 뭐예요, 가짜 마약을 누군가 찔러 넣었겠죠."

"어떻게 알지? 그걸……?"

"진짜 같았으면 자기들끼리 갈라먹었겠죠. 무슨 초친맛으로 장이호 씨를 부르겠어요."

이야기를 듣고 보니 졸고 있는 동안에 누군가가 마약으로 의심되는 덩어리를 가방에 슬그머니 찔러 놓고, 그걸 미끼로 금품 갈취 사기극을 꾸미려 했던 모양이었다. 유난히 졸음이 쏟아지는 것도 그들의 소행일지도 모른다는 의심이 거듭 솟아올랐다. 그러고 보니 누군가 옆에 와서 진한 담배 냄새를 피우며 시치적거리던 게 생각이 나기도 했다.

"그런데, 윤랑시 당신한테는 어떻게 연결이 된 거야?"

"명함 뒤에다가 내 전화번호를 적어 놓았다면서요?"

왜 거기다가 윤랑시의 연락처를 적어 두었는지는 확실한 기억이 없었다. 전당강 교수의 전화번호를 통해 연락이 그렇게 돌아간 것일지도 모를 일이었다. 아무튼 몰아치는 혼란의 소용돌이를 뚫고 나온 것처럼 기억이며 감각이 마구 뒤얼크러졌다.

기왕 나선 길인데 항공편이 있으면 곧바로 서울로 돌아가고 싶었다. 그러나 모든 항공편이 끝났다는 것이었다. 하루를 더 청도에 머물러야 하는 형편이 되었다. 머리는 어수선하고, 기분은 참담했다. 이제는 정신까지 스스로 수습하지 못하는 지경에 이른 것인가. 앞이 아득했다. 사슴을 말이라고 우기는 이 희극은 이천년 전이나 지금이나 동시대적인 발상이었다. 천박한 상것들의 간교함이었다. 가방에 마약을 넣어 놓고, 그 다음에는 어떻게 하려고 그랬을까? 무혐의를 만들어준다는 핑계로 돈을 요구하고, 납치, 린치, 그리고 제거…… 별로 소득이 없는 헛짓일 터인데.

청도 공항에서 윤랑시가 전당강 교수에게 전화를 했다. 전화는 한참 통화중이었다. 윤랑시는 아마 서울로 전화를 하는 중일 거라면서 좀 기다리자고 했다. 서울로 전화를 하는 것을 어떻게 알까. 어쩌면 장이호가 청도에 와 있는 동안, 전당강 교수와 권세영 회장이 어떤 모략을 꾸미고 있는지도 모른다는 생각이 들었다. 그러나 그런 의심을 윤랑시에게 털어놓고 물어보기는 꺼려졌다. 역시 거리가 있는 사이였다.

짐가방은 귀중품이 들어 있는 게 없으면 다음날 공항에 와서 찾아가라 했다. 구구하게 설명을 하기가 귀찮아서 그렇게 하자 하고는 취조실에서 풀려나기라도 하는 사람처럼 사무실을 벗어나 밖으로 나와 심호흡을 했다.

택시를 타고 청도 시내로 다시 들어갔다. 해수욕장이 펼쳐진 석노인(石老人) 풍경구 근처에 새로 지은 동구대주점(東丘大酒店)에서 하루를 머물기로 했다. 일이 묘하게 돌아갈 조짐이었다. 그러나 속된 생각이라는 자책감이 금세 다가왔다. 동구대주점은 동구대학과 함께 문을 연 호텔이었고, 동구대학이 한중교역상사에 넘어가면서 호텔도 함께 한중교역상사에서 인수했다는 이야기를 들었던 적이 있었다. 그러나 그 호텔에 머물 수 있으리라고 생각해본 적은 없었다. 그래서 뜻밖이고 갈피를 잡을 수 없게 일이 꼬인다는 느낌이 가시지 않았다.

"내가 왜 청도에 와 있는지 궁금하지 않아요? 나는 장이호 씨 정말 보고 싶었는데……."

장이호는 전에 전화로 한 차례 연결되었던 적이 있을 뿐 윤랑시와 연락이 끊긴 채 한때 그나마 마음을 주었던 사람으로 치부하고 지냈다. 그렇게 애틋하게 보고 싶다든지 하는 생각은 별로 떠오르지 않았다.

"이 호텔에서, 오늘, 같이 머물면서 이야기도 나누고 그럽시다."

장이호가 냉장고에서 '칭다오' 맥주를 꺼내면서 윤랑시를 훑어보았다.

"나는 다른 동료들이 있어서 안 돼요. 내가 팀장이거든요."

팀장, 동료 그런 말들이 영 낯설었다.

"라운지에 가서 맥주나 한잔 마시다가, 아듀도 하고 그래요."

침대에 걸터앉아 다리를 꼬고 있던 윤랑시는 발딱 일어서서 장이호의 목에 손깍지를 끼고 입술을 더듬었다. 장이호는 스스로 타올라 달려들기는 이미 한 가닥 기력도 남아 있지 않았다. 공항에서처럼 꿈에서나 사랑에 빠져들 수 있을 거라는 한심한 생각이 들었다. 장이호는 윤랑시의 등을 쓸어주는 손끝으로 찬기운이 싸아하니 빠져나가는 느낌이었다.

장이호에게 달려들던 때와는 영판 다르게, 라운지로 옮겨 앉은 윤랑시의 태도는 일상적이고 말씨는 사무적이었다. 장이호 편에서 이야기를 먼저 이끌어내기는 너무나 냉연한 자세로 굳어 있다시피 했다. 맥주를 찔끔거리고 있던 윤랑시가 먼저 말문을 열었다.

"동구대학 재미가 어땠는지 얘기 좀 듣고 싶네요."

"뭐 별로, 거기다가 날 쫓아내는 대학이잖아."

"그래도 좋은 사람 한둘은 있었을 거 아녜요?"

"그런 모양으로 살게 되어 있는지, 내가 만나는 인간들이 하나같이 빌빌거리고 내숭을 떨고 주눅이 들어 주저앉기 직전인 그런 사람들이라서, 별로 이야기하고 싶지 않네."

윤랑시는, 그래도- 하는 표정으로 턱을 쳐들고 장이호를 바라보았다. 당신하고는 그런 타성적인 이야기 말고 달리 들어볼 만한 신선한 화두가 있겠느냐는 식이었다. 윤랑시의 얼굴이 좀 그을어 보였다.

한 해 반이면 그렇게 짧은 시간이 아닌데 특별히 기억에 남는 인간들이 없을 뿐만 아니라, 아 이렇게 사는 것이로구나 하는 느낌을 자아내는 국면도 없었다. 사실 동구대학 한국어문화학과에 모여서 일하는 사람들이라는 것이 패배자의 군상들이라서, 남의 나라에 와서 패자부활전을 치루는 꼴이었다. 다만 예외라면 전당강 교수 한 사람이 있었다. 그는 이중의 잣대로 살아가는 묘한 재미가 있는 인물이었다.

장이호는 같이 지내던 사람들을 대강 더듬어 보았다. 민주화만이 자기에게 맡겨진 역사적 사명이라고 치닫던 운동권 인사들이 한국에서 일자리를 구하지 못하고 청도에 와서 그들이 질타해 마지않던 악덕기업주가 세운 학교에 빌붙어 지내고 있었다. 내둥 참배속 같이 사근사근한 마누라 놔두고 헤겔과 루카치니 그람시니 하는 이론가들의 논리로 머리에 먹물이 잔뜩 든 로자와 사랑에 빠져 나돌다가 채이고 도망온 친구도 있었다. 사랑에 실패한 자의 아련한 사랑타령을 들어야 했다. 프랑스까지 가서 어금니 깨물면서 학위를 받아 왔는데 일하던 대학에 불문과가 문을 닫는 바람에 한국어 강사 자격으로 중국에 와서 빌붙어 사는 잔반(殘班)도 있었다. 노동운동 전력자들, 혁명에 몰두하다가 청춘을 다 날리고 지쳐빠진 패배주의자들은 마오(毛)를 사모해서 청도로 오기도 했다. 혁명에 반쯤 패배한 자들, 남에 대한 배려라고는 파리똥만큼도 없는 노랭이들도 있었다. 이러한 뼬 없는 자들은 국적을 가릴 바가 없었다.

"한마디로 케이지비야."

"러시아 수사기관에서 일한 사람들?"

장이호는 코리안 글로벌 베거스라고 해서 이들을 일괄해 KGB라고 불렀다. 물론 그들 앞에서 그런 이야기를 진솔하게 털어놓을 수는 없는 일이었지만. 한마디로 인생에 패배한 아류들의 집단이었다. 그런데 희한한 점은 아류들이 살아가는 방식을 보면 하나같이 용꿈을 꾸고 있다는 것이었다. 그게 살아가는 원동력이 되는 것이기는 하지만 잔양스러워 느긋하게 바라볼 도리가 없었다. 물론 자신이 그 안에 포함되어 있다는 것 때문에 현실에 거리를 유지할 수 없다는 게 그 원인이었다.

낭야대는 못 가고 '낭야타이'라는 독주만 털어넣으면서 주정하고 푸념하며 시간과 생을 탕진하는 이들이었다. 그러면서 현실적 논리는 수용하지 못하는 병도 지니고 있었다. 그들의 꿈은 화려했던 과거로 치달리고, 아직은 남아 있는 희망의 영토 미래는 점점 폐허가 되어가는 중이었다. 도저히 만날 가망이 없는 활대 사이에서 활시위가 울어대듯 현실에 대한 목소리만 실속 없이 높았다.

정부의 교육정책에 대해서도 곱지 않은 시선으로 비판을 해댔다. 정권이 바뀌면서 영재들의 사회적 역량이 턱없이 강조되었다. 정치 지도자란 이들 하는 말이 그랬다. '똑똑한 놈 하나가 천 명을 벌어먹이는 시대가 도래한다.'

자연스레 똑똑한 놈을 길러야 하는 것이 교육의 기조가 될 수밖에 없었다. 천재교육이니 영재교육이니 나아가 창의성 교육으로 교육의 방향이 물살을 타고 치달렸다. 창의적인 영재 말고는 나라의 장래를 걸머질 인재가 없었다. 영재 아니면 밥도 못 먹는 더러운 세상!을 외치는 코미디 프로가 유행을 탔다. 그때 장이호는 그렇게 말했다.

"간교한 놈들이 세상 휘두른 예는 있지만, 똑똑하지 못한 놈들이 거들먹거리면서 산 역사 기록은 없어."

언제던가 전당강 교수와 같이 어울렸을 때, 진나라 황제를 모시는 신하란 자들이 하나같이 덕이 없는 책략가라서 국가가 오래 버틸 수 없었던 게 아닌가 하는 이야기를 했을 때, 전당강 교수는 그렇게 말했다.

"그들이 책략가라서 그런 게 아니라, 출신성분이 지질해서 그렇습니다."

그 이야기를 듣는 순간, 장이호는 면접에서 회장이 하던 이야기가 떠올랐다. 장이호를 이윽히 바라보고 있던 회장은, 그 어려운 서울대에서 공부했군요, 하더니 잠시 말을 멈추고 있다가, 고생을 많이 하셨겠네요, 그렇게 맥이 닿지 않는 한마디를 던졌다. 장이호는 내가 좋아서 택한 일이기는 하지만, 공부하는 과정에서 역시 참담한 고생을 했노라고 털어놓았다. 그것도 부모 없이 산 역정이 아득하다는 이야기까지 했을 때, 회장은 측은한 눈으로 잠시 건너다보다가는 혼잣말처럼 이렇게 한 토막을 내놓았다.

"가난한 자는 꾀로 살고, 부유한 이는 베푸는 덕으로 재미를 삼지요."

장이호는 잠시 숨이 컥 막히는 느낌이었다. 가난한 자, 꾀바른 놈, 생각해보면 시황제를 둘러싸고 있었던 책사들이란 거개가 신분이 비천하고 가난해서 꾀바른 모사꾼들이 되어 생을 도모했던 이력을 지닌 자들이란 생각이 떠올랐다. 여불위는 물론 장사꾼이었지만, 분서갱유를 주장한 이사는 더없는 촌 가난뱅이 아들이었고, 진나라를 망하게 한 조고는 환관으로 천역에 종사하던 인물이었다. 장군 몽염은 가문이 괜찮은 편이었지만, 천속한 이사와 조고의 모략으로 인해 가문이 절멸한 경우다. 회장은 면접을 하는 날부터 장이호를 가난한 집안의 꾀바른 놈으로 치부하고 있었는지도 모를 일이었다. 그래서 개인적으로 데리고 있는 조수 다루듯이 했다는 생각이 들었다.

영재교육의 중요성을 이야기했을 때, 전당강 교수는 화를 돋구면서 장이호에게 달려들다시피 엉겨붙었다. 평교지만 말만은 상존을 해 왔는데 화계가 흔들리고 있었다.

"유사 이래로, 아니 태고 이래로 영재가 가난한 이웃 벌어먹인 그런 시대는 지상에 없었어. 우리의 위대한 황제 진의 시황제께서 이미 그게 아니라는 것을 알았던 거야. 그래서 용꿈을 꾸었던 것이고, 스스로 신선이 되어 영생하고자 아득한 수평선 저쪽의 삼신산을 그리워했던 것이지. 그런데 그 용꿈이 가난한 꾀쟁이들한테 농락당한 것이 아닌가. 장이호 박사 당신은 어떻게 보셔?"

전당강 교수는 그렇게 얼러대듯이 다가들었다. 그런데 희한하게도 전당강 교수의 그런 이야기가 윤랑시의 입에서 다시 튀어나오는 것이었다. 말하자면 윤랑시는 「사기」에 기록된 내용 가운데 진시황의 마지막 행적을 줄줄 꿰어나갔다. 놀랍게도 장이호가 정리해둔 내용과 정확히 일치하는 것이었다.

서불이 시황제를 위한 불로초 신약을 찾으러 나서기 어려운 이유를 꾸며댔다. 동해에 고래 같은 대어가 살고 있어서 그곳에 접근할 수가 없으니 불로초를 찾으러 가는 이들에게 이 대어를 잡을 수 있는 무기를 소지하게 하여, 대어를 만나면 퇴치하고 신선들이 사는 땅에 접근하게 해 달라는 것이었다. 감히 누구의 얘기라고 안 들을 것인가. 거기가다 시황제는 꿈에 해신과 싸움을 하기도 했다. 해몽사의 얘기로는 해신은 눈에 안 보이기 때문에 대어나 교룡 같은 것이 출몰하면 그게 해신이 나타날 전조이니, 이들을 퇴치해야 바닷길을 무탈하게 헤쳐나갈 수 있다는 것이었다. 이어서 윤랑시는 동의를 구하듯이 이야길 이어갔다.

"그래서 시황제가 직접 나섰다는 거 아닌가요. 그러니까 지금의 연태나 용구가 당시는 지부(之罘)였는데요, 거기서 대어를 발견했고 그 대어를 잡았다고 되어 있잖아요? 그게 황제가 할 일이 아니지요. 할 일이 아닌데 납들면서 하려고 드는 그 무모한 용맹함은 황제의 운과 명이 다했다는 증거인지도 몰라요. 그런 잡사는 황제의 일이 아니거든요. 아무튼 그 대어를 사살한 것이 발병의 원인인지도 모르지요. 그래서 평원진에서 병이 나고 사구라는 데까지 갔다가 거기서 의문의 죽음을 맞이하게 되잖아요?"

윤랑시와 「사기」의 기록의 요약이나 시황제의 죽음에 대한 이야기를 화제로 삼는 것은 전혀 안 어울리는 배합이었다. 그가 언제 「사기」를 읽고 그렇게 자세한 사항까지 뜨르르 알게 되었는지 자못 궁금했다. 그러나 장이호의 생각은 윤랑시와 다른 방향이었다. 대개 이런 생각이었다.

해신이 출현할 조짐으로 나타나는 대어를 잡았다는 것은, 그건 하늘의 별을 땄다는 이야기나 다름없어. 별을 따면 별은 이미 이상의 별이 아냐. 땅으로 추락한 운석이야. 운석(隕石)은 운명(殞命)을 알리는 돌인 셈이지. 진시황이 병이 난 평원진에 그의 아들 부소(扶蘇)가 함께 있었어야 해. 그래야 사구(沙丘)의 평대(平臺)에서 세상을 떠날 때 부소가 옥새(玉璽)를 물려받는 거야. 그런 절차라야 황제의 가통이 제대로 서는데 말이지. 사람들이 황제경영을 고집하는 이유가 그거야. 세상에 자식한테 목숨을 잃기도 하는데 피 한 방울 안 섞인 것들을 어떻게 믿어. 그래도 핏줄 가운데 잘 가르친 놈이 대를 이어야 하고, 그래야 영이 선다는 것 아니겠어? 방사들에게 무기를 갖게 해 달라 한 것은 시황제를 그들이 그 무기로 살해할 수 있게 해 달라는 거나 다름이 없는 일이야. 안 그런가?

"이렇거나 저렇거나 마찬가지 아닐까. 모르지요, 황제경영이 아니라 〈진짜 황제처럼 경영하라〉해도 결국은, 그게 혼자서 되는 일이 아니잖아요? 진짜 황제는 자신의 판단에 달린 것이 아니라 주변 사람들의 관념에 따라 달리 규정되는 게 현실이지 않아요?"

"그래서 진짜라야 한다니까, 황제다운 황제라야 하는 것처럼, 진짜 황제처럼 경영을 해 나가야 한단 말씀이야. 일찍이 그런 생각을 폈던 사람이 있어서 결국 문제가 되었지만 말야."

"그렇겠지요. 본능 차원의 문제인지도 모르지요. 자신의 존재를 연장하는 그 일 말예요."

윤랑시의 이야기는 그랬다. 살고자 버둥대는 것은 본능이다. 죽고 싶다는 타령도 마찬가지다. 죽음이나 생을 무, 네앙 그 자체로 돌리는 것이 아니라, 거기 어느 아스라이 먼 길의 끝자락에 아늑한 세계를 상정하는 것이다. 그리고 그 무풍의 평온한 세계에 달팽이처럼 자기를 말아들이는 것. 전에 윤랑시가 라캉을 들이대던 맥락이 상기되었다. 윤랑시는 아포리즘을 엮어내고 있었다.

오래 잘 살자고 하는 모든 짓은 이데올로기이다. 오래 산 사람의 끝장이 꼭 영광으로 이어지란 법은 없다. 잘 산다는 것은 개인 나름의 가치에 따라 의미가 달라진다.

영생을 바라는 것은 환상이다. 귀신을 만나 씨름하는 짓이다. 어머니라는 여자에게 태어난 자가, 그 어미가 죽는데 어찌 자식이 영생을 할 수 있을 법한 일이던가.

그런데 현실은 본능과 이념과 환상이 맞물려 어지럽게 돌아간다. 환상을 본능으로 치환하는 자들의 삶이 참된 삶이 될 수 없다. 행동에 대한 논리적 검토가 결여되기 때문이다. 영주 삼신산이 도무지 어디 있다던가. 윤랑시는 말을 멈추고 잠시 창밖을 내다보았다. 잠자리 한 마리가 유리창에 앉으려다가는 미끄러지고 앉으려다가는 미끄러지길 반복했다.

"그런데 말예요, 재미있는 일이 있어요. 어느 날 보니까 제가 장 선생님이 할 일을 하고 있지 않겠어요?"

"내 일을 대신한다면? 나는 중국에 있고 거기는 한국에 있으면서, 그런 일이 가능할까?"

서울에서 청도로 일자리를 구해 와 있는 동안 연락이 안 된 것도 그렇지만, 윤랑시를 떠올려 본 적은 거의 없었다. 그런데 일을 대신한다는 것은 도대체 무어란 말인가? 말하는 걸로 봐서는 진시황에 대해 알 만큼은 알고,「사기」를 꽤 깊이 공부한 것 같기는 했다.

"장 선생님 동구대학에서 쫓겨날 줄 알았어요."

"그걸 어떻게, 점점 모를 소리만 하시네."

"그렇겠지요. 그동안 연락을 못한 것은 내 나름 좀 심각한 반성이 있기 때문이었어요."

"반성이라면?"

윤랑시답지 않은 이야기라는 생각이 들어 그렇게 물었다. 자신이 생각한 대로 모든 일이 돌아가도록 주밀(綢密)한 계획을 하고 실천하는 윤랑시라는 것을 장이호는 너무 잘 알고 있었다. 그래서 더욱 윤랑시가 반성이니 그런 이야기를 하는 것은 뜻밖이었다.

사내에서 윤랑시와 회장과 장이호가 그렇고 그런 관계란 이야기가 돌아가고, 전당강 교수가 표절 시비를 걸어오고 할 무렵, 윤랑시는 사표를 내고 말았다. 오해는 그저 단순한 오해가 아니었다. 근거가 있는 오해였다. 감정적으로라도 정리할 것은 정리해야 한다는 생각이 들었다. 회장과 장이호 사이를 오가면서 세상을 농락하는 장난이 오래가면, 그야말로 치정극이 될 판이었다. 윤랑시는 자기가 빠지는 게 두 남자를 풀어주는 유일한 방법이라고 마음을 다졌다.

회장은 자기가 경영의 방향을 잘못 잡은 것 같다고 주춤했다. 진짜 황제도 꿈을 잘못 꾸면 황제 노릇을 하기 어렵다는 것을 알았다면서, 고구려 역사재단에 대한 꿈을 다 접는다는 명분으로 리얼경영을 표방하고 나섰다.

알파벳 REAL로 요약된다는 리얼은 그런 뜻이었다. 물질에 바탕을 둔다 res, 에너지를 극대화한다energy, 공격적 실천의 행동력aggressive, 끝까지 밀고 나간다last는 방침이 리얼경영이라고 윤랑시에게 이야기했다. 윤랑시는 입을 가리고 낄낄낄 웃었다. 그게 그거였다. 왕실이나 황제나 매한가지 아닌가.

"진짜 황제라는 것도 결국은 꿈일 터, 황제가 되면 기존의 황제의 개념에 덧씌워져 정말 황제 노릇을 하기 어려운 것이야. 그래서 중국에 학교를 하나 인수해서 운영할까 하오."

진짜 황제처럼 경영하라는 것은 꿈일 뿐, 황제에 대한 기존 이미지가 씻어지지 않는 것을 알았다고 머리를 쳤다. 책을 쓰는 동안 함께 일했던 기억은 잊어야 한다고, 유행가 투로 말했다. 윤랑시는 자기도 공감한다는 이야기를 하고 일을 청산하기로 했다. 황제 스스로 자신의 관을 벗을라면 그건 보통 사람의 경우 스스로 목숨을 결단하는 정도의 용기를 요하는 사안이었다.

"생각하면 무서운 분이지요."

회장에 대한 윤랑시의 평가가 달라졌다는 것은, 윤랑시 자신이 변했다는 이야기나 다름이 없었다. 너도 보통은 아니다, 나보다 한결 낫다, 그런 생각으로 장이호는 윤랑시를 건너다보았다. 윤랑시가 말을 이었다.

"회사를 그만두는 것은 어렵지 않았어요."

그런데 할 일이 없어 맨숭맨숭 시간을 죽이면서 집안에 처박혀 지내기가 죽기보다 어려웠다. 마침맞게 회장실에 자주 드나드는 자문교수 가운데 역사학을 하는 이가 있었다. 시간이 되면 점심이나 같이 하자고 하도 졸라서 핸드폰 번호를 알려준 적이 있는데 드디어 전화가 왔다. 인문학 하는 이들이 가난이 들어서, 〈CEO를 위한 인문학최고과정〉을 개설한다네. 내가 거기 강의를 하게 되어 있는데 윤랑시 대리 자네도 와서 듣소. 그러면서 회장이 윤랑시를 극구 칭찬하더란 이야기를 중언부언 늘어놓았다. 때를 알아서 자리를 내놓을 줄 아는 감각이 사랑스럽다고 칭찬했다는 것이었다.

"수강료가 꽤 될 텐데요."

"자기교육에 투자를 해야 해, 젊었을 때 말이지. 그래도 한 과정 끝나면 일거리가 생길 수도 있고 하니 들어 두어요. 권 회장 얘기도 그렇게 하는 게 좋겠다던걸."

권 회장을 들먹이는 게 수상쩍기는 했지만, 윤랑시는 무어든지 일거리가 있어야 한다는 단순한 생각으로, 그 과정에 등록하게 되었다고 했다. 과정 수료를 위해서는 논문을 제출하게 되어 있었다. 윤랑시는 전에 장이호에게 자료를 만들어 주는 과정에서 읽은 것도 있고 해서 「진시황의 순행과 그 사상적 기반」이라는 제목의 논문을 제출했다. 웬만한 학위논문보다 낫다는 평을 들었다. 진시황의 순행과 영생에 대한 꿈은 사실 장이호가 쓸 예정인 평전에서 심도있게 다루고 싶은 테마였다.

"정말 내 하는 일마다 찾아다니며 망치는 거야?"

"그런데, 일이 되려고 그랬는지……기회가 찾아왔어요."

제주도 서귀포에 〈서복역사관〉을 세우는 데에 진시황의 순행과 불로초 구하기에 대해 잘 아는 전문가가 필요하다는 것이었다. 그리고 중국과 한반도의 거래와 교역에 대해서는 한중교역상사에서 훤히 알고 있을 터이니 거기서 사람을 천거해 달라고 연락이 왔고, 아직은 연락을 끊지 않고 지내는 총무과 직원이 그 내용을 윤랑시에게 전달해 주었다고 했다. 전문과정 담당교수의 추천까지 있어서 서복역사관 콘텐츠 담당으로 일을 시작하게 되었다는 것이었다. 그래서 윤랑시가 서불유적 답사를 왔다가 돌아갈 준비를 하는 중이라고 하면서 장이호 옆으로 엉덩이를 붙이고 다가앉았다.

"이게 인연이라면 우리 인연 참 희한하네."

장이호는 '서복역사관' 저건 틀린 것이다 하는 생각이라고 고개를 가로저었다.

"마담 윤이 아는 것처럼, 「사기」라는 책에 분명히 서불이라고 되어 있는데 왜 서복이라고 자꾸들 우기는지 모르겠어."

그동안 궁금했고 기회가 되면 고쳐야 한다고 생각했던 것을 윤랑시에게 털어 놓았다. 전에 한중교역상사에서 함께 일하던 기억이 되살아났다. 윤랑시가 자료를 찾아오면 그것으로 사건을 얽고, 경영 마인드는 칠해 넣고 하던 그 일, 그 과정은 인간관계를 형성하는 하나의 범례나 다름이 없었다. 그래서 장이호는 일에 빠져들 수 있었다.

"서복과 서불을 같은 사람으로 보아야 한다는 전제가 문제가 있지 않아요?"

"한국에서는 교수들도 다 그러지 않던가."

"남의 탓 해서 뭐가 득이 된다고…… 교수 탓을 하기는요."

윤랑시는 입을 삐죽하면서 장이호 허벅지를 가볍게 꼬집었다. 윤랑시의 그런 모습에 이전의 귀염성이 그대로 살아 있었다. 손에 틀어쥐고 볼에 부비고 싶도록 귀염성 있는 윤랑시가 전당강과 어울린다는 것은 일종의 모욕감을 자아내는 행동이었다. 장이호는 이야기 방향을 돌렸다.

"중국에서는 혼자 돌아다녔나?"

"혼자 다니다니요, 나 미치지 않았어요."

"그럼 누구랑?"

"적과 동지의 구분이 원래 없는 법이잖아요. 전당강 교수라면 혹시 알라나 모르겠네요. 그분이 제 패트론이거든요. 몰랐지요?"

윤랑시라는 사람이 보통내기가 아니라 언제든지 적으로 표변할 수 있는 카멜레온을 닮은 인간이었다. 그렇다면 장이호가 표절 시비에 걸린 것이나, 동구대학으로 오게 된 것, 동구대학에서 쫓겨나게 된 것 사건의 굽이마다 윤랑시의 입김이 작용한 것이라는 의혹이 살모사처럼 고개를 들었다.

청도에 와서 얼마 안 되었을 때였다. 한중인문사회학회에서 학술대회를 하는데, 역사 분야 발표자가 없어서 백방으로 구하는 중에 연락을 했다면서, 꼭 들어 주어야 한다고 후배가 목을 매고 달려들었다. 연락처를 어떻게 알았느냐는 질문에 답은 하지 않고, 이런 기회를 이용해서 논문 하나 얻으라고 강요하다시피 했다. 그래야 한국에 돌아갔을 때 어디 서류라도 내밀어 볼 수 있게 된다는 것이었다.

마지못해 응락을 하기는 했는데 전체 주제가 한국과 중국의 역사인식과 국가전략이라는 것이었다. 그러면서 동북공정 이야기는 가급적 피해 달라고 조건을 달았다. 그래서 진나라 시황제의 이상주의적 정치철학에 대해 이야기를 하기로 했다. 발표 과정은 매끄럽게 잘 나갔는데 결론이 앞부분의 순조로운 논리 진행을 뒤엎어 버렸다. 장이호의 발표 요지는 이랬다.

"진시황의 천하통일은 그가 용꿈을 꾸도록 촉구했고, 결과적으로 자신이 용이 되어 신선의 나라에 노닐고자 했습니다. 그러한 절대를 상정하는 이상주의가 동북공정에 보이는 정책과 맥이 닿아 있다는 것은 일개 학자의 주관만은 아닐 것입니다. 스스로 황제가 되는 꿈을 꾸는 모든 기획은 위험요소를 내포하게 마련입니다. 그리고 그것은 필연적으로 모든 남에게 심각한 타격을 가하게 됩니다."

뒷날 전당강 교수가 장이호를 불러 논문을 보자고 했다. 시빗거리로 삼자는 뜻은 전혀 없다는 전제가, 이건 문제 중의 문제라는 말로 들렸다. 전당강 교수는 중국에 와 있는 한국인은 학문의 윤리와 정치적 힘의 자장이 맞물려 있다는 것을 분명히 인식할 필요가 있다면서, 전에 대만에서 정치 얘기 않는 것이 예의였던 것처럼, 중국의 현실을 감안하라는 충고와 우려를 표명했다.

그런 일이 있은 직후, 공교롭게도 한중교역상사에서 동구대학을 인수했다. 공교롭기보다는 권세영 회장의 리얼경영이 그대로 주효한 결과였다. 동구대학을 인수하자마자 구조조정에 들어갔다.

대학 운영이 너무 방만하고 질낮은 교육서비스를 개선하지 않으면 대학이 살아날 길이 없다는 운영지침이 만들어졌다. 우선 교수진을 정리할 필요가 있다고 했다. 강사급부터 정리하라는 원칙이 섰다. 그 원칙에 학문적 발언이 정치성을 띠는 자를 우선 정리한다는 항목이 포함되어 있었다. 장이호가 그 원칙에 저촉되는 첫 번째 인사가 되어 버린 것이다.

전당강 교수가 자기 패트론이라니. 말이나 되는 소리인가. 그렇다면 윤랑시라는 여자와 전당강 교수는 어떤 사이인지 의심을 안 할래야 안 할 수가 없는 형편이었다. 둘이 짜고 그런 맥락에 자기를 집어넣고 흔든 것 같았다. 이들의 손에 놀아난다는 느낌이 엉켜왔다. 그러나 잊기로 작정을 한 지금 다시 그 이야기를 곱씹을 이유는 없었다. 화제를 돌리고 싶었다.

이미 윤랑시가 언질을 하기도 했지만, 그동안 궁금해 하던 것을 윤랑시에게 물어보고 싶었다. 제주도에 갔다는 방사가 서불인가 서복인가 하는 것이었다. 윤랑시는 그게 무슨 문제가 되느냐는 듯이 이야기를 꺼냈다.

"문제를 푸는 것은 간단해요. 서복과 서불이 같은 사람이라는 기록이 어디 있던가요? 없지요? 그러면 서복은 중국 남쪽 영파나 전당 같은 데서 일본으로 건너가서 정착했고, 서불은 낭야나 봉래 같은 데서 제주도로 왔겠죠. 그리고 중국에 돌아가야 황제의 칼날에 목이 날아갈 게 뻔한데 한반도에 주저앉은지도 모르지요. 보통 한국에서 서시과차, 서시가 이곳을 지나갔노라 하는 것을 근거로 중국귀환을 추정하는데, 거기서 살았다는 이야기가 없을 뿐이지 중국으로 돌아갔다는 확증은 없지 않아요? 그리고 왔다가 간다는 것이 출발지로 돌아간다는 것을 전제하지 않는 한 그의 행방은 몰라요. 그런데 서불과 서복을 동일인물로 보는 데서 해결의 실마리가 안 잡히는 거 아니겠어요. 역사에서 가정이, 이프가 위험하다고 하지만, 가정 없는 추론이 얼마나 무린데요. 서복과 서불은 다른 사람일 거예요."

윤랑시는 그 이야기 끝에 맥주잔을 들어 장이호 잔에 부딪쳤다.

그럴듯한 이야기였다. 그러면 서복이라는 이름의 기록과 서불이라는 이름의 기록을 조사하여 비교, 대조해 보아야 할 일이었다. 사실 장이호 자신은 서불이라는 이름만을 인정하고 있었다. 사기의 기록 외에는 그 인물에 대해서는 자세한 조사를 한 적도 없고 다른 참고문헌을 살핀 기억도 선명치 않았다.

"그러면 한국에서는 일본과 달리 서불기념관이나 그런 식으로 이름을 붙여야 하지 않나?"

윤랑시는 장이호를 측은한 눈으로 바라보았다. 현실을 몰라도 너무 모른다는 눈치였다. "먹고 살기 위해서는 주장을 접어야 하는 경우도 있잖아요." 하면서 말을 이었다.

"이번 조사는 힘도 들고 재미도 있고 그랬어요. 진시황 순행지 가운데 해변은 한 군데도 빼지 않고 다 답사를 했거든요. 왕희지의 난정이 있는 회계산, 고려관이 있는 영파, 서호가 있는 항주, 거기는 전당강도 있잖아요. 그리고 청도 요 옆에 있는 낭야대, 좀 올라가서 성산, 봉래각이 있는 연태, 거기는 지부산 지역이지요, 그리고 지금의 어디던가……, 진황도라고 하는 갈석산 그런 곳을 다 둘러보았어요. 진황도에서는 시장도 만났어요. 아마 제주와 결연이 되면 진황도 시장이 제주에도 올걸요."

"대단하군. 그래서 얻은 결론은 뭐요?"

"하나는 한국이 좋은 나라라는 것이고, 불로초가 있고 신선이 사는 나라, 몽골 사람들이 솔롱고스, 무지개 나라라고 말하는 것처럼 무지개가 피어나는 나라니까요. 다른 하나는 사람이 덕을 갖추기 위해서는 인간적 품위를 손상하지 않을 만큼은 부유해야 한다는 것인데요, 가난하고 머리 좋은 사람들의 생애 끄트머리는 대개 불행하다는 것을 알게 되었어요. 서복이나 서불도 그런 사람일 것이고, 진나라의 시황제도 그 범주를 벗어나지 못하는 거 같아요."

장이호가 기대했던 것과는 전혀 다른 방향으로 치달아가는 대답이었다. 자기 한 일에 대한 긍지를 그렇게 합리화하는 것인가 싶기도 했다. 그러나 놀라운 것은 장이호 자신이 그동안 생각을 거듭한 내용을 윤랑시가 반복하고 있다는 점이었다. 그것이 의식의 동질성인지 인격적 넘나들기인지는 판단이 서질 않았다.

"사마천의 사기에 바탕을 둔다면 그렇게 불 수 있을 법한데, 꼭 그럴까? 개인 차원에서 가난을 극복하는 예도 있지 않겠어?"

결정론을 피하고 싶은 생각에서, 인간의 운명은 스스로 만들어간다는 생각을 자주 하곤 했다. 그런데 어떤 때는 그게 자신을 위한 변명은 아닌가 하는 의문의 먹구름이 일었다.

"누구나 자기의 약점이 포함된 논리에는 약해지는 거예요. 장 선생님도 약점을 다치기 싫어서 그렇게 방어를 하는 거 아닌가 다시 생각해 보세요. 그런데 잘 먹고 잘 사는 사람이 무슨 멋으로 철학을 공부하고 역사를 연구하고 그러겠어요?"

"어디서 듣던 소린데…… 그거."

"어디서는, 권 회장님한테 들었겠지요."

"아무리 그래도 그렇지, 아예 인생에 대한 전제까지 같아지나, 배가 그렇게 맞을 수가?"

"배짱 안 맞는 비서 데리고 일하는 회장 봤어요? 어쩜 그렇게 옹졸한 구석으로만 생각이 돌아가요?"

장이호는 가볍게 웃었다. 드 삐삐에르에 드나들던 일들이 떠올라서였다. 한때의 불장난이었지만, 애잔한 향기를 더불고 다가오는 그림이었다. 아내에게서는 느끼지 못한 넉넉하고 청신한 매력을 윤랑시는 지니고 있었다. 그러나 그러한 감정을 잘게 쪼개볼 생각을 한 적은 없었다. 윤랑시의 말이 맞는다는 생각이 들었다.

"그나저나 일이 이렇게 되었으니, 한국에 돌아가면 서복역사관에 오세요. 학예사를 구하고 있는 중이걸랑요. 어차피 우리는 동업을 하고 있지 않았던가요? 뭐랄까 권 회장의 꿈을 이루게 하는 데 봉사하는 동업자들. 그 그늘을 벗어나야 해요. 그게 우리들에게 주어진 당면 과제인지도 모르지요."

"그게 나를 구한다는 뜻인가?"

"맘대로 생각하세요."

"나랑 일하면 다시 의기투합이 될까?"

"아직도 그런 생각하세요? 난 다 잊었는데. 아무튼, 서복역사관에는 장 선생님이 적임자예요. 대안은 없으니 그리 아세요. 나랑 배를 맞출 일은 없을 거예요. 다만, 이미 행정 차원에서 다 결정이 난 서복역사관을 서불역사관으로 고쳐야 한다고 고집하지 말고요."

만약 한국에 돌아가 일자리가 생기면, 그동안 모았던 자료를 가지고, 진시황 평전을 쓸 만하겠다는 생각이 들었다. 그렇다면 서울로 돌아갈 이유가 생긴 셈이었다. 아내한테 사기꾼이라는 그 끔찍한 이야기는 안 들어도 될 것 같았다. 윤랑시가 일어나서 뽀얗고 손가락이 긴 손을 살랑살랑 흔들어 인사를 했다. 제주에서 만나요, 아 비엥또, 하면서였다.

문을 밀고 나가는 윤랑시의 뒷모습을 보는 순간, 책상에 엎어져 교정지를 붙들고 씨름하고 있을 아내의 얼굴이 공중에 떠서 다가왔다. 그리고 애들의 얼굴이 눈앞을 스쳤다.

눈을 들어 하늘을 보았다. 핑그르르 돌아가는 현기증 너머 아득한 수평선이 펼쳐져 보였다. 아내는 제주 조천이 고향이었다. 서불 일행이 떠오르는 아침해를 맞았다는 전설이 있는 고장이다. 혹 아내의 핏속에 서불의 유전자가 살아 있는지도 모를 일이었다. 유전자의 세계에서 어디까지가 동시대인지는 모르지만. 아내와 아이들의 얼굴을 덮어 흐리면서 아득한 물너울이 끝없이 밀려오고 있었다.

# 도도니의 참나무

그가 답답하기 짝이없는 비행기, 루프트한자 이코노미 좌석에 몸을 의탁하고 앉아 이런 긴 글을 쓰는 까닭은, 그리스에서 그 일을 당한 후 어떤 운명의 추적에 쫓기는 듯한 강박감 때문이다. 한국에 돌아가면 이런 글을 도저히 못 쓸 것 같은 예감이 들었다. 먼지가 덕지덕지 앉은 일상에 매몰되어 허우적거리다 질식하고 말 것만 같았다. 한국의 지지부진한 현실도 문제거니와 세계가 돌아가는 정황이 전망을 해볼 도리가 없이 급박하게 전개되기 때문에 어떤 글을 써도, 당시 몇 사람이 눈여겨보는 이가 있다면 다행이지만 결국 금방 휴지가 되어 버릴 판이었다.

허름한 항공기 치고는 기내식도 맛깔스럽고 와인과 독일 맥주도 제격이었다. 그러나 무념무상으로 지나가기는 형벌처럼 주어지는 열 시간이었다. 장르가 어떻게 되든지 기록을 남기는 것이 형벌의 시간을 처결하는 최선의 방법이었다. 마지막 남은 불꽃 같은 이 열 시간 안에 그리스에서 겪은 일을 기록해서 구정을 내야 한다. 이 시간과 공간으로 한정하는 일, 괄호를 치는 일 그것만이 위기감과 조급증이 뒤섞인 복잡한 감정을 처리하는 유일한 방법일지도 몰랐다.

심한 갈증이 몰려왔다. 스튜어디스를 불러 맥주를 한 캔 청했다. 안전벨트를 풀어도 좋다는 방송이 나오자마자 맥주를 신청하는 승객을 흘금 쳐다보는 눈초리에 훈련된 웃음으로는 가려지지 않는 비웃음이 배어 있었다. 노이바서(Neuwasser)라는 명찰을 단 독일 여성이었다. 한국으로 친다면 아마 '새샘' 정도가 되리라. 스튜어디스가 맥주를 가져왔을 때, 당케 쇤, 고맙다고 했더니, 제어 굿! 얼굴 표정에 아무 변화 없는 답례를 했다.

그는 지난여름에 친구들과 배낭여행으로 그리스를 다녀갔다. 친구의 아버지 박연학 사장의 초청이었다. 아들과 함께 졸업을 앞둔 친구들을 초청했다. 박연학 사장은 그리스에서 올리브유를 수입해서 국내에 보급하는 일로 꽤 돈을 모았다고 했다. 아테네와 그 근처를 돌아다녔는데, 일정에 수니온이 포함되어 있었다. 박 사장의 차를 운전하는 기사는 수니온의 노을을 꼭 보라고 강권하다시피 했다.

"가슴에서 피가 끓어오르는 시절에 노을을 봐 두어야, 그 빛깔이 얼마나 선연하고 황홀한지 알 수 있답니다."

영국의 시인 바이런도 수니온의 노을에 미쳤다면서, 수니온의 노을을 보면 사람이 한번 환생한다고 엉너리를 쳤다.

수니온으로 가는 길은 가히 환상적으로 아름다운 풍경을 자아냈다. 아테네 시내를 벗어난 차는 글리화다를 지나면서 오른쪽에 해안을 끼고 남쪽으로 달렸다. 그 해안은 굽이가 많고 물은 맑아 바닥이 훤히 들여다보였다. 길이 굽이를 돌 때마다 나타나는 마을은 올리브나무가 잎이 무성하게 어우러져 있었다. 한마디로 절경이 연속되는 풍경에 그들은 벌린 입을 다물지 못했다. 해안 언덕에 작은 마을들이 그림처럼 자리를 잡고 있었다. 어떤 데는 바다가 만곡(彎曲)을 이루어 산자락 밑으로 들어와 있는 아늑한 포구에 집들 몇 채가 옹기종기 자리잡고 있어서 전설에나 나옴직한 낙원의 어느 한 모퉁이를 보는 듯했다.

"이런 마을에 와서 살려면 어떻게 해야나?"

"간단해. 그리스 여자랑 결혼하는 거야."

친구 박일용의 제안이었다. 여친 안젤라와 결혼 결정을 하지 못하고 어정쩡하니 떠나온 것을 알기라도 하는 것처럼 이야기가 나왔다. 안젤라는 그의 아버지 안인교 씨가 프라하에서 한국에 유학온 여자와 관계를 가져 낳은 딸이었다.

"우리집 순혈주의를 어떻게 깨라고?" 진정일은 아버지 진한순의 순혈주의에 머리를 내둘렀던 터였다. 외국여자 데리고 사는 사내놈들, 미친 것들 아니냐는 식이었다. 그래서 진정일이 안젤라를 만나는 것을 끝내 못마땅해 했다.

"그리스로 유학 가라고. 학자금 없겠다, 얼굴 반듯한 여자애들 드글거리겠다, 완전 땡이다."

"그렇지 않아도 안젤라가 프라하로 가면, 파리쯤 어디든지 유럽에서 같이 살 작정이야."

"아직도 안젤라야? 동구 출신은 자유를 몰라. 우리 아버지는 노상 그러는데, 그리스 여자랑 결혼하지 못한 게 평생 후회래, 엄마가 잔소리 해대면 발등을 찍고 싶다나."

그러면서 박일용은 동유럽은 제쳐놓고, 그리스로 가라는 주장을 폈다. 그리스 가서 공부하면, 유럽 문화의 정통 뿌리를 배울 수 있다는 이야기를 하기도 했다. 그리스를 공부해서 중역(重譯)으로 나오는 그리스 문학과 문화전적을 원어에서 번역해 내면, 그걸로 밥벌이도 충분하다는 현실적 제안까지 하는 것이었다.

그는 내심 속으로 손뼉을 쳤다. 그가 그리스로 유학을 가볼까 생각하게 된 동기는 사실 단순했다. 외국여자는 절대 금물이지만 외국 유학은 절대 지지를 보내는 아버지의 뜻을 따르기로 한 것이었다. 아버지 진한순 씨가 퇴직을 앞두고 있어서, 네가 공부에 뜻만 있으면야 뒷바라지하는 건 문제도 아니다, 그런 약속을 받아 두기까지 했다. 그러면 문제의 매듭이 양쪽으로 풀리는 셈이었다. 유학과 결혼이라는 두 개의 매듭.

친구 박일용은 남의 얼굴에서, 안에 돌아가고 있는 속내를 정확하게 포착해내는 더듬이를 가지고 있었다. 진정일은 박일용의 우정어린 이해가 고맙다고 생각했다.

"박일용, 너가 내 속을 훤히 꿰고 있네."

"우리 아버지 그양반 기름장사잖아, 기름장사 아들의 매너 어디 갈까."

"대학원 진학은 접어둔 거야?" 진정일이 박일용을 향해 물었다.

"나는 선박에 승부를 걸어볼 참이야……." 박일용이 포부를 늘어놓았다.

그리스가 선박의 나라라고 하지만, 대형 선박과 크루즈선 같은 걸 빼면, 소형선박은 눈을 안 주는 형편이고, 앞으로 경제가 좋아지면 개인의 소형선박이 불티나게 팔릴 것이라는 게 박일용의 진단이었다. 그러나 진정일의 눈에는 그렇게 비치지 않았다. 그리스 사회의 앞날이 좀 불안해 보였다. 사회 기반시설이 취약하고, 선박의 나라라고는 하지만 장사의 요령을 잘 모르는, 일테면 원시적 경영을 하는 것이었다. 그리고 국민들의 낙천적 기질은 근면성이 떨어지게 하는 요인이 되었다. 거기다가 부정부패가 심하고 빈부격차가 회복불능의 운명처럼 족쇄가 되어 있었다.

"그리스에 유학 갈라면 준비는 어떻게 해야지?"

진정일은 친구 박일용에게 그리스 유학 절차 등을 자세히 물어보았다. 박일용은 자기도 그리스의 제도와 연관된 사항은 잘 모른다면서, 사람을 소개할 터이니 그를 만나 보라고 제안했다. 진정일은, 그렇게 하자 하고는 졸업논문이며 학교 동문회 일이니 해서 바삐 돌아가는 통에 얼마간 잊고 지냈다.

대학원 전기모집이 끝나갈 무렵해서 안젤라가 전화를 했다. 불만 섞인 목소리였다.

"우리 뭔가 진전이 있어야 하는 거 아냐?"

"프라하행이나 잘 준비해."

"정일 씨는?"

진정일은 잠시 멈칫했다. 생각해보니 삼십으로 넘어가는 고개 위에 아무 대책 없이 서서 어정거리고 있었다. 그리스 유학을 준비하는 중이라는 이야기는 자신있게 내놓기가 어려웠다. 두 해 재수하고, 군대 현역으로 꼬박 다녀오고, 그리고 휴학하고 세상 구경한다고 한 해를 보내고 나서 졸업을 기다리는 시점에 이를 때까지 아무 준비가 되어 있는 게 없었다.

"결혼하기 전에는 유학 꿈도 꾸지 말래."

"그게 말이 돼? 결혼을 하라는 거야 말라는 거야?"

"결혼하고 유학가야 인생 맛이 어떤지를 안대나."

진정일은 그 시점에서 친구 박일용을 떠올리게 되었다. 목표는 구태여 그리스가 아니라 유럽이었다. 박일용과 연락하고 만나서 그리스 유학 준비 도와줄 사람을 소개받기로 했다.

사실 말이 졸업이지, 실업자의 생활이 시작되는 출발선에서 잔뜩 긴장하고 있는 게 졸업생들의 정황이었다. 그리스 발칸학과를 졸업하고 갈 데가 마땅치를 않았다. 그래서 생각한 것이 그리스에 가서 해양사(海洋史)를 공부하는 쪽으로 방향을 잡고, 유학을 준비하기로 한 것이었다. 적극적인 도피는 아니지만 도피의 성격이 없는 바 아니라서 마음이 편치 못했다.

거기다가 지금 사귀고 있는 여자 친구 안젤라도 구석구석 마음에 걸렸다. 얼마나 오래 관계를 지속할 수 있는지 의문이 들었다. 함께 유럽에 가서 공부하고 뭣하면 아예 유럽에서 자리를 잡자는 계획이었다. 자꾸만 왜소해지는 가운데, 만날 때마다 주머니에 들어 있는 현금을 확인해야 하는 형편이기도 했다.

그리스는 역시 먼 나라였다. 유럽이라고는 하지만 한국 사람들에게는 오지나 다름이 없었다. 그리스 여행을 다녀온 사람은 많아도 그리스를 제대로 아는 사람은 별로 없었다. 겨우 관광을 다녀온 이들이 기막히더라고 감탄하는 글을 인터넷에 올린 게 고작이었다. 서양사에서는 그렇게 화려한 페이지를 장식하는 그리스지만, 뜻밖으로 한국과는 교류가 활성화되어 있지 못했다. 현지 대학 사정에 대해 자세히 아는 사람도 많지 않았다.

이런저런 정보를 검색해 보았지만 그리스 유학에 별반 도움이 못 되었다. 그리스 현지 대학 사정을 잘 아는 사람을 찾던 중에 박일용이 소개한 사람이 고인덕 박사였다.

고인덕 박사는 박일용의 부친이 사업상 통역도 부탁하고, 그리스와 대외관계를 하는 데 비서 겸 상무처럼 일을 하는 여성이었다. 모 대학에 서양 고대사 강사로 출강한다는 이야기도 있었다.

"그리스 유학가려고 머리가 회까닥 돈 친구가 있는데, 한번 만나서 도와주세요."

박일용이 고인덕 박사에게 그렇게 청을 넣었다.

"어머 정말? 듣던 중 반가운 소리네."

고인덕 박사는 그리스에 공부하러 가겠다는 사람이라면 도시락 싸들고 다니면서라도 봉사를 하겠다고, 선뜻 좋다고 응락했다. 자기 후배가 끓기게 생겼는데 잘 되었다, 스스로 달아올랐다.

진정일에게 고인덕 박사를 만나게 해 준다고 하면서, 박일용은 석연치 않은 이야기를 했다.

"이것도 말하자면 남녀관계니까 너무 따라붙으면 안 돼. 아마 누님 같은 역할, 아니면 대모 같은 역할을 해줄 거야."

박일용은 그렇게 말하면서, 진정일에게 의미있는 웃음을 던졌다. 진정일은 안젤라에게 연락해서 같이 나갈까 하는 생각도 했다. 그러나 안젤라에게 미리 이야기할 게제는 아니었다.

그리스 고대사를 전공했다는 고인덕 박사는 이제 40대 초반에 들어선 여성 학자다운 지적 분위를 물씬 풍겼다. 말씨는 절제되어 있으면서도 거침이 없었다. 아마 대학에서 학생들을 가르치는 중에 그런 태도가 길러졌을 것이라 짐작이 되었다. 박일용이 이야기한 대로 풀네임에다가 학위를 붙여, 고인덕 박사님이라 부르기로 했다. 그렇게 부르기로 한 것은 아무래도 진정일 편에서 거리두기를 하자는 방책이었다. 일종의 억압감 같은 것이 착색되어 있기도 했다.

진정일이 고인덕 박사를 만나는 날이었다. 진정일이 먼저 알아보고 인사를 건넸다.

"제가 진정일인데요, 바쁘실 텐데 시간 내시라 해서 죄송합니다."

"어느 시인 말대로 한 사람이 온다는 것은 엄청난 일, 엄청 즐거운 일이지."

정현종 시인의 시구절이 포함된 대답이었다. 그렇게 즐거울까? 진정일은 자신이 무엇으로 다가가는가 하는 의문이 들었다.

"그리스에 유학가고 싶은데 박사님께 도움 청할 일들이 있어서요."

"잘되었네. 늙은이들 만나는 거 진력나던 판인데."

고인덕 박사가 진정일의 손을 잡고 손등을 쓸어 주었다. 손이 거칠게 느껴졌다. 진정일은 고인덕 박사가 얼굴에 젊은 윤기가 흐른다는 생각을 하면서, 지금 사귀고 있는 여자 친구 안젤라의 얼굴을 떠올렸다. 그저 떠올리는 것이 아니라 안젤라가 저 나이가 되면 얼굴이 어떻게 바뀔까 하는 생각을 했다. 그보다는 고인덕 박사가 파고들면 어떻게 하나 겁이 나기도 했다.

"우리 연구실 조교, 인사해요."

진정일은, 연구실 조교 치고는 엉터리라는 생각을 하면서 상대방을 훑어보았다. 머리가, 볶은 건지 손질을 그렇게 한 건지 알 수 없는 없으나 부글부글한 펑키 스타일로 흩어져 있었다. 거기다 눈이 약간 헤풀어져 보였다. 그러나 오히려 그 풀린 눈이 깊은 사색에 빠지는 듯한 분위기를 자아냈다. 강사로 나가는 사람이 왜 연구실 조교를 달고 나왔을까, 그런 의문이 들었다.

고인덕 박사가 먼저 연구실 조교를 소개했다.

"이 친구, 빈정만, 이름처럼 좀 빈정거리지. 하지만 사람이 속은 깊어. 괜찮은 놈이야."

고인덕 박사가 연구실 조교를 추켜세우는지 자기 손으로 주무른다는 것을 과시하는지 알기 어려운 투로 소개를 했다. 거기다 장단을 맞추기라도 하듯,

"이름이 빈정거리는 놈이라 송구스럽습니다." 허리를 굽혔다 펴면서 손을 내밀어 악수를 청했다. 그런 식으로 서슴없이 인사를 건네오는 게 오히려 마음이 편했다.

고인덕 박사가 진정일을 만나 처음 던진 질문이 이런 것이었다.

"그리스에 관심을 가지게 된 계기는?"

"수니온에 다녀오면서, 해변 마을이 너무 아름다워 홀딱 반했어요."

"이 친구 미쳤나봐, 풍경에 반했다고 거기로 유학을 가?"

진정일이 고인덕 박사를 불쾌하다는 듯 째려보았다.

"우리 교수님 말투가 그래요." 빈정만이 나서서 고인덕 박사를 거들었다.

"풍경은 거기 사람이 깃들어야 역사 안으로 들어와."

풍경과 역사를 직접 연결하기는 좀 버거웠다. 하기는 아무런 이야기거리가 없는 광막한 벌판은 사람을 매혹할 연유가 없는 셈이었다.

"미쳐야 한다구, 영국 낭만주의 시인 바이런이 수니온에 미쳐서 신전 기둥에 자기 이름 새겨 놓았던 것처럼이라도 말이지."

"차츰 미치겠지요."

"지금, 당장 그리스에 미쳤느냐고 묻는 거야." 빈정만이 고인덕 박사의 말에 토를 달았다.

"어느 대학에 가서 무얼 공부하고 싶은데?"

"그리스 섬의 역사를 공부하고 싶습니다."

해양사를 공부하고 싶다는 이야기가 그렇게 나왔다.

"섬의 역사라?"

고인덕 박사는 잠시 고개를 갸웃했다.

"그리스 섬사람들이 살아간 역사라면 몰라도……."

고인덕 박사는 혼자 자문하듯 말꼬리를 안으로 말아들였다. 빈정만을 쳐다보면서,

"자넨 그리스 민주화 역사를 공부한다고 했던가?" 하고 물었다.

"그렇긴 합니다만, 요새는 개판 민주주이라서, 스킬로스 데모크라시랄까, 혼돈의 민주주의랄까, 재미 없어요." 공부보다는 다른 데 관심이 가 있는 듯한 느낌을 자아냈다.

빈정만은 주머니에서 담배를 한 가치 꺼내, 진정일에게 건넸다. 진정일이 안 핀다는 뜻으로 손을 저어 보이자, 고인덕 박사에게 돌려주고 라이터로 불을 붙여주었다. 맞담배질을 하는 사이라는 게 범연치 않다는 느낌이었다.

"박사님이 그리스 고대사를 전공한 이유는 뭐죠?" 진정일이 물었다.

"왜 그리스였냐는 뜻이지?" 고인덕 박사가 진정일을 향해 반문했다.

그런데 그리스를 택해서 유학간 이유는 의외로 간단했다. 먹여주고 재워주고 그리고 장학금을 주어 공부할 수 있게 해 준 나라가 그리스라는 것이었다. 당시 외국인 데려다가 공짜로 공부할 수 있도록 해 주는 나라가 흔치 않았는데, 그리스를 골랐을 따름이라 했다. 막상 그리스에 가서 공부하다보니까 현대 정치니 사상이니 하는 것은 너무 어지럽고 분파가 심해서, 그런 것과는 상관이 적은 그리스 고대사를 택했다고 했다. 물론 공짜라는 데 힘을 주어 말했다.

"진정일, 자네 그리스에 어떤 대학들이 있는지 아나?"

진정일은 잠시 그리스에 대학이 어디 있던가를 짚어 보았다. 그리스에서 아테네대학 말고 달리 기억되는 지방대학이 없었다. 그리스어를 공부하면서, 데살로니끼라든지 그런 도시에 대학이 있다는 것은 겨우 들었는

데, 이상하게도 그리스의 지방대학은 기억나는 게 없었다.

"이와니나 대학이라고 들어봤나?"

진정일이 고개를 옆으로 저었다. 고인덕 박사가 이야기했다. 이와니나 대학은 에피루스 주도에 있는 대학인데, 한국에 잘 알려지지 않은 명문대학이라는 것이었다. 우리 선배 가운데 꼭 한 사람이 거기서 학위를 했지. 그 이후로 내가 마지막 학생이야. 아마 후배 가운데 그런 대학으로 유학가는 극빈의 학구파는 이제 찾아볼 수 없게 되었어. 이제 배들이 불러졌으니까. 회상하듯 얘기하던 고인덕 박사는 담배연기를 후욱 내뿜었다.

그러면서 요새 애들은 약아빠져서 인생을 거는 그런 결정을 할 줄 모른다는 한마디를 덧붙였다. 그리스로 유학을 가겠다는 진정일, 너도 그런 약삭빠른 족속 아닌가 하는 어투가 역력했다. 그러나 아쉬운 편에서 그런 말투를 탓할 바는 아니었다.

"그리스에서 지방대학이 공부하기 좋은 이유가 뭐지요?"

진정일이 자기도 끌리는 데가 있다는 듯이 달겨들었다. 고인덕 박사는 왜 지방대학이 공부하기 좋은가를 다소 길게 이야기했다.

"이야기 길어지면 맛이 가는데……, 어느 나라든지 그 나라의 수도에 생활 근거를 마련하고 싶어 하는 것은, 한국에서 망아지는 제주로 사람의 자식은 서울로 하는 속언의 보편성을 증명이라도 하듯, 그리스에서도 정확히 들어맞아요."

그래서 그리스라면 더 물을 것도 없이 의당 아테네가 최고라는 것이었다. 교통으로 본다면 항공, 선박은 물론 육상교통도 역시 아테네가 그리스의 중심이었다. 그런데 고인덕 박사는 생각이 달랐다. 도시는 어디나 똑같다는 것이었다. 그래서 지방을 추천하려고 한다면서, 자기가 공부한 이와니나대학에 유학을 하라고, 정말 후회 한 점 없을 거라고 거듭 강조했다.

"내 후배가 생기게 되었네." 고인덕 박사는 진정일의 어깨를 툭툭 쳐

주었다.

　고인덕 박사가 말하는 이와니나는 그리스 서북부에 자리잡은 아늑한 산간도시인데, 거기는 로마에서 인도로 통하는 길목이라서 동서문화가 전달되던 실크로드의 한 자락이라고 했다. 아토스산맥에서 흘러내려오는 물이 팜보티스라는 커다란 천연호수를 만들었고, 그 호수 안에 니시 섬이 자리잡고 있는 아늑하고 쾌적한 도시라는 설명이었다. 그 도시에 젊은이들이 모여들어 학문을 탐구하고 미래를 설계하는 대학이 이념의 푯대처럼 도시를 지키고 있다고 이야기했다. 그리스의 소박하고 인정미 있는 사람들 사는 모습을 보자면 그런 데를 택해서 살아 보아야 한다는 주장이었다.

　고인덕 박사 편에서 선뜻 나서서 진정일을 자기편으로 이끌어들이고 싶어 했다. 아무 조건 달지 말고 함께 가서 현장을 보자는 것이었다. 그 다음에 대학을 결정해도 늦지 않는다고 곡진히 이야기했다. 지도교수를 맡아 줄 사람 소개도 하겠다고 했다.

　진정일로서는 좀 부담이 되었다. 에게해의 문명을 연구하고 싶은데 그런 산간으로 간다는 것은 그다지 적절해 보이지 않아서였다. 그러나 고인덕 박사의 정성을 못 이기고 이와니나를 한번 찾아가기로 했다. 마침 고인덕 박사는 모교를 방문하고 지도교수를 만날 일이 있다면서, 일정을 조정해 함께 가자고 했다. 그렇게 하겠노라고 약속을 하기는 했지만, 좀 망설여지는 구석이 없지도 않았다. 낯선 도시를 찾아가는 일은 역시 부담이 있게 마련이었다.

　"날 믿어, 내 이름이 고인덕이잖아? 그게 코린토스와 관계가 있어. 사도 바울이 교회를 열고 거기 사람들에게 보낸 편지에서 믿음, 소망, 사랑을 역설한 그 도시. 고인덕은 코린토스를 어색하게 우리말로 쓴 거야."

고인덕 박사가 진정일을 끌어안았다. 진정일은 잠시 망설이는 듯하다가 고인덕 박사에게 안겼다.

　"좋습니다."

너 맘에 든다는 눈치가 역력했다. 고인덕 박사는 말이 약간 길어졌다. 사도 바울이 코린토스에 전도를 하고 돌아간 다음, 그곳 사람들이 분열이 심해서 의혹이 도시 전체에 번졌다. 그리스 본토인들의 불신이 팽배한다는 소식을 전해 듣고 거기 교우들에게 사도 바울이 편지를 보낸다. 그 가운데 첫 편이 믿음, 소망, 사랑을 강조하면서, 이 셋 중에는 사랑이 가장 중요하다는 교리를 설파한 편지가 '고린도전서'라고 설명했다. 교수다운 말씨에 믿음이 갔다.

"고인덕 박사님 그리스 이름이 '꾸딸리'야, 알지? 숟가락은 남 먹여살리는 게 본질이야."

빈정만이 진정일을 쳐다보면서 믿고 따르라고 종용하고 있었다. 자기는 곧 아테네로 가야 하니까 여행하는 중에 필요한 일들은 서로 연락하자고 친절을 베풀었다.

꾸딸리 *κουτάλι* 숟가락, 억지로 입에 밥을 퍼 넣던 어머니 얼굴이 겹쳐졌다. 안젤라에게는 자신이 밥을 퍼 넣어 주어야 하는 처지였다. 그런데 그게 계획이 치밀한 것도 아니고 자신이 없었다. 그러고 보면 유학을 간다는 것 자체가 일종의 도피라는 느낌을 걷어낼 수 없는 일이었다.

여행을 출발하기 전까지는 빈정만과 주로 연락을 주고받았다. 비슷한 때에 빈정만도 그리스 아테네로 가게 된다고 했다. 곧 새학기가 시작되는 시점이었다. 그리스에서 만나면, 진로를 상의하는 데 도움이 되지 싶었다.

서로 다른 날 출발해서, 각자 일을 보고 아테네에서 만나기로 했다. 진정일은 좀 방만하다 싶을 정도로 여행계획을 짰다. 크레타를 돌아보고, 전에 왔을 때 아테네를 지나치는 것처럼 보였는데 박물관과 미술관에 들러 그리스의 역사와 예술을 알고 싶었다.

고인덕 박사는 아테네에서 대학 은사를 만나는 일과, 국제난민구호본부에도 일이 있다고 했다. 자세히 묻지는 않았지만, 중동, 아프리카 그런

데서 봉사하는 한국인들의 소식을 들을 때마다 고인덕 박사의 일이 궁금해졌다. 아울러 고인덕 박사의 그리스에 대한 열정이 부러웠다. 어느 기업에 줄을 대고 있으면서 대학에 강의 나가는 이로서는 연구 업적이 놀라울 정도로 많았다. 생각해보면, 누군가 나서서 손을 잡아 주었으면 하는 기댐성이 안에 자리잡고 있는 게 사실이었다. 고인덕 박사를 따라 그리스를 방문하기로 한 것 또한 그런 맥락을 크게 벗어나는 게 아니었다.

크레타에서는 사람들이 죽음을 두려워하지 않고 싸워서 자기 영토를 지켰다는 것을 알았다. 눈 덮인 이다산에서 내려오는 신령스런 기운이 섬 전체를 감싸고 휘돌아갔다. 그런 토양에서 카잔차키스 같은 작가가 나왔다는 건 땅이 사람을 낸다는 생각을 머리에 각인해주었다.

아테네로 돌아와서는 시내를 둘러보고 국립미술관에 들렀다. 국립미술관 전심품들 가운데 단연 눈에 띄는 것은 야코비디스의 그림들이었다. 야코비디스의 그림들 가운데 어린이들 그림은 진정일의 눈에 알알한 물기를 배게 했다. 어린이를 씻기는 할머니, 어린이의 첫발 떼는 데 신통해하는 어른들, 어린이를 안은 엄마, 어린이들의 어른 흉내 그리고 어린이들의 악단 놀이 등, 아 나도 저렇게 사랑을 받으며 자랐을 게 아닌가! 그림 앞에서 발을 떼지 못하고 서 있던 첫 기억을 만들어준 그림들이었다.

진정일은 크레타의 서늘한 푸른 바람과 야코비디스의 따끈따끈한 인간애가 배어나는 그림에 대한 기억을 반추하면서 이와니나로 갈 준비를 하고 터미널로 나갔다.


터미널에 고인덕 박사가 먼저 나와 기다리고 있었다. 진정일에게 다가와 비주인사를 해 주었다. 볼에서 상큼한 분냄새가 코끝으로 스며들었다.

아테네에서 이와니나로 가는 길은 버스를 여섯 시간이나 타야 하는 만만치 않은 여정이었다. 비행기를 이용하는 게 한결 낫겠다 싶었는데, 고인덕 박사는 이전에는 열 시간이 걸리던 길인데 지금은 리오와 안티리오

사이에 다리가 놓여 한결 수월해졌으니, 교통비 헐한 육상교통을 이용하자고 했다. 중간에 쉴 짬도 있으니 그리스 해안이 얼마나 아름다운지 볼 겸해서 버스를 이용하자는 것이었다. 수니온 가는 길의 풍경에 매료되었다는 이야기를 기억하는 모양이었다.

버스가 한 두어 시간 달렸을 때, 고인덕 박사는 졸고 있는 진정일의 허벅지를 손으로 툭툭 쳤다.

"고단하지? 단잠은 젊은이의 특권이야."

솔솔 밀려오는 졸음과 함께 사타구니가 팽팽하게 부풀어 있었다. 진정일은 코트자락으로 앞을 가렸다.

"우리 김밥 먹을까."

아테네 숙소에서 밤늦게까지 만들었다면서 김밥을 내놓고 같이 먹자고 했다. 낯선 나라 그리스에 와서, 누님 같기도 하고 어머니 같기도 한 여성을 만나서 모성적인 배려 속에 여행을 한다는 것은 생각을 해본 적이 없는 일이었다. 무엇보다 열정적으로 미래 전망을 이야기하는 것은 물론, 건강하고 곰살궂은 배려가 맘에 착 안겨왔다. 어머니는 왜 그런 미덕을 보여주지 못하는 걸까, 유치하고 어린 생각이 들기도 했다. 진정일은 야코비디스의 화집 표지에 나와 있는 모녀상을 떠올려보았다.

"여기 풍경 어때? 수니온 가는 길과 비교해서." 고인덕 박사가 물기가 도는 눈을 굴리다가, 진정일의 입가에 붙은 밥알을 떼어 휴지에 꼭꼭 싸면서 물었다.

"환상 그 자체. 상상을 불러오는 풍경." 진정일은 다른 이야기를 접어 넣고 그렇게 간단히 대답했다.

"환상이라면?" 고인덕 박사가 양손으로 머리 위로 동그라미를 그려 보이면서 물었다. 진정일은 더 이상 설명을 할 수 없었다. 그저 빙긋이 웃었다. 그리스에 미칠 만하겠는가 묻고 있는 것 같아 집요하다는 생각이 들었다.

차창 밖으로 펼쳐지는 바닷가 마을 풍경이 아기자기하기도 하고, 연무

가운데 옅은 햇살을 받아 아늑한 담홍색으로 빛나는 지붕들이 곱게 정화되어 보였다. 그 지붕 아래, 사람들은 일하고 고단한 몸을 쉬기도 하고, 젊은이들은 달아오른 몸들을 끌어안고 행복의 불을 지펴올릴 것 같은 환상을 불러왔다. 진정일은 자기도 모르게 후우 한숨을 내쉬었다. 안젤라와 저런 풍경 속에 묻힐 수 없는 것인가.

"생활에, 삶에 용감해야 해요." 고인덕 박사가 진정일의 등을 두드려 주었다. 그러다가 팔을 어깨에 걸고 진정일 편으로 몸을 붙이면서 다가앉았다.

해안을 따라 달리는 차창으로 밖을 내다보면서, 고인덕 박사는 지역 명승지들을 소개했다. 돈키호테를 쓴 세르반테스가 팔이 하나 덩경 잘려나간 레판토 해전의 전적지며, 바이런이 배를 타고 와서 정박했다는 메소롱기며, 그런 장소들의 유래를 설명해 주었다.

"그들 행동의 결과에 대해 평가는 다를 수 있지만, 그들은 최소한 삶에 용감했던 사람들이지."

삶의 용기 가운데 가장 어려운 것이 사람을 선택하는 용기, 선택한 사람을 사랑하는 용기라고 했다. 그러면서 자신이 이와니나라는 도시로 유학하기로 선택한 것은 일종의 용기였다는 이야기를 털어놓았다. 대학의 명성이 아니라 먹고살 수 있는 길을 선택한 셈이라는 것.

해안을 따라 달리던 버스는 어느덧 산간으로 접어들어 비안개가 절벽을 더듬으며 스멀스멀 피어오르는 계곡을 비집고 몸을 흔들면서 달려 들어갔다. 불빛이 찬란하게 빛을 뿌리는 이와니나에 닿았을 때는, 비가 내리는 가운데 땅거미가 검은 베일처럼 내리는 중이었다.

은성한 불빛이 아름다운 산간도시 이와니나 대학의 외국인 숙소에 짐을 풀었다. 거기가 유학을 와서 몇 해 살아야 할지도 모르는 도시라고 생각하니, 선택에 용기가 있어야 한다는 생각이 부글거리며 끓어올랐다. 그러나 아직 결단을 하기는 좀 일렀다.

"우리 지도교수 댁을 방문하려는데 같이 가지."

"늦은 시간에 결례 안 될까요?"

"애늙은이처럼, 사리기는…… 거기서 미래의 지도교수를 만날지 어떻게 아니?" 하면서 고인덕 박사는 진정일의 팔을 잡아당겨 허리에다가 감아돌렸다. 따뜻한 온기가 전해왔다.

고인덕 박사의 지도교수 댁은, 단란하게 사는 노교수 부부와 그의 딸과 사위, 그 사이에서 태어난 요르고스라는 외손자가 한 가정을 이루고 있었다. 손님이 올 것을 미리 대비하기라도 한 것처럼, 잔잔한 음악이 실내에 가라앉듯 퍼졌다. 가족들이 단란하고 침착하고 질서가 잡힌 가운데 생활하고 있는 모습이 행복감으로 가득했다.

그런데 노교수의 인상이 좀 괴기스러운 느낌을 주었다. 눈꼬리가 아래로 축 처지고, 눈썹이 쇠어 하얀 장눈썹이 드문드문 돋아나 있는 데다 왼편 볼에 칼로 그은 듯한 상처 자국이 선명하게 두드러졌다. 이름이 안드레아 텔리코스라고 했다. 안드레아는 성인의 이름이고, 텔리코스라면 영어의 최종, 터미널 그런 뜻이었다. 우렁찬 목소리가 잠긴 듯 힘이 있었다. 고인덕 박사와 비주인사를 할 때 이쪽으로 잠시 돌아가는 눈빛이 섬뜩할 정도로 번쩍였다.

가족들은 케익을 나눠 먹고 와인을 마셨다. 다른 식구들은 아래층으로 내려가 자기들끼리 이야기를 하겠다며 층계를 내려갔다. 고인덕 박사와 그의 지도교수 안드레아 텔리코스가 남았다. 진정일은 어정쩡하니 서재를 둘러보았다. 그 사이 고인덕 박사와 그의 지도교수 안드레아 텔리코스는 진정일의 대학원 진학 문제를 잠시 논의하는 눈치였다. 고인덕 박사는, 네, 네 하면서 지도교수의 이야기에 공감을 비쳤다. 일이 잘 돌아가는 눈치이기는 하지만, 본인의 의사와는 아무 상관이 없이 두 사람이 주고받는 이야기가, 자신의 앞길을 그렇게 쉽게 결정해도 좋은가 하는 의문이 들었다.

"너를 받아줄 지도교수가 있단다, 잘됐다." 그렇게 한마디 하고는 자기들 이야기로 빠져들었다.

이야기 맥락이 달라진 모양이었다. 둘이 빠른 그리스어로 이야기를 하는 바람에 정확히 맥락이 잡히지는 않았다. 그런데 현실, 난민, 죽음, 희생, 제물, 도피 그런 단어들이 중간중간 불거지는 걸로 봐서는 대단히 심각한 문제를 이야기하는 듯했다. 이따금 고인덕 박사는 오히, 오히 하면서 고개를 가로저어 강한 톤으로 반발을 하기도 했다. 대체로 아무리 뜻이 고귀한 일이라도 사람을 희생물(θυσία)로 삼아서는 안 된다는 이야기가 화제 가운데 튀어나왔다. 그리스 현실과 현실적 문제를 돌파하는 방법, 누군가는 희생이 있어야 한다는 노교수의 주장과 고인덕 박사의 반발로 이어지던 이야기는, 지도교수 잘 부탁한다는 걸로 끝이 났다.

"누가 희생을 당해요?" 진정일이 돌아오는 길에 고인덕 박사에게 물었다.

"보기보단 겁쟁이네. 그리스 현실이 어떤 희생을 요구한다는 것일 뿐이야." 고인덕 박사가 진정일의 어깨에 팔을 걸면서 말했다. 고인덕 박사의 입김에 치즈 냄새와 시큼한 술냄새가 섞여 나왔다. 진정일은 고인덕 박사가 기대오는 것을 슬그머니 밀어제쳤다.

날이 음습해서 침구가 축축하고 실내가 썰렁해 제대로 잠을 이룰 수 없었다. 아들 일에 오불관언인 어머니, 다감하게 다가오는 고인덕 박사, 아직 결혼을 결정하지 못한 채 살을 섞고 지내는 안젤라. 그런 얼굴들이 맥락을 벗어난 채 눈앞을 오갔다.


눈앞이 벌겋게 밝아오는 것을 느끼며 진정일은 눈을 떴다. 이와니나의 아침은 눈을 둘러쓰고 있는 산봉우리에서 내려오는 신령스런 기운이 섞인 공기와 함께 햇살이 벌면서 다가왔다. 잔설이 남은 봉우리는 하늘에 그 꼭대기를 살짝 감추고 구름 사이로 흘러나오는 태양광을 받아 퍼렇게 날이 선 칼날처럼 빛을 산란했다. 그 산봉우리에 여기 사는 사람들의 정신이 깃들어 있는 것인지도 모른다는 생각이 들었다. 정신이 쇄락해지는 느낌으로 다가오는 공기는 풀풀 살아 있어 생기로 가득했다.

그 서늘한 기운은 낯익은 것이었다. 전에 백두산에 갔을 때 산정에 눈이 아직 덜 녹은 오월이었는데, 산록의 녹음과 산정의 눈이 어울려 뿜어내던 영기(靈氣)서린 그런 기운과 닮아 보였다. 민족의 영산은 상통하는 바가 있는 게 아닌가 싶었다. 그 산 위에 성스런 제단이 있고, 그 제단에서 가끔 희생제가 치러지는 것이려니 짐작도 해 보았다. 어제 들은 희생이란 말이 아직 귓가에 맴돌았다. 그리스 현실이 어떤 희생을 요구한다는 것인지는 알기 어려웠다.

유학 수속을 밟기 위해서는 교무 담당자와 만나서 논의를 하는 게 좋겠다고, 고인덕 박사는 아침을 먹으면서 이야기했다. 학과를 정하는 문제, 한국에서 그리스어를 배웠다고 하지만, 어학연수를 더 해야 할지도 모른다는 이야기 등, 오기 전까지는 예상하지 못한 일들이 줄줄이 밀려나왔다. 그 가운데 지도교수가 될 사람을 만나는 것이 가장 중요한 일이었다.

"그리스는 신화와 제의의 나라잖아? 전공도 그런 쪽으로 하면 어떨까?"

"저는 해양사를 전공하고 싶습니다."

"너무 어려운 과제 아닐까."

진정일은 잠시 이마를 짚고 생각을 모아보았다. 이와나나로 유학을 온다면 생각을 바꾸어 볼만했다. 아무래도 해양사는 아테네로 가야 하는 게 아닌가 싶었다.

"저야, 박사님께서 추천해 주는 대로 따르겠습니다."

"남자가 줏대가 있어야지, 따라가긴." 고인덕 박사는 츳츳 혀를 찼다. 그러면서도 자기 의견을 따라 준다는 게 마음에 차는 것 같은 표정을 지었다.

그런데 일정에 작은 차질이 생겼다. 지도교수를 맡아달라고 부탁하고 전공에 대해 상의하기로 한 테오그노시아(Θεογνωσία) 교수가 일 때문에 아테네에 가 있는데 오후에나 이와니나로 돌아온다는 것이었다. 테오그노시아 교수는 그리스 전통문화와 신화, 제의 등 연구 전문가라고 고인덕 박사는 이야기했다. 그리스에서는 지도교수를 누구 만나는가 하는 문제가 학교생활의 성패를 가름한다면서, 자기가 추천하는 대로 결정하라고, 고개를 끄덕거리는 진정일에게 엄지를 들어보였다.

지도교수를 먼저 만나서 얼굴 맞대고 인사라도 하고, 전공이라든지 하는 문제를 상의하는 것이 아무래도 순서바른 일일 것 같았다. 고인덕 박사는 자기 주장대로 결정하는 것이 정석인 것처럼 나왔다. 진정일로서는 자기를 위해 배려를 해주는 고인덕 박사가 여간 고맙지 않은 게 아니었다. 단지, 자기 후배 하나 만들겠다는 정성이 지나치다는 생각을 떨칠 수 없었다. 그리스 현실이니 희생이니 하던 이야기가 자꾸만 의식의 수면으로 거품을 일으키며 솟아올랐다.

지도교수 승낙을 받기 위해 먼저 만나야 하는 테오그노시아 박사의 일정에 맞추다 보니, 그가 돌아온다는 오후 3시까지는 아무 것도 할 일이 없었다. 갑자기 가슴이 텅 비는 것 같았다. 그것은 거부할 수 없는 압력이며 감당하기 어려운 공백이었다. 낯선 도시에 와서 무엇을 할 것인가 막막했다.

언제던가 친구 박일용이 하던 이야기가 떠올랐다. 혼자 지내는 연습을 해 두어야 깊이있는 공부를 할 수 있다는 이야기였다. 제법 그럴듯한 철학이었다. 그와 비슷한 이야기는 대학의 지도교수도 했던 터였다. 공백을 견디는 힘이야말로 인격의 성숙을 보여준다던 그 이야기가 생생한 기억으로 물결쳐오는 바람에 잠시도 편히 앉아 있기가 어려웠다. 아무 일 없이 그늘에 앉아 책이라도 읽을 수 없을까. 그런데 읽을 책이 없었다. 그리스에 가면 보는 것, 느끼는 것을 모두 적어 두자는 작정으로 읽을 책은 따로 챙기지 않았다. 야코비디스의 화집은 짐가방 밑바닥에 깔아 두었던 터였다.

고인덕 박사는 자기가 공부한 학과에 가서 자료를 찾아와야 한다면서, 진정일에게 오전 시간을 혼자 운용할 아이디어를 내 보라고 했다. 잠시 구내 카페에 들러 둘이 마주보고 앉았다.

"진정일, 오라클이라는 거 알지?"

"신탁, 만테이오 말인가요?"

전에 그리스 신화학 강의에서 들은 적이 있었다. 만테이오(μαντείο)는 신의 말, 그 말을 전하는 사제, 예언 등을 뜻하는데 그리스 사람들은 그 신탁이라는 것을 그대로 믿는 것은 물론 정치적 결단을 하는 데도 기준이 되었다는 설명이었다.

"그래 만테이아, 희한한 꿈을 꾸었어. 진정일 네가, 사랑스런 아이가 되어 가지고, 어제 지도교수댁에서 보았던 요르고스 같은 그런 말랑말랑한 아이가 되어서 내 품안으로 파고드는 거야. 그래서 나는 그 아길 안고 젖을 먹이는 꿈이었단다. 나는 오늘날까지 혼자잖아, 그런데 아이 젖을 물리는 꿈을 꾸다니. 아이가 젖을 빨 때는 온몸이 짜릿짜릿해서 하마터면 오줌을 지릴 뻔했지 뭐니."

고인덕 박사답지 않은 말씨며, 저의를 헤아리기 어려운 야릇한 태도였다. 진정일은 잠시 머리가 휘둘렸다. 신화는 현실의 퇴화를 불러온다던 교수의 이야기가 떠올랐다.

"원형적 모성인가요?"

"글쎄, 원형적으로 말하면 그럴 게고, 진실로 말하자면 내가 목이 마르단 이야기 아니겠나?" 고인덕 박사는 진정일의 볼을 꼬집는 시늉을 했다. 진정일은 쓴 커피를 찔끔 마셨다.

그런 꿈을 꾸었다고 해도, 그 이야기를 꼭 해야 할까? 정신적 자유로움이 저런 말투로 나타나는 것인가? 아니면 혹시 다른 계략이 있는지도 모르겠다는 의문도 들었다. 아무튼 스스럼없이 편하게 대해주는 게 고맙기도 하고, 한편으로는 부담도 되었다. 고인덕 박사는 마시던 커피잔을 탁자에 놓고, 좋은 생각이 떠올랐다는 듯이 눈을 반짝이며 말했다.

"여기서 한 20킬로 가면 도도니라는 신전 유적이 있어요. 풍경도 좋고, 거긴 그리스에서 가장 큰, 그리고 원형 보존이 잘 된 고대 극장도 있어. 꼭 한번 들러볼 만한 곳인데, 내가 안내를 못 해서 어쩌지?"

"혼자 다녀오지요." 사실 고인덕 박사와 떨어져 있고 싶었다.

고인덕 박사는 교내 정류장에 대기하고 있는 택시기사에게, 진정일을 부탁하고는 정오까지 이 정류장으로 돌아오라고 한 다음, 연인을 배웅하기라도 하듯 손을 살랑살랑 흔들었다. 그리고는 도서관에 간다면서 바쁜 걸음으로 식당과 인문관 사잇길로 접어들어 뒷모습을 감췄다.


택시기사는 친절했다. 도도니는 도도나라고도 하는데, 아주 멋진 유적이라는 설명을 하느라고 제법 훈련된 영어로 입을 바삐 놀렸다. 도도니에 제우스 신전이 지어진 유래를 이야기했다.

역사가 헤로도투스가 도도니를 찾아왔단다. 그런데 신전에서 복무하는 사제가 그에게 이야기를 했다.

이집트의 테베에서 검은 비둘기 두 마리가 날아올랐다. 하나는 지금의 리비아에서 제우스 암몬 신전을 찾아 깃들고, 다른 한 마리는 바다를 건너고 핀도스 산맥을 따라 올라오다가 이곳 도도니에 다다라 참나무에 내려앉았다고 한다. 그리고는 비둘기는 사람의 목소리로 여기다가 신전을 지으라는 제우스의 신탁을 말했다. 도도니의 신전은 비둘기의 신탁을 따라 그렇게 건설되었다는 이야기였다. 그래서 이와니나대학의 엠블럼이 비둘기라는 설명을 덧붙였다.

발칸반도 그리스의 도도니와 검은 대륙 아프리카의 리비아가 신화에서 맞닿아 있다는 게 신통하다는 생각이 들었다. 하기는 둘 다 지중해권 아니던가. 그리스 해양사를 공부하자면 지중해 전체를 대상으로 해야 한다는 생각이 들었다. 그러나 마음속에서는 해양사보다는 신화와 제의를 연구하는 쪽으로 방향이 잡혀가고 있는 중이었다. 리비아는 신화의 나라였다. 독재자 카다피 군과 시민군이 맞총질을 해대고 있는 정황은 그 자체가 신화가 아니던가. 동족상잔, 그런 구닥다리 숙어가 불쑥 튀어나온 것은 의식이 사유를 중지한 때문인지도 모를 일이었다. 아무튼 그는 '거지 같은 자식', 카다피를 두고 그렇게 중얼거렸다. 정치 중에 최악의 정치는 사람을 많이 죽이는 정치다. 독재를 해도 사람을 덜 죽이는 정치가 좋은 정치라던 철학과 교수의 말이 고정관념이 되어 덮쳐왔다. 그리스에 와서 카다피와 리비아를 걱정한다는 게 주제넘은 일 같아 웃음이 났다. 신화가 다른 신화와 같은 뿌리를 가지고 있는 경우는 흔하다. 인간 의식의 보편성을 상징하는 것일 터였다. 신화와 그 신화가 제의 속에 수행되면서 어떻게 살아왔는가 따져보는 것도 재미있는 과제라는 생각이 스쳤다.

차가 큰 길을 벗어나 남쪽으로 방향을 틀면서 멀리 머리에 흰 눈을 이고 있는 산이 다가왔다. 산 위에 햇살을 받아 빛나는 흰 눈이 알프스의 기교 넘치는 빙벽보다도 더욱 푸근하고 신선미 있게 안겨왔다. 그리스의 매력 가운데 하나가 인정미라고 누군가 이야기했던 게 생각났다. 그렇지, 인정미라는 것이 공연히 남의 일에 끼어들어 이러니 저러니 잔주를 늘어놓기도 하는 법이지 않나. 한국이 그렇듯이. 여기 택시기사가 말이 긴 것은 그 인정미의 다른 면이리라 그렇게 짐작을 했다.

"저 산 이름이 뭐지요?" 그는 동쪽으로 우람하게 솟은 산맥 가운데 두드러진 봉우리를 가리키며 물었다.

"여기 처음 오시는 모양이네요. 그거, 토마로스산입니다." 기사는 밍건한 투로 대답했다.

택시가 언덕 아래 멎었다. 주차장에 차를 세운 기사는, 저쪽으로 보이는 게 도도니의 신전과 극장이라고 손가락질을 해서 알려주었다. 한 시간 동안만 돌아보고 주차장으로 나오라 하고는 휭하니 돌아서 카페가 있는 쪽으로 경정경정 걸어갔다. 기사는 안내소 친구를 만나 떠들어대다가는 카페로 들어가 버렸다.

고약한 기사양반 같으니라고. 설명도 좀 해 주고 사진이라도 찍어 주고 해야지, 소 닭 보듯이 혼자 방치해 놓고는 한 시간을 구경하라는 게 괘씸하기도 했다. 신전에는 사람 그림자도 보이지 않았다. 기사 뒤를 따라 카페로 들어갔다.

"내가 당신 커피 사 줄 테니 당신 나랑 신전 구경 같이 하자!" 슬그머니 질러 보았다.

"오 대츠 마이 플레져!(좋지요.)"

그렇지 않아도 자기가 커피를 사 가지고 대접을 하려던 참이었다면서,

"젊은 코리안 당신 참 좋은 친구다." 엄지손가락을 들어올려 보이며 오른쪽 눈을 찡긋했다. 기사보다 칭찬이 한발 늦은 게 겸연쩍었다. 호독거리며 남 앞서서 말하는 습관은 내놓은 바가지 아닌가, 느긋하게 점잔을 뺄 자리에서도 빨리빨리를 입에 달고 산다는 핀잔을 듣기도 했다. 제버릇 개 못 준다는 게 아버지의 상투어였다.

말이 신전이지, 무너진 돌기둥이 너절하게 널려 있고, 폐허가 된 건물의 잔해가 어지럽게 흩어져 돌밭이나 다름이 없었다. 돌기둥들이며 돌멩이 파편은 어제 비가 와서 물을 먹어 그런지 숯덩이처럼 시커먼 빛깔로 살아나 괴기로운 빛을 발했다. 그것은 비애의 돌들이었다. 무너진 신전의 전설 쪼가리가 아퀴가 안 맞는 것은 물론 원형을 다시 상상해 쌓을 수 없는 지경으로 흩어져서 비애감을 자아냈다. 그나마 내부를 다 드러내고 있어 음충맞긴 좀 덜했다. 그렇게 흩어진 신전들의 잔해 가운데에서도, 그나마 아직 원형을 상상해 꿰맞춰 볼 수 있는 신전이 중앙에 있는 건물이었다.

그런데 희한하게도 무너진 돌기둥들 사이로, 중앙신전의 한가운데에 참나무가 우람하게 자라나서 가지를 촘촘히 뻗어 안이 들여다보이지 않을 정도로 큼지막하게 자라 올라가 있었다. 참나무는 참나무인데 한국의 참나무와는 다른 형상이었다. 한국의 참나무가 길쭉하게 자라 올라가는 데 비하면 우람한 곁가지를 수평으로 뻗어, 유럽의 소나무처럼 둥지 위

에 가지를 거대한 지구의처럼 그들먹하니 올려놓고 있었다. 나무 한 그루가 웅장한 성채를 연상하게 했다. 큰 나무는 그늘이 짙어 그 아래 다른 나무를 못 자라게 한다. 살을 지지면서 떨어지는 햇살을 피하고자 하는 사람들에게는 그늘이 고맙기 그지없다. 인간적 의미는 늘 그렇게 양극으로 뻗게 마련이었다. 아무튼 그 거대한 참나무 아래 작은 돌이 하나 놓여 있었다. 진정일은 다가가서 그 위에 앉아 보았다. 옆에 안젤라를 앉히고 하늘에 떠가는 구름 이야기를 하면서 시간을 보내고 싶었다. 그런 사이 건너편 언덕 아래 붉은 지붕을 인 집들이 조용히 숲속에 자리잡고 있는 게 눈에 들어왔다. 공연히 눈자위가 젖어왔다.

까마귀가 까욱까욱 소리를 지르며 지나갔다. 마치 어떤 운명의 그림자 같은 모양이었다. 새들이 떼지어 몰려와 깃들 수 있는 그것만으로도 위의를 느낄 수 있는 나무였고, 역시 신전에 자리잡을 만한 나무라는 생각이 들었다.

택시기사가 다가와 나무에 대해 설명했다.

"저게 제우스의 신탁을 전하던 참나무라고 합니다. 신의 말씀이 깃드는 나무, 그 나뭇가지 위에 비둘기가 신탁을 전하는 나무, 신과 인간 사이에 나무가 있지요."

진정일은 그러냐고 고개를 끄덕여 응답해 주었다. 나무와 신은 누가 나이를 더 먹었을까 하는 좀 묘한 계산에 빠져들었다.

참나무가 신탁을 전하려면 신탁보다 먼저 나무가 자라나야 할 것이었다. 태초의 말씀보다 먼저 있었던 나무, 신화의 시간은 인간보다 앞서 존재한다. 그래 돌은 무너져도 나무는 살아 있다, 돌은 새끼를 치지 않지만 나무는 열매가 맺히고 그 열매가 땅에 떨어져 싹이 트고 해서 시간을 연장해 나간다. 지구가 끝장나기까지는 나무는 살아 있을 것이다. 혹 모를 일이다. 우연한 기회에 참나무가 죽고 다른 나무가 그 자리에서 자라기 시작하면 다른 나무가 생명의 대를 이어갈 것인지는. 아무튼 튼실하고 우람한 참나무가 신전의 분위기를 살려 주었다. 오히려 그 나무를 위한 신전처럼 보이기도 했다.

"저 나무, 영어로 오크트리는 그리스말로 발란디니아라고 해요. 아테나 여신이 그랬답니다. 도도니의 참나무 가지를 뱃머리에 꽂아 두면, 그 나뭇가지가 뱃길을 안내하고 항해를 하는 중에 어떤 위험도 벗어날 수 있게 해 준다고 말이지요. 일종의 뱃사공들의 수호신인 셈이지요. 그리고 참나무는 도토리가 잘 열리는 나무라서 다산성을 상징하는 나무, 새끼를 잘 치는 나무이기도 합니다. 바다에서 멀리 떨어진 이곳 사람들이 농사를 지어 풍성한 곡물을 생산하는 것도 이 나무 덕이지요. 이 땅의 번영을 도도니의 참나무가 상징적으로 보여주는 것이랍니다."

그럴 만했다. 특히 열매를 잘 맺는 것이 종족의 번영을 보장한다는 데야 무슨 덧붙일 말이 있으랴 싶었다. 야코비디스가 그린 어머니와 아이들, 그리고 할아버지와 할머니가 손자들을 아끼는 모습, 그게 삶의 원형 아닌가 싶었다. 이제까지 해본 적이 없는 생각이었다.

택시기사는 아는 것이 꽤 많은 사람이었다. 그의 이야기를 들으면서 몇 가지 고개를 주억거리게 됐다. 땅을 믿고 산을 의지해 사는 사람들은 바다에서 살아가는 사람들이 겪는 것과는 다른 경험을 하게 된다. 물결이 뒤눕는 바다에서 파도와 싸우면서 천둥과 번개의 진노를 견뎌야 하는 그 몸서리쳐지는 공포를 농사짓는 사람들은 잘 모른다. 농사에도 폭풍과 폭우가 치고, 한발(旱魃)이 대지를 말리기도 하지만 바다와는 비교를 할 수 없을 정도로 안정된 삶을 약속해 준다. 생각해보면, 한국에 정착하지 못하고 그리스로 유학을 하겠다는 생각 자체가 떠돌이 삶의 방식이었다. 진정일 자신은 농사꾼도 아니고 뱃사람이라면 허약한 뱃사람이었다. 아무데도 뿌리를 못 내린 인간의 상상력이라는 게 얼마나 빈약한 것인가 싶었다.

"폐허는 상상력을 억압하지요." 진정일이 한마디를 던졌다.

"오히(아니), 생각하기 따라서는 폐허가 상상력을 자극하지 않던가요. 여기 봄에, 꽃과 잎이 피는 오월에 왔다고 생각해 보세요. 그러면 신탁이 생생하게 꾀꼬리 소리처럼, 저 참나무 가지를 타고 울려 퍼질 겁니다. 참나무에 사는 여신도 눈발 날리는 철이나 비가 구질거리는 이른 봄에는 쉬어야 하지요. 상상력도 계절을 탑니다. 한국은 어느 계절이 가장 아름답습니까?" 택시기사는 화제를 한국으로 돌렸다.

"한국은? 글쎄……." 진정일은 좀 멈칫거렸다. 그러다가 "오월과 유월."이라고 얼버무렸다.

"그 철엔 사랑의 장미도 피어나겠군요." 택시기사 나름의 상상인 모양이었다.

"슬픈 아름다움이 깃든 계절이지요."

택시기사는 고개를 갸웃했다. 외국인에게 심리 내면과 정서의 결까지를 설명하기란 거의 불가능에 가깝다. 꽃계절의 4·19. 5·18. 녹음 짙은 달의 6·25 그렇게 표시되는 사건의 내면을 어떻게 설명한단 말인가. 내면은 결국 자신의 것일 뿐이고 그래서 혼자 해결해야 하는 과제인지도 모른다. 개인의 내면에 가라앉은 역사……, 이들 그리스인들에게는 아직도 신화가 살아 있는가 하는 의문이 떠올랐다.

"저 참나무가 울창한 게 제우스 신전인가요?"

"그걸 어떻게 아세요?"

"규모가 가장 크니까……."

"이게 히에라 오이키아, 제우스 신전인데 말입니다. 저기 그 가운데 버티고 선 게 신탁을 전하는 참나무입니다. 가서 끌어안고 쓰다듬어 보세요. 그리고 잎이 무성한 오월, 꾀꼬리가 울고 비둘기가 날아나는 계절에 여길 왔다고 생각하면서, 우아하게 차려입은 여사제가 어떤 신탁을 내릴지 마음을 모아보세요."

택시기사는 진정일에게 신탁을 받아 보라는 이야기를 하는 중이었다. 신탁을 받자면 거기 상응하는 제의가 있게 마련이다. 그렇다면 신화를 제의로 전환해 보라는 주문이나 다름이 없었다. 기우제 지낼 때 하는 것처럼 하늘로 두 손을 뻗어 올리고, 제우스신이여 이 한국인 청년을 그리스로 불러 주소서, 그런 대사를 외기는 마음에 착 안겨오지 않았다. 오히려 신전 쪽에서 쏘는 듯한 살기가 다가왔다.

"신탁을 받고 싶기는 하지만……."

"신탁을 받아야만 할 간절한 소망이 있습니까?" 택시기사는 영어로 이거니스, 요닝, 그런 게 있어야 신탁이 내리지 그냥 해보는 헛소리나 연기로는 신의 입을 움직일 수 없다고 했다. 택시기사는 제법 들을 만한 소리를 한다는 생각이 들었다. 진정일이 맞장구를 쳐 주고는 물었다.

"그런데 당신은 그리스인으로서 어떤 간절함을 가지고 사시오?"

"현재 가지고 있는 것 이상을 바라지 말자, 이 시간을 완전히 불살라 날려보내자! 따라서 특별히 어떤 신탁을 받아야 할 일이 없소."

택시기사는 그런 이야기를 하고 돌아서면서, 담배 피우며 당신을 기다리겠습니다, 그렇게 말하고는 카페 쪽을 향해 천천히 걸어갔다. 택시기사가 걸어가는 쪽으로 눈 덮인 산봉우리가 은혜가 가득한 비둘기 날개처럼 부드러운 빛을 도도니의 골짜기에 뿌렸다.


참나무는 실팍하게 자라 둥지가 눈짐작으로 한아름은 족히 될 만했다. 진정일은 참나무를 쓰다듬어 보고 싶었다. 신전의 참나무는 마치 잘 자란 느티나무처럼 거대한 전각을 연상하게 했다. 한국에서 마을을 지키는 정자나무라 하는 느티나무와 여기 신전을 버텨주는 참나무는 마을 수호신 역할을 한다는 점이 공통이었다. 진정일은 참나무를 자세히 쳐다보았다. 가지 끝마다 잎눈이 자라 올라가 부풀어 터질 것처럼 물이 오르는 중이었다. 잎눈이 트고 연록색 잎이 벌기 시작하면 초록의 고운 신탁을 이야기하고, 보다 강렬한 태양빛 아래 참나무가 잎을 피워 짙은 녹음을 드리우고 녹음처럼 소망스런 이야기를 벌판에 풀어 놓으리라. 그런 생각을 하면서 참나무 뒤쪽으로 돌아가다가 발걸음이 굳어붙고 말았다. 참나무 둥지에 목을 맨 사내가 고개를 아래로 푹 꺾은 채 덜렁 걸려 있었다.

한 걸음 물러서서 고개를 반대 방향으로 돌렸다. 잠시 어지럼증이 머리를 훑고 지나갔다. 짧은 시간이지만 온갖 일들이 빛살처럼 빠르게 뇌 세포를 빠져 나갔다. 낡고 폐허가 되었지만, 신전은 신전이니까 희생이 있을 만한 공간이란 생각이 들었다. 신은 늘 죽음과 더불어 자기 존재를 계시하는 것이 아니던가. 그러면 신이 살아서 역사(役事)를 하는 것인가. 혹시 희생물을 만들어서 걸어 놓은 것은 아닌가 하는 생각이 얽혀들었 다. 무엇을 위한 희생일지는 알 수 없는 일이었다. 아무튼 그게 실물인지 아닌지, 실물 즉 사람이라면 어떤 사람인지 궁금해지기 시작했다. 진정 일은 감았던 눈을 슬그머니 떴다.

참나무에 목을 매달아 죽은 사내를 잠시 살펴보았다. 진정일은 사내가 목을 매어 죽었다고 단정하고 있었다. 목매달아 죽은 사람을 직접 눈으 로 보는 것은 처음이었다. 시체는 목이 달린 지 얼마 안 되어 보였다. 옷 이 보송보송하고 몸에서 물이 흐른다든지 하는 흔적이 보이지 않았다. 목을 매달아 죽기 위해서는 발받침이라든지 그런 약간의 도구가 있어야 할 터인데, 스스로 목을 매기 위한 도구들은 눈에 띄지 않았다. 목을 맨 비닐끈은 미끄러워서 자기 손으로 목을 매기는 적절하지 않았다. 후줄근 히 늘어진 바지며, 상체를 헐렁하게 싸고 있는 허름한 점퍼, 그리고 이마 위로 흩어져 내린 머리칼 등 하나같이 낯익은 모양이었다. 진정일은 자 기가 사는 동네 주민들이며 외국인 노동자들의 차림새와 닮았다는 것을 새삼 떠올렸다. 그리스 산간마을 도도니에 자리잡은 신전에 와서 이런 주검과 맞닥뜨리는 것은, 그 자체가 놀라운 일이었다. 동양 계통의 남자 라는 것은 확실한데 어느 나라 사람인지는 짐작조차 안 갔다.

진정일은 죽은 사내의 얼굴을 올려다보았다. 죽은 사람의 발이 땅에서 두어 뼘 떨어져 올라간 터라서 얼굴이 잘 보였다. 얼굴 한 편이 칼로 도 려낸 것처럼 피멍이 져 있었다. 그리고 두 눈의 눈자위가 유난히 퀭하니 꺼져 있었다. 해골에다가 거죽을 씌운 모양 그대로였다. 자기 스스로 목 을 맸다면, 도저히 몸뚱이를 그렇게 매달 수 없었다. 틀림없이 누군가 사 람을 죽이고 죽은 시체를 나무에 매달아 놓은 것 같았다.

혹시 한국인은 아닌가 싶어 바니 호주머니와 점퍼 주머니에 손을 넣어 보았다. 호주머니를 모두 뒤져 보았다. 휴지로 쓰던 종이 부스러기와 알아보기 어려운 문자로 메모를 한 종이쪼가리가 집힐 뿐 한국인이라는 것을 확인할 수 있는 아무런 증거도 나타나지 않았다. 그러면? 자세히 보니 눈알을 누군가 후벼내고 대충 꿰맨 흔적이 보였다. 실밥에 피떡이 맺혀 있기도 했다. 점퍼를 떠들어 보았다. 배도 이미 한번 갈랐다가 꿰맨 뒤였다. 이런 끔찍한. 몸써리가 쳐졌다. 그리스에서 겪은 기이한 체험이라 그대로 지나치기는 꺼려지는 구석이 있었다.

그는 신전 돌담에 기대 놓았던 배낭에서 카메라를 꺼냈다. 몇 발짝 뒤로 물러서서 신전의 돌무더기부터 참나무, 그리고 참나무 뒤에 걸려 있는 시체, 시체의 얼굴이며, 팔다리 발 등을 자세히 촬영했다. 머리는 맹숭맹숭한데 손이 자꾸 떨렸다. 내가 무얼 어쩌려고 이러고 있는 것인가 스스로 생각해도 이해가 안 되는 행동이었다. 마치 자신이 현장의 증인이 되어야 하기라도 하듯, 기사를 작성하려는 기자처럼 세밀하게 자료를 만들었다.

언제 왔는지, 택시기사가 신전 담벼락에 기대 서서는 손가락을 부딪쳐 딱딱 소리를 냈다. 출발할 시간이라는 신호인 모양이었다. 그러면서, 레츠 고우!를 외쳤다. 손짓을 해서 택시기사를 불렀다. 택시기사는 진정일에게 다가와 왜 그러는가 물었다. 진정일이 참나무에 매달린 시체를 손가락으로 가리키자 택시기사는 참나무에 덜렁 걸린 사내를 한참 쳐다봤다. 그러다가는 어억! 소리를 내면서 휘청 흔들리는 몸을 진정일에게 기대왔다.

"동양사람 같은데 어느 나라 사람인지 알겠습니까?" 진정일이 물었다.

"오히려 당신은 저 사람을 잘 아는 거 같소. 그렇게 태연한 걸 보니." 택시기사의 말이었다.

"자세히 보아 두시오." 진정일은 자신을 위해 택시기사의 증언이 필요할지도 모른다는 계산을 하고 있었다.

진정일은 택시기사에게 현장을 하나하나 확인시켰다. 그런데 참으로 기이한 것은, 목이 매달려 죽어 늘어진 시체가 도무지 두려움을 불러오거나 공포심을 일으키거나 하지 않는다는 점이었다. 잠시 일에서 벗어나 참나무 그늘에 쉬고 있는 친구를 만난 것 같은 느낌이 들 뿐이었다. 또는 동네 낯익은 아저씨가 참나무에 기대 서 있는 것 같은 모습으로 보이기도 했다. 퀭한 눈자위는 암에 걸려 투병을 하는 말기 환자의 얼굴에서 흔히 볼 수 있는 모습이었다. 이 엽기적인 주검이 익숙하게 생각되는 것은 스스로를 경악하게 하는 일이었다. 문득, 그게 내가 살고 있는 현실이기 때문에 그럴지도 모른다, 몸의 기관들을 기계 부속처럼 내돌리고 거래하는 사람들. 여기에도 그런 인간들이 득실거리는 모양이다, 생각이 거기까지 미쳤을 때, 택시기사가 얼굴을 빤히 올려다 보다가는,

"저 사람이 당신을 닮았습니다. 알면서 모르는 척하는 거지요?" 하고 닦달했다.

"아니요. 당신이 증인을 서 줄 것이니 문제가 없습니다."

"경찰에 신고해야 합니다."

"경찰이 와서 조사를 하는 데 시간이 걸리겠지요? 그리고 절차가 복잡하고……?"

택시기사는 진정일을 의아한 눈으로 한참 쏘아보았다. 그러다가 진정일을 위무하기라도 하는 듯이 말했다.

"죽은 사람의 신분이 밝혀지면 금방 끝날 수도 있을 겁니다."

"그냥 가면 무슨 문제가?"

"문제가 점점 복잡해져 당신은 의도하지 않게 사건에 얽혀들 겁니다. 현장을 눈으로 보고서도 신고를 안 했다면……, 당신이 살인용의자로 의심을 받지 않겠어요?"

"그냥 태워다 주시오. 우리는 여기서 아무 일도 안 했잖소?"

"구태여 도도니를, 골라서 가자는 게 수상하기도 했어. 당신을 부탁한

여자는 뭐야?"

택시기사는 마치 자기가 경찰이라도 된 양으로 딱딱거리며 달려들었다.

"나는 그리스에 와서 신화를 공부할 학생입니다."

학생이 감히 이런 끔찍한 일에 가담할 수 있겠는가 하는 뜻으로 알박아 말했다.

"그건 당신의 미토스겠지. 당신은 신화와 현실을 혼동하고 있어, 거기다가 지금은 학생도 아니잖소?"

"물론입니다. 그저 내 소중한 체험으로 삼을 터이니 그냥 갑시다."

"나는 이런 일을 경찰에 신고할 의무가 있는 사람입니다."

택시기사는 더 이상 진정일과 티격태격하고 싶지 않다는 투로 나왔다. 택시기사가 신전 관리소에 이야기를 했고, 관리소 직원은 시체를 처음 발견한 사람으로서 증인을 서야 할 것이기 때문에, 경찰이 와서 조사할 때까지 시간을 내서 기다려야 하고, 경찰의 조사에 응해야 할 것이라 못박아 말했다. 실로 난감한 일이었다. 그리스에 유학을 해볼까 하고 전초기지를 찾아온 길에 이런 해괴한 일을 당한다는 건……, 불길한 예감을 불러왔다. 그러나 이상스럽게도 마음은 평정을 유지했다. 마치 죽기를 기다리던 먼 친척이 때를 맞춰 죽어 준 것 같다고나 할까. 왜 마음이 편했던지 알 수 없는, 설명이 안 되는 느낌이었다. 그러나 한편으로 몸이 불불 떨리기도 했다. 건너편 언덕의 붉은 지붕 집들이 아늑하게 옅은 안개에 잠겨 보였다.

엽기적 살인을 당한 시체가 친숙하다니, 그것은 감각의 혼란이었다. 그리스에 와서 이런 일에 엮여 들어가는 것은 불쾌하기까지 했다. 사복형사에게 붙들려 불심검문을 당하던 일들이 떠올랐다. 그러나 흥분할 일은 또 아니었다. 일이 어떻게 전개될지 알 수는 없지만 그 시체에 대해 어떤 동류의식을 느끼고 있다는 것은 거부할 수 없는 현실의 압력이었다. 압력은 폭력과 동의어였다. 꼭 몽둥이로 터지고 주먹으로 맞아야 폭력일 까닭은 없었다. 이유없이 불안해하며 시간을 죽여야 하는 게 폭력 아니고 뭐란 말인가 싶었다.

경찰이 달려오고, 시신을 옮기고, 조사를 받고 하는 과정은 지루하기 짝이 없었다. 그들은 몇 가지 같은 내용을 반복해서 물었다.

"여행 목적이 뭡니까?"

"관광, 컬추럴 투어리즘."

"아까는 사이트 싱이라고 했는데 앞뒤가 안 맞아요, 암튼, 좋고. 며칠 일정입니까?"

"오일입니다."

"아까는 일주일이라고 했는데, 왜 이틀이 줄었지요?"

"국적이 어딥니까?"

"사우스 코리아."

"아까는 코리아 공화국이라고 했는데, 그렇지요? 노스 코리아는 가 본 적이 있습니까?"

"없습니다."

"그건 아까 대답과 일치하는군요. 좋습니다, 그런데 국제 구호단체에 가입한 적은 있습니까?"

"없습니다."

"미국이 아프가니스탄을 침략한 것에 대해 어떻게 생각합니까?"

"그런 국제정치 문제를 나한테 왜 묻습니까?"

"한국, 북한에 정치범 수용소가 몇 개나 있는지 압니까? 그 사람들이 정치범 수용소에 끌려간 이유를 압니까?"

대답을 할 말이 없었다. 그리고 그런 일들이 진정일 자신이 도도니 신전에서 목이 매달려 죽은 시체를 발견한 것과 무슨 상관이 있는지 짐작조차 할 수 없었다.

일이 더욱 꼬인 것은 택시기사 때문이었다. 택시기사 이야기는 동양인들은 한통속이라는 전제에서 출발하는 것이었다. 택시기사가 경찰들에게 한 이야기는 대개 이런 것들이었다.

시체의 얼굴과 진정일의 얼굴이 너무나 닮아 있다는 것, 살인을 저지른 놈들과 같은 집단에 속하는 인물인 것 같다, 같은 집단에서 일을 꾸미면서, 눈알 뽑아서 팔아먹고, 간이며 콩팥 같은 장기를 이식수요자들에게 팔아넘기고, 저 사람을 시켜 확인하러 온 게 아니냐는 것이었다. 특히 요즈음 한국에서 장기이식을 받고자 하는 환자가 드글거리는데, 그 수요를 충당하기 위해 해외로 손을 뻗치기 시작했는지 알아보라는 조언까지 했다. 택시기사가 이야기를 하는 동안 수사관은 옳지, 그렇지 하면서 말끝마다 고개를 주억거렸다.

"작년에도 그리스에 다녀간 적이 있던데, 누굴 만났지?"

"친구와 그리스에 놀러 왔을 뿐입니다."

"레저를 위해 왔다지만 그건 명목일 테고 구체적으로 한 일은 뭐고, 어떤 인사를 만났나를 묻지 않소?"

"보고할 사항이 하나도 없습니다."

"그래? 그럼 이번에 그리스에 와서, 안드레아 텔리코스란 교수를 만났지?"

경찰이 언성을 높이는 품이 위압적이었고, 그리고 그가 그런 세세한 사실까지를 알고 있는 것이 두려웠다. 더구나 고인덕 박사와 이야기를 나누던 내용이 이번에 겪는 사건과 무슨 연관이 있는 것은 아닌가 의문이 들기 시작했다. 그렇다면 일이 난삽하게 꾀어 돌아가는 것이 아닌가 싶어, 고인덕 박사의 도움이 있어야 한다는 생각이 들었다. 사실을 사실대로 이야기해야 한국으로 돌아가는 데 지장이 없다는 것을 알아라, 한 치라도 거짓이 섞이면 수사가 지연된다. 그리고 거짓을 말하는 자를 두둔하는 경찰은 세계 어느 구석에도 없다, 네 앞날을 생각해서 진실을 말하라, 정직이 최상의 정책이라는 낯익은 말까지 동원해서 진실을 만들어서라도 고백하라는 압력이었다. 그리스에서 재판을 받아야 할지도 모른다, 재판을 받아 살인죄로 판명이 되면 네 신세가 어떻게 되는지 상상이나 해 보았느냐, 그렇게 조여 왔다.

"그런데 도도니, 그 도도나를 혼자 찾아간 이유가 무엇인가?"

아득한 느낌이 가슴을 죄어왔다. 그것은 이상한 정도를 지나 해괴한 질문이었다. 시체를 거기다가 유기하려고 한 것은 아닌가, 아프가니스탄 인들과 한 패거리는 아닌가, 그들이 국경을 넘어가는 일을 돕는 브로커 는 아닌가, 그들을 종교적으로 미혹시켜 결집해서 모의를 하도록 유도하 는 배후 조종을 한 것은 아닌가, 질문은 그렇게 이어졌다. 경찰의 눈치는 그가 아프간 난민을 유럽의 다른 나라로 탈출하게 돕고 돈을 얻어내는 인물인 것으로 의심하는 눈치가 역력했다. 일일이 대답할 수 없는 질문 들이었다.

"당신은 눈이 건강한가?"

"물론 건강하고, 다른 사람의 눈은 필요치 않다."

"그러면 한국에서는 눈 하나가 얼마에 거래되는지는 아는가?" 진정일 은 모른다고 대답했다. 그러면 간을 이식하는 데 얼마가 들어가는지도 의당 모르겠군. 그렇게 혼자 중얼거리면서 수사관은 둔한 몸을 일으켜 자리를 떴다.

경찰 간부처럼 보이는 이가 들어왔다. 여행을 하다 보면 이상한 일을 당하는 경우도 있으니, 너무 긴장하지 말라고 톤을 낮추어 이야기를 했 다. 그런데 좀 엉뚱한 질문을 했다.

"도도니 신전의 여사제는 만났는가?" 경찰의 얼굴이 비웃음으로 일그 러졌다.

"당연히 못 만났습니다." 진정일도 약간은 연극적인 투로 대답했다.

"못 만났다는 것은 만날 수 있다는 것을, 그런 존재가 있다는 것을 전 제하는 것 아닌가? 말하자면 그런 일을 하는 사람들을 알고 있다는 것인 데, 전말이 모두 밝혀지기 전까지는 당신을 돌려보낼 수 없소."

"나는 단순히 여행을 왔을 뿐입니다."

"그 신성한 신전 도도니를 그 따위로 이용하다니, 당신은 용서받을 수 없어."

경찰은 뜬금없이 웃다가 어디론가 전화를 했다. 그리고는 또 혼자 한참 웃었다.

"도도니의 신탁이 당신을 풀어줄 때가 되면, 그때는 도도니의 참나무에서 상수리가 떨어질 것이네. 멍청이 자식."

경찰 간부처럼 보이는 사람은 문을 펑 소리가 나게 닫고 나가 버렸다. 그리고 진정일은 어둑신한 지하실로 끌려갔다. 안젤라가 끌려와 제우스신전의 참나무에 손이 묶인 채 몸부림하는 모양의 환상이 눈앞을 스쳤다.

증거가 드러날 때가지 경찰서 유치장에 감금당해 처박히게 되었다. 몸이 녹초가 되어 한없이 낮은 수렁 밑바닥으로 가라앉았다. 눈앞으로 환상이 지나갔다.

고인덕 박사가 두 손에 꿈틀거리는 뱀을 쥐고 다가왔다. 뱀 두 마리가 한꺼번에 입으로 들어갔다. 목을 타고 넘어간 뱀은 뱃속에서 창자를 휘젓고 다녔다. 뱃살이 꼿꼿하게 뒤틀려 올라오는 듯 부풀다가는 하복부로 전류처럼 빠져나갔다. 사타구니가 부풀어 올랐다. 바짓가랭에 손을 넣고 팽팽하게 일어서는 물건을 쥐고 있는 사이, 마치 수면제를 먹은 것처럼 잠이 몰려왔다.

다시 비몽사몽간에 지나가는 환영이 이어졌다. 산자락에서 산들바람이 내려와 볼을 쓸어내렸다. 마당에서 참나무가 한 그루 자라 올라왔다. 참나무는 햇살을 받아 바람을 따라 잎이 반짝이며 뒤집혔다. 잎이 뒤집히면서 햇살을 산란해 내는 가운데 비둘기들이 날아올랐다. 머리를 흔들어 환상을 지우며 눈을 떴을 때, 앞을 막아선 그리스 경찰관은 머리 위에다가 손가락으로 동그라미를 그려 보이며 싱긋 웃었다. 심한 헛소리를 한 모양이었다.

경찰서 유치장에서 하루를 보낸 다음날이었다. 고인덕 박사가 찾아와 일이 진행된 경과를 이야기했다. 경찰에서 연락을 해 왔다는 것이었다. 지갑에 들어 있던 고인덕 박사의 명함에 적힌 전화가 로밍되어 있어서 연락을 받을 수 있었을 걸로 짐작이 되었다. 참나무에 달려 있던 시체는 자살을 한 것으로 밝혀졌다. 유서가 발견되었고, 목을 매면서 바닥에 깔았던 깔판은 동료가 도와주자고 치운 것으로 확인됐다고 한다. 자살한 사람과 그 동료라는 사람이 어떤 사이일까 하는 게 금방 납득이 가지를 않았다. 그리고 눈은? 또 장기는? 그런 조직이 있다는 것을 알면서도 철두철미 수사를 해서 근절을 하지 않는 이유를 납득할 수 없었다. 그런 짓을 하는 놈들이 어떤 조직의 사람들인가를 물었다.

"한꺼번에 다 알려고 하지 마."

눈을 매섭게 찡그리며 뱉는 한마디였다. 고인덕 박사가 점점 도도니 신전의 여사제를 닮아가는 느낌이었다. 뜻을 정확하게 알 수 없는 말로, 동굴 속에서 웅얼웅얼하며 울려나오는 메아리처럼 머릿속을 웅웅웅 날아다니는 파리떼 같은 말의 조각들. 엊그제 고인덕 박사의 지도교수 집에서 들은 얘기도 그렇게, 더 거슬러 올라가면 빈정만의 이야기 가운데도 의문이 가는 구석이 있었다. 희생이라는 말의 파편에 맞아 몸에서 피가 흘렀다. 고인덕 박사의 손에 생사여탈권이 쥐어져 있는지도 모른다는 생각이 스치고 지나갔다. 고인덕 박사가 난민 구호단체로 사람을 유인해서 이용하는 조직의 일원은 아닐까, 그런 의구심이 들기도 했다.

"신탁은 아무에게나 행운을 갖다 바치지 않아요. 최소한 몸까지는 아니라고 해도, 손가락 한 도막이라도 바쳐야 해요."

진정만은 손을 펴고 손가락을 내려다봤다. 손가락이 가늘게 떨렸다. 고인덕 박사의 지도교수와 이야기를 하던 중에 희생이니 뭐니 하던 이야기가 선명하게 되살아왔다. 그리스에 유학을 하기 위해 바쳐야 하는 희생이란 무엇인가? 그런 희생은 감수하면서 그리스로 유학을 와야 하는 필연성은 어느 구석에도 없었다. 신화시대도 아니고 희생이란 말이 가당치 않았다. 그런 가당치 않은 말을 하는 고인덕 박사라는 사람은 도무지 무엇인가.

"희생을요? 몸을 바치라고요?"

"걱정 말아, 희생이 꼭 몸바치는 건 아니니까."

몸을 바쳐야 하는 사람과 노력을 바쳐야 하는 사람, 지식을 바쳐야 하는 사람, 인정을 바쳐야 하는 사람, 사람에 따라 바칠 것은 각자 모두 자기 몫이 있다는 것이었다. 그걸 몰아때려 범박하게 희생이라고 한다는 거였다. 희생이라면 짐승을 잡아 제단에 피를 칠하는 걸로만 알고, 봉사라면 스스로 찾아가서 몸을 굽신거려야 하는 것처럼 언어가 오도돼 있는 게 현실이라는 이야기는 좀 과도하게 나가는 지적 게임 같았다.

"여기가 그래도 그리스 아닌가, 진정일 카스트레이트야 안 하겠지."

카스트레이트(거세)란 말을 듣는 순간 머리로 찌릿한 전류가 흘렀다. 놀라긴, 하면서 고인덕 박사의 오른팔이 진정일의 구부정하니 숙인 어깨를 부드럽게 쓸다가 허벅지로 내려왔다. 사타구니가 알알해지기 시작했다. 진정일은 고인덕 박사의 손을 옆으로 밀어제쳤다.

"우리 진정일 고생했네. 내가 점심 맛있는 걸로 사 주지."

마치 데모를 하다가 경찰에 붙들려가서 조사를 받고 돌아온 아들에게 어머니가 하는 말 같은 배려와 따뜻함이 배어 있는 목소리였다. 그런 천연덕스런 목소리와 무시로 다가오는 손길이 사실은 진정일을 겁에 질리게 했다.

"어미의 철학은 자식을 먹이는 데서 출발해."

속이 헛헛해서 견딜 수가 없었다. 고인덕 박사를 따라나서면서, 경찰에게 돌려받은 지갑을 열어 보았다. 유로화 여나무 장과 한화 만 원권 등은 고스란히 그대로 남아 있었다. 그런데 이상하게 명함 몇 장이 없어졌다. 다른 증명서도 그대로 있었다. 아마 다시 연락할 때 필요해서 챙겨두었을지도 모른다는 생각으로 의구석인 조바심을 달랬다.

점심을 먹으러 나온 사람들로 식당 거리는 술렁거리며 붐볐다. 그리스에서 2월 하순이면 겨울이 물러가기 시작한다고 했다. 아직은 쌀랑하지만 옥외를 좋아하는 사람들이라 건물 안은 텅텅 비워 놓고 길옆으로 나앉아 식사를 하면서 맥주를 마시느라고 북적댔다.

"여기 그리스에서도 자살하는 사람들 많습니까, 한국처럼?" 진정일이 물었다.

"이 사람들 자살 안 해. 우리가 아는 것보다 한결 행복지수도 높고." 고인덕 박사의 말투에는 그리스를 지지하는 의지가 역력히 배어나왔다.

"그럼 타살은요?"

"타살? 타살이라기보다는 일종의 희생제의를 치른달까. 그리스 사람들 스스로 치르는 희생제의가 아니라, 이웃나라 사람들이 그리스에 베이스캠프를 치고 그런 제의를 벌이기 때문에 문제지."

고인덕 박사는 화제를 돌려 그리스에 있었던 자살의 원조에 대한 이야기를 해 주었다.

"그리스 여류시인 사포 알지? 그 사포가 파온이라는 선원과 사랑에 빠져 마침내 투신 자살했다는 전설이 있는데, 2600년이나 지난 이야기라 신빙성이 없어."

사포라는 여자가 어쩌면 인류 최초의 여류시인이라는 것은 진정일도 아는 일이었다. 그러나 파온이라는 뱃사람이 누구며 어떤 사랑을 나누다가 사포가 자살했는지는 추리가 안 되는 단편적인 에피소드였다. 파온이라는 선원이 신탁을 잘못 받았거나, 사포가 그 신탁을 위반한 결과 죽음으로 내몰린 건 아닐까 하는 생각이 들었다. 진정일은 맥락이 헝클어진 이야기 가운데 방치되어 있다는 강박감에 시달리는 중이었다.

사랑에 실패하고 자살하는 이야기는 세계 어디든지 숱하게 흩어져 있는 게 아닌가 생각하고 있을 때, 고인덕 박사가 그리스 이야기를 이어갔다.

"뭐랄까, 그리스 사람들은 삶을 사랑하고 죽음을 두려워하지 않는 사람들이야. 전쟁이 나면 나가 싸우다 전장에서 죽는 것은 당연하다, 정적에게 추방을 당하거나 숙청을 당하는 것은 의당 각오하는 일이다. 그렇게 죽음을 대수롭지 않게 생각하지. 그리스 사람들의 비판의식이라는 것도 죽음을 두려워하지 않는 정신과 연관되어 있는 것 같아. 누군가가 잘못하면 잘못을 까발리고 그래서 더는 잘못 없게 지켜주면서 살아가는 사람들이야. 각자 나름대로 성급하게 치달리지 않고 느긋하게 사는 게 우리랑 다른 점이겠지. 호들갑을 떨지 않는 게 이들 그리스 사람들의 힘인지도 몰라. 까짓거 죽으면 죽었지 하면서 적극적으로 나서는 그리스인들의 삶의 태도는 한국의 시각으로 보자면 때로 경망하기도 한데, 아무튼 펄펄 살아 있는 사람들이라는 느낌이 든다니까."

고인덕 박사는 가벼운 한숨을 내뱉었다. 진정일은 크레타 이다산에서 흘러내리던 싱그러운 햇살을 생각하고 있었다.

"그래서, 사는 이야기 열심히 하느라고 그리스 사람들이 말이 많은 건가요?"

"그럴지도 모르지. 나도 그리스에서 공부하다 보니 그런가, 말이 많지? 중요한 건 말이지, 생의 에너지 같은 거라고 할까. 죽겠다고 떠드는 사람은 자살 같은 거랑은 거리가 멀어. 웅크리고 앉아서 하늘 무너질까 혼자 걱정하는 치들이 자살도 하고 그러지."

자살을 안 하는 것과 다른 인간 죽이는 것이 어떤 연관이 있는 것인가? 알기 어려웠다. 더구나 남의나라 사람들을 푸줏간에서 고기 다루듯 하는 짓거리는 용납할 수 없었다. 인간을 인간으로 취급하지 않는 몬도가네 같은 발상법이었다.

"자기들이 자살 안 하는 거야 좋지요. 그런데 남의나라 사람 눈 빼고 간, 쓸개 도려내서 팔아먹는 놈들은 법으로 막아야 하지 않나요?"

"그리스 사람들이 하는 짓이 아닐 거네."

"법으로 대응하지 못하면 두드려패서라도 사람 죽는 건 막아야지요."

"폭력으로 죽음을 방지한다? 그런 얼떤 꿈은 얼른 깨는 게 좋을 걸."

"그리스인들의 짓이 아니라고 해도, 그리스 안에서 아시아인들이 인신매매하는 것을 방치해도 된다는 말인가요?"

"그래서 나 같은 사람이 뛰어다니지 않아?"

진정일은 아연한 표정으로 고인덕 박사를 쳐다보았다. 한국에서 온 여성 한 사람이 그리스에서 자행되는 인신매매를 어떻게 한다는 것인지 감이 잡히지 않았다. 아프간 사람들이 난민이 되어 밀려들고, 그들이 북유럽으로 가기 위해 그리스에서 진을 치고 있는 상황에서 개인이 할 수 있는 일이란 무엇인가 감이 잡히지 않았다.

"박사님 개인으로, 더구나 그리스에 와서 아프간 사람들 돕는 일이 가능해요?"

"자선의 마음에서 나오는 희생의 젖줄에 갱년기 따위는 없어."

진정일은 잠시 흠칫하고는 맥주잔을 들어 찔끔 마셨다. 자선과 연관된 모성본능을 충족시키는 식사가 되는 셈이었다. 난민들이 날바닥에 굴러다니는 데마다 쫓아다니면서 젖을 짜서 먹이는 여자, 그게 한국의 어머니상과 어떤 연관이 있는가, 그런 생각을 거듭하는 사이 식사가 나왔다.

"지도교수 맡아 줄 사람과는 이야기를 잘 해 놓았다. 저녁에 만나기로 했으니까 시내 구경하고, 학교 숙소로 돌아가서 쉬고 있어." 그렇게 일러 놓고는 고인덕 박사는 급히 서둘러서 자리를 털고 일어났다. 가방에 무슨 팸플릿 같은 것이 삐주룩이 내민 게 보였다. 난민구호단체의 홍보 팸플릿 같았다.

이와나나 시내에는 터키성이며, 박물관 등이 볼만하다고 했다. 혼자 시내를 나돌아다니기가 꺼려졌다. 어느 골목 전신주에, 어느 성벽 사이 으슥한 곳에 시체가 걸려 있을지 알 수 없는 일이었다. 언제 어느 고샅길에서, 무슨 일을 당할지 모른다는 두려움 같은 것이 안에서 안개처럼 스멀거리면서 몰려 올라왔다. 곧바로 숙소로 돌아왔다.

날이 흐려서 그런지 숙소의 침대는 호청이 눅눅했다. 누웠다가 일어나 앉아서 창밖을 바라보다가 하는 중에 하루를 까먹고 말았다. 이런 일들이 얼크러지는 속에서도 너는 그리스 유학을 꼭 해야 하는가, 그렇게 스스로에게 묻는 꼴이었다.

잠자리에 누워서도 택시기사가 하던 이야기가 떠올라 아물거렸다. 신탁이 내리려면 진정함이 있어야, 갈망이 있어야 한다던 그 기사의 말이 유독 까실거리며 머리를 맴도는 것이었다. 그동안 공부를 한다고는 했지만, 공부가 삶의 진정성을 보장하는 것은 아니라는 깨달음 같은 게 머리를 어지럽혔다. 삶의 길을 조정해야 하고, 삶의 궤도를 수정해야 했다. 생각해보면 지극히 평이한, 그리고 안온한 생활의 연속이었다. 아마 평균적 인간의 표본이 아닐까 싶었다. 그런데 그 평균에 스스로 복종하는 길에서 벗어나기 위한 모색 과정에서 만난 걸림돌 하나에 발부리를 채인 것일 뿐이었다.

그런데 이상하게도 신전의 참나무에 덜렁 걸려 있던 사나이의 얼굴이 자신의 얼굴과 너무 닮았다는 생각이 끊이질 않았다. 눈앞에 그 얼굴과 몸뚱이가 흔들거리면서 다가왔다가는 멀어지고 멀어졌다가는 다가와서 씨익 웃음까지 보이곤 했다. 어느 사이 그 사나이의 모습이 자신의 몸에 익숙한 낡은 옷가지처럼 씌워지는 것은 등에 소름이 돋게 했다.

그날, 밤 늦게서야 전화가 걸려왔다. 술이 제법 오른 고인덕 박사의 목소리였다.

"혼자 있을 때 조심하라고 했어. 나 없다고 그리스 여자 찾아나서다간 죽는 수가 있어."

진정일은 물건을 주무르다가 들키기라도 한 것처럼, 화들짝 놀라 일어나 샤워실에 가서 찬물을 들러썼다. 몸이 알알하면서도 개운했다. 고인덕 박사는 혼돈의 미궁 같은 분위기를 풍겼다. 무엇이 그의 진정인지를 간파할 도리가 없었다.

하루 시간을 더 내기로 했다. 그리스의 산간도시 이와니나에 오기까지 투자한 시간과 돈이 아까웠다. 그래서 이와니나 시내는 찬찬히 돌아보아야 하겠다 싶었고, 거기 유적들을 대개 훑어보아야 한다고 생각했다. 그래야 그걸 소재로 여행기라도 한 편 쓸 수 있을 것 같았다. 대학 지도교수는 그런 주문을 하곤 했다. 가는 데마다 흘러다니는 돈이 널려 있다. 글을 써서 그 돈을 잡아라. 그럴 준비를 하자면 '적자생존'을 명심해라. 적는 사람만이 살아남는다. 지도교수 영향인지 여행할 때마다 기록하는 버릇이 생겼다. 다가오는 풍경마다 카메라를 들이댔고, 기억을 도울 책자를 사고, 혹 글을 쓰게 될 경우 필요할 것 같은 사항은 메모를 했다. 특히 메모는 그리스에 유학을 하는 데 필요한 정보를 비롯해서, 가급적 독립성이 있고 완결성이 갖추어진 글로 적어 나갔다. 이전에 쓴 것부터 해서 메모가 기자수첩 두 권을 가득 채우고 뒷면을 써야 할 만큼 뿌듯한 양이었다. 진정일의 기록 가운데는 야코비디스 화집을 읽은 내용도 포함되어 있었다.

돌이켜보면, 되도 않는 공부를 한다고 낮잠 한번 제대로 못 잔 것은 물론 밤을 설치면서 책을 읽었다. 반성 없이 머리에 처넣기만 하는 책읽기를 계속했다. 행동만 있었고, 그 행동을 되돌아볼 여가가 없었다. 미네르바의 부엉이는 어둠과 더불어 날기 시작한다고 했는데, 어둠이 깃들 시간이 없는 대학 생활이었다. 유학을 하게 되면, 행동과 성찰을 함께 아울러 삶을 여러 겹으로 엮어가야 할 것 같았다. 그런 시덥잖은 생각을 하느라고 잠을 설쳤다.

지도교수를 맡아 달라고 고인덕 박사가 이야길 한 테오그노시아 교수를 만났다. 은발에다가 이마가 훤하고 코가 우뚝한 얼굴에, 깊이 들어간 눈이 먼 수평선을 바라보는 것처럼 그윽하게 가라앉아 있었다. 몇 가지 간단한 질문을 했다.

"그리스에 와서 무얼 보았는가?"

"신화와 현실이 착종하는 걸 보았습니다."

"그래? 이상과 현실의 괴리도 있지. 신전에서 이루어진 신탁이라든지 여러 가지 제의가 있는데, 그런 것들의 문화사적 의미는 무엇이라 보는

가?"

"물질적 기반의 변화에 따라 신화는 달라지고, 신화의 해석 또한 다른 의미를 지니게 될 겁니다. 그리스 고전 비극은 인간의 심연을 이해하는 내면성을 지니게 되면서 연극성은 약화되었다고 봅니다. 그리스 신화나 제의는 현대화를 향한 길목에 있습니다. 끝없이 연장되어 나가는 그 현대를 위해서 봉사할 일이 많다고 생각합니다."

"그래? 외국어는 무엇을 할 줄 아는가?"

"영어는 말하고 쓸 줄 알고, 독일어와 불어는 읽을 줄 압니다. 그리고 한문도 조금은 읽을 수 있습니다."

옆에서 조마조마하게 듣고 있던 고인덕 박사가, 이 친구가 제법인데 하는 표정으로 진정일과 테오그노시아 교수를 번갈아 쳐다봤다. 테오그노시아 교수는, 지도교수를 맡아 주기로 했다. 행정 절차는 학교에 알아보라 하고는 일어났다.

"좀 싱겁지?" 고인덕 박사가 진정일의 손을 잡으면서 눈을 찡긋했다.

다시 버스로 아테네까지 6시간을 달려간다는 것은 실로 난감한 일이었다. 비행기를 이용해서 아테네까지 가기로 했다. 그래야 시간을 절약할 수 있었다. 고인덕 박사가 공항까지 배웅을 나와 주었다. 짐과 소지품을 조심하라는 당부를 거듭했다.

"가방을 이렇게 엑스자로 걸머메고 다니라구. 가능하면 두 팔로 안고 다녀." 그러면서 무슨 일이 있으면 전화를 하라면서, 명함을 다시 건네주었다.

"혼자 집에 갈 수 있겠니?"

고인덕 박사는 진정일을 끌어안고 볼을 부벼 주었다. 코끝에 재스민 향기가 풍겼다. 진정일은 엉뚱하게, 혹은 야속하게 재스민 혁명이라는 것을 떠올렸다. 분신자살한 튀니지아의 청년 얼굴이 눈앞을 흘러갔다.

밤 열 시가 넘어서야 아테네 베니젤로스 공항에 도착했다. 비가 추적추적 내리고 있었다. 여기서는 봄을 알리는 비였다. 빗방울이 대지를 적시고 스며들어 뿌리를 자극하면 겨울 내내 감추었던 생명의 뿌리들이 물기를 머금고 대지를 푸르게 물들일 준비를 할 것이다. 그러면 도도니의 참나무 실뿌리에도 물이 오르고 줄기가 부풀면서 잎이 피어날 것이다. 푸른 잎이 촘촘히 돋아나서 한 그루의 지구처럼 둥그렇게 어우러지면 비둘기들이 깃들기도 할 것이다. 그럴 때 거기 목을 매달았던 젊은이의 영혼 또한 푸른 잎처럼 피어날 것인가. 누가 후벼간 눈에 싹이 돋을 것인가. 여행 중에, 그것도 낯선 도시에서 늦은 시간에 만나는 밤비지만 그렇게 거슬리지 않는 비였다. 봄비이기 때문이리라. 희망의 빗발이기 때문일 터였다. 진정일은 약간은 감상에 젖어 그리스 유학이 성사될 것이라는 희망을 되새기고 있었다. 그런 생각들로 눈이 오들오들하고 잠이 잘 오지를 않았다. 헤르메스호텔에서 하룻밤을 그렇게 지냈다.

아침 일찍 호텔로 전화가 걸려왔다. 고인덕 박사의 전화였다. 정오부터 그리스의 모든 교통이 파업을 한다고 했다. 버스, 전철, 선박, 비행기 모두가 파업에 돌입한다는 것이었다. 핸드폰에는 여행사에서 문자가 와 있었다. 비행기가 현지 사정으로 하루 늦어진다는 내용이었다. 난감한 일이었다. 이제까지 잊고 있던 여자 친구 안젤라의 뽀얀 얼굴이 떠올랐다. 안젤라가 프라하로 떠나기 전에 만나자는 약속이 있었다.

비행기가 제대로 출발해야 2월 24일 정오쯤 인천공항에 도착한다. 그래야 프라하로 연극을 공부하러 떠나는 안젤라를 만나기로 한 약속을 지킬 수 있었다. 둘이 같은 시기에 유학을 가게 되면, 결혼 일정을 맞추어 결정해 두기로 했다. 안젤라가 프라하로 출발하기 전에 꼭 만나서 유럽에서 지낼 약속을 잡자는 계획이었다. 외국 나들이에 너무 바튼 계획이었다. 약속 당시는 시간여건이 그런대로 여유로웠다. 그리스의 파업 때문에 진정일 자신의 시간이 촉박하게 된다는 것, 그게 글로벌화의 한 징표였다.

고인덕 박사에게 통화를 시도했는데 연결이 안 되었다. 이럴 경우 대개는 공항에 나가면 파업에 참여하지 않는 다른 비행기를 대체해 주는 것이 통례란 생각이 들었다. 일단 공항으로 나가기로 하고 짐을 대충 챙겨 가지고 서둘러서 호텔을 나섰다. 호텔 앞에는 아침시장이 열려 있어서 사람들이 북적거렸다. 북적거리는 사람들을 요리조리 피하면서 모나스트라키 정거장을 향해 부지런히 걸었다. 비끝이라 좀 쌀쌀하기는 해도 공기는 상쾌했다. 생각해보니 한국에서는 파업 같은 것은 별로 경험하지 못하고 지낸 것 같았다. 더구나 외국에서 당하는 파업은 새로운 경험이고, 그래서 더욱 걱정이 되기도 했다. 진정일은 발걸음을 서둘렀다.

아직은 파업에 돌입하지 않은 모양이었다. 그만도 다행이라면 다행이었다. 대중교통이 파업에 들어간 시간이 아니라서 전철은 아직 운행을 하는 중이었다. 표를 사 가지고 플랫폼을 향해 내려가는 에스컬레이터를 타려고 할 때였다. 누군지 어깨를 치고 쏜살같이 에스컬레이터로 달려 내려갔다. 발을 멈칫하고, 그의 뒤를 눈으로 쫓고 있을 때였다. 시큼한 냄새가 역한 액체가 얼굴에 뿌려졌다. 가방을 움켜쥔 채 머리를 세차게 흔들었다. 액체는 질식을 할 것 같은 고약한 냄새를 풍기며 코트깃으로 흘러내렸다. 아차 당하는구나 하는 사이, 옆구리로 주먹이 날아들었다. 이어서 예리한 칼날이 왼쪽 어깨를 파고들었다. 한 손에 들고 있던 작은 가방을 놓치고 말았다. 바닥으로 떨어지는 가방을 번개같이 채가는 놈은 몸이 깡마르고 머리에는 나이키 모자를 쓰고 있었다. 갑자기 들끓어 오르는 생각들 때문에 바닥에 주저앉고 말았다. 쳐 죽일 놈들. 도도니의 참나무에 목을 매단 놈의 얼굴이 얼핏 눈앞을 스쳤다. 눈알, 진정일은 자신도 모르는 사이 손이 눈으로 갔다. 얼굴이 얼얼해지면서 현기증이 몰려왔다. 그리고는 참나무 등걸처럼 콩크리트 바닥에 넘어졌다. 그것 말고는 다른 기억이 없었다.

정신을 수습해서 휘둘리는 다리로 모나스트라키 광장에 있는 교회 앞화단가에 걸터앉기까지, 나락으로 떨어져 내리는 느낌이었다. 광장은 어제 내린 빗물로 여기저기 물이 고여 번들거렸다. 햇살은 눈을 찔렀다. 온몸에 오소소 한기가 몰려왔다. 어깨가 칼로 에는 것처럼 쓰려오고 머리는 뒤집어 놓은 쓰레기통처럼 어지러웠다. 우선 옷을 벗어 놓고 어깨부터 손을 대 보았다. 손에 끈적한 피가 묻어 나왔다. 큰 짐가방에 챙겨 넣었던 지혈제를 찾아 바르고 임시로 반창고를 붙여 두었다. 상처가 그렇게 큰 것은 아니었다. 현기증이 간헐적으로 머리를 훑고 지나갔다. 햇살을 등지는 방향으로 고쳐앉아, 가방을 끌어안고 코트 주머니에 손을 넣어 보았다. 동전 댓개가 달랑 손에 잡혔다. 그게 가진 것 전부였다. 동전을 손에 들고 교회 지붕을 올려다보았다. 동그랗고 앙증맞은 그리스정교회 교회당 위에는 십자가 또한 예쁘게 자리를 잡고 있었다. 아이구, 어린 것이 고통을 당하는구나, 고인덕 박사의 목소리가 환청처럼 들렸다. 교회 앞에 서서 구걸하는 걸인 신세와 다를 것이 없었다. 그리스에 유학을 하겠다고 왔다가 가는 사람을 대접하는 꼴이 이따위란 말인가. 분노와 수모가 뒤엉켜 가슴이 벌렁거렸다. 심호흡을 했다. 머리가 여전히 뒤흔들렸다. 교회 벽에 머리를 기댔다. 건너편에서 홈리스가 이쪽을 바라보며 싱긋 웃었다. 마치 입사식을 치른 동료 한 패를 만나기라도 한 듯.

코트 다른 주머니에 손을 넣어 보았다. 핸드폰이 손에 잡혔다. 그것은 그야말로 생명선이었다. 무슨 연락부터 해야 하나. 잠시 짚어 보았다. 카드 분실신고와 사용 중지 신청, 그리고 잃어버린 여권을 다시 발급받는 것. 그리스에서 연락이 되는 유일한 보호자 고인덕 박사에게 연락을 하는 일. 그게 전부였다. 그런데 통화가 한 군데도 안 되었다. 문자로 내용을 간단히 보내고는 교회 뜰에서 숨을 돌리고 앉아 있자, 잃어버린 것들이 떠올라 눈앞에 또랑또랑 생생한 모습으로 펼쳐졌다. 여권과 지갑. 지갑에는 주민등록증, 학교의 학생증, 운전면허증, 그리고 카드가 몇 장 함께 들어 있었다. 그리고 한국에 돌아갈 때까지 써야 할 현금을 500유로

쯤 남겨 두었었다. 여자 친구 안젤라에게 줄 선물, 이와나나가 은세공품으로 유명하다고 해서 마음먹고 꽃 모양 브로치를 산 것인데, 아침에 짐을 꾸리면서 큰가방에서 일부러 옮겨 놓았던 것이다. 안젤라를 만나면 선물부터 내밀 작정이었다. 카메라에는 여행기를 쓰게 되면 그림 자료로 사용할 생각으로 찍어 두었던 사진이 3백여 장이 들어 있었다. 그리고 카메라는 졸업선물로 받은 것이라서, 제법 값이 나가는 물건이었다.

그리고 무엇보다 아쉬운 것은 오랜만에 메모장에다가 글을 써 둔 것이 홀랑 달아난 것이었다. 눈에 밟히듯 살아나는 그 물건들의 기억은 그리스에 대한 생각을 뒤집어 놓았다. 거지 같은 나라, 치안이 이따위라면 미치지 않은 이상 어떤 놈이 그리스를 찾아오겠나 싶었다. 그것은 차라리 비애였다. 늙은 나라의 끝장을 보는 것 같아 눈시울이 뜻뜻하게 물기를 머금었다. 대한제국의 마지막을 생각했다. 눈알을 후벼가는 놈들, 간과 신장을 빼가는 놈들이 준동하는 나라. 염병을 헐, 욕이 저절로 나왔다.

전화벨이 울렸다. 전화 연결 안 되어 문자로 연락함. 카드 사용 중지 신청 완료. 동생. 그런 문자가 화면에 떴다. 전화를 시도하는데 배터리가 달랑거려 자기편에서 전화를 억지로 하는 것보다는 오는 소식을 기다리는 게 낫겠다 싶었다. 물론 큰가방 안에 충전기가 들어 있었다. 여권 분실하면 어떻게 해야 하는지 그리스 대사관에 전화해서 알아 봐 달라는 문자 메일을 보내고 났는데, 고인덕 박사의 문자 메시지가 도착했다. 헤르메스호텔서 기다리세요. 비행기편으로 가겠음. 빈정만 군을 먼저 호텔로 보내겠음. 고인덕.

빈정만? 아득하게 떠올랐다가 사라지는 기억이었다. 그러다가 문득, 되살아나는 기억이 신통했다. 빈정만 군은 전에 고인덕 교수와 함께 만난 친구였다. 그리스 현대사를 연구하겠다고 했다. 현대사 가운데 무엇이 관심사인가 물었던 기억이 떠올랐다. 한국의 민주화와 그리스의 경우를 비교하려고 하는데, 그리스의 군부독재 탈피와 한국의 경우 어떤 정치적 차이가 있는가를 연구하려 한다고 했다. 그런 기억이 되살아나는 것은, 그 무렵부터 진정일이 그리스에 관심을 가지고 있었기 때문인지도 모른다. 그러나 이제는 그리스에는 머리도 돌리지 않겠다고 어금니를 깨물었다.

짐가방을 끌고, 며칠 전에 묵었던 헤르메스호텔을 찾아갔다. 십여 분 못 미치는 거리인데 아득하게 멀었다. 몸에서는 염산 냄새가 나고 어깨는 칼로 쑤시는 것처럼 아파왔다. 프론트에서 맑은 얼굴로 인사를 하던 아가씨의 얼굴이 진정일의 몰골을 보고는 금방 변색이 되었다. 로비에서 잠시 쉬겠다고 했다. 너희 나라에서 일을 당한 거야, 거지 발싸개 같은 나라. 아가씨가 따라와서 무어 도와줄 일이 없는가 물었다. 괜찮다고 해 두었다.

소파에 앉자마자 아랫배가 켕겨왔다. 하도 무거워서 가방에 매달려 다녀야 하는 형편이지만 로비에 그대로 둘 수 없어서, 끌다시피 지하에 있는 화장실로 내려갔다. 오줌 빛깔이 노랗다 못해 혈뇨처럼 빨갰다. 마음을 잘 다잡지 못하면 주저앉을 것 같아서, 호흡을 가다듬고 세수를 했다. 로비로 올라와서 핸드폰을 꺼내 보았다. 집에서 또 문자 메시지가 와 있었다. 여행자가 여권과 가방 같은 물건을 분실하면 인근 경찰서에 가서 신고를 하고 분실 확인증을 받아 대사관에 제출해야 여권을 다시 발급받을 수 있다는 내용이었다. 그러면서 우선 가까운 경찰서를 찾아가서 분실 신고를 하는 게 순서라고 했다. 다른 것은 몰라도 여권은 재발급을 받아야 출국을 할 수 있겠어서 인근 경찰서를 찾아가겠다고 가방을 끌고 나섰다. 호텔 프론트 아가씨가 가방은 맡기고 가라 하는 것을, 넌들 믿을 수 있겠나, 가방에 중요한 것이 들어 있다 하면서 구태여 끌고 나왔다.

한국처럼 경찰서라면 큰 거리 가장자리, 누구나 금방 찾을 수 있는 데다 큼지막한 건물을 차지하고 있는 줄로만 알았다. 그런데 주민들은 물론이고 심지어는 순찰을 하는 경찰까지도 인근 경찰서를 모른다고 손을 저었다. 겨우겨우 물어서 찾아간 것이, 큰길에서 세 블록이나 들어간 골목길에 있는 낡은 건물 4층(한국의 5층)에 경찰서가 있다고 했다. 경찰서가 이렇게 숨어 있으니까 날치기 들치기가 들끓지. 엘리베이터는 고장이었다. 짐가방을 들고 5층까지 걸어 올라가는 길은 치욕스럽고 울화가 치밀어 모멸감에 휩싸이게 했다. 등에서 땀이 솟았다. 어깨는 쑤시고 아팠다. 어찔어찔 현기증이 몰려왔다.

경찰이라면 저 정도는 되어야겠거니 하는 생각이 들 정도로 준수하게 생긴 중년 남성이 데스크를 차고 앉아 있는 방으로 들어갔다. 여권과 가방을 잃어버렸다, 이 일을 처리해 달라 다짜고짜 본론부터 이야기했다. 이 남자는 그를 가련하다는 듯이 쳐다보았다. 곧 마음 좋은 얼굴로 웃음을 짓다가는, 이름이 무어냐고 물었다. 진정일이라고 영문자로 메모지에 이름을 써 주었다.

"진정일? 도도니에서 왔군. 여사제는 어디 계신가?" 경찰은 방긋 웃더니 건너편 방을 가리키며, 거기로 가 보라고 한다. 얼굴이 수려하고 키가 훤칠한 도리아족들과는 딴판으로, 얼굴은 까뭇하고 몸이 수척한 중동의 아시아인들이 득시글거리는 사무실이었다. 노린내와 쉬지근한 땀냄새로 코를 들지 못할 지경이었다. 용건을 이야기하려고 앞으로 나섰다. 사복을 입어서 경찰인지 용무가 있어 온 민원인인지 구분이 안 되는 젊은이가 줄 맨 뒤를 가리키며, 거기 서서 기다리라고 하며 개기름 흐르는 얼굴에 비웃는 웃음을 지었다.

눈이 노랗고 머리가 까만 젊은이가 그에게 다가와서 인사를 청했다. 어디서 왔느냐고 물었다. 일본, 중국? 진정일은 아니라고 고개를 옆으로 저었다. 그럼 한국이겠군 하면서, 남한인가 북한인가를 물었다. 사내에게서 짙은 노린내가 풍겼다. 주머니 속에서 핸드폰이 지리링 울렸다.

"애가 칠칠맞지 못하게, 외국에서 그런 망신을 당하고 다니냐?" 어머니의 질책이 시작되었다. 몸에 이상은 없는지, 여권은 어떻게 되었는지, 여행비는 남았는지 그런 자상한 이야기는 안중에 없었다. 진정일은 어머니의 책망을 그저 귀로 흘려들었다.

"안젤라한테 연락 있었어요?"

"안젤란지 안될란지 산부인과에서 만났는데 얼굴이 반쪽이 됐더라. 유학도 못 가는 모양이다. 걔 그렇게 만든 게 네 짓이냐? 어떤 놈팽이 짓이냐?"

"뭐어, 라, 고, 요?" 진정일은 말을 잇지 못했다.

어머니는 한국에서 필요한 조치는 다 취했으니, 돌아올 일이나 잘 챙기라면서,

"아이구 못난 자식." 그렇게 말하고는 전화를 탁 끊었다.

노린내 뒤엉킨 난민들 같은 사람들 끄트머리에 줄을 서서 기다리는 것이 피곤하고, 목이 타들어가는 것처럼 말라 경찰서를 벗어나고 싶었다. 분실신고를 포기하고, 허접쓰레기가 가득한 짐가방을 들고 호텔로 돌아왔을 때는 정오가 지나 있었다.


헤르메스호텔에 도착했을 때는 목이 갈라지는 것처럼 아프고 어깨가 푹푹 쑤셨다. 화장실로 달려 내려가 수도꼭지에 입을 대고 물을 벌컥벌컥 마셨다. 거울에 비친 얼굴이 말이 아니었다. 얼굴에는 번들거리는 기름기가 배어 나오고 눈은 벌겋게 충혈되어 있었다. 이런 나라에 와서 무엇을 배우겠다는 것인가. 어서 꿈을 깨야 한다 하면서도 가슴 한켠에 그게 아니라는 미련이 남아 풀싹처럼 돋아 올라왔다. 호텔 로비에 비치된 소파에 앉아서 멍하니 창밖을 쳐다보았다. 아무것도 생각나는 게 없었다. 그러나 무연히 앉아 있기는 더욱 짜증스럽고 견디기 어려웠다.

프론트 아가씨한테 메모지를 얻고 볼펜을 빌렸다. 그동안 진행된 일들을 메모해 두지 않으면 기억이 복원되지 않을 것 같아, 일자별로 메모를 하기 위해서였다. 그런데 수첩에다가 메모해 두었던 일들이 잘 떠오르지 않았다. 한국에서 출발해서 크레타를 다녀왔고, 아테네에서는 베나키 박물관, 국립미술관을 둘러보고, 그리고 고인덕 박사가 연결해주어 만난

사람들이 대여섯 되는데 그 이름이 생각나지 않았다.

크레타, 거기서 만난 사람들도 마찬가지였다. 이와니나에서 만난 지도 교수를 수락한 그 잘 생긴 교수의 이름도 떠오르지 않았다. 무슨 일이 있으면 연락을 하라던 경찰서장의 이름도 깜깜한 것은 물론이었다. 기억은 점점 안개 속으로 잠기고 뱃속에서는 구역질과 함께 울화가 들끓어 올랐다. 가방을 탈취당한 것은 그리스에서 모든 것을 잃은 것이란 생각이 꾸역꾸역 밀려 올라왔다. 겨우 한국을 출발해서 어디를 거쳐 오늘 여기와 주저앉았는가 하는 정도밖에는 기억을 재생할 수가 없었다. 기억의 망실…… 자신도 모르게 웃음이 나왔다.

메모지를 탁자 위에 엎어놓고 등을 소파에 기댄 채 눈을 감았다. 젖비린내가 실린 바람이 불어왔다. 참나무 가지가 맞부딪쳐 갈리면서 버걱버걱 소리를 냈다. 비둘기들이 날아올랐다. 비둘기들이 구구대는 가운데, 어디선가 들었던 듯한 한 구절이 흘러나왔다. 노 페인 노 게인(no pain no gain), 참으로 염병할 격언이었다. 페인은 극심한데 게인은 한 줌도 없었다. 그리스 입사식으로 도도니에서 그런 난경을 겪었으면 충분하지, 얼마나 더 고통을 당해야 한다고 칼에 찔리고 가방을 탈취당하는 건가. 입사식치고는 너무 가혹했다. 진정일은 자기도 모르게 이를 악물었다. 그때 누가 칼에 찔린 왼쪽 어깨를 직신하고 건드렸다. 소스라치게 놀라 몽상에서 깨어났다. 고인덕 박사와 빈정만 군이 와서 앞에 서 있었다.

"그래 내가 뭐라고 했어. 가방은 대각선으로 메고 앞으로 돌려서 붙들고 다녀야 한다고 했지? 진정일 너가 뭐 잘났다고 내 말을 안 들어?"

"정황이 그렇지를 못해서……."

"팔을 잘라간 것도 아니잖아, 가방을 왜 놓쳐?"

"당한 것도 분통 터지는데 그만 하세요."

"여기 정황을 내가 알기에, 그렇게 입 아프게 일렀건만."

"이 나라는, 나라라는 게 꼴이 이게 뭡니까."

고인덕 박사는 헛헛 웃었다. 빈정만 군도 따라서 빙긋이 웃었다. 그렇게 나올 줄 이미 짐작하고 있었다는 태도였다. 진정일은 잠시 불쾌감이 목울대를 밀고 올라왔다. 나라 같지 않은 나라에 허잘것없는 낭만적 애정을 가지고, 유학을 오겠다는 게 미친 짓이나 다름이 없었다. 경찰에 잡혀가 취조를 당하는 과정이 괴롭기보다는 차라리 우스웠다. 헛되고 헛된 일을 도모한 데 대한 후회와 자괴감이 점점 깊어졌다. 다시 생각하면 자신이 가소로웠다. 그리스에 와서 좀도둑 하나 만난 것일 뿐인데, 인간적 자존감이 모두 망실된 것처럼 가볍게 실망의 한숨을 내쉬고 분개하는 게 우습지 않을 수 없었다.

"불쌍한, 나 없었으면 그리스에서 돌아다니겠다구, 어디."

"좋은 일이 있을 조짐이야. 세르반테스는 레판토 해전에서 팔을 잃고 돈키호테 썼다잖아."

빈정만의 말이 떨어지자 어깨가 푹푹 쑤셔왔다. 진정일은 자신도 모르게 이빨이 맞물려 갈리고 목구멍에서 쓴물이 올라왔다. 고인덕 박사가 달려들어 옷자락을 제치고 어깨를 들여다보았다.

"이렇게 당했으니까 그럴 만도 하겠네, 그런데 어떤 병원을 가야지?"

고인덕 박사는 혼자 중얼거리면서 난감한 얼굴을 했다. 그리스에서 의료보험을 들어두지 않았던 것이었다.

"기왕 이렇게 되었는데, 오모니아에 가면 방법이 있지 않을까요."

빈정만이 그런 제안을 했다. 고인덕 박사의 눈이 흰자위를 드러내며 휘번득 돌아갔다. 적에게 비밀이 탄로되기라도 한 것처럼 당황해 하는 얼굴이었다. 오모니아는 아테네 시내에서 난민들이 모여 득실대는 거리라는 이야기를 들은 적이 있었다. 그리스에서 공부한 사람으로서 그런 거리를 보여주고 싶지 않은 애착 같은 게 있을 법도 한 일이었다. 그래서 망설이는지도 모를 터였다.

"아무데도 상관없어요, 통증 없어야 살겠어요." 진정일은 몸을 뒤틀면서 말을 더듬거렸다.

오모니아, 진정일은 그 광장 이름을 입으로 몇 차례 반복해서 중얼거려보았다. 한국말의 '어머니'를 연상하게 하는 오모니아(ομόνοια)는 그 말의 뜻만으로 본다면 프랑스의 콩코드광장과 같은 이름이다. 화합과 합의를 뜻하는 단어였다. 1천 명이 넘는 인물들이 단두대에 목이 잘려나간 그 광장의 이름이 콩코르드라는 것은 아이러니라는 생각이 들었는데, 아테네에 와서 그런 이름을 듣게 되는 것 또한 아이러니였다. 국민총회가 파벌 싸움을 종식하고 새로운 나라를 세우기로 의견을 모아 무혈혁명을 성공한 기념으로 지은 이름이라는 것을 읽은 적이 있다. 무혈혁명의 영광이 가뭇없이 사라진 텅빈 거리, 난민들이 진을 치고 득실거리는 불화의 거리가 오모니아였다.

그런데 난민들이 우글거리는 구역에 가서 무엇을 어쩌자는 것인가, 미궁으로 휘말려 들어가는 느낌이었다. 고인덕 박사는 멈칫거리지 말고 가자고 서둘렀다. 걸어서 가면 한 15분쯤 걸리는 거리인데 짐도 있고, 환자가 있으니 택시를 타자고 했다. 신다그마 광장까지 걸어 나와야 택시를 탈 수 있었다. 고인덕 박사는 택시 운전사에게 요금 흥정을 했다. 바가지를 쓰지 않기 위해서는 그렇게 해야 한다는 것이었다. 택시요금까지 흥정을 해야 하는 나라. 그것도 가슴에 돋아 있는 일말의 희망을 도려내는 칼날이 되었다. 유학은 고사하고 점점 정이 떨어지는 일들이 생겨나는 판이었다.

택시에서 내리자 몸이 휘청했다. 어깨가 쑤셔서 견딜 수가 없었다. 고인덕 박사와 빈정만 군의 부축을 받으면서, 진정일은 허름한 기념품 가게 안으로 들어갔다. 짐가방을 카운터 옆에 놓고는 다시 커튼이 쳐진 출입문을 밀고 들어갔다. 열 평은 됨직한 공간에는 올림픽 중계방송에서 보았던 국기들이 어지럽게 걸려 있었는데, 그 가운데는 태극기도 보였다. 그 아래 낡은 탁자가 놓여 있고, 탁자 주위에는 회의용 나무의자들이 흩어져 있었다. 한 쪽 벽을 가린 휘장을 들치고 들어갔던 고인덕 박사는 잠시 뒤 하얀 가운을 입은 중늙은이를 데리고 나왔다. 아시아인이라는 것 말고는 국적을 알기 어려운 차림이었다. 그러나 어디선가 본 적이 있는 얼굴이었다. 그것은 냄새를 통해 동류라는 것을 알아내는 동물들의 그런 감각이었다. 좀 근천스럽고 공연히 얼굴에 알 듯 말 듯 한 웃음을 흘리는 게 유머와 새타이어가 뒤엉킨 그런 분위기를 지펴올리는 얼굴이었다. 저런 작자에게, 어딜 믿고, 그게 의사라고 몸을 맡겨야 한다는 게 한심스럽기도 했다. 다시 칼로 쑤시는 것 같은 통증이 밀려왔다.

"마취, 할까요 말까요?"

고인덕 박사가 의사를 대신해서 물었다. 이런 한심한. 그거야 의사가 알아서 할 일이지. 혹시 도도니의 신전 참나무에 목을 맨 작자의 눈알을 뽑고 신장을 도려낸 인물일지도 모른다는 생각이 속에서 스멀거렸다.

들은 바가 있어서 마취 없이 처치를 하자고 했다. 간단한 수술의 경우 마취를 하면 상처가 잘 아물지 않는다고 했다. 그런데 처치가 아니라 수술을 해야 한다고 한다. 처치(treatment)와 수술(operation)의 차이를 생각할 여지도 없이, 마취 않고 그대로 하자고 나섰다. 고인덕 박사는 잘 판단했다고, 어디 견뎌 보라면서 의미있는 웃음을 지었다. 의사는 홀 안쪽에 대고 뭐라고 소리쳐서 사람을 불렀다. 의사와 비슷하게 생긴 청년 둘이 홀 안으로 성큼 들어섰다.

"독 묻는 칼끝이 박혀서 째고 빼내야 한대요."

고인덕 박사의 그러한 간단한 설명이 끝나자 젊은이들이 달려들어 침대 위에 그의 몸을 눕혔다. 낡은 수술용 침대 커버는 얼마나 오래 빨지 않고 그대로 썼는지 핏자국이 얼룩져 있었다. 그 위에 눕혀지고 손발이 침대에 묶인 채 입에는 재갈이 물려졌다. 그리고 한 시간여 진땀을 흘리면서 통증을 참느라고 혼몽한 의식의 미로를 헤맸다.

"제어 굿!(좋소)"

피가 묻은 수술 장갑을 벗어서 준비대 위에 툭 던지면서 내뱉은 의사의 한마디는 그런 것이었다. 고인덕 박사는 폴리 칼로스!(대단히 잘 되었습니다.)를 되풀이했다. 독일어와 그리스어가 같이 오가는 이 낯선 공간의 시간은 점액질 접착제가 묻은 실타래가 되어 온몸을 감아돌아갔다. 제어 굿! 대단히 좋습니다. 뭐가? 진정일은 눈을 감으면서 혼자 중얼거렸다.

"이걸 먹어봐요."

고인덕 박사는 숄더백에서 서리태콩만 한 알약을 꺼내 물과 함께 내밀었다. 진정일은 그걸 받아 입에 넣고 물을 마셨다. 금방 혼곤한 잠이 몰려왔다. 현기증을 약간 더불어 다가오는 잠, 그 입수(入睡)의 미궁에는 연꽃 향이 번졌다. 이게 마지막일지도 모른다는 생각이 노란 안개처럼 의식을 덮어왔다. 그리고 신전의 기둥 사이에서 웅얼웅얼 울리는 신탁처럼 갑충들이 붕붕 소리를 내며 날아다니기 시작했다.

"우리 정체를 안 사람은 일단 버리라고 했잖소?" 남자의 굵은 목소리가 실내를 울렸다.

"죽게 생긴 사람은 우선 살려야지요."

"호랑이는 죽은 고기 안 먹는 법이야."

"저 애의 경우는 맥락이 달라요."

"다시는 아테네로 데리고 오지 마시오."

맥을 잡을 수 없는 이야기가 웅웅웅 소리를 내며 갑충처럼 날아나는 사이 잠에 빠져들었다.

여기까지 쓰는 동안 맥주도 몇 캔 마셨고, 와인을 곁들인 식사도 했다. 잠시 눈을 붙여야 할 것 같았다. 와인을 좀 지나치게 마신 때문인지 옅은 현기증이 일고 몸이 붕하니 떠오르는 느낌이다. 거기다가 앞자리 승객이 등받이를 뒤로 바짝 제키고는 코를 고는 바람에 글을 쓰기가 영 불편하다. 점등을 끄고 뒤를 돌아보았다. 젊은 아가씨가 몸을 옆으로 기울이고 잠에 빠져 있었다. 등받이를 반쯤 뒤로 제키고 눈을 감았다. 이와나나의 풍경이 파노라마처럼 전개된다. 달콤한 음악이 흐르고 바람은 살갑게 분다. 어디선가 꽃향기가 풍겨온다. 그리고는 도도니의 신전이 눈앞에 펼쳐지기도 했다. 참나무는 싹이 돋아 윤기 가득한 빛을 우려하게 뿜어내기도 했다. 그 그늘 아래 안젤라가 앉아서 책을 읽고 있었다. 에어포켓에 걸렸는지 비포장도로 위를 굴러가는 소리를 내며 비행기는 몸을 떨었다.

　잠에서 깨어났다. 머리가 지끈지끈 아팠다. 대신 어깨는 가볍게 움직여졌다. 그런데 어떻게 된 셈인지, 전날 자신이 묵었던 헤르메스호텔과 똑같은 방에 누워 있는 자기를 발견하고는, 소스라쳐 고함을 지를 뻔했다. 자신도 모르게 손이 하복부로 갔다. 팬티 속에 탄력을 잃고 늘어져 있는 물건이 만져졌다. 정낭을 떼어 가는 작자들이 있다고 했다. 눈을 비벼 보았다. 눈알을 빼가는 놈들이 있다고 했다. 눈도 그대로 있었다. 도도니의 참나무에 매달린 사내의 툭 꺼진 눈자위가 선명하게 다가왔다. 눈알을 빼다가 팔기도 한다는 이야기를 들었던 기억이 떠올랐다. 신장을 도려내는 경우도 있다고 친구는 이야기했다. 어깨에는 거즈가 붙어 있었다. 내 가방? 짐가방은 그를 지켜보기라도 하듯 작은 화장대 앞에 놓여 있었다. 프론트로 내려가 어떻게 된 일인지 물어볼까 하다가, 오히려 의심을 받을 것 같아 그만두었다. 도무지 현실로는 알 수 없는 일을 자신이 겪고 있는 것이었다.

　배가 우글거렸다. 속이 쓰린 것 같기도 하고 약간 구역질이 나오기도 했다. 짐가방에 넣어 두었던 정로환 생각이 났다. 알약을 꺼내 네 알을 입에 넣고 물을 마셨다. 입 속에 고약한 냄새가 고였다. 물로 입을 헹구고 있는데 전화가 울렸다. 그의 어머니 목소리였다.

　"얘, 정일아 물건을 어떻게 내껏고 다녔길래 이 난리를 겪어야 하냐, 너를 결혼을 빙자한 사기 간음죄로 고발한단다." 거의 울음에 잠긴 목소리였다.

　어처구니가 없는 일이었다. 안젤라는 진정일 품으로 곰살궂게 파고들면서, 어머 자기 정말 멋지다, 그런 소리를 반복했다. 어떤 작자가 농간을 부리지 않는 한, 안젤라 편에서 진정일에게 원망하거나 감정을 살 일은 천만 없었다. 목구멍이 컥컥 막혔다.

"아이구 내가 못 살아, 못 살아." 그의 어머니는 거의 발악을 하고 있었다. 그리고는 돌아오면 각오하란 말로 전화를 끊었다.

잠시 후 전화가 다시 울렸다. 고인덕 박사였다. 저녁을 어떻게 먹을 거냐고 물었다. 아무런 대답을 할 말이 없었다. 무일푼인데다가 머리가 휘둘리고 눈앞이 까뭇까뭇 검은 장막이 오르내렸다. 잠시 대답을 못하고 있자, 저녁을 사 주겠다고 나오라고 했다. 모나스트라키 근처에 있는 헬리오스라는 식당으로 오라 하고는, 길가의 건물 모양까지 자세히 얘기하면서 찾아오는 길을 설명했다. 모나스트라키는 가방을 탈취당한 그 지하철역의 음산한 통로가 떠오르는데 하필 거기를 택해서 사람을 불러내는 것이 좀 괴이쩍기도 했다. 그러나 꿈에서 보았던 고인덕 박사의 고운 얼굴과 풍성한 젖가슴이 살가운 기억으로 되살아났다.

고인덕 박사와 빈정만이 같이 나와 식당 헬리오스에서 기다리고 있었다.

"집에 가려면 현금이 있어야 할 걸. 얼마나 필요해? 한 오백 유로?"

오백 유로? 한화로 75만 원이 넘는데 그게 다 필요할까? 조금은 부담스럽고 두렵기도 했다. 몸을 팔기로 하고 선급금을 받는 것은 아닌가 싶어서였다. 오모니아에 다녀온 후 그런 생각이 온통 진정일의 머리를 옥죄었다.

"이백 유로만 빌리겠어요."

"진정일, 겨우 이백 유로짜리로군." 그렇게 안 봤다는 식으로 빈정만이 질러왔다.

그렇다. 현금이 문제다. 주머니에 동전 몇 개가 달랑거리는 지금으로서는 고인덕 박사가 가라면 가고 오라면 오고 하는 수밖에 달리 아무런 기동력이 없었다. 고인덕 박사를 따라온 빈정만이 옆에서, 현금 없으면 죽은 시체나 마찬가지라고 거들었다. 저녁은 돈을 취하는 편에서 내기로 하고 음식을 시켰다. 고인덕 박사는 처음에는 자기가 낸다고 하더니 구태여 우기지는 않았다. 호텔비와 공항까지 가는 차비만 있으면 다른 쓰임은 없는 셈이었다. 기왕 먹는 터에, 하면서 와인도 한 병 시켰다.

"이게 20유로지? 그 돈이면 아프간 난민들 한 달 살 수 있는 돈이다." 고인덕 박사가 와인병을 들어 라벨을 살펴보면서 하는 말이었다.

"난민들은 난민들이고. 우리가 난민들은 아니지 않아요?"

"고작 이백 유로 가지고 호기를 부려? 아까 난민들 구호소에서 치료를 받았다는 걸 기억해. 거기서 쓰는 수술기구, 약품 그런 것들이 어쩌면 너 같은 사람 가방 날치기해서 마련한 걸지도 몰라."

"내가 난민이나 다르지 않다는 뜻인가요?"

"미친놈이 자기 미쳤다는 거 본 적 있어? 난민들도 비슷하지 않을까." 빈정만이 규정하는 난민의식이 그런 것이었다. 스스로 난민이라고 하지 않는 오기가 내면에 차있어 그들을 버티게 한다는 뜻으로 짐작되었다.

"글쎄, 내면에서는 난민 아닌 인간이 어디 있겠어? 누구나 난민이지. 갈 길 없는 나그네고. 말이 그래서 그렇지 난민은 노마드의 일종이야." 고인덕 박사가 그렇게 정리를 했다. 난민과 노마드를 같은 개념으로 정리하는 것은 무리가 있어 보였다.

"그런데 아프간 난민들이 왜 그리스로 몰려드는 거지요?"

아프간 난민 이야기는 입에 올리기도 싫다는 듯, 고인덕 박사는 얼굴을 찌푸렸다. 금방 얼굴에 주름을 걷어치우고는 난민이 발생한 연원을 거슬러 올라가면서 이야기를 했다. 와인을 한잔 들면서, 이야기는 제법 활기까지 띠었다. 활기라기보다는 오기가 잠긴 낮은 톤으로 이야기가 풀려 나갔다.

"전쟁 치고 내전 아닌 거 봤어? 안에서 벌레를 기르기 때문에 밖에서 파리가 떼를 지어 달려들지."

그렇게 시작된 이야기는 고인덕 박사가 혼자 이끌어가는 셈이었다. 진정일과 빈정만이 청강하는 학생처럼 들었다.

아프가니스탄 내전의 역사, 군사정권의 전횡, 원리주의와 독재의 악순환, 풍속의 파괴와 삶의 황폐화, 그런 과정을 밟아 아프가니스탄이 내전에 휩싸이게 되었다. 결정적인 사건은 2001년 9.11 테러였다. 미국의 아프간 침입. 미국은 아프가니스탄을 오사마 빈라덴을 숨겨준 나라, 테러를 지원하는 나라로 규정했다. 그리고는 아프가니스탄을 침공했다. 지지부진한 싸움 가운데 미국이 건진 것은 아무것도 없는 셈이었다. 월남전, 걸프전 등 세계의 굵직굵직한 전쟁에 관여해 온 미국. 그 정체를 분석하기 전에 세계는 당혹스러워했고, 그리고 아프간에 내전은 연속되었다.

마침내 아프가니스탄은 살기 어려운 나라, 희망을 걸고 살 수 없는 나라로 황폐화되었다. 목숨을 부지하자면 나라를 떠나는 수밖에 없는 정황이 되었다. 독재를 참아내지 못하고 폭정을 견디다 못해 나라를 등지고 도망치는 것이 난민들이다. 난민 발생의 메커니즘은 그렇게 먼데서 울리는 독재의 포성과 연결되어 있다.

"어떤 인간이 독재자가 되는 계기는 각기 달라. 그러나 결과는 같지. 독재자가 휘두르고 다니면 국민들의 삶이 일그러지고 희망이 깨지지."

진정일은 그렇다고, 고개를 주억거려 주었다. 그리고 물었다.

"그런데 왜 그리스가 그 난민들을 받아들여야 하지요?"

"뭐랄까, 일종의 거점을 마련해 주는 셈이야. 길가에 내버린 애 맡아서 길러 주는 것처럼."

아프간 난민들은 대개 터키를 거쳐 그리스로 들어온다. 지리적 여건이 그렇게 움직이는 게 가장 안전하고 비용도 덜 든다. 결국 그리스를 통해 유럽으로 가려는 이들이 숫자가 늘어나면서 그리스가 곤욕을 치른다는 것이다. 그들이 목표로 하는 곳은 복지가 잘 되어 있는, 스웨덴이나 독일이다. 북구의 그런 나라로 가고 싶어 하는 것은 외견상 당연하다. 거기 정착해서 낙원을 찾아 살겠다는 것이 아프간 난민들의 최종 목적이다. 징검다리 역할을 하는 그리스가 이유, 그 유럽연합을 대신해서 진통을 겪는 것이다.

"난민 책임지는 나라가 어디 있나요?" 진정일이 물었다.

"말하자면 미국이 그 사태의 기선을 잡고 있는 셈인데, 그리스의 반미 감정은 독특해요. 중동 지역의 반미 감정도 만만치 않고." 고인덕 박사는 느슨해진 톤으로 말했다.

"박사님 얘기는 알겠는데, 해결 방법은 없잖아요."

잠시 이야기가 멎었다. 해결의 길이 안 보이는 일들이 얼마나 많던가, 진정일은 그런 생각이 들어 이야기를 풀까 하다가 입을 다물었다. 고인덕 박사가,

"빈정만, 너는 이 사태를 어떻게 바라보나 들어보자."

"저야 아직 사태를 정확히 알지도 못하고, 정세를 분석할 능력도 미치지 못하고 해서 무어라고 하기는 쉽지 않은데요. 그러나 하자면 할 이야기가 없는 것은 아닙니다."

그렇게 늘정거리듯 이야기를 꺼낸 빈정만은 그리스의 개 이야기를 했다. 좀 엉뚱한 구석이 있는 발상, 혹은 경험담이었다.

"그리스말로 개를 스킬로스라고 하잖아요, 그렇지요? 그런데, 스킬로스 박사! 그런 박사가 있어요."

식당 통로에 누워서 눈을 천천히 굴리면서 지나다니는 손님들 바지가랭이를 흘금거리는 개를 쳐다보고 그렇게 말했다. 그리스 말로 개를 스킬로스라고 한다는 것은 진정일도 잘 아는 사실이었다. 개 박사, 견공 박사, 구 박사? 그런 데서는 고개가 갸웃해졌다. 철학자들이 어느 대학을 거점으로 자기 학문을 내세워 학파를 만드는 것처럼, 대학마다 개들의 권역이 있고, 개의 권리 보장을 위한 모임도 있다고 한다. 식당에서도 개에게는 특정한 권리가 있다는 이야기를 했다. 잔치집의 개 신세라는 말이 있지요? 여긴 달라요. 잔칫집의 개도 한 몫을 해요. 그런데 국제사회에서는 난민을 개 취급도 안 하지요. 그러니까 스스로 제 꼬리 베먹기로 살더라도 살아야 하지요. 그리스 개만도 못한 난민들이 되는 것인데, 이

런 사태를 그냥 두는 것은 인간으로서 모멸감을 느끼게 하지요. 저들도 인간인데, 내가 저런 경우라면, 에이 씨발, 칵 죽어버릴 것 같아요. 그러다가 자기가 먹던 굴라찌 조각을 떼어서 개에게 내밀어 주었다. 개가 천천히 다가와 음식 쪼가리를 물고는 으르렁거리면서 물러섰다. 빈정만은 초점이 흐릿해진 눈으로 이편을 바라보았다. 깊은 연민이 스며들어 헝클어진 눈이었다.

"진정일 씨, 당신은 난민과 다를 바 없는 게 아니라 난민이야. 난민처럼 하고 다니니까 가방을 탈취당하고 그러지. 속물이 속물을 아는 법이거든. 난민이 난민을 알지." 빈정만은 진정일에게 안 그런가 묻는 눈치였다.

"그렇지, 빈정만 군 얘기가 맞아. 5성급 호텔에서 자고 세단 승용차로 움직이면 어떤 작자가 가방 탈취해 가겠냐?" 맥락을 좀 벗어나는 말이긴 했지만, 진정일은 자신의 행색을 다시 훑어보지 않을 수 없었다.

"난민이 돼 봐야 난민을 이해한다구, 그런 점에서 진형이 당한 일은 세계사적 과제의 체험이라고 해야겠어. 안 그래?" 세계사적 과제란 말은 돌발적이었다.

"꼭 그럴까?" 진정일이 의문을 달았다.

"진정일, 그대는 오늘 치료받은 거기가 어떤 덴지 잘 모르지?" 빈정만이 약간 취한 투로 다그치듯 말했다.

빈정만은 난민들의 생활상을 이야기했다. 목욕을 못 해서 사타구니가 진물어 옴 올린 사람처럼 긁적거리면서 굴러다니듯 살아야 한다고 한다. 머리에 이도 생기고, 부스럼이 나서 고름이 진물처럼 는정거리기도 한다. 생리를 처리할 방법이 없어 호텔에 잠입해 들어갔다가 수위한테 발각되어 화장실에서 성폭행을 당하기도 한다. 혈압약을 일주일씩 못 먹어 현기증과 두통으로 고통을 호소하는 이들이 득시글거린다는 얘기도 했다. 한마디로 난민들은 생지옥을 살아간다는 것이었다. 빈정만이 말끝마다 씨발을 달고서야 이야기를 이어가는 어투를 나무랄 수만도 없는 형편이었다.

"난민을 알면 세계를, 인류를 알지." 빈정만은 허공에 담배연기를 푸푸 내뿜으면서 화를 돋구고 있었다.

"빈정만이 제법 컸네." 고인덕 박사의 한마디였다.

그런 속류 유물론자 같은 소리를 해대는 빈정만의 자세는 단단해 보였다. 그런데 한 구석 양분법의 언어에 매몰되어 있다는 생각이 들기도 했다. 그리고 난민을 알아야 세계를 안다는 것은 바보를 알아야 천재를 이해한다는 것만큼이나 어설픈 비유였다. 상상력이 결핍된 자의 발상이기도 했다. 맥락이 닿지 않는 방향으로 이야기는 이어졌다.

"고 박사님은 왜 그리스정교를 싫어하세요?" 빈정만이 대들었다.

고인덕 박사는 고개를 쌀쌀 흔들었다. 그런 적이 없노란 얼굴이었다.

"저의 직감은 정확하거든요." 그러면서, 종교의 교파가 갈리는 것은 역사의 궤적을 따라 이루어지는 일일 뿐 신의 의지와는 아무 상관이 없는데, 고 박사님이 자기 종교와 파가 다르다고 그리스정교를 싫어하는 것은 아집이고 편견이라고 들이댔다. 교수를 대하는 학생의 태도가 아니었다. 종교 이야기가 한참 이어졌다. 그러다가 빈정만은 한국의 6 · 25를 소재로 해서 보고서를 쓰라 하는 지도교수 얘기로 화제를 돌렸다.

"왜 제 속을 그렇게 긁어대는지 몰라요, 지도교수가."

지도교수의 제안을 순순히 받아들이기 어려워 난감하다는 이야기였다. 어떻게든지 도와달라고 고인덕 박사에게 매달리다시피 하는 태도였다.

"사실 오늘 도서관에 가서 보고서를 써야 하는데."

진정일이 가방을 탈취당하는 바람에 고인덕 박사를 따라나와 그냥 앉아 있는 것이라면서, 마침 고 박사님이 역사가 전공이니 어떻게든지 좀 도와달라고 간청을 했다.

"고민의 핵심이, 아니 문제가 뭔데?"

"대충 읽어내면 보고서를 못 쓸 것은 없는데요. 뻔한 결론을 내는 것은 가증스러워요. 민주주의가, 자유를 지키려는 불타는 의지로 똘똘 뭉쳐서, 국제적인 우의를 다지는 가운데 공산주의를 이겼다는 식의 결론 말이지요. 그런 식의 결론은 식상하지 않아요?"

그게 뻔한 결론이 아니라 사실이 그런데, 사실을 왜곡하는 편견을 가진 이들이 문제라는 이야기를 하려다가 돌아가는 판을 보자고, 고인덕 박사는 생각을 바꾸었다. 빈정만 군의 나름대로의 고민이 듬직해 보여서였다. 그렇게 단순화할 수 없는 빈정만 학생 나름의 이유가 있겠지 싶기도 했다.

"한국 말이지, 잘난 거 없잖아요? 진정일 씨 어때?" 진형, 진정일 씨 등 화계가 흔들리고 있었다.

자리에 어울리지 않는 신경질적인 반응이었다. 사실 그런 공박을 받을 이야기를 하지 않는 것은, 빈정만이 조성하는 얼음 위에서 걷는 것 같은 분위기 때문이기도 했다.

"내가 언제 한국이 잘났다고 했나?"

빈정만은 진정일의 얼굴을 빤히 들여다보았다. 그리스 유학온다고 헤까닥해서 자기 나라 이야기를 잊어버릴 지경이 아니냐는 듯한 비아냥이 숨어 있는 표정이었다.

"그리스에 와서 뭐 배우겠다고? 한국이나 먼저 잘 공부해 두시지."

이 친구가 이렇게 나설 문제가 아닌데 싶은 생각이 슬슬 밀고 올라왔다. 너는 뭐냐고 내지르고 싶었다. 그러나 부글거리는 속을 눌러 참았다. 그럴 계제가 아니었다.

"자기는 이미 유학을 와 있으면서, 내가 유학오면 안 될 이유가 뭔가?"

"초상집에 가서 풍장 치는 것하고 뭐가 달라, 그게? 남들, 아니 여기 사람들 나름대로 살아가는 게 힘겨운데 여기 와서 학비 벳겨먹겠다고? 뭔 뱉이 그렇다냐?"

고인덕 박사는 다소 긴장된 표정이 되어 둘의 이야기가 전개되는 걸 지켜보고 있었다. 그러다가 한마디를 달았다.

"그리스에는 그냥 놀러 오는 사람도 많아. 공부하러 온다는 데, 뭐가 떫어서 그렇게 내질러?"

"인생에 휴식은 없어요. 한국서 살아가는 것도 갈비 휘게 벅찬데, 씨발 유학은 뭔 개뼈다귀야야? 한국에서 고민할 거 안 하고 외국 와서 고민이 제대로 될 줄 알아?"

"이러다가 둘이 결투하겠네."

"내 나라 놔두고 어디 딴 나라 가서 보상을 받을 수 있는, 그딴 청춘이 아니잖아."

불쑥불쑥 씨발 하는 간투사가 튀어나오는 것을 나무람하고 싶기는 해도, 고인덕 박사 자신이 그럴 자격이 있는가 의문이 들어, 목을 넘어오는 충동을 가까스로 참았다. 고인덕 박사를 쳐다보는 진정일의 얼굴이 일그러졌다.

"그리스 와서 공부하면, 여기 사람들한테 도움되는 일도 있을 걸?"

"도움이라고 했어? 꿈 깨."

"빈형 꿈과 내 꿈이 다르다면? 당신 꿈이나 잘 챙겨."

빈정만이 의자를 밀치면서 벌떡 일어났다. 고인덕 박사가 빈정만을 눌러앉히면서 한마디 했다.

"그래 젊은 너네들 덕에 내가 산다."

그 대목에서 고인덕 박사가 중재를 하고 나섰다. 좋은 식사하면서 이야기가 너무 거칠다는 핀잔이 곁들여진 조언이었다. 그러다가 고인덕 박사 편에서 나섰다.

"그리스는 풀 길 없는 난제에 시달리고 있잖아. 경제가 엉망이고 실업이 증가하고 난민이 밀어닥치는 바람에 기본 생활질서가 흔들리는 상황 아니냐구."

그런 이야기는 대개 짐작을 할 수 있는 것이었다. 그렇다고 빈정만이 그리스에 와서 유학할 생각 말라고 하는 데는 이해가 안 가는 구석이 있었다. 고인덕 박사는 이야기를 계속했다.

"너네들도 알지? 내부적으로 경제 때문에 문제가 큰데 난민들까지 밀려오지요, 실업자들도 늘어나고 있지요, 젊은 사람들도 살길이 막연해서……. 그런데 일찍 이유에 가입한 그리스를 나무에 올라가라 올라가라 해 놓고는 흔드는 식이지. 누구 하나 나서서 도와주거나 문제를 해결하려고 성의를 보이는 나라가 없잖아. 예고된 파업도 그런 문제와 복잡하게 얽혀 있는 거고."

그러니 그리스를 그렇게 낭만적으로만 보지 말라, 여기는 여기대로 현실적으로 해결해야 할 문제를 안고 있으니 유학을 온다고 해도, 이곳의 현실을 직시해야 한다는 이야기를 하고 있었다.

"경제 문제만이 아니라는 뜻이군요."

"그런데 다행인 것은, 여기 사람들이 얼마나 낙천적인데. 자살 같은 거 없어."

"반복되는 얘기지만, 난민들이 왜 그리스로 몰리는지 이유가 앞에 말한 게 전부던가요?"

"난민들에게는 그리스가 마지막 정착지가 아니지. 복지가 잘 되어 있다는 스웨덴이나 독일 그런 데로 가는 중간 통로 역할을 하는 거야. 그리스가 지정학적으로 그런 위치이기도 하고, 무엇보다 포용력이 있는 나라지. 그러면서도 이념적 성향은 또 강해. 6·25 때 한국전에 참전한 것도 그런 이유 때문이 아닌가 생각해."

고인덕 박사와 진정일이 이야기를 주고받는 것을 빤히 바라보고 있던 빈정만이, 와인 잔을 비우면서 참견을 하고 나섰다.

"한국전 참여국이라고 입이 마르게 칭찬을 하는데, 강대국의 압력 때문에, 나토의 압력 때문이지 지들이 뭐 잘났다고, 자발적으로 참여한 것은 아니라고 봐요. 그러니까 참전했다가 젊은이들이 죽어가도 아무 말도 못하지요. 보상을 받아야 마땅한데 그런 조치는 없었습니다. 한국이 보상해야 해요. 이제 살만큼 됐잖아요."

"꼭 그럴까?" 고인덕 박사가 빈정만을 정색을 하고 바라보았다.

"그리스가 아프간 난민들 때문에 곤욕을 치르는 것도, 결국은 미국 때문에, 미국이 아프간을 무력으로 공격해서 작신 때려부쉈기 때문 아닌가요?"

이 친구가 아직도 반미감정을 벗어나지 못하고 있다는 생각이 들었다. 참고 앉아 있는 것보다는 어느 구석이든지 좀 눌러 놓아야 하겠다 싶은 생각에서 한마디 던졌다.

"미국 경제의 핵심을 상징하는 것이 그 쌍둥이 빌딩인데, 거기다가 비행기로 달려들어 불바다를 만들었잖아. 그걸 그냥 두면, 빈형 말대로, 테러는 전염성이 강하거든, 그렇게 방치하면 세계질서가 어떻게 되겠어? 미국이 나서는 것도 그런 책임감 때문이 아닐까? 한국이라면 어떻게 대처하겠어? 천안함 안 봤어?"

빈정만은 잠시 어리뻥한 심정으로 물러서는 태도를 보였다. 고인덕 박사가 화제를 돌려 이야기를 계속했다.

"난민 가운데 다른 비극이 또 있어요. 한 가족이 그리스까지 오는 데는 성공을 했는데 여기서 살기 그러니까, 국경을 넘어 탈출을 해야 하잖아, 남편은 다행히 화물차 짐짝에 들어가 국경을 넘을 수 있었어요. 그런데 아내와 어린 아들은 그리스에 떨어진 거예요. 외국에 나가 다시 이산가족이 된 셈이지. 그 가족이 언제 또 만날 수 있을까? 가족 이데올로기를 이야기하는 이들은 생각이 짧아. 결국 불쌍한 것 보고 불쌍하게 생각하는 데서 윤리가 싹트는 거 아닌가. 굶어 죽는 애의 눈망울에 어리는 처연한 하늘을 너들은 봤어?"

고인덕 박사의 눈자위가 젖어드는 듯했다. 아이를 안고 길바닥에 앉아 지나가는 사람들을 처량한 눈으로 바라보며 구걸을 하고 있던 모녀의 얼굴이 떠올랐다. 이어서 화가의 아내와 아들을 그린 그리스의 국민화가 야코비디스의 단란한 가정 정경을 그린 그림들이 선연한 영상으로 눈앞을 오갔다. 진정일이 그리스에 도착한 다음날 국립미술관을 찾아가서 본 인상적인 그림들이었다. 진정일은 화집을 들고 나올걸, 하는 생각을 했다.

"이산가족, 그래서 애간장이 녹아나는, 세상에 그렇게 불쌍한 사람들이 어디 한둘이겠어요? 한국은, 아니 북한은 어떻고?"

잠시 침묵이 흘렀다. 식당 바닥에 널부러져 있던 개가 일어나 어슬렁거리면서 이쪽으로 걸어왔다. 오모니아에서 맡았던 비린내가 풍겼다.

"그리스가 정말 모라토리엄을 선언할까요?"

"2004년 올림픽에 너무 썼다는 얘기도 있고, 올림픽 원조국이니까 올림픽을 근사하게 치르고 싶었을 거예요. 그래서 이유에서 지원을 하는 대로 갖다가 썼지. 이유에도 책임이 있어요. 싼 이자로 돈 빌려준다고 하니까, 그리스 정부에서도 그렇게 밀리듯이 돈을 빌려다가 올림픽을 치르기는 했는데, 기반산업이 약한 그리스라서 뒷감당을 할 수 있는 인프라가 형성이 안 되어 있는 거지. 그런 이야기도 있어요. 미국의 경제 브로커들이 농간을 부려서 그렇다는 것인데요, 투자를 한다고 해서 주가를 올려 놓고는 더는 오를 가망성이 없는 피크에 이르렀을 때 뭉청 빼가는 거야. 그런 농간에 순진한 그리스 정부가 놀아나는 것인지도 모르지요."

그리스가 처한 상황을 대개는 이해할 수 있었다. 그러나 한편으로 그리스 사람들의 사고방식과 국가를 운영하는 방식에도 문제가 있다는 생각이 들었다. 너무 안이한 생활방식으로 살아간다는 것과, 일종의 포퓰리즘으로 국민들에게 환상을 불어넣고 현실을 이념의 장막으로 가리는 정치가들의 술책이 문제로 부각되는 것이었다. 국민들의 현실인식을 안이하게 몰아가는 정치적 술수였다. 그렇게 생각하고 나니 고개가 갸웃해지기도 했다. 이런 나라에 유학을 온다는 것이 무엇인가 싶었다.

이야기를 하면서 식사를 하는 동안 빈정만은 진정일의 일 때문에 종일 시달려 다녀서 그런지, 잠시잠시 졸다가는 벌겋에 충혈된 눈을 해 가지고 이야기의 맥을 놓치지 않으려고 애를 써서 듣고 있었다. 그런 끝에 문득 이렇게 한마디를 던졌다.

"독재는 전염성이 강해요. 강력한 파급력을 가지고 있어요."

"민주화도 마찬가지 아닌가?" 진정일이 동의를 구했다.

"그건 달라. 진형 가방 사건도 독재의 끄트머리 가닥에 연결되어 있을 거야."

"독재자가 여행객의 가방을 탈취해간다? 권력을 전횡하는 자가, 좀 시시하지 않나?"

연원을 따져 올라가면 그런 설명이 될 듯도 싶었다. 독재, 가난과 질병, 통제 속의 황폐한 삶, 난민으로 세계를 떠돌다가 결국은 남의 물건 도둑질하는 것이나 마약 밀매에 손을 대는 그런 경로는, 거슬러 올라가면 틀림없이 독재의 끝자락에 연결된 길이기도 했다. 물너울처럼 밀려오는 화면이 있었다. 두만강을 넘다가 경비병에게 잡혀가는 꽃제비들. 불안에 떠는 눈빛, 깡마른 몸집, 해진 옷. 그 뒤로 번득이는 총부리. 안젤라는 꽃제비 같은 애를 낳기 싫었던 걸까? 돌연한 생각의 출몰이었다.

"정작 훔친 애들은 그 물건 못 쓴단 말야. 걔들이 고급 카메라 메고 다니면서 구걸을 할 수 없잖아? 그런 물건들은 금방 암시장으로 나가지. 오모니아에서 시장에 갔다가 거기서 자기가 잃어버린 물건을 다시 사가는 사람도 있다니까. 불쌍한 애들이지. 그러니까 제비뽑기를 해서 사람을 팔아넘기도 하고 그러는 거야."

"정부에서 난민들을 양성화하고, 일자리를 주는 방법은 없을까?"

역시 한가한 발상을 한다면서, 고인덕 박사가 나섰다. 정부 정부하는데, 한 나라의 정부가 할 수 있는 일은 한계가 분명하다는 것이었다.

"어디라도 그렇지만, 난민들이 어디 일자리가 있나? 겨우 한다는 게 시골 오렌지 농장이 일자리지. 그것도 숨어서 하는. 그런데 임금을 떼이기 일쑤지요. 한국에 오는 노동자들, 외국인 노동자들도 그렇지 않던가? 난민이 아닌데도 그런데, 난민들이야 오죽하겠어?"

외삼촌네 선인장 농장에서 일하는 우즈베키스탄 노동자의 외눈박이 얼굴이 눈앞에 커다랗게 부각되어 떠올랐다. 선인장을 옮기다가 눈을 찔려 결국은 실명을 하게 되었다는 이야기를 하면서, 외삼촌은 불법체류를 알면서도 나가라고 할 수가 없다고 했다. 돈을 송금하는 과정에서 사기를 당해 그 돈을 갚기 전에는 돌아갈 수가 없다는 것이었다.

"안드레아스를 만나러 갔을 때, 아고라 앞 식당가에서 보았지? 열 살도 안 된 쬐그만 애들이 그 앙증맞은 바이올린 가지고 돌아다니면서, 돈 달라고 손을 내미는 거 말야." 고인덕 박사는 아이들 손에 동전을 쥐어 주곤 했다. 다시 빈정만이 나섰다.

"그게 구걸일까요? 그건 구걸이 아니라 생계의 방법이야. 텔레반을 떠난 대가로, 독재의 그늘을 떠나 헤매다가 또 다른 거지굴로 들어선 생계형 투쟁이야. 이해가 되나?"

"그래서 독재는 전염성이 강하다고 한 거야?"

"말하자면 그렇다는 것이지."

"그런데, 빈형은 왜 그리스로 유학왔지?"

"대학에서 그리스어를 공부하는 중에 그리스 비극도 좋고, 철학도 호감이 가고, 날아가는 화살이 멈춰 있다는 소피스트도 매력적이지 않아? 아니 그건 뻥이고, 사실은 학비가 안 들거든. 등록금 구걸, 학자금 거지 노릇을 안 해도 되는 나라. 그래서……."

"학비가 안 든다는 것이, 여기 국민들이 낸 돈 축낸다는 거야?" 진정일은 좀 억지 같다는 생각을 했다.

"여기는 대학생들에게도 점심까지 공짜로 줘요. 한국에서도 모든 학생들한테 무상으로 식사를 제공해야 돼. 밥 굶으면서 공부할 수 있어? 국가가 개인에게 책임을 몽땅 전가하는 나라가 한국이지. 그건 잘못이지 않아? 국가의 인재를 양성하는 데다가 왜 가난한 부모들이 책임을 몽땅 끌어안아야 해? 나라에서 인재를 양성해야지. 모든 실패를 개인의 책임으로 돌리는 이상한 나라의 영재들, 걔들이 한국에 살지. 유학도 못 가고." 빈정만이 말했다. 그때 고인덕 박사가 손사래를 치며 나섰다.

"이 친구가, 생각해 봐요, 한국이 그만큼 살게 되기까지 자네 어르신 세대가 얼마나 호되게 자신을 닦달하며 치달려 왔는지 말야. 개인의 분투가 국가를 살린다고 보면 안 되겠나? 국민교육헌장을 뒤집어서 말이지."

"자주 듣던 이야기네요. 자주 하는 모든 짓은 싱거워진다면서요. 웃기지 말아요, 한국은 복지가 거지꼴이라구요. 잘난 놈들이 못난 것들에게 책임을 전가하는 거, 웃기지 않아요? 복지 얼마든지 할 수 있어요. 왜 못해요?"

"복지에도 그늘이 있지 않나? 국가 재정이 한계가 있는 법이라서 말이야."

"국가 재정의 한계? 그런데, 우리 그 용감한 탈북자들 어떻게 하지요? 탈북자들이 깡패가 되어 돌아다니거나 거지가 되어 떼도둑으로 화하는 것을 막아주는 것도 우리들 책임이지요. 그런데 그걸, 그것도 복지인데 어떻게 개인들이 해요? 국가가 해야지."

이런 정도 이야기가 진척되는 동안, 진정일은 눈앞이 훤하게 틔어오는 느낌을 받았다. 구체성은 떨어져도 국가의 장래를 걱정하는 친구를 이런 데서 만난다는 것은 뿌듯한 일이었다. 논리구조가 엉성하고 다소 구체성이 떨어지기는 해도, 그런 걱정을 하는 젊은이가 있다는 것만으로도 마음 한가운데에 따뜻한 온기가 돌았다.

"진형, 에이 개 같은, 죄송하고. 그런데 말야, 왜 그리스에서 가방은 잃어버리고 지랄이야? 그건 전적으로 진형 잘못이야. 뭐랄까 진형이 그리스를 강도의 나라처럼 생각하지 않나? 그래서 그리스 이퀄 강도, 강도는 못된 놈, 못된 놈은 죽일 놈, 죽일 놈은 제 팔자 그런 등식을 생산하고 있는 겁니다. 어휴 답답."

"내 잘못도 있지, 물론."

"잘못도? 잘못 정도가 아니라 잘못 자체가, 근데 당신 잘못이란 말에 진실이 안 묻어나."

"진실이 안 묻어난면?"

"전에 만났을 때, 그리스를 사랑한다, 좋아한다 했지? 진형이 사랑한다는 그리스가 어디까지인가? 올리브와 치즈, 나나 무스쿠리, 아그네스 발짜, 핀도스 산맥의 흰눈 겨우 그런 건 아니잖아. 그리스를 통째로 사랑하는 방법을 생각하라고. 그게 아니라면 가짜야. 그러니까 포기하지 말고 유학 오라고."

당돌하기도 하고, 건방지기도 한 이 친구를 어떻게 다루어야 하나, 고개가 내둘렸다. 고인덕 박사는 둘이 하는 이야기를 가만히 듣고 있었다. 웨이터가 커피를 가지고 왔다.

"그렇게 나무라지 말아. 그래도 그리스 유학 오겠다는 친구 아냐. 자네 말대로 그리스를 진정 사랑하는 방법이 무어겠나?"

"박사님도, 회피하지 마시고요. 이러면 어때요? 그리스 정부가 자기 역량껏 난민을 받아들였다가 원하는 나라로 보내도록 측면 지원을 하는 방법도 있어요. 이유(EU)에서도 그리스를 너무 압박하지 말아야 해요. 그리고 자신의 문제로 인식하고 도와야지요. 그런데 이유 나라는 하나같이 나자빠져서 그리스를 이해하고 도울 생각을 하지 않는 거잖아요. 야비한 것들, 제국주의자의 후예들이 그렇지요 뭐."

"자네 코스모폴리탄인가? 국제정치를 하려면 그런 안목도 있어야 하겠지." 고인덕 박사가 묻는 듯 약간 힐책을 하는 투로 말했다. 그게 무슨 뜻이냐고 잠시 멈칫하는 눈치더니, 빈정만은 금방 이야기를 다른 데로 돌렸다.

"그렇지는 않지만. 아무튼 한국은 사상 체계가 너무 완고해요. 이해하지요, 분단 때문이란 것을. 여기 그리스는 공산당도 있어요. 물론 전면적 정치활동은 못 하지요. 인기가 없거든요. 그러나 내면은 다른 거 같더라구요."

"한국에서 그리스군 참전 기념비 봤다고 했지?"

"여주에 가서 봤는데……, 정말 자유와 한국에 대한 우정 때문에 참전을 했는지도 모르지요. 그러나 확증은 없어요. 한국의 자유가 왜 제한되는지 이야기하려고 그러세요? 좀 생각을 해 봐야 하겠어요. 아무튼 한국은 사상의 자유를 경험한 적이 없어요. 분단을 내세워 사상의 자유를 억압하는 건 너무 낡은, 늙다리 같은 방식예요."

"현실이 그런 걸 어떻게 하나? 우리는 현재 시점에서 최선의 판단을 하고, 그 판단에 따라 행동해야 하는 것이 아니던가? 다른 방법이 없지 않은가?"

"그리스도 그랬겠지요. 자유와 한국에 대한 우정 때문에 참전을 해야 하는 게 현실적으로 최선의 길이라고 판단했을지도 몰라요."

한참 논전이 이어졌다. 빈정만은 잠시 고개를 숙이고 앉아 있더니, 한국전쟁에 그리스가 참여한 의의를 보고서로 쓰면 어떻겠느냐고 고인덕 박사를 향해 물었다. 고인덕 박사는 유럽에서 그리스가 어떤 위상이었고, 그 위상이 한국전 참여로 어떻게 달라졌는지 자료를 통해 확인하면 좋겠다는 의견을 내놓았다. 아직은 자료가 없어서 그런 제안을 받아들일 수 있는지 잘 모르겠지만, 괜찮은 아이디어라고 엄지를 쳐들어 주었다.

"그 숙제도 숙제지만 다른 과제가 또 있어요."

"과제라는 게, 자네가 학교에서 수행해야 하는 과제 말인가?"

"그래요. 제가 그리스에 오면서 가지고 온 과제인데요, 한국과 그리스는 둘 다 군사독재를 경험한 나라지요. 한국은 군사독재가 25년이나 지속된 나라고요, 그리스는 7년 만에 끝났어요. 그게 뭘 뜻하지요? 개발을 잘 하고 국민소득 증가하면 나라가 잘 되는 건가요? 한국의 개발독재를 한 결과가 뭐지요? 독재를 계속하려면 국민들이 좀 멍청해야 돼요. 국민의 의식 수준과 정치체제가 관계가 된다고 보거든요."

"한국 국민이 멍청해서 군사독재가 오래 지속되었다는 뜻인가? 문화라는 게 갑자기, 단층적으로 달라지는 법이 없다는 거 알지?"

"그렇겠지요. 그런데 여기 사람들은 2500년 이상 민주주의 훈련을 했어요."

정확히 말하자면 2500년 전에 민주주의 훈련을 했고, 정작 그러한 체제를 구가했던 적이 없는 역사였다. 전체적으로 보면 그리스 역사는 식민지의 역사이기도 했다. 그러나 식민지 본국을 계도하는 희한한 식민국이었다. 로마의 지배하에 있을 때는 로마에 철학과 예술을 전해 주어 싸움밖에 모르는 로마인들을 계발하기도 했다. 터키의 지배를 받는 동안 터키 문화가 그리스 전역을 압살하도록 놓아두지 않았다. 그리고 근래에는 독일의 침공을 당한 그 역사 속에서, 민주주의는 꽃을 피우는 것은 물론 싹을 틔울 수조차 없었던 역사였다. 고인덕 박사가 시계를 보면서 빈정만이 한 이야기를 마무리하겠다는 듯이 타들었다.

"고대의 민주정치와 근대의 민주정치는 생판 달라요. 근대에 와서 그리스는 독립전쟁과 내전을 치러야 했고, 좌파와 우파가 싸움을 하기도 했지 않던가. 그건 다른 말로 사상 훈련을 한 셈이지. 훈련은 훈련으로 끝나는 경우가 많아요. 아직은 정착이 안 되어 있어. 이들은 역사를 지연하면서 살아가는 사람들이야. 우리는 역사를 앞당기려고, 축약하려고 애를 쓴 셈이고. 둘 가운데 어떤 것이 더 바람직한가 하는 결론은 쉽지 않아. 그러니 자네 나름의 생각을 발표하고 검증을 받고 비판을 받아 보는 것이 정칙이 아닐까. 그리고……."

"됐어요. 저는 가서 보고서 써야 해요. 역사의 압축과 지연이란 제목을 달아도 되지요?"

"아직은 출판이 되지 않았으니까. 맘대로 해."

지루하고 무거운 대화는 그렇게 마무리되었다. 마무리라기보다는 그저 그렇게 끝이 났다.


취침을 하라고 꺼 주었던 불이 다시 들어왔다. 따끈따끈한 물수건을 반짝이는 쇠 집개로 전해주는 독일 아줌마 스튜어디스의 얼굴이 부숙부숙해 보였다. 피곤한 모양이다. 한자동맹을 결성해서 유럽의 상권을 좌우하던 나라, 아프간인들이 끝내 가고 싶어 하는 나라, 그 나라 사람들의 삶이 진정 행복할까 하는 생각을 했다. 거기는 괴테의 나라이며 베토벤의 나라이고, 또한 히틀러의 나라가 아닌가. 머리가 어지럽고 몸이 붕하니 떠올라가는 느낌이 전해왔다. 어깨가 다시 쑤셔온다. 기내 모니터에서 뉴스가 방영된다. 어제 아테네에서 있었던 대규모 시위를 전해준다. 아테네 신다그마 광장에서 보았던 시위 이야기로 글을 마무리지어야 하겠다. 맥주를 한 모금 마시고 다시 글을 쓰기 시작했다.

광장! 그것은 모순의 처소이다. 광장은 밀실처럼 커튼으로 가려지지 않는다. 최인훈이란 소설가가 왜 「광장」이란 제목으로 소설을 썼는지 알 것 같다. 신타그마, 이곳 사람들은 신다그마로 발음한다. 헌법이라는 뜻이다. 의회가 만들어지고 의회에서 헌법을 제정한 것을 기념하는 광장이다. 모스크바의 붉은광장이나 북경의 천안문 광장과는 영판 다른 느낌을 자아낸다. 야자수와 오렌지가 섞여 서 있고, 벤치 위에 사람들이 모여서 이야기를 나누는 모습은 광장이라기보다는 공원이라는 느낌이 더 적실하다. 이 광장은 여러 겹으로 혹은 여러 부분으로 파티션이 드리워져 있어서 밀실이 보장되는 광장이다. 정원을 가운데 두고 사면으로 각기 다른 데로 통하는 길이 나있는 구조로 조성된 이 광장은 단두대를 설치하기는 적절치 않다. 반역자 누군가의 목을 잘라 장대에 꿰어 세워두는 이른바 효수(梟首)를 하기도 적절치 않다. 이렇게 인간적인 광장에 시위가 벌어진 것이다. 파업과 병행하는 시위다.

우선 급한 것이 여권이었다. 여권을 만들자면 한국대사관으로 가야 한다. 빈정만이 아테네 주재 한국대사관에 연락을 해 둔 모양이었다. 한국대사관이라면서 아가씨가 전화를 해왔다. 한국 아가씨의 전화는 마음을 차분히 가라앉게 했다. 외교부에 근무하는 국제적 감각을 갖춘 여성, 아마 미모에 교양과 지성을 겸비한 그런 여성일 것이다. 그는 그렇게 전화를 해 준 여성을 분장하고 있었다. 자신에게 위안을 줄 수 있는 여성이 그리스에 있다는 것은 감동일 수밖에 없는 일이 아니던가. 여자 친구 안젤라는 어떻게 하다가 병원에 처박힌 것인가. 그리고 무책임하게 아이를 버렸다는 것인지 속이 부글부글 끓어올랐다.

"가끔 여권을 잃어버리는, 그런 일이 있어요. 너무 걱정 안 하셔도 돼요. 그런데 시간이 좀 걸려요. 사진은 가지고 계시지요?" 대사관 아가씨는 친절하게 물었다.

사진을 가지고 있는가 물었을 때, 아차 싶었다. 여권에 끼워 두었던 사진을 도둑맞은 것이다. 전에 중국에 갔을 때 한국인의 여권 한 장이 그들 한 달 월급으로 거래된다는 이야기를 들었던 적이 있다. 자신의 사진이 누구 여권에 어떻게 붙어서 어디로 돌아다닐지 알 수 없는 일이다. 얼굴을 흘리고 다니는 인간이 되어버린 셈이었다.

"사진을 넣어 두었던 지갑이 가방에 들었었는데, 그 가방을 잃어버려서, 사진도 없어요."

"그러시군요. 그러면 빈정만 씨와 함께 오세요."

헤르메스 호텔에서 한국대사관으로 가기 위해서는 버스를 타는 것이 편했다. 광장을 향해 약간 경사진 길을 한 십 분 올라가면 신다그마 광장이다. 고인덕 박사는 다른 일이 있다면서 차타는 데까지만 같이 가자고 했다. 거기서 각자 다른 버스를 타면 된다고 한다. 이들을 만났으니 망정이지 혼자 그런 일을 당했다면 어쩔뻔 했는가 싶었다. 로밍된 전화에 대사관에서 연락처를 남겨 놓고 위급한 상황에 연락하라고 했던 것이 그때서야 떠올랐다. 결국 자기는 위급한 상황을 당하지 않은 셈이 된다. 대사관에 연락을 하지 않고 여기 아테네 와 있는 다른 한국인들의 도움으로 문제가 거의 수습되어 가는 중이기 때문이다. 여전히 자기 깜냥에는 자신의 문제를 스스로 해결한다는 고집을 부리고 있었다. 아니, 개인을 돕는 국가라는 것을 그리 실감있게 수용하고 있지는 못한 것인지도 모른다. 현실에 개입하지 않으려는 고집스런 수동성이 그를 그렇게 몰고가는 것일지도 모를 일이다.

육차선 도로로 되어 있는 길은 서쪽에서 동쪽으로 뻗어 있었다. 아마 시위대가 오모니아 쪽에서 이곳 의사당이 있는 방향을 향해 행진을 하게 되어 있는 모양이었다. 대열의 앞에 서서 메가폰을 잡고 구호를 외치는 사람을 선두로 해서 대열은 도도하게 밀려왔다. 대열의 중간 중간 대형 플래카드를 장대에다가 달아 들고 구호를 외치고 노래를 부리기도 하면서 대열은 출렁거리는 물결처럼 밀려왔다. 구호는 대개 이런 것들이었다.

– 국가 독점 경제 시민에게 돌려달라.

– 청년실업 해결하라.

– 일자리를 보장하라.

전에 '한국의 민주화'라는 다큐에서 보았던 데모와는 양상이 달랐다. 독재 타도니, 독재자 처단이니 하는 선혈이 뚝뚝 듣는 그런 살벌한 구호는 보이지 않았다. 그런데 장례 행렬의 만장처럼 무겁게 휘날리는 플래카드들은 음울한 분위기를 자아냈다. 데모대 군중들은 검은 수의를 걸치고 암흑의 거리를 행진하는 무리를 연상케 했다. 행렬을 이끌어가는 분위기는 전반적으로 암울했다. 그러나 엄숙한 기운이 서려 있기도 했다. 엄숙한 장례행렬 가운데 어떤 희망을 읽어내야 하는가, 그런 생각을 하면서 데모대열이 행진해 나가는 방향을 살펴보고 있었다.

젊은 청년 하나가 다가와서, 그리스말로 외국인이냐, 관광객이냐 손짓을 하면서 소리쳐 물었다. 광장을 가로질러 가면 위험하니 다른 방향으로 어서 피하라고 소리를 질렀다. 곧 최루탄 발사가 있을 거라면서, 펑펑 소리를 내 보여주었다. 고인덕 박사는 역사의 현장을 보아 두어야 한다는 일종의 역사의식 때문인지, 잠시만, 조금만 하면서 대열의 움직임에 눈을 고정하고는 물러서려 하지 않았다. 가방에서 카메라를 꺼내 몇 컷을 잡기도 하고, 메모를 하기도 했다. 기자 출신인가 싶을 정도로 현장에 집착했다.

드디어 퍽, 퍽, 최루탄이 터지기 시작했다. 대열을 지어 움직이는 군중들은 로봇 군단이 행군하는 것처럼 흩어지지 않고 앞으로 주춤주춤 밀고 나가기를 계속했다. 주변에서 구경하던 사람들만 골목으로 후두둑후두둑 메뚜기 떼처럼 흩어졌다. 산발적으로 터지던 최루탄으로 대열이 흩어지지 않자, 지랄탄이라고 하는 난방향 최루탄이 발사되기 시작했다. 손수건으로 입을 가렸다. 오랜만에 맡는 최루가스는, 그야말로 눈물을 비오듯 쏟아내게 했다. 목이 갈라지는 것처럼 아프고 재채기가 났다. 최루가스에 밀려 골목으로 도망쳤던 그들은 눈들이 벌겋게 충혈된 채, 서로 쳐다보고 웃었다. 웃을 일이 아닌데 무언가 서로 공감하는 바가 있었다. 한국의 80년대를 함께 생각하고 있는 것일까. 그런 장면에 익숙하다는 표시일까. 민주화를 위해서는 그런 과정을 거치는 게 필수적이다, 그런 생각을 하는지도 모를 일이다. 그러나 민주화와는 거리가 있는 시위였다.

"9.11부터 시작된 시위가 여기까지 온 거야."

고인덕 박사는 손수건으로 눈물을 훔치며 그렇게 말했다.

"미국발 시위라는 뜻인가요?"

"그런 셈이지."

"그보다는 오사마 빈라덴이 시위의 시발점이 아닌가요?"

진정일이 고인덕 박사의 말을 고쳤을 때, 빈정만이 이렇게 받으며 끼어들었다.

"우린 남이 아녜요, 이 사태는 평양과 무관하지도 않아요. 평양과 서울이 맞물려 있기도 하고요."

전에 하던 이야기가 있어서 어떤 생각을 하고 있는지 맥락을 짐작할 수 있었다. 독재자들이 권력을 유지하기 위해 국민을 총칼로 탄압하고 그 결과 삶이 황폐화되어 나라를 떠난다. 나라를 떠나면서 정착할 곳을 찾지 못하면 난민이 된다. 난민들은 살기 위해 수단을 가리지 않고 별별 짓을 다한다. 산다는 것이 말이 아니지만, 그것도 사는 것이라서 돈이 들어간다. 돈을 위해서는 몸까지 팔아야 하는 정황으로 치닫는다. 성을 파는 게 아니라 몸의 한 부분을 뚝 잘라서 내주고 돈을 사는 그런 몸팔기.

"독재를 견뎌내지 못하고 조국을 떠나는 이들이 난민이 되고, 난민 문제가 일으킨 파장이 저런 시위로 번지기 때문에 오늘 저 시위는 필연적으로 북한과도 연결이 돼요."

그럴 법한 이야기였다. 그러나 너무 넓게 일반화를 시도하는 것 아닌가 하는 의구심이 들기도 했다. 그렇다면 모든 독재국가는 인류의 공적이란 얘긴데, 비약이 있지 않나 싶었다. 경우에 따라서는 자기들끼리 우물쭈물 하는 독재야 다른 나라에 별반 피해를 안 입히고 지나가는 게 아닌가, 전파력이 약하지 않은가 하는 생각도 들었다. 물론 사람이 견딜 수 있는 정도의 독재를 전제하는 것이기는 했다. 독재도 독하게 해야 그 파급력이 세계적인 것이 된다는 것은 아이러니였다. 진정일은 자기 생각을 두고 혼자 실소를 했다. 자신의 행동은 이른바 임팩트가 없는 허접한 것이 아닌가, 머리가 내둘렸다.

최루탄 연기를 쐬어 눈물을 흘리면서, 차를 몇 번이나 갈아타고 한국 대사관을 찾아가 여행자증명이란 대체 여권을 만들었다. 사진을 찍은 일이며, 기다리는 과정 등 지루한 것은 사실이었지만, 빈정만이 그리스 현실에 대한 여러 가지 이야기를 들려주었다. 전화를 해주었던 아가씨도 만났다. 전화를 받았을 때 마음에 푸근한 위안을 주었던 것과는 달리 매락매락한 몸매에 얼굴이 밝은 대학생이었다. 그리스로 공부하러 와서 아르바이트를 겸해서 일을 한다고 했다. 빈정만은 아직도 진정일이 그리스에 유학을 오겠다는 데 대해, 그리 충족된 느낌을 가지고 있지는 않은 것처럼 이야기를 했다. 진정일은 설득을 하거나 할 생각은 없었지만, 구태여 그의 의견을 떠밀어 박치고 싶지도 않았다.

"그리스에 와서 무슨 공부하려고요?"

막상 그런 질문을 받고 보니 분명히 대답할 건덕지가 별반 없었다. 그리스의 정치를 공부할 것인가, 신화와 제의를 연구할 것인가, 자신의 목표가 마치 잃어버린 여권처럼 행방이 묘연한 상태였다. 여권을 여행자증명서로 바꾸는 일이 다른 생각을 차단해 버린 뒤였다.

다른 친구들이 여행 중에 여권을 분실해서 난리를 겪은 일을 이야기할라치면, 칠칠맞지 못하게 여권 하나 제대로 챙기지 못한다고 책망을 하기도 했던 터였다. 그런데 이 여행자증명이라는 것을 만들지 않고는 이 나라를 빠져나갈 방법이 없는 것이다. 진정일은 국가가 보장하는 신분이라는 것이 무엇인지를 곰곰 생각해 보았다. 신분증명서는 물론 이땅에 발붙이고 살 수 있는 사람이라는 것을 증명해 주는 서류의 하나일 뿐이다. 자신이 소속되어 있는 거대한 집단인 국가라는 게 개인을 어떻게 위호(衛護)하는가, 그런 생각을 곱씹었다.

대사관에서는 제법 여권과 비슷한 그런 증명서를 만들어 주었다. 고생 많았다는 이야기를 덧붙이는 아가씨의 볼에 패이는 보조개며 덧니 그런 것들이 진정일의 시각을 온통 틀어쥐고 있었다. 그런 일을 별 탈 없이 해낼 수 있었던 것은 빈정만이 옆에 있어서 가능했다.

"빈정만 씨 고생이 많았어요."

"하루 자면 서울로 가겠군요. 서울 가면 연락주세요."

"물론, 서울서는 내가 근사한 저녁을 살 겁니다."

데모대를 만났던 신다그마 광장까지 돌아오는 동안, 아시아계 남자들이 길거리 건널목에서 꽃을 사라고 흰 눈자위를 굴리며 다가왔다. 몸에서 쉰내가 물씬 풍겼다. 결국 독재자들이나 독재자 응징한다고 나서는 강대국이나 쉬어터진 인간들을 만들어내는 못된 작자들인 것은 매한가지였다. 신호등에 걸려 서서 손에 힘을 쥐고 부르르 떨자 빈정만이 한번 흘긋 쳐다봤다. 그리고는 헤르메스호텔 가는 방향을 일러주고 빈정만은 학교에 가야 한다면서 총총히 돌아섰다. 무엇인가 갚아야 할 빚은 갚지 않고 남겨둔 채 그대로 보낸 것 같아 마음에 걸칫거리는 느낌이 약간의 자괴감과 함께 느끼하게 몰려왔다.

헤르메스 호텔로 돌아와서 어머니에게 문자를 보냈다. 여행자증명서를 만들었고, 내일 출발한다고 썼다.

- 몸이 그만한 걸 다행으로 생각하라.

- 안젤라는 어떻게 된 거구요?

- 문자로 할 얘기 아니다. 산부인과에서 조처할 거다.

도도니 신전의 참나무에 목을 맸던 사내의 한쪽 헐려나간 얼굴이 피끗 눈앞을 스쳤다. 여행자증명도 만들고, 고인덕 박사한테 돈도 돌리고, 공항에 나가기만 하면 되는데, 벌써 편해져서 그런지 눈만 오돌오돌하고 영 잠이 오지를 않았다. 아크로폴리스를 비추는 은성한 불빛이 떠오르기도 하고, 수니온 곳의 노을이 황홀하게 번지다가는 풍랑이 일어 바다가 뒤눕는 대로 몸이 롤링을 하면서 뒤뚱뒤뚱 멀미를 일으켰다. 크레타의 크노소스 궁전에서는 횡소가 암소를 만나 한창 교미를 하느라고 침을 흘리면서 식식거렸다. 그 소리는 옆방에서 들리는 것 같기도 하고, 바람 소리처럼 귓가를 스치기도 했다. 그리고 살구꽃이 화사하게 핀 이와나나의 거리며, 흰눈을 이고 서늘한 기운을 내뿜는 토마로스 산이 등줄기에 냉기를 뿜어대기도 했다. 머리가 지끈거리기 시작했다. 종잡을 수 없는 환상이 오가면 몸살이 오곤 했다. 몸살이 오려면 가닥이 잡히지 않는 이미지들이 오락가락하면서 오한이 났다. 따뜻하게 난방이 된 식당에서 와인을 꼭 한잔하고 싶었다.

동네 수퍼에 나가 맥주를 사다가 마시고 누워서 잠을 청했다. 술기운이 잠을 불러오리라는 기대와는 달리, 잠이 오기는커녕 공상이 머리를 가득 채우고 윙윙 벌떼처럼 날아올랐다. 공상 속에 자신을 풀어두기로 했다. 진정일은 오모니아의 난민구호소 지하실에 와 있었다.


짙은 자색 커튼이 쳐진 방은 사람들의 숨소리까지 빨아들일 지경으로 흡인력이 강한 긴장이 감돌았다. 둥그런 테이블이 방 한가운데 자리잡고 있었다. 사내들은 책임자인 듯한 사람을 바라보며 둥글게 서서 무슨 주문을 외는 소리가 들렸다. 잠시 후 얼굴이 얄쌍하고 눈이 검은 처녀애가 식탁 위에 피빛깔의 와인을 받쳐들고 왔다.

"고생들 많았다. 이제는 이 길 말고는 달리 길이 없어 보인다. 이 잔을 들이키고 잠시 앉아 있으면 몸이 따뜻하게 달아오르면서, 우리가 꿈꾸는 천국이 나타날 것이다. 너희들은 그 천국을 지키는 호위병이 되어 미션을 수행하러 간다. 이는 인간보다 한결 높은 데서 너희들에게 내리는 신탁이다. 제우스 시대의 신탁은 아직도 살아 있다. 이 신탁을 믿고 행하는 자들에게 축복이 있을진저. 잔을 들어 마시라."

사내들은 책임자의 명령에 따라 붉은색 액체를 마셨다. 그리고는 잠시 지붕을 뚫고 하늘로 퍼져가는 웅장한 노래를 불렀다. 그윽한 슬픔이 배어나는 노래였다. 노래가 끝나고 사내들은 가운데 테이블에 올려진 크리스마스 트리와 같은 데코레이션을 중심으로 강강수월래를 하듯이 반쯤은 뛰고 반쯤은 걸으면서 원무에 휩쓸렸다. 원무가 끝나고 둥그렇게 둘러앉은 사내들은 주사위를 던졌다. 책임자가 주사위의 번호를 확인했다. 한 사내가 자기가 던진 주사위를 보고는 소스라치듯이 놀라 울음을 터뜨렸다.

"형제여, 낙원으로 가는 문을 여는 형제여, 눈물을 거두시라. 그리고 잔을 들라."

피처럼 붉은 포도주 빛깔 액체를 든 사내의 손이 불불 떨렸다. 됐다, 옮겨라 하는 명령을 하고 책임자는 자리를 떴다. 그리고 커튼이 열리고 진정일이 팔에 박힌 칼끝을 빼낸다고 누워 있던 그 방이 재연되었다. 사나이는 침대에 묶인 채로 주사를 맞았고, 그리고는 의식이 사라진 상태에서 허름한 가운을 입은 의사들이 모여들어 사내의 몸에 칼을 댈 준비를 하고 있었다. 커튼 이쪽에는 얼굴이 파리하고 눈이 퀭한, 로뎅의 청색시대 어느 인물을 연상하게 하는 사람들이 초조하게 기다리고 있었다. 아프가니스탄 사람들이었다.

"제어 굿!"

담당 의사인 듯한 사내가 좋소! 그렇게 독일어로 한마디를 하고는, 다른 의사들에게 수술 지시를 했다. 진정일의 팔에 박힌 칼날을 제거해 준 그 의사였다. 그는 진저리를 치며 환영을 지우느라고 손을 내저었다. 침대를 굴러 내려오듯이 떨어지는 바람에 몸을 가누느라고 팔을 휘저은 모양이었다. 옆자리 손님이 손을 내저어 진정일의 팔을 제쳤다.

"손님, 어디 불편하세요?"
독일 스튜어디스 노이바서의 엉덩판이 틈실하게 부각되어 왔다. 신전의 정녀 또한 저런 몸매를 하고 있었을 것 같다.
"참나무에 비둘기가, 비둘기에 참나무가……."
비둘기와 참나무가 어떻다는 이야기인지 자기 스스로도 잘 알기 어려운 말을 지껄이고 있었다.
"뭐라고 하셨어요?"
"아, 도도니의 참나무에 비둘기가 날아든다고."
비행기가 곧 착륙한다고, 안전벨트를 매고 의자 등받이를 바로 세워 달라는 안내 방송이 나왔다. 창문을 열라고 했다. 창을 열었다. 밖에서 강렬한 햇살이 기내로 쏟아져 들어왔다. 그 햇살 속에는 수를 헤아릴 수 없이 많은 비둘기 떼가 소용돌이를 그리며, 푸드득 푸드득 하늘로 날아올랐다.

# 분화구 근처 사람들

— 발리댄스

## 1

세계 민속무용 축제를 열기로 했다. 당평문화단지가 조성된 지 10주년이 되는 해를 기념하기 위한 축제였다.

충청남도의 당진과 경기도의 평택은, 아산만을 사이에 두고 마주보며 세를 겨루는 형국이었다. 두 지역은 모두 농업과 공업을 겸한 서해안 발전의 교두보 역할을 했다. 그러나 그동안 서해대교를 사이에 두고 아득하게 멀리 떨어져 내남보살로 지내온 편이었다. 서해대교는 지나가는 통로일 뿐, 두 지역 사람들이 모이고 머물러 판을 벌리는 데는 오히려 훼방을 놓는 존재처럼 되어 버렸다. 다리가 다른 두 지역을 연결하기도 하지만 지역을 분리하기도 하는 모순적 속성을 여실히 보여주는 예가 서해대교였다.

두 도시가 잠재력으로 가지고 있는 농업, 공업, 항만 등의 유대는 지도상에서만 존재하는 일종의 꿈이었다. 이 두 지역을 문화적으로 결합해보자는 새로운 기획을 들고 나온 것은 아산시의 국회의원 맹국영이었다. 새로 조성된 평택당진항 지역에서 세계 민속무용 축제를 열면 아산, 당진, 평택이 하나의 문화권으로 묶일 수 있는 좋은 기회가 되리라는 것이었다. 물론 복안으로는 현충사를 중심으로 한 애국심의 고취와 온양, 아산, 도고 등의 온천을 이용한 휴식 개념을 결합하되, 평택당진항에서는 민속춤 공연을 볼 수 있도록 한다는 것이었다. 연예활동에 참여한 손님을 아산시로 이끌어들이자는 속셈을 가지고 있었다.

맹국영 의원이 세계민속무용축제 추진위원장을 자임하고 나섰다. 그리고 한국폴리텍대학 문화경영학과 교수로 있는 이찬국 박사에게 조직위원장을 맡겼다. 그는 당진 서산 지역에 지역연고를 두고 있었다. 자기는 한국의 초대 대통령 이승만 박사와 핏줄이 연결되어 있다는 이야기를 자주 털어놓았다. 술자리 같은 데서 기회가 올 때마다 대한민국의 국부는 역시 이승만 박사라고 강조하면서 열을 올렸다. 국부의 동상 하나 없는 나라가 꼴이 뭐냐고 탄식을 내뱉기도 했다.

친일이니 독재니 어쩌니 하면서 말들이 많지만, 풍전등화를 지나 백척간두에 놓인 나라를 일으켜세우자면 어쩔 수 없이 이이제이(以夷制夷)를 도모하는 법이라고 했다. 역사와 문화는 복합종횡으로 뒤얽히게 마련이니까 일본의 마수에서 벗어나는 데는 방법적으로 친일도 해야 하고, 공산주의와 싸우기 위해서는 친미도 전략적 선택이라는 논리였다.

사람들은 맹국영 의원이 고불(古佛) 맹사성(孟思誠)의 후예라는 것을 잘 알았다. 그는 술자리가 벌어지면, 자기 말로 자기 할아버지의 '강호사시가'로 건배를 하곤 했다. 이런 식이었다. 가을철에 벌어지는 술자리에서는 맹국영 의원이, 여러분 잘 아시지요, 하면서 목소리를 가다듬어 시조를 한 수 읊었다.

강호(江湖)에 가을이 드니 고기마다 살져 있다.
소정(小艇)에 그물 실어, 흘리 띄워 던져 두고,
이몸이 소일(消日)하옴도 역군은(亦君恩)이샷다.

그렇게 시조를 읊어 주고는, 수사가 화려한 테이블 스피치를 하고 '역군은이샷다'를 함께 외치고 잔을 비우게 하는 고답적인 건배제의였다. 재미있다고 호쾌하게 웃으면서 자기도 다른 기회에 써먹겠다는 사람도 있고, 유식한 티를 낸다면서 고개를 외로 빼는 불평객도 있었다. 그러나 사람들은 대개 고등학교 때 그 시조를 공부한 기억을 더듬으면서, 그래 그때 그런 게 있었어, 그렇게 추억을 반추하곤 했다.

아무튼 조상 자랑하는 걸로 시작해서 인물에 대한 평가며, 역사의 흐름에 대한 판단 등, 맹국영 의원과 이찬국 박사는 죽이 척척 맞았다. 그러면서도 한편으로는 자기 야심을 내보이지 않으려고 여러 가지로 배려하며 지내는 편이었다. 이 일을 위해서는 진용을 갖추어야 한다는 것이 맹국영 의원이었다. 자기가 위원장을 맡았으니 조직위원장은 이찬국 박사의 몫으로 돌아갔다. 문화기획사 아르스 문디(ars mundi)에 사무실을 두기로 했다. 그리고 터억하니 〈세계민속무용축제추진위원회〉란 간판을 아르스 문디 옆에 나란히 걸었다. 자연스럽게 기획사 연구원인 전예원이 추진위원회의 실장을 맡아 어울려 돌아갔다.

어느 나라의 어떤 민속무용을 초청해서 판을 벌리게 할 것인가 논의가 있던 날이었다. 하와이의 홀라춤, 브라질의 삼바춤을 위시해서, 탱고, 캉캉 그런 유명세를 타는 춤들이 거론되었다. 그런 춤들은 인지도가 높지만 그 나름 문제가 있었다. 그 춤이 생겨나고 지금 운영되는, 살아 있는 문화현장에서라야 공연으로서 실감이 난다는 것이었다. 홀라춤은 하와이 와이키키 해변에 가서 보아야 제격이고, 브라질의 리우 축제에 가야 삼바춤이 신명을 불러온다는 것이었다.

도모하는 축제의 성격이 춤을 구경하게 하는 것이지 같이 어울리게 하는 게 아닌 이상, 춤이 문화로 살아 있는 그 동네의 문화환경까지를 끌고 올 수는 없었다. 마을 전체를 떠들썩하게 들쳐올리거나 도시를 온통 들끓게 하는 춤은 부대조건 때문에 수용하기가 버거웠던 것이다. 그러다보니 무대를 상정한 춤이라야 했다. 크건 작건 무대 위에서 무용수들이 춤을 추고, 관객이 구경하는 방식을 택할 수밖에 없었다. 강강수월래나 쾌지나칭칭나네 같은 경우는 한국사람들이 같이 어울릴 만큼 맥락이 잡혀 있었다. 그러나 외국의 민속무용을 한국인들이 같이 어울려 춤출 수 있도록 하기는 여러 가지 난관이 앞을 가로막았다. 기껏 관객이 판에 어울려 호흡을 같이 한다는 것이, 공연 끝나고 무용수들과 사진을 찍도록 잠시 시간을 내주는 게 고작이었다.

이렇게 몇 가지 민속무용을 거론하다가 맹국영 의원이 나서서 한 가지 제안을 했다. 특종감 아이디어라도 떠오른 모양, 얼굴에 흐뭇한 웃음이 가득했다.

"기본 컨셉을 과거는 아름다워로 가는 겁니다."

"아름다운 과거라면?" 위원 가운데 한 사람이 물었다.

"예컨대 신혼여행의 추억을 불러오는 거 말입니다. 말하자면 신혼여행을 가서, 아직은 손만 잡아도 가슴이 저리고 살이 떨려오던 시절에 신부 손잡고 앉아서 황홀하게 바라보았던 춤을 판에 올리는 겁니다."

맹국영 의원의 그 특종 아이디어를 제대로 알아듣지 못하는 듯이, 이찬국 박사는 뻥하니 앉아 있었다. 맹국영 의원은 이찬국 박사의 코를 눌러 놓고 싶다는 듯이 야코 죽이는 질문을 했다.

"이 박사께선 신혼여행 어디로 다녀왔소?"

"나야 돈이 없어서 괌에 다녀왔지만."

"괌이라면, 말하자면, 거기 미군기지 있는 데 아닙니까?"

"미군기지 있는 데서는 신랑신부가 포복하는 데 여건이 그만이지요."

"의원님 하는 말솜씨하고는……."

이야기가 탄력을 잃고 농담식으로 빠지려 할 무렵해서, 민속무용축제 기획을 맡기로 한 문화기획사 아르스 문디의 기획실장 전예원(全藝苑)이 끼어들었다. 기획사 이름으로는 좀 거창했다. 라틴어로 예술의 세계라는 뜻이었다.

"맹 의원님 말씀대로 기본 컨셉을 잘 설정해야 성공할 수 있습니다. 뭐랄까 이야기가 있는 춤, 음악극 같은 거로 하면 어떻겠습니까?"

"서사 무용이라는 뜻인가요?"

이찬국 박사가 공감이 간다는 듯이, 우리끼리는 그래도 통한다는 신호로 눈을 끔적했다.

"그렇습니다. 다른 말로 내러티브 댄스라 할까."

전예원 실장은 자신의 무용론을 폈다. 무용은 내용과 형식이 일치하는 고도의 예술성을 지닌 장르라는 것이었다. 내용과 형식의 완벽한 일치, 그래야만 무용이 무용답다는 논지였다. 무용이 무용인 것은 무용을 통해 각종 어지러운 이야기에 얽힌 인간의 부자유를 풀어주는 것이라 했다. 팔을 너울너울 움직이면서 내닫고 물러서는 리듬 가운데 생의 환희가 돋아나도록 해야 진짜 무용이 된다는 주장이었다. 그것은 개인의 자기 초월을 가능하게 하는 탁월한 형식이라는 설명이었는데, 듣기 좀 어설프고 지루했다.

전예원은 무용의 예술성을 설명하고 주장하다가 논지를 반전시켰다. 그런 무용은 예술적 완성도는 높지만 대중적 인기를 얻어내지 못한다는 것이었다. 달리 말하자면, 인간사 희로애락을 이야기 형식으로 전하는 무용은, 이야기라는 특성 때문에 무용 자체에서 멀어질망정 관객을 끌어모으자면 그렇게 하지 않을 수 없다는 의견이었다.

"그러면 무용이 산문화되고, 잡스런 의미가 끼어들어 예술성 높은 무용을 기대하기 어려운 거 아닙니까?"

이찬국 박사가 쐐기를 치고 나왔다. 그렇게 되었을 때, 무용은 상층문화의 관객도 잃고 민중의 취향을 맞추지도 못한다는 주장이었다.

"이야기에 생활을 담는 겁니다. 이야기 속에 웃고 울고, 눈물도 짜고 콧물도 닦아 주는 무용을 도모하자는 얘기지요. 그래야 사람들이 홀딱 빠져들거든요."

그런 이야기 끝에, 맹국영 의원이 거들어서, 얼간이 같은 속물 대중이

도무지 '승무'의 정신적 깊이와 예술정신의 높이를 어떻게 이해할 것이냐면서, 아주 쉬운 이야기를 바탕으로 하는 무용을 보여주어야 한다고 빳빳이 기를 세웠다. 그러기 위해서는 민속의 과감한 변형을 도모하자고 했다. 전예원 실장이 기다리기라도 했던 것처럼 부추기고 나왔다.

"물론 그렇습니다. 이야기 없는 춤은 줄기가 꿰어지지 않습니다. 모름지기 춤은 이야기, 내러티브 플러스 엔터테인먼트, 그렇게 조직되어야 관객의 뇌리에 필이 꽉꽉 꽂히는 겁니다."

전예원 실장의 논지에 맹국영 의원도 계속 고개를 주억거렸다. 그리고는 당신의 무용 관람 경험을 갖다 들이댔다.

"맞습니다, 말하자면 중국에서 경극이라는 걸 보았는데, 중국어로 하는 극을 제가 어떻게 알아듣나요. 그런데 이야기가 있으니까 이해가 되더라구요."

"백번 지당한 말씀, 러시아의 발레도 스토리 빼면 이해가 되던가요?"

이찬국 박사는 약간 뒤틀리는 배알로 슬그머니 맞장구를 치면서, 아는 체를 했다. 그러나 러시아의 발레가 무엇을 가리키는지는 알기 어려웠다. 밀리고 있다는 것을 감지한 듯, 이찬국 박사는 적극성을 띠고 끼어들었다.

"이야기가 있어서 춤의 맥락을 알 수 있는 것처럼 종교 또한 이야기가 있어야 합니다. 밀교, 딴뜨라에서처럼 '옴'을 아무리 읊어도 도가 통하지 않습니다. 석가모니가 도솔천에서 내려와 고행 득도하고 설법하다가 사라쌍수하에서 열반할 때까지를 여덟 장면으로 나누어 그림을 그리고 설명을 단 팔상도를 모신 불탑을 팔상전(八相殿)이라 하지 않던가요? 석가의 생애를 그렇게 이야기로 이해시키는 겁니다. 아산 공세리 성당에 가면 예수 수난의 과정을 열두 장면으로 나누어 조각상을 만들어 배치한게 있어요. 신도들이 예수의 뼈아픈 생애를 필을 가지고 이해하도록 하는 예술의 종교형식 아닙니까."

이찬국 박사가 돌연 말이 길어지자 맹국영 의원이나 전예원 실장이나 어리뻥해져 있었다.

"그래요, 말하자면, 모든 예술이 그런 것과 마찬가지로 무용도 역시, 이야기가 있어야 관객의 가슴에 아름다운 필링으로 다가갑니다."

전예원이 잠시 주춤하고 있다가 침착한 어투로 물었다.

"그러면 구체적 대안이 뭔가요?"

맹국영 의원이 홀가분하게 말했다.

"한국 신랑신부가 신혼여행지로 가장 선호하는 데가 인도네시아의 발리 아닙니까?"

"그렇지요. 괌이나 피지 같은 데도 가기는 하지만……."

"거기는 민속무용이 신통치 않은 것 같습디다."

"그럼 발리 무용단을 데려오는 걸로 합의하기로 하고, 구체적 대안은?"

맹국영 의원이 합의니 대안이니 하는 말을 동원해서 서둘러 결론을 얻고자 하는 눈치였다. 그 눈치를 읽고는 이찬국 박사가 대안을 냈다.

"신라예술대학 무용과에 문의해 보기로 하지요."

일이 순조롭게 풀리려는 조짐이 보였다. 이찬국 박사가 앞장서고 싶은 의욕을 보였다. 그의 친구가 신라예술대학에 학장으로 있다면서, 그 자리에서 핸드폰으로 문자를 보냈다. 금방 전화가 걸려왔다.

때마침 동남아 무용을 학생들에게 소개하는 일로, 인도네시아에서 남자 무용수가 와 있다고 했다. 이찬국 박사는 그러면 그렇지, 하면서 무릎을 쳤다. 기획실장 전예원을 통해, 일단 그 사람을 만나 인도네시아 무용단을 한국에 이끌고 올 인물을 물색해 보라고 지시했다. 대개 그렇지만 신혼여행의 추억이 있고, 이야기가 바탕에 깔리는 것은 물론, 무용수들이 몸집이 좋고 섹시해서 사람들이 모일 거라는 이야기였다. 사람들이 모이면 그게 돈 아닌가, 그렇게 해서 발리댄스를 끌어들이자는 계획이었다.

아르스 문디라는 문화기획사에 실장 직함을 가지고 있는 전예원은, 백상외국어대학교 인도학과에서 인도의 고대문학을 공부한 인도전공자였다. 마침 인도와 IT 관련 사업을 매개로 활발한 교역이 이루어지고, 그 사이에 인도와 인도네시아를 자주 왕래한 이력이 있었다. 거기다가 여행 안내서 비슷한 책이기는 하지만, 인도네시아 문화와 예술을 아우르는 책을 내기도 했던 터였다. 물고기가 물을 만난 듯, 물실호기, 떨쳐 일어났다.

2

전예원은 할일이 생겨 좋다고 뛰쳐 일어나긴 했지만, 어리뻥할 지경으로 팽팽 바빠졌다. 우선 신라예술대학을 찾아가야 했다. 무용과 학과장을 만나 인도네시아에서 왔다는 사람을 소개해 달라고 했다. 마침 쉬는 시간이라고, 인도네시아 무용가라는 사람은 학과 사무실에서 커피를 마시고 있었다. 덩치가 우람하고 눈이 부리부리한 청년이 압도하듯 앞으로 다가섰다.

"처음 만나 반갑습니다. 나는 전예원입니다."

어색한 영어로 인사를 건넸다. 그런데 상대방에서는 오히려 한국어로 "안녕하시오?" 하고 응대해오는 것이었다. 한국 관광객이 자주 가는 나라는 어디든지 한국어가 널리 알려져 있다는 것은 대강 알지만, 첫인사를 한국어로 할 만큼 한국어를 익히고 있는 게 새삼 놀라웠다. 그러나 긴한 이야기는 영어로 소통을 해야 했다. 영국식 영어 같기도 하고, 독일어 발음이 튀어나오기도 했다. 정보를 뜻하는 인포메이션을 인포르마시라고 뒤끝을 잘라 말했다. 뒤에 안 일이지만 네덜란드어의 영향이었다.

인도네시아에서 온 무용가는 이름이 강가닌이라고 했다. 인도 말로 강을 강가라 하는데, 자기 이름 강가닌(Ganganin)은, 강물처럼 흘러가는 생애를 살라고 할아버지가 붙여준 것이라며 웃음을 지었다. 인도네시아는 인도에서 문화적인 영향을 많이 받았기 때문에 인도식 이름이 낯설지 않을 정도로 제도적 친연성이 있었다. 전예원은 이름 끝에 붙은 닌이 한국에서는 사람을 뜻하는 인(人)에서 온 것일지도 모른다는 이야기를 하려다 말았다. 둘 사이에 억지로 끈을 대보려는 얄팍한 속셈이 드러날 것 같아서였다.

전예원은 강가닌에게 찾아온 목적을 대강 설명했다. 발리댄스 가운데 이야기, 즉 내러티브가 살아 있는 게 무엇인가 물었다. 물론 전예원이 아는 것만도 상당수였지만, 그쪽에서 설명을 들어야지 이쪽에서 납댈 처지가 아니었다.

"여러 버전이 있습니다. 그리고 가짓수도 많습니다. 그런데 기본적인 이야기 줄거리는 같은 게 있어요. 그걸 아울러서 라마야나라고 합니다."

라마야나에 대해서는 전에 들은 적이 있었다. 인도네시아에 가는 사람 치고 프람바난 사원이나 그 인근에서 라마야나 발레를 안 본 사람이 없을 정도였다. 족자카르타의 프람바난 사원 건너편 공연장에 -RAMAYANA BALLET- 라는 거대한 입간판이 서 있는 것을 보았고 거기서 발레를 감상하기도 했던 터였다.

전예원은 한국에서 라마야나를 공연하면 한국 사람들이 그 내용을 쉽게 이해할 수 있겠는지 물었다.

"그건 이상한 질문입니다."

"그게 왜 이상한 질문이지요?"

"전쟁과 인간의 용기 의무, 사랑과 의무의 갈등, 그리고 그 갈등의 해결로 이어지는 해피엔딩, 그런 구조는 본능적으로 이해하니까요."

전예원은 그럴 만하다는 생각이 들었다. 서사에서 일종의 아키타입을 지닌 이야기인 셈이었다. 원형적 이야기가 감동을 불러오는지 그렇지 못한지는 별로 중요한 문제가 아니었다. 신혼여행의 추억을 얼마나 절절하게 불러와 추억에 잠기게 할 수 있는가, 그리고 관객이 얼마나 몰려오는가, 그게 문제일 뿐이었다. 사람들은 미래의 꿈에 기대어 살기도 하지만 대개는 추억에 연약한 물뿌리를 대고 고단한 일상을 견딘다. 사람들은 삶이 고달플 때 옛날을 떠올리곤 한다. 그러나 그 옛날의 추억이 내일을 위한 꿈을 일구는 데 도움이 안 된다면 무슨 소용이 있을 것인가 싶기도 했다. 결국 추억도 미래를 위한 것이라야 했다. 그렇다면 결말이 행복해지는 것은 사람들의 근원적 요구인지도 모를 일이었다. 거기서 비극적 비전이니, 생의 비극적 감각이니 하는 것을 찾는다면, 그건 한갓된 관념론자들의 미학일 뿐이었다.

"알았습니다. 질문이 우습게 되었군요. 워낙 유명한 발레니까요."

"잘 아시는 것처럼, 라마야나는 인도의 산스크리트 서사시의 원조라 할 수 있는데, 발미키라는 시인이 만들었다는 게 통설입니다."

"발미키? 아디 카비야, 그런 이야기를 들은 적이 있어요."

강가닌은 발미키 이야기를 했다. 마치 자기 외삼촌 이야기라도 되는 듯이 입담 좋게 술술 풀어나가는 이야기는 압축적이면서도 울림이 있어 들을 만했다. 이런 장면에서 이야기를 길게 늘어놓는 것은 시간에 얽매지 않고 생활하는, 그들 삶의 한 단면을 보여주는 것 같기도 했다. 시간에 쪼들려 사는 전예원으로서는 부럽기까지 했다. 자칫하면 게으름으로 오해될 만한 태도였다.

"발미키는 본래 노상강도짓을 해서 먹고사는 천역이었습니다."

강가닌은 계속 들어볼 참인가 하는 식으로 흰자위가 두드러지는 눈을 굴리면서 물었다.

"들어야지요. 물론요."

수도승들이 길을 가고 있었다. 발미키 강도무리가 그들을 습격했다. 그런데 그들은 도가 높은 수도승들이었다. 발미키가 달려들어 소지품을 다 내놓으라고 윽박질렀으나, 수도승들은 의연했다.

"먹고살기가 얼마나 힘들면 강도로 나섰겠소?"

"남의 걱정 말고, 지닌 거나 다 내놓으시오."

"우리야 수도승인데 한 줌의 말, 그것 말고 내놓을 게 어디 있겠소."

"수도승은 말로 산다더니 말은 그럴 듯하게 하오. 한번 들어봅시다."

수도승 가운데 우두머리 되는 사람이 이야기했다.

"정황이 딱하기는 하오만, 허나 그 죄를 어떻게 씻으려고 하오? 이승에서 도를 닦아도 잘못하면 화택지옥에 떨어지기 십상인데, 당신처럼 악업을 짓고 어떻게 영혼의 구제를 받을 수 있겠나요? 이승은 풀에 맺힌 이슬이 햇살에 말라버리듯이 금방 지나가지만, 지옥은 불구덩이에서 몸이 불타는 영원한 형벌이라는 걸 알아야 합니다. 당신이 영원한 불길에 휩싸여 불타는 고통을 받을 게 걱정이요."

그런 이야기를 할 때 하늘에서 번개가 치고 천둥이 지축을 울렸다. 그리고 장대 같은 소나기가 쏟아졌다. 도둑 발미키는 그런 천지의 이변이 모두 성인들이 자기를 구제하기 위해서 하는 일로 생각하고, 그들 앞에 무릎을 꿇었다. 이후 그는 회심하고 용맹정진을 계속했는데 개미떼가 그가 가부좌를 틀고 앉은 주변에 흙을 물어다가 탑을 쌓아 토굴이 될 지경이었다. 그래서 후세 사람들이 그를 개미탑을 뜻하는 발미카에서 '발미키'라는 이름으로 불렀다고 한다.

"발미키 이야기를 왜 하는지 아시겠어요?"

"그야 응당 라마야나 때문이 아닙니까?"

강가닌은 천천히 고개를 옆으로 저었다.

"강도와 시인, 그건 천국과 지옥만큼이나 거리가 있지 않겠어요? 그러나 달리 생각해보면 똑같은 인간의 세계지요. 우리가 도모하는 세계에서는 천국과 지옥이 한 길로 이어져 있어요. 몸을 가다듬고 정신을 수련해서 정신이 몸을 통제하도록 하면서 신에게 독실한 그런 생활을 수행으로 보는 거지요."

흰자위가 유난히 두드러지는 강가닌의 눈이 멀리 공중에 길을 내고 있었다. 그 길로 새들이 날아오르는 것 같기도 하고 바람이 지나는 것 같기도 했다. 뭔가 들린 듯한 느낌이 전예원의 몸을 치고 지나갔다. 강도와 시인, 그런 이야기는 신라에도 있었던 것이 떠올랐다. 세계 보편적 화소(話素)라면 그렇게 신기할 일도 아니었다. 그러나 천국과 지옥을 한 길로 꿴다는 데는 막연하지만 존경심이 솟아나는 것을 억제할 수 없었다. 영국의 낭만주의 시인 윌리엄 블레이크의 시 가운데 「천국과 지옥의 결혼」

이라는 작품도 떠올랐다. "한 알의 모래 안에서 세계를 보며/ 한 송이의 들꽃에서 천국을 본다"고 했던 구절이었다. 여러 작가들이 인용하는 구절이기는 하지만, 이상하리만치 선명한 기억이었다. 무용에 이야기가 들어 있어야 한다든지, 관객의 취향을 맞추어야 한다든지 하는 이야기를 늘어놓은 것은 쭈글스런 처신이기도 했다. 직접 들어가 맞서는 게 상책이었다.

"한국에 와서 공연할 만한 발리댄스를 소개해 주겠습니까?"

"라마야나를 소개하면 어떨지요?"

"이야기가 너무 복잡해서 이해하기 어렵고, 춤에 역동성이 부족한 거 아닌가 싶은데, 관객이 모일지 모르겠군요."

사실 조심스런 이야기였다. 전예원 자신이 라마야나를 충분히 이해하고 있는가 하는 것도 문제였지만, 흥정을 하면서 불평부터 늘어놓은 꼴이 되었기 때문이었다. 그러나 의외로 강가닌은 덤덤한 표정을 지었다. 강가닌이 잠시 눈을 감고 생각에 잠긴 듯 앉아 있다가 입을 열었다.

"발리에서 일하는 제 친구가 있습니다. 여자친굽니다. 능력 있습니다. 우붓의 궁전 발리댄스, 한국분들 많이 와서 보잖아요, 거기 댄스 디렉터로 일하고 있는데 그 친구가 한국에 와서 발리댄스를 소개하면 아마 마음에 드실 겁니다."

발리댄스 감독이라 할 만한 친구를 소개한다는 것은 알겠는데, 마음에 들 거란 구절은 좀 석연치 않은 느낌을 주었다.

"마음에 들고 안 들고는 문제가 아닙니다."

"저의 표현이 서툰 탓입니다."

표현이 서툴러서 그렇다는 것을 탓하고 싶지는 않았다. 자기 친구라고 하는데, 얼마나 친한 사인지 물어보기는 좀 꺼려졌다. 강가닌은 자기 친구가 언제던가, 한국에 꼭 가고 싶다는 소망을 밝혔다면서, 그 친구가 한국을 엄청 사랑한다는 이야기도 했다. 찐따 꼬레아, 사랑하는 한국이라는 말을, 몇 차례 거듭했다.

"그 친구, 이름이 이칸랑인데 나의 아바따르입니다."

아바따르, 제임스 캐머런이 만든 같은 제목의 3D영화로 유명해진 말이었다. 간단히 말하면 화신이나 분신이라 할 수 있는 존재가 아바타다. 여자친구가 자기 화신이라면? 서로 사랑하는 관계인가, 아니면 내외간인가? 그런 생각으로 멈칫거리고 있는데, 오히려 상대편에서는 편하게 지내는 사이라고 했다. 경쟁대상이 되거나 일을 방해하는 사람은 아닐 터이니 꼭 연락해서 일이 성사되게 하라고 당부까지 했다. 그러면서 자기가 연락을 해 놓겠다고 했다. 뜨리마 까시 반약! 그러지 말라고 말리지 못하고 고맙다는 말을 거듭하고 말았다. 그는 오랜만에, 인도네시아 말로 잘 가란 뜻의, 슬라마뜨 잘란! 그 부드럽고 감칠맛나는 인사를 받았다.

연락처를 적어주는 쪽지를 받아 가지고 나오면서, 일이 너무 쉽게 풀리는 건 아닌가 싶기도 했다. 다시 확인하는 뜻에서 연락이 잘 될 것인지 물어보았다. 물론, 염려 놓으세요!

"특별한 일이 없으면……."

"특별한 일이란?"

"제 친구 이칸랑이 인도네시아 전쟁위안부 동상 건립 추진위원회 일을 하거든요."

뜻밖이었다. 인도네시아에 전쟁 위안부 문제가 있다는 것은 생각해 본 적이 없는 낯선 항목이었다. 강가닌이 같은 일을 하는지 여부를 물어보기는 좀 꺼려졌다. 위안부 문제를 소설로 쓰겠다고 자료를 준비하고 있는 친구 기 작가 생각이 났다. 기 작가는 명상이나 요가, 그리고 좀 특이한 인물의 전기 같은 데 관심이 있었다. 물론 그가 내세우는 본업은 소설가였다. 전기작가라는 것은 그의 호구지책으로 이따금 곁다리로 하는 부업인 셈이었다.

기 작가와 인도네시아에서 오는 발레전문가 그렇게 둘을 엮어놓아 뜻이 맞는다면 서로 도움을 줄 수 있지 않을까 기대를 가지게 했다.

사무실로 돌아와 전화를 하려는 참이었다. 인도네시아와 한국은 시차가 두 시간밖에 안 나기 때문에, 밤중까지 기다려 전화를 한다든지 하는 불편은 없었다.

책상 위에 조간신문이 펼치지 않은 채로 그대로 놓여 있는 게 눈에 들어왔다. 머리가 허옇고 대머리가 벗겨진 노인네가 노란 머리의 여성에게 메달을 걸어주는 사진이 첫면에 실려 있었다. 그는 눈을 크게 뜨고 지면을 확인했다. 〈나치 만행 반성 獨 총리는 이스라엘서 훈장받는데, 일본은……〉 그런 캡션이었다. 그리고 나치의 행적에 대한 반성을 했다고 해서, 이스라엘에서 독일 총리에게 훈장을 준다는 설명이 달려 있었다. 같은 신문 국제면에도 위안부 관련 기사가 실려 있었다. 타이틀이 〈日 위안부로 끌려갔던 네덜란드 여성 "강제동원 인정하지 않는 日 가증스러워"〉라고 되어 있었다. 이어서 〈호주 거주 얀 뤼프오헤르너 씨 "日 정치인들 전쟁범죄 인정해야"〉라는 부제가 달려 있었다. 전예원은 자기가 도모하는 일과 신문기사가 무슨 의미의 끈으로 묶여 있는 것처럼, 인연의 의무, 즉 다르마를 느끼게 하는 것이었다. 그는 신문 기사를 쫀쫀히 훑어 내려갔다.

〔열아홉 꽃다운 나이에 일본군 위안부로 끌려갔던 네덜란드 여성이 과거사를 부정하는 일본을 비난하고 나섰다. 현재 호주에 거주하는 얀 뤼프오헤르너 씨는 이미 91세의 노령인데, 지난 2월 25일 현지 언론과의 인터뷰에서, "수많은 당사자와 목격자들이 위안부와 연관된 생생한 증언을 쏟아놓고 있다"면서 "일본 정치 지도자들은 자국의 전쟁 범죄 역사를 인정해야 하는 게 도리인데, 그렇게 하지 않는 일본이 가증스러울 뿐이다"라고 분노했다.

뤼프오헤르너 씨는 자신이 일본군 위안부였다는 사실을 아무에게도, 가족에게도 알리지 못하고 지냈다. 그러다가 그 일이 있던 때부터 50년이 지난 1992년 한국이 위안부들의 진상규명을 요구하는 내용을 텔레비전에서 보고, 용기를 얻어 숨겨 왔던 비밀을 국제사회에 알리기 시작했다. 최근 아베신조(安倍晉三) 총리를 비롯한 일본 정치인들이 고노(河野)담화 재검증에 나서는 등 위안부를 강제로 끌어간 사실을 부정하는 발언을 쏟아내자 다시 한 번 일제 만행을 입증하는 '산 증인'으로 나선 것이다.

그는 "'위안부 만행은 일본을 추해 보이게 한다'는 게 아베 총리 같은 사람의 관점"이라며 "그들은 그런 일이 일어나지 않았거나 사람들이 생각하는 식으로 발생한 것이 아니라고 말하고 싶을 것"이라고 지적했다. 그러면서 "일본의 사과는 내가 (당시의) 상처를 치유하는 과정에서 매우 중요한 사안"이라며 일본의 과거사 반성을 촉구했다.

뤼프오헤르너 씨는 1942년 부모와 함께 인도네시아 자바 섬에서 살다 일본군 위안부로 끌려갔다. 당시 일본군은 섬을 점령하는 과정에서 부녀자들을 납치해서 성적 노리개로 삼았다. 그도 이런 와중에 구타와 폭행을 당한 뒤 일본군 위안부로 끌려간 것이다.

그는 전쟁이 끝난 뒤 영국으로 가 결혼하고 1960년대에 호주로 이민 갔다. 일본군 위안부로 끌려간 사실을 처음으로 공개한 유럽인인 그의 이야기는 1994년 그의 사위 네드랜더 씨가 영화 '50년의 침묵'으로 제작했다.

한편 "위안부는 전쟁을 한 어느 나라에나 있었다"는 발언으로 물의를 빚은 모미이 가쓰토 NHK회장이 또다시 "내가 대단한 실언을 한 것이냐"고 항변하자 NHK경영위원회가 25일 주의를 촉구했다. 하마다 겐이치로 NHK경영위원장은 "사태가 수습되는 상황에서 또 오해를 부를 발언을 한 것은 자신이 놓인 입장에 대한 이해가 불충분하다고 하지 않을 수 없다"며 언행에 신중하라고 촉구했다.)

그는 본문을 다 읽고 본문 위에 실린 사진을 다시 살펴보았다. 눈이 시원하고 이목구비가 뚜렷한 젊은 여성의 흑백사진과 목에 주름이 잡힌 늙은 여성의 천연색 사진이 나란히 실려 있었다. 흑백사진의 왼쪽 깃에는 사슴벌레 브로치가 장식으로 달려 있었다. "꿈 많던 17세 소녀(왼쪽 사진) 였던 얀 뤼프오헤르너 씨는 일본군 위안부로 끌려가 모진 고생을 한 뒤 세월의 무게에 눌려 이제 구순이 넘은 할머니가 됐다."

전예원은 스마트폰을 열어 달력을 확인했다. 그날이 2월 27일이었다. 모레가 3·1절이었다. 독립만세에 참여했다가 붙들려가 고문을 당하는 이들의 일그러진 얼굴이 떠올라 머리를 어지럽혔다. 이어서 군대 막사에서 무참하게 짓눌리는 '전쟁위안부'들의 후줄근하게 일그러진 몸뚱이가 피를 흘리며 눈앞을 오갔다. 목에 꽃목걸이를 걸고 있는 소녀상이 떠올랐다가 홀연 사라졌다. 얼어붙은 공포와 거부와 원한으로 얼룩진 얼굴이었다. 그러나 금빛으로 빛나는 얼굴이기도 했다.

인도에서 공부할 무렵 인도네시아에 대해 관심을 가지기도 했지만, 그 나라의 전쟁위안부라는 것은 실감이 가지를 않았다. 네델란드가 350년을 식민통치한 나라에서, 그것도 식민지 본국 네덜란드 여성이 일본에게 강제로 위안부로 차출되어 갔다는 것은, 정황으로 보아 개연성이 있기는 했지만, 믿어지지 않는 이야기였다. 발리댄스를 전문으로 하는 사람이 그런 전쟁위안부 동상 건립 일을 한다는 것도 좀 의아한 점이기도 했다.

### 3

연예기획사 '아르스 문디'는 밤을 새우다시피 회의를 하고 대회를 성공적으로 이끌기 위해 땀을 흘렸다. 일찍 교섭을 시작한 중국, 일본 그런 나라들의 민속무용단이 한국에 오겠다고 손을 들고 나섰다. 인도네시아만 남은 셈이었다.

강가닌을 통해 연락을 할까 하고 전화를 시도했지만 연결이 안 되었다. 그가 인도네시아로 돌아간 뒤라서, 역시 물리적 거리는 어쩔 수 없다는 생각이 들었다. 전예원은 직접 연락을 하기로 했다. 강가닌이 적어 준 연락처로 전화를 했다.

강가닌의 아바타르라고 하는 친구 이칸랑은 반색을 하는 목소리로 전화를 받았다. 그리고 강가닌을 통해 자기를 찾는 연유를 알았고, 고맙다는 이야기를 했다. 그런데 문제가 있다는 것이었다. 인도네시아에서 일본군에 잡혀간 네덜란드 전쟁위안부들이 이제까지 조심하고 숨겨오던 참상을 터놓기 시작하면서, 만나야 할 사람이 많아졌다는 것이었다. 그게 전쟁 위안부로 끌려갔던 한국의 할머니들이 진상을 고발하고, 그 참상을 세계에 알리고 일본에 항의하는 용기에서 비롯된 일이라고 했다. 1990년대 초부터 시작되어 아직까지 이어지는 일종의 장기 투쟁이 진행되는 중이었다. 전쟁위안부로 끌려갔던 할머니들의 피맺힌 요구라는 게 사실은 일본의 사과였다. 그 요구를 외면하는 일본의 본색이 언제 다시 드러날지, 독도 문제라든지 교과서 역사왜곡, 일본 총리의 야스쿠니신사 방문 등 문제가 불거질 때마다 식민지 망령이 고개를 들곤 했다.

전예원은 좀 단호한 목소리로 조여들어가듯이 말했다.

"발리댄스와 전쟁위안부, 둘 가운데 하나를 선택하라면 어떻게 하겠습니까?"

전화에서는 한참 아무 소리도 들리지 않았다.

"어려운 문제네요."

"네덜란드라면 당신들을 식민지로 삼아 뼈아픈 고통을 안겨준 나라인데……"

피식민국에서 왜 식민본국 편을 들고 나오는가 하는 복안을 알아채기라도 하듯, 까끌한 목소리가 전해왔다.

"나는 형편이 달라요."

어떤 형편을 말하는 것인지는 묻지 않았다. 대신 친구가 돌아갔으니 그런 일은 친구에게 부탁하고, 당신은 한국에 다녀가는 게 좋겠다고 설득했다. 이칸랑은 하루만 시간을 달라고 했다. 한국에 가기 전에 다독여 놓아야 할 문제들이 몇 있다는 것이었다.

다음날 아침, 이칸랑에게서 사무실로 전화가 걸려왔다. 발리댄스를 선택하기로 했다는 것이었다. 그러면서 조건을 달았다. 발리의 우붓이라는 도시가 한국의 당진과 자매결연을 맺고자 하는데, 당진시 책임자를 만나 사전 조율을 하고 오라는 우붓시장의 부탁이 있다는 것이었다. 하루 시간 내서 차로 당진에 다녀오는 정도의 일거리였다.

"한국에 있는 동안 최선을 다해 도와드리겠습니다. 그러니 몸만 오시면 돼요."

그런 연락 끝에 얼마 지나지 않아 발리댄스 전문가가 한국에 왔다. 그냥 온 게 아니라, 전예원 편에서 보자면, 모셔오다시피 한 발리댄스 전문가는 이름이 이칸랑이었다. 이칸은 인도네시아 말로 물고기를 뜻한다고 했다. 물고기 아가씨, 말하지면 인어공주를 연상하게 하는 이름이었다.

그는 발리 덴파사르에 있는 우다야나 대학교(Udayana Universitas)에서 관광을 전공했다고 말했다. 관광을 공부하면서 발리댄스를 익혔다는 것이었다. 족자카르타 프람바난 사원에서 공연하는 라마야나 연출의 예술감독으로 일을 하다가, 발리댄스의 원형을 찾아 발리로 옮겨 우붓이라는 발리왕국의 고도에 있는 고궁가무단을 이끌고 있다고 자기 이력을 소개했다. 거기가 새로운 노래를 도모하고 극을 만들어내는 실험을 하기는 대도시보다 한결 낫다는 생각으로 우붓을 택해 갔다는 것이었다. 발리의 종교, 문화, 예술은 옛날의 원형이 살아 있고, 새로운 시도를 할 수 있는 개방성이 다른 데와 비교할 수 없을 정도로 크다고 했다. 한국에서 신랑 신부가 신혼여행지로 선택하는 데서 한참 나아간 면모였다.

그런 이야기를 하고 있을 때 맹국영 의원이 사무실로 들어왔다. 전예원이 맹국영 의원을 소개했다.

"와아, 이렇게 미인이신 줄 몰랐습니다."

이칸랑을 만나자마자, 맹국영 의원의 입에서 터져나온 첫마디가 그랬다. 이칸랑은 갸름한 얼굴에 시원한 눈을 반짝이면서 예쁘게 웃었다. 피부는 인도네시아 본토인으로 볼 만큼 가무잡잡하면서 윤기가 흘렀다. 그러나 얼굴형은 서양인을 빼닮은 것은 물론, 두상 역시 길고 앞뒤로 튀어

나와 유럽인을 연상하게 했다. 전체적으로 유럽인 이세라는 느낌을 주는 얼굴이었다. 몸매가 전반적으로 유럽인에 가까웠다. 길쭉한 손가락이며 늘씬하게 빠진 다리가 발리댄스에 잘 어울릴 것 같았다. 전예원은 이칸랑의 생애 이력이 좀 복잡할 것 같다는 짐작을 하고 있었다. 동양인으로 보려면 유럽인의 체형이 부각되었고, 유럽인으로 보자면 얼굴색이 달랐다. 그렇기 때문에 더욱 이국적인 느낌을 풍겼다. 아니 동서양을 적절히 조합한 새로운 인간형처럼 보이기도 했다.

맹국영 의원을 쳐다보며 익살스런 표정으로 볼에 손가락을 대면서 애교를 표시하던 이칸랑이 물었다.

"정말요? 브나르?"

"한국어를 아세요?"

"한국분들, 발리 너무너무 사랑해서, 그런 말은 알아요. 감사합니다."

한국어 몇 마디 아는 것이, 갑작스레 친밀감을 불러일으켰다. 이칸랑은 인도네시아 티크나무로 조각한 원숭이상을 선물로 가지고 왔다. 조각 솜씨가 뛰어난 작품이었다. 맹국영 의원이 인도네시아 정치 상황을 묻고, 아버지 뒤를 이어 대통령을 했던 메가와티 여사가 아직도 정치적 역량을 발휘하는가 물었다. 이칸랑은 직접 대답을 하는 게 무언가 부담이 되는 듯이, 서글서글한 눈가에 빙긋이 웃음을 떠올리다가, 요새는 매체가 발달해서 다들 아는 이야기 아니냐고 되받았다.

이칸랑은 커피를 마시는 동안, 한국에서 마시는 커피 가운데 인도네시아에서 생산한 제품이 얼마나 되는가 묻기도 하고, 설탕의 원료나 정제된 설탕을 어디서 수입하는가 묻기도 했다.

이찬국 박사가 도착한 것은, 자리를 잡아 앉아 이야기를 시작한 한참 뒤였다. 두어 시간 늦게 도착해서는, 미안하다는 말만 되풀이하면서 찬물을 거푸 들이켰다. 뭔가 화가 잔뜩 나서 속이 부글거리는 눈치였다.

"뭐가 어때서, 이런 미인을 모셔놓고 앙앙불락이요?"

맹국영 의원이 이찬국 박사 앞으로 상체를 숙이며 문자 속을 드러낸

투로 물었다. 전예원은 그놈의 미인 소리는 제발 그만 치웠으면 싶었다.

"도무지, 동상을 세우자면 왜 쌍지팽이 짚고 일어서서 난리를 치는지, 골머리가 아파서 죽을 지경이요. 국부를 부정하는 한심한 작자들이 말요."

"말하자면, 이 박사 동상 말이요?"

이찬국 박사의 눈길이 맹국영 의원을 위아래로 훑어내렸다.

"한국의 인물들, 그 지겨운 역사적 평가? 이제 할 만큼 하지 않았나 말요."

불만이 가득한 목소리를 듣고 맹국영 의원이 질러 말했다.

"말하자면, 당신이 세우려는 동상은 죽었단 말입니다."

자칫 잘못하면 오해가 생길 판이었다. 전예원이 나서서 동상이 죽다니, 그게 무슨 뜻인가 물었다. 그 인물이 진정 위인이라면 동상을 세우는 것보다는, 전기를 써서 그 인물의 공과를 내면적 고민과 함께 서술해야 한다는 주장이었다.

"나는 내가 세우려는 동상의 주인공이 정말로 죽었다는 줄 알았어요."

"그게 누군데요?"

"신문에 다 났어요."

"아, 이분 이야기는 말하자면, 국부의 동상입니다."

그 설명을 듣고는 싱거운 이야기라서 같이들 웃었다. 이찬국 박사만 찌부둥한 얼굴로 앉아 있었다.

전예원은 신문에서 본 기사 이야기가 생각나서, 조심하면서 혹시 그런 내용이 보도된 것을 한국에서 보았는지 물었다. 이칸랑의 흰자위가 번득 돌아가며 빛을 냈다.

"얀 뤼프오헤르너라고, 들어본 적이 있어요?"

어휴, 저 무감각한 사람들! 그런 얼굴을 하고, 이칸랑은 머리를 쥐어뜯는 것처럼, 두 손의 손가락을 벌려 머리털 사이로 쓸어올렸다.

"그분이 나의 할머니입니다."

모여 앉은 사람들이 의아한 눈으로, 발리댄스를 한다는 인도네시아 혼혈여성을 쳐다보았다. 이칸랑의 설명은 간단했다. 나의 어머니의 어머니는 외할머니고, 그 할머니의 친구니까, 간단히 자기 할머니라고 한다는 것이었다. 그렇다면 인도네시아의 어떤 남성이, 식민지 본국 네덜란드의 처녀와 관계를 가졌고, 거기서 태어난 딸이 또 딸을 낳은 결과가 자기라는 말이 되었다. 개인으로 본다면 복잡한 인간관계 속에서 고생을 했겠지만, 흥미로운 생애였다.

그러나 이칸랑의 가계에 대해서 이야기를 더 듣자고 하기 어려웠다. 주로 이칸랑이 하는 일과, 도모하는 다른 일이 어떤 것인지를 대강 들었다. 이야기가 다소 혼란스러웠다.

하루 쉬고 다음날 호텔에서 만나기로 했다. 맹국영 의원은, 미인을 만났는데, 바에 가서 맥주라도 한잔하고 헤어질 걸 그랬다며 아쉬워하는 눈치였다. 이찬국 박사는 인도네시아의 국부라는 인물에 흥미가 있다는 이야기를 덧붙였다. 전예원은 친구 기 작가를 어떻게든지 같이 참여하도록 해서 소재를 하나 구하게 해 주어야 하겠다는 생각을 가다듬었다.

전예원은 집에 돌아와 눈이 오돌오돌하고 머리가 어지러워 잠이 오지 않았다. 「인도네시아의 예술여행」이라는 책을 펼쳐 건성건성 읽어 보았다. 반은 여행 안내서고 반은 인도네시아 예술을 소개하는 내용이 뒤섞인 책이었다.

발리를 여행하는 한국 사람들은 대개 덴파사르 근처의 해변에서 놀다가 돌아오기 때문에 울루와뚜 절벽사원에서 공연하는 케착댄스를 보고와서 그게 발리댄스의 모든 것인 양 이야기를 늘어놓기도 한다. 읽다보니 다른 맥락이 집혔다. 케착댄스는 1930년대 독일 출신 화가이면서 음악가인 발터 스피스(Walter Spies)가 라마야나 댄스를 공연용 음악극으로 만든 것이 관광이 활성화되면서 일약 유명해진 발리댄스의 하나였다. 장르의 생성을 보여주는 범례가 될 만했다.

케착댄스는 백뮤직으로 화음을 내는 소리가 케착케착 한다고 해서 붙여진 이름이었다. 입으로만 화음을 내는 일종의 남성 합창단원이 150명에서 200명에 가깝게 동원되는 가운데 스토리가 전개되는 무용극이었다. 거기다가 원숭이며 독수리 같은 짐승이 구원자로 등장하기 때문에 그 장면을 확장하면 한판 굿을 벌일 소지도 있었다. 또 불로 공격하는 화공(火攻)을 막아내는 장면은 동남아 각지에서 웬만한 기예집단(技藝集團)에서는 해낼 수 있는 일종의 대중기예 같은 것이었다. 동네에 천막을 치고 공연하는 서커스에서도 그런 재주를 보았고 어떤 때는 약장수들도 그런 재주를 보여주곤 했다.

케착댄스는 역사 스토리는 라마야나에 바탕을 두고 있기 때문에 인도네시아 사람들이 쉽게 공감할 수 있다고 했다. 음식점 가설무대에서 화려한 장식을 하고 발리식으로 머리에 금빛이 이글거리는 관을 쓰고, 짙은 원색으로 디자인된 옷을 화려하게 차려입은 여성이 팡팡한 엉덩이를 뒤로 빼고 손가락과 눈으로 연기를 해 보이는 그런 발리댄스는 사실 스토리가 없었다. 그런 댄스를 보는 이들 또한 스토리에는 관심을 두지 않았다. 한 사람이 무대에 나와 엉덩이에서 색기를 흘리면서 몸을 뇌쇄적으로 흔들어대고, 관객을 향해 눈짓을 요염하게 해서 박수를 이끌어내는 발리댄스는 인도네시아 무용이나 무용극의 연원이라든지 예술성과는 다른 길로 치달아가는 것이었다. 현실이 그렇다고 해도, 그 원형은 역시 인도의 무용담에 뿌리를 내리고 있었다.

한국의 창극과 발리댄스를 뒤섞어서, 한국 사람이 대본을 쓴 창작극을 무대에 올리는 것은 어떨까 하는 생각으로 전예원은 잠을 설쳤다. 사실 그것은 기 작가를 위한 배려이기도 했다.

전예원이 이찬국 박사의 미쓰비시 승용차로 호텔에 도착했을 때, 이칸랑은 먼저 와 있던 맹국영 의원과 로비에서 이야기를 나누고 있었다. 이칸랑의 크고 부리부리한 눈이 주차장으로 들어가는 승용차를 뒤쫓고 있었다.

"한국에서도 일본 차가 대센가요?"

이칸랑이 좀 의아해하는 얼굴로 물었다.

"대세는 아닙니다만, 차가 매끄럽게 잘 나간다고 많이들 쓰는 편이지요."

이찬국 박사가 심드렁한 투로 대답했다. 민속극을 이야기하는 사람이 일제 승용차를 가지고 다니는 게 어울리지 않는다는 것인가 하는 의문이 안에서 돌아가고 있었다.

호텔 4층에 있는 일식집 아오모리(靑森)에서 점심을 하자고 했을 때도 같은 질문이 나왔다.

"한국 사람 일본 음식 사랑합니까?"

근대사에서 한일관계를 잘 알고 있는데, 승용차도 음식도 일본식을 애용한다는 게 이해가 안 간다는 표정이 역력했다. 전예원은 속으로 좀 긴장되었다. 그래서 먼저 언질을 주려는 뜻으로, 인도네시아는 토요타 천국이더라는 이야기를 했다.

"발리 덴파사르 공항에 내려, 인도네시아 국부 둘이 나란히 선 동상 밑으로 일본 차들이 물밀어 가는 걸 보면 아찔했어요. 미쓰비시, 토요타, 닛산, 스즈키, 혼다 그런 차들과 특히 스즈키 오토바이가 길을 질주하는데, 인도네시아 국부라는 두 양반 동상의 눈길은 멀리 하늘만 응시하고 있더라고요."

"그렇게 살아가는 데 익숙해져서, 별다른 의식이 없어요." 이칸랑이 심드렁하니 말했다.

"우리는 인도네시아와 달라요. 식민지 35년에다가, 이제 와서는 독도를 내놓으라고 하지요, 전쟁위안부 이야기는 끝났다고 하잖아요, 거기다가 한때 한국이라면 미치고 환장을 하더니 혐한 데모대가 시가지를 휩쓸어도, 잘한다 잘해 하는 식으로 쳐다보고 앉았고, 윤리적으로 도저히 용납할 수 없는……."

"그런데도 일본 음식을 즐기는 것은, 생활은 생활일 뿐이라는 뜻인가요?" 이칸랑이 물었다.

그 장면에서 맹국영 의원이 제동을 걸고 나왔다. 그런 식민지 이야기는 말하자면, 할 이야기 다 떨어졌을 때나 꺼내는 거라면서, 본론으로 들어가자는 제안이었다. 이찬국 박사가 사케 한잔 하려느냐는 데 대해 이칸랑은 고개를 저었다. 더운 나라에서는 술을 잘 안 한다는 것이었다. 그리고 무용전문가는 술을 마시면 조로한다며, 단순히 무용이 아니라 의식을 집전하는 사제처럼 성스럽게 살아야 제대로 된 춤을 출 수 있는 거라고 했다. 얼굴 표정이 근엄하게 굳어지는 중이었다. 이칸랑이 맹숭하게 나오는 바람에 점심은 그저 무덤덤히 먹게 되었다.

자리를 옮길까 하다가, 시내 교통이 복잡하니 그대로 호텔에서 이야기를 나누자고 했다. 교통 혼잡으로는 자카르타가 아마 세계적으로, 손가락으로 꼽을 수 있을 거라면서, 이칸랑도 교통 이야기를 거들었다.

"이러면 어떨까요?"

전예원이 발리댄스에 대해서는 대강 아니까 한국의 창극을 보면서 이야기를 하자는 제안이었다. 맹국영 의원과 이찬국 박사는 창극까지 볼 것은 없지 않느냐 하는 편이었다. 녹화된 자료를 보고 앉아 있자면, 두어 시간을 보내야 하는데, 어느 나라 국회의원이 그렇게 한가한 줄 아느냐고 들이댔다. 달리 들으면 브리핑 준비를 철저히 하지 못한 전예원에 대해 타박을 하는 것 같기도 했다. 맹국영 의원이 나섰다.

"아, 전예원 실장이, 말하자면 전문가니까, 알아서 해요."

전문가면 전문가지 말하자면 전문가란 뭐냐는 생각이 들었다. 그때 이찬국 박사가 전예원의 어깨를 툭 치면서 눈을 끔적했다.

"아 거시기, 구체적인 자료는 따로 검토하고, 이야기로 해요. 그 나라 국부나 잘 챙겨 보시고 말요."

역시 관심이 달랐다. 온통 국부의 동상 건립에 관심이 있는 사람 같았다.

"알았습니다."

전예원에게 일을 잘 부탁한다고 하고는, 일부러 이칸랑에게 다가가 악수를 청했다. 그리고는, 그렇게 앉아 있으니까 삼각관계 같다는 농담을 던졌다. 속 개운치 않은 이야기였다.

이찬국 박사가 나가고 나자 바람 지나간 것처럼 안온한 분위기가 감돌았다. 전예원이 창극 이야기를 시작했다. 판소리에서 창극이 분리되어 독립 장르를 형성한 내력을 간단히 이야기했다. 창극을 한국의 고전 가운데, 대중들에게 인기가 있었던 판소리 다섯 마당을 바탕으로 이야기를 짜고, 판소리 창법으로 만든 일종의 한국식 오페라라고 이해하면 된다는 설명이었다. 자세한 것은 자료를 보면 안다고 말을 줄였다. 전예원의 이야기가 끝나자마자 이칸랑이 자기 이야기를 내놓았다.

"발리댄스는 다양한 러퍼토리를 가지고 있어요. 발리가 바다의 나라기 때문에 '대양의 파도'라는 집단 무용이 있고, 떠둥 아궁 댄스라는 환영춤이 있는데 이는 화려한 양산을 들고 추는 춤이지요. 전사들의 무용도 있고, 가면극으로 진행되는 토펑이라는 것도 있어요. 가장 중요한 것은 역시 르공이라고 하는 것인데, 잘 아시는 것처럼 마하바라타 서사시에 연원을 둔 무용극입니다. 마하바라타는 워낙 방대한 내용이라, 일부만 다룰 수밖에 없어요. 선악의 대립을 주요 포인트로 하는 부분을 공연해요. 물론 선악 대립의 전투 이전에 사랑 모티프가 아름다운 장면으로 펼쳐지지요. 그때 발리댄스의 명기라고 할 손가락 춤이 절정에 이르지요. 모든 발리댄스가 그런 게 아니라 내가 일하는 우붓에서 공연하는 게 대개 그래요."

그렇게 이야기를 하고는 오른손을 들어 볼을 쓰다듬어 내리는 모습을 해 보였다. 손가락이 길고 유연해서 그 자체가 예술행위의 어느 한 부분인 것처럼 아름다웠다. 넋놓고 이야기를 듣고 있던 맹국영 의원이 의자를 앞으로 잡아당겨 앉으면서, 이칸랑에게 손을 내밀었다. 이칸랑이 눈치를 채고는 맹국영 의원에게 손을 내밀어 주었다.

"당신 손가락은, 말하자면 신의 손가락 같습니다."

좀 위험하다는 듯이 쳐다보고 있던 전예원이 한마디 덧붙였다.

"신의 손가락은 위험해요. 목숨을 죽이고 살리는 손이니까요. 그게 아니라 예술가의 손가락이지요."

이칸랑은 커다랗고 선한 눈을 깜박이면서 앞에 앉은 두 사람을 쳐다보았다.

"그렇게도 궁금하세요, 이 손이?"

이칸랑은 살이 통통하게 오른 왼팔을 오른손으로 쓰다듬어 내리면서, 팔을 릉안이라 한다고 했다. 그리고 오른손으로 왼손을 싸잡고는 땅안이라고 했다. 손 전체를 땅안이라고 부르는 모양이라고 짐작이 갔다. 손가락, 핑거를 자리라고 한다면서, 손가락 하나 하나가 다른 이름을 갖고 있는 것은 어느 나라나 마찬가지지만, 자기네는 손가락마다 이름이 있고 기능이 다를 뿐만 아니라 고유의 표정이 있다고 했다. 이칸랑은 메모지에다가 손가락을 그려 보여주었다. 그림 솜씨도 남달라 보였다.

"그림 솜씨가 대단해요. 말하자면, 화가의 딸이랄까."

"지금 생각해보면, 할아버지가 그림을 잘 그렸어요. 유전적으로 물려받은 것인지는 몰라도 아무튼, 우리는 손가락을 잘 알고 잘 써요."

이칸랑은 손가락에 대한 설명을 이어갔다. 엄지손가락은 이부자리(ibujari), 검지는 떨룬죽(telunjuk) 장지는 자리 떵아(jari tengah)라고 각 손가락을 곱작거려 보이면서 메모지에다가 손을 대고 춤출 때 손가락 움직이는 모습을 해 보였다.

"춤출 때 장지와 약지가 표현력이 가장 커요."

춤추는 동작의 손놀림을 해 보이다가, 새끼손가락을 곰실곰실 움직여 보이면서, 여성의 아름다움이 섬세한 사랑의 감정을 표현하는 데는 새끼손가락, 클링낑(kelingking)이 제 역할을 다해야 한다고 했다. 손과 손목과 손가락이 잘 아우러져 이루어내는 리듬감 속에 온몸의 예술적 기운이 모두 집약된다면서, 고개를 들어 눈길을 하늘로 던졌다.

"뭐랄까 설명이 어렵네요, 손안에 아름다운 세계가 펼쳐지고, 눈의 움직임이 그 세계의 줄을 붙들고 있는 셈이지요."

자기가 춤추는 세계를 마음으로 더듬기라도 하듯 환상의 세계로 빠져드는 얼굴이었다.

"발리춤은 역동성이 좀 부족한 거 아닌가요?"

전예원이 꼬집고 들었다. 전부터 하던 생각인지도 몰랐다. 엉덩이를 뒤로 빼고 팔을 들고 손가락을 너울너울 움직이면서, 그 손끝으로 모였다가 흩어지는 눈망울의 시선을 통해 감정을 모두 표현해야 한다는 것은 고도의 예술적 동작이거나, 아니면 현대무용의 다양한 몸 운용의 묘미를 저버린 게 아닌가 하는 생각이었다. 그러다 보니 복장의 화려함으로 관객의 이목을 집중하기 마련이었다. 사실 복장은 몸의 움직임에 비하면 부차적인 것이다. 그러나 관객은 화려한 치장에 눈이 먼저 가는 게 사실이었다.

"대학에서 공부하면서 한국 춤도 보았어요. 특히 '승무'라는 춤이 인상적이었는데, 대지의 기운이 땅에서 솟아올라 하늘로 승천하는 정신의 승화를 보는 듯했어요. 거기 비하면 발리댄스는 뭐랄까 너무 양식화된 면도 있어요. 발리댄스에서는 아스라한 하늘의 섭리를 잘 모르거든요. 대신 자기 안으로 모든 에너지를 집중해요."

이칸랑이 얼굴에 그늘을 드리우며 가라앉는 참이었다. 그때 전예원이 두둔하듯 나섰다.

"너무 단순화하지 마세요. 문화현상을 그렇게 단순비교 항목으로 놓으면 자기비하에 빠지기 쉽다니까요."

마침 꽤 지루한 듯 몸을 꼬고 앉아 있던 맹국영 의원이, 맞는 이야기라고 동조했다. 그리고는 전예원 실장을 흘금 쳐다보고는, 자기가 나서야 한다는 듯이 실무적인 이야기를 했다. 쪼근쪼근 물었다. 발리댄스단이 한국에 공연을 온다면 단원을 몇이나 데려와야 하고, 운송해야 하는 장

비는 양이 얼마고, 거기 드는 비용이며, 인건비는 얼마나 지불해야 하는가, 한국에서 준비할 수 있는 무대장치는 어떤 것이 있는가 등등, 그야말로 실무적인 것을 세세히 물었다. 결과적으로 맹국영 의원에게서 실무적인 이야기 얼개를 대강 듣는 셈이 되었다. 자세한 이야기는 전예원 실장이 적어 두었을 것이니, 보완해서 전해 달라고 했다.

창극과 발리댄스, 그 가운데 라마야나를 결합하는 방식을 생각하느라고 돌아가는 이야기를 대충 듣고 있던 전예원 실장은 메모할 것을 잊고 있다가, 조목모목 다시 확인해서 적어 놓았다.

전에 국립창극단에서 유대영 감독이 만든 심청전 녹화테이프 〈청〉과 안중근 의사의 생애를 창극으로 꾸민 〈영웅〉이라는 테이프를 이칸랑에게 넘겨주었다. 창극과 발리댄스를 결합하는 데, 어떤 가능성이 있는지 살펴본 다음에 다시 만나기로 했다. 무대장치라든지 소도구 등을 보려면 이찬국 박사와 동행하는 것도 좋겠다는 의견을 제시했다. 맹국영 의원은 전예원을 흘금 바라보았다. 흘금거리는 눈길이 마음에 걸렸다.

자리를 뜰 무렵해서 맹국영 의원이, 이칸랑에게 가족사를 물어봐도 되겠느냐고 양해를 구하면서 다가섰다.

"저는 발리댄스를 하는 전문가지만 인도네시아나 발리 토종은 아녜요. 일종의 히브리데지요."

"히브리데라면?"

무슨 말인지 모르겠다는 듯이 맹국영 의원이 반문했다. 이칸랑이 설명을 덧붙였다.

"영어로 하프-블러드라고 하는, 아, 하이브리드지요."

말하자면 혼혈, 잡종이라는 말이었다. 튀기라고 하기는 말이 사나웠다.

"자기를 잡종이라고 하는 법이 어디 있어요?"

이칸랑은 잡종이라는 말을 못 알아들었는지, 아무렇지도 않게 대답했다.

"더치-인도네시안, 그게 맞겠네요."

전예원은 내심 좀 맘을 졸였다. 그런데 이칸랑은 의외로 시원시원하게 대답했다. 몸으로 예술을 하는 이들의 솔직성인지도 모를 일이었다. 그러나 아무래도 가계를 묻는 것은 불편할 게 뻔했다. 더구나 전쟁위안부가 할머니의 친구라면, 할머니 또한 그런 체험을 가지고 있을지도 모를 일이었다.

"공연을 직접 보여드려야 하는데, 우선 제가 드린 DVD 보시고, 한국의 창극과 인도네시아 발리댄스, 아니 라마야나를 어떻게 결합할 수 있겠는지, 아이디어 내셔서, 다시 만나기로 하지요."

그렇게 인사를 하고 헤어졌는데, 금방 전화가 왔다. 호텔에는 DVD 볼 수 있는 장치가 없다는 것이었다. 그렇다면 어떻게 할 것인가 잠시 망설였다. 신라예술대학교에 연락을 했다. 강가닌이 와 있던 학과에 DVD는 물론 다른 자료도 볼 수 있다고 했다. 전예원이 자기 차로 이칸랑과 함께 신라예술대학교까지 동행하게 되었다.


도로 주변에 태극기가 내걸려 깃발이 바람을 타고 파도처럼 너울거렸다. 전예원은 3·1절에 대해 간단히 설명해 주었다. 이칸랑은 귀를 쫑긋하고 이야기를 진지하게 들었다.

"독립만세를 부르면서 시위를 한 게 언제였어요?"

한국에서는 기미년이라고 하는데, 1919년 3월 1일에 있었던 만세운동이라고 했다. 이칸랑은 이상한 끈이, 꼬르드가 있다면서, 태극기의 물결에서 눈을 떼지 않았다.

"사람들이 많이 죽었어요. 유관순 열사를 비롯해서 수많은 사람들이 체포되고, 고문당하고, 처형되고 그랬어요."

"식민지는 본원적으로 피를 요구해요."

어디서 불이 났는지 소방차가 경적을 울리면서 줄을 이어 달려갔다. 소방차가 빠져 나가기를 기다렸다. 왜 그런지 이칸랑의 얼굴이 발갛게 달아올라 있었다.

"한국에서 독립을 외치는 만세운동이 있을 때, 우리 할아버지는 할머니에게 홈빡 빠져서 정신이 없었어요."

자기 핏줄을 생각하는 중인 듯했다. 이칸랑이 더치-인도네시안이라면 외할아버지가 인도네시아인이고 외할머니가 되는 여성은 네덜란드 사람이라는 맥락이었다. 식민지는 피를 요구하기도 하지만, 피를 섞기도 한다는 생각이 들었다. 그러나 화려하게 피어날 수 없는 음지의 꽃이었다. 총칼의 그늘 밑에서 신음하는 식물이 잎이 벌고 꽃이 화려하게 피어나고 실한 열매를 맺을 수 없는 것은 정한 이치였다.

### 4

이칸랑은 전예원이 차문을 열어 주는 대로 앞자리 조수석에 올랐다. 문을 닫자 캄보자 꽃 향기가 물큰 다가왔다. 전예원은 인도에서 공부할 때, 수난다(Sunanda)라는 아가씨와 사귄 적이 있었다. 결혼 생각까지 있었는데, 수난다는 결혼은 단연코 안 된다고 뿌리쳤다. 내외간에 종족이 다른 것은 계급이 다른 것보다 한결 더 심각한 문제를 불러올 수 있다고 했다. 영국 식민지 역사를 배우는 가운데 그런 사례를 너무나 많이 보았다는 것이었다. 처음에는 열정적으로 달려들어, 살이 녹고 뼈가 부서질 지경으로 애정을 쏟아붓다가 돌아설 때는 얼음처럼 싸늘해져서 칼날을 세운다는 것이었다. 그래서 수난다는 전예원에게 결국 캄보자꽃 향기로 남은 추억이 되고 말았다.

"한국분들 왜 나의 혈통에 관심을 가지지요?"

맹국영 의원이 가족 내력을 묻던 게 머리에 남아 있는 모양이었다.

"이칸랑 씨가 예쁘니까 그러지요."

그저 예사로 넘어갈 줄로 알고 그렇게 둘러댔다.

"하기는 제 별명이, 인도네시아 말로 짠띠크 이칸, 예쁜 물고기예요."

단지 얼굴이 예쁘다고 그렇게 이야기를 던진 것은 아니었다. 마롱 빛깔 피부에 윤기가 자르르한 것은 분명 아름다웠다. 그러나 피부만이 아니라 늘씬늘씬한 팔다리며 전체 몸매가 서양 여성의 체형을 하고 있어서, 색과 형의 부조화 가운데서도 건강한 조화를 이룬 몸매였다.

"운전할 때 정면을 직시하세요."

인도네시아에서 사롱이라고 하는 홑치마 자락 사이로 무릎 위까지 쪽 곧은 다리가 티크 목조각품처럼 눈에 다가왔다. 그 장면에서 전예원이 눈치를 채인 것이다. 해수욕장에서는 비키니 차림의 수많은 여성들이 알몸을 드러내고 물결쳐 다녀도 아무 관심 없이 지나가는데, 치마폭 사이로 드러나는 각선미에 마음이 동하는 게 그렇고, 그 얄상한 마음을 가지고 세상을 휘젓겠다고 설치는 게 사람이란 생각이 들었다. 전예원은 혼자서 미소를 머금었다. 이칸랑은 수난다라는 아가씨의 이미지를 지니고 있었고, 이칸랑에게서 수난다의 추억이 향기처럼 번져나왔다.

이칸랑과 붙어앉아 창극 한 편을 다 보았다. 녹화된 자료지만 무대에 오른 극을 보는 것 못지않게 감동적이었다. 이칸랑은 심청이가 바다에 빠졌다가 살아나는 환생담이 흥미롭고, 심청이 어머니가 죽어서 상여 나가는 장면, 봉사들이 모여서 전국 각지의 노래를 하는 장면 등이 흥미롭다고 했다. 라마야나에서 원숭이 군대가 주인공을 구하는 장면을 궁중연회에 삽입해서 이야기를 이어가는 것도 좋겠다는 의견을 내놓았다. 특히 전반부가 끝나는 장면에서 심청의 영혼이 아득한 바다 저편으로 걸어나갈 때, 천상에서 꽃잎이 하롱하롱 떨어져 내리는 연출은 인간 영혼의 승화를 보는 것 같다는 평을 했다. 그것은 극을 시작할 때 무대에 꽃을 갖다 놓았다가 나중에 화가난 작중인물이 발로 차버려 흩어놓는 발리댄스와는 상당히 다른 연출기법이었다.

"라마야나에서는, 공주는 아무리 고난을 겪고 사랑에 성공한다고 해도 끝까지 공주잖아요. 그런데 한국의 심청에서는 가난한 맹인의 딸이 왕비가 되는 신분상승을 이루는 설정, 그 플롯을 어떻게 보아야 할지, 라마야나와 너무 달라요."

"신화와 전설의 시대 이야기가 아니라, 근대로 다가오는 시점의 작품이기 때문에 그럴 수도 있지요."

"근대라구요?"

이칸랑은 근대라는 말이 잘 이해가 안 간다는 듯이 퉁명하게 물었다.

"발리는, 아직도 계급관념이 사람들의 의식 속에 새겨져 있어서 그걸 운명으로 알고 지내는 이들이 있어요."

전예원은 그렇겠다 싶어 대답 대신 고개만 주억거렸다.

"너무 복잡한 이야기는 사람을 피곤하게 해요. 근대라는 게 사람 피곤하게 하는 것처럼 말이지요."

사실 복잡한 이야기는 아니었다. 아니 오히려 단순한 이야기였다. 근대 아니라 현대라도 계층이나 계급은 여전히 상존한다는 것이라고 짐작되었다. 이야기를 어느 방향으로 끌고 가자는 것인지 충분히 짐작할 수 있었다. 달리 생각하면 이야기가 현실을 만든다는 신화작용을 의심없이 수용하는 것인지도 몰랐다.

전예원은 이칸랑이 창극으로 만든 '영웅' 녹화자료를 보는 동안, 발리댄스를 한국으로 가져와서 어떤 득이 있을까 하는 생각을 요모조모 정리해 보았다. 현재 진행되는 대로, 특별한 무대장치 없이 공연을 하게 한다면 간편한 일이었다. 그러나 발리댄스에 창극 개념을 도입하기 위해서는 상당한 준비 과정이 있어야 하고, 경비도 훨씬 많이 발생할 게 분명했다. 우선 한국어로 된 대사를 익히게 하자면 언어훈련이 있어야 하고, 각기 배역을 맡은 배우들이 자기 입으로 노래하도록 하자면 작곡을 담당하는 이의 음악적 재능이 문제가 되었다. 그렇게 진행하기는 너무 가파른 난관이 앞을 가로막는 셈이었다.

발리댄스를 창극 형식으로 한국의 무대에 올리는 데 유리한 것은 단연 조명이었다. 이야기 내용을 시놉시스화해서 전광판에 띄우고, 인물들의 대사를 동시에 전광판에 비쳐주는 방식으로 스토리를 전달하면 문제는 쉽게 해결될 만했다. 일단 창극과 발리댄스를 결합할 것인지, 각기 나름대로 내려온 전통을 인정하고 그대로 수용할 것인지 하는 문제가 선결 과제인 셈이었다. 그러나 그런 문제는 이칸랑이 혼자서 결정할 사안이 아니지 싶었다. 집단으로 움직이는 무용단이었기 때문이었다. 그리고 전예원 자신의 아이디어 또한 개인의 아이디어일 뿐이지 위로 단장을 비롯해서 많은 스탭들이 있고, 아래로는 단원들의 합의가 있어야 추진할 수 있는 일이었다. 더구나 맹국영 의원과 이찬국 박사가 결정권을 쥐고 있는 판에 자신이 너무 깊이 관여하다가는 일을 그르치는 게 아닌가 망설여지기도 했다. 결국 정치와 돈의 문제였다.

현실적으로는 정치가나 학자나 할 것없이 발리댄스의 배우가 얼마나 섹시한가 하는 데 눈이 돌아가 있었다. '무용의 혼'에 대해서는 안중에도 없는 것 같은 게 께름했다. 전예원은 그런 생각이 자신의 편견이기를 바랐다. 차근차근 현실을 설명하고 가능성을 타진하면서 정석으로 나가는 게 상책이었다. 우직하게 밀고 나가는 게 최선이었다.

전예원은 심청과 안중근 의사의 삶의 역정이 어떤 공통성으로 묶일 수 있는가 물으려다가 입을 다물었다. 이야기가 길어질 것 같아서였다. 나름대로 소화하고 결합 가능성을 추론하게 하는 게 순리라는 생각이 들었다.

"작품은 누가 어떻게 보는가에 따라 의미가 달라져요." 이칸랑이 진지한 투로 말했다.

듣기에 따라서는 당연한 이야기이기도 하고, 달리 들으면 좀 뜬금없이 해보는 소리처럼 들리기도 했다.

이칸랑은 한국의 창극을 대강 알 것 같다면서, 심청의 이야기를 읽을 수 있는 자료를 찾아 달라고 했다. 자료실에 마침 불어로 번역한 대본이 있었다. 이칸랑은 그런 정도의 불어는 읽을 수 있다고 했다. 안중근 의사의 전기는 아직 마땅한 게 없어서, 창극 대본을 찾아 주었다. 그런데 영어로 간략한 개요만 소개되고 본문은 한글로 되어 있는 자료였다. 인도네시아에 가지고 가면, 강가닌이 한국어를 읽을 수 있으니까 읽어 달라고 하겠다고 했다. 안중근 의사를 본 소감을 얘기해 보라고 하는데, 그런 낌새를 알아채기라도 한듯, 이칸랑이 앞질러 응수하고 나왔다.

"영웅은 순수해야 해요."

그렇게 잘라 말하듯 한마디를 툭 던졌다.

"그런데 생각해보면, 그 순수라는 게 어리석음으로 통하지 않던가요?"
전예원이 토를 달았다.

"큰 어리석음은 현명함의 끝자락에 닿아 있어요. 우리나라에서는 그렇게들 생각하지요."

이칸랑은 앞차에 밀려 서 있는 사거리에서 전예원을 쳐다보며 고른 치열을 드러내고 웃었다. 마치 영웅과 순수함을 같이 놓는 논의가 허잘것없는 언어유희라는 듯, 잊어버리자는 태도였다.

금요일이라 그런지 서울 시내로 들어오는 길 곳곳에서 차가 막혔다. 한국의 문화중심 거리를 보자고 해서 세종문화회관을 보여줄 겸 광화문으로 길을 잡았다. 광화문 네거리에 도착했을 때, 이칸랑은 한숨을 크게 내쉬었다.

"저게 안중근 장군 동상입니까?" 이순신 장군 동상을 가리키며 이칸랑이 물었다. 조선시대의 장군으로, 일본이 조선을 침략했을 때 전쟁을 승리로 이끈, 해군제독이라고 설명해 주었다.

이칸랑은 그가 진정한 영웅인가 물었다. 진정한 영웅 여부는 영웅을 어떻게 보는가에 따라 달라진다고 얼버무렸다. 성웅 이순신이라고 배우기는 했지만, 그가 영웅인가 아닌가는 기실 진지하게 따져본 기억이 없었다. 그것은 안중근 의사에 대해서도 마찬가지였다. 영웅주의를 거부하는 농담조의 이야기는 자주 하면서도 진정 영웅의 속성이 무엇인가는 따져본 적이 없었다.

"한국에는 거리에 동상이 없어서 너무 쓸쓸해요."

"거리에 이야기가 없다는 뜻인가요?"

동상이 없어서 쓸쓸하다는 말도 이해가 갔다. 동상을 세우는 대신 마음속으로 위대한 인물들을 기린다고 하려다 입을 다물었다. 자신의 마음속에 '기린다'는 말로 추앙하거나 혹은 숭모(崇慕)하는 인물이 있던가 싶지를 않았다.

한국에는 거리마다 동상을 세워 그 인간의 위업을 기리는 인물이 두드러지지 않는 게 사실이었다. 흠결을 지니지 않은 인물이 없다는 맥락일 터였다. 따지자면, 어지러운 역사의 골목을 빠져나오면서 번듯하게 내세울 만한 인간을 모두 잃어버린 것인지도 몰랐다. 이른바 역사의 간지(奸智) 속을 비집고 나오는 과정은, 크게 우직한 영웅이 버터낼 수 없는 질곡의 역사였다. 이칸랑은, 세운 지가 그리 오래지 않아 아직 금빛으로 번쩍이는 세종대왕 동상을 자꾸 쳐다봤다.

"킹 세종, 더 그레이트." 전예원이 간단히 말했다.

"저도 알아요, 훈민정음 말이지요, 그건 참 위대한 업적입니다."

세종대왕을 안다는 것은 이칸랑이 한국의 역사 어느 구석은 이해하고 있다는 의미로 들렸다.

"저게, 문화광인가요?"

전예원은 터져 나오는 웃음을 참을 수 없었다. 한자로 된 현판 門化光을 왼편에서 오른편으로 읽으면 문화광이 되었다. 광화문이 복원되면서 전에 한글로 된 광화문 현판이 내려지고 새로 단 현판이었다. 그 현판이, 여기가 한국이지 어디 중국이냐면서 한글로 썼다는 당시 대통령의 의지가 담겼다고 해서, 그대로 두어야 한다는 주장도 있었다. 현재 걸린 것은 경복궁 복원공사 총책이었던 훈련대장 겸 영건도감제조 임태영(任泰瑛)의 글씨로 알려져 있다. 현판을 그렇게 바꾸어 단 것이 어떤 의미를 지니는가 하는 생각을 더 깊이 하고 싶지는 않았다.

"중앙청, 총독부 건물은 부쉈다면서요?"

행복이든 불행이든, 그런 게 역사 유물이 되는 거 아니냐는 이야기를 덧붙였다.

"이념이 넘치던 시대였으니까 그래요."

그런 행동의 잘잘못은 아직 판단하기 이르다는 이야기를 함께 해 주었다. 그보다는 세종대왕 이야기를 좀 자세히 해주고 싶었다.

세종문화회관이 조선의 성군 세종을 기념하는 뜻에서 건설한 문화공간이라고 일러주었다. 이칸랑은 여기서 발리댄스를 한다면 크게 성공할 것 같다는 예감을 얘기했다. 구체적인 근거를 대는 것은 아니었다. 그러나 신념 없이 되는 일이 있던가. 그리고 발리댄스 무용단이 온다고 해도 당진이나 평택 어디선가 공연을 하도록 되어 있었다.

"고전적 인물만 동상을 세울 수 있어요?"

전예원은 멈칫했다. 이칸랑이 말하는 '클래식'이 어떤 함의를 가지고 있는지 짐작이 안 되었기 때문이었다. 간단히 옛날의 영웅적 인물이라고 이해했다. 물론 죽은 자에 대한 평가는 후세의 일이지, 해서 살아 있는 이들이 세우는 동상이 속기를 벗어나지 못한다는 것일 터였다. 자기가 자기를 평가하고 찬양하는 일이기 때문이었다.

전예원은 한국이 아무런 부담 없이, 어떤 정치집단이나 이념집단의 꼬부장한 시각을 벗어나 자유롭게 내세울 수 있는 인물을 꼽는다면 아무래도 시대를 거슬러 올라가야 한다고 설명을 달았다. 조선의 뒤를 이어 식민지를 겪고, 6·25라는 전쟁의 참화를 견뎌야 했다. 이데올로기적 혼란과 갈등을 극복해야 했고, 군사독재를 해결하는 과정에서 한국인들의 심성은 황폐해질 대로 황폐해졌다는 정황을 이야기했다. 이칸랑이 혀를 찼다. 근대화과정이 너무 어지럽고 이념이 혼란스럽고 해서 내세울 인물이 마땅치 않았다. 훈민정음을 중심으로 한 문화적 측면에 주목해서 세종대왕을 내세우고, 국방과 애국의 측면에서는 이순신 장군을 추앙한다고 좀 자세한 설명을 달았다. 이칸랑이 고개를 끄덕였다.

"한국 궁궐에 대해 쓴 어떤 책에서 보았는데, 궁궐 뒤에 집을 따로 짓고 왕비들이 살았다면서요? 왕비들은 아들딸을 얼마나 낳았어요?"

"내 기억이 맞는다면, 아마, 세종대왕은 부인이 여섯, 거기서 난 아들이 열여덟 명, 딸이 넷이 될 겁니다. 옛날에는 아들 많이 낳아야 왕권이

튼튼하거든요."

이칸랑은 전예원의 이야기를 듣고는 깔깔깔 웃었다. 인구가 국력이라
는 이야기를 하면서였다. 그러면서 인도네시아는 인구가 2억 3천만 명
이나 되는 대국, 빅컨츄리라고 했다.

"큰 나라는 역사의 질곡도 많지요."

전예원은 내심 인도네시아 식민지 경험을 떠올리면서 무슨 이야기가
나오나 떠볼 겸해서 던져본 말이었다.

"꼭 그럴까요? 이스라엘은 작은 나라인데 역사는 유독 주름이랄까, 굴
곡이 많잖아요?"

역사 이야기는 정치 이야기로 번질 소지가 다분했다. 그러면 인도네시
아의 식민지 경험과 한국의 식민지 경험이 이야기판에 오를 것이고, 한
일관계를 이야기해야 하고, 민족감정 어쩌니 하는 화제를 중언부언해야
하는 것은 사실 부담이었다.

세종문화회관을 둘러보고, 같은 건물 일층에 들어선 한식 전문식당 약
선(藥膳)에서 저녁을 먹었다. 이칸랑이 한국 술을 맛보고 싶다고 했다. 독
한 걸로 할까 연한 걸로 할까 물었을 때, 기왕이면 독한 걸로 하자고 나
왔다. 그래서 안동소주를 시켰다. 종업원이 쟁반에다가 술병과 술잔을
받쳐 들고 들어왔다. 주조 명인이 만든 제품이었다.

아무리 모시는 손님이지만, 하자는 대로 따라 한 게 탈이었다. 이칸랑
은 얼굴이 벌겋게 달아오르더니 화장실을 자주 드나들었다. 자리에 앉는
모습이 휘청거리며 흔들렸다. 술은 무용의 정신을 산란하게 한다던 이칸
랑이었기 때문에, 갑작스레 마신 독주가 더욱 염려가 되었다.

"몽골 보드카 먹은 거 같아."

몽골에 공연을 갔다가 거기 보드카를 먹고 혼이 났다는 이야기였다.
그런데 그 맛이 지금 먹은 안동소주와 닮았다는 것이었다. 전예원은 이
칸랑이라는 무용수가 새로운 경험에 대해 뜻밖으로 개방적이라는 생각
이 들었다. 원칙은 있지만 그 원칙에 얽매이지 않는 활달한 성격이라는

걸 짐작하게 했다.

차는 세종문화회관 주차장에 두고 택시로 호텔까지 가기로 했다. 택시 안에서 이칸랑은 전예원의 어깨에 머리를 기대고 잠들어 가볍게 코까지 골았다. 이칸랑의 숨결에 캄보자꽃 향기가 섞여 있었다. 안동소주 냄새를 그렇게 착각하는지도 몰랐다. 혹은 수난다를 마음속에 두고 있었기 때문에 그런 생각을 불러오는 것은 아닌가 싶기도 했다. 산책을 나갔다가 공원 같은 데서 나무 밑에 앉으면, 어깨에 머리를 기대고 자기는 연꽃나라 공주라면서 색색 자는 시늉을 하던 수난다였다.

### 5

다음날 아르스 문디에 가서 이칸랑과 교환한 의견에 대해 보고를 해야 했다. 이찬국 박사도 그날 말고는 시간이 없으니 착오 없도록 하라는 부탁을 했다. 이승만 박사 동상 건립 추진에 바쁜 일정이리라고 짐작이 되었다. 그런데 이칸랑과 호텔에서 하룻밤을 지내야 하는 상황은 좀 난감했다.

전예원은 탁자 위에 놓여 있던 이칸랑의 외할아버지 자서전을 읽으면서, 이국 여성의 밤을 지켜주어야 하는 가련한 처지가 되었다. 말하자면 이칸랑은 공주의 신분이고 전예원 자신은 하인인 폭이었다. 하인이라기보다는 근위병에 가까운 처지였다. 좀 과하기는 하지만 용병으로 팔려온 근위병을 떠올리게 하는 장면이었다. 난감한 것은, 나 먼저 갈 테니 편히 자라고 하면 혼자는 무서워서 못 잔다고 달려들어 붙들었다. 무슨 악몽 같은 일을 겪은 뒤끝인지도 모른다는 생각이 들었다.

피꺽거리면서 피기를 하던 이칸랑은 잠옷도 바꿔입지 못한 채, 침대에 몸을 던지고는 한참 천장을 올려다보며 눈을 굴렸다. 그러다가 자기 잠자는 버릇이라면서 옷을 홀홀 벗어던지고 팬티와 브레지어만 걸친 채로 침대 호청 안으로 몸을 숨겼다. 그리고는 잠에 떨어져 코를 골았다. 새벽

다섯 시는 되어서 일어나 가지고는, 아무렇지도 않게,

"한국 술 너무 독해요."

화장실로 들어가면서 독백하듯 중얼거렸다. 화장실로 걸어 들어가는 이칸랑의 젖가슴이 율동감 있게 출렁였다. 수난다도 젖가슴이 잘 발달되어 있었다. 한번은 전예원이 수난다의 셔츠 브이라인 안으로 눈을 흘깃거렸다. 수난다가 잽싸게 눈치를 채고서는 입가에 다부진 웃음을 베어물었다. 수난다는 부푼 가슴을 앞으로 내밀며,

"이 가슴으로 인도의 미래를 젖먹일 거예요." 말하는 목소리가 다부졌다.

인도의 미래를 젖먹인다는 그 말이 오래 잊혀지지 않았다.

이칸랑은 화장실에 들어가서는 문도 닫지 않은 채 샤워를 했다. 전예원은 약간 혼동이 왔다. 나더러 어떻게 해 달라는 것인가. 그런데 상대편에서는 아무런 거리낌도 없이 자기 할 일을 할 뿐이었다. 저런 여자가 다 있는가 싶기도 하고, 달리 보면 너무 기고만장한 게 아닌가 화를 돋구기도 했다.

"여보세요, 내 가운 좀 갖다 주세요."

전예원은 누가 총을 들이대고 앞에서 위협을 하기라도 하듯, 이칸랑이 하라는 대로 포로병사처럼 움직였다. 이칸랑의 몸매는 고르게 발달되어 있었다. 특히 엉덩이가 펑퍼짐하니 실팍했다. 발리댄스 춤을 추는 동작이 그런 체형을 만들었나 싶었다. 두두룩한 가슴과 엉덩이가 적절한 균형을 이루고 있었다. 가운을 걸친 이칸랑이 물젖은 머리를 수건을 말리면서, 아무 감각 동원하지 않고 이야기했다.

"무대 뒤에서 옷 바꾸어 입는 게 버릇이 돼서 참 편해요. 화가 앞에서 꼼짝 못하고 서 있어야 하는 모델보다 한결 낫지 않아요?"

천연덕스럽게 하는 이야기였다. 그러나 전예원으로서는 그런 이칸랑의 태도가 여간 신경이 쓰이는 게 아니었다.

"나는 그대가 불편합니다."

전예원은, 당신은 편할지 몰라도 하는 유보사항은 줄여버리고 그렇게

말했다.

이칸랑은 물이 흘러내리는 머릿단을 걷어올려 수건으로 묶어 매었다. 그리고는 화장대 의자에 올라앉아 전예원을 그윽한 눈으로 쳐다봤다. 마치 터번을 두르고 좌대에 앉아 명상하는 요가승의 자세를 떠올리게 했다.

"버릇없이 굴어서 제가 밉지요?"

"밉지는 않은데 불편하군."

"선생님은 저한테 선한 행위를 하고 있는 중입니다."

"선한 행위라니?"

"결과를 구하지 않는 자가 애욕과 증오 없이 행한 집착 없는 의무적 행위—그게 선한 행위라고 「바가바드 기타」는 가르치고 있어요."

"내가 그대한테 집착을 가질 일은 없지."

어쩌겠다는 작정은 없었다. 그러나 이칸랑에게 해야 하는 의무라고는 생각되지 않았다.

"집착 걷어낸 눈으로 나를 바라보면 불편하지 않을 거예요."

전예원은 자신의 의지와는 아무 상관없이 안에서 불끈거리는 욕정을 다스려야 한다고 조바심하는 중이어서, 이칸랑의 이야기가 예사로 들리지 않았다. 내면을 들킨 느낌이었다.

"그대는 힌두교도인가요?"

"브라만을 섬기지요."

"힌두교와 예술, 발리댄스는 어떤 관계가 있어요?"

"우리는 춤을 익히면서 요가행을 수행하기도 하고, 우파니샤드도 공부해요."

그렇게 말머리를 꺼내고는, 「우파니샤드」를 인용해서 이야기했다. 인간의 본원인 아뜨만(ātman)을 견지하고 있으면 지혜가 생기고 지혜는 마음을 다잡고, 마음은 마음에 혼란을 가져오는 대상을 통제할 수 있도록 해준다. 발리댄스는 인간의 본원인 아뜨만이 몸으로 구체화되는 요가행이라는 것이었다. 그렇기 때문에, 춤에 몰두하는 동안 보통 피부니 몸이니 혹은 감각적 욕망이니 하는 것을 다스리는 데에 아무 문제가 없다는 것이었다. 오히려 춤을 추는 동안은 영육이 합일된 법열의 경지에 들게 된다며, 그윽하게 웃음을 피워올렸다.

이칸랑은 가운을 벗어서 침대에 올리고는 발리댄스의 동작을 한참 시연해 보였다. 손가락의 움직임이 공작새가 날개를 타르르 털면서 암수가 다가서는 듯한 모양으로 흔들렸다. 그것은 뇌쇄적인 리듬감을 동반하고 있는 몸짓이었다. 말하자면 몸으로 종교적 신열(神悅)을 보여주는 셈이었다.

"불멸하는 나 자신, 즉 아뜨만은 수레의 주인과 같은 존재예요."

그렇게 전제하면 육신은 나무로 틀을 짜고 바퀴를 단 수레와 같은 것이 되고, 수레를 모는 사람은 지혜(buddhi)에 해당하며, 마음은 수레를 끄는 말에 연결된 고삐(manas)가 되는 셈이라고 했다. 보고, 듣고, 냄새 맡고, 만지고, 맛을 보는 오감은 수레를 끄는 말들과 같다. 그 감각이 추구하는 대상은 말이 달려가는 길과 같은 것이다. 그렇게 해서 육신과 감각과 마음이 한데 모인 게 아뜨만인데, 그것을 학파에 따라서는 푸루샤라고도 하고, 「바가바드 기타」에서는 육신의 소유주 즉 데힌(dehin)이라고 한다는 것이었다. 인도에서 공부할 때 익힌 힌두교 교리가, 수난다의 얼굴과 함께 아스라하게 떠올랐다.

"마부가 분별력이 있어야 해요. 지혜로 마음의 고삐를 단단히 쥐어야 하고요. 그런 통제력을 가져야만 예술의 길, 혹은 세속의 길을 마치고 우주에 가득한 높고 높은 신의 경지, 비슈누의 경지에 이르게 되는 거니까요." 그 이야기를 하는 이칸랑의 얼굴에 형언하기 어려운 미소가 떠올랐다.

그런 뜻에서 자기가 추는 춤의 길은 해탈(mokṣa)로 향하는 구도행인 셈이라고 설명했다. 「우파니샤드」를 따라 해탈의 길을 가자면 좀 더 구체적인 실천 방법이 있어야 하는데, 그게 요가라는 이야기였다. 인도에서

다 읽고 경험해서 아는 내용이지만, 발리댄스를 한다는 무용수에게서 그런 이야기를 듣는 것은 새로운 느낌이었고, 상큼한 감각을 불러왔다. 거기다가 일상 속에서 자신이 견지하는 이론을 실천하는 것은 예사롭지 않은, 일종의 경건한 분위기를 풍기기도 했다. 인도네시아 사람이라고 하기보다는 인도의 요가승을 만난 기분이었다. 이칸랑이 보여주는 인간적 위의로 인해 마음이 착 가라앉았다. 조금씩 맥을 달리하는 이야기는 오래 계속되었다.

어느 사이 밖이 훤하게 밝아왔다. 차들이 웅웅거리며 요란하게 돌아가고, 이따금 사람들의 목소리도 불협화음이 되어 들렸다.

집에 돌아와 잠시 눈을 부치고 사무실에 나갔다. 스텝들이 발리댄스 문제를 어떻게 결말이 났는지 궁금증이 가득한 얼굴로 이야기가 잘 되었는가 물었다.

"아직 이릅니다. 우리 창극과 인도네시아의 발리댄스 사이에 끼어 있는 이질성을 걷어내야 하고, 동질성으로 돋구어낼 요소가 분명해야 하는데 아직 미진한 상태라는 점만 확인한 셈입니다."

좀 면구스런 구석이 있었다. 같이 만나자던 맹국영 의원은 〈고불 맹사성 충효정신선양회〉 일로 바쁘고, 이찬국 박사는 〈우남 이승만 박사 동상건립추진위원회〉 회의가 있어서 뒤에 만나자고 한다는 전갈을 보내왔다. 그리고 보니 둘 다 조상 잘 둔 덕에 고생하는 인물들이라는 생각이 스쳤다. 전예원에게는 그런 조상이 어깨에 짐으로 걸려 있는 게 없었다. 다행이라는 생각과 함께 쓸쓸한 느낌도 들었다.

이칸랑이 전화를 해왔다. 지금 대통령을 하고 있는 분의 아버지 전기(傳記)를 구해 달라는 것이었다. 인도네시아에서는 자기 외할아버지의 딸, 그러니까 자기한테 이모뻘이 되는 사람이 대통령을 한 것처럼 한국도 똑같은 경우인데, 그 내력을 자세히 알고 싶다는 것이었다. 그리고 그분 동상이 어디 있는지 보고 싶다고도 했다.

이칸랑 자신이 강제로 동원된 전쟁위안부 동상건립 일을 하기 때문인지 한국의 인물 동상을 보고 싶어 하는 눈치였다. 기왕 안중근 의사에 대한 자료를 보여주었으니 남산으로 데리고 가 안중근 의사 기념관을 방문할 계획이었다. 안중근 의사의 동상과 그의 휘호가 새겨진 비석들을 보여줄 생각이었다. 특히 이토오 히로부미 암살사건으로 중국 여순감옥에 잡혀 있으면서 남긴 휘호들이, 영웅의 일면으로 보여줄 만하다는 생각이 들었다.

안중근 의사가 왜 영웅인지를 알게 하는 자료가 될 만했다. 국가의 안위를 생각하느라고 마음을 태우는 〈國家安危勞心焦思(국가안위노심초사)〉라든지, 개인의 사사로운 이득을 만났을 때 그게 의로운 것인지 생각하고, 국가가 위태로운 지경이라는 것을 알았으면 목숨을 바친다는 생의 계율을 천명한 〈見利思義 見危授命(견리사의 견위수명)〉 등이 영웅적인 발상을 드러낸 휘호였다. 그런가 하면 하루라도 책을 안 읽으면 입안에 가시가 돋는다는 다분히 인문학적 철두철미함이 드러난 〈一日不讀書口中生荊棘(일일부독서구중생형극)〉도 안중근 의사의 인간적 폭을 드러내기 좋은 소재였다. 그런 휘호를 보여주고 뜻을 설명해 주었다.

안중근 의사 기념관에서는 관장이 친절하게도 차를 대접해 주었다. 그리고 안중근 의사의 휘호를 모은 서첩을 보여주면서 하나하나 설명해 주었다. 비석에 새겨 놓은 것을 볼 때와 달리 붓자국이 살아 있고, 붓끝을 통해 의기가 전달되는 느낌이었다. 이칸랑은 그런 글씨를 쓴 안료가 무엇인지 물었다.

"먹이라고 해요."

"먹? 차이니즈 잉크!" 이칸랑이 감탄 섞인 음성으로, 먹이라는 소재에 대해 유다른 관심을 보였다.

"먹에서, 어떤 영감이라도 떠오릅니까?"

"푸른 하늘 가운데 잠겨 있는 영혼의 빛깔 같아요."

"시적이군요. 영웅의 영혼 같지는 않고요?"

"영혼보다는, 먹으로 쓴 글씨는, 뭐랄까 칼을 들고 춤을 추는 무희를 생각하게 해요."

먹으로 쓴 붓글씨에서 칼을 들고 춤추는 무용수를 생각하다니, 좀처럼 들어본 적 없는 발상이었다. 전예원은 한국의 검무(劍舞)를 아는가 물으려다가, 단지 그런 게 있다는 얘기만 던져 주었다.

"한국에 검무라는 게 있긴 하지요."

이칸랑의 대답은 서너 단계 앞질러가고 있었다.

"로마 검투사들이 쓰는 칼에는 혼이 없어요."

"칼의 혼?" 말하자면 검혼 같은 것일 터인데, 전예원은 그 정체가 무엇인지는 생각해 본 적이 없었다. 따라서 낯선 언어였다.

"칼을 쓰는 것도 아트만에 도달하는 방법이 될 수 있을까?"

난감한 질문이었다. 먹과 영혼과 칼과 춤과 요가를 연결할 수 있는 끈은 전예원의 기억 창고 어느 구석에도 없었다. 화제를 돌려야 했다.

"한국 대통령의 아버지 전기를 찾아 달라고 했지요?"

"나한테는 일종의 거울과 같은 거라고 할까, 그런 뜻이 있을 것 같아요."

"알아보긴 했는데, 어떤 똑같은 출판사에서 집중적으로 네 권이나 책을 냈어요."

"영어판도 있던가요?"

"영어판은 없어요. 인터넷에서 자료를 검색해 보면 어떨까요?"

"선입견을 걱정하는 건가요?"

"우선 언어가 자유롭지 못하니까 읽기 곤란할 것 같기도 하고."

"그렇긴 하지만, 외할아버지, 아궁을 이해하는 데 도움이 될까 해서 한번 읽어보고 싶은 거지요."

"아궁이라니요?" 전예원이 눈을 크게 뜨고 물었다.

"인도네사의 국부라면 아시겠어요? 저는 그분의 이름을 함부로 못 불러요."

이칸랑이 아궁(agung), 위대한 인간이라고 하는 인도네시아 국부라면 수카르노(Achmed Sukarno, 1901-1970)를 뜻하는 게 틀림없었다.

자기 외할아버지가 인도네시아의 국부이고, 그리고 자신은 더치 인도네시안이라면 매우 흥미로운 혈통이었다. 그녀가 그 위대한 인간, 아궁이라고 하는 사람은 소설 소재로 자못 흥미로운 인간이었다. 민족주의를 부르짖은 인도네시아 초대 대통령, 그에게 숨겨진 네덜란드 여인이 있었다는 이야기가 되는 셈이었다. 인도네시아가 네덜란드 식민지 치하에 있던 시절, 네덜란드로부터 독립해야 한다는 시대적 소명을 앞에 두고 네덜란드 여자와 사랑에 빠지는 일은 가히 목숨을 건 모험에 해당하는 것일 터였다. 더구나 적대국의 여자를 끌어들여 아이를 낳고 생활을 한다는 것은 어느 나라라고 남의 눈총에서 자유로울 수 없는 일이었다.

그런데 그렇게 이어진 혈족이 인도네시아에 와서 발리댄스를 하는 연예인이 되었다는 것은 인간사 곡절을 궁금해 하는 이들에게 충분히 흥미를 자아낼 만한 화제였다. 전예원 자신으로서는 그러한 행적을 다룰 방법을 알지 못했다. 그 장면에서 소설을 쓰면서 전기작가로 밥벌이를 하는 친구, 기 작가가 떠오른 것은 자연스런 일이었을 듯하다.

남산에는, 철이 좀 이르기는 하지만, 겨울이 그다지 춥지 않았던 탓인지 개나리가 성급하게 피어나 여기저기 흐드러진 게 보였다.

"한국은 계절이 다양해서 살기가 바쁘겠어요."

"그래요, 한국은 여름이라면 몰라도, 그늘에서 낮잠 자는 해먹이 소용없는 나라지요."

"까짓 낮잠 못 자도, 가을 단풍과 겨울철 눈을 볼 수 있는 게 얼마나 큰 축복인데요."

"추우니까 난방비가 엄청 들어가요."

"석가모니가 인도 북쪽 추운 룸비니에서 태어난 이유가 있겠네요."

뜬금없는 비약이었다. 추위와 룸비니의 석가모니 탄생과 무슨 연관이 있다는 것인가.

"더우면 명상하기가 지독히 어렵거든요."

"대신, 더우면 애 낳아 기르기는 쉽지요?"

이칸랑은 고개를 가로저었다. 더운 데는 맹수와 독충이 살기 때문에 아이 키우기가 만판 쉽지만은 않다는 것이었다. 정글 속의 아이들이 독충과 물것에 얼마나 시달리면서 자라는지를 몰라서 하는 소리라는 것이었다.

이칸랑의 이야기를 듣고 나니, 네덜란드가 지배할 당시 인도네시아 정치범을 수용하는 수용소가 정글 골짜기에 설치되어 있었다는 게 떠올랐다. 더위와 모기와 말라리아, 그리고 사람의 머리를 잘라 창끝에 꽂아 가지고 돌아다니는 원주민이 득실거리는 골짜기에 정치범, 사실은 반식민지 독립운동가들을 몰아넣었다.

전예원은 이칸랑이 결혼은 했는지, 결혼을 했으면 아이를 낳았는지 그런 게 궁금했다. 호텔에서 훌훌 벗고 샤워하다가 알몸으로 가운 갖다 달라는 걸로 봐서는 기혼자 같기도 하고, 몸매나 피부를 보아서는 처녀 같았다. 그러나 그의 말에 따르면 그런 것은 감각기관과 연관되는 것일 뿐, 진정한 자아 그 아뜨만과는 아무 관련이 없는 일이었다. 결혼을 했으면 어떻고 처녀라면 어떻다는 것인가? 자신의 소관사가 아니었다. 그리고 무엇보다 발리댄스와 「우파니샤드」니 「바가바드 기타」를 연관짓고, 그 나름 명쾌한 설명을 하는 게 자신감을 휘어잡아 나꿔채는 것이었다. 강가닌과는 어떤 관계인지 하는 게 궁금하기도 했지만, 말로 드러내기는 쉽지 않았다.

남산에 간 김에 남산 도서관에 사무실을 두고 있는 케이픽션 사무장으로 일하는 소설가 기 작가를 만나 이칸랑을 소개할 생각이 났다. 언제던가, 기 작가는 요가에 관심이 있다면서, 인도에서 전파되어 동남아 일대는 물론 티베트, 네팔 같은 나라에 널리 수행되는 요가를 익혀, 그 세계를 소설로 쓰고 싶다는 이야기를 한 적이 있었다. 그게 번쇄한 일상을 다루는 소설을 벗어나 소설의 새로운 경지를 열 수 있는 길이 아니겠나 물었다. 당시 기 작가가는 시와 소설을 함께 아우르는 장르를 자기가 열어 보고 싶다는 열렬한 열망에 사로잡혀 있었다. 그러다가는 한숨을 휘내쉬고, 전기작가로 밥벌이하는 주제에 너무 고매한 세계를 그리는 게 스스로 생각해도 우습다고 자조적인 웃음을 흘렸다. 그리고 한다는 소리가 이랬다.

"돈 줌이나 될 만한 인간이 필요해. 열받는 일이지만 그게 현실이야."
기 작가의 말에는 현실적인 실망과 곤고한 일상이 배어 있었다.

소설 안 팔린다는 이야기를 그렇게 외둘러 말하는 듯했다. 그래서 가끔은, 기 작가를 생각하는 장면에서 이상한 사람들이 뇌리에 얼찐거리곤 했다. 돈 쌓아놓고 죽기는 억울하고, 자기 생애를 그럴듯하게 단장해서 근사한 책으로 엮어 달라는 이들이 이따금 전예원과 선이 닿기도 했다. 한번은 전쟁위안부 출신 할머니를 만나서 삶의 굽이굽이 한으로 가득한 생애를 잠시 이야기 듣고, 옳거니 하고 기 작가에게 소개한 적이 있었다.

"생애는 처절하고 감동스러운데, 돈이 안 되어서 그냥 물러섰어."
전쟁위안부 할머니들을 아무 대가 없이 돌보는 대구의 곽병원 원장이야말로 대단한 사람이라고 부러운 듯 한숨을 몰아쉬었다. 그러면서 자기는 그런 공덕을 할 수 없는 이유가 분명하다고 했다. 돈이 없다는 것이었다. 전예원은 기 작가의 그 이야기를 듣고 하품을 했다. 눈가에 눈물이 찔끔 고였다.

전예원이 이칸랑을 데리고 기 작가의 사무실에 들렀을 때, 기 작가는 자리에 없었다. 출판사에 가서 급히 교정을 보아 주어야 할 일이 생겨서 파주에 와 있다는 것이었다.

"남산 한옥마을에 가서 기다릴 수 있겠어?"
이칸랑에게 한옥마을을 구경시킬 겸해서 그렇게 하기로 했다. 두 사람은 한옥마을에 가서 어슬렁거리다가, 〈멍석 깐 집〉이라는 식당에 들어갔다. 우선 추위를 좀 녹여야 했다. 전예원은 그런대로 참을 수 있는데, 이칸랑은 볼에 소름이 오돌오돌 돋아서는 손을 호호 불었다. 열대의 나라에서 눈의 나라로 온 게 고통스러운 모양이었다. 〈멍석 깐 집〉은 실내가 따뜻한 온기로 가득했다. 해물파전에다가 동동주도 시켜 먹고, 한국의 국가브랜드라면서 소주 맛도 보여주었다. 한 잔을 단숨에 마신 이칸랑은, 누구 흉내라도 내듯 카아 하고 탄성을 뱉어냈다.

금방 달려올 것처럼 이야기하던 기 작가는 온다간다 소식이 없었다. 작정 없이 기다리는 시간이 길어지자 생각이 다른 방향으로 머리를 돌렸다. 맹국영 의원이 궁금해 하던 관심사가 떠올랐다. 그것은 이칸랑의 가족사를 알아보는 일이었다. 기 작가에게 이칸랑을 소개하면서 참고가 될 듯싶기도 했다. 약간 술기운이 돌아가면서 분위기가 제법 부드러워졌다. 전예원은 인도네시아가 네덜란드 식민지였다는 사실을 확인한 다음 물었다.

"식민지시대, 인도네시아 사람과 네덜란드인 사이에 부부관계가 맺어진 경우도 많습니까?"

그런 질문을 하면서 전예원은 긴장을 느꼈다. 식민지는 피를 요구한다는 점 때문이었다. 식민지를 당한 이들의 불행은 적에게 피흘리며 스스로 굽어들어야 한다는 데 있었다. 그러나 식민지는 핏줄을 섞어 놓기도 한다. 그런 이야기를 어디선가 한 적이 있었고, 이 장면에서 그 기억이 되살아났다. 이칸랑은 뜻밖에 예사로운 일이라는 듯이 나왔다.

"우리 외할아버지 이야기를 해야겠군요."

이칸랑은 그 서글서글하고 커다란 눈을 끔벅해 보이더니, 속으로 무슨 생각을 하는지 손가락을 춤을 추듯이 움직여 턱에 댔다 떼고는 이야기를 꺼냈다. 자기는 발리댄스의 무용수니까, 발리댄스와 인도네시아 말고 다른 엉뚱한 생각을 함부로 엮어넣지 말라는 암시 같기도 했다.

"우리 외할아버지가, 전 선생님 아시잖아요, 인도네시아 말로 아궁이라구요."

"발리에서 가장 높은 산을 구눙 아궁이라 하던데, 그 아궁 말인가요?"

"맞아요. 본명을 밝히면 궁색해서, 아니 오해를 불러올 수 있으니까, 그냥 아궁이라고 할래요. 우리 외할아버지……."

말하자면 아궁이라는 말은 '위인' 정도가 될 것 같았다. 인도에서 대왕을 마하라자(maharajah)라고 하는데, 그런 지위를 가리키는 인도네시아 말이 아궁이라고 한다는 것을 전예원은 알고 있었다. 간디의 이름 앞에 붙이는 마하트마 또한 같은 어원일 걸로 유추가 되었다. 마하 아트마, 위대한 영혼이라는 뜻이다. 그게 축약되어 마하트마가 되는 것이었다.

"우리 외할아버지는 식민지 영웅이었어요."

"영웅이라면, 당신 나라의 독립을 성취하는 데 헌신한 국부 말이군요?"

이칸랑은 해죽이 웃었다. 이야기하기 좀 거북한 말을 꺼내려면 자기도 모르게 떠올리는 웃음이었다.

"아궁은 부인이 여덟이 있었어요."

전예원은 전에 그의 전기에서 읽은 적이 있는 터라, 나도 그쯤은 안다는 식으로 질문을 했다.

"아홉 명 아닌가요?"

"코크로 선생님의 딸을 포함하면 그렇겠지요, 그런데 코크로 선생님의 딸을 아내로 받아들인 것은, 일차적으로 선생님에 대한 존경심 때문이었지요. 그리고 마침 스승이 부인을 잃은 상실감으로 실의에 빠져 있던 때라서, 그 선생님에 대한 연민 때문에 거의 억지로 스승의 딸을 받아들이기로 한 거지요. 당신 말로, 아궁은 코크로 선생님의 딸, 우탈리를 사랑하지 않았다고 했어요."

"결혼을 했어도 부부생활을 하지 않은 경우, 부인이라고 하기 어렵겠죠."

"맞아요. 스무 살 청년과, 그보다 열 살 아래인 소녀가, 결혼을 했다고 해서, 하면 뭘 했겠어요?"

"한국도 그런 조혼 풍속이 있었습니다."

한국에서 이전에 딸을 그렇게 일찍 시집보내는 것은 밥을 죽이는 식구, 그 입을 덜기 위한 방책이었다는 이야기를 하려다 말았다. 한국의 식민지 궁핍을 일반화하기 어려운 구석이 있었다. 더구나 일제치하 전쟁위안부로 끌려가지 않으려고 열다섯밖에 안된 소녀를 시집보내는 경우도 허다했다는 것도 구태여 들추어 밝히고 싶지 않았다. 이칸랑의 경우와는 다른 맥락이었다. 말하자면 인도네시아에 살던 네덜란드인을 전쟁위안부로 끌어간 것은 식민지를 덮친 다른 식민지인들의 소행이었다.

"아무튼 부인이 여덟이었는데, 그 가운데는 일본인 여성도 있었어요. 열아홉 살짜리 호스티스였는데, 이름이 나오코 네모토라고 해요. 외할아버지가 육십이 넘어서 그 여자와 결혼을 헤요. 그리고 이름을 라트나라고 바꿔주지요."

"그렇다면, 인도네시아에 일본인 전쟁위안부로 왔던 여성이 인도네시아 영웅과 사랑을 했다는 이야긴데, 당신의 외할머니는 아니지요?"

"외할머니는 따로 있어요. 잘 모르겠어요, 아무튼 아궁은 일본 여성한테 반해서 푹 빠져가지고, 모욕과 수모를 겪으면서도 사랑의 만용을 부린 것 같아요. 일을 저질러 버린 것이지요."

이칸랑은 '일을 저질러 버렸다'는 데다 액센트를 두었다. 그 뒤가 궁금했다. 식민지의 원주민 청년이 식민본국 처녀와 일을 저질렀을 때, 그리고 정식 결혼으로 귀결되지 못했을 때, 그 여성의 삶의 행로가 자못 궁금했다.

"그래서 잘 살았답니까?"

"어찌 보면 너무 집요한 구석도 보이지요."

"집요하다면 원한감정?"

적국의 여성을 데리고 산다는 것은 어찌보면 보복을 위한 위장술일지도 모를 일이었다. 이야기가 더 진척되는 것이 부담이 되었는지, 이칸랑은 몸을 옆으로 꼬면서 앉아 있다가 일어서서 밖으로 나가자고 했다. 밖에 나가 한국의 전통가옥들을 사진 찍고 싶다고 했다. 전예원이 같이 나갈까 물었을 때, 유난히 기다란 손가락을 살랑살랑 흔들면서, 건물만 찍을 것이니까 혼자 나가겠다고 했다. 그러면서 수트케이스에서 책을 하나 꺼내 앞에 내놓았다. 외할아버지를 이해하는 데 도움이 될 자료가 그 책에 들어 있다고 했다. 책 제목이 「아궁의 생애 이야기, Agung: A Life Story」라고 되어 있었다.

전예원은 책을 뒤적거리다가 '잡놈, Play Boy'라는 챕터가 있어, 호기심으로 펼쳐보았다. 거기 첫줄에 이칸랑의 생애와 연관될 듯싶은 이야기가 전개되었다. "나는 네덜란드 여자들한테 흠씬 빠져 있었다. 나는 그녀들과 사귀고 싶어 안달을 했다." 낌새가 예사롭지 않았다. 다음 줄에는 아궁이 네덜란드 여성들한테 빠져드는 이유를 밝히고 있었다. 전예원은 죽 읽어 내려갔다.

[네덜란드 여자들을 사귀는 것이 내가 피부 하얀 사람들에게 우위를 점하는 유일한 방법이었고, 그들이 내가 원하는 것을 하도록 하는 책략이기도 했다. 그렇게 나아가는 것이 나의 변함없는 희망이었던가? 얼굴 누런 인간이 미백의 피부를 가진 숙녀를 무릎꿇게 할 수 있었던가? 이는 내 투쟁의 과업인 셈이었다.

얼굴 하얀 여성을 소유한다는 것, 그리고 그 여성이 나를 열망하게 하는 것은 나의 '자존심' 그 자체였다. 멋진 남성은 늘 어엿한 여자친구들을 거느리게 마련이다. 나는 나름의 멋쟁이로 여자친구가 많았다. 여자들은 치열이 고르지 못한 내 이빨까지도 가지런하다고 추켜세웠다. 나는 작정을 하고, 백인 여성을 쫓아다닌다고 친구들에게 고백하기도 했다.

나의 첫 애인은 우리 선생님의 딸 폴린 고비였다. 그녀는 나를 미치게 할 지경이었다. 그러나 곧 로라라는 여자애를 사귀었다. 내 그녀를 그렇게도 찬양해 마지않았건만. 그리고 다른 여성은 라트 집안 출신이었다. 몇 달 동안, 그 집 앞을 지나다니며 그녀에게 흘긋 눈길이라도 던질 수 있을까 해서, 먼 길을 돌아서 다녔다.

그 집 근처에 데포트 티가(Depot Tiga)라는 찻집 겸 선술집이 있었다. 친구들을 선술집에 끌어들여 죽치고 앉아서는 밖을 내다보면서 라트 집 안의 딸이 지나가기를 기다리는 동안은 혼곤한 행복감에 빠졌다.

바로 그때였다. 암흑을 뚫고 비쳐드는 빛살처럼 미엔 헤셀스가 내 삶의 영토에 나타났다. 로라는 나의 마음 구석에서 가뭇없이 사라졌다. 라트 집안의 딸들과 사귀는 행복감이 선술집에서 빛을 발하기 시작했다.

자아, 이제 나는 드디어 미엔 헤셀스를 차지했던 것이다. 그녀는 오롯이 나의 소유였고, 나는 금발머리와 볼이 복숭아빛을 띠는 '튤립 꽃'에 미쳐돌아가기 시작했다. 만일 그녀가 원한다면 목숨을 바칠 각오까지 되어 있었다.

당시 나는 열여덟 빛나는 청춘이었고, 내 생애에서 미엔 헤셀스 말고는 아무것도 바랄 게 없었다. 나는 열정적으로 그녀에게 다가갔고 그녀와 결혼하지 않으면 안 된다는 강렬한 의지로 가슴이 들끓었다.

아무도 내 가슴에 타오르는 불길을 꺼버릴 수 없었다. 미엔 헤셀스는 내가 돈으로는 도저히 살 수 없는 케익 위에 뿌려진 설탕가루였다. 그녀의 피부는 솜반처럼 부드러웠고, 머릿결은 멋지게 굽이졌으며, 그녀의 성품은 내가 바라는 모든 것에 아퀴가 척척 들어맞았다. 그래서 미엔 헤셀스를 팔로 끌어안을 때마다 분에 넘치는 곱고 활달한 품성을 확인하곤 했다.

마침내 나는 그의 부친에게 내 뜻을 밝히려는 용기를 냈다. 나는 내가 가지고 있는 가장 값비싼 옷을 걸치고 그런 구두를 골라 신었다. 하숙집의 어둑신한 방에 앉아서, 그의 부친에게 이야기할 말들을 연습했다. 그러나 그녀의 근사한 집에 다가갈수록 나는 두려움에 휩싸였다.

나는 그때까지 그렇게 멋진 집에를 들어가 본적이 없었다. 마당은 벨벳을 깔아 놓은 것처럼 잔디가 푸르렀다. 줄줄이 곧바로 정돈되어 심겨 있는 화초들은 사열병처럼 키가 훌쩍했다. 나는 감히 모자를 벗어 인사를 할 수 없었지만, 확신에 차서 가슴에 손을 얹고 있었다.

드디어 나는 나의 숙녀 부친 바로 앞에 서 있었다. 그 양반은 몸집이 부대하고 석탑처럼 키가 컸는데, 마치 내가 땅바닥을 기는 버러지나 되는 양 내려다보았다.

"아버님, 특별한 문제가 없으시다면, 나는 댁의 따님과……."

"네가? 더러운 자식, 구역질나는 원주민 새끼가?"

헤셀스의 아버지는 불같이 화를 내며 버럭 소리를 질렀다. 그리고 이어서 외쳐댔다.

"감히 네놈이, 어떻게, 우리 딸한테 접근해? 꺼져버려, 이 더러운 짐승 새끼, 꺼지란 말야!"

독자 여러분은 내가 당한 이 모욕적인 매질을 상상이나 할 수 있습니까? 사람들은 설마 믿을까, 내 얼굴에 모욕의 먹칠이 시간과 더불어 사라지리라고. 이 사건은 나에게 깊은 상처를 안겼다. 그래서 나는 생각했다.

"오 하느님, 나는 내가 당한 이 치욕을 죽어도 잊지 않을 겁니다!"

그리고 내 가슴속 저 깊은 곳에 각인된 아름다운 천사 미엔 헤셀스를 죽어도 잊을 수 없다고 되새겼다.)

전예원은 거기까지 읽다가 책을 덮었다. 식민지 젊은이의 가슴에 박혀 벌겋게 녹이 슬어가는 사랑의 상처를 읽어낼 수 있었다. 달리 생각하면 식민지에 대한 복수의 방법으로, 식민지 본토 여성과 관계를 맺어 식민지 청년의 열등감을 해결해 보려는 심리는 이해가 가는 구석이 있었다. 그러나 그것은 예고된 비극이나 마찬가지였다.

그 지점에서 이상하게도 강한 의문이 솟아올라 머릿속을 헤집고 다녔다. 단순히 젊은 식민지 청년이, 자기 딸과 사랑을 용납할 수 없다는 부모들로 인해 상처를 입은 데서 그치고 말 것인가? 그럴 까닭이 없었다. 이미 일을 저질러 놓은 뒤에, 어른들에게 이렇게 되었으니 어쩔테냐고 대드는 셈인데, 눈치없는 어른들이 그 이야기를 처음부터 가로막는 바람에 대책없이 물러선 것은 아니었을까 하는 생각이 들었다. 한편, 기 작가라면 허구적 상상력을 어떻게 몰고갈 것인가 하는 호기심도 일어났다.

그런 생각을 하면서 거품 가라앉은 맥주를 찔끔거리며 마시고 있을 때, 이칸랑이 기 작가와 함께 식당으로 들어왔다.

"어떻게 된 거야?"

"필이라는 게 있잖은가! 단박에 알아봤지."

기 작가는 희색이 만면해서 이칸랑의 팔을 거머잡고 만세라도 부를 기세였다.

"저 사람이 허구작가입니다, 말하자면 거짓말 제조업자입니다." 전예원이 영어로 이기죽거렸다.

"특히 소설가에게 개인적 사실을 말할 때는 못된 풀롯에 얽혀들지 않게 조심하세요."

그런데 이칸랑의 태도는 전예원의 상상을 뒤집는 쪽으로 방향을 틀었다.

"소설가는 창조자, 말하자면 신이라고 생각해요."

"어떤 맥락에서 그렇지요?"

"허구세계를 창조하는 사람이니까요."

기 작가는, 이칸랑이야말로 자신의 진정한 구루(guru)라고 추켜올렸다. 구루라면 단지 직업으로서 선생이라는 뜻을 넘어서는 말이었다. 유대교의 랍비 정도가 되는 위대한 스승으로 모실 만한 인물에 대해서만 그런 명칭을 쓸 수 있기 때문이다. 하기는 짧은 동안이지만 이칸랑을 만나 이야기를 나누는 과정에서, 예삿사람이 아니라는 것은 진작에 감을 잡았다.

식당 〈멍석 깐 집〉에서 한정식으로 저녁을 먹었다. 한정식에 딸려 나오는 불고기를 먹으면서, 이칸랑은 손을 모아 기도를 올렸다. 자신의 아트만 안으로 소의 영혼이 들어가 달라는 기도라고 했다. 전예원은 이칸랑의 행동이 이해가 잘 안 되었다. 소의 영혼이란 말도 그렇거니와 그 영혼이 자신의 아트만 속으로 들어갈 정도라면, 불고기를 어떻게 먹는단 말인가? 아니면 영육의 차이가 없어서 고기를 먹는 일은 곧 영혼을 흡입하는 것과 같다는 뜻인가?

기 작가는 전예원에게, "봐라 여기 진정한 구루가 계시지 않은가!" 하면서 이칸랑을 추켜올렸다. 그리고는 이칸랑에게 술을 권하기도 하고, 당신은 나의 진정한 예술적 파트너라느니, 예술가라야 진정 예술가를 이해할 수 있다느니 하면서 너스레를 떨었다.

기 작가가 이칸랑에게 농도짙은 이야기를 할수록 전예원은 현실감각이 살아나는 편이었다.

"내일은 당진시에 가서 시장을 만나야 합니다."

전예원은 다음날의 일정을 환기했다.

"시장 같은 높은 분들만 상대합니까?"

좀 모호한 맥락이었다. 당진시의 다른 관계자는 안 만나는가 묻는 것인지, 아니면 이칸랑 자기가 그런 높은 사람을 만나는 게 부담스럽다는 것인지 분간이 잘 안 되었다.

"아니지요. 오늘처럼 나같은 사람도 만나고, 작가도 만나야 하고 그렇습니다."

이칸랑은 오른손 엄지와 장지를 마주대어 고양이 머리 모양을 해 보이다가, 손가락을 맞부딪쳐 딱 소리를 내며 좋다는 사인을 해보였다.

"한국에 있는 동안 소설가 선생님 자주 만났으면 좋겠어요."

이칸랑이 기 작가에게 그런 제안을 했다. 기 작가로서는 좀 급박스럽다는 생각이 안 드는 것은 아니었지만, 기회가 마침 잘 되었다 싶기도 했다. 인도네시아 이야기를 소설로 다루어 보고 싶다는 생각이 뾰조록이 싹을 내밀었다.

그들은 전예원에게 손을 흔들어 인사를 하고는 택시를 잡아타고 한옥마을을 벗어났다.

## 6

기 작가는 이칸랑이 옷을 갈아입는 동안 창밖을 내다보았다. 시내를 건너 남산이 바라보였다. 산자락에 아지랑이인지 매연인지 연무가 엷게 끼어 있었다. 땅이 녹으면서 봄기운이 올라가는 것 같기도 하고, 마음속에 이는 아지랑이 같은 희망과 기대가 그런 느낌을 자아내는 것이었다.

이칸랑이 옷을 갈아입기 시작했다. 기 작가는 창밖으로 눈을 부어두고 미동도 하지 않고 앉아 있었다.

"제가 옷 갈아입는 거 불편할까봐 창밖을 보고 있어요?"

이칸랑이 목 뒤로 손을 돌려 블라우스 단추를 끼우면서 기 작가를 쳐다보고 웃었다.

"불편할 것까지야."

말은 그렇게 했지만, 사실은 편치 않았다. 로비에서 기다리란다든지 커피숍 같은 데서 만나자는 게 아니라 방으로 올라오라 해놓고는, 낯선 남자 앞에서 옷을 훌훌 벗고 갈아입는 것은 사실 여간 불편한 게 아니었다. 전예원 앞에서도 저렇게 몸을 내보이면서 꼬리를 흔들었을까 하는 의문이 들었다. 당진에 가기 위해 만나는 일이라면, 밖에서 만나도 될 터인데 구태여 룸으로 올라오라 한 것은 의문스런 행동이었다.

"저는 혼자 있는 게 무섭거든요."

"커피숍에 가서 기다리기로 하지요."

이칸랑은 살풋 웃으면서 고개를 끄덕였다. 전예원에게서 차가 밀려서 예정시간을 대기 어렵다는 문자가 왔다.

"작가들은 좋으시겠어요. 이야기로 세계를 창조하니까 말이지요."

이칸랑이 먼저 이야기를 꺼냈다. 이야기로 세계를 창조한다? 옳은 말이었다. 그러나 그 세계라는 것이 황금빛 녹음이 찬연한 그런 세계만은 아니지 않은가. 디스토피아도 세계이기는 마찬가지이고, 거꾸로 박힌 인간상을 붙들고 고통스럽게 마름질해야 하는 일도 작가의 작업이 아닌가.

"무용가는 더 좋겠던데요."

"왜요?"

"머리가 아니라 몸으로 세계를 창조하니까."

이칸랑은 그 이야기를 듣고 깔깔 웃었다. 그리고는 "머리 없는 몸이 어디 있어요?" 하며 기 작가의 등을 주먹으로 토닥토닥 두드렸다.

"결국 세상을 살아가는 인간이 문제겠지요." 이칸랑이 고개를 끄덕였다.

세상을 살아가는 인간이란 허구적으로 구축한 인간이 아니라는 뜻이었다. 상황적 존재니 실존이니 하는 이야기를 하지만, 그게 허구 텍스트 안에서 만들어지는 인간이 아니라 구체적인 공간 안에서 여실한 시간을 체험하며 살아가는, 혹은 살아간 인간이라야 할 터였다. 기 작가는 이칸랑에게 인물의 전기에 관심을 가지게 된 연유를 간단히 들려주었다.

인간의 행적이 동시대를 살아가는 다른 사람에게 혹은 후세에 전해지는 것은 기록을 통해서라야만 가능하다. 기록이란 표현을 동반한다. 표현은 사물 대상을 가치 있는 것으로 언어화하는 방법을 말한다. 가치화를 위해서는 기록자의 판단이 개재되어야 한다. 그것은 어떤 사람이 살아간 흔적을 그대로 기록할 수 없다는 뜻이다. 어떤 인간을 이해하자면 표현을 통해야만 한다. 표현을 얻지 못한 어떤 인간도 유령에 불과할 뿐이다. 그러니까 전기를 쓰는 것은 형체가 없는 유령 같은 존재에다 살을 붙이고 피를 통하게 해서 자존감 확실한 존재로 살려내는 일, 성육신을 만들어 주는 작업이다. 이름만의 인간은 유령인 셈이다. 그 유령과 같은 존재를 구체적으로 되살려내는 일이 전기를 쓰는 작업이라고 이야기했다.

"지상의 유령을 구원하는 일을 하는군요."

"말하자면 그렇지요. 그런데 그게 그렇게 쉽지는 않아요."

누구라도 자기에게 주어진 한 생애를 살지만 그 생애를 전기로 남길 만한 사람은 그리 흔치 않은 법이다. 자잘한 일상에 묻히고 말기 때문에 의미의 고리랄까 의미의 가닥이 잡혀나오기 어렵다는 데 그 이유가 있었다. 의미의 고리가 달린 인간은 대개 역사의 물굽이가 크게 요동치는 시대를 살아간 이들이다.

"우리 할아버지 생애를 전기로 쓸 만할까요?"

"아궁이라고 하던 그분 이야기 말이지요?"

"예, 이야기가 길어질 텐데……"

"전예원 실장 오기 전까지 대강만 들어볼까요?"

이칸랑의 얼굴에 웃음이 떠올랐다.

"길기는 하지만, 레이스트를 골라 이야기하겠어요."

레이스트라는 단어가 낯설었다. 기 작가가 "레이스트?" 하고 반문했다. 버릇이 되어서 그런 말이 자기도 모르게 튀어나온다면서, 메모지에다가 lijst라고 써 놓고는, 그게 네덜란드 말로 개요나 얼개를 뜻한다고 했다. 그러고 보니, 이칸랑이 구사하는 영어 억양이 독일어 억양을 닮아 보였다. 네덜란드 혈통이 섞여서 그런지, 아니면 네덜란드어를 공부하는 가운데 그렇게 된 것인지 분명하지는 않았다. 그러나 이칸랑이 쓰는 영어에 네덜란드어의 영향이 구절마다 나타나는 것은 틀림없어보였다.


기 작가는 이칸랑에게 양해를 구하고 대화 내용을 녹음하기로 했다. 이칸랑은 자기 외할아버지 아궁의 이야기를 시작하면서 그의 성격을 규정하고 들어갔다.

"외할아버지는 좀 순진한 분 같아요. 나라의 독립이라는 것에 홀려서 살았어요. 독립이라면 물불을 가리지 않는 것은 물론, 때로는 윤리적 판단의 잣대가 흔들리기도 했어요. 그런 흔적이 있거든요."

"영웅의 본질은 순진함, 천진한 열정에 있는지도 모르지요."

기 작가는 가끔 혼자서 하던 생각을 터놓았다.

"아시는 것처럼 아궁은 부인이 열 명 가까이 되었지요. 거대한 화산과 같은 분이었어요. 화산이 크면 그 분화구에서 작은 화산이 터지기도 하는데, 그게 기생화산이거든요. 기생화산을 여럿 거느린 화산 말예요."

"구눙 아궁을 생각하시는 모양이지요?"

"아, 거길 아세요?"

"한번 다녀온 적이 있습니다."

기 작가는 발리에 취재차 다녀온 적이 있었다. 가이드가 발리의 핵심을 알려면 성산(聖山)을 꼭 보아야 한다면서 진지하게 설명해 주었다. 발리란 말은 본래 산스크리트의 제물을 뜻하는 와리(wari)에서 왔다고 했다. 발리라는 땅이 신에게 바쳐진 섬이라는 것이었다.

인도네시아 말로 구눙 아궁이라고 불리는 산은 높이가 무려 3천 미터를 넘는 활화산이었다. 그 산의 남쪽 기슭에 발리 힌두교 총본산 '푸라 브사키' 사원이 자리잡고 있다. 산자락을 층을 지어 사찰을 배치한 엄청난 규모, 조각품의 화려함 등이 실로 놀라웠다. 살아 있는 종교의 성지라는 실감을 자아냈다.

"이 화산은 살아 있어서 때로 불을 토하기도 합니다."

구눙 아궁이 갈라져 불과 연기와 마그마를 토해낸 것은 1963년이었다. 2천 명 가까운 사람이 마그마에 휩쓸리기도 하고, 연기에 질식하기도 하고, 불에 타고 해서 죽었다. 섬의 동쪽이 완전히 파괴되었고, 이재민이 10만을 헤아린다고 했다. 신비한 것은 그 대폭발에 푸라 브사키 사원은 담장 불과 몇 미터만 무너지고 나머지는 말끔했다는 점이었다. 신의 은총이라고 사람들은 정성을 다해 큰 제를 올렸다. 성스러운 산은 여전히 신화 만들기를 지속하고 있었다.

"그런데 외할아버지 부인들 사이에 불화는 없었어요? 화산처럼 폭발하는 시샘이랄까."

"결혼과 이혼을 반복했지요."

"첫사랑 못 잊어서 그런 모양이군요."

아무튼 여자 바꿔 사느라고 바쁘게 지냈을 거라는 이야기 끝에, 이칸랑은 이런 결론을 맺었다. '일부일처제는 사실 서로 독점 계약을 하고 상대방을 식민화하는 건지도 모른다'는 것이었다. 기 작가는 모노개미와

콜로니얼리즘, 백년해로와 성적 식민화 같은 말들은 사실 서로 연결이 잘 안 되었다. 그러나 사태의 속내에는 그런 의미망이 설정될 만도 했다.

"결혼과 이혼을 반복했다면, 외할머니가 외할아버지랑 갈라져 네덜란드로 갔다가 다시 인도네시아로 돌아와서 외할아버지랑 결합하고 그랬다는 건가요?"

"그렇지요. 역시 작가라서 그런가 추리력이 있으시군요."

그렇게 추켜세워 놓고는, 아궁 이야기를 한다는 것이, 외할머니 이야기로 빠져들었다. 아궁의 생애는 대충 아는 터이기도 해서, 아궁이 숨겨두었던 여인의 내력이 더 흥미로웠다.


외할머니는 이름이 아로마나였어요. 외할머니의 아버지가, 향기롭게 살라고 붙여준 이름이었다나봐요. 아궁이 찾아가서 결혼을 허락해 달라고 하다가 원주민 새끼라고 욕을 먹고 쫓겨온 뒤, 아로마나는 네덜란드로 추방당했어요. 헤이그에 가서 어떤 치즈가게 일을 봐주면서 얼마 동안 지낸 모양이에요. 그리고 거기서 푸줏간에서 일하던 네덜란드 남자를 만나 갑작스런 결혼을 했어요. 외로웠던 모양이지요.

그 시대까지만 해도 네덜란드에서 인도네시아 동인도회사 사원으로 일하러 오면 남자들이, 뭐랄까, 현지처를 두었어요. 능률을 위해서였지요. 그리고 네덜란드로 돌아가게 되면 데리고 살던 여자는 헌신짝처럼 내버려 두고 가는 거예요. 그렇게 되면, 여자들이 갈 데가 어디 있겠어요? 술집으로 돌다가 결국은 몸을 팔아 목숨 부지하는 꼴이 되지요. 그렇게 생산된 창녀들을 관리하는 기구까지 식민정부에서 운영했다고 해요.

그 무렵 외할머니가 몸을 의탁하고 있던 치즈가게 이웃집에 총각이 하나 있었다나요. 그 총각이 동인도회사 사원으로 인도네시아에 가게 되었어요. 사람 가는 길은 아무도 몰라요. 그 총각 아버지가 대단히 완고한 분이었는데, 아들이 인도네시아에 가면 거기서 얼굴 까만 인도네시아 여자 만나 엉뚱한 짓을 할까봐 방책을 세운 게 희한해요. 우선 식민지에 가서 식민지 여자 건드리는 것은 도덕적으로 온당치 못하다는 거였어요. 과부도 좋으니 네덜란드 여자와 결혼을 하라는 거였어요. 그 과부가 푸줏간 남자와 금방 결혼한 신부, 우리 외할머니였어요. 억지로 둘을 묶어서 인도네시아로 보낸 거지요. 외할머니가 그 총각을 사랑했다고 생각하진 않아요. 아무튼 인도네시아를 못 잊었던 건 틀림없어요.

그런데 불행하게도 그 남자가 항해 도중 말라리아에 걸려 죽었어요. 그 남자의 시신을 바다에 밀어넣던 날, 아마 음력으로 보름이었던 모양인데, 달의 음기가 외할머니 몸으로 썬득하게 밀려들어오더래요. 그때 몸안에 생명이 움트고 있다는 것을 감지했다고 해요.

외할머니는 갑자기 어지럼증이 일어 갑판 위에 쓰러졌대요. 배는 은빛 지느러미를 번득이는 물살을 가르며 바다를 헤쳐나갔어요. 그런데 파도 한 자락이 뱃전을 치면서 갑판 위에 비말을 뿌렸어요. 바닷물이 아로마나의 입에 들어갔고, 입에 찝찔하고 들들한 소금기가 가득했어요.

그때 아로마나는 「찬도기야 우파니샤드」에 나오는 소금물의 일화를 떠올렸대요. '세상의 모든 존재가 아뜨만으로 삼고 있는, 극히 미세한 존재에 대한 믿음을, 소금과 소금물의 일화'를 통해 설명하는 내용이지요. 아뜨만이 무언가 묻는 아들에게 소금과 물을 가지고 오게 해서, 물에 소금은 넣으라고 했어요. 다음날 아들에게 소금물을 맛보게 했죠. 봐라, 소금은 안 보이지만 맛을 소금 맛이지? 아뜨만도 그런 것이다. 네 몸 속에 녹아 있기 때문에 안 보이지만 그 속성은 여전히 그대로 유지되는 것이다. 몸속에 녹아 있어 눈에 보이지는 않지만, 분명히 존재하는 사랑의 정기를 확신하게 되었다고 해요. 그래서 그 사랑의 정기를 잘 받아서 키우기로 작정했대요. 뭐랄까 생명에 대한 일종의 책임감 같은 거겠지요. 자기 몸에 들어온 생명이 누가 뿌린 씨인가 하는 게 무슨 문제란 말인가, 그게 나의 아뜨만에 들어온 것인데, 그런 생각을 했대요. 말하자면 힌두교도가 돼 있던 셈이지요.

아로마나는 인도네시아에 와서 아궁을 찾아다녔어요. 당시 아궁은 반둥이라는 도시에서 공과대학을 다니고 있었어요. 급진적 독서모임을 주도하고 있었는데, 그 여자를 한 멤버로 영입하고 사무적인 일을 부탁했대요. 언어감각이 뛰어나고 총명해서, 아궁과는 손발이 척척 맞았던 모양예요.

"내가 읽은 기록에는 그런 사항이 없었습니다."

"진실은 기록의 행간에 있기도 하고, 기록 반대편에 있기도 해요. 기록을 받아들이는 사람의 마음에 있기도 하고요."

"진실이 기록을 읽는 사람의 마음에 있다? 글쎄."

"낭독은 사람을 속이지 못해요. 낭독은 문장의 이면을 읽어내는 오랄 인터프레타치(구두 해석)를 가능하게 하죠. 우파니샤드 각 장이 옴으로 시작해서 옴으로 끝나는 것도 같은 이치예요. 옴은 기록이 아니라 그 자체가 살아 움직이는 의미거든요. 춤이 그런 것처럼."

당신이, 그런 내용을 어떻게 알게 되었는지 물으려다가 입을 다물었다. 이칸랑이 목이 마르다며 물을 찾았다. 냉장고는 비어 있었다. 기 작가가 전화를 해서 맥주를 시켰다. 이칸랑은 손을 내어저었다. 물이 먹고 싶다는 것이었다. 복도에 나가 정수기에서 물을 떠다 주면서, 녹음기 버튼을 눌러 껐다. 잠시 분위기를 전환하고 싶었다. 마침 호텔 종업원이 맥주를 가져오기도 했다. 그렇게 시킨 것은 아니었는데 하이네켄 세 캔을 쟁반에 받쳐 가지고 들어왔다.

"네덜란드 맥주군요."

"반가운 표정이네요."

"징그러워요."

이칸랑은 어깨를 움츠리고 얼굴을 일그러질 정도로 찡그렸다.

"나는 네덜란드 사람들을 사랑해요. 그러나 그 나라, 네덜란드라는 나라는 지독한 나라지요. 식민지 해본 나라의 속성, 그건 예외없이 제국주의적이라구요. 식민지 경험이 결국은 식민본국을 다시 식민지화하는 거 아닌가 모르겠어요. 악순환이지요."

기 작가는 그 이야기를 더 듣고 싶지 않았다. 당시 한국 학계에서는 식민주의(콜로니얼리즘) 논의가 한창이었고 식민지 이야기는 귀가 아플 지경으로 들은 뒤였다.

"당신의 춤은 언제 볼 수 있지요?"

기 작가는 발리댄스를 하는 모양으로 손가락을 움직이면서 물었다.

"당신이 대본을 쓰면 내가 춤을 출겁니다."

좀 뜻밖의 대응이었다.

"나더러 대본을 쓰라구?"

"전예원 씨가 벌써 그렇게 하기로 하고, 부탁한 줄 알았는데요."

짐작되는 게 있었다. 주고받음이 있어야 한다는 게, 전예원이 늘 입에 달고 사는 생활의 모토와 같은 것이었다. 전예원의 마련이 그럴법하다는 생각이 들었다. 요가수행을 글로 쓰고 싶다는 이야기를 하기는 했지만, 갑작스럽게 인도네시아 발리댄스 무용수를 소개하는 것은, 자기가 하는 일을 도와달라는 메시지를 담은 것이나 마찬가지였다.

"라마야나 말인데요, 그 이야기는 아무 제한 없이 변형할 수 있는 매력을 지녔어요."

이칸랑의 이야기를 듣고 있던 기 작가는 자기도 모르게 고개를 옆으로 저었다. 인도네시아서 온 춤꾼이 일의 맥락을 잘못 짚었다는 생각이 들었다. 자신은 스토리에 강한 작가라고 생각한 적이 없었다. 디테일은 어느 정도 감당할 수 있는데 박력 있는 스토리를 구상하기는 참으로 어려웠다. 그래서 소설을 쓰면 늘 디테일에 매달리다가 사건을 만들어내지 못한 채, 어정쩡한 야합으로 끝나곤 했다. 그래서 어떤 구체적 대상이 있는 인간이 다루기 편했다. 말 그대로 교사스런 플롯을 꾸미지 않아도 되었기 때문이다.

"다시 시작할까요."

"그렇게 하지요."

기 작가가 녹음기 작동 버튼을 눌렀다.

아궁은 자기 모임에 아로마나를 끌어들이는 것이 마음이 쓰였어요. 자기와 육체관계를 가진 백인여자가 자기 모임에 같이 참여한다는 게 마음에 걸렸지요. 육체관계는 부부관계를 뜻하는데, 부부관계와 공부를 병행할 수 있는 길이 아니라고 생각했던 거지요.

거기다가 동료들이, 네가 진정 민족주의자인가 물었어요. 백인을 숨겨놓고 거두어주는 게 너의 정치적 생애에 도움될 턱이 없고, 동지들의 화합을 위해 장해가 된다는 주장이 일곤 했답니다. 내둥 말갛다가도 발을 들여놓으면 흙탕물이 뭉클거리며 일어나는 연못 바닥처럼 동료들의 비판이 일곤 했답니다. 결국 백인은 백인의 나라로 돌려보내라고 닦달을 한 모양예요.

그 무렵 흉측한 일이 벌어졌어요. 나중에 인도네시아 민족주의자를 탄압하던 핵심세력이 된 집단인데요. 그 집단이 지하 조직화되어 있었대요. 얼굴 누런 인도네시아인들이 식민본국 백인들을 위해 몸을 바쳐 충성을 다한 거지요. 아니 민족을 배반한 거지요. 아무튼 얼굴 누런 인도네시아 젊은이들이 아로마나를 납치해갔어요. 글쎄 이 폭도들이 윤간을 한 거예요. 아로마나는 아궁에게 차마 그 이야기를 하지 못하고 혼자 아이를 유산했어요. 출혈이 너무 심해 어느 병원에 기어들어가 목숨을 구해주면 평생을 일해주겠다고 약속하고, 거기서 겨우 연명하며 살았대요. 아궁이 백인여자의 밭에 심은 핏줄이 그렇게 절딴난 거지요.

이칸랑은 잠시 이야기를 멈추고 물을 마셨다. 아로마나가 언제 어떻게 아궁과 육체관계를 했는가 하는 문제는 재구성이 필요하다는 생각이 들었다. 이칸랑은 다시 물을 마시고는 이야기를 이어갔다.

사람이 만나는 것은 참 희한한 인연의 끈에 매이는 법인가 봐요. 아궁은 어쩌면 타고나기를 여자를 좋아하도록 타고난 거 같아요. 부인이 열

가까이 되었다는 것만으로는 설명이 안 될 정도로 여자를 좋아하는, 좋아한다기보다는 여자 밝히는 사람, 말하자면 색골이었던 것 같아요.

이런 얘기도 있어요. 거의 권력의 말기였는데, 아프리카 어느 나라를 방문했어요. 이른바 비동맹친교 국가였는데, 그가 1955년 반둥회의를 구성했던 거 기억하지요? 거기서 이른바 제3세계라는 개념이 만들어지는 거잖아요. 세계는 미국과 소련이 모두가 아니다, 아시아, 아프리카, 아랍 등 수많은 나라들이 있다. 미국과 소련을 제외한 나라를 하나의 권역으로 묶어서, 동맹은 맺지 않았지만 하나의 정치권역으로 설정하고 힘을 합쳐 나아가자는 거였지요. 그 힘으로 미국과 소련에 맞서보자는 기획이었지 않아요? 지금도 그렇지만, 미국과 소련과 맞서자면 국제간의 연합과 조직이 필요해요. 그때 남한은 참여하지 않았고 북한만 참여해서, 아궁이 당시 북한 지도자였던 김일성을 만나기도 했지요.

아무튼 아프리카 그 나라에 가서 대통령을 만났는데, 비행기 트랩을 내려와 악수를 하면서 던진 첫마디가, "투나잇, 어 걸 포 베드(여자 하나 대주시오)."였다는 거예요. 근원적으로 여자가 있어야 숨쉬고 사는 분이었던 거 같아요.

심리학자들은 성장기 애정 결핍의 트라우마가 그렇게 드러난 걸로 설명하려고 할지 몰라요. 어려서부터 외지에 나가 하숙을 하면서 공부했고, 어머니한테 받지 못한 사랑을 학교 선생님들이 대신해 주기도 했어요. 인물 훤칠한 미소년인데다 그림 잘 그리고, 공부도 뛰어났는데 특히 외국어를 잘 했어요. 그래서 그랬는지 불어 선생님이 이 학생을 엄청 사랑했던 모양예요. 학생한테 반한 선생님, 좀 웃기지요?

그런데 아궁 본인이 자기는 이제 막 성년으로 다가가는 나이인데, 절제해야 한다는 다짐을 책에다가 적어 놓았대요. 만일 아궁이 좀 스투피드했다면, 일이 날뻔했어요. 선생도 망하고 학생도 절딴났겠지요. 그런 점에서는 아궁은 자신을 절제할 줄 아는 지혜를 가진 사람 같아요. 여기까지는 젊은 시절의 사랑 결핍이, 나중에 어른이 되었을 때 빗나간 애정

행각으로 나타날 수 있다는 설명이 될 거 같아요. 결과적으로는 그렇다는 말이지요. 제가 볼 때는 아궁의 사랑놀음은 이중적인 것 같아요. 사랑놀음이라기보다는 여성편력 말이지요. 개인의 성적 욕구와 정치적인 고려라는 이중적 욕망의 밧줄에 걸려 있던 셈이랄까 그래요.

이칸랑은 이야기를 하다가, 물을 마시고는 기 작가를 바라봤다. 이칸랑이 이야기를 하는 동안 기 작가가 아무런 반응이 없었기 때문이었다. 기 작가가 물었다.

"여성의 정치적 이용가치라는 것은?"

"이제까지 애기한 것은 본능적인 거고, 다른 하나는 보복적인 계산이 숨어 있는 것 같아요. 결국은 순진하게 손해를 들러쓰고 말지만, 사실은 식민지에 대한 보복심리가 작용한 거 아닌가 해요."

"보복적 사랑이라, 원수 갚는 식으로 말이지요?"

이칸랑이 고개를 끄덕였다.

"이 자료 보셨어요?"

이칸랑이 내놓는 책은 「아궁의 생애 이야기」였다. 이미 70년대에 그 책이 한국에서 번역되어 나온 적이 있었다. 기 작가는 인물 전기에 대한 호기심에서 그 책을 읽어본 뒤였다. 이칸랑은 그 책을 전예원에게도 보여주었다는 이야기는 하지 않았다.

아궁이 인도네시아 자바 동북쪽 항구도시 수라바야에서 고등학교를 다닐 때였다. 네덜란드에서 온 라트 집안과 이웃해서 살았다. 그 집안의 미엔 헤셀스라는 아가씨는 아궁과 동년배였다. 아궁이 그 아가씨에게 홀까닥 반해서 몇 차례 만나고는 결혼을 허락해 달라고 달려가 어른들에게 대들었다. 어른들의 반응은 치욕적인 것이었다. 더러운 짐승새끼! 그 소리를 듣고 도망쳐 와서는 그 모욕을 반드시 갚겠다는 결심을 노트에다가 적어 놓은 적이 있었다. 그런데 백인 아가씨들을 사귀는 것이 식민지 본토 사람들에게 접근해 가는 유일한 통로가 된다는 것을, 마음에 칼끝으로 새기고 있었다. 이칸랑이 애기하는 페이지는 모서리가 접혀 있었다.

"이미 읽어본 자료입니다."

"거기 보면, 뒷날 자카르타에서 미엔 헤셀스를 만났을 때 마녀 같은 여자가 되어 있더라는 내용이 나와요. 치졸하게! 그런 여자와 함께 살았더라면 자기 인생이 얼마나 끔찍하게 일그러졌을 것인가 하면서, 하느님께 감사한다고 하지요? 그러면서 안도의 한숨을 쉬는 장면이 있어요."

"식민지인으로서 그럴 만하겠지요."

"그런데, 아녜요. 식민지인이라고 진정한 사랑을 못하나요?"

"사랑도 정치 사회적으로 규정되는 인간행위지요."

"그건 진정한 사랑이 아니라구요. 내면에 아뜨만을 지니지 못하고 감각에 조종당하는 천한 사람의 행동예요."

"그렇다면, 그 아뜨만은 탈맥락적으로 존재하는 건가?"

"그건 나도 알아요. 나는 아궁의 애정행각을 식민지 영웅의 심리적 이중성으로 이해해 보자는 거지요."

기 작가는 고개를 주억거렸다. 한편으로는 외할아버지라는 사람을 그렇게 단호하게 비판하는 게 좀 거슬리기도 했다. 그러나 이야기하는 태도가 정갈하고 열정이 드러나 쉽게 내칠 수 없었다. 이칸랑이 외할아버지 이야기를 이어갔다.

"일본이 인도네시아를 점령했을 때, 글쎄 우리 외할아버지가 일본군을 인도네시아 해방군인 줄 알고 허리 굽히고 들어가 협조했던 겁니다."

"적과 동지를 구분하지 못하는 지도자들이 가끔 있긴 합니다."

"일본 총독을 만나 인도네시아가 독립할 수 있도록 도와달라고 허리를 굽혔고, 그뿐 아니라 일본 여자 데리고 살다가 결혼을 하기도 하고, 분별력이 없는 분 같아요."

"그게 인간적일지도 모르지요." 기 작가는 이칸랑의 의중을 떠보는 식으로 질러 말했다.

"인간적인지는 몰라도 너무 나이프해요."

나이프라니? 영어의 나이브를 너델란드식으로 그렇게 발음하는 것이려니 짐작하고 넘어갔다. 그러나 달리 생각하면 이칸랑의 말에 묻어 있는 식민지 어투 때문에 안쓰런 생각이 들었다.

"네덜란드 식민지에 대한 적대감이 일본의 제국주의를 무작정 수용하게 만들었어요. 천하를 주무를 수 있는 일본에 기대서 인도네시아 독립에 도움될 구석이 없겠나 생각한 셈이지요. 식민지 충격은 다른 식민주의를 동경하게 만들어요."

이야기를 멈추고 물잔을 집어드는 이칸랑의 얼굴에 피곤한 빛이 떠올랐다. 아궁의 이중성을 이야기하는 게 부담이 되었는지도 모를 일이었다. 식민지 이야기도 마음 편치는 않았을 것이다. 이칸랑은 피곤하다는 말 대신 내일 일정을 이야기했다.

"내일 당진시에 가야 해요. 시장을 만나서 자매결연 예비회담을 해야하거든요. 시간 되면 전예원 실장과 같이 갈래요?"

"그렇게 하지요. 나는 먼저 일어설랍니다."

이칸랑이 객실 앞까지 나와 손을 할랑할랑 흔들어주었다. 문이 닫히면서 방 안에서 맥주 깡통을 패대기치는 소리가 연거푸 들렸다. 잠시 발을 멈추고 서서 기척을 살폈다. 울음소리 같기도 하고 독백을 하는 소리 같기도 한 목소리가 문틈으로 새어나왔다. 맥주 상표가 네덜란드산 하이네켄이었을 뿐이었는데, 그렇게 신경질적으로 반응할 일인가 의문이 들었다. 맥주를 마다하고 구태여 물을 마시겠다고 했던 까닭이 있었던가 싶었다. 물론 식민지 이야기, 외할아버지의 주책없는 행동 등 부담되는 이야기를 너무 오래 했다는 생각이 들었다. 그러나 그것은 추측일 뿐이었다.


7


예년보다 날이 일찍 풀려서, 바람끝이 매끄러웠다. 전예원은 호텔 지하 주차장에 차를 세우고 객실로 연락을 했다. 이칸랑은 한참 전화를 안 받았다. 세 번째 시도를 했을 때서야 겨우 연결이 되었다.

"한복 입을 때, 브래지어 해요 안 해요?"

전예원은 혼자 킥킥킥 웃었다. 이칸랑의 풍만한 젖가슴이 눈앞에 두렷이 떠올랐다. 전예원은 갑자기 웃음을 거두었다. 웃을 일만도 아니었다. 어머니 세대는 한복 입을 때 가슴을 조여매야 몸매가 난다고 했던 게 기억에 생생했다. 그러나 아내는 한복 제대로 챙겨 입은 적이 없었다. 생활에 지질려 그럴 만한 여유가 없었다. 아내에게 한복 입을 때 브래지어를 어떻게 하는지 물어보기는 낮간지러울 뿐만 아니라 오해를 살 일이었다.

"잘 모르겠는데요."

"그럼 어떻게 하나……."

이칸랑은 결국 한복을 입지 못하고 인도네시아 복장을 하고 나왔다. 인도네시아 복장은 단순했다. 기다란 치마에 블라우스를 입고, 그 위에 꽃무늬가 요란한 숄을 걸치는 것이었다. 편안해 보였다. 이칸랑의 앞가슴이 둥두렷이 돋아나 보이는 게 틈실했다. 이칸랑은 전예원이 자기 젖가슴에 눈길이 가 있는 것을 알아채고는 거침없이 나왔다.

"내 젖가슴은 엄마를 닮아서 무지 커요. 발리댄스 무대에 서자면 가슴과 엉덩이가 발달하는 게 좋긴 하지만."

이칸랑은 자기 가슴에 손을 대고 진저리를 치듯 얼굴을 찌푸려 보였고, 전예원은 가닥 제대로 닿지 않는 한마디를 던졌다.

"유방이 예술이군요."

그때 기 작가가 카메라 가방을 메고 나타났다. 이칸랑이 다가가 반갑게 손을 잡았다. 그 사이 저렇게 가까워지다니, 전예원은 속으로 혀를 찼다.

어제 하던 이야기를 계속하려고 한다면서, 기 작가는 이칸랑과 뒷자리에 타겠다고 했다. 전예원은 종일 운전대를 잡고 시달려야 한다는 건 한심한 처지란 생각이 들었다. 뒷자리에다가 농탕치는 젊은이 둘을 싣고 머슴처럼 차를 몰아야 하다니. 전예원은 요새 어디를 가도 왠지 이유도 없이 자신이 뒤로 밀리고 있다는 일종의 열패감이 머리를 어지럽혔다.

엘리베이터에 대기하던 이들이 자기 앞에서 줄이 끊기는 것까지도 지고 있다는 생각을 부추겼다. 주차장에서 차를 대다가 옆에 세워둔 외제차를 보고서도 자기 차가 초라해 보이기도 했다. 물론 누구한테 내색을 할 만한 일은 아니었다.

서해안 고속도로가 시원하게 뚫려 차가 잘 빠졌다. 차가 잘 빠지는 것도 전예원을 도와주는 폭이었다. 그는 차가 밀리는 길로 차 몰고 다니는 것이 질색이었다. 기 작가가 전예원의 어깨너머로 물어왔다.

"어이 전 실장, 당진시장 몇 시에 만나기로 했어?"

전 실장? 전예원은 자기 부하 부르는 식으로 나오는 기 작가의 어투가 마땅치 않았다.

"본래 계획은 만나서 자기가 점심 산다고 했는데, 나오기 전에 비서가 연락을 해왔네."

"뭐라고?" 기 작가가 목청을 돋구었다.

"일본에서 손님이 와서 점심은 그들과 먹어야 한대. 오후 두 시에 맞춰 시청으로 직접 오라는 거라."

전예원은 아무렇지 않게 이야기하려 했으나 목소리에 약간의 결기가 섞였다.

"순서를 일본한테 빼앗겼군. 일본 돈에 밀린 건가 외교력에 패한 건가?"

기 작가가 그렇게 이기죽거리자 이칸랑이 나섰다.

"너무 네르페스해요."

네르페스란 민감하다는 뜻의 영어 너버스를 그렇게 발음하는 것이었다. 그럴지도 모를 일이었다. 일본에 대해 과도하게 민감하게 생각하거나 아니면, 이칸랑이 시간 때문에 불편해할 것을 염려한 나머지 지나치게 배려하는 것일지도 몰랐다. 전예원은 카오디오에서 한국 가곡을 골라 볼륨을 높였다.

"어이 전 실장, 우리 조용히 이야기하게 볼륨 낮추시지."

젠장할, 전예원은 겉으로 드러내지는 않았지만, 이게 뭐하는 짓인가 속으로 불끈거렸다.

　이칸랑이 이야기하고 기 작가는 메모를 하면서 들었다. 아궁의 정치활
동은 식민지통치를 벗어나 독립을 성취하는 데 집중되었다. 그가 대학에
서 건축을 공부했기 때문에 식민정부에서 시행하는 공사에 참여했다. 주
로 설계를 맡았는데, 그 가운데 하나가 민족주의자들을 대거 수용할 감
옥을 짓는 일이었다. 반둥의 도시 외곽에 설치한 수카미스킨(Sukamiskin)
이라는 감옥이었다. 감옥은 식민통치를 위해 필수적인 제도와 시설이었
다. 반식민주의자를 감시 대상으로 삼아 처벌하는 방식이었다. 감시가
철저하고 처벌이 잔혹하면 할수록 효과가 높았다. 그리고 규칙을 어기면
얼마나 처참한 형벌을 받는가 하는 점을 백일하에 알려야 했다. 그렇게
하기 위해서는 감옥은 감시체제를 합리화해야 하고 처벌은 공개적으로
이루어져야 했다.

　아궁은 제레미 벤담이 설계한 판옵티콘을 자기식대로 설계해 보고 싶
었다. 중앙 감시탑에서 감옥 전체를 한눈에 볼 수 있도록, 건물을 십자형
으로 앉히고 주변을 높은 담장으로 둘러싸는 방식이었다. 죄수들의 감방
을 한눈에 볼 수 있으나 죄수들은 감시탑 안에서 누가 감시를 하는지 알
아볼 수 없도록, 창에 선팅된 유리를 설치했다.

　물론 아직 대학을 졸업하지 못했기 때문에, 아궁이 일을 주도할 위치
는 아니었다. 그러나 워낙 탁월한 능력을 발휘했기 때문에 그의 의견은
충분히 반영되었다. 장래가 촉망되는 국가의 재원이라는 평을 들었다.
우쭐해져서 자랑을 늘어놓기도 했다.

　"그런 감옥은 중국 여순에도 있습니다."

　전예원이 뒤를 흘긋 쳐다보며 말했다. 식민지와 감옥은 필연적인 연관
성을 지니는 것이었다. 식민지를 벗어나려고 발버둥하는 인간들을 지배
하자면 사방에서 감시해야 했고, 식민지 본국에 대드는 작자들은 가혹하
게 처벌해서 두려움에 떨게 해야 했다.

"아무튼 말이지요, 아궁은 정치와 건축을 같이 아끼고 사랑했어요." 이칸랑의 이야기는 계속되었다.

그 후로도, 아궁은 정치활동 중간에 건축업으로 돌아오곤 했다. 당시 인도네시아 정황으로는 그런 이중적 생활이 허용되었다. 그의 고향 수라바야의 영웅의 기념관 설계도 자신이 나서서 맡아 했다. 고향에 영웅 기념관을 스스로 세운 것은 자신의 동상을 자기가 세운 셈이었다. 동상이 녹슬지 않는 법이 없는 터라서, 자기 고향에다가 영웅기념관을 세우는 것이 꼭 영광스러운 생애 경영인지는 알기 어려웠다.

전예원은 어깨너머로 듣는 이야기지만, 한 인간의 생애를 평가하는 일은 실로 간단치 않다는 생각을 하고 있는 중이었다.

"아까 전 실장이 얘기한 대로, 여순에 있는 안중근 의사가 수감되어 있던 감옥도 같은 구조로 되어 있는 걸 봤지요."

기 작가가 거들기라도 하듯 말했다.

"어제 남산에서 본 글씨들이 그 감옥 안에서 쓴 거라고 했지요?"

이칸랑이 전예원에게 확인하듯 물었다. 그러고는 감옥에서 글씨를 쓸 수 있는 준비를 누가 해 주었는지 물었다. 감옥이라고 해서 세상과 완전히 절연되지 않는다는 대답을 하려다가 다시 구겨넣고 말았다. 차입제도니 하는 이야기를 해야는 게 귀찮았다. 전예원이 대답을 안 하자, 이칸랑이 진지하게 물었다.

"그 중요한 손가락은 왜 잘랐지요?"

"단지지동맹, 핑거 커팅 리그라고 하나, 그런 게 있었어요." 전예원이 대답했다. 다시 이칸랑이 물었다.

"이상한 사람들이네요. 손가락이 있어야 싸우는 데 유리하잖아요?"

전예원이 나서서 설명하려다가 이야기가 길어질 것 같이 물러서고 말았다. 손가락을 잘라 혈서를 쓰고 나라의 독립을 위해 몸을 바치자는 맹약을 하는 과정을 설명할 방법이 없었다.

"나라가 위험한 걸 보면 목숨을 바친다는 글은 위험해요. 식민지하는 사람들에게 위험한데 왜 그런 글을 쓰게 내버려뒀지요?"

이칸랑은 '견위수명 견리사의'라는 비문에 대해 묻고 있었다.

"인물이 워낙 출중하면 감옥에서도 우러름을 받지요." 전예원이 그렇게 얼버무려 대답했다.

"일본제국이 운영하는 감옥이었지만 거기서도 사람의 인품을 알아보는 눈을 가진 인간들도 있지 않겠어요?"

기 작가의 말에 이칸랑이 고개를 주억거렸다. 차가 평택 아산 톨게이트로 접어드는 중이었다. 그들이 톨게이트로 들어선 것은 10시경이었다.

"시간이 너무 남아요."

이칸랑이 시계를 보다가, 백미러에 비친 전예원의 눈치를 살폈다. 어디 다른 데 들를 만한 유적이나 명소가 없는가 묻는 눈치였다. 아산으로 들어가서 현충사를 들르는 게 좋겠다는 생각이 떠올랐다. 이칸랑도 흥미를 느낄 만한 여정이 될 듯싶었다. 광화문에서 동상을 보고 그게 안중근의 동상인가 묻던 의문도 해소될 것 같았다.

"기 작가, 현충사 들르는 건 어때요?"

"그렇게 합시다. 이찬국 박사도 거기 들렀다면 좋아하겠네. '충무공애국정신선양회'던가 하는 일을 맡은 게 달리 그랬겠나?" 정치적 포석이 아닌가 하는 물음이었다. 전예원은 구태여 대답할 일은 아니라는 생각을 했다. 입을 다물고 차를 세웠다.


바람끝이 부드러워지기는 했지만, 공기가 칼칼하고 바람은 쌀랑했다. 그러나 현충사 본전 뒤를 두르고 있는 솔숲에는 이미 봄빛이 물기밴 청색으로 묻어들었다. 이칸랑은 몸을 옹송그리고 춥다고 손을 비볐다. 전예원이 차에서 들고 나온 코트를 이칸랑의 어깨에 덮어 주었다. 고맙다는 뜻으로 '당쿠벨!' 네덜란드식 인사를 하며 커다란 눈을 굴려 웃음을 지었다. 흔히 하는 식으로 땡큐! 라 하지 않고, 그렇게 말하는 게 네덜란드 말이 입에 붙은 결과라는 짐작이 갔다.

"저거, 캘리그라피, 그걸 뭐라고 읽어요?"

그렇게 물어 놓고는, 혼자서 효언청사, 횬총사하면서 어설프게 발음을 해 보았다.

"나 따라 해 보세요. 현충사!"

전예원이 이칸랑의 발음을 교정해 주었다. 그러나 여전히 '횬총사'를 벗어나지 못했다. 이칸랑은 현충사를 몇 차례 소리내어 발음해 보다가는, 저 글씨를 누가 썼는가 물었다.

"천구백육십년대 중반, 당시 대통령을 하던 분이 쓴 겁니다."

"그분이 예술가였나요?"

"예술가라기보다는, 붓글씨를 잘 썼어요. 전에 광화문에서 본 이순신 장군 동상 앞에 있는 것도 그분이 쓴 글씨입니다."

누가 글씨를 썼는지는 이야기하면서 정작 동상 앞에 새겨진 忠武公李舜臣將軍像(충무공이순신장군상), 그 주인공에 대해서는 설명을 빠뜨렸던 모양이었다. 하기는 외국인에게 한국 역사에 나오는 장군을 설명하기는 그리 쉬운 일이 아니었다.

이칸랑은 유물전시관에서 충무공의 칼을 보고는 놀라는 얼굴을 했다. 그림에서나 보던 칼이라고 했다. 그리고 칼에 새겨진 검명(劍銘)을 넋을 잃고 쳐다보다가는 고개를 갸웃했다.

장정 한 발이 훨씬 넘는 칼에 三尺誓天山河動色(삼척서천산하동색), 一揮掃蕩血染山下(일휘소탕혈염산하) 이런 구절이 한자로 음각되어 있었다. 삼척의 칼을 두고 하늘에 맹세하니 산천도 빛깔이 변하고, 그 칼을 한번 휘둘러 재키매 세상이 피로 물드는도다, 대개 그런 내용이었다.

이순신 장군의 영정 앞에서 전예원은 고개를 숙여 묵념을 했다. 이칸랑도 따라서 고개를 숙이고 서 있다가, 숨을 후 내쉬면서 고개를 들었다.

"기 작가 선생님, 물어볼 말씀이 있어요."

기 작가가 그렇게 하라고 고개를 끄덕였다.

"장군의 얼굴이 덕을 많이 쌓은 구루 같아요. 장군이라면 얼굴에 위엄이 서리고 눈빛이 살기가 돌아야 하지 않나요? 그런데 이 장군은 얼굴이 성인 같아 이상해요."

기 작가가 이순신 장군의 성인다움을 설명하지 못하고 멈칫거리는 사이에 전예원이 끼어들었다.

"한국에서는 장군을 세 가지로 분류해요. 전쟁에서 용감한 용장, 지모가 출중한 지장, 후덕한 인품을 갖춘 덕장이 있다는 얘긴데, 이순신 장군은 말하자면 덕장인 셈이지요. 그래서 한국에서는 이순신 장군을 성웅이라고 하기도 합니다."

기 작가가 설명을 덧붙였다.

"인도나 네팔 그리고 인도네시아 같은 데서는 구루라면 스승을 뜻하는 말이지요?"

이칸랑이 반색을 하며 말을 받았다.

"그래요. 선생을 존경해서 부르는 말이 구루인데, 뚜안이나 바빠크를 구루라고 불러요."

이칸랑이 전예원의 말이 맞는다고 하며, 커다란 눈의 흰자위를 드러내고 고른 잇바디를 내보이며 웃었다.

"구루는 말하자면, 평범한 스승이 아니라 아뜨만이 자신과 다르지 않다는 것을 깨달은 스승, 즉 아나니아를 이야기하는 것이지요."

진리의 구현자를 가리키는 아나니아(ananya)는 문무를 겸비한다는 일종의 현세적 가치와는 거리가 멀었다. 한국의 충효사상을 표상하는 이순신 장군의 인품을 드러내는 데는 설명이 필요했다. 기 작가가 설명을 달았다.

"저 그림은 실제 인물상이 아니라 근대화가가 상상해서 그린 것입니다."

월전 장우성 화백이 그린 것인데, 이순신 장군의 표준영정이 되어 있다는 것과, 당시 이순신 장군을 단지 영웅으로 부르기에는 함의가 모자란다고 해서 성웅(聖雄)이라고 불렀던 이야기를 했다. 이야기는 그렇게 하면서도 영웅과 성인이 공존할 수 있는가 하는 의문은 여전히 머리 구석에 찐득거렸다. 달리 생각하면 영웅인데 성인이 되지 못하는 경우는 허다하다, 그러나 성인이면서 영웅이 아닌 경우는 희소하다는 생각이 들었다. 그렇게 본다면, 이순신이 성웅으로 불리는 것은 모자람이 없었다. 영웅과 성인 사이를 오가는 가운데 시간이 흘렀다.

현충사 본전을 나와 옛날의 현충사 건물을 돌아보았다. 구본전 건물의 현판은 한자로 되어 있었다. 우에서 좌로 顯忠祠(현충사)라고 쓰고, 그 좌측 끝에 丁亥四月日 宣賜(정해사월일 선사)라고 되어 있었다. 숙종대왕이 임진왜란으로 어지러워진 국기를 정비하는 뜻에서 이순신 장군의 사당을 세웠는데, 그 글씨는 왕이 직접 쓴 것이라고 설명했다. 끝에 宣賜라고 한 것은 임금이 직접 내려 주었다는 뜻이라고 했다. 이칸랑은 특별히 어떤 말을 하지는 않았지만 여전히 놀랍다는 표정이었다.

"중국 글자로 무얼 저렇게 많이 써서 달았어요?"

건물 기둥에 달린 주련을 보고 그렇게 물었다. 건물을 바라보고 오른쪽부터 차례로, 이런 주련들이 걸려 있었다. 전예원은 스마트폰에다가 주련들을 담아 두었다.

一誓海山立綱常於百代(일서해산입강상어백대)
再造乾坤無伐矜方當時(재조건곤무벌긍방당시)
成仁取義精忠光於檀聖(성인취의정충광어단성)
補天浴日功德盖於槿邦(보천욕일공덕개어근방)

이 주련 내용을 위당 정인보 선생이 썼다는 안내판의 설명을 보면서, 전예원은 그 내용을 이칸랑에게 설명해주고 싶었다. 그러나 모든 구절을 일일이 설명할 계제는 아니었다. 다만 동양인들의 신화적 상상력이 어떤 것인지, 애국심이 천도에 연결되어 있다는 점은 이야기해주고 싶었다. 스마트폰에 찍힌 마지막 구절 補天浴日功德盖於槿邦을 이칸랑에게 보여주었다. 이칸랑이 흥미롭다는 듯이 눈을 깜빡였다.

전예원은 네이버 검색창에서 '보천욕일'을 찾아보았다. 전예원은 스마트폰을 닫고, 이칸랑에게 그 내용을 이야기해 주었다.

서양도 마찬가지지만 옛날 동양에는 물과 불을 다스리는 신들이 있었어요. 물을 다스리는 신은 이름이 공공(共工)이고 불을 관장하는 신은 축융(祝融)이라고 했어요. 그런데, 두 신이 싸웠는데 말예요, 물을 다스리는 공공이 졌어요. 화가 뻗쳐 가지고 하늘을 떠받치는 기둥인 불주산(不周山)을 무너뜨려버렸어요. 하늘이 무너져 내리고 땅이 갈라지면서 홍수가 지고 큰불이 났어요. 우주를 창조한 여신 여와가 보니 이러다간 세상이 망하겠다 싶어서, 강에서 '오색 빛깔의 돌을 골라 불로 녹여서 이지러진 하늘을 보수하고' 홍수를 막아 재앙을 다스렸답니다.

"여와가 제우스보다 났군요. 그 다음은요?" 이칸랑이 웃음지으며 다음 이야기를 재촉했다.

"욕일은 해를 목욕시킨다는 뜻인데 말입니다." 전예원이 다시 이야기를 이어갔다. 신화시대에 태양을 관장하는 신이 있었는데, 이름이 희화(羲和)라고 해요. 그에게는 10명의 아들이 있었어요. 신의 아들이니까 그들도 모두 신이지요. 10명의 태양신은 동쪽 바다 밖 탕곡에 있는 커다란 나무, 부상(扶桑)이라고 하는 뽕나무에 깃들어 살았어요. 태양신은 하루씩 번갈아가며 하늘을 거닐며 세상을 비추어 주었대요. 희화는 그날의 일을 맡은 아들인 태양을 늘 수레에 태워 바래다 주었는데, 매일 아침마다 수레에 오르기 전에 '태양들을 데리고 감연이라는 연못에서 깨끗하게 목욕을 시켰다는 겁니다.

"결국 하늘을 보수하고 해를 목욕시켜 우주가 질서정연하게 돌아가도록 한 게, 동양인들에게는 정치적 이상이기도 하지요. 이순신 장군의 그러한 공덕이 무궁화꽃 피는 이 나라를 덮었다는 것이지요."

이칸랑이 고개를 끄덕였다. 신화가 그럴듯하다는 것인지 이순신 장군의 충성을 알만하다는 것인지는 분명하지 않았다.

전예원의 설명을 들은 이칸랑은, 힌두교에서도 우주와 개인은 서로 연결되어 있어서 기가 상통하며 돌아간다는 이야기를 했다. 그런 이야기 끝에 이칸랑이 하늘을 올려다보고 서서 팔을 들어올려 해를 끌어안는 시늉을 해 보였다. 하늘을 바늘로 꿰매어 깁고, 해를 물에 씻어 목욕시켰다는 중국 고사가 세계적 보편성을 지닌 것이라는 생각이 들었다. 이칸랑은 그 내용을 몸으로 표현하고 싶었던 모양이었다.

"그게 뭐하는 거지요?"

"춤으로 오움을 명상하는 방법입니다."

이칸랑이 짧게 말했다. 「우파니샤드」에서는 아, 우, 머 세 글자가 어우러진 '오움'을 통해, '최고의 뿌루샤를 명상하는 사람은 저 빛나는 태양과 하나가 되리라'고 가르친다는 것이다. 오움을 명상하는 사람이 태양과 하나가 된다는 것은, 인간의 내면에 우주의 기운이 통하는 것을 뜻한다고 얘기했다. 맥락이 벗어나는 듯하지만, 자기 외할머니가 아궁에게서 일종의 뿌루샤(purṣa), 최고의 지혜를 감지하고 있었는지도 모른다고 했다. 전예원은 이칸랑이 외할머니의 감각 차원까지 간파한다는 것이 과연 가능한가 하는 의문을 떠올렸다.

같은 핏줄이지만, 그 사이 들은 이야기 맥락에 따르면 과장과 억지가 섞여 있다는 생각이 자꾸 아물거렸다. 왜 그렇게 과장하고 억지를 부리는지 의문이 가지 않을 수 없었다.

"옛날에 한국에서, 중국어를 공용어로 썼어요?"

"중국어를 일상용어나 공적용어로 쓴 적 없습니다."

전예원이 주련을 해석해 주고, 그 뜻을 설명해 주는 것을 듣고, 중국어에 통달한 것으로 착각한 모양이었다. 전예원은 한글, '훈민정음'이 만들어지기 전까지 문자생활과 언어생활이 달랐다는 이야기를 해 주었다. 한글이 보급되면서 말과 글이 일치되는 언어생활이 가능하게 되었다는 이야기를 듣고, 이칸랑은 자못 심각한 표정을 지었다. 그리고는 인도네시아의 언어환경을 이야기했다.

"인도네시아는 언어환경이 한국과는 많이 달라요."

인도에서 불교와 힌두교가 들어오면서 산스크리트어가 인도네시아 지역으로 보급되었고, 이슬람 세력이 점진적으로 들어오면서 아랍어가 묻어 들어오게 되었다고 했다. 이어서 포르투갈, 네덜란드 등의 식민지가 되면서 이들 서양어의 영향을 받을 수밖에 없었고, 중국인들이 교역을 위해 들어와 세력을 형성함으로써 중국어도 인도네시아 언어의 일부가 되었다는 설명도 덧붙였다. 중국어에서 들어온 말로 짜완은 다기를 뜻하는 다완(茶碗)을 그대로 읽은 것이고, 꾸리는 중국에서 육체노동을 하는 고력(苦力)에서 온 것 등, 다른 나라 말까지 포함해서 줄줄 예를 들었다. '책'은 어원이 다른 몇 가지 말이 함께 쓰이는데, 비전(秘典)이나 격언을 담은 책을 가리키는 뿌사타까(pustaka)는 산스크리트에서, 아랍어에서 온 끼탑(kitab)은 경전을 가리키고, 네덜란드어 부쿠크(boekuk)에서 온 부꾸(buku)는 책 일반을 가리킨다고 했다. 언어의 복잡하게 읽힌 양상이 곧 인도네시아의 역사를 말하는 셈이었다.

"춤추는 무용 전문가가, 언어학자도 아니면서, 뭘 그렇게 많이 알아요?"

기 작가가 칭찬을 섞어 하는 핀잔 같은 말이었다. 이칸랑이 받았다.

"때로는, 혼란이 지혜를 낳기도 해요."

정말 그런가, 물으려다가 '때로는'이라는 한정어를 달았기 때문에 주춤 물러섰다. 전예원으로서는 발리댄스 무용단을 이끌어들여 공연을 성공시키는 것이 초미의 관심사였다. 물론 대본 때문에 기 작가의 도움이 필요한 것은 사실이지만, 발리댄스 원본을 그대로 보여주는 것이 낫지 않나 싶기도 했다. 공연히 원작을 건드려서 덧나게 하는 격이 되면 꼴사나운 실패로 몰려가게 될 판이었다.

당진에 가서 발리의 우붓과 당진시가 자매결연 맺는 문제를 상의하면서, 무용단을 초청하는 문제에 대해 어떻게든지 결론을 얻어야 하는 정황이었다. 비용 문제를 당진시에 떠넘기는 모양이 되기 십상이었다. 우붓시와 당진시의 결연은 전예원이 이칸랑을 초청한 문제와는 맥락과 격이 다른 과제였다.

## 8

당진시청으로 가는 동안 주로 기 작가와 이칸랑이 이야기를 주고받았다. 전예원은 운전을 하면서, 두 사람의 이야기를 귀결으로 들었다. 기 작가야 아궁의 전기에 흥미를 가지기 때문에, 아궁의 행적에 귀를 기울일 게 당연하지만, 아궁의 생애는 전예원이 관심할 영역은 아니었다. 아무튼 기 작가가 양다리를 걸치고 있다는 점이 마음에 걸리기도 했다. 기 작가가 잠시 한눈을 팔고 있는 이칸랑에게 이야기를 계속하자고 채근했다.

"영웅들은 고난의 길을 가게 마련인데, 아궁은 그렇지 않습니까?"

"이미 자료가 공간된 터라서, 자세한 이야기는 불필요하고 오히려 오해를 불러올 수도 있습니다. 그러나, 내가 아는 아궁은 내 입으로 이야기하고 싶습니다."

"그렇게 하세요. 그게 내가 듣고 싶은 겁니다."

아궁은 20대 후반에 이미 정계에 우뚝한 인물로 자리를 잡고 있었다. 27세에 국민당을 조직했고, 20대 후반에는 독립운동의 일환으로 언론에 글을 쓰기도 하고 대중연설을 통해 인도네시아 독립을 호소하기도 했다. 그러다가 스물아홉에 체포되어 재판을 받고, 4년 형을 언도받아 감옥에 수감되었다. 아궁이 감형되어 한 해만에 풀려나는 데는 아로마나가 뒤에서 보살핀 덕이 컸다.

당시 네덜란드 식민정부에서는 인도네시아 민족주의 운동을 위험시하는 분위기가 고조되기 시작했다. 검거 선풍이 불었고, 아궁이 체포되어 재판을 받은 것도 같은 맥락에서였다. 재판 결과는 4년 감옥형이었다. 그런데 희한하게도 아궁을 멀리 유형을 보내든지 하는 게 아니라 자기 살던 동네 감옥에 처넣은 것이다. 식민정부로서는, 누구든지 배반하는 자는 이처럼 고통을 면할 수 없다는 경고를 겸해서 아궁을 그가 일하던 도시, 그가 설계한 감옥에 쑤셔넣었던 것이다. 아궁은 자기가 설계한 감옥에 죄수의 몸으로 갇히는 신세가 되었다. 이 사실이 언론에 보도되었고, 수많은 인도네시아 사람들이 식민통치의 잔악함에 치를 떨었다.

사람의 인연이 참으로 기이한 것이라서, 이 지점에서 아로마나가 손을 뻗어 사람을 건질 수 있게 되었다. 당시 수카민스킨 감옥의 소장은 엄격한 교도행정을 펼치는 인물로 이름이 나 있었다. 그런데 그가 성병에 걸려 병원을 드나들었다. 그때 아로마나가 나서서 아궁을 감옥에서 빼낼 기회를 거머쥐었다. 교도소장은 결벽성이 있었다. 자기 몸을 원주민이나 낯선 사람에게 공개하기를 지극히 꺼렸다. 그때 백인여성 아로마나가 나섰던 것이다.

"라트 집안을 기억하시는지요?"

교도소장을 만나서 아로마나가 던진 첫 질문이었다.

"기억하다마다! 그런데 어찌된 일인가?"

"염려 놓으십시오."

"그 집은 영국 동인도회사가 있는, 인도로 가지 않았는가?"

"저는 자바에서 태어났고, 자바를 잊을 수 없습니다. 그래서 자바로 돌아왔습니다."

"그게 내 병과 무슨 관계던가?"

"이 병원 의사한테, 믿고 치료를 부탁하세요."

"희한한 일도 다 있군."

교도소장은 알 수 없다는 듯한 미소를 지었다. 죄는 예외 없이 벌을 받는다는 게 아로마나의 신념이었다. 우파니샤드가 그렇게 가르쳤다.

교도소장의 성병이 다 나아가던 어느 날이었다. 소장이 아로마나를 불렀다.

"부끄러운 일이지만, 시대가 사람을 그렇게 막다른 골목으로 몰아가는군. 내 의지와 상관없이 말이네."

"모든 골목은 아트만으로 틔어 있습니다. 다만 사람들이 모를 뿐이지요."

"자네가 아궁이라는 자의 연인인가?"

아로마나는 대답을 하지 못했다. 연인이라고 하기는 어울리지 않고, 그렇지 않다고 부정한다면 그것은 사실이 아니었다. 소장은 대답을 듣지 않겠다는 태도가 확연했다. 희한한 것은 소장이 아궁을 감형한 것이었다. 아로마나가 자기의 병을 잘 간호해서 나을 수 있게 해주었던 은혜를, 감옥에 있는 그의 애인을 감형해서 보상하도록 조처한 셈이었다.

감옥형에서 풀려나긴 했지만, 아궁의 애국적 열정은 식지 않았다. 서른세 살, 「독립쟁취론」이라는 연속논설을 출판했다. 아궁은 동지를 구해서 규합해야 했다. 반둥에서 만날 수 있는 인사들로 일을 해내는 데서는 능력의 한계를 느꼈고, 사람 수가 턱없이 모자랐다. 자카르타에 사는 이슬람 계열의 친구 모하마드 후스니 탐린을 찾아갔다. 식민지본국으로서는 이슬람 세력이 눈의 가시였다. 기독교 국가와 이슬람 세력이 전쟁을 했던 역사는 참으로 오랬다. 거기다가 식민지를 반대하는 가장 강력한 적대세력이 이슬람이었다. 아궁이 친구를 만나서 정세 이야기를 하는 중에 경찰이 들이닥쳤다. 도망칠 틈도 없이 체포되었다. 그 해 8월 1일의 일이었다.

아궁을 재판을 거치지도 않고 추방하기로 결정했다. 그 결정을 내린 사람은 당시 식민지 강경노선을 견지하던 종헤(B.C. de Jonge, 1875-1954) 총사령관이었다.

아로마나는 종헤 총사령관이 남들 모르는 뒤편으로 아편 상인의 조직을 관리하고 있다는 것을 알았다. 아로마나는 병원에서 일하는 동안, 민족을 뿌리째 병들어서 말라죽게 하는 것은 노동의 착취나 자원의 수탈만이 아니라는 것을 깨달았다.

민족이 썩어가는 데는 다른 악귀가 입을 쩌억 벌리고 있었다. 그 하나가 식민지 당국이 조장하는 성적 문란이었다. 성적 문란은 국민들의 도덕감정을 이완되게 했다. 남편이 밖으로 나돌면서 아내들이 노동을 전담

해야 하고, 가옥이 신통치 않은 집안 자식들은 날바닥에서 굴러다니며 잠을 자야 했다. 그런 애들은 침대밑 자식들(under bed children)이라고 놀림을 받았다. 결국 가정이 파탄났다. 식민정부는 돈을 벌고 백성들을 흐물흐물하게 만들기 위해 성매매를 조장했다. 여자들이 가슴을 드러내고 살아도 남녀관계가 엄정했던 것은 옛날의 법속으로, 하등의 가치가 없는 삶의 방식으로 밀려났다. 여자들이 윗도리를 가리기 시작했고, 백인 사내들의 눈길이 흘금거리며 원주민 여자들의 젖가슴을 더듬었다. 공창을 드나드는 사내들로 해서 성병이 만연했다. 성병이 만연하게 되면서 식민국의 약장사가 활기를 띠기 시작했다.

마약을 보급하는 것이 그 다음 식민지 경영 방략이었다. 돈이 좀 있는 귀족 집안 사람들을 시작으로 아편을 피우는 풍조가 역병처럼 번져나갔다. 아편 중독자가 날로 늘어갔다. 식민당국에서는 아편판매소를 정식으로 허가했다. 암암리에 밀거래되던 아편이 공개적으로 팔리기 시작하면서, 아편으로 인해 인생이 망가지는 사람들이 국민의 절반에 다다를 지경에까지 이르렀다. 못먹고 강제 노동에 시달린 사람들은 닭다리처럼 말라비틀어졌다. 잘 먹을 수 있는 자들은 아편을 피워 피골이 상접해서 퀭한 눈으로 허공을 휘두르며 백일몽을 꾸는 가운데 삭아 들어가는 꼴로 전환되었다. 인종의 씨를 말리는 그런 엄청난 마약장사를, 아로마나 자기 조국 네덜란드가 인도네시아에서 버젓이 벌이고 있었다.

아궁이라고 그러한 위험에서 격리되어 살 수 없었다. 워낙 여자를 밝히는 사람이라 언제 성병에 걸려 생식기를 잘아내야 할지 알 수 없는 정황이었다. 정치적인 목적으로 사람을 만나다 보면 자기도 모르는 사이에 언제 아편에 빠질지 알기 어려웠다. 성병과 아편에서 아궁을 보호해야 했다. 그런 일을 하기에는 간호원만큼 적합한 직업이 없었다. 아궁을 위해서 하는 일이라면 자신은 결혼 같은 거 안 하고 혼자 늙어 죽어도 좋다는 생각이었다.

아로마나는 아궁에게 비슈누가 되기를 마음으로 빌었다. 그를 지켜야 했기 때문이다. 그래서 몸이 찢어지는 통증을 겪으면서도 아궁의 행적을 그림자처럼 따라다녔다. 생각처럼 쉽지 않은 일이었다.

그런데 아궁은 다른 방향에서 일을 저질렀다. 판을 깔아 주면 사자후를 토하면서 나라의 독립을 외쳤다. 식민국에서는 아궁의 뒤를 쫓아다니면서 폭력으로 판을 걷어치웠다. 그러자 아궁은 논설을 쏟아내기 시작했다. 그 논설을 읽고 나라의 독립을 외치는 젊은이들이 열에 달아올라 온 나라가 북적거렸다. 그러는 중에 아궁의 이름이 집회 장소마다 커다란 플래카드로 걸리곤 했다. 아궁은 그게 좀 불안했다. 현장에서 잡혀가기 십상이었다. 그래서 글을 쓰기로 했던 터였다. 선각자가 글을 통해 깨달은 바를 실천하면 우둔한 백성은 따르기 마련이었다.

"식민지배 책략 가운데 하나는 검열을 엄혹하게 하는 것입니다."

이칸랑이 예를 드는 것은 이런 것들이었다. 사랑하는 국민 여러분! 그렇게 허두를 떼었을 때, 국민 외에는 사랑하지 않는 존재란 뜻이고, 국민은 식민지 국민을 배제한다는 것이었다. 그리고 여러분이라는 말에 포용되지 않는 대타항을 겨냥해 총을 들이댈 수 있다는 논리였다. 식민통치의 효율성을 위해서는 말라리아 병균처럼 퍼져나가는 언어를 검열해야 했다. 검열에서 걸리는 자들은 오지 골짜기로 유형을 보내 대중과 격리했다. 아궁이 국내 유배를 당한 것도 같은 맥락이었다. 식민지 철폐를 주장하는 책자를 발간한 것이 화근이었다.

플로레스 군도에 있는 엔데(Ende)라는 섬의 바닷가 골짜기에 유배되었다. 아궁은 거기서 클리무투(Kelimutu)라는 어린이 연극학교를 열었다. 그리고 자신이 희곡을 써서 상연하기도 했다. 〈시탄박사(Dr. Syetan)〉와 〈1945년〉 같은 작품이 그 당시 쓴 것이었다. 아궁이 연극학교를 연 데는 자신의 웅변적 재능을 무대에 옮기고 싶은 개인적 예술의욕도 한편으로 작용했다. 한편 교육에 대한 관심을 실천하는 방안으로 연극을 택했을 가능성도 있다. 그리고 그런 오지에서, 외부 정치적 인사들과 연락이 다 끊긴 상황에서, 아이들을 대상으로 하는 교육 말고는 다른 일을 거의 할 수 없었다. 다행인 것은 연극모임에 프란스 세다(Frans Seda)라는 젊은이가 같이 참여했는데, 그는 후에 아궁과 노선을 같이하는 정치가가 되었다.

아로마나는 자기가 근무하던 자바 의료원에 사표를 제출했다. 그리고 엔데 수용소 간호원으로 일하기로 마음먹고 수카미스킨 교도소 소장을 찾아갔다. 소장에게 하는 부탁은 간단했다. 플로레스 섬에 있는 엔데 수용소에서 일할 수 있게 해 달라는 것이었다. 당시만 해도 엔데는 이름 없는 어촌이었다. 포르투갈 사람들이 꽃같이 아름답다는 뜻에서 플로레스라는 이름을 붙였지만, 꽃으로 친다면 가시가 가득한 나무에서 피는 꽃 기린처럼 처연한 꽃이었다.

"네덜란드를 위한 일입니까?" 소장이 물었다.

"아닙니다."

"그럼 인도네시아를 위한 일입니까?"

"아닙니다."

"그렇다면 무엇을 위해 그런 위험한 데를 자청해서 가려고 하는 겁니까?"

"자기가 죽는 이유도 모른 채 죽어가는 불쌍한 인간들, 그 인간들을 위해 일하려고 하는 겁니다. 거기가 아뜨만이 거하는 성스런 처소입니다."

그렇게 말해 놓고도 속이 들여다보이는 것 같아 마음이 편치 않았다. 이유야 뻔한 것이었기 때문이다. 장사를 해서 잘먹고 잘살자는 욕심이 강제노동과 폭행과 매춘으로 이어지고, 거기다가 아편 같은 마약을 보급해서 한 종족을 말살해 버리는 가혹행위를 몇 백년 넘게 계속하고 있었다. 그것은 분명히 '인간이 인간을 강탈하는' 작태였다. 인류의 죄악으로 역사에 기록될 일이었다.

"내가 신세진 게 있으니 도와주기는 합니다만, 자살행위는 안 하는 게 생애를 위해 현명할 거요."

생각해보면, 용단이기도 하고 위험천만한 선택이었다. 거기는 말라리

아가 창궐하는 오지였다. 거기 집단시설을 운영하자면 정부에서 임금을 주고 파견하는 간호원이 있어야 했다. 아로마나는 그런 정황을 충분히 이해했다. 거기서 아궁을 다시 만날 꿈으로 부풀어 지냈다. 아궁과 벌인 불장난으로 자궁에 자리잡았던 아이를 아궁의 동족에서 강탈당하기는 했지만, 그런 일로 아궁과의 관계를 끝낼 수는 없었다. 우선 몸으로 아궁의 난감한 일들을 막아 주어야 했다. 그리고 언젠가는 아궁의 아이를 다시 가져야 한다고 마음에 다짐을 두었다.

정작 아로마나가 아궁을 만났을 때, 아궁은 고개를 돌리고는 못 본 체했다. 자기는 유배를 당한 사람일 뿐, 간호사에게 관심을 가질 여가가 없는 사람처럼 쌀쌀하게 굴었다. 아로마나는 한편으로 실망스럽기도 하고, 다른 한편으로는 아궁이 아무 일 없이 시간을 보내다가 섬을 떠나는 게 소망이라면, 참고 기다려야 했다.

한번은 아궁이 아로마나에게 만나자는 연락을 해왔다. 아로마나는 남들이 어떤 기미를 눈치채지 못하게 평상복 차림으로 일과 후에 아궁을 만났다. 당시 유형 생활을 하는 이들도, 규칙이 정하는 범위에서 사람을 만나고 이야기를 나누는 것은 허용되었다. 그래야 불만이 비등하지 않는다는 당국의 판단이었다.

"자바로 이송될 것 같소. 거기까지는 따라올 생각 마시오."

못 잊을 일이 있거나, 연연해서 자기를 따라다니는 것처럼 생각하는 아궁이 고까웠다. 아로마나가 자진해서 엔데에 온 것은, 아궁을 지켜 주어야 한다는 일종의 의무감 때문이었다. 그것 말고는 아무것도 없었다. 아로마나에게 아궁은 일종의 아바타르였다.

"내가 할 일은 내 의사대로, 내가 알아서 결정합니다."

"맘대로 하시오. 나는 네덜란드가 망하는 날을 기다리는 중이오."

"네덜란드 망하는 것과 내가 그대 곁을 지키는 것은 별개의 일입니다."

"정말 그럴까 모르겠소. 전에는 내가 그대에게 집착했는데 이제는 그대가 나한테 몰두하는구려. 참 안타까운 일이오."

"나는 그대의 자손을 만들어야 합니다."

"그렇게 당하고도 아직 내 자식을 생각하다니……, 이해가 안 되오."

아로마나는 혀끝을 깨물어서 피가 났다. 입으로 찜찔하고 비릿한 피가 고였다. 손등으로 입술을 훔쳤다. 손등에 붉은 캄보자 꽃 빛깔의 피가 묻어났다. 아궁은 혀를 차며 돌아서서 수용소 감방으로 돌아갔다.

얼마 안 있어 아궁은 수마트라 섬 벵쿨루(Bengkulu)라는 다른 수용소로 이감되었다. 말라리아로 하루에도 너댓 명씩 사람이 죽어 나가는 수용소였다. 수감자들에게 전해들은 이야기는 달랐다. 말라리아 때문에 사람이 죽는 게 아니라는 것이었다. 원주민들이 문제였다. 원주민들이 시도 때도 없이 습격해 와서 쥐도 새도 모르게 수감자들의 목을 따서는 창에 꽂아 가지고 돌아다녔다. 네덜란드가 나서서 수용자를 처벌하는 게 아니라 원주민에게 처벌을 위임한 꼴이었다. 그렇게 해 놓고 네덜란드 식민당국은 야만족의 잔인성을 비웃으며 앉아서 구경했다.

아궁은 발등을 찍고 싶었다. 같은 민족의 머리를 잘라다가 메고 다니는 그게 같은 민족, 아니 같은 국민이라니, 도저히 이해할 수 없는 남의 나라 괴담처럼 들렸다. 그러나 그것은 현실이었다. 한 치의 오차도 없는 현실이었고, 그 현실 가운데 자신이 옭혀 있는 것이었다.

당시 뜻을 같이 하던 동료 한 사람이 잔혹하기로 유명한 타나메라(Tanahmerah) 수용소에 갇혀 있었다. 파푸아 뉴기니아의 디굴 강의 발원지에 설치한 소용소였다. 수용소마다 넘쳐나는 죄수들로 기존의 수용시설 가지고는 감당이 안 되었다. 거기다가 죄수들에 대해 인간적 대우를 하기로 한 교도행정의 느슨함 때문에 이탈자가 속출했다. 뿐만 아니라 수용소 내부에서 동지를 규합해서 수용소를 때려부수고 들고 일어날 조짐이 보이기도 했다. 식민정부로서는 난감하기 짝이없는 일이었다. 그렇다고 반둥에 있는 수카미스킨 감옥처럼 판옵티콘으로 수용소를 건설해야 한다는 주장은 설득력이 적었다. 여전히 재래식으로 운영되는 수용소였다. 수용소에서 일하는 근무자들의 불만이 높아지기 시작했다. 수감자보다 자기들이 먼저 죽겠다고 아우성이었다.

아궁이 벵클루 수용소로 이송된 직후 아르마나는 급작스레 타나메라 수용소로 전근조치가 내려졌다. 당국에서 아르마나가 아궁과 내통하고 있다는 정보를 확보하고 있었다. 네덜란드인이 네덜란드 식민지 수용소에 수감되는 꼴이었다. 아궁에 대한 소식은 그의 친구를 통해 들었다. 아궁의 친구 야타(Hatta)는 네덜란드에 유학가서 행정학을 공부하고 돌아온 지식인이었다. 아궁으로서는 국내에서 공부한 자신의 안목이 짧은 것을 친구를 통해 보완할 수 있었다. 이 두 사람이 평생 행동을 같이하고 같은 정치노선을 걸었다는 것은 잘 알려진 일이다.

아궁은 벵클루에서도 나름대로 자기 입지를 확보하고 있었다. 행동반경이 제한되기는 했다. 당국의 명령과 지시만 전달되었다. 반둥이나 자카르타 같은 중앙과는 연락이 두절된 상황이었다. 그러나 동네 주민을 만나고 이야기하는 일은 허용되었다.

"한국에서도 유배 상황이 비슷했어요. 감시원을 따라보내 일거수일투족을 감시하고, 의심나는 행동을 하면 지방관아에 알려 벌칙을 가하도록 했지요."

기 작가는 조선시대 귀양살이 이야기를 했다. 귀양살이 하는 사람의 집 울타리를 탱자나무로 만들어서, 이른바 위리안치(圍籬安置)하기는 하지만 바깥출입을 허용했다는 이야기를 했다. 다산 정약용, 추사 김정희, 자산 정약전 그런 사람들이 귀양살이를 하면서도 제자를 기르고 글을 쓸 수 있었던 것은 귀양살이에서 제도적으로 그런 행동을 허용했기 때문이라는 것이었다. 기 작가는 귀양살이와 글쓰기가 기묘하게 연결된다는 생각을 했다. 조선시대는 식민지 사회는 아니었다. 폭력으로 얼룩진 식민지의 감옥에 대해 기 작가는 고개를 절레절레 저었다.

"일본 제국주의자들의 감옥은 달랐습니다."

주먹으로 치고 각목으로 때리는 것은 물론 쇠꼬챙이를 불에 달구어 지지고, 고춧가루를 물에 타서 코에 붓고, 전기고문을 하는 등 가혹한 잔혹행위는 입에 올리고 싶지 않았다. 안중근 의사가 수감되어 있던 여순감옥에 전시되어 있던 끔직한 고문도구며 고문하는 장면들이 눈에 어릿거리며 지나갔다. 그 감옥에서 고문으로 죽어간 고혼들이 나라를 떠받치고 있다는 생각도 들었다.

아궁은 벵클루 감옥에 있을 때부터 이슬람에 관심을 가지기 시작했다. 불교는 전쟁을 원천적으로 막아야 한다는 교리 때문에 정치적 이용가치가 적었다. 힌두교 또한 아트만에 이르는 요가 수행을 기본으로 하기 때문에 집단을 조직하고, 그 조직이 전쟁을 수행하는 등의 조직력과 실천력은 이슬람이 단연 앞서는 것이었다. 이슬람의 행동력에 대한 관심과, 잠시라도 수용소에서 벗어나고 싶은 책략으로, 아궁은 종교교육을 활용하기로 했다.

아궁은 당시 벵클루 지역의 이슬람교리집단(Muhamadyah)의 지도자였던 하산 딘(Hassan Din)이라는 인물을 찾아갔다. 수감자들이 다른 교육은 제한되어 있었지만, 종교교육에 참여하는 것은 당국이 허용했다. 아궁은 일주일에 한 번 이슬람학교에서 어린이들에게 종교교육을 할 수 있는 기회를 얻었다. 그 학교에 참여하는 학생 가운데는 하산 딘의 딸도 끼어 있었다.

한산 딘의 딸은 이름이 파트마와티(Fatmawati)였다. 나이가 열다섯 살이었다. 얼굴이 달덩이처럼 둥글고 환하게 빛났다. 눈을 깜박이면서 아궁의 이야기를 듣고 있을 때, 아궁은 그의 얼굴에서, 이제까지 한 번도 본 적이 없던 천사의 존재를 감지하곤 했다. 아궁은 자기의 나이를 헤아려 보았다. 삼십대 후반, 두 해가 지나면 사십줄로 접어드는 나이였다.

그동안의 결혼생활이 후회스럽게 돌이켜보아졌다. 처음부터 무리가 되는 결혼이었다. 그야말로 눈에 무엇이 씌지 않았으면, 그런 일을 저지른다는 게 말이 안 되는 우행이었다. 아궁이 스물한 살 때 그가 하숙하고 있던 하숙집 주인마누라한테 눈이 멀었다. 하숙집 주인 사누시의 아내는 아궁보다 열다섯 살이 위였다. 이미 삼십대 중반의 여자였다. 그렇기 때문에 적당히 생활의 때가 묻기도 하고, 남자를 다룰 줄 아는 여성의 솜씨도 익힌 뒤였다. 아무튼 탈취하다시피 그녀를 끌어안았다. 그게 지금의 유배지까지 따라와 같이 생활하는 인지트 가르나시(Inggit Garnasih)였다. 50대로 접어들면서 얼굴에 주름이 가고, 피부의 윤기도 사라졌다. 무엇보다 사람이 맹탕이었다. 결혼할 당시의 열정과 성적 매력도 가뭇없이 잦아든 뒤였다.

아궁은 꽃처럼 피어나는 파트마와티의 얼굴을 그려보면서, 자기 아내와 갈라설 궁리를 했다. 핑계는 분명한 게 있었다. 그동안 20년을 함께 살았는데 아이가 없었다. 인지트와 결혼하기 위해, 명목상으로만 결혼을 하고 이제껏 처녀인 채로 살아가는 선생님의 딸 우타리도 보고 싶었다. 아이를 위해서라면 우타리도 꼭 좋은 나이였다. 그러나 한번 흘러간 사랑을 되돌이키고 싶지는 않았다. 우타리에 대한 연민 섞인 사랑은 사랑이라기보다는 선생에 대한 존경심과 아내를 잃은 불행을 당한 선생을 향해 피어나는 연민의 정일 뿐이었다고 속으로 정리를 했다.

아궁에게는 파트마와티가 모든 것이었다. 한 삼년 참고 기다리면 파트마와티와 결혼해서 아이를 낳을 수 있었다. 아궁은 인지트와 짜증스런 나날을 이를 악물고 견뎠다. 그러나 한편으로는 분수처럼 솟아나는 싱싱한 물줄기가 가슴에 넘쳐났다. 늙은 나무가 가득한 정원을 정리하면서, 새로 피어날 꽃을 심는 중이었다. 유형지의 삶이지만, 종교적 경건함과 새로 피어나는 사랑의 잎새들로 마음의 정원은 날로 푸르름과 윤기를 더해갔다.

그 무렵 제2차 세계대전이 발발했다. 독일, 이탈리아, 일본이 한 축이 되어 미국, 영국, 프랑스, 소련과 한판 맞붙어 전 세계를 전쟁의 소용돌이로 몰아넣는 대접전이 시작된 것이었다. 중국을 교두보로 한 일본군이, 한편으로는 인도차이나 반도로 밀고 내려오면서 필리핀까지 점령했다.

아궁은 일본의 세력이 팽창하는 데 바짝 귀를 기울였다. 일본이 인도네시아까지 밀고 내려와 점령하는 것은 그야말로 시간문제였다. 그렇다면, 평생을 소원하던 대로 네덜란드를 내쫓고 인도네시아가 독립하는 날도 멀지 않은 셈이었다. 어떤 세력의 힘을 빌던지, 350년간 발목을 묶어서 무쇠 추를 달아 끌고다니다가 죽음의 골짜기로 몰아넣어 매장하던, 그 지긋지긋한 식민지가 끝장나는 것도 머지 않아 다가올 역사의 필연이라는 생각이 들었다. 그렇다면 일본과 선을 대 둘 필요가 있었다. 필요 정도가 아니라 그것은 시대적 소명이기도 하고, 자신으로서는 신명을 바쳐 웅지를 펼칠 절호의 기회였다. 이칸랑은 영웅을 자기 나름대로 규정하고 있었다.

"영웅은 기회를 잡을 줄 아는 인간을 가리키잖아요? 그런데 그 기회는 실패와 성공의 두 방향밖에 없는 길이지요. 하긴 실패할 기회도 기회라면 기회겠지만요."

차가 서해대교로 진입하고 있었다. 서해대교를 지나면 금방 당진이었다. 운전대를 잡고 있던 전예원이, 이칸랑에게 시장을 만난 다음에 어디를 둘러보고 싶은가 물었다. 이칸랑은 자기는 당진이라는 데를 잘 모른다고 알아서 하라고 했다. 다리를 건너는 일이 끝나면 다음 일을 생각하기로 했다.


9


당진에서 시장을 만나는 일정은 간단했다. 이미 결정된 사안을 확인하는 차원에서 사람을 보내고 손님을 맞이하는 의례적인 행사나 다름이 없었다. 발리의 고도 우붓과 당진시가 결연을 맺으면 서로 오고갈 수 있는 조건이 무엇인지를 확인했다. 우선 예술적인 교류를 추진하자는 것이 시장의 의견이었다. 이칸랑은 자기가 일의 책임자가 아니기 때문에 그런 뜻을 우붓 시장에게 전하고, 일이 성사되는 데에 일조하겠노라고 담담히 이야기했다.

"저는 예술인이지 행정가는 아닙니다." 이칸랑의 말이었다.

"예술가를 맞이하게 되어 영광입니다." 시장이 응수했다.

당진시에서는 서해문화박물관을 구상하고 있다고 시장이 소개했다. 한국의 서해안은 개발 가능성이 매우 큰 지역인데 현재로서는 역사가 분명히 정리되어 있지 않아서 박물관을 만들어 역사를 정리하고 서해안 시대의 첨병으로 나설 준비를 하는 중이라는 이야기를 하며 시장은 연신 입을 벙글거렸다. 그 박물관에 발리 특별실을 만들 생각도 있다는 복안을 내놓았다. 그것도 역시 이칸랑이 돌아가서 보고할 사항이었다.

이칸랑을 만나러 당진시에 온 손님 가운데 신부가 한 분 포함되어 있었다. 솔뫼성지 성당에 근무하는 신부는 김대건(안드레아 1821-1846) 신부의 집안 후손이라고 자기소개를 했다. 자기 집안은 가톨릭을 모태신앙으로 하고 있다고 설명을 곁들였다. 기회가 된다면 발리에 가서 거기 신앙을 이해하는 계기를 마련했으면 좋겠다며 발리 방문 의향을 내보였다.

이칸랑은 원한다면 언제든지 안내해 줄 수 있다고 환영했다. 그러면서 발리는 신앙으로 보자면 힌두교가 중심인데, 한국의 천주교와 교류가 어느 정도 가능할지 모른다면서 유보사항으로 미루어 두자는 태도였다. 그러나 사람 오가는 문제에 대해서는 진지한 자세를 보였다.

"교황께서도 한국을 방문하신다고 들었어요. 교황님처럼 신부님도 발리에도 한번 오세요."

"그렇게 하도록 해야겠군요." 신부는 아무 표정없이 건성으로 대답했다.

"그런데 한국 천주교의 특징이 뭐라고 생각해요?" 신부가 물었다. 이칸랑은 아무 대답없이 신부를 바라보았고, 전예원이 나서서 대답했다.

"신부님 생각은 어떨지 모르지만 제가 볼 때는 성인이 많다는 겁니다. 순교자가 많았지요. 당진의 솔뫼성지를 비롯해서 해미, 진천, 그리고 다른 데도 상당히 많아요."

따지고 보면 그렇기도 했다. 남미 같은 데가 천주교가 진군하듯이 무기를 동원해 밀고 들어간 경우라면 한국은 자발적인 수용이라는 데 특징이 있었다. 마포의 절두산 성지를 비롯해서 새남터, 당진에서 가까운 서산군 해미는 한국 근대 천주교 전래와 천주교 성자들과 연관된 역사적 유적지였다. 그 밖에도 천주교와 연관된 역사유적은 전국 곳곳에 흩어져 있었다.

발리 우붓과 한국의 당진시의 교류 문제는 서로 소개하는 정도로 이야기가 마무리되었다. 천주교를 비롯한 종교 문제는 적절한 화제가 아니었다. 그렇다고 이칸랑이 어디를 꼭 봐야 한다는 요구를 내세우는 것도 아니었다. 남은 시간을 어떻게 요량할 것인가, 찻잔을 들었다 놓았다 하는 사이 전화가 걸려왔다. 이찬국 박사였다.

"전예원 실장, 지금 어디시오?"

"아직 당진시청입니다."

"잘 되었소. 내가 지금 서산시에 있는데, 여기를 다녀가면 안 되겠소?"

"서산에 무슨 일이 있습니까?"

"안견 선생 기념사업회 일로 와 있는데……."

"조선시대 화가 안견 말인가요?"

"그렇다니까요. 말하자면 예술의 장르간 교섭을 시도해 보자는 생각인데 말입니다, 춤과 그림을 같이 아우르면 어떨까 해서요."

"예정에 없던 일이라서……." 전예원이 멈칫거리는 투로 말했다.

"전에 가무악극 몽유도원도를 같이 본 기억 나요? 그 안견도 안견이고, 온 김에 해미읍성을 보고 올라가면 일거양득 아닌가 해서 그렇소. 이것저것 따지지 말고 지금 서산시청으로 오시오."

그렇게 일방적으로 이야기하고는 전화가 끊겼다. 전에 서산시에서 해미읍성을 광관지로 개발하고자 하는 세미나가 있었다. 그 세미나에 참여했던 전예원은 해미읍성을 관광지로 조성하는 조건으로 관광의 복합화를 주장했다. 역사와 종교만으로 사람을 이끌어들일 수 없다는 것이었다. 볼거리, 먹을거리를 같이 공급해야 사람들이 꼬인다는 것이었다. 와인 없는 프랑스 여행은 맥주 없는 독일여행이나 마찬가지로 김이 빠지지 않겠느냐고 예를 들면서 자기 주장을 적극 내세웠다. 역사와 종교는 이미 여건이 갖추어진 셈이었다. 한국의 근대화 과정에서 서해안을 통해 들어온 외국 문물이며 식민지시대 서해안을 통한 탈취가 얼마나 자심한 것이었는가는 누구나 아는 일이었다. 전예원은 당진 인근의 먹을거리를 소개했다. 먹을거리는 면천 두견주를 비롯해서 꽃게, 쭈꾸미, 마늘을 이용한 각종 먹거리 등을 내놓을 수 있었다. 그런데 볼거리 즉 구경거리가 마땅치 않았다. 그렇다고 노상 형틀에다가 사람 엎어놓고 볼기를 치고 곤장을 때리는 것만 보여줄 수 없는 일이 아닌가. 그래서 제안한 것이 몽유도원도를 주요 모티프로 하는 가무극을 만들자는 것이었고, 가무악극 〈몽유도원도〉는 성공적인 공연이 되었다. 신분 갈등을 사랑의 모티프와 연결한 것이 공감을 샀던 것으로 평가되었다.

생각해보면 발리의 그림과 한국의 그림을 교류하는 계획도 해봄직했다. 그러나 그것은 스토리를 만들어내는 데는 크게 기여할 것 같지를 않았다. 그런 일을 추진한다고 해도 발리댄스를 수용하는 일을 마무리한 다음에 해야 일의 순서가 가지런할 것 같았다.

서산시청으로 오라면서 이찬국 박사가 명령하듯이 하고는 일방적으로 전화를 끊은 게 마음에 걸렸다. 아무리 윗사람이라고 해도 그렇게 명령을 할 수 없는 게 아닌가 해서였다.

조선의 산수화가로 이름난 안견(安堅)을 중심에 둔 축제를 준비한다면 발리 그림과 연계지어 볼 수도 있는 일이었다. 그런데 문제는 좀 산만한 행사가 되지 않을까 하는 점이었다. 그리고 안견의 경우, 지역간에 일종의 기싸움 대상이 되어 있는 형편이었다. 서산에서는 지곡면(地谷面) 현동이라는 데가 안견이 태어난 곳이라 해서, 안견기념회를 만들고 기념관을 짓고, 안견의 생애를 가무극을 만들어 공연하기도 하면서 안견을 추켜올렸다. 서울 종로에서는 안견이 거기 살았다는 것을 근거로 해서 안견축제를 기획했다. 안견이 찢기는 셈이었다. 그런 정황에서 당진에서 하는 행사에 서산을 끌어들이는 것이 어떤 득이 있을까 의문이 들었다. 그러나 가능성이 아주 없는 것 같지는 않았다. 〈몽유도원도〉가 워낙 유명하고, 미술사적 가치가 뛰어나니까 그 작품을 대상으로 스토리텔링하면 무대에 못 올릴 일도 아니었다.

그런 생각도 잠시였다. 맹국영 의원에게서 전화가 걸려왔다. 일이 끝났으면 서울로 곧장 올라와서 만나자는 것이었다.

"무슨 일인데 그렇게 서두르세요?"

"국회의원 한가한 사람 봤습니까? 기 작가한테 일이 있어서 찾다보니 당진에 같이 내려갔다고 해서 모시고 올라오라는 건데, 상의할 시간이 오늘밖에 없어서 그래요."

"이찬국 박사가 서산을 다녀가라는데 어떻게 하지요?"

"그 양반이야 우리 하는 일에 자문역일 뿐입니다. 일을 주도하는 책임자가 중심을 잃으면 일이 틀려 돌아가지 않겠습니까?"

섭섭함이 잔뜩 배어 있는 어투였다. 언제부턴가 전예원은 맹국영 의원과 이찬국 박사 사이에서 거리를 조정하며 지내야 하겠다고 자질을 하곤 했다. 둘이 서로 전예원을 자기 측근으로 이끌어 두려는 속셈을 내보이기 시작한 뒤의 일이었다.

"무슨 일인지 전화로 말씀하면 안될까요?"

"친구 도와줄 생각 없으면 서산으로 가든지."

"거기도 예정에 없던 일입니다."

"그러니까, 나더러도 예정없는 일 만들지 말라는 얘기요?"

"무슨 말씀을 그렇게 듣습니까? 말하자면, 맹 의원님 말씀을 먼저 들어야 한다는 그런 뜻이지, 다른 뜻은 아닙니다."

일은 전예원에게 있는 게 아니라 기 작가에게 부탁할 일이라는 것이었다. 〈고불 맹사성 충효정신선양회〉를 동원해서, 당신의 절친한 친구 기 작가가 돈 아쉬워하는 눈치고 해서 일을 하나 물어왔다는 것이었다. 짐작되는 일이 있었다. 선거를 얼마 안 남겨둔 시점이라 금배지를 꿈꾸는 이들이 출판물을 쏟아놓는 중이었다. 그리고는 출판기념회를 열어 사람을 불러모으고 후원금 모금 행사를 겸하는 게 일종의 풍속으로 활기를 띄고 있었다.

전예원은 이찬국 박사에게 전화를 해서, 이칸랑에게 시간 다투는 일이 생겨 급히 올라가야 한다 해놓고는, 서울로 올라가기로 방향을 잡았다. 이찬국 박사는 전화기 저쪽에서 마뜩지 않다는 투로 입맛을 쩍쩍 다셨다.

"나한테 무슨 일이, 시간 압박하는 일이 있어요?" 이칸랑이 눈이 휘둥그래져 가지고 물었다.

공연히 이칸랑을 이끌어들여 핑계삼은 게 잘못이었다. 전예원은 이칸랑에게, 내가 당신을 데리고 다니기 때문에 시간이 자유롭지 못하다는 이야기를 잘못해서 맥락이 꼬였다는 변명을 했다. 이칸랑은 전예원을 향해 눈을 흘겼다. 전예원은 이칸랑의 눈빛이 너무 강렬해서 잠시 흠칫했다.

"모든 게 나 때문입니다. 저 친구는 나를 위해서 일을 만들어주려고 생각한 거지요. 그리고 저 친구는 일을 위해서라면 자기를 희생하는 사람입니다." 기 작가가 이칸랑에게 정황을 설명해주었다.

"눈을 흘겨서 미안해요." 이칸랑이 얼굴을 붉혔다. 그리고는 이어서 눈에 대한 이야기를 했다.

"우파니샤드에서는 눈에 하늘이 들어와 고이고, 사람이 들어와 거처를 잡고, 그리고 눈동자는 태양이고 눈동자를 굴리는 것은 우주에 대한 찬양이라고 가르쳐. 눈동자로 미움을 나타내면 그건 죄가 돼요."

서울로 올라오는 길은 기 작가가 미안하다는 말을 꺼낸 지점에서 시작되었다. 전예원은 이칸랑에게 말실수한 것에 대해 미안하다는 이야기를 듣기 불편할 정도로 반복했다.

## 10

서해안 고속도로로 해서 서울로 가는 길에 사고가 났다. 서해대교에 차량이 빽빽이 들어서서 꼼짝을 못했다. 삽교관광단지로 해서 온양온천을 거쳐 천안으로 우회하는 길을 택했다. 봄이 되어 날이 풀리기 때문인지, 금요일이라 그런지 고속도로는 물론 국도, 지방도 할 것 없이 차로 넘쳐났다.

이칸랑은 천안 도로 표지판을 보자 촌안, 촌안 뇌다가는, 며칠 전에 텔레비전에서 보았다면서, 3·1절 행사가 매우 인상적이었다는 이야기를 했다. 어떤 화면을 보았는지, 이칸랑은 이마에 주름을 잡으면서 진저리를 쳤다. 저빵, 무서운 저빵 그런 말을 되풀이했다. 일본, 저펜을 자기들 부르는 대로 그렇게 발음하는 모양이었다. 만세에 가담했다가 붙들려가 고문당하는 사람들의 참담한 고통을 보여주는 화면이었을 것 같았다.

"삼월 일일, 그날 연극이나 발레 공연도 해요?"

"우리는 그런 공연에 익숙하지 않은 편이지요." 기 작가의 대답이었다.

"작가들이 희곡 안 써요?"

이칸랑은 작가를 좋아하고 존경한다면서, 기 작가 편으로 어깨를 기울였다. 전예원이 룸미러로 흘긋 뒤를 돌아보았다. 이칸랑의 커다란 눈망울이 부각되어왔다.

"작가를 왜 좋아하지요?"

"우리 외할아버지도 작가였어요. 전에 얘기했지요. 유형지에서 청소년 극단을 만들어 자기 작품을 공연하기도 했다고요. 작가는 창조자거든요."

이칸랑은 잠시 말을 멈추었다. 어디서 전화가 걸려온 모양이었다. 망향의 동산 휴게소 건너편 졸음쉼터에 차를 세워 주었다.

전예원은 망향의 동산에서 차례를 지내는 가족을 만난 적이 있었다. 일본탄광 강제징용 노동자와 탈북자 등 고향 잃은 사람들의 조상들 고혼을 달래는 뮤지컬을 만들면 어떻겠느냐는 제안을 받고서였다. 그때도 기 작가와 함께 왔었다. 그런데 결론은 한심한 지경이 되고 말았다. 현재 진행형의 역사를 뮤지컬로 만들면, 그 사건에 연결된 사람들이 싫어한다는 것이었다. 일그러진 자기 얼굴을 스스로 까발리는 게 부담이란 논지였다. 그러면서 일제에 강제징용당한 전쟁위안부 할머니들은 대단히 용감한 여전사들이라고 추켜세웠다. 그리고 탈북한 이들은 가족이 북에 남아 있을 경우 보복이 두려워 가급적 자신의 신분을 노출시키려 하지 않는다는 이야기도 했다. 현실을 다룰 것이 아니라 꿈을 다루어야 돈이 된다는 것이었다.

"꿈을 팔아 돈을 산다는 말이지요." 기 작가가 약간 빈정거리는 투로 말했다.

"말도 안 돼요."

며칠간 같이 다닌 것이기는 하지만, 이칸랑의 얼굴이 그렇게 일그러지고 침통하게 가라앉은 것은 처음 보는 장면이었다.

"우리들 이야기, 아니 아궁의 이야기를 일찍 끝내야 하겠네요." 그 이야기 끝에 이칸랑은 한동안 입을 다물고 앉아 창밖만 내다보았다. 그러다 문득 생각난 듯 입을 열었다.

"친구 하나가 한국 아저씨랑 결혼했는데, 고향이 전북 임실군 삼계면이라고 해요. 그의 시할아버지가 계셔요. 그 할아버지가 내가 하는 일과 끈이 닿아서……."

세상에 묘한 인연으로 얽히는 이들이 많다는 것은 한국의 안방에 들어온 드라마에 너무나 자주 등장하는 모티프이기도 하다. 그러나 인도네시아와 한국이 일제 징용이나 전쟁위안부 문제로 얽힌다는 것은 예상치 못한 일이었다.

"아궁 이야기를 마무리하고, 친구 이야기는 다시 하지요."

이칸랑이 자기 외할아버지라고 하는 아궁의 이야기는 아로마나의 생애와 겹으로 엮여 있었다. 아로마나가 엔데 수용소에서 말라리아에 걸려 반둥으로 이송되었을 때, 아궁은 아직 수마트라의 벵쿨루 수용소에서 파트마와티가 여인으로 성숙하는 것을 바라보며, 종교교육에 열정을 쏟았다. 열정이라기보다는 사랑하는 소녀가 여인으로 성숙하기를 기다리는 중에 행복을 꿈꾸는 성숙의 계절을 보내는 중이었다.

한편으로 이감되어 오는 수감자들을 통해 바깥 정보를 수집하고 있었다. 수감자들의 이야기로는 일본 세력이 점점 아시아 남쪽으로 뻗어 내려온다는 것이었다. 그리고 필리핀에다가는 총독부를 설치한다는 이야기도 들렸다. 자기가 평생을 바쳐 헌신하기로 약속한 조국의 독립이 일본인들의 손에 달려 있다는 생각이 점점 확신으로 굳어갔다.

아로마나는 벵쿨루에서 돌아온 사면자들을 탐문해서 아궁의 근황을 확인했다. 아궁이 이슬람으로 개종했다는 것, 아이가 없는 부인과는 냉랭하게 지낸다는 것, 일본 세력과 끈이 닿아있는 인사를 만난다는 것 등을 알아냈다.

아로마나는 몸이 호전되자 벵쿨루 수용소에 가서 일하겠다고 신청서를 냈다. 아로마나가 벵쿨루 소용소로 들어가기로 결정되어 날짜를 기다리고 있을 때였다. 벵쿨루에서 의사로 일하던 네덜란드인 얀 뤼프가 딸을 데리고 자카르타로 나왔다. 아로마나는 벵쿨루 소식이 궁금해서 그 의사를 찾아갔다. 며칠 이야기를 나눌 시간이 있었다. 얀 뤼프오헤르너가 그 의사의 딸이었다. 아로마나보다 나이는 열 살 정도 아래였지만 아로마나와 이야기가 잘 통했다. 그리고 아궁이 선생으로 일하는 학교에서 세계사를 공부하기도 했노라고 자랑을 늘어놓았다. 소녀는 청순하고 고운 얼굴이었다. 아로마나는 어떤 '못된 경우'를 당하더라도 살아남아야 한다는 이야기를 얀 뤼프에게 되풀이해서 주입했다.

마침내 아로마나가 아궁을 찾아갔다. 아궁은 건강하고, 얼굴이 훤하게 피어 있었다. 정서적으로도 안정되어 사십대 장년으로 접어드는 중이었다. 아로마나는 자신의 나이를 짚어 보았다. 이미 삼십대 중반으로 들어서고 있었다. 이삼 년을 그대로 넘기면 아궁의 자식을 낳을 수 없는 나이가 될 터였다. 자기 나라 네덜란드에게 짓밟힌 생명을 되찾기 위해서는 아궁을 어떻게든지 자기 품으로 이끌어들여야 한다는 강박감에 몸을 맡겼다. 어쩌면 그것은 식민지를 끝장내는 방법이기도 했다.

이칸랑은 기억을 더듬고 있었다. 아궁과 아로마나가 만나서 했다는 대화가 그 장면에서 떠오르는 것이었다.

"식민지는 영원하지 않아요." 아로마나는 아궁을 정면으로 바라보며 말했다.

"나도 그렇게 생각합니다." 아궁은 하늘을 쳐다보았다.

"대신 피를 강요하지요." 아로마나가 이마를 찡그렸다.

"나도 그 말에 동감이오." 아궁은 자리를 차고 일어섰다.

"당신의 핏줄이 내 자궁 속에서 자라고 있는 것을, 당신 동족이 절딴낸 거 기억하지요? 당신의 피를 다시 받아서 키우고 싶어요."

"그건 안될 말이요."

아궁은 불같이 화를 돋구었다.

"당신 아버지가 한 말을 나는 기억하지. 그래, 삼백 년에 삼백 년을 더해서 인도네시아의 피를 걷어간다고 했어. 당신 아버지의 말이야. 역사야 그렇게 흘러가지 않겠지만, 아무튼 당신은 나의 첫사랑이었어. 내가 그걸 어떻게 잊겠나."

"당신이 날 안 잊는다는 걸 내가 왜 몰라요. 그게 아니라 일본을 조심하란 말씀이라구요."

"내가 일본 여자 끌어안고 살까봐 시기하는 거요?"

"당신을 일본 여자에게 빼앗기면 나는 니뽄도로 배를 갈라 죽을 거예요."

"일본은 인도네시아 독립에 이용가치가 있는 나라잖은가?"

"헛된 꿈이라구요. 빛깔만 다르지 똑같은 식민주의 야수라구요."

"야수가 야수를 알아보는 것인가?"

자기를 야수라고 비유하는 아궁의 말이 칼날이 되어 아로마나의 가슴을 파고들었다. 네덜란드, 인도로 간 아버지, 제국주의 일본, 그 한통속 가운데 자기는 백인 야수의 나라 딸이었을 뿐이라는 생각은 자존심을 찢어놓았다. 눈물이 왈칵 쏟아졌다. 아로마나는 아궁의 가슴에 얼굴을 파묻고 울기 시작했다. 아궁은 아로마나를 밀쳐놓다가, 얼굴을 들게 해서 눈물을 닦아 주었다. 아궁의 눈에서도 눈물이 방울졌다. 아궁의 눈물 방울이 아로마나의 볼에 흘러내렸다. 마침내 아궁이 아로마나를 끌어안았다. 이미 깊은 밤이었다.

이칸랑의 어머니는 그렇게 해서 태어났다. 아로마나는 딸의 이름을 라양간후덴이라고 했다. 그렇게 의도를 했는지 모르지만, 그 딸을 통해 하늘로 연을 날려 올리고 싶은 게 아로마나의 소망이었을지도 모른다. 인도네시아 말로 연을 뜻하는 라양간(layangan)에다가 붙잡는다는 네덜란드 말 후덴(huden)을 이어붙인 이름이었다.

아로마나는 아궁에게 두어 가지 부탁을 하고 떠났다. 하나는 일본을 이용하려다가는 오히려 역이용당한다는 것, 둘째는 성병에 걸리지 말 것, 끝으로 아편에 손을 대지 말라는 것이었다. 이별의 언사로서는 썰렁하고 해괴하기까지 했다. 그러나 아궁은 그 이야기를 흘려듣지 않았다.

아로마나가 아궁을 만나고 난 뒤, 1942년에 일본이 인도네시아를 점령했다. 아궁은 일본이야말로 인도네시아를 독립시켜줄 수 있는 막강한 힘이라고 믿었다. 그리고 이듬해 인지트와 이혼하고 파트마와티와 결혼했다. 열아홉 꽃다운 처녀 얀 뤼프 오페르너가 전쟁위안부로 끌려간 것도 같은 해였다.

아로마나는 불러오는 배를 끌어안고 발리섬으로 숨어들 듯이 들어갔다. 몇 군데 병원을 찾아다니면서 일을 하다가, 발리에 와서 귀화한 독일

화가의 공방에서 딸과 함께 살았다. 자연스럽게 한 가족이 되었다. 그 딸은 춤에 재능이 있었다. 남편 소개로 우붓의 댄스그룹에 들어가 춤을 배우면서 무대에 섰다. 말이 무대에 서는 것이지, 걸인패나 다름이 없는 생활이었다.

라양안후덴은 댄스그룹에서 일하다가, 거기서 감방을 연주하는 악사를 만나 결혼했다. 그리고 사십이 한결 넘어 딸을 낳았다. 그 딸이 이칸랑의 어머니였다. 어머니의 이름이 뜬땅레벤트, 평화롭게 살라는 뜻이었다. 평화를 뜻하는 인도네시아 말 뜬땅(tentang)과 생생한 생명력이 넘친다는 네덜란드 말 레벤트(levend)가 합쳐진 합성어였다.

이칸랑의 어머니는 네덜란드로 돌아가서 레이덴대학에서 인도네시아 민속학을 강의했다. 그런데 딸에게는 한사코 인도네시아로 돌아가서 살라고 했다. 이유는 간단했다. 유럽에서는 성공할 수 없다는 것과, 인도네시아에 가서 발리댄스를 이어가라는 것이었다. 이칸랑은 어머니의 배려로 발리 덴파사르 우다야나 대학교에서 관광을 공부하면서 발리댄스를 익혔다는 것이었다. 거기까지 이야기하고, 이칸랑은 입을 다물었다. 기 작가는 이야기를 좀 더 듣고 싶어했다. 디테일들이 궁금했던 것이다.

"나머지는 상상력으로 복원하세요."

하기는 아궁의 이야기는 들을 만큼 들었고, 이미 자료가 책자로 공개되어 있어서 그의 정치적 생애라든지, 그가 식민지본국 여성들에게 관심을 가졌던 이유 등은 충분히 알 수 있기도 했다. 상상력으로 복원해야 하는 일들은 다른 데 있었다. 이칸랑의 가계, 생애의 내력이 더욱 흥미롭게 다가왔다. 그것은 자료를 보아야 하는 일들이었다.

"그런데, 누가 무슨 일로 전화를?" 기 작가가 물었다.

"켐방인다, 그 친구가 한국 아저씨랑 결혼했거든요."

인도네시아 처녀 켐방인다(Kembang-indah)가 결혼해서 한국에 와 보니 구십이 넘은 시할아버지가 생존해 있었는데, 거동이 불편했다. 자리 옆에 지팡이를 두고 그걸 붙들고 겨우 일어났다. 일어나도 다리를 절며 걸었다. 정신은 말짱해서, 손주며느리에게, 그 더운 나라에서 살다가, 한국에 와서 추운 겨울을 어떻게 견디려고 하느냐고 안쓰러워했다. 다감하게 대해주는 정성이 너무나 고마웠다. 그런데 다리를 왜 저는가 물었을 때, 일본에 징용으로 끌려가 가고시마 탄광에서 강제노동을 하다가 바윗덩어리가 떨어지는 바람에 부러진 것을, 치료도 못 받고 암흑 같은 지하 갱도에서 탄을 캐느라고 방치했기 때문에 그렇게 되었다고 했다. 끝을 알 수 없는 지하 막장에서 하루 열두 시간 탄을 캔 이야기, 주먹밥이 식사의 전부였던 이야기, 휴식 없는 노동의 살인적 가혹함, 잠시라도 쉬면 몽둥이가 등짝으로 날아드는 린치, 그런 고생을 또랑또랑 이야기하다가, 늘 반복되는 결론은 그랬다.

"모진 목숨이 질기기도 하지. 내 올해 아흔다섯이구먼."

그런 이야기를 어느 신문 기자한테 털어놓는 걸 듣기도 했다. 인간이 감당할 수 있는 고통의 한계를 초월하는 게 생명이란 생각을 하게 하는 할아버지였다. 그 할아버지 이야기를 하면서 켐방인다는 울먹이곤 했다.

"그 할아버지 이야기가 신문에 나왔대요." 친구의 가족 이야기가 신문에 나왔다는 것이 신통하다는 눈치였다.

"신문 찾아서 읽어보면 될 건데, 그걸 가지고 왜 그렇게 심각해요?" 기작가가 캐물었다.

"할아버지를 죽이겠다고, 누군지도 모르는 사람이 매일 협박전화를 한대요."

"설령 그렇더라도, 이칸랑에게 어떻게 하란 거야?" 전예원이 이칸랑을 쳐다보며 물었다. 얼마나 답답하면 그런 이야기를 친구한테 하겠느냐면서 이칸랑은 울먹거렸다. 전예원은 공연한 이야기를 했다는 생각이 들었다. 가슴으로 찌릿한 소금기 같은 물줄기가 돌아가면서, 침이 흘러나왔다. 허기가 진 것 같기도 하고 목에 갈증이 느껴졌다. 커피 생각이 났다. 이칸랑에게 커피? 하고 의중을 물었다. 이칸랑이 커다란 눈을 끔벅하면서 좋아요, 고개를 부드럽게 끄덕였다.

전예원은 새로 생긴 휴게소에 차를 세웠다. 어차피 늦기로 되어 있는 길이었다. 차가 밀려 길 위에서 멈칫거리나 차 세워놓고 쉬나 매한가지일 것 같았다. 전예원이 커피를 받아 가지고 파라솔 밑으로 왔을 때, 기 작가는 어디서 구한 것인지 신문을 펴놓고 거기 눈을 박은 듯이 고개를 숙이고 읽는 중이었다.

"이런 기막힌 일도 있군."

"뭔데?"

"여기 보라구, 〈구십오 세 할아버지 '죽기 전에……' 일제 탄광 고발하다〉, 이게 그 할아버지 아냐?"

기 작가가 이칸랑에게 신문 기사 내용을 영어로 번역해 주었다. 이칸랑은 친구가 전해준 내용이 바로 그거라면서, 세상이 이렇게 좁게 연결되어 있구나! 놀라워했다. 식민지 상흔이 세계 도처에 살아 있다면서, 자신도 식민지의 산물 가운데 하나라고 했다. 식민지의 산물?

"식민지 산물이라면?"

"식민지 영웅의 핏줄이니까요."

기 작가는 고개를 끄덕였다. 전에도 자기 할아버지가 식민지 영웅이라서 집착이 강하고, 한편으로는 식민지 의존적이라는 이야기를 하던 게 떠올랐다. 달리 보면 아궁이 여자를 대하는 태도 또한 가학성과 피학성을 동시에 보여주는 것 같았다. 이른바 사도-매저키즘의 범례가 될 법했다. 아궁이 사랑의 대상으로 삼은 네덜란드 여인도 그렇고, 일본 여인도 그렇게 설명할 만한 사례가 아닌가 싶었다.

신문에 난 '강제징용 피해자' 관련 기사는 뒷면으로 계속되었다. 기 작가는 탁자 위에다가 신문을 가지런히 펴놓았다. 기사가 이어지는 면으로 넘어가느라고 한 장을 넘겼다. 잠시 우두커니 서서 펼쳐진 지면을 쳐다보고 있다가는, 탁자를 주먹으로 치면서 소리를 질렀다.

"도무지, 이게 뭐하는 꼴이야!"

전예원은 신문 지면을 살펴보았다. 〈북한의 굶주린 주민들; 탈북자 60

인의 증언〉이란 타이틀 아래 '평양 아파트도 2층까지만 수돗물…… 전기 하루 네 시간만 공급' 그런 캡션이 눈에 들어왔다. 우측면에는 〈북한의 잃어버린 인권; 탈북자 60인의 증언〉이란 타이틀이 달려 있고, 그 아래 '먹고 살아야 한다는 생각뿐……人權이 뭔지도 몰랐다'는 부제가 눈에 들어왔다. 그 아래 사진을 곁들여 '탈북자 인권침해 증언'을 보여주는 식으로 지면이 구성되어 있었다.

"농담치고는 너무 심하군."

전예원이 신문을 잠시 들여다보고 하는 말이었다. 의사 한 달 월급이 4000원으로 나와 있었다. 그 아래 광고와 비겨가면서 하는 이야기였다. 4,000만 원을 투자하면 한강이 내려다보이는 오피스텔을 장만할 수 있다는 광고였다. 월급이 4000원이면 대충 한 해에 4만 원, 4천만 원을 만들자면 천년이 걸린다는 계산이었다. 천년을 일해야 서울에 와서 오피스텔 하나 장만할 수 있다는 얘기는 코미디의 한 대목이 틀림없었다.

북한 사람들의 평균수명은 69세로 나와 있었다. 남한의 경우 기대수명이 80을 넘은 지가 꽤 오래 되었다. 줄잡아 십 년, 그 세월을 북한 인구 2천 5백만 명, 그 숫자로 곱하면 2억 5천만 년이 되는 계산이었다. 그런 말이 있는지 모르지만, 연수명(延壽命) 2억 5천만 년! 그 천문학적 숫자의 아득한 골짜기는 아우성으로 가득했다. 참으로 우스운 계산이었다.

"기 작가, 당신 소설 쓸 거리 많아서 좋겠수." 전예원이 빈정거리는 투로 말을 끼워 넣었다.

"현재 진행되고 있는 일들은 소설이 안 되는 거, 그거 몰라서 하는 소린가?"

응수하는 기 작가의 목소리가 강파르게 들렸다. 어떻게 보면 남북의 분단도 식민지의 그늘에서 피어난 역사의 독버섯이었다. 신문에 나온 한 구절, '북의 비극은 현재진행형'이라는 구절은 한국의 식민지는 현재진행형으로도 읽혔다. 자신이 식민지 작가라는 생각이 들기도 했다. 아궁이나, 그의 외손녀라고 하는 이칸랑이나 식민지의 오염된 땅에서 자라나 뿌리부터 상처입은 나무나 다름이 없었다.

　서울로 올라오는 동안, 이칸랑은 아무 말도 않고 창밖을 바라보고 있었다. 한국으로 시집온 친구 쳄방인다를 생각하는 모양이었다.

### 11

　수원을 지나면서 차가 잘 빠지기 시작했다. 브레이크 페달을 너무 자주 밟아서 그런지 오른쪽 다리에 쥐가 났다. 간이 주차장에 차를 세우고, 기 작가에게 운전을 해 보라고 주문했다. 기 작가는 선선히 운전석에 올라앉았다. 뒷좌석에 먼저 올라간 이칸랑이 전예원을 향해 손짓을 했다.

　"기다리세요, 조금만."

　이칸랑이 전예원에게 다가앉아 다리를 주물렀다. 무용 연습을 하다 보면 다리에 쥐가 나는 경우가 많다고 했다. 그러면 서로 다리를 주물러 주어 푼다면서 부드러운 손길로 장딴지부터 허벅지로 오르내리며 마사지를 했다. 이칸랑의 손길이 허벅지 쪽을 주물러 올라올 때는 몸으로 따뜻한 물살이 번졌다. 이칸랑의 머릿결에서 캄보자꽃 향기가 솔솔 피어올랐다. 다리가 거의 풀릴 무렵 해서 전화가 울렸다. 맹국영 의원이었다.

　"지금 올라오는 중인가?"

　인사도 없이 다짜고짜 그렇게 묻고는, 윤봉길의사기념관에서 만나자고 했다. 윤봉길의사기념관은 양재 시민의 숲, 이제 막 잎을 틔우려고 잎눈이 탱탱하게 부푼 자작나무 숲에 묻혀 있었다.

　"왜 하필 거깁니까?"

　"와 보면 알아요."

　윤 의사 기념관에서 기다리고 있을 테니, 다른 데 들르지 말고 곧장 올라오라 했다. 친구에게 일거리를 준다고 해서 올라가는 길이지만, 이찬국 박사 역시 마음에 걸렸다.

　해미읍성과 순교성지를 같이 보자는 이찬국 박사의 뜻을 받아들이지 못한 게 속이 편치 않았다. 이찬국 박사는 기회가 되면 맹국영 의원을 제치고 국회에 진출하고 싶은 의욕으로 가득 차 있었다. 그래서 마침 교황이 한국을 방문하기로 한 것을 계기로, 가톨릭을 이용해서 표를 옭아보자는 속셈이었다. 더구나 서산에서 오랫동안 자선사업을 해온 터이기도 하고 본인이 가톨릭 신자이기도 했다.

불편한 마음을 지긋이 눌러두고 윤봉길의사기념관으로 들어서다가, 뒷자리에 앉은 전예원은 흠칫 놀랐다. 어떤 길을 어떻게 뚫고 왔는지, 이찬국 박사가 미쓰비시 승용차 앞에서 맹국영 의원과 뭔 얘긴지 떠들어대고 있었다.

"이렇게 만날 줄이야. 기왕 이리 되었으니 같이 이야기나 나눕시다."

맹국영 의원이 사람좋은 웃음을 흘리면서 다가섰다. 그렇게 해서 윤봉길의사기념관 휴게실에서 다섯 사람이 테이블에 둘러앉게 되었다.

"내가 구태여 여기서 만나자고 한 데는 까닭이 있습니다."

신창맹 씨 가문에서, 근래 돌아가는 드라마를 통해, 맹사성이 부분적으로 알려지는 것은 좋은데 전체적인 인물 됨됨이를 부각시키는 데는 제 역할을 하지 못한다는 의견이 나왔다. 오히려 인물을 왜곡한다는 지적이 있었다. 그래서 맹사성의 전기를 만들자는 것이었다. 「고불 맹사성 전기」 집필을 의뢰하려고 만나자고 한다는 것이었다. 예컨대 「충효재상 맹사성」같은 제목의 전기를 써달라는 것이었다.

"사실은 다른 뜻이 없는 것도 아닙니다."

맹국영 의원은 하던 말을 멈추고 잠시 뜸을 들였다.

"톡 까놓고 솔직히 말해서, 맹고불 같은 위인이 우리 지역 아산에서 태어났다는 건, 지복입니다."

맹국영 의원은 자신의 조상 이야기를 유권자들 앞에서 유세를 하는 듯한 어투로 늘어놓았다. 이 분이 최영 장군의 손녀사위라는 것 아시잖아요. 집안이 충효전가의 가문이고, 원칙에서는 엄격해서 왕의 사위를 고문해서 진실을 밝히게 하기도 한 양반입니다. 그러다가 죽을 고비를 넘기기도 하지만, 그래서 드라마적 요소가 더하고, 스스로 악기를 만들어 다룰 정도로 음악에 정통한 분입니다. 그러니 그분의 음악을 인도네시아 음악과 접목해 볼 수도 있지 않겠어요? 맹국영 의원은 의욕으로 가득 차 열을 올렸다.

"교황이 오시는데, 재상 하나로 교황을 어떻게 당해내요?"

이찬국 박사가 나서서 맹국영 의원의 말을 가로막았다. 다른 사람들은 그저 듣고 있는 편이었다. 그때 젊은 청년이 영화필름이 든 알루미늄 케이스와 책을 몇 권 들고 휴게실로 들어왔다. 맹국영 의원은 그가 윤봉길 의사기념관에서 학예사로 일하는 박호한이라고 소개했다. 한국 근대영화사를 전공하는 사람인데, 윤봉길 의사 전기며, 1947년대에 만들이진 영화자료 등에 대해 정통하다는 것이었다. 기 작가가 작업을 하자면 필요한 자료로 제공받을 수 있어서, 자료도 얻고 사람을 소개할 겸해서 만나자고 한 것이라는 얘기였다.

"내가 구상하는 것은, 말하자면 '여섯골의 성자들'이랄까 하는 겁니다."

이찬국 박사는 해미순교성지(海美殉敎聖地)의 순교자들 이야기를 작품으로 만드는 게 한결 낫다는 의욕을 펼쳤다. 한국의 근대화 과정에서, 천주교는 한국을 세계에 알리는 역할을 했다는 점도 강조했다. 당진까지 갔으면서 김대건의 출생지 '솔뫼성지'에 들르지 않은 것은 문화를 보는 시각이 편협하기 때문이라고 책망섞인 투로 나무라기도 했다.

"발리에는 순교자들 없지요?"

이칸랑이 커다란 눈을 휘둥그러니 뜨고 이찬국 박사를 건너다보았다. 그러면서 발리에 가봤으면 알 거라고 전제하고, 발리의 덴파사르 공항 이름이 응우라 라이 국제공항이라는 것을 아는가 물었다. 응우라 라이 (I Gusti Ngurah Rai, 1917-1946)는 발리를 점령했던 일본이 물러간 틈을 타서 발리를 다시 점령한 네덜란드군을 무찌른 민족영웅이라는 것이었다. 그는 백 명도 안 되는 민병대를 데리고 네덜란드군을 퇴치하는 전투를 지휘했다고 설명했다. 그때 죽은 네덜란드 군인이 400명이고, 응우라 라이가 이끄는 민병대는 겨우 97명이었는데 모두 장렬한 죽음을 맞이했다. 영웅적 거사였다고 이야기했다. 이칸랑은 그런 용맹성을 '푸푸탄정신'이라고 한다는 이야기도 덧붙였다.

"말이지요, 발리 사람들, 무서운 사람들이라구요."

한국이 일본에 합병되던 바로 전해였다. 네덜란드인들은 발리섬 전체를 점령했다. 몇몇 소왕국에서 저항을 시작했다. 그러나 신예무기로 무장한 네덜란드군을 당해낼 수 없었다. 섬주민들이 들고 일어났다. 대열의 맨 앞에, 여자들이 아이를 안은 채 창과 칼을 들고 앞장을 섰다. 네덜란드군이 정지명령을 내렸지만 그들은 침묵으로 일관하며 앞으로 나갔다. 공포를 쏘아도 대열은 멈추지 않았다. 오히려 헛총질을 해대는 병사들이 그들의 칼에 찔려 넘어지고, 창끝에 목을 찔려 피를 흘리며 쓰러졌다. 지휘관이 발포명령을 내렸다. 어린이를 안은 여자들이 땅바닥에 넘어졌고, 그 위로 또 다른 대열이 다가와 총을 맞고 넘어졌다. 그것은 성난 파도의 무서운 너울이었다. 그렇게 최후의 한 사람까지 피를 흘리며 죽어가도 항전을 하는 것을 푸푸탄이라고 한다고 했다. 한국어로 하자면 옥쇄(玉碎)에 해당하는 말이었다. 전예원은 '전우의 시체를 넘고 넘어 앞으로 앞으로' 하는 6·25 때 불렀던 군가 한 구절을 떠올리고 있었다. 눈앞이 핏물로 가득 일렁이는 것처럼 어지러웠다.

"식민지는, 기본적으로, 순교자의 피를 요구하지요." 전예원의 말이었다.

종교적 순교만이 순교가 아니라는 이야기였다. 기 작가는 식민지와 순교라는 단어를 속으로 반복해서 되뇌어보았다. 식민지에서 죽은 자와 살아남은 자 모두가 순교자인 셈이었다. 남의 나라 처녀 강제로 끌어다가 자기 군대 노리개로 제공하는 것이 속편했을 까닭이 없었으리라고 생각되기도 했다. 달리 보면 전혀 그렇지 않은 게 인간사였다. 구체적인 사례가 떠오르는 것은 아니었다. 「시역의 고민」이란 책의 책장이 눈앞에서 펄펄 넘어갔다. 김구, 안두희, 그리고 이승만…… 머리가 지글지글 끓어오르기 시작했다. 안중근의 외손자 며느리가 하얼빈에서 세상을 떴다는 이야기를 들은 것도 생각났다. 도무지 맥이 잡히지 않는 일들로, 허공에 부나비처럼 날아다니는 식민지 역사의 부유물들로 회오리를 일으켰다.

맹국영 의원이 제안하는 일은 처음부터 계획이 서 있던 것 같았다. 거기 비하면 이찬국 박사의 아이디어는 교황의 한국 방문과 선거가 맞물려 있는 맥락에 얽혀 있어서, 졸지에 만들어진 대응책 같은 느낌이었다. 일종의 소모전 같은 이야기라서 서로 겉돌았다. 그런 장면에서 맞서가지고 다툴 문제는 아니었다.

"이 박사님, 작가한테 지불할 작업비용 준비는 되어 있는 겁니까?"

맹국영 의원이 이찬국 박사를 치떠보면서 들이댔다. 이찬국 박사는 입을 굳게 다물고 있다가 화제를 돌렸다. 발리댄스를 세계민속무용축제에 꼭 올 수 있도록 하자는 싱거운 얘기였다. 그러면서 맹국영 의원이 도모하는 일은, 세계민속무용축제라는 과업에 지장을 주면 주었지 아무런 도움이 안 된다는 뜻을 넌지시 비쳤다.

"맹 씨 종단에서 하는 일에 나설 계제는 아닙니다만, 맹사성 전기에 사람을 빼앗기면 발리댄스 대본을 누가 쓰느냐 말입니다."

전예원이 의자를 뒤로 밀고 일어서면서 기 작가에게 눈짓을 했다. 기 작가가 슬그머니 따라 일어났다. 화장실에서 일을 보고 손을 씻으면서 전예원이 먼저 입을 텄다.

"일이 이렇게 갈 줄은 모르고, 기형을 잘못 소개한 것 같네."

"걱정은 접어둬요. 진작 눈치로 감잡고 내가 빠지는 게 좋겠다고 생각했소. 전기고 뭐고 생각 접었는데 일이 이리 되었구먼."

기 작가는 입맛을 쩍 다셨다. 이칸랑 앞에서 체면 구기는 짓이었다. 그렇다고 자기가 당당할 것도 없었다.

맹국영 의원은 기 작가가 맹씨집안 일을 한다고 해서 세계민속무용축제에 지장을 줄 게 아무것도 없다는 주장을 폈다. 「라마야나」에서 이야기를 가져오든, 「마하바라타」에서 스토리를 차용하든, 어느 편이든 확실한 줄거리가 있기 때문에 한국적 모티프만 적절히 추가로 개입하면 되는 일이라서 아무 문제가 없다는 것이었다. 그리고 순교자 이야기는 종교적 색채 때문에 발리댄스에서는 수용하기 어려울 거라는 주장을 더하기도 했다.

학예사 박호한이 커피를 내려 가지고 왔다. 전에 발리를 여행하고 온 분이 선물한 거라면서 발리댄스 무용가에게 발리커피를 드릴 수 있어서 영광이라고 너스레를 떨었다.

"그것도 식민지 생산물이 아니던가요?"

이찬국 박사가 옆을 치고 나왔다. 맹국영 의원과 어떤 이야기를 나누다가 심정이 틀려돌아간 뒤라 그렇게 배채기로 나오는 눈치였다. 맹국영 의원은 상황을 모르는 체하면서 「맹사성 전기」 이야기로 돌아갔다.

"충효재상 전기를 쓰는 것은 자기교육에도 크게 기여할 걸로 생각하는데, 아무튼 얼마면 되겠나요?"

금방 전예원과 이야기를 하고 들어온 터라서 기 작가는 속으로 흥정을 끝낸 셈이었다. 기 작가는 대답을 하지 않고 묵연히 앉아 있었다. 맹국영 의원이, 마치 경매장에 나온 사람처럼 숫자를 불렀다. 일천? 아니면 이천? 노? 삼천? 그렇게 나가다가, 도대체 얼마를 내라는 거냐고 버럭 소리를 질렀다.

"다른 작가 찾아보시지요."

"이 일은 말하자면, 우리나라 청년들에게 생애의 롤 모델을 개발하는 교육사업입니다. 작업비용은 기념회에 협의해서 서운치 않게 할 터이니 부탁합니다."

기 작가는 그럴 생각 없다고 고개를 가로저었다. 맹국영 의원은 집요했다.

"말하자면 내가 기 작가한테 내 전기를 써 달라면 정치꾼들 전기나 써 주는 작가라고 비난받을 소지가 있겠지요. 그러나 이 나라 명재상의 전기를 집필해 달라는데 그렇게 뻗댈 게 뭐 있습니까."

기 작가는 안 하겠다고 다시 손을 저어 보였다. 이찬국 박사는 판이 어떻게 돌아가는지 흥미롭다는 듯이 얼굴에 비릿한 웃음을 띄워올렸다. 그 어정쩡한 장면에서 이칸랑이 나섰다.

"아궁의 전기를 쓰는 일은 여전히 의향이 있는 거지요?"

"식민지 작가가 식민지 영웅의 전기를 쓰는 것은 너무 어려운 일입니다. 순교까지는 아니라고 해도 뭔가 피를 보아야 할 거 같은 생각이 듭니다."

"그럼 기대하시는 게 뭔데요?"

기 작가가 멈칫거리고 있을 때, 이찬국 박사가 지나가는 말처럼 한마디 던졌다.

"장사가 안 된다는 얘기겠지."

기 작가는 헉하고 기침을 뱉았다. 온통 식민지 유물들이 모여서 덜컥거리며 굴러다니는 낡은 창고에 들어와 있다는 생각이 났다. 식민지는 아직 현재진행형인 모양이었다. 아무튼 발리댄스를 유치하는 문제는 성공해야 하는 지상의 과업이었다. 전예원은 이칸랑을 단속해서 어떻게든지 발리댄스를 유치해야 한다고, 속으로 의지를 다졌다.

"우리가 지금 얘기하는 맥락이 어지럽지요? 그러나 걱정 마세요. 일을 하기로 작정한 이상 우리는 일을 깔끔하게 마무리하는 성격이니까 걱정 접으세요."

이칸랑이 밝게 웃었다. 그리고 잠시 머리를 들어 창밖을 바라보았다. 양재시민의 숲에 산수유가 노랗게 피어나고, 사이사이로 목련이 꽃봉오리를 막 터트리기 시작했다. 숲 위로 새들이 날아다니는 게 보였다.

"우리 발리댄스는 요가수행과 같아요. 행동의 결과가 자기에게 이득이 되어 돌아오기를 바라는 욕망에 휘둘리지 않아요. 먹고 마셔야 사는 몸은 정신적 완성체인 푸르샤와 맺어져 있어요. 그래서 세속적인 일에 요동치더라도 푸르샤로 줄기를 잡으면 흔들리지 않아요. 우리가 전쟁위안부 동상을 세우려는 것도 그런 뜻에서예요. 몸은 망가졌어도 정신이 살아야 하고, 그 정신으로 신에게 간구해야 하니까요."

맹국영 의원이 기 작가에게 맹사성 전기 집필 문제를 긍정적으로 검토해 달라는 이야기를 다시 확인했다. 기 작가는 아무런 반응이 없었다.

"한국에 다시 올 거지요?" 전예원이 물었다. 이칸랑이 고개를 끄덕거렸다. 학예사가 커피잔을 치우면서, 모두들 다시 들러 달라고 했다. 그러고 보니 이칸랑이 발리로 돌아가야 하는 날이 겨우 하루 남아 있었다.

12

이칸랑을 호텔로 데려다 주고 다시 만나서 끝나지 않은 이야기를 마무리하기로 했다. 이찬국 박사가 서울에서는 자기 자동차로 이칸랑을 데리고 가면 좋겠다고 제안했다. 이칸랑이 데려올 발리댄스 집단에 대한 이야기를 하려는 모양이었다. 전예원은 다리 주물러 주어 고맙다고 인사를 하면서 이칸랑에게 손을 흔들었다.

"뭐하는 작자들이 이따위 치사한 짓을 해, 망할 놈의 새끼들 같으니!"

이찬국 박사가 열을 퍽퍽 올렸다. 맹국영 의원은 약속장소로 돌아간 뒤였다. 자동차 타이어 네 짝이 모두 송곳으로 뚫어 놓은 것처럼 납작하게 주저앉아 있었다. 〈의열사조국혼살리기운동본부〉에서 나온 전단지가 앞유리 와이퍼 밑에 끼워져 있었다. 당장 주저앉은 차를 어떻게 할 수도 없고 해서, 주차장에 놓아둔 채로 전예원의 승용차에 편승해 움직이기로 했다.

"쳄방인다 시할아버지가 강제징용을 당해 석탄을 캔 광산, 그 소유권을 쥐고 있던 회사가 미쓰비시(三菱)였지요?"

"그러고보니 그렇군요."

정황을 이해하겠다는 듯이, 이칸랑이 고개를 주억거렸다. 그리고는 한국에는 국교가 없느냐고 물었다. 기 작가가 설명했다. 신라와 고려는 불교국가였고, 조선은 유교육가였는데 유교는 신을 모시지 않기 때문에 일종의 생활지침 같은 것이지, 서양식 개념의 종교로 보기 어렵다고 얘기했다. 근대에 와서는 개신교, 가톨릭, 불교 등이 공존하는 형태고 종교 간에 극심한 갈등은 빚어지지 않는다는 이야기도 했다.

앞에 가던 차가 갑자기 브레이크를 밟았다. 전예원이 저런! 하면서 브레이크를 밟는 통에 같이 탄 사람들이 쿨렁 앞으로 몸이 쏠렸다. 차가 제 속도를 내기 시작하면서 이칸랑의 전화가 울렸다.

"할로, 할로…… 왜 끊기지?"

이칸랑 편에서 번호를 눌렀다.

"어엉, 강가닌? 슬라마뜨 말람……? 왜 그래? 말 해!"

이칸랑은 저런, 저런, 어쩌면 하면서 안쓰럽고 안타끼워하는 낯빛으로, 손가락을 춤을 추듯이 잔뜩 긴장해서 움직이는 가운데 전화를 받았다. 이칸랑이 곧 간다고 전화를 끊었을 때 그의 얼굴에는 땀이 배어나와 번질거렸다.

"무슨 전화인데, 그렇게 안절부절입니까?"

이칸랑이 전하는 내용은 이런 것이었다.

발리에서 활동하는 일본 미쓰비시 자동차 클럽 멤버들이 이칸랑의 사무실을 습격했다는 것이었다. 우붓에 있는 이칸랑의 발리댄스 연구소는 전쟁위안부 동상건립 사무실을 같이 쓰고 있었다. 전부터 누군가 노리고 있다는 느낌을 받았다. 밤공연이 끝나고 단원들과 사무실로 들어갔다가 정리하고 나올 때쯤이면 문앞에서 등을 돌리고 어둠 속으로 숨어드는 그림자가 보이곤 했다.

이칸랑을 자기 아바타르라고 하던 강가닌이 괴한에게 각목으로 맞아 병원에 입원해 있다는 것이었다.

이칸랑이 한국에 다시 못 올지도 모른다는 예감 같은 것이 전예원의 머리를 스쳤다. 맹국영 의원과 이찬국 박사는 쓴입맛을 다시면서 먼저 내리겠다고 했다. 두 사람을 강남역에서 내려 주었다. 이칸랑을 호텔에 데려다 주고 나서, 전예원과 기 작가는 아르스 문디 사무실에 들렀다. 그러고 보니 아직 저녁 전이었다. 이럴 줄 알았으면 이칸랑과 함께 저녁이나 먹을 걸 그랬다고 기 작가가 아쉬워했다. 그때 기 작가의 전화기에 문자 들어오는 소리가 찌렁찌렁 들렸다. 이칸랑이 보낸 문자가 들어와 있었다.

– 훈련보다는 지혜가 더 좋으며, 지혜보다는 명상, 명상보다는 행위의 결과를 단념하는 것, 그것이 최상의 진리이다. 포기는 즉시 평안을 낳는다. –

기 작가가 전예원에게 스마트폰을 들어 보여주었다.

"바가바드기타의 가르침이지. 행위의 결과에 대한 집착을 버리라는 거야."

"뭔가 들켜버린 것 같아 썰렁하군."

들켜버린 그 뭔가가 정확히 뭔지는 잘 잡히지 않았다. 다만 이칸랑이 한국에 다시 안 올 거란 생각은 둘이 일치하는 것이었다. 발리댄스를 보려면 역시 발리로 가야 할 모양이었다. 그렇다면, 세계민속무용축제는 한국, 중국, 일본이 참여하는 아시아인들의 축제로 끝나야 하는 게 아닌가 싶기도 했다.

화장실에 들어간 전예원은 시원하게 오줌을 내갈겼다. 그 끝에 현기증이 몰려왔다. 바지도 추키지 못한 채 벽에 두 팔을 뻗어 짚고 몸을 유지했다. 눈앞이 훤하게 밝아오면서 수난다의 얼굴과 이칸랑의 얼굴이 겹쳐 돌아갔다. 캄보자꽃잎이 눈송이처럼 흩날리는 가운데 짙은 향기가 코로 몰려들었다. 전예원은 벽을 짚었던 손에 힘이 풀려 화장실 바닥에 그대로 주저앉았다. 꽃잎이 파도에 떠서 일렁이는 물속으로 몸이 자꾸만 가라앉았다.

# 근대의 경계를 넘어서는 초국가적 상상력

김근호 | 전남대학교 교수, 문학평론가

## 1. 소설의 비상구는 어디에 있는가

나는 나에게 익숙한 삶을 다룬 이야기에 공감하기보다는, 한 번도 경험해본 적이 없어서 전혀 모르고 낯선 삶의 이야기를 좋아한다. 내가 그런 낯선 이야기에 몰두하는 까닭은 인생이란 여벌이 없다는 절대 명제를 지나치게 의식하기 때문일지도 모른다.

사람들은 누구나 두 곱의 인생을 상상해보곤 한다. 다른 인생을 살았다면 어땠을까, 다시 태어난다면 무슨 직업을 가지고 어떤 삶을 살고 싶은가 등등 실현 불가능한, 그러나 상상하는 것만으로도 흥미있는, 그런 상상을 누구나 한 번쯤은 해보지 않았던가. 물론 그런 상상이 일상이 되거나 지나치게 몰두하면 정신적으로 건전하다 할 수 없다. 과도한 상상에 치우치는 사람들은 현재의 삶에 만족하지 못하거나 스스로의 인생 전체를 불행하다고 단정하기 일쑤다. 그러나 우리 일상에서 만족(滿足)이란 거의 불가능하다. 우리의 욕망이란 결코 채워지지 않고 완성된 채 닫히지도 않는다. 무엇을 욕망하는 순간, 그리고 그 욕망의 대상을 충족하게 된 순간, 또다시 결핍을 느낀다. 그래서 욕망은 결핍이다. 결핍은 욕망을 부르고 욕망은 또 다른 결핍을 부른다. 그런 욕망에 휘둘리며 사는 영악한 피조물, 그게 바로 우리 인간이다.

적절한 수준이라면, 다른 세계를 꿈꾸는 것은 매우 큰 의미가 있다. 삶에 대한 자의식이 생겨나고 그것을 발판으로 현재의 삶을 긍정하는 계기를 마련하기도 하며 또 더 전진할 용기를 얻을 수 있기 때문이다. 내가 시도해보지도 않았고, 경험해보지 못한 것은 물론 내 힘으로는 도저히 해낼 수 없는 세계에 현실적으로 다가가기는 위험하다. 그러나 가능 세계를 꾸몄을 뿐인 소설이니까 그런 세계는 나를 실제로 다치지 않고 패배하게 하지 않으면서도 구체적 실감으로 다가오는 경험을 갖게 해준다. 유독 소설만 그런가? 예술이 일반이 그런 속성을 지니지 않는가? 그래서 예술은 놀이(play)이다. 놀이는 현실의 인간에게 즐거움과 위안을 준다. 그 속에서의 승리나 패배는 현실에서의 승리와 패배는 아니지만, 그에 버금갈 만큼의 긴장과 몰입을 요구한다. 그렇지만 그것은 분명 현실이 아니기 때문에 현실 논리에 구속받지 않는다. 자유로운 것이다. 놀이는 욕망의 세계에 좀 더 가깝다. 따라서 소설과 같은 예술은 현실에 대한 욕망의 초월 논리에 따라 작동하는 것이므로, 독자들은 그 욕망을 함께 공유하면서 작품을 읽게 된다.

우한용의 소설집『도도니의 참나무』에는 세 편의 중편소설이 수록되어 있다. 이 세 작품에는 공통적으로 교수나 연구원 등 학계 종사자가 주요 인물로 등장한다. 그러한 인물 설정에는 작가의 생애사적 배경도 작용했을 것이다. 이 소설들은 작가의 경험세계와 매우 가까운 학계 종사자 혹은 그 관련자들이 다수 등장하여 지식인 소설의 분위기를 짙게 풍긴다.

동시에 간과할 수 없는 특징 가운데 하나는 작품의 배경이 국내외 혹은 국외로 설정되어 있다는 점이다. 이러한 사실은 이 작품집이 어떤 취지에 따라 묶여졌는가 하는 문제와도 긴밀히 결부된 것이면서 동시에, 그러한 형식을 가로지르는 초국가적 상상력의 깊이를 짐작하게도 한다. 학문은 구체성 속에서 귀납하여 원리를 추구하고, 그 보편성을 증명하는 구체적 사실을 들어 일반화된 논리를 명제화하려 한다. 구체성과 보편성의 긴장된 통합 속에서 지식인들을 주요 인물로 설정한 이 소설들은 한국이라는 분단된 휴전국가의 상상력을 넘어선다. 이는 오늘날 우리의 삶의 맥락에서 보자면 당연해 보이기도 한다. 경계를 넘어서는 초국가적 상상력, 이 작품집에서 작가는 소설의 새로운 비상구를 그런 방향으로 찾아나선다.


## 2. '칼과 구름' : 소통의 곤란과 어정쩡한 공존의 세계

이 작품집 맨 앞에 배치된 작품은 「칼과 구름」인데, 한국과 중국이 이 작품의 주요 국가적 거점이다. 이는 다른 작품에서도 유사한 구조로 되어 있다. 이 작품집에서는 한국과 그 외 다른 나라들이 하나씩 배치되어 이야기가 펼쳐진다. 그래서 이 작품집은 국가 초월의 상상력을 기반으로 하고 있으면서 한국인과 그 인물과 관련된 타국 인물 등이 등장하기 때문에, 두 국가 간의 대립쌍을 기본 구조로 삼고 있다. 그래서 국가 문제, 국가 간의 소통은 이 작품집을 읽어갈 때 주목해야 하는 주제항목이다.

이 작품집의 첫 번째 중편소설 「칼과 구름」에서 작가는 중국을 선택하였다. 중국이라! 지금의 중국은 세계의 경제를 좌지우지할 만큼 성장한 초강대국이다. 미국에 이어 세계 두 번째 강대국이다. 미국은 늙어가고 있지만 중국은 신흥 강대국으로서 특히 세계 경제의 미래를 이끌어갈 것으로 기대되는 나라다. 이 작품에서 한중교역상사라는 기업을 주요 인물들의 활동무대로 삼은 것은 작가의 세계인식 특성에 따른 결과로 판단된다.

그런데 이 작품집을 두루 관통하는 특기할 만한 언어특성은, 다양한 외국어가 등장하고 서로 다른 외국어를 통한 사람들 간의 소통 문제를 다룬다는 점이다. 이는 「칼과 구름」에서 특히 두드러진 현상이기도 하다. 이러한 특징은 인물 구도에 전이되어 드러난다. 이 작품의 주요 인물은 장이호와 전당강 교수이고, 그 주변에 회장과 여비서 등이 포진하고 있다. 장이호는 역사학을 전공하고 박사학위까지 취득한 역사학도이지만, 대학이나 연구기관 등에 취업을 하지 못하고 백수로 지내고 있는 인물이다. 인문학의 총아로 불리는 이른바 '문·사·철' 중에서 역사학을 전공한 인물이다. 하지만 그는 그 명예와 연구 역량을 펼칠 수 있는 사회적 공간을 마련하는 데 실패한 인물이다.

사마천의 『사기』 한 권만 꿰차고 있어도 밥은 굶지 않는다던 지도교수의 말을 곧이곧대로 믿었던 터였다. 그리고는 대학에 입학한 이후 20년 가까운 세월을 거기에만 매달렸다. 논문을 쓰거나 학회에 참여할 때마다 중국 고대사가 거기 다 들어 있다는 지도교수의 말이 맞다고 무릎을 칠 지경이었다. (14-15)

하지만 상황은 그에게 그런 믿음이 현실에서는 한낱 허위였음을 인식하게 하는 방향으로 흘러간다. 인문학을 전공한 이들은 대학교수나 연구원 등으로 진로를 잡는 게 일반적 경향이다. 그러나 장이호는 원래 뜻하는 바를 이루지 못했다. 그는 다른 미래에 대한 일말의 희망을 갖고 글로벌 회사에 취업하는 길을 선택한다. 인문학의 실용성을 실험하는 무대에 선 셈이다.

소설의 전반부는 장이호가 밥벌이를 위해 중국과 교류하는 한중교역상사라는 기업에 취업을 시도하는 이야기가 나오고, 그 과정에서 회장의 여비서인 윤랑시를 만나면서 세상 눈을 뜨는 식으로 이야기가 펼쳐진다. 이 작품은 서사가 박진감 넘치거나 긴장감을 계속 불러일으키며 독자를 흥미진진하게 또는 곤혹스럽게 하지는 않는다. 그런 통속적일 수도 있는 가치보다는 등장인물을 중심으로 한 인간관계와 소통의 문제를 깊이있게 파고들며 우리 시대의 삶과 그것의 소통 맥락을 되짚어보도록 하는 방향으로 소설이 진척된다. 그것은 박사학위 소지자이자 중국 역사에 정통한 장이호가 호구지책으로 선택한 회사 취업의 과정에서 잘 나타난다. 장이호는 중국과의 무역을 주업으로 하는 회사에 들어가게 되면, 자신의 중국사 전공 지식이 도움이 되리라는 점을 역설하면서 인터뷰에 임한다. 인터뷰를 주관하고 있는 회사의 인사부장은 그런 점을 또 인정하면서 장이호의 역량을 확인하려고 한다. 이 둘이 주고받는 대화는 인터뷰의 대화이지만 미묘한 긴장감을 동반하고 있다. 그런데 이 둘의 대화에서 소통이 잘 이루어지는 것 같아도 좀 더 따지고 보면, 대화가 겉돌고 있거나 각자의 입장에서 이야기를 던지기만 하거나 혹은 자신이 손해를 보지 않으려고 억지로 말을 지어내는 대목들이 많이 나온다. 속물의 세계와 인문지성의 가치가 부딪치면서 불협화음을 내기도 하고 어색한대로 소통이 되는 듯해 보이기도 한다. 하지만 근본적으로는 진실된 대화가 아니다. 진정성(眞正性, authenticity)이 없는 대화인 것이다.

"중국 고대사를 전공한 박사님이, 장사해서 이문을 남겨야 하는 우리 한중교역 상사에서 할 일이 무얼까요? 다시 말하자면, 우리 회사를 위한 장 박사의 생산성, 프로덕티비티는 무어라고 생각하시나?"

좀 난감한 질문이었다. 난감하기도 하고 비아냥거리는 듯한 말투가 속을 긁어 놓았다. 그러나 어떤 선배의 말대로 밑져야 본전이니까 소신대로 이야기하는 게 상책이라는 생각이 문득 머리를 치고 올라왔다. 단순화하라, 사실을 말하라, 정직하라, 그게 선배의 조언이었다.

"저는 역사에 기록된 모든 사실은 동시대적이라고 생각하는 편입니다. 인류사에서 2천 년이나 3천 년 정도는 그리 긴 시간이 아닙니다. 핵무기니 유전자니 나노과학이니 하는 것들은 당시로서는 응당 몰랐겠지만, 인간이 겪어야 하는 일들은 이미 2천 년 전 혹은 그 이전에 다 겪은 셈이지요. 제가 보건대는 역사 기록 이후의 시간이 그렇게 짧은 만큼 현대의 국제관계니, 경영이니, 학문이니 하는 것들이 고대사 그 안에 모두 들어 있습니다. 따라서……." (15-16)

자본의 논리와 인문의 가치가 부딪치는 장면이다. 장이호는 끝까지 자신의 장점을 피력해서 인터뷰에 임하고, 결국 그 회사에 취업하는 데 성공한다. 회사의 직원이 된 역사학 박사학위 소지자의 처지, 아무래도 어색한 상황일 수밖에 없다. 이런 상황에서 그에게는 크게 두 가지 생활의 길이 있다. 하나는 철저하게 속물화되고 기업의 생리에 순응하는 것. 다른 하나는 나름의 전략과 꾀를 갖고 적절히 회사에 적응하되 소신을 잃지 않는 삶을 사는 것. 장이호는 이 중에서 후자의 삶을 선택한다. 현실적응과 소신 유지 사이를 매개하는 인물로 윤랑시라는 회장의 여비서가 설정되어 있다. 그녀는 프랑스 유학파로, 따지고 보면 고학력자 장이호와 처지가 비슷하다. 그녀와 공감대가 형성되는 것은 자연스러운 일, 장이호는 매우 쉽게 윤랑시와 친해지고 또 연인관계로 발전한다. 그러나 이미 유부남인 장이호에게 그 연인관계는 끊임없는 죄책감을 불러일으키는 불협화음의 원천이 된다. 따라서 이들의 사적 대화 역시 뭔가 어색하고 과장되거나 결핍된 면모가 두드러진다. 즉 불필요하거나 과장된 프랑스어를 즐겨 사용하는 윤랑시와 한문어투를 드러내는 장이호와의 대화는 진정성 결여를 잘 보여준다. 연인관계에서조차 참다운 사랑의 대화를 발견하기 어렵다. 그녀가 오 르부아, 다꼬르, 트레 비앙, 등등 프랑스어를 말끝마다 남발하는 가운데, 진정성 있는 인간적 대화는 희석되고 만다.

그러고 보면, 장이호와 윤랑시는 경계 위의 인물들이다. 많이 배웠지만, 그 학력과 지식을 현실에 맞게 써먹지 못한다. 장이호의 회사 직책은 전공과 그다지 일치하지 않고 윤랑시의 일은 그녀가 익혔던 공부와 거리가 멀다. 그들은 뭔가 굳건한 체제에 적합하게 링크되지 않거나 그러기에는 너무 늦어버린 인간들, 경계에 서성이는 인간들인 것이다.

이 작품의 주요 인물 장이호와 윤랑시, 그들은 둘이지만 사실 한 몸인바, 둘은 연인관계로 발전하면서 그것을 상징적으로 입증한다. 그들이 몸담고 있는 회사가 한중교역상사라는 점도 그들의 처지와 매우 어울린다. 한국과 중국의 경계, 상거래를 기반으로 하는 무역이라는 경계성, 그리고 인문학과 그다지 어울리지 않는 이윤추구와의 접합적 경계성, 진나라 시대의 이야기와 사마천의 『사기』의 고사에 대비되는 주요 인물들의 현재 삶과 그들의 욕망 사이의 경계, 대화 혹은 소통의 가능성과 불능성 사이의 경계 등, 이 작품은 다층적인 경계를 넘나드는 경계넘기 상상력의 산물이다. 이와 관련하여 주요 인물인 장이호와 윤랑시에게서 볼 수 있는, 인륜(人倫)과 불륜(不倫) 사이를 넘나드는 것도 윤리적 경계의 상징성을 띤다.

다층적 경계 위에 인물들이 긴장감을 불러온다는 점에서 이 작품 「칼과 구름」은 제목처럼 균형감각의 산물이다. 세계를 바라보는 작가의 균형감각, 그 세계를 인식의 내면으로 불러들여 이야기로 확정하는 균형감각, 그리고 그 이야기를 의미체계로 조직하여 구성해내는 과정에 작용하는 균형감각 등 이 돋보인다. 그러한 균형감각은 독자에게 이 작품의 구조를 안정된 체계로 느껴지게 한다. 다만 잊지 말아야 할 것은 그것을 단순히 이항대립적 관계, 흔한 말로 대립쌍으로만 보아서는 안 된다는 점이다. 그 대립 관계를 조정하고 복합적으로 구성하며 또 역동화시키는 것은 경계의 상상력이다. 그러니까 안정된 듯한 균형감각이 또한 예술적 긴장을 더불고 있는 균형감각으로 커나가고 있음을 주목해야 하는 것이다.

이런 점을 볼 때, 작가는 그러한 균형감각을 유지하면서도 의식의 안정화와 고정화를 넘어서려는 욕망을 강하게 표출한다. 작가로서의 천성(天性)일까? 그것은 이 작품을 비롯하여 이 작품집에 수록된 다른 작품들까지 살아 있는 인간의 얼굴을 하고 있도록 만드는 참된 원동력이 아닐까 한다. 균형감각을 잃고 소용돌이에 휘말리는 현실을 균형잡힌 구도로 형상화하는 데에 소설적 긴장력이 드러난다.

### 3. '도도니의 참나무' : 쇠락해가는 근대와 희망 찾아가기

이번에는 그리스이다. 앞에서 살펴본 「칼과 구름」의 주된 배경이 중국이었지만, 「도도니의 참나무」에서는 과거 찬란한 문명을 누렸으나 지금은 많이 쇠락(衰落)해가고 있는 그리스를 배경으로 하고 있다. 그런 점에서 이 작품과 앞 작품은 상호 대조적이다. 정치적으로는 사회주의 체제를 유지하고 있지만, 이제 미국의 달러에 맞서 '차이나머니'라는 또 하나의 무시무시한 경제력을 과시하는 나라가 중국인 바, 앞의 「칼과 구름」에서 자본주의의 상징이라 할 한중교역상사라는 기업을 주요 인물의 활동 무대로 삼은 것은 시사하는 바가 많다. 중국은 동양사에서 누천년 초강대국이었다. 단지 근대화

과정에서 100년 정도 큰 몸집에 비해 납득하기 어려운 국내외 정치적 파란을 겪다가 최근 다시 부상하고 있는 '굴기'의 나라다. 그래서 「칼과 구름」이 과도기에 처한 경계의 정치체제를 갖고 있는 중국을 배경으로 삼는 것은 근대 이후 세계상을 파악하는 데 적합해 보인다.

동서양을 양분법으로 갈라보는 것은 무리를 수반한다. 하지만 인류사에서 또 하나의 오랜 전통과 정신적 유산을 부단히 지녀왔고 그것에 대한 보편적 흡입력을 내장한 곳으로 유럽을 빼놓을 수 없다. 다른 지역을 도외시하는 느낌이 있을지 모르지만, 유럽과 동아시아는 인류 문명의 대척적인 발전사를 기록해왔으며, 동시에 대등한 위상으로 마주보며 역사를 추동해왔다. 동아시아를 대표하는 나라가 중국이라면, 과거 유럽 문화를 고스란히 보여주는 나라는 그리스다.

문제는 지금 유럽에서 그리스의 국가 위상은 안쓰럽기 짝이 없을 정도로 전락했다는 점이다. 고대문명의 유산을 이용한 관광사업으로 국가경제를 버텨나가는 이탈리아와 마찬가지로, 그리스는 과거의 문화유산으로 관광객을 이끌어들이는 것 말고는 사회기반이 허약하기 짝이없는 관광국가로 퇴락했다. 지금 유럽에서 주도권을 쥐고 있는 독일이나 프랑스는 과거 지중해 문명권의 변방이었고 야만족으로 치부되었지만, 이제 그들이 유럽의 주역으로 군림하면서 세계사에 새로운 이정표를 세우고 있다. 하지만 그리스는 경제, 사회, 문화 등 여러 측면에서 낙후된 나라가 되었으며, 부의 편중현상이 회복 불가능한 지경에 이르렀다. 철학을 통한 인생에 대한 경륜이나 민주주의를 일찍이 실천한 정치사적 중요성 등으로 유럽문명의 조상이라는 명맥을 유지하는 정도가 되었다. 그리스의 안쓰러운 상황은 이 작품집의 표제작이기도 한 「도도니의 참나무」의 분위기 전반을 가로지르며 독자들은 안타까운 감정으로 스토리를 더터나가게 된다.

그래서일까? 이 작품집의 표제작 「도도니의 참나무」는 아래 문구로 시작한다. 질식할 것 같은 답답함이라는 감정, 미래에 대한 불투명한 전망으로 인한 불안의 감정 등은 작품 전체를 휘감으면서 독자를 맞아들인다. 시작부터 분위기가 절박한 상황을 암시한다.

그가 답답하기 짝이없는 비행기, 루프트한자 이코노미 좌석에 몸을 의탁하고 앉아 이런 긴 글을 쓰는 까닭은, 그리스에서 그 일을 당한 후 어떤 운명의 추적에 쫓기는 듯한 강박감 때문이다. 한국에 돌아가면 이런 글을 도저히 못 쓸 것 같은 예감이 들었다. 먼지가 덕지덕지 앉은 일상에 매몰되어 허우적거리다 질식하고 말 것만 같았다. 한국의 지지부진한 현실도 문제거니와 세계가 돌아가는 정황이 전망을 해볼 도리가 없이 급박하게 전개되기 때문에 어떤 글을 써도, 당시 몇 사람이 눈여겨보는 이가 있다면 다행이지만 결국 금방 휴지가 되어 버릴 판이었다. (147)

위 인용에서 보듯이, 이 작품은 앞서 살펴본 작품 「칼과 구름」과는 매우 다른 느낌을 주는 소설이다. 이 작품의 주요 인물은 진정일이다. 그는 친구들과 배낭여행을 그리스로 다녀온 경험이 있고, 그 경험에 촉발되어 그리스에 가서 해양사(海洋史)를 전공하기로 계획한다. 그는 유학을 위한 도움을 받고자 고대 그리스사를 전공한 여성학자 고인덕 박사를 찾아간다. 그녀는 진정일을 매우 반갑게 맞이하면서 함께 그리스로 가서 공부하고 생활할 수 있는 기반을 마련하도록 돕기로 한다. 그런데 그녀는 진정일을 후배 학도로 대하면서도 이성적 호감을 느끼며 다소 치근댄다는 느낌을 줄 정도로 대한다. 이 작품에서 지성과 미모를 적당히 겸비하고 또 남녀 간 육체적 쾌락을 제대로 알 만한 40대 초반의 고인덕 박사는 농염함을 물씬 풍긴다. 그녀는 진정일에게 연인 같기도 하다가 누나 같기도 하고 엄마 같기도 한 말과 행동으로 다가간다. 시원시원한 성격인 듯하지만, 실제로는 속을 알 수 없는 여자라 진정일은 더욱 혼란스럽다. 두 사람이 머나먼 그리스를 함께 여행한다는 설정도 그런 상황을 가능하도록 하거니와, 실제로 이 작품에서 그녀와 함께 그리스 답사를 가는 동안 진정일 역시 그녀에게 은근히 끌리는 느낌을 가지며 성적으로도 자극을 받는 모습을 종종 보이기도 한다.

터미널에 고인덕 박사가 먼저 나와 기다리고 있었다. 진정일에게 다가와 비주 인사를 해주었다. 볼에서 상큼한 분냄새가 코끝으로 스며들었다. (…중략…)

버스가 한 두어 시간 달렸을 때, 고인덕 박사는 진정일의 허벅지를 손으로 툭툭 쳤다.

"고단하지? 단잠은 젊은이의 특권이야."

솔솔 밀려오는 졸음과 함께 사타구니가 팽팽하게 부풀어 있었다. 진정일은 코트자락으로 앞을 가렸다. (159-160)

인용에서처럼 이 두 사람이 남녀 간의 애정 관계와 육체적 교접 관계로 접어들 것인가 말 것인가. 즉 둘이 사회윤리적 금기의 경계를 넘을 것인가 말 것인가. 바로 이러한 미묘하고 긴장감 넘치는 경계 넘나들기의 호기심이 이 작품을 읽어나가는 데 핵심 기제로 작용한다. 그러한 긴장감을 고조시키는 데 효과적인 것이 이 작품에서는 온갖 감각을 활용하는 방법이다. 인용에서처럼 후각이나 촉각의 감각을 적극적으로 활용하면서 이야기의 현장감과 긴장감을 높이고 있다. 감각과 감정이 서로 어울리면서 작품 전반에 역동적이고 실감을 불러오는 분위기를 형성하고 있는 것이다. 이 역시 앞서 살펴본 「칼과 구름」과 마찬가지인데, 남녀간의 육욕(에로티시즘)이 심리적 차원에서 분명하게 작용한다. 하지만 금기를 넘어서는 방향으로 사건이 확실하게 나아가지는 못하고 긴장감을 형성하는 데까지만 그려져 있다. 그것을 작가는 모성애와 관능의 접합점에서 부유하는 감정으로 그리고 있다. 그러나 결코 통속의 문지방을 넘어서지는 않는다. 이것이 바로 작가가 보여주는 경계의 감각이다.

그리스에 도착한 진정일은 고인덕 박사의 지도교수를 만난 후, 혼자서 도도니 신전을 찾아가게 된다. 고인덕 박사는 따로 할 일이 있어 그는 혼자 택시를 타고 도도니 유적을 돌아보러 가게 되는 것이다. 도도니는 신전뿐만 아니라 그리스에서 가장 큰 고대 극장이 남아 있는 역사유적지다. 택시를 타고 도도니에 도착한 진정일은 신탁을 전하는 참나무에 가 보라는 택시기사의 말에 따라 신전을 둘러보게 된다. 그는 그곳에서 뜻밖에도 참나무에 매달린 동양인의 주검을 만나게 된다.

경찰에 신고를 하고 나서는 사태가 정리되는 듯싶었지만, 최초 목격자이자 신고자여서 경찰의 조사를 받게 된다. 그는 조사받는 과정에서 같은 동양인이라는 이유로 의심을 받는 등, 매우 불쾌한 인종적, 이문화적 경험을 갖게 된다. 급기야 그는 장기밀매단으로 오해받아 경찰서에 구금된다. 도도니 신전에서 발견한 시체는 주요 장기가 빼내어진 상태였던 것이다. 「도도니의 참나무」는 난민들이 득실거리는, 그래서 근대 국민국가의 영토와 경계를 넘어서 새로운 삶을 찾아야 하는 난민의 현실과 그들로 인해 발생하는 인신매매, 장기밀매 등의 범죄가 빈번해지고 있는 그리스의 실상을 마주치게 해준 것이다. 바로 이것이다. 이 작품의 핵심은 바로 근대의 국민국가적 이성과 경계, 그리고 그것으로 설명하지 못하는 잉여의 인간들, 즉 민족과 국가를 넘어서서 세계사적 과제로 부각된 난민의 문제이다.

진정일은 혼자서 한국으로 돌아가기 위해 아테네의 공항으로 가기 위해 전철을 타러 간다. 전철역에서 그는 도둑들에게 염산테러를 당하고 소지품을 탈취당한다. 어찌어찌하여 그리스에서의 온갖 불편한 일들을 겪은 후에라야 진정일은 한국으로 돌아갈 수 있게 된다. 유학을 위한 사전 답사의 성격을 지닌 그리스 여행에서 그는 예상치도 못한 오늘날 각국의 현실과 세계 질서의 혼란, 그리고 그에 따른 인간들의 난민화를 경험하게 된다. 신화적 세계로 온전히 보전되어 있으리라는 그리스에 대한 환상이 완전히 깨지는 경험이었던 것이다. 이 작품의 첫 대목에서 보듯이, 답답한 느낌으로 한국을 떠나 그리스로 향하던 진정일은 더 큰 정신적 혼란과 고뇌를 안고 한국으로 복귀한다. 해방구는 없었던 것이다. 그런 점에서 한국의 현실을 도도니의 참나무에, 또 자신을 혹은 자신의 그리스 여행을 비둘기에 비유하는 이 작품의 마지막 대목은 매우 상징적이다.

"아, 도도니의 참나무에 비둘기가 날아든다고."

비행기가 곧 착륙한다고, 안전벨트를 매고 의자 등받이를 바로 세워 달라는 안내 방송이 나왔다. 창문을 열라고 했다. 창을 열었다. 밖에서 강렬한 햇살이 기내로 쏟아져 들어왔다. 그 햇살 속에는 수를 헤아릴 수 없이 많은 비둘기 떼가 소용돌이를 그리며, 푸드득 푸드득 하늘로 날아올랐다. (228)

어려운 대로 '지금 여기'의 현실에서 삶의 희망을 찾아내는 수밖에 달리 길이 없다는 뜻일까? 이에 대해서는 독자들의 생각과 모색은 다양할 듯하다.

마지막으로 덧붙여 생각해볼 것이 있다. 이 작품의 주인공인 진정일이 그리스로 유학을 가고자 하는 동기는 여러 가지이지만, 특히 주목할 부분으로는 밥벌이다. 그러니까 앞서 살펴본 「칼과 구름」의 주요 인물이 불가피하게 선택한 한중교역상사 취업과 비슷한 상황이다. 먹고살기 위해 한국이라는 좁은 울타리를 넘어 다른 나라로 넘어가거나 그 사이를 잇는 삶을 선택하는 것이다. 그러한 선택은 사실 선택이 아니라 상황에 떠밀려 도맡게 된 악역이다. 새로이 선택한 그 세계에 행복은 없었다. 또 다른 불행과 고뇌가 기다리고 있었을 뿐이다. 표면적으로 보면 한국과 그리스라는 대칭구조이기는 하지만, 좀 더 따져보면 이 작품 역시 경계에서 서성이는 인물의 이야기이다. 따라서 이 작품 또한 이항대립의 단순성을 넘어서서 세계사적 보편성에 대한 균형감각을 내장하고 있다.


## 4. '분화구 근처 사람들' : 근대의 기억 풀어내기와 반성하기

마지막으로 인도네시아다. 이 작품집의 세 번째 수록 작품 역시 초국가적 상상력이 유감없이 발휘된 소설이다. 이 작품을 작품집 끝에 배치한 순서로 볼 때, 인도네시아는 어떤 나라인가? 하는 문제를 우선 생각해볼 필요가 있다.

현재 인도네시아는 공화국의 정치체제를 갖고 있는 국가로서 동남아시아와 오세아니아에 걸쳐 있는 섬나라이다. 이 나라는 세계에서 가장 많은 18,108개 섬으로 구성되어 있는데, 이 점도 이 작품의 상징적 의미와 관련하여 특기할 만하다. 또한 인도네시아의 현재 인구는 대략 2억 5천만 정도인데, 중국, 인도, 미국에 이어 세계에서 네 번째로 인구가 많은 나라다. 인도네시아는 이슬람교 국가 중에서 무슬림이 전체 인구의 약 87%를 차지하는 국가이기도 하다. 그런데 인도네시아는 한국처럼 식민지 경험을 갖고 있다. 인도네시아는 네덜란드로부터 1602년부터 1945년까지 지배를 받았으며, 제2차 세계대전 중에는 잠시 일본의 지배를 받기도 했다. 그런 점에서 이 작품은 분명 탈식민주의적 모티프에 착안한 걸로 보이지만, 그렇다고 제국주의에 대한 단순한 저항의 의미로만 한정되지 않는다는 점에 이 작품의 묘미가 있다.

우선 이 작품의 인물 구도부터 살펴보자. 전예원이라는 인물이 이 작품의 주인공이다. 어느 날 전예원은 세계 민속무용 축제 준비와 관련된 일을 하다가 자신의 사무실에서 조간신문을 읽게 된다. 그가 읽은 기사의 내용은 이렇다. 네덜란드 여성 뤼프오헤르너가 과거 일본의 종군위안부였고 이제 91세의 고령이 된 그녀가 일본의 과거사 반성을 촉구하는 신문기사를 읽는다. 그러한 신문기사 읽기로 시작되는 이야기 과정에서 전예원은 이 소설의 본격적인 중심 사건으로 빨려 들어가게 된다. 독자에게 이 소설의 전체 향방을 가늠하게 해주는 다음 부분이 그 신문기사의 첫 대목이다.

열아홉 꽃다운 나이에 일본군 위안부로 끌려갔던 네덜란드 여성이 과거사를 부정하는 일본을 비난하고 나섰다. 현재 호주에 거주하는 얀 뤼프오헤르너 씨는 이미 91세의 노령인데, 지난 2월 25일 현지 언론과의 인터뷰에서, "수많은 당사자와 목격자들이 위안부와 연관된 생생한 증언을 쏟아놓고 있다"면서 "일본 정치 지도자들은 자국의 전쟁 범죄 역사를 인정해야 하는 게 도리인데, 그렇게 하지 않는 일본이 가증스러울 뿐이다"라고 분노했다.

뤼프오헤르너 씨는 자신이 일본군 위안부였다는 사실을 아무에게도, 가족에게도 알리지 못하고 지냈다. 그러다가 그 일이 있던 때부터 50년이 지난 1992년 한국이 위안부들의 진상규명을 요구하는 내용을 텔레비전에서 보고, 용기를 얻어 숨겨 왔던 비밀을 국제사회에 알리기 시작했다. 최근 아베신조(安倍晋三) 총리를 비롯한 일본 정치인들이 고노(河野)담화 재검증에 나서는 등 위안부를 강제로 끌어간 사실을 부정하는 발언을 쏟아내자 다시 한 번 일제 만행을 입증하는 '산 증인'으로 나선 것이다. (242-243)

흥미로운 점은 일본군 위안부로 네덜란드 여성을 설정하고, 그녀가 일본을 향해 과거사 반성을 촉구하는 이야기 구도를 짠 것이다. 여기서 이 작품의 또 다른 주요 인물인 이칸랑이 등장한다. 그녀는 세계 민속무용 축제와 관련된 일로 전예원에게 찾아온 인물이다. "인도네시아의 어떤 남성이, 식민지 본국 네덜란드의 처녀와 관계를 가졌고, 거기서 태어난 딸이 또 딸을 낳은 결과가 자기라는 말이 되었다." 복잡한 듯 보이지만 간단하다. 발리댄스를 준비하는 이칸랑은 네덜란드인 외할머니를 둔 혼혈인 것이다. 그런데 그 외할머니가 바로 제2차 세계대전의 격랑 속에서 일본이 인도네시아를 지배하는 동안, 일본군에게 위안부로 끌려간 네덜란드 여성인 것이다. 흥미로운 설정이 아닐 수 없다. 뤼프오헤르너의 인도네시아인 남편 '아궁'이라는 인물, 그리고 그들의 영혼적 결합에 따른 이칸랑이라는 외손녀의 존재, 그녀를 통해 듣고 그 모든 내력과 그 내력 속에 담긴 인도네시아 독립운동사와 세계사의 한 단면을 알게 되는 전예원, 그 전예원의 이야기를 통해 이 작품을 읽게 되는 독자들까지, 문제의 기원과 내력을 중층적으로 이해하도록 이 작품은 구축되어 있다. 이 작품은 매우 웅장한 이야기이다. 그렇기 때문에 이 작품은 앞서 살펴본 두 작품보다 훨씬 복잡하고 자세하며 구체적인 역사적 정보도 매우 풍부하다. 소설로 해볼 수 있는 최대한의 노력을 쏟아부은 작품이다. 그만큼 작가가 공을 많이 들인 작품이다.

이 작품의 중층 구조와 내력 풀어가기의 서사가 만나 독서의 흥미를 배가시킨다. 즉 이 작품은 탐색적 이야기인 것이다. 따라서 이 작품에서 기억은 중요하다. 인물의 탐색이란 결국 그의 삶의 내력과 그것에 관련된 기억을 풀어가는 일일 수밖에 없기 때문이다. 이 작품에서 여성과 남성은 대칭적 관계에 놓여 있다. 전예원과 이칸랑의 관계(현재), 아궁과 아로마나(뤼프오헤르너)의 관계(식민의 과거)가 그렇다. 이 중에서 후자의 관계가 이 작품의 핵심이다. 앞의 두 사람은 각자의 관심과 기억을 통해 뒤 두 사람의 과거 내력을 풀어내는 역할을 한다. 현재를 살아가는 두 인물에 의해 독자들이 알게 되고, 특별히 주목해야 할 인물은 아궁이다. 어찌 보면 아로마나(뤼프오헤르너)보다 더 중요한 인물이다. 작가는 이 인물의 내력 탐구에 많은 공을 들이고 있는바, 이야기의 양과 질 모든 면에서 그에 관한 내력 탐색이 넓고 깊다. 아궁은 인도네시아의 독립을 위해 투쟁하며 싸운 인물이자 그것을 위한 한 가지 방편으로 백인 여성 뤼프오헤르너와 결혼한 인물이다. 그의 삶의 핵심을 보여주는 다음 대목으로 내력 풀이는 시작되고 있다.

네덜란드 여자들을 사귀는 것이 내가 피부 하얀 사람들에게 우위를 점하는 유일한 방법이었고, 그들이 내가 원하는 것을 하도록 하는 책략이기도 했다. 그렇게 나아가는 것이 나의 변함없는 희망이었던가? 얼굴 누런 인간이 미백의 피부를 가진 숙녀를 무릎꿇게 할 수 있었던가? 이는 내 투쟁의 과업인 셈이었다. (279)

드디어 나는 나의 숙녀 부친 바로 앞에 서 있었다. 그 양반은 몸집이 부대하고 석탑처럼 키가 컸는데, 마치 내가 땅바닥을 기는 버러지나 되는 양 내려다보았다.
"아버님, 특별한 문제가 없으시다면, 나는 댁의 따님과……."
"네가? 더러운 자식, 구역질나는 원주민 새끼가?"
헤셀스의 아버지는 불같이 화를 내며 버럭 소리를 질렀다. 그리고 이어서 외쳐댔다.
"감히 네놈이, 어떻게, 우리 딸한테 접근해? 꺼져버려, 이 더러운 짐승새끼, 꺼지란 말야!" (281)

아궁과 아로마나(뤼프오헤르너)의 사연에서 보듯이 과거는 투쟁의 시대였다. 그러나 전예원과 이칸랑의 관계는 그런 투쟁을 넘어서 무용예술을 통한 조화와 화합을 모색하고 있다. 그렇다면 왜 무용인가? 이 작품에서 또 다른 주요 인물인 이칸랑을 통해, 이슬람권 국가인 인도네시아에서 힌두교의 전통이 살아 있는 발리의 무용인 '발리댄스'를 자주 묘사하고, 또 그것을 전예원이 한국의 창극과 접목시키려는 계획이 등장한다. 역사경험과 처지가 비슷한 인도네시아와 한국의 예술적 연계를 도모하고자 한 것이다.

아무튼 그러한 과정에서 전예원이 갖는 문화감각과 현실의 괴리라는 이질감에 주목하게 된다. "현실적으로는 정치가나 학자나 할 것 없이 발리댄스의 배우가 얼마나 섹시한가 하는 데 눈이 돌아가 있었다. '무용의 혼'에 대해서는 안중에도 없는 것 같은 게 께름했다." 역시 속물적이고 말초적인 것과 예술의 진정한 가치를 통한 인간성의 회복은 대립되는 것인가. 이 작품에서는 그런 점을 맹국영 의원과 같은 인물을 전자에, 전예원과 이칸랑 같은 인물을 후자에 대응하도록 배려해놓고 있다. 역시 균형감각의 산물이다.

그런 점에서 이 작품에 나오는 무용은 짙은 상징적 의미를 지닌다. 무용이란 몸으로 표현하는 예술이다. 그것은 내용과 형식을 구분할 수 없는 예술의 본질국면을 대변한다. 이칸랑과의 대화에서 전예원이 무용이 좋다고 추켜세우며 "머리가 아니라 몸으로 세계를 창조하니까."라는 말을 한다. 이성의 근대보다는 몸과 감성의 탈근대를 꿈꾸는 작가의 인식이 반영된 것이 아닐까?

마지막으로 다음 질문을 던지면서 이 글을 마무리하고자 한다. 왜 작가는 「분화구 근처 사람들」을 세 번째, 그러니까 이 작품집에서는 마지막 순서로 배치했을까? 이 작품집의 궁극적 주제와 예술적 의지가 이 작품에 담긴 것은 아닐까? 지금까지 살펴본 두 편의 작품을 통해 작가는 독자들에게 초국가적 혼란과 혼돈의 세계상을 차례로 살펴보게 한 다음, 이 작품에서 어떤 해답을 모색하려고 한 것은 아닐까? 이 작품을 읽는 동안 내 머릿속에서는 내내 이 질문이 따라다녔다.

이런 생각이 든다. 세계에서 가장 많은 섬으로 구성된 나라라는 점에서 인도네시아는 중국이나 그리스 그리고 한국과 같이 육지에 형성된 국가와는 본질적으로 그 성격이 다르다. 인도네시아처럼 인간의 삶이란 그러한 독자성과 연대성이 함께 하는 것이라는 통찰이 작가로 하여금 이 나라를 주목하게 한 까닭이 아닐까? 제국주의의 폭력과 식민지의 고통으로 점철된 근대는 근본적으로 인간의 탐욕을 반성하지 않는 데서 시작된 것이다. 작품의 마지막 부분에서 이칸랑이 보낸 문자 내용, 즉 "훈련보다는 지혜가 더 좋으며, 지혜보다는 명상, 명상보다는 행위의 결과를 단념하는 것, 그것이 최상의 진리이다. 포기는 즉시 평안을 낳는다."라는 문장은 이 작품에서 다룬 근대 세계사의 기억과 그에 대한 반성의 맥락에서 이해된다. 다른 작품들 역시 문제적이지만, 내가 보기에 「분화구 근처 사람들」은 이 작품집에서 가장 문제적인 소설로서 '일단락(一段落)'이라는 말의 의미를 생각하게 한다. 즉 이 작품에 와서 작품집에 들어 있는 소설의 의미는 어느 정도 완결성을 띠게 된다.